Ruedi Gr

Küentzi und Clare

Historischer Roman

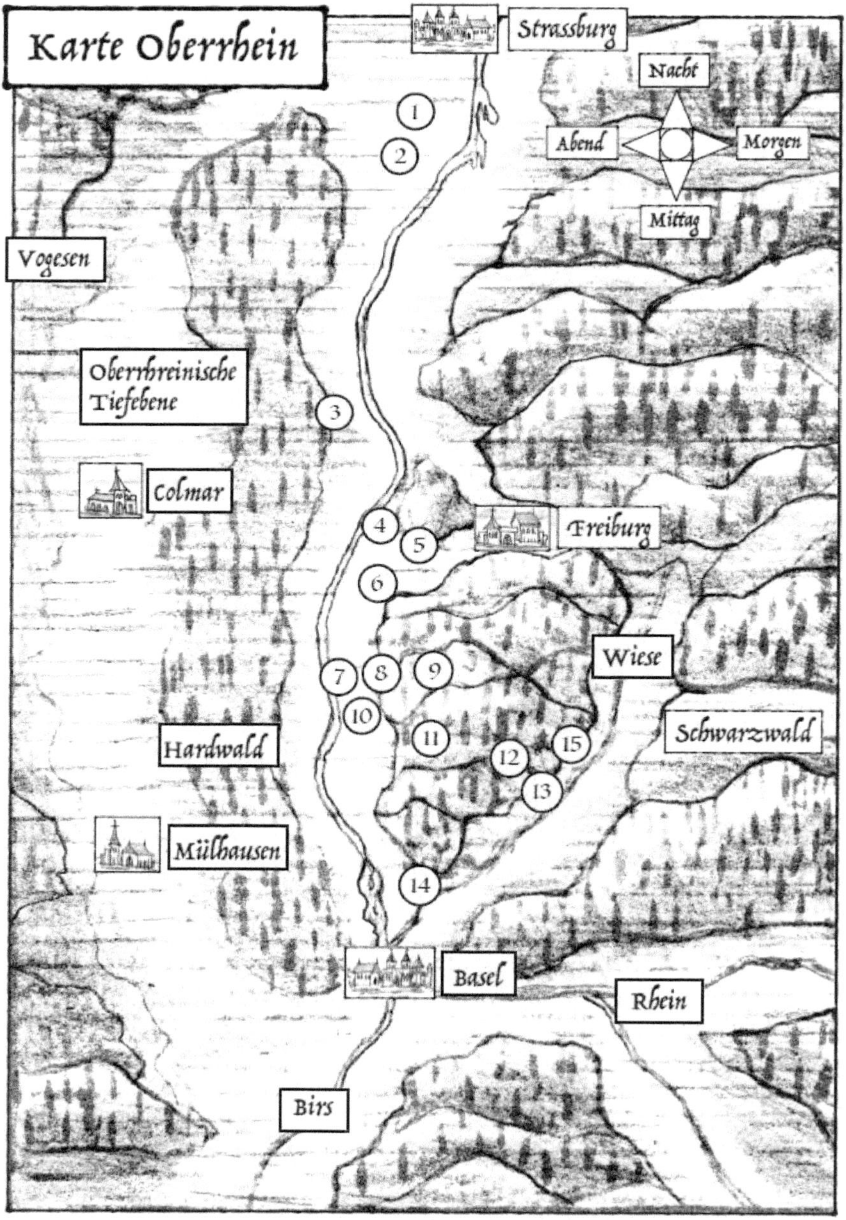
Karte Oberrhein
Strassburg
Nacht
Abend
Morgen
Mittag
Vogesen
Oberrheinische Tiefebene
Colmar
Freiburg
Wiese
Schwarzwald
Hardwald
Mülhausen
Basel
Rhein
Birs
1
2
3
4
5
6
7
8
9
10
11
12
13
14
15

Legende

Ortschaften, die im Roman eine Rolle spielen:

1	Bolsenheim
2	Benfeld
3	Marckolsheim
4	Breisach
5	Merdingen
6	Rimsingen
7	Neuenburg
8	Müllheim
9	Badenweiler
10	Auggen
11	Sitzenkirch (Kloster)
12	Weitenau (Kloster)
13	Schopfheim
14	Burg Rötteln
15	Hausen im Wiesental

Illustrationen aus verschiedenen Quellen

Inhalt

Einleitung

Nach der Herausgabe von ‚KÜENTZI' vor sieben Jahren wusste ich noch nicht, ob ich eine Fortsetzung schreiben wollte. Erst als ich mich auf die Geschichte von Straßburg um die Mitte des 14. Jahrhunderts einließ und dazu im Netz jüngere Beiträge deutscher Lokalgeschichte fand, packte mich der Ehrgeiz, die damalige organisierte Diskriminierung und Verfolgung Andersgläubiger und Rechtloser am Oberrhein sichtbar zu machen. Mit ‚KÜENTZI UND CLARE' setze ich ihre Geschichte als gefährliche Reise einer Flüchtlingsfamilie ohne Heimat fort.

‚KÜENTZI' endet damit, dass 1343 der Konverse Küentzi und die schwangere Nonne Clare als Paar aus dem Kloster Klingental in Basel flüchteten. In Straßburg fanden sie inzwischen als ‚Gottesfreunde' Aufnahme im Haushalt des Patriziers Rulman Merswin, wo Clare noch im gleichen Jahr Werner, und drei Jahre später die Tochter Margret gebar. Küentzi arbeitete als Rulmans Hausmeister und Sekretär, Clare als Heilerin und Haushälterin. Mit ihren Basler ‚Gottesfreunden' blieben sie in Kontakt.

Hier setzt das vorliegende Buch ein.

Schon lange vor dem Tod Kaiser Ludwig des Bayern (1347) hatten die Landes- und Kirchenfürsten dessen Durchsetzungsschwäche genützt, um ihren Besitz und Einfluss zu mehren, wenn nötig auch mit Waffengewalt. Allen voran waren dabei die Habsburger als Vormacht am Oberrhein. Sie versuchten, ihren Streubesitz im Breis- und Rheingau territorial zu verbinden. Doch der Kleinadel in dieser Region wehrte sich, verbündete sich in wechselnden Allianzen mit Habsburgs Rivalen, führte rücksichtslos Kleinkrieg gegen ihre Feinde. Als Antwort besiegelten die bekriegten Städte Bündnisse, um ihren Besitz und ihren Handel zu sichern. Die mächtigen reichsfreien Schwarzwald- und Vogesenklöster machten mit, wie auch die reichsfreien Basler Klöster. Gleichzeitig trieben sie die Besiedelung ihrer wenig erschlossenen Besitzungen entlang den Schwarzwald-, Jura- und Vogesenpässen voran, denn sie versprachen sich vom Handel nach Bayern, Italien und ins Burgund den wirtschaftlichen Aufschwung.

Das lockte natürlich auch gut organisierte Räuberbanden an, die in der Hoffnung auf große Beute die Straßen unsicher machten.

In dieser turbulenten Zeit müssen sich auch Küentzi und Clare mit ihrer jungen, wachsenden Familie eine neue Existenz aufbauen.

Basel, anfangs Juli 2023

„Etwas Vergangenes, von dem nicht gesagt werden kann, in welchem Jahr, oder unter welchem König oder Fürsten es sich ereignet habe, soll man für eine Fabel und Sage, sicherlich nicht für wahre Rede halten."

Jacop Twinger von Künigeshoven (1346–1420)

I STRASSBURG

1

Der Winter hatte Straßburg mit aller Härte erfasst. Eine gefährlich glitzernde Eisdecke hemmte alle Beweglichkeit. Wer konnte, blieb in der warmen Stube, scheute den Gang in die verlassenen Gassen der Stadt. Die eisigen Winde aus dem Osten hatten die Nebelschwaden aus den vielen Kanälen bis in die hinterste Ecke der Innenhöfe getragen, wo die Sonne keinen Zutritt fand.

Küentzi fröstelte, als er früh am Morgen aus der Küche in den Hof des Rulmanschen Anwesens trat. Es war noch so still, dass er seinen eigenen Atem hörte. Während sich seine Augen an die Helligkeit gewöhnten, glättete er mit seinen, für einen so kräftigen, großen Mann kleinen Händen das kurzgeschnittene Kopfhaar und richtete sein braunes Wams und die angenestelten grünen Beinlinge. Den langen, von verräterischem Silber durchzogenen schwarzen Bart strählte er auf dem kurzen Weg zum Stall mit den Fingern.

Beim Eintreten wischte er die feinen, von einem heftigen Windstoß auf seine Kleider versprengten Eiskristalle und begrüßte Rulmans zwei Hengste. Wie jeden Morgen strich er dem einen über die Kuppe, tätschelte des andern Hals und prüfte, ob sie die Nacht gut überstanden hatten. Alles Weitere überließ er dem Stallknecht. Seine Aufgabe war es, Rulman Merswin, Straßburger Patrizier, Gottsucher und Gottesfreund, vor der Welt zu schützen und ihn als Sekretär in seiner Arbeit zu unterstützen.

Küentzi hatte als einfacher Gehilfe für Rulman angefangen und erledigte mittlerweile ähnlich wichtige Arbeiten wie früher als Laienbruder im Kloster Klingental. Seine Gewohnheit, in aller Früh nach den Tieren im Stall zu sehen, stammte allerdings aus seiner frühesten Jugend, als ihm die Tiere im Klosterstall häufig nähergestanden hatten als die verschwiegenen Nonnen und Priester, die sich um ihn als Waisen kümmerten.

Zurück in der warmen Küche leuchteten seine Augen auf, sein bleiches Gesicht bekam Farbe: Clare, seine Ehefrau, wischte die Asche rund um den Herd zusammen. Ihr Schultertuch war verrutscht und gab den Blick auf den engen Spalt zwischen ihren Brüsten frei. Die übrigen, unter der formlosen, weiten Arbeitsschürze versteckten Rundungen ergänzte er aus dem Gedächtnis. Vorsichtig trat er hinter sie und zog sie an sich: „Lass mich das machen. Du bist doch nicht Aschenputtel“, flüsterte er ihr ins Ohr, „du warst schon immer meine Prinzessin!“

Sie strahlte: „Du brauchst mir nicht zu schmeicheln, wenn du einen Kuss willst. Den bekommst du auch so!“ Sie drehte sich um, stellte sich auf die Zehenspitzen, küsste ihn auf den Mund – und entschuldigte sich: „Es scheint, selbst nach sechs Jahren als Ehefrau bin ich es noch nicht gewohnt, unter der Haube zu sein.“

Sie fuhr sich mit beiden Händen durch die Haare und kämpfte einen vergeblichen Kampf gegen die Ascheteilchen, die sich auf ihrem ungebändigten Haar festgesetzt hatten. „Aber ich will mich bessern. Ich binde meine Haube um und seh’ nach den Kindern.“ Mit dem Finger auf den halbvollen Ascheneimer weisend: „Du! Auf die Knie und wisch!“, beendigte sie das Geplänkel und schritt hoheitsvoll in den Gesindeteil.

Dass er sie noch immer unwiderstehlich fand, zeigte er ihr mit einer schmachtend zugeworfenen Kusshand und verabschiedete sie mit einem schwungvollen Bückling. Zufrieden wischte er die Asche auf, legte im Herd Holz nach und fachte das Feuer an.

Clare hatte sich im weltlichen Leben so gut zurechtgefunden, dass niemand vermuten konnte, sie sei eine mit einem Konversen entlaufene Nonne. Sie ging mit ihm als Gatten und mit ihren zwei Kindern sowie mit dem Rulmanschen Gesinde so selbstverständlich um, als hätte sie sich vor ihrer Verheiratung auf nichts anderes vorbereitet. Sohn Werner und Tochter Margret, die gesund und kräftig heranwuchsen, liebten sie ebenso wie die vielen Straßburger, die sie mit ihren Kräuterarzneien geheilt hatte. Das Wichtigste jedoch: Wenn Rulman sich in seinen mystischen Anstrengungen übernahm und als Folge sich nur mit Mühe im diesseitigen Leben zurechtfand, konnte ihm niemand geschickter helfen als die klostererfahrene Clare. Auch darum musste Küentzi also nie bangen, hier Stellung und Einkommen zu verlieren.

„Wernli und Margret schlafen wie alle anderen noch immer. Lassen wir sie am wärmsten Ort im Haus“, unterbrach wenig später Clare seine Gedanken und strich ihm über die Haare. „Ich helfe dir mit dem Streuen der Asche im Hof und auf der Gasse. Es ist noch viel zu früh für mich, um im Gerberviertel nach den Armen und Kranken zu sehen.“

Gemeinsam betraten sie den glattgefrorenen Hof und markierten mit Asche Pfade zu Stall und Schuppen. Am großen Tor zum Hof meinte sie: „Welch ein Luxus! Einfach im Bett zu warten, bis sich die Wärme im Haus verteilt hat. Dann ein warmes Frühstück, bevor die Tagesarbeit für alle beginnt!“

Küentzi streute wie ein Sämann Asche auf die breite Gasse vor der Toreinfahrt: „Das hier ist eben nicht mehr der harte, kalte Klosteralltag unserer Vergangenheit. Genieß es doch einfach!“

Nachdem er die verbleibende Asche auf dem Weg zurück zur Küche verteilt hatte, wartete er, bis Clare dicht bei ihm stand: „Natürlich, für dich war der Bruch viel radikaler.“ Er legte den Arm um sie. „Warst Nonne, bist aus der Klausurgemeinschaft ausgetreten, hast geheiratet, hast geboren … Und hast aus all dem eine unglaubliche Kraft geschöpft. Du bist stark!“

Er strich ihr liebevoll über den Bauch: „Aber gib zu: Ich finde mich auch immer besser ins bürgerliche Leben hinein. Tu mich damit halt ein bisschen schwerer als du – als Findelkind und Niemand, der ich war.“

Als hätte er das Stichwort für eine Bestätigung seiner Leistung geliefert, hörten sie hinter ihnen eine befehlsgewohnte, dünne Stimme: „Kunrad, wo steckt Ihr? Wir haben uns verspätet! Beeilt Euch!“

Rulman Merswin trat unter die Tür in den Hof. „Ah, Clare, Ihr seid auch hier. Gut, dass ich Euch gefunden habe! Übernehmt hier! Kunrad und ich, wir müssen auf die Insel.“

Rulman stand barfuß, abgemagert und verhärmt vor ihnen. Sein Blick war unstet, suchend, als ob er schon nicht mehr wüsste, wo er war, und was er gesagt hatte. Mit einer Hand strich er rastlos über sein weißes Büßerhemd, mit den Fingern der andern spielte er mit seinem ohnehin zerzausten Kopfhaar. Erst als er Küentzis Antwort „Meister, geht vor. In der Küche ist alles vorbereitet“ hörte, ging er wie erlöst ins Haus zurück.

Clare fasste Küentzi am Ellbogen: „Hast du seinen abwesenden Blick gesehen? Und wie schlecht er zuwege ist? Sicher hat er in der Nacht wieder eines seiner Gesichte gehabt. Du musst gut auf ihn aufpassen, wenn ihr unterwegs seid. Und bevor ihr aufbrecht, muss er etwas Warmes in den Magen bekommen. Und schau, dass er sich warm ankleidet! Ich versuche, Rulmans Beichtiger zu holen, bis ihr von der Insel zurück seid.“

Küentzi nickte. Er hatte im Fenster über ihnen Rulmans Ehefrau Gertrude in einem speziell für sie entworfenen, dem Habit der Benediktinerinnen nachempfundenen, schlichten Arbeitsrock erkannt. Obwohl er wusste, dass die Vorsichtsmaßregeln, die Clare vorschlug, ganz in Gertrudes Sinn waren, war er überrascht, als sie ihn von oben anwies: „Kunrad, ich hoffe Ihr hattet eine gute Nacht. Wie Ihr bemerkt habt, war die unsrige schlecht. Ein Ausflug auf die Insel wird Rulman trotz der Kälte guttun. Eure Frau soll einen Beruhigungstee für die Rückkehr bereithalten. Guten Tag.“

Küentzi kannte den befehlsgewohnten Ton seiner Herrin. Gertrude von Bietenheim entstammte einer angesehenen Straßburger Familie. Durch die Verbindung mit ihr – in zweiter Ehe – hatte Rulman Merswin in den städtischen Adel eingeheiratet.

Als Küentzi die Küche betrat, drängte Rulman, noch immer barfuß und im Hemd: „Kunrad, wo bleibt Ihr so lang! Wir sollten schon längst auf der Insel sein! Ich will die Beichte nicht verpassen.“

Ganz im Sinne Gertrudes forderte ihn Küentzi auf: „So lasst uns wie Winterpilger gehen: in Holzschuhen, gehüllt in einen dicken Kapuzenmantel und mit einem langen Stab in der Hand.“

Rulman blickte unsicher um sich, bevor er zustimmte: „Gut, holt dies alles.“

Er setzte sich vorsichtig neben Clare an den Herd und murmelte: „Ich muss alles aufschreiben, sonst vergesse ich die Einzelheiten.“ Unruhig wollte er sich wieder erheben, doch Clare nahm seine Hände und hielt ihn sachte zurück. „Küentzi wird alles, was zum Wandern im Licht nötig ist, hieher bringen“, meinte sie ruhig.

Sein Blick festigte sich. „Wo bleibt mein Schreibzeug? Natürlich war heute Nacht alles voller Licht, nicht so düster wie hier in der Küche“, fand er sich langsam zurecht. Er zeigte auf eine Strähne weißgesprenkelten Haares, die sich aus der Haube gelöst hatte, und fragte: „Clare, Ihr seid doch so jung und habt Euch doch Asche aufs Haupt gestreut. Wofür tut Ihr Buße?“

„Ihr seid ein ‚homo religiosus‘, verehrter Herr Merswin, und wisst, weshalb ich Ihnen ihre Frage nicht beantworten kann. Ihr seid nicht mein Beichtvater. Nur in der Beichte hätte eine Antwort Platz“, antwortete Clare bestimmt.

„Ich kenne meinen Platz“, entgegnete Rulman, „ich bin kein Priester. Ihr müsst mir nicht schmeicheln, Frau Schaffner.“ Plötzlich bekamen seine Stimme wie auch sein Gesicht etwas Gehetztes: „Ich bin noch lange kein ‚homo religiosus‘! Auch wenn ich einen frommen Lebenswandel pflege, bin ich der Welt noch zu sehr verhaftet. Nur selten erfahre ich die Gnade der Gottessicht.“ Seine Hände begannen zu zittern. „Aber mein Beichtvater, Johannes Tauler, hilft mir. Wir kennen uns seit unserer Kindheit. Er versteht mein Streben.“ Er blickte unstet um sich. „Ich möchte mit Johannes sprechen. Schickt nach Johannes!“ Dann, nach einer Pause, als ob er sich erinnerte, sah er Clare in die Augen: „Wo bleibt Kunrad?“

„Hier bin ich“, meldete sich dieser unter der Türe. „Ich habe Euch warme Kleider mitgebracht. Frau Gertrude meint, ohne warme Sachen würdet Ihr draußen erfrieren.“

„Gebt her! Natürlich brauche ich warme Sachen! Wer könnte das Gegenteil behaupten!“ Während er sich wollene Strümpfe überzog, wünschte er sich starkes Tuch, um die Holzschuhe einzubinden. „Wir wollen doch nicht ausrutschen, uns auf dem Eis die Knochen brechen!“

Er warf einen Blick auf die mit Asche gezeichneten Wege im Hof und polterte, nun plötzlich wieder ganz in der irdischen Gegenwart: „Die Gassen werden spiegelglatt sein. Heutzutage kümmert sich ja niemand um die öffentlichen Wege. Mit den Zünften sind die Pharisäer und die Heiden an die Macht gekommen. Die Zeit ist aus den Fugen, die göttliche Ordnung menschlich zerrissen, jegliche Ruhe trügerisch. Geld regiert die Welt. Ich weiß dies. Ich kenne mich aus.“ Er richtete sich auf und sprach in die Runde: „Ich gehörte dazu:

Ich handelte mit Geld, schöpfte Geld, ich beaufsichtigte Geld, machte alles zu Geld. Ich war Straßburgs Krösus."

Er ließ sich in den von Küentzi bereitgehaltenen Kapuzenmantel helfen und verwandelte sich augenblicklich: „Doch nun bin ich ein Reuer, ein Büßer, ein Pilger!", rief er mit überschnappender Stimme und ergriff den Stab. „Kommt, Bruder Kunrad, wir müssen los, bereuen, büßen! Die Zeit wartet auf niemanden."

Die Kapuzen tiefer über den Kopf gezogen, eilten die zwei vermummten Gestalten vom alten Stadtteil so schnell, wie es das Eis erlaubte, zum *‚Weißen Thor'*. Während Rulman, ohne je einen Blick nach rechts oder links zu verschwenden, mit verwegen weit ausgreifenden Schritten vorausging, folgte ihm Küentzi nicht nur des Eises wegen vorsichtiger. Er wollte jedes Zusammentreffen mit Bewohnern aus mit weißen Kreidekreuzen markierten Häusern vermeiden. An zu vielen Hauseingängen verriet ihm dies Zeichen, wo die Pest Einzug gehalten hatte.

Nach einem kurzen Gruß in Richtung Torwächter überquerten sie mit einer Hand am Brückengeländer den vereisten Kanal entlang der Stadtmauer und bogen am andern Ufer auf einen schmalen, beidseitig von Weiden und Sträuchern gesäumten Pfad entlang dem *‚Gießen'* ein. Rulman, der den Weg zu der verfallenen Kirche bestens kannte, schlug wie ein Tobsüchtiger auf die vom Eis niedergedrückten Äste ein, wenn sie ihnen den Weg versperrten. Verbissen bahnte er Küentzi und sich einen Pfad auf die kleine Erhebung mit der überwucherten Ruine, wo sie in einer stehengebliebenen Mauerecke Schutz vor dem beißenden Wind suchten.

Während sich Küentzi fragte, wie jemand auf die Idee kommen konnte, diesen verwahrlosten, eisigen Platz die *‚Grüne Werth'* zu heißen, flüsterte Rulman heiser: „Dies ist ein besonderer Ort. Ein heiliger Ort!", und zeigte auf die im Sonnenlicht glitzernden, vereisten Ranken, die Mauern und Dachreste miteinander verbanden. Laut sagte er: „Eine Kirche der Natur, wie es sie nur selten gibt! Ich musste heute hieher! Versteht Ihr das!?"

Rulman nahm einen tiefen Atemzug. „Damals, als ich krank war, vor Schmerzen nachts kaum schlafen konnte, damals, kam ich hieher. Hier kündigte sich meine Heilung an, hier!" Er riss die Augen auf und zeigte auf die Mauer. „Hier hatte ich die erste Erleuchtung.

Dann, im Frühling vor einem Jahr, an Mariä Verkündigung genau, hatte ich im Münster das gleiche Gesicht, erschienen mir dort die gleichen Bilder wie damals in dieser wuchernden Wildnis."

Er blickte zum Himmel auf, strich mit der bloßen Hand über die vereisten Dornen und verzog das Gesicht: „Ich musste hieher zurück, wo alles begann. Denn gestern kam der Stein wieder zurück!" Seine Augen leuchteten.

Er warf die Kapuze zurück, breitete die Arme aus und rief durch eine weiße Atemwolke in die gleißende Stille: „Ich werde diese Kirche wieder zu geweihtem Leben erwecken und zum Ort einer frommen Gemeinschaft machen! Der Gemeinschaft der Gottesfreunde! So Gott mir helfe!"

Er drehte sich zu Küentzi: „Bruder Kunrad, betet mit mir!", und fiel auf die Knie.

Schweigend folgte Küentzi seinem Beispiel, spürte sofort die Kälte, die ihm durch die Kleider hindurch die Wärme nahm. Doch er widerstand dem Wunsch, aufzustehen. Zu inbrünstig war Rulmans Ausdruck, als dass er ihn hätte stören wollen. Zu selten hatte Rulman im letzten Halbjahr so ruhig und zufrieden gewirkt wie jetzt in dieser gefrorenen Einöde. An diesem Ort schien Rulman befreit von all den Ängsten zu sein, die ihn so rastlos und seine Rede oft so wirr gemacht hatten.

Die Kälte erinnerte Küentzi an seine einsam durchwachte Nacht in der Klingentaler Klosterkirche, bevor er am Weihnachtsmorgen sein Gelöbnis als Konverse hatte ablegen dürfen. Er hatte sich damals Bilder der Wärme vorgestellt und sie in die unterkühltesten Stellen seines Körpers geschickt. Heute, in dieser offenen, vor Kälte klirrenden Ruine war es jedoch sehr viel schwieriger, sich durch Vorstellungskraft den Körper warm zu halten. Während er die eisigen Spuren seines Atems aus dem Bart klaubte, blickte er besorgt zu Rulman und entschied: „Bruder Rulman, wir müssen zur Terz zurück sein! Nach der Andacht wolltet Ihr mir doch noch ihre jüngste Vision diktieren."

Rulman, dem die Kälte zugesetzt hatte, nickte nur, kam aber von selbst nicht auf die Beine, musste sich helfen lassen. Mit einem Arm über Küentzis Schulter ließ er sich bis an das Stadttor mehr tragen als führen. Vor der Brücke machte er sich von Küentzi los und ging allein, immer gestützt auf den Stab, in seinen Hof zurück. Dort verließ ihn die Kraft. Er stolperte, sein Stab entfiel ihm, und er verlor mit dem Bewusstsein das Gleichgewicht.

Küentzi, der ihm dicht gefolgt war, konnte ihn auffangen, bevor sein Kopf auf den Boden schlug, und mithilfe des herbeigerufenen Stallknechtes gelang es ihm, den Ohnmächtigen in die Küche zu tragen, wo Clare sofort übernahm: „Wickelt ihn in die vorgewärmten Decken. Legt ihn so nah wie möglich ans Feuer." Ihre durch Rulmans steife Blässe verängstigten Kinder forderte sie auf: „Du, Margret, hilfst mir, seine Hände zu massieren und du, Wernli, übernimmst seine Füße."

Küentzi flüsterte ihr so leise zu, dass die Kinder ihn nicht hören konnten: „Diesmal hat es ihn erwischt wie selten zuvor. Er war so begeistert, dass ich seine Kräfte überschätzte." Lauter fragte er sie: „Wird dies eine lange Sache?"

Sie schüttelte den Kopf und betrachtete mitleidig die ausgemergelte, bleiche Gestalt am Boden. „Wir müssen für ihn ein warmes Bett einrichten. Er kann den Rest dieses strengen Winters nicht in dem kalten Zimmer auf einer Pritsche ohne Decken zubringen."

Sie musterte den Kranken eingehend, und erschauerte, wie von einer Geisterhand berührt, während sie über sein dünnes Haar strich. „Wir müssen Gertrude fragen, ob sie ihn bei sich aufnehmen und bei ihm wachen will. Ihr Zimmer über der Küche ist das wärmste im Haus."

Unversehens kam Bewegung in Rulmans Körper. Er packte die ihn wärmenden Hände, öffnete kurz die Augen und fragte leise, wo er sei. Ohne die Antwort abzuwarten, legte er sich auf die Seite, als wolle er sich zum Schlafen einrichten, und schloss die Augen.

Er öffnete sie wieder, als Clare ihn bat, etwas warmen Tee zu trinken. Von Küentzi gestützt, trank er gierig den von Clare hingehaltenen Becher leer. Er seufzte erlöst und wäre sofort eingeschlafen, hätten die zwei ihn nicht in dicke Felle gewickelt und nach oben getragen. Bevor sie ihn in Gertrudes Zimmer auf ihren Strohsack legten, flüsterte er, „Ich werde Kunrad mein Gesicht der Steine später diktieren. Wichtig ist jetzt ..." Weiter kam er nicht. Der Schlaf hatte ihn übermannt.

2

Die Kälte dauerte unvermindert an. Der Kampf gegen das viele Eis wollte nicht enden. Täglich wuchsen die Eiszapfen von den Dächern und blinkten belustigt über das mit Asche geblendete Eis unter ihnen. Noch waren die Tage zu kurz, noch reichte die Kraft der Sonne nicht aus, um die Stadt von dem starren, eisigen Panzer zu befreien und das erlöste Wasser in die Kanäle Straßburgs abfließen zu lassen.

Küentzis Tag begann wie immer. Als erster aus dem Bett, entfachte er das Feuer im Herd und sah nach den Pferden im Stall. Sobald die Köchin mit den Vorbereitungen fürs Frühstück begann, weckte er seine Familie im Gesindeteil, heizte den großen, einzigen Ofen für die Gesindekammern ein und weckte mit seinem Lärm das ganze Haus.

Clare fiel die Aufgabe zu, sich als erstes bei Gertrude nach Rulmans Zustand zu erkunden. Seit dem Ausflug auf die ‚*Grüne Werth*' mit den beängstigenden Folgen hatte Rulman einzig Gertrude bei sich geduldet. Sie, die um vieles jüngere Ehefrau, lebte keusch und fromm wie eine Begine mit ihm zusammen. Er brach sein Schweigen nur mit ihr, und nur, wenn sie zusammen beteten. Einzig sie, die nicht von seiner Seite wich und ihm immer beigestanden hatte, durfte bei ihm bleiben, wenn sich seine innere Unrast in ekstatischen Ausbrüchen entlud. Ihr erlaubte er, ihn danach zu pflegen, und mit ihm zu schweigen.

Eine Woche nach Rulmans Zusammenbruch brach es aus Gertrude heraus: „Clare, ich fürchte um sein Seelenheil! Diesmal ging er zu weit! Er hat noch kein Wort gesagt, liegt im dünnen Büßerhemd im kalten Zimmer, weist Decken oder Felle zurück und starrt mit leerem Blick in eine Ecke. Wenn ich den warmen Brei hinstelle, verdreht er seine Augen und zeigt auf die Tür. Sein Wille ist so stark, dass ich nichts dagegen ausrichten kann."

Selbst abgemagert, rang sie die Hände: „Clare, ich habe Angst, er will nicht mehr zu uns ins weltliche Leben zurückkehren! Bringt Johannes Tauler her! Mit ihm kann er sich hier wieder zurechtzufinden!"

Voller Mitgefühl blickte Clare auf Rulmans junge Gattin, die mit ihm so wenig Eheglück erfahren hatte. Rulman, der keine Kinder aus erster Ehe hatte, entzog sich schon seit zwei Jahren seinen Ehepflichten. Dennoch erfüllte Gertrude seine Wünsche. Selbst wenn diese ihr zuwider waren, blieb sie ihm untertan, diente ihm, wie sie dies bei ihrer Vermählung gelobt hatte.

Clare hätte die nur wenig ältere Gertrude gerne in ihre Arme genommen und getröstet, doch der Standesunterschied verbot ihr eine solche Nähe. So sagte sie nur: „Frau Gertrude, ich kann nur sagen, wir Dienstleute bewundern Euch für Euren selbstlosen Einsatz für Euren Gatten!“

Gertrude nahm Clares Worte nicht auf, sondern fragte nur, ob schon nach Johannes Tauler geschickt worden sei. Ohne seine Hilfe fürchte sie für Rulman das Schlimmste.

„Johannes ist auf Reisen“, sagte Clare. „Wir haben seiner Schwester ausrichten lassen, er werde hier dringend gebraucht. Wir müssen uns darauf verlassen, dass er, wenn er nach Straßburg kommt, als erstes zu ihr ins Dominikanerinnenkloster geht. Die Nonne ist seine Vertraute in allem.“

Als ob sie Clare nicht gehört hätte, klagte Gertrude: „Er verweigert alles Essen, trinkt nur Wasser! Er ist nur noch Haut und Knochen, hat keine Kraft. Clare, tut etwas! Wir müssen etwas für ihn tun.“

Als Clare Küentzi später von Gertrudes Not berichtete, schüttelte er nur den Kopf und wusste auch nicht weiter. Noch bedeutete Rulmans städtischer Hof Sicherheit und Wohlergehen für alle seine Bewohner. Doch Rulmans Versuche als Mystiker wurden für sie zur Bedrohung. Würde Rulman vom Fasten und Büßen für immer den Verstand verlieren, müsste sein Hof verkauft und sein Haushalt aufgelöst werden. Dem Gesinde und Küentzis Familie würde die Grundlage ihrer Existenz entzogen.

Beklommen zog sich Küentzi in Rulmans Schreibstube zurück. Seit zwei Wochen war er deren einziger Benützer. Am Stehpult ging er durch die Aufzeichnungen, die Rulman auf Wachstafeln selber geschrieben oder ihm diktiert hatte. Er verglich sie mit den wohlgesetzten und geordneten Texten, die er in der Schaffnei des Klingentals angetroffen hatte. Demgegenüber entbehrte das, was er hier zu lesen bekam, jeder Sorgfalt. Das Durcheinander von losen Einzelsätzen, denen der Zusammenhang fehlte, wiederholte sich auf jeder Tafel.

Bis anhin hatte er als Sekretär nur aufgeschrieben, was Rulman ihm unmittelbar nach einem seiner Gesichte diktiert hatte. Den Text mit seinen mystischen Erlebnissen wollte Rulman später für die

‚Gottesfreunde' selber verfassen. Mit Rulmans Ziel vor Augen entschied er, für seinen Meister mit den Vorarbeiten zu beginnen.

Der Versuch, die Tafeln chronologisch zu ordnen, führte auf dem Boden zu mehreren Stapeln, deren Inhalt jedoch unfassbar blieb. Also breitete er sie aus und stapelte sie nach mehreren Stichworten. Die vielen kleinen Stapel gaben zwar Boden frei, halfen ihm aber auch nicht weiter. Enttäuscht gab er auf und sammelte die Tafeln ein, um sie zu versorgen. Dabei bekam er eine auffällig wortreiche in die Hand und erkannte sofort ihren Wert als Vorlage für einen zusammenhängenden Text. Sie bot ihm Gelegenheit, sich als Schreiber und Sekretär zu bewähren und Rulman zu helfen.

Ohne Clare oder Gertrude zu informieren, suchte er Rulman in dessen Stube auf, um ihn um Erlaubnis für diese Schreibarbeit zu fragen.

Zu seiner Überraschung empfing ihn Rulman mit klarem Kopf und freundlich: „Kunrad! Wie schön, Euch zu sehen. Warum macht Ihr ein so ängstliches Gesicht? Was bedrückt Euch?"

Küentzi spielte wie ein kleiner Junge verlegen mit seinen Fingern, bevor er zu sagen wagte: „Ihr wart so krank und ich befürchtete das Schlimmste! Darum wollte ich Euch bitten, mich einen Bericht über Eure Erleuchtung schreiben zu lassen."

Als wolle er einen Schatten verscheuchen, fuhr sich Rulman mit seiner knochigen Rechten über die Augen und fragte müde: „Welche Erleuchtung meint Ihr? Ich habe viele Nächte voller fleischlicher Versuchung und Verzweiflung durchgewacht und habe so viele erschreckende und zugleich beglückende Bilder gesehen, dass ich nicht weiß, worauf Ihr zielt."

Er zeigte auf die Wachstafel in Küentzis Hand. „Ist dies die Aufzeichnung?"

Küentzi presste die Lippen zusammen und nickte.

„Es sind Stichworte – wenig zusammenhängend", warnte er.

„Lasst hören, sage ich!", kam es barsch zurück.

Küentzi gehorchte: *„Krank im Bett. Großer geschwollener Bauch, Schmerzen, ohnmächtig und bewusst in einem, bereit zu sterben. Süße Stimme: ‚Ruolman steh auf mit Frieden vom Bett.' Augen auf, niemand, aber große Fröhlichkeit im Herzen. Körper wieder gesund, mager … "*

Küentzi blickte erwartungsvoll zu Rulman, sah sein leeres Gesicht und fuhr hastig fort: „… *im Dankgebet für dies Wunder kam ich von mir selber, da wart mir ein großer Stein vorgehalten, der mehr als ein Langspeer groß und breit war. Im Stein war ein Mannsbild eingefangen, aus dessen Munde eine große, weiße Taube entstieg. Ueber dem ersten Bild stand gehauen ‚Vater' über dem zweiten Bild stand ‚Sohn' und dem dritten Bild ‚Heiliger Geist' und ich vernahm: ‚Nun da du in einem Stein gesehen hast, dass du drei Personen haben kannst, und doch ein Stein bist und die drei Personen einer Natur und eines Steines sind, glaube, dass es so ist!' Dann kam ich wieder zu mir selbst und erschrak. Ich war erleuchtet worden.* – Dies ist alles, Herr“, schloss Küentzi.

„Vielen Dank, Kunrad. All dies hat seine Richtigkeit. Eure Absicht, an meiner statt zu formulieren, geht aber über Euren Auftrag als mein Sekretär hinaus. Ich werde alles selber zusammenhängen und dann weitersehen. Nun ruft meine Gattin.“

Gallig ob dieser Zurechtweisung ging Küentzi schnurstracks zu Clare und bat sie, Gertrude aufzubieten. Rulman sei wieder bei Verstand. Er bezweifle allerdings, ob dieser Zustand lange anhalten werde. Noch immer aufgebracht ging er in Rulmans Schreibstube und legte den soeben vorgelesenen Text zu den vom Boden aufgesammelten Wachstafeln im Schrank. Stolz betrachtete er die ansehnliche Zahl, die er beschrieben hatte, und bezweifelte einmal mehr, ob Rulman überhaupt fähig war, ohne seine – Küentzis – Hilfe dies alles zu einem Text zu verarbeiten.

Küentzi hatte schon im Kloster Klingental mitbekommen, dass die wenigsten der vielen frommen Frauen, deren mystische Texte er lesen konnte, diese selbst verfasst hatten. Ihre Beichtväter, oder ihre geistlichen Vorgesetzten, hatten die Visionen aufgezeichnet oder die Berichte der Schreibkundigen abschließend redigiert und geholfen, sie zu verbreiten. Küentzi vermutete, Rulman, der die Texte dieser Frauen kannte, wollte wohl diese Tradition fortsetzten und würde für die Überarbeitung seiner Schriften seinen Beichtvater, den Mystiker Johannes Tauler, als entscheidende Instanz zuziehen.

Erschreckt fragte sich Küentzi, woher sein Unmut gegenüber Rulman plötzlich kam. Jawohl, er vermisste die ihm zustehende Anerkennung für all das, was er für seinen Herrn tat. War nicht er es, der Rulman zu jeder Tages- und Nachtzeit in seinen entrückten Zuständen auffing, ihm zuhörte und seine Aussagen notierte? Tat er nicht viel mehr, als nur mitzuschreiben, versuchte er nicht nach Kräften mitzudenken, Rulmans wirre Gedanken ordnen zu helfen? Tat er nicht mehr für seinen Herrn, als jeder Beichtvater für ihn getan hatte?

Und was das ganz Irdische anging: Wie Clare sich um Rulmans geistige und körperliche Gesundheit kümmerte, kümmerte Küentzi sich um Rulmans Finanzen, seit dieser vor zwei Jahren der Welt entsagt hatte. Er – Küentzi – führte Buch, entlöhnte das Gesinde, handelte in Rulmans Namen. Er ging den Zehnten von dessen Höfen und geschuldetem Geld nach, forderte ausstehende Schulden ein. Je länger Küentzi über seine viele Arbeit für Rulman nachdachte, desto mehr wuchs sein Grimm: Er und Clare hatten hier gearbeitet, ohne je für ihre Dienste entlöhnt worden zu sein! Als ob sie noch immer im Klosterdienst stünden!

Nur Clare konnte ihm jetzt helfen. Sie konnte gut zuhören und wusste sicherlich einen Ausweg aus seiner tiefsitzenden Unzufriedenheit. Er musste sie sprechen!

Nach einem Blick auf die aufgeräumte Schreibstube machte er sich auf die Suche nach ihr. Noch unter der Tür hörte er dumpf von der Straße her das Gebrüll einer vorüberziehenden Horde zorniger Bürgersleute. Sie forderten den Rücktritt der Regierung. Die genauen Worte konnte er nicht aufnehmen, doch sie schienen zu seiner Stimmung zu passen. Erst beim Anblick seiner Kinder, die im Hof eifrig Eiszapfen zertrümmerten, als ob sie vom wüsten Geschrei draußen nichts mitbekommen hätten, wurde ihm wohler. Sie ließen sich durch die Frage, wo er ihre Mutter fände, nicht ablenken, wiesen, ohne aufzublicken, auf den halboffenen Heuschober über dem Stall.

Clare begrüßte ihn aus den zum Trocknen aufgehängten Kräuterbüscheln heraus: „Bei dieser Kälte muss ich wenigstens nicht befürchten, dass die Käfer sich an meinen Kräutern vergehen. Doch mich dünkt, es ist nicht die Kälte, die dich beißt und so düster in die Welt blicken lässt." Sie trat zu ihm, zeigte auf die Zweiglein Thymian in ihrer Schürze. „Die sind gut gegen die Lungenkrankheit. Ich bin fertig; gehen wir also in unsere Stube."

Wortlos folgte er ihr und machte am warmen Ofen seinem Unmut über Rulmans gefühllosen Umgang mit ihm Luft. Rulmans Begierde nach innerem Frieden für sich selbst schaffe nichts als

Unfrieden für seine Umgebung; Rulman gehe ihm mit seinem religiösen Wahn auf die Nerven. Er sei müde, sagte er, und schloss: „Ich muss weg von hier! Ich brauche eine Veränderung."

Clare strich ihm zärtlich über die Wangen und wartete. Als er etwas entspannter wirkte, ergriff sie seine Hände und legte sie auf ihren Bauch.

„Deinen Wunsch nach Veränderung verstehe ich. Du hast in den letzten Jahren Unglaubliches geleistet. Du hast deine Angst vor einem Leben als Bürger und Familienvater bezwungen. Ich weiß, wie viel Mut du meinetwegen und für uns alle aufgebracht hast." Sie drückte seine Hände fester auf ihren Bauch. „Du hast, um mich glücklich zu machen, dein Glück hintangestellt." Sie gab ihm einen langen, innigen Kuss: „Danke!"

Er wollte sie umarmen, zum Küssen an sich drücken, doch sie gab seine Hände nicht frei, küsste ihn verwegen nah an sein Ohr und hauchte: „Lass sie, wo sie sind! – Spürst du nichts?"

„Ist es schon so groß!", staunte er.

Worauf sie zufrieden strahlte und ihn länger und inniger als vorher küsste. Seine Antwort war so hitzig, dass sie bereitwillig seine Hände freigab. Erst als er ihren ganzen Körper liebkoste, entwand sie sich ihm mit rotem Kopf und keuchte: „Es wird dem Kind zu viel! Spürst du, wie wild er strampelt!" Sie lächelte: „Seinem Ungestüm nach kann es nur ein Knabe sein."

„Auf diese Überraschung war ich überhaupt nicht vorbereitet! – Wie konntest du mir diese Neuigkeit so lange vorenthalten!", meinte er noch immer erregt.

„Freust du dich denn nicht?"

„Doch, natürlich!", antwortete er mit nassen Augen. „Es sind Freudentränen", entschuldigte er sich lachend und küsste Clare auf den Bauch.

Sie kuschelte sich an ihn und entschuldigte sich: „Rulman hat uns beide auf Trab gehalten wie nie zuvor. Ich fand den richtigen Augenblick, um es dir zu sagen, einfach nicht." Sachlicher fuhr sie fort: „Jetzt weißt du auch, warum du mit deinem Wunsch nach Veränderung zuwarten musst. Rulmans Hof ist ein gutes Zuhause für unsere Familie. Wir genießen hier eine Sicherheit, wie wir sie anderswo wohl nie finden könnten. Um andernorts angestellt zu werden, müssten wir erklären, wie und wo wir früher lebten. Hier müssen wir unsere Herkunft nicht erklären und können all unsere Fähigkeiten und unser Wissen einsetzen."

Sie streichelte sein Kinn, die Nase und seine Stirn, und sinnierte: „Vielleicht hat Rulman einfach die Erkenntnis gewonnen, dass deine Aufgaben hier im Haus zu vielfältig sind, als dass du ihn auch noch in seinem Versuch, ein ‚homo religiosus' zu werden, unterstützen könntest. Vielleicht findet er, dass er diesen Part wirklich einem Geistlichen anvertrauen sollte."

Träge kam Küentzis Antwort: „Das glaube ich überhaupt nicht. Er behandelt mich immer von oben herab. Er ist ein Merswin, ein Patrizier durch und durch. Selbst wenn sein Geist verwirrt und umnachtet ist, bleibt seine Haltung mir gegenüber gleich: Ich bin sein Untertan, sein Dienstmann! Selbst wenn er mich als ‚Bruder' und Gottesfreund anspricht, sieht er mich nicht als gleichwertig. Selbst im Glauben sieht er sich auf einer Stufe über mir."

Er schwieg, schien auf Clares nächsten Satz zu warten, runzelte die Stirn. Sie schwieg und ließ ihm Zeit. Während er ihre Hände suchte, blickte er auf und fasste zusammen: „Danke. Du hast mir geholfen, mein eigenes Durcheinander von Stellung und Rang, Ehrgeiz und Stolz aufzuhellen. Ich gebe zu, wenn es um Rulmans Texte, um seine Visionen geht, habe ich mich – sicher fälschlich – für ihn gehalten. Ich musste mich ja auch in ihn versetzen, um ihm zeigen zu können, was er mit seinen wirren Äußerungen, die ich für ihn niederschrieb, meinen könnte."

Küentzi erhob sich langsam: „Gertrude hat Recht: Johannes Tauler muss sich um Rulmans Seelenleben kümmern, er muss sich seiner geistigen Arbeiten annehmen. Dies sind meine Aufgaben nicht."

„Setz dich, bitte. Ich möchte nicht zu dir aufblicken müssen, wenn wir weitersprechen", sagte Clare nach einer Pause. „Ich habe noch ein Anliegen – und jetzt komme ich auf deinen Wunsch nach Veränderung zurück. Auch ich sehe unsere Zukunft auf lange Sicht nicht im Rulman-Haus. Wohin aber dann? Darum meine Bitte: Kannst du herausfinden, was wir tun müssen, um uns in Straßburg selbständig zu machen? Mit unserer Vergangenheit und als Familie würden wir ja kaum eine neue Stellung erhalten."

Küentzi kratzte sich am Kopf: „Soviel ich weiß, kann man nur als freier Bürger oder Adliger selbständig arbeiten. Das heißt, wir müssten in die Straßburger Bürgerschaft aufgenommen werden. Ich kenn die hiesigen Regeln dafür nicht. Als Nonne im Klingental wurdest du zwangsläufig Basler Bürgerin. Über das Bürgerrecht von Klingentaler Konversen wurde von Fall zu Fall entschieden, hat mir Johannes von Habsheim erklärt.“ Er zwinkerte Clare schalkhaft zu: „In meinem früheren Leben!“

„Doch selbst wenn hier ähnliche Regeln wie in Basel gelten, müssen wir einen eigenen Weg finden. Ich nehme an, dass Geld und Besitz auch hier eine Voraussetzung zur Aufnahme ins Bürgerrecht sind.“

Bevor er den Gedanken weiterspinnen konnte, platzte der sechsjährige Werner in die Stube und krächzte völlig aus dem Häuschen: „Im Hof warten zwei große Männer mit Kapuzen. Sie wünschen, mit Herrn Rulman zu sprechen. Was soll ich ihnen ausrichten?“ Besorgt überließ Küentzi den Knaben seiner Mutter und eilte in den Hof.

Doch dort erwartete ihn eine überaus friedfertige Szene. Margret, sein dreijähriges Töchterchen, zeigte auf den in Kapuzenmäntel gehüllten Besuch: „Vater, diese netten Leute möchten mit Herrn Rulman sprechen. Ich habe sie in die warme Küche gebeten, doch sie wollten unbedingt auf dein Erscheinen warten. Du musst sie einladen.“

Während Küentzi beschützend seinen Arm auf Margrets Schultern legte, zogen die Besucher die Kapuzen zurück und zeigten ihre von der Kälte geröteten Gesichter.

Vor Küentzi stand unverkennbar ein Vater mit seiner erwachsenen Tochter. Beide hatten tiefblaue Augen unter einer ähnlich hohen Stirn. Ihre spitzen Nasen und ihre strengen und doch sinnlichen Münder waren zum Verwechseln ähnlich, passten zu ihrer vornehmen Haltung.

Küentzi war verdutzt, als der Vater ihn mit dunkler, kräftiger Stimme förmlich um ein Gespräch und um Gastfreundschaft für eine kurze Zeit bat. Dass Küentzi wie ein Standesgleicher behandelte wurde, brachte ihn durcheinander, und er reagierte so unbefangen formlos wie seine dreijährige Margret. Ohne Rücksprache mit Rulman zu nehmen, lud er die zwei in die gute Stube ein.

Dort übernahm Margret zur allgemeinen Erheiterung von selbst die Rolle der Gastgeberin und bot den überraschten Gästen warmen Tee an. Küentzi machte mit, schickte sie mit der Bestellung in die Küche und fand endlich Zeit, um sich vorzustellen: „Mein Name ist Kunrad Schaffner. Ich stehe mit meiner Gattin Clare in Rulman Merswins Dienst. Unsere Kinder Margret und Wernli habt Ihr schon kennengelernt. Wer seid Ihr?"

„Ich heiße Kyrill Timmer, meine Tochter heißt Rachel. Wir haben von einem Gottesfreund von Rulmans Wirken als Laienprediger gehört und würden ihn gern selber kennenlernen. Wir verstehen uns als Pilger, verfolgen ähnliche Ziele wie er und würden uns gerne mit ihm austauschen."

Küentzi klopfte an die Tür zu Rulmans Kammer und verstand ein heiseres Krächzen als ‚Herein!'. Vorsichtig betrat er den engen, kalten Raum und fragte, ob Rulman die beiden Pilger empfangen möchte. Rulman erhob sich. Abgezehrt, mager stand er in seinem viel zu weiten Büßerhemd mit wirr abstehenden langen weißen Haaren vor Küentzi und bot einen Mitleid heischenden Anblick. „Bringt die zwei zu mir", entschied Rulman matt.

„Mit Verlaub, Meister", wagte es Küentzi, „solltet Ihr Euch nicht warm einkleiden? Vielleicht kommt heute ja noch Johannes Tauler vorbei, und Ihr müsstet zur Beichte. Dazu müsst Ihr Euch unbedingt warm anziehen."

„Holt mir meinen Pilgermantel, die Pilger empfange ich ebenbürtig", entließ Rulman Küentzi.

In der großen Wohnstube hatten sich Kyrill und Rachel ihrer Kapuzenmäntel entledigt und warteten auf Rulmans Bescheid. Ihre einfache Tracht passte schlecht zu ihrer selbstsicheren Haltung und zu ihren einnehmenden Umgangsformen. Die Kinder, die die ständischen Kleiderregeln noch zu wenig kannten, hatten an den Gästen den Widerspruch von Verhalten und Kleidung nicht erkannt. Beide hatten zu den Fremden schon im Hof Vertrauen gefasst und schlossen mit ihnen in der warmen Stube sofort Freundschaft.

Werner ließ sich von Kyrill die Schnitzereien in dessen Pilgerstab erklären, während Margret mit großen Augen an Rachels Lippen hing, um zu hören, wie Pilger vor wilden Tieren gerettet wurden. Rachels Schilderung der Schutzengel, die einen ergrimmten Bären mit zischenden Flügelschlägen vertrieben und den Pilger retteten, gefiel Margret so sehr, dass sie laut wünschte, dass Rachel für Werner die Geschichte wiederholte.

Die heitere Stimmung und die wohlige Wärme im Raum waren für den barfüßigen, in seinen Pilgermantel eingepackten Rulman zu viel. Er musste sich setzen. Er strich sich mehrmals über die Augen und versuchte, sich in dieser ihm fremd gewordenen Welt zurechtzufinden. Alle schwiegen erwartungsvoll, bis sich Rulmans Blick festigte.

Auf ein Zeichen Küentzis hin stellten sich der weißhaarige Kyrill und Rachel als von einem Gottesfreund Empfohlene und als Vater und Tochter vor. Sie hätten von Rulman und seinem Kreis Gleichgesinnter gehört. Sie seien als Pilger hier und hofften, er möge sie an seinen Erfahrungen als Gottsuchender teilhaben lassen.

„Vor wenigen Tagen wurde ich von der Gnade Gottes in ein übernatürlich Licht gezogen, doch jetzt in die Zeit zurückgezwungen ...“, begrüßte sie Rulman und brach in Tränen aus. Nach mehreren tiefen Schluchzern begann er von Neuem: „Ich habe den Auftrag bekommen, zum Wohle der Christenheit über die übernatürlichen Werke und meine Erfahrungen mit Gott zu schreiben. Vielleicht schickt euch Gott, mir dabei zu helfen. Könnt Ihr schreiben?“ Beide Besucher nickten.

„Dann bleibt!“, entschied Rulman.

Margret klatschte vor Freude in die Hände, nahm Rachels Hand und forderte sie unverzüglich auf, die angefangene Geschichte mit Georg dem Drachentöter zu Ende zu erzählen. Werner wollte sich von Kyrill endlich einige einfache Verteidigungsfinten mit dem Stab zeigen lassen und ergriff Kyrills Hand, um ihn in den Hof zu führen. Rulman erhob sich wortlos und ließ sich von Küentzi zurück in die kalte Kammer geleiten. Dort bat ihn Küentzi eindringlich, der außerordentlichen Kälte wegen den Pilgermantel nicht mehr abzulegen, und hastete in die Küche, um die Köchin und Clare über die Ankunft dieser unverhofften Gäste in Kenntnis zu setzen.

„Sie sind nett, freundlich, friedvoll. Sie gefallen mir und unseren Kindern offenbar auch. Margret hat sie zum Bleiben eingeladen.“ Er lachte, ließ aus, dass er Rachels Rundungen verführerisch fand, dass er sie etwa gleich alt wie seine Gattin schätzte, und gab Clare einen Kuss: „Du wirst sie auch mögen!"

Clare dachte sofort an das Praktische: „Wo bringen wir sie unter?", und gab die Antwort gleich selber: „Rulman und Gertrude besetzen die Gästekammern, weil sie einfach aufzuwärmen sind. Bleibt nur unsere Kammer. Wir müssen die zwei bei uns unterbringen, solange diese Kälte anhält. Wir bewohnen die größte beheizbare Kammer und können zusammenrücken. Später, wenn die Kälte nachlässt, können die Gäste einfache Gesindekammern beziehen – wenn sie dann noch hier sind. Ich muss Gertrude informieren. Kümmerst du dich um die zusätzlichen Strohsäcke?"

Im Hof angekommen, erstarrte Küentzi: Wie war es möglich gewesen, dass Kyrill und Rachel unvermittelt im Hof stehen konnten, wo doch das Tor seit mindestens einem Monat auch tagsüber verriegelt blieb? Er hatte heute Morgen niemanden klopfen oder rufen hören. Hatte der Stallknecht vergessen, das Tor hinter sich schließen zu lassen, als er die Pferde ausführte?

Er hastete in den Stall, fuhr er den Knecht an: „Als du die Pferde zurückbrachtest, stand das Tor offen?" Dieser drückte sich um eine klare Antwort, er könne sich nicht mehr erinnern. Schließlich habe er seine Hände und seine ganze Aufmerksamkeit gebraucht, um auf dem Eis die Pferde wieder heil in den Stall zu bekommen.

„Hast du den beiden Gästen das Tor geöffnet?"

Der Knecht schüttelte den Kopf.

Beinahe wäre Küentzi ihm an den Kragen gefahren, hielt sich jedoch zurück. „Du weißt, dass wegen der Pest das Tor nie unbewacht offenbleiben darf!", fuhr er den verdatterten Mann an. „Willst du uns mit deiner Fahrlässigkeit umbringen? Nur der Bestatter weiß, wie viele unserer Nachbarn der Seuche bereits zum Opfer gefallen sind! Begreife endlich: Tor zu! Wir müssen entscheiden können, wen wir einlassen."

Er schüttelte den Kopf und murmelte grimmig: „Nun hilft nur noch Beten!". Dann befahl er: „Du rufst mich morgen, wenn du die Pferde ausführen willst. Ich werde eines übernehmen und dafür sorgen, dass hinter uns das Tor verschlossen wird." Nach einer Pause fügte er hinzu: „Zudem, in unser aller Interesse, wirst du unseren Gästen einschärfen: Falls sie den Hof ohne uns verlassen wollen, werden sie nicht mehr zu uns zurückkehren dürfen, bis die Pest vorüber ist."

In der Küche teilte er Kyrill, der sich am Herd die Hände wärmte, sofort mit, womit er den Stallknecht beauftragt hatte. Der Pilger schien von Küentzis Anordnung, die einem Ausgehverbot gleichkam, nicht überrascht. Im Gegenteil, er begrüßte sie:

„Bruder Kunrad, Rachel und ich sind Euch unendlich dankbar, dass Ihr uns überhaupt aufgenommen habt. Eure Gastfreundschaft ist für uns ein Geschenk Gottes. Ihr müsst wissen, der berühmte Heinrich von Nördlingen, den wir in Basel verpasst hatten, hat für uns in Sulz, wo wir ihn dann aufsuchten – aus Angst, er würde von Besuchern angesteckt – auf unser Klopfen hin nicht einmal das Sprechfenster geöffnet. Er verriet uns durch die verschlossene Türe hindurch allerdings, wo wir Euch finden könnten! Doch nun sind wir – Gott sei gelobt! – hier angekommen."

„Was wisst Ihr über Rulman", fragte Clare, die mit Margret an der Hand unbemerkt die Küche betreten hatte.

„Nichts Näheres, außer dass er ein Gottesfreund ist."

„Dies ist wenig – in der Tat", bemerkte Küentzi trocken.

„Dann will ich Euch etwas genaueren Bescheid geben, Kyrill", sagte Clare. „Rulman und sein Bruder haben hier in Straßburg gleichgesinnte Freunde um sich versammelt, alles Leute von gehobenem Stande, die des Lesens kundig sind und die nach Wegen suchen, um als Laien gottnah zu leben und in Christus aufzugehen. Sie sind mit Gottsuchenden entlang dem Oberrhein von Basel bis Speyer verbunden. Rulmans Haus ist ein Knotenpunkt im Netzwerk der Gottesfreunde. – Und Rulman selbst", fuhr Clare nach einer kleinen Pause fort, „versteht sich als Mystiker. Er notiert seine Gesichte selbst" – sie blickte liebevoll zu Küentzi, der ahnte, was kommen würde, und verlegen wegschaute – „oder lässt sie von seinem Sekretär hier notieren."

Sie wandte sich wieder an Kyrill: „Jetzt wisst Ihr, was es mit Rulmans Haus auf sich hat. Zudem muss ich Euch warnen: Je länger die Kälte in diesem Winter dauert, desto knapper werden – wie überall in Straßburg – unsere Nahrungsmittel. Obwohl die Kälte hilft, deren Haltbarkeit zu verlängern, nehmen unsere Vorräte schnell ab – nicht aber der Hunger! Auch unsere Mehltruhe enthält nur wenig mehr als die Ration für die äußerste Not. Nachschub bleibt weitgehend aus, denn die Angst vor der Pest lähmt den Handel selbst in Gebieten, wo die Seuche nicht aufgetreten ist. Doch diesen Problemen seid Ihr sicherlich schon auf Eurer Reise hierher begegnet. Deshalb nun zu Euch. Wie steht es um Euch und Eure Gottsuche?"

„Wir denken ähnlich wie Ihr. Wir wollen in einem Kreis von ähnlich gesinnten Brüdern und Schwestern Gott finden und gottnah leben. Wir sind auf der Suche nach einer Gemeinschaft von Gottesfreunden, die uns aufnimmt. Dies ist der Grund, warum wir Heinrich von Nördlingen besuchen wollten."

„Ich mache mit und helfe Rachel", piepste Margret vorlaut in die ernsthafte, vieldeutige Spannung, die Clare mit ihren Fragen bewirkt hatte.

„Tu das, Margret", ermunterten Clare und Küentzi wie aus einem Munde ihre Tochter.

Die naseweise Dreijährige hatte allen mit ihrer praktischen Weltsicht eine gefährliche und vielleicht folgenschwere Auseinandersetzung über den wahren Glauben erspart.

3

Wie umständlich der Alltag in Straßburg geworden war, erfuhr der Besuch nur wenig später. Auf das Klopfen am Hoftor hin forderte die Köchin Rachel auf, sie ans Tor zu begleiten. Sie begrüßte den Schlachter, den sie an der Stimme erkannt hatte, öffnete die kleine Tür im Tor und stellte Rachel dem breitschultrigen, ärmlich gekleideten Mann, der mitten auf der Straße wartete, als ihren Besuch vor. Während er den Frauen seine Ware zeigte, achteten alle darauf, dass der Abstand zwischen ihnen groß blieb. Auch beim harten Feilschen, beim Bezahlen und bei der Übergabe der Ware unter der Türe war Abstand oberstes Gebot. Die Köchin bedeckte eine irdene Schale, die sie zum Einkaufen neben dem Tor bereitgestellt hatte, mit einem Tuch, stellte alles vor die Türe und trat wieder zurück neben Rachel. Sie wartete, bis der Schlachter den Kauf auf das Tuch gelegt hatte und wieder zur Mitte der Straße zurückgetreten war, trat selbst wieder vor, zählte laut die Münzen des Kaufpreises auf den Boden und verabschiedete sich zufrieden.

Während Rachel die Türe schloss und das Tor sicherte, ereiferte sich die Köchin: „Anschreiben gibt's nicht mehr! Obwohl beide – der Schlachter und der Bäcker! – mich seit Langem kennen, und ich ihnen nie etwas schuldig geblieben bin! Alle wollen sie neu sofort bezahlt werden! Und wenn ich etwas für die Küche brauche, muss ich Frau Clare oder Herrn Küentzi vorher um Geld bitten. Als ob wir die Stadt verlassen würden!" Unsicher, ob Rachel ihr widersprechen würde, wartete sie, bevor sie laut entschied: „Ich bleib' auf jeden Fall hier!"

Vor der Treppe zur Küche blieb sie stehen und erklärte: „Ich folge dem Beispiel des Schlachters. Er hält Abstand zu allen, hält aber gar nichts vom regierenden Rat Straßburgs. Dieser verlangt nämlich von uns Einwohnern, dass wir kein Stückchen Haut unbedeckt lassen, wenn wir in den Gassen unterwegs sind."

Rachel, die nicht richtig nachvollziehen konnte, warum diese ihr fremde Frau ihre Nähe suchte und mit ihr wie mit einer alten Bekannten umging, äußerte sich vorsichtig: „Es gibt Stadtärzte, die lehren, dass sich in schlecht riechender Luft Krankheitserreger tummelten, die sich über die Atemwege, oder auch über die Haut, im Menschen festsetzten und ihn krank machten. Diese Ärzte lassen in den Gassen in großen Pfannen Weihrauch, Wacholder und seltene Kräuter verbrennen. Tag und Nacht. Um die Luft zu reinigen."

„Schade!", meinte die Köchin und öffnete die Türe in die Küche. „Dafür ist unsere Stadt viel zu groß und die Regierung hat kein Geld." – „Und wir leben zwischen gärenden Abfallhaufen, atmen den giftigen Gestank einer Weltstadt und wissen von der Pest nur, dass sie meist tödlich, aber immer schmerzhaft verläuft", machte Rachel unerwartet weiter.

Als sie den Schreck im Gesicht der Köchin sah, fasste sie deren Hand und fragte sie ruhig: „Welche Meinungen über die Pest gelten hier? Im Rulmanschen Hof?"

Die Köchin zuckte die Schultern: „Unterschiedliche. Frau Clare glaubt als Geneskundige an die Mias ...", – „...mentheorie", ergänzte Rachel und die Köchin fuhr fort: „Richtig! Ihr habt Frau Clare ja schon erlebt. Sie und ihre wiederholten Versuche, einmal am Tag alle Stuben in wohlriechende Räucherkammern zu verwandeln. Herr Rulman und Frau Gertrude, beide dulden ihre Bemühungen. Er hat sich zwar über ihre Maßnahmen lustig gemacht, hat sie

‚heidnische Rauchopfer' genannt! Doch solange er beim Beten nicht gestört wird, lässt er Frau Clare machen. Er glaubt, Beten und hartes Büßen seien der richtige Schutz."

„Und die Küchenhilfe und der Stallknecht?", hakte Rachel nach.

Während die Köchin überlegte, fasste sie Rachels Hand auf ihrem Arm. „Ich rate mal. Die Magd wird uns verlassen. Grund: Sie müsse sich um ihre alte Mutter kümmern." Sie senkte den Kopf. „Der Stallknecht wird uns einfach so verlassen. Ohne Abschied, vermute ich." – „Ich danke dir. Du hast mir geholfen. Wenn die zwei den Hof wirklich verlassen, kannst du auf meine Hilfe zählen. Mir scheint, dass wir noch länger bei euch bleiben werden. – Wenn wir dürfen?" Als Antwort strahlte die Köchin herzwärmend und drückte fest Rachels Hand.

Bald traf ein, was die Köchin vorhergesehen hatte. Die Küchenmagd verabschiedete sich, sie müsse sich unbedingt zu Hause um ihre gebrechliche Mutter kümmern. Der Stallknecht meldete sich erst gar nicht ab. Er war eines Morgens, als Küentzi mit ihm die Pferde ausführen wollte, einfach verschwunden. Von den Dienstleuten blieb einzig die Köchin übrig. Sie musste nun für zwei arbeiten.

Die durch die Seuche bedingte Absonderung brachte den Bewohnern des Rulmanschen Hofes einen ruhigeren Alltag, weniger Arbeit und mehr Erholung. Unerwartet fanden alle, trotz Angst und der Unsicherheit, wie das Leben weitergehen würde, in dieser ungewollten, auf Distanz eingerichteten Lebensweise auch Ruhe. Alle … außer Rulman und seinem Sekretär.

Küentzi ging überall und jederzeit Rulman zur Hand. Er übernahm ohne Murren, was er seinem Herrn noch vor der Ankunft des Gästepaares verweigert hatte: Er reichte Rulman die Geißel mit Eisenspitzen und salbte ihm deren wüste Spuren auf Rücken und Brust, trug ständig eine Wachstafel mit sich, um unverzüglich, Wort für Wort, die widersprüchlichsten Erinnerungsfetzen seines Meisters aufzuzeichnen. Der Gedanke an sein drittes Kind und die Aussicht, dass Clare hier sicher gebären konnte, halfen ihm, seines Meisters gestiegene Anforderungen zu ertragen.

Rulman verhielt sich, als ob er Kyrill beweisen müsse, wer der frömmere Christ sei. Mit eisernem Willen steigerte er die Härte seiner

Bußübungen. Wenn er als armer Sünder die Barmherzigkeit Gottes anrief und um Vergebung bat, weinte und schluchzte er so markerschütternd, dass nur die Kinder unberührt weiterschlafen konnten. Er betete seine Vaterunser in der Nacht nur noch laut, hielt sich an keine regelmäßigen Gebetszeiten mehr und verkürzte die erholsamen Schlafzeiten. Er taumelte von einem Erschöpfungszustand zum andern und verlangte von Küentzi, aus Furcht, eine Vision zu verlieren, dass dieser auch nächtens bei ihm bleibe.

Vielleicht gerade, weil ein vertiefendes Gespräch über den Glauben zwischen Rulman und seinen Gästen kaum zustande kam, obwohl für beide der Glaube so wichtig war und sie zusammengeführt hatte, wurde Rulmans Gang in die Mystik immer einsamer und seine Unnachgiebigkeit sich selbst gegenüber immer härter.

Küentzi, der selber keine Bußübungen mitmachen musste, litt augenfällig. Seine Bewegungen wurden fahrig, seine Sprache verlor die Klarheit und er reagierte selbst auf harmlose Fragen seiner Kinder gereizt; wies seine Mitbewohner unangebracht zurecht.

„Wir müssen miteinander reden, Küentzi!“, stellte ihn Clare nach einer weiteren unruhigen Nacht zur Rede. „So geht dies nicht weiter, mein Lieber. Ich kann nicht länger mit ansehen, wie Rulman dich mit seinen unmäßigen Anforderungen zugrunde richtet. Was soll ich mit zwei Kindern an der Hand und einem im Bauch machen, wenn du stirbst?“

Sie sah ihren Gatten eindringlich an. Als er aufbrausen wollte, legte sie ihm ihre Hand auf die Schulter. „Wir müssen zusammen einen Weg finden, wie wir hierbleiben können, denn wir sind von Rulman abhängig. Deine Gesundheit ist so mit seiner verhangen, dass wir ihm helfen müssen, um dir und uns zu helfen. Erzähl mir also, was du für ihn alles machen musst, wenn du die ganze Zeit mit ihm verbringst.“

Küentzi machte seiner Verdrossenheit Luft und gestand ihr zum ersten Mal, wie er unter Rulmans unberechenbarem Verhalten und unerwarteten Gefühlsschwankungen litt. „Ich mache das doch nur für euch und um uns die Existenz zu sichern“, schloss er seufzend und mit Tränen in den Augen.

Clare nahm ihn in ihre Arme: „Danke, du Lieber! Ich weiß, du gibst alles für mich und die Kinder. – Aber ich habe auch schon eine Idee, wie wir unsere Lage verbessern können." Sie lächelte: „Ich kenne mich nicht umsonst mit den Kräutern aus. Heute Abend braue ich einen besonderen Tee. Den soll Rulman trinken, und du wirst sehen, wir alle verbringen eine ruhige Nacht."

Küentzi erhielt zu seiner Überraschung auch Unterstützung von den Gästen. „Du siehst schlecht aus. Du bist bleich. Du hast Ringe unter den Augen", sagte Rachel am gleichen Tag zu ihm. „Das kommt von deinen nächtlichen Exerzitien mit Rulman. Und ich glaube nicht, dass das gottgefällig ist."

Küentzi sah sie leidend an. „Wie meinst du das?"

„Ich meine, dass du mehr an die frische Luft gehen solltest. Ich meine, dass Gottessuche, ohne sich je mit den Händen zu betätigen, für mich unvorstellbar ist. Ich meine, dass es Sünde ist, seinen Körper zu vernachlässigen. Gott hat uns Körper, Seele und Geist gegeben, und nur wenn wir sie als gleichwertiges Ganzes erleben, wird Gott sich uns in seiner ganzen Herrlichkeit zeigen."

Küentzi wollte etwas einwenden, aber Rachel ließ ihn nicht zu Wort kommen.

„Rulman liegt doch seine ‚*Grüne Werth*' so am Herzen. Aber das Gelände ist halb zugewuchert. Ich biete ihm an, dass ich mit ihm zusammen dort Holz rode. Das Wetter ist schön, das sollten wir nutzen. Und ihm wird es auch guttun. Gleichzeitig hättest du einmal Zeit für dich und deine Familie."

Tatsächlich ließ sich Rulman zu einem Ausflug auf die ‚*Grüne Werth*' überreden. Aber – er verlangte, dass Küentzi ihn und Rachel begleite.

Auch sonst misslang der Plan. Während Rachel und Küentzi einen halben Tag lang auf der Halbinsel vor der Stadt gefrorene Brombeerhecken zerhackten und Kleingehölz entfernten, rührte sich Rulman kaum, saß nur da, schaute den Wölkchen zu, die sein Atem in der eisigen Luft bildete, und versuchte, die Botschaften zu entschlüsseln, die sich seiner Überzeugung nach in diesen wabernden Gebilden verbargen.

Auf dem Rückweg gerieten sie kurz nach dem Tor in eine laute Bußprozession, die sich stadtauswärts bewegte. Angewidert wollten Rachel und Küentzi in eine Seitengasse ausweichen, doch Rulman gebot ihnen mit einer herrischen Geste, bei ihm zu bleiben. Er selber blieb stocksteif stehen und beobachtete fasziniert das Schauspiel, das sich ihnen bot. Dem Zug voran ging ein Franziskaner im schwarzen Habit. Die Kapuze hatte er sich tief in die Stirn gezogen. Er trug ein Holzkreuz, dessen Spitze ihn wohl um zwei Armlängen überragte, und an dem ein misstönig klingendes Glöckchen befestigt war. Der Mönch, dem ein Zug müder, ausgemergelter Gestalten in Lumpen folgte, rief im Takt mit dem rhythmischen Gebimmel unablässig schrill: „Büßt, büßt, büßt!" Das heisere, eindringliche an die Zuschauer gerichtete „Bereut!" seines Gefolges ließ selbst Küentzi erschauern.

Rulman trat hingerissen im vorgegebenen Takt von einem Fuß auf den andern, bis der verstörende Zug an ihnen vorbei war. Dann blickte er zum wolkenverhangenen Himmel auf, kniete bedächtig in den Schneematsch, faltete die Hände, und stammelte mit leuchtenden Augen: „Wer sich mit der neunschwänzigen Katze den Rücken blutig schlägt, das Blut sammelt und vor dem Trinken segnen lässt, wird das Licht Gottes sehen und die Gnade des Himmels erfahren." Er schloss seine Augen und fiel – als hätte ihm jemand die Füße weggeschlagen – vornüber.

Erschreckt trat Küentzi ins Durcheinander aufgeregter Passantinnen und beugte sich schützend über seinen Meister. Dieser wiederholte, ein ums andere Mal, die Worte des Mönchs. Mit Mühe gelang es Rachel und Küentzi, Rulman wieder auf die Beine zu stellen. Mehr als dass er selber ging, schleppten sie ihn nach Hause und mussten sich sein „Büßt!" den ganzen Weg lang anhören. Selbst in der warmen Küche quälte Rulman seine Leute noch mit dem hässlichen Einsilber.

Nun war Clare an der Reihe, Rulman zu helfen. Sie reichte ihm einen Becher eines wohlriechenden Kräutersuds und lud ihn ein, sich damit von innen zu wärmen. Die Wirkung ließ nicht auf sich warten. Rulman kehrte aus seiner Entrücktheit in die Gegenwart zurück, vergaß seine Büßerlitanei und begann, sich ganz normal und sogar leutselig mit den Anwesenden zu unterhalten, während er den Becher schluckweise leerte. Dann wurde er rasch müde. Er ließ sich von Gertrude und Clare fügsam in warme Felle wickeln und in die Schlafstube führen, wo er, kaum dass er sich hingelegt hatte, einschlief.

Zurück in der Küche, sagte Clare mit ernster Miene: „Rulman muss wieder zu Kräften kommen. Wir müssen ihn vom Fasten abbringen. Eine Erkältung könnte jetzt sein Tod sein. Wir müssen ihn vor sich selber schützen!“ Alle nickten, und Gertrude warf Clare einen dankbaren Blick zu.

„Und wann bekomme ich meinen Zaubertrank?“, ließ sich nun Küentzi vernehmen.

„Zuerst müssen wir noch die Lebensmittelvorräte überprüfen“, lautete die Antwort. „Heute ist St. Agnes’ Tag. Am 21. Jänner haben wir im Klingental immer unsere Kräutervorräte inventarisiert.“

„Ich sehe schon, du führst von nun an das Szepter hier“, sagte Küentzi. „Mir soll es recht sein. Aber nachher will ich von dem Wundertee kosten.“

Während er im Stall nach den Pferden sah, überprüften Clare und die Köchin die im Herbst eingelagerten Lebensmittel. Im Schein einer Laterne zählten sie die Kohlköpfe, Sellerieknollen, Lauchstängel und Rüben und legten sie in den trockenen Sand zurück. Äpfel, die so schrumpelig waren, dass sie nur als Mus aufgetischt werden konnten, sowie ausgetriebenes oder angefaultes Gemüse füllten sie in Taschen und trugen alles über zwei Treppen nach oben.

In der Küche neckte Rachel, die sich hier nach Essbarem umgesehen hatte, die mit feinem Staub überpuderten Gestalten: „Habt ihr im Keller nach einem Goldschatz gesucht und gerade noch Gemüse gefunden?“

Clare, die sich wie die Köchin den Staub abwischte, antwortete: „Die dicken Mauern dieses Kellers sind in der Tat Gold wert. Vor mehreren hundert Jahren als Fundament eines Wohnturms gebaut, halten sie noch heute vom Eingelagerten die Feuchtigkeit und“, – sie trat zu Rachel an den Tisch und blickte vieldeutig auf sie herab –, „das Böse fern.“ Immer mit Rachel im Blick spielte sie weiterhin die Ernsthafte: „Dir, edle Frau, ist nun vorherbestimmt, hier den Reichtum aus dem Keller für unser aller Verzehr nach bestem Gewissen zu rüsten. – Und zwar genau, wie die Köchin dies von dir verlangt!“

Verunsichert blickte Rachel zu Clare, bevor sie sich aufrichtete und Clare gerade in die Augen blickte: „Ob adlig oder vogelfrei, vor der Seuche sind wir alle gleich!“ – „Stimmt!“, gab Clare verhalten zurück und verließ nachdenklich und in sich gekehrt die Küche.

Erst als auf dem Tisch gerüstetes Gemüse lag, fragte Rachel die Köchin, die sich zu ihr gesetzt und ihr geholfen hatte: „Musst du nicht zur Messe, um am Namenstag der Heiligen Agnes für diese reiche Ernte zu danken?"

Diese schüttelte nur den Kopf und erklärte ihr: „In diesen Zeiten der Seuche gehen wir Dienstleute nur zur Messe, wenn unser Meister sie besucht."

„Da habt ihr recht", pflichtete ihr Kyrill bei, der unbemerkt hinter Küentzi und Clare die Küche betreten hatte. „Wir brauchen keine Heiligen, um im Leben zu bestehen. Sie sind wie die Pfaffen, die sie verehren: Unzuverlässig und unberechenbar."

Alle, selbst Clare, die sich von kirchenkritischen Äußerungen noch immer provozieren ließ, schwiegen. Allein Küentzi, der vor Müdigkeit kaum noch die Augen offenhalten konnte, meldete sich.

„Bis die Suppe auf dem Tisch ist, falle ich um. Könnte ich jetzt etwas essen? Wir wär's mit einem geräucherten Fisch oder einem Stück Rauchfleisch? Haben wir oben doch noch hängen."

Die Köchin entschied: „Also, essen wir alle jetzt! Und zwar Geräuchtes und Brot. Suppe und Gemüse können warten."

Bevor Werner, den Clare mit Margret an den Tisch geholt hatte, sich setzte, hielt er eine Wachstafel mit den Buchstaben ‚F-C-B' hoch und skandierte sie stolz.

Küentzi, der von Clare rechtzeitig einen warnenden Blick erhalten hatte, unterdrückte seinen Zorn über die Verschwendung teuren Schreibmaterials und fragte: „Was bedeutet ‚F-C-B'?"

Strahlend gab Werner Antwort: „Ich habe die lauten Wörter, die ich vorhin draußen gehört habe, aufgeschrieben, wie du Rulmans laute Wörter aufschreibst!"

Um ein Aufbrausen des müden Vaters abzuwenden, forderte Clare ihren Sohn schnell auf, ihnen zu sagen, was er denn draußen gehört habe. Und Werner wiederholte verhalten, um Rulman nicht zu wecken: „Büßt für Christus! Büßt für Christus!" Er setzte sich und blickte erwartungsvoll zu Küentzi.

Doch sein Vater schwieg. Kyrill sprang ein: Wernli sei ein guter Schüler. Wer freiwillig schwierige Wörter notiere, werde schnell alles Gehörte richtig schreiben. Er suchte Wernlis Augen: „Du hast richtig gehört, doch beim Aufschreiben die Reihenfolge der Anfangsbuchstaben verwechselt. ‚B-F-C' müsste auf der Tafel stehen."

Der Kleine wäre wohl in Tränen ausgebrochen, hätte er nicht die warme Hand seiner Mutter am Rücken gespürt. Er senkte den Blick und ließ den Kopf hängen. Seine gute Stimmung war dahin.

Küentzis Unfähigkeit, sich über Werners mutigen Schreibversuch zu freuen, erinnerte die andern daran, wie belastend auch für sie der Alltag während der letzten Tage geworden war. Die Judenhasser hatten – zusammen mit den Flagellanten und deren ‚Büßt für Christus!' – die Herrschaft in den Gassen übernommen. Wer nicht mitmachte, musste fürchten, zum Opfer eines außer Rand und Band geratenen Pöbels zu werden.

Selbst die Kinder saßen bedrückt, nach innen gekehrt am Tisch. Ihre Eltern tauschten ängstliche Blicke miteinander. Sie kannten aus ihrer Zeit im Kloster Klingental die Macht einsträngiger, zum Wahn gemachter Gefühle und fürchteten sie. Clare hatte als Krankenpflegerin das Ergebnis wahnwitziger Einfalt am Beispiel ihrer sich in mystischen Übungen erschöpfenden Schwestern kennengelernt. Küentzi erinnerte sich an sein Lehrjahr in Rufach und an die Folgen des Judenhasses damals, sah vor sich wieder die bis auf die Grundmauern zerstörte Synagoge und die vom Ruß geschwärzten, ausgebrannten Häuser der Juden. Er blickte zu Clare, fand ihre Augen und erkannte, dass sie dachte wie er. Keines ihrer Kinder sollte erfahren, wie Körper im Namen alles Heiligen gepeinigt oder geschändet wurden.

Vergeblich suchten sie die Blicke der andern. Diese saßen in sich gekehrt am Tisch, schienen wie sie zu versuchen, mit ihrer Angst vor dem aufgehetzten, politischen Bodensatz draußen zurechtzukommen. Sie alle fürchteten die Folgen des sich ankündigenden Machtkampfes in der Stadt und ahnten, dass sich danach das Leben für alle von Grund auf ändern würde.

Ein dumpfes Poltern am Hoftor ließ alle aufschrecken. Margret brach in Tränen aus und kuschelte sich an ihre Mutter. Die Köchin fasste sich als Erste und ging zum Tor, um nach dem Grund des Lärms zu schauen.

Im Nu war sie zurück. „Da war ein Priester", berichtete sie, „oder einer, der sich dafür ausgab. Gesehen habe ich ihn ja nicht, weil wir nur durch das geschlossene Tor miteinander redeten. Und an der Stimme habe ich ihn auch nicht erkannt. Das war sicher keiner aus unserem Kirchensprengel. Und ganz seltsame Sachen hat der dahergeredet.“

„Was denn, sag schon“, drängte Clare.

„Ob bei uns im Haus niemand krank sei, wollte er wissen. Und er komme, um uns zu mahnen, dass wir täglich mit allen Hausbewohnern die Messe besuchen sollen. Und dann hat er uns noch gewarnt, wir sollten keine Fremden oder Andersgläubigen beherbergen. – Sein Ton“, schloss die Köchin, „hat mir gar nicht gefallen.“

Eine Weile völlige Stille. Die Köchin blickte fragend in die Runde, offenbar darauf wartend, dass ihr jemand eine Erklärung für die seltsamen Äußerungen des Priesters geben würde. Clares Augen weiteten sich vor Entsetzen. Kyrill und Rachel blickten betreten zu Boden. Küentzi, noch immer übermüdet, blinzelte verlegen. Er hatte den Bericht der Köchin offenbar nicht richtig mitbekommen. Schließlich übernahm Clare ganz praktisch: „Die Kinder müssen versorgt werden. Und Küentzi braucht endlich seinen Trank, wenn er nicht in zwei Stunden wieder wach liegen soll.“

Unaufgefordert nahm Rachel Margret und Kyrill nahm Werner – beide Kinder konnten die Augen kaum mehr offenhalten – und trugen sie in die warme Gesindekammer, wo sie schön zugedeckt sofort einschliefen. Dann halfen sie Küentzi, der inzwischen Clares Gebräu getrunken hatte, sich neben den Kindern einzurichten.

Bevor sie in die Küche zurückkehrten, berieten sie sich kurz im dunklen Gang, wie sie mit der Botschaft des Priesters umgehen wollten. Als sie endlich die Küche betraten, richteten Clare und die Köchin ihre Blicke erwartungsvoll auf Kyrill und Rachel, und Clare stellte sie unumwunden zur Rede: „Ich habe euer Flüstern gehört. Ich nehme an, ihr habt eure Lage als Fremde – oder seid ihr auch Andersgläubige? – besprochen. Kyrill, lasst also hören!“

„Wir alle sind in der Tat in einer schwierigen Lage“, begann Kyrill. „Bis anhin haben wir uns an die Regel gehalten, möglichst wenig Menschen zu treffen, um nicht mit der Seuche angesteckt zu werden. Für uns hat sich diese Regel bewährt. Aber dieser Priester und mit ihm die ganze Amtskirche wollen im Gegenteil, dass wir täglich die Messe besuchen, wo wir mit vielen anderen zusammenkommen und in großer Gefahr sind, uns anzustecken. Uns stellt sich also das Dilemma, welcher Regel wir gehorchen sollen.“

Er nahm einen Schluck aus dem Becher, den Rachel ihm mit Wasser gefüllt hatte.

„Gehen wir täglich zur Messe oder geißeln wir uns, so zeigen wir, dass wir die Seuche als Strafe Gottes verstehen und uns der Kirche als Autorität anvertrauen. Verstehen wir die Pest als ansteckende Krankheit und halten uns von Menschenmassen fern, so entziehen wir uns der Herrschaft der Kirche und übernehmen selbst Verantwortung für unsere Existenz. Wir können wählen."

Kyrill vergewisserte sich, dass ihm die Frauen gut zuhörten, bevor er fortfuhr: „Für Rachel und mich haben der Besuch dieses Priesters und seine Botschaft wenig mit der Seuche zu tun. Ich glaube, es geht der Kirche darum, Sündenböcke zu finden und die eigene Macht zu festigen. Warum sonst müssten Fremde mit Andersgläubigen in einen Topf geworfen werden? So haben sie es doch schon immer gemacht, die Papstkirche und ihr machtgieriger Klerus!"

Clares erster Impuls war, aufzufahren und Kyrill heftig zu widersprechen. Doch sie fühlte sich dem sachlichen Ton, in dem Kyrill gesprochen hatte, nicht gewachsen. Und war das Dilemma, das er beschrieben hatte, nicht auch ihres und das ihrer Familie? Sie wünschte, Küentzi wäre hier und könnte an ihrer statt argumentieren. Da sie zudem spürte, dass die Köchin Kyrill zustimmte, schwieg sie.

Lange sprach niemand. Clare wurde innerlich ruhiger, was ihr erlaubte, nach und nach Klarheit in ihr Gedankenwirrwarr zu bringen. Sie spürte, wie in ihrem Innern die Haltung der einstigen Nonne, die keine Kritik an ihrer Kirche ertrug, allmählich verblasste und der Gottesfreundin, die hergebrachte Glaubenssätze gern hinterfragte, Platz machte. Ihr ging auf, wie recht Kyrill hatte. Sie sah ihn an, nickte leise mit dem Kopf und flüsterte: „Danke!"

Jäh wurde die gedankenvolle Stille in der Küche durch beharrliches Klopfen am Hintereingang gebrochen. Die Köchin eilte hinaus, um nachzusehen.

Zu aller Überraschung führte die Köchin den schlaksigen Sekretär und Diener von Rulmans jüngerem Bruder Johannes an den Tisch. Nur die Wollmütze zog er vom Kopf, bevor er formvollendet begann: „Ich komme im Auftrag meines Herrn, des Burggrafen

Johannes Merswin, mit einer Nachricht für Herrn Rulman, oder seinen Leibdiener Kunrad."

Clare stellte sich vor und gab ihm Bescheid, weder Rulman noch Küentzi seien abkömmlich, weshalb er mit ihr Vorlieb nehmen müsse. Der Bote straffte sich und richtete aus: „Ins Holz der Toreinfahrt ist ein Davidstern eingeritzt worden. Mein Herr empfiehlt Euch, diesen sofort zu entfernen, um Schlimmerem vorzubeugen. Der Rat hat zwar für die Stadt eine nächtliche Ausgangssperre befohlen und von den für die Nachtwachen zuständigen Zünften verlangt, dass sie die Gassen häufiger und von größeren Einheiten patrouillieren lassen. Das Judenviertel wird von der Stadtwache neu Tag und Nacht gesichert."

Clare dankte dem Boten für die Warnung und lud ihn zu einem Glas Wein ein.

„Ich würde gerne ein Glas mit Euch trinken, liebe Frau Clare, doch ich muss noch zu einer anderen Hofstatt mit der gleichen Warnung und dann unverzüglich zurück zu meinem Herrn. Ihr könnt Euch das ständige Kommen und Gehen im Bischofshof nicht vorstellen! Zu jeder Tages- und Nachtzeit ruft man uns! Die Gemeindepriester sind überfordert. Die Zahl der Sterbenden, die nach den Sakramenten verlangen, wächst; die Spitäler sind überfüllt. Zudem verlangt ein Teil der Priesterschaft von uns, dass wir gegen die jüngsten Maßnahmen der Regierung zum Schutz der Juden Stellung nehmen. Mein Herr findet kaum Zeit für Schlaf, so nehmen ihn seine Geschäfte als Vorsteher der bischöflichen Verwaltung in Anspruch. Doch seid versichert, liebe Frau Clare, wenn die Zeiten wieder ruhiger geworden sind, nehme ich Eure Einladung gerne an."

Die Köchin begleitete Merswins Boten mit einem Licht wieder zur Hintertüre, während die Betroffenheit auf den Gesichtern in der Küche wuchs. Als die Köchin zurück war und wieder mehr Licht in den Raum brachte, wurden die Sorgenfalten auf den Gesichtern augenfällig. Alle sprachen zur gleichen Zeit, allein die Köchin übertönte alle: „Als Juden markiert zu werden, hat uns gerade noch gefehlt! Wer um Himmelswillen tut uns das an und warum?"

„Du hast Recht, solange die Judenhasser auf den Gassen das Sagen haben, sind wir mit diesem Zeichen in großer Gefahr!", stimmte ihr Clare zu.

Kyrill sinnierte: „Papst Clemens VI. hat erst im vergangenen Jahr zweimal geboten, die Juden zu schonen! Wenn nicht der Papst die Pfaffen zur Judenhatz anheizt, wer dann? Wem könnte in Straßburg ein Pogrom Gewinn bringen? Wer hat hier Schulden, die er nicht begleichen kann, aber loswerden möchte? – Clare, du wohnst doch hier. Was weißt du?“

„Küentzi könnte dir antworten. Er musste in seinem Lehrjahr in Rufach dem Schaffner des großen Klingentaler Zehnthofes zur Hand gehen und weiß, warum die Juden dort verfolgt und verbrannt wurden. Ich weiß nur, dass sein Rufacherjahr für ihn eine lange seelenlose Zeit wurde, nachdem seine Lehrerin Luggi – eine Gottesfreundin nota bene! – ihn hatte verlassen müssen. Wir können ihn morgen fragen.“

„Dann warten wir bis morgen. Morgen werden Kyrill und ich als erstes in aller Frühe den Judenstern entfernen. Er muss weg sein, bevor die gewalttätigen Banden wieder durch die Gassen pöbeln und ihn zu Gesicht bekommen“, entschied Rachel.

„Einverstanden“, sagte Kyrill und ergriff ein Licht, „aber jetzt gehen wir erst einmal schlafen. Komm, Rachel!“

Wortlos schob Clare der Köchin das andere Licht zu, erhob sich ebenfalls und folgte Vater und Tochter in die Gesindekammer, wo sie sich neben der Türe niederließ und die Laterne abblendete. Im wenigen Licht verfolgte sie, wie Kyrill als Ältester den wärmsten Platz am Ofen wählte, und Rachel sich zwischen Küentzi und ihren Vater klemmte. Sie vergewisserte sich, dass alle gut zugedeckt waren und legte sich mit einem wohligen Seufzer hin. Ohne aufzuwachen, nahmen die Schlafenden die Bewegung auf und schlossen zu ihr auf. Alle lagen dicht nebeneinander in einer Reihe und gaben ihre Wärme weiter. Noch waren die Nächte lang.

4

Der Widerschein des hellen Schnees auf den Dächern draußen half Küentzi, sich in der dunklen Kammer zurechtzufinden. Seine volle Blase rief nach Ablass und noch im Halbschlaf löste er seine Arme aus der molligen Wärme vor ihm. Fröstelnd kroch er zum Nachttopf, den Clare seit ihrer deutlich vorgeschrittenen Schwangerschaft in ihre Ecke gestellt hatte. Mit Behagen kuschelte er sich danach wieder an den Rücken unter der großen Decke vor ihm und spürte mit Vergnügen die warmen Hände des Kindes, das sich erneut an seinen Rücken schmiegte. Zufrieden, dass seine Hände die vertraute Wärme vor ihm wieder gefunden hatten, fiel er in Tiefschlaf.

Rachel war mitten in der stockdunklen Nacht von Küentzis leichtem Atem in ihrem Ohr geweckt worden. Sie hatte seine Arme um sich und eine Hand an ihrem Busen gespürt und sich still, ohne ihn zu wecken, von ihm befreit. Um sich vor neuerlichen Umarmungen zu schützen, hatte sie sich zu ihm gedreht, seine Hände ergriffen und versucht, ihn auf Abstand zu halten. Doch der Schlaf kam so nicht wieder.

Seine unruhigen Finger hielten sie wach, erinnerten sie an ihre erste, ungestüme Liebe. Je länger sie Küentzi in der Finsternis von sich hielt, desto üppiger erblühten ihr die Bilder körperlicher Erfüllung. Kleinste Bewegungen steigerten ihre Erregung und das Begehren nach lustvoller Berührung. Als Küentzi mit einer unerwarteten Bewegung freikam, gab sie ihren Widerstand auf, schmiegte sich mit ihrem Rücken ganz dicht an ihn und überließ seinen Händen den Platz, den sie suchten.

Während seinem kurzen Ausflug zum Nachttopf vermisste sie schon seine Nähe. Erst als sie wie vorher in seinen Armen lag – seine wohltuenden Hände am richtigen Ort! – fiel sie endlich selbst in Schlaf.

Als Kyrill, der als erster erwachte, sich am frühen Morgen aus seinen Decken schälte und dabei unabsichtlich auch Rachel abdeckte, konnte er im Halbdunkel der Kammer Küentzis Hände nicht sehen. Aber er sah die unziemliche Nähe der beiden Körper. Mit einem missbilligenden Runzeln der Stirn schüttelte er Rachel wach: „Leise, leise! Die andern schlafen noch. Steh auf, wir müssen den Davidstern wegputzen."

Gelassen, als ob sie sich jeden Morgen aus Männerarmen lösen müsste, entwand sie sich Küentzis Umarmung und folgte Kyrill in den Hof. Noch im Halbschlaf nahm sie von ihm einen groben Hobel, den er mit anderen Werkzeugen im Stall gefunden hatte, entgegen und hörte sich seine Anweisungen an: „Wenn wir den Pfosten bearbeiten, halt bitte Augen und Ohren offen."

Richtig wach wurde sie erst, als er ihr viel zu laut erklärte: „Denk dran. Wir sind hier, um unsere hiesigen Brüder und

Schwestern des Heiligen Geistes zu finden. Vielleicht schickt uns die Vorsehung einen Bruder oder eine Schwester vorbei, vielleicht gibt sich uns ein Nachfahre der Winkeler Familie zu erkennen." Inbrünstig blickte er zum Himmel. „Unser gemeinsamer Glaube wird sie zu uns führen, denn ihretwegen sind wir ..." Bevor er weitersprechen konnte, packte sie ihn am Arm, zog ihn ganz nah zu sich und zischte ihm zornig zu: „Schweig! Hier haben die Wände Ohren! Willst du uns brennen sehen?" Zornig stieß sie ihn von sich und ging ihm voraus vors Tor.

Beide erschraken ob der Größe des sechseckigen Sterns, dessen Linien wie eine Wunde hell aus dem matten Grün des Pfostens hervorstachen, und machten sich mit besorgten Gesichtern an die Arbeit. Während Rachel unauffällig die Bewegungen auf der Gasse beobachtete, versuchte er, die obere Spitze des Sterns wegzuhobeln. Es gelang ihm, einen hobelbreiten hellen Streifen ohne Grün zu schaffen, doch die Linien waren zu tief, um zu verschwinden. „Rachel, wir müssen einen anderen Weg finden, um uns von diesem Zeichen zu befreien. Geh hinein und suche ein Wappen der Merswins, zeichne es nach und bring es mir. Ich werde mittlerweile eine Fläche ohne Farbe hobeln."

In der Küche fand sie alle außer Rulman und Küentzi beim Frühstück. Erleichtert, dass sie Küentzi, der wie Rulman noch immer schlief, nicht vor allen gegenübertreten musste, schilderte sie Kyrills Schwierigkeiten mit dem Judenstern so farbig, dass Gertrude Rulmans Siegel aus der Schreibstube holte und ihr übergab: „Viel Glück! Denkt daran, der Stempel taugt nur für weiche Unterlagen."

Rachel lachte: „Ich weiß. Es geht meinem Vater ums Wappenbild, soviel verstehe ich gerade. Ich weiß aber nicht, was mein Vater mit dem Wappen vorhat."

Draußen vor dem Tor gab sie Kyrill den Stempel und fragte beim Anblick des freigelegten Holzes in der Mitte des Pfostens: „Was willst du mit dem kleinen Siegelstempel inmitten dieser großen, hellen Fläche bewerkstelligen?"

„Ganz einfach! Ich werde ein Abbild des Siegels mit so vielen, verschiedenen Linien in die helle Fläche einritzen, dass die Linien des Sterns ihre Bedeutung verlieren und das Ganze als Rulmans Wappen erscheint. Dabei musst du mir helfen: Halt mir das Siegel so, dass ich es auf den Pfosten übertragen kann." Leiser, nur für sie verständlich, fuhr er fort: „Du musst auch Ausschau nach unseren Freunden halten. Ich bin überzeugt, sie werden uns finden. Die Vorsehung wird sie zu uns führen – und sie uns zur hiesigen Gemeinde."

Sie beobachtete ihren Vater bei der Arbeit und bewunderte, wie geschickt er so viele neue Linien ins Holz ritzte, dass der Stern auch nach längerem Suchen kaum zu erkennen war. Kyrill hatte Rulmans Siegel als Schildform in den Torpfosten geritzt, sodass der Eindruck entstand, vor dem Wappen des Hofbesitzers zu stehen. Es fehlten nur noch die letzten Buchstaben des Namens ‚Merswin' darunter, als er in seiner Arbeit jäh unterbrochen wurde.

„Was macht Ihr hier!?", zischte eine Stimme hinter ihnen. Sie fuhren herum und sahen einen jungen Priester, der hinter sie getreten war. Er winkte einen Dominikanermönch, der die Szene von der anderen Straßenseite her beobachtet hatte, zu sich. Der Dominikaner übernahm: „Wer hat Euch dies erlaubt?"

Kyrill überlegte schnell. Hatte jemand im Auftrag der Kirche den Stern platziert und wollten sie dessen Entfernung verhindern? Oder glaubten die zwei Geistlichen, Vater und Tochter wären Mitglieder einer Diebsbande, die für die kommende Nacht einen Einbruchsort markierten? Rachel war schneller: „Wir gehören zum Gesinde Rulman Merswins und handeln in seinem Auftrag. Fragt im Haus nach. Der Verwalter wird es Euch bestätigen."

Rachel gelang es mit ihrer freundlich-unschuldigen Art, die zwei Kuttenträger zu überzeugen, dass alles mit rechten Dingen zuging. Der Lärm einer frühen Geißlergruppe, die sich – ohne Priester vorneweg, aber mit vielen Klageweibern als Gefolge – ihrem Haus näherte, half ihr dabei. Sie schickte ihren Vater in den Hof, verabschiedete die Geistlichen unter der Tür und half Kyrill, den Balken vorzulegen. Die wenigen Gaffer, die die Auseinandersetzung am Türpfosten angezogen hatte, machten als erste dem blutigen Umzug Platz. Die Geistlichen blieben noch eine Weile unschlüssig vor der geschlossen Pforte stehen, bevor sie dem Geißlerzug folgten.

Besorgt berichteten die Timmers in der Küche, was sich draußen ereignet hatte. „Was mich vor allem beunruhigt, ist das herrische Gebaren der beiden Geistlichen", sagte Kyrill. „Wer so auftritt, muss eine unbestrittene Autorität hinter sich spüren. Auch der Name

Merswin schien ihnen keinerlei Respekt einzuflößen. Also entweder sind das Fremde, die von den Verhältnissen in Straßburg keine Ahnung haben – und wenn es so wäre, müsste man sich fragen, was sie hier zu suchen haben. Oder sie dienen einer mächtigeren Herrschaft. Mir ist nicht wohl bei dieser ganzen Geschichte!"

„Büßt, büßt, büßt!", klang es von der Straße in die Küche, als sich Küentzi an den Tisch setzte. Schweigend blickte er reihum jedem in die Augen, bevor er verkündete, er habe seit langem nicht mehr so erfrischend geträumt und geschlafen. Er sei bereit, Bäume auszureißen und Berge zu versetzen! Dankbar über den guten Ausgang der von ihr verordneten Schlafkur ergriff Clare seine Hand und ließ sie erst los, um dem Meisterpaar die Botschaft des Schreibers von Rulmans Bruder auszurichten.

Ihr Bericht an die Herrschaften im ersten Stock oben war knapp. Alle fürchteten den Zusammenbruch der öffentlichen Ordnung in der Stadt. Auch die Bewohner des Rulmanschen Hofes fühlten sich hier nur begrenzt sicher. Der Judenstern am Tor habe allen klar gemacht, dass sie den Schutz von Rulmans und Gertrudes Familie brauchten. Ob deshalb Küentzi nach einem Besuch bei Rulmans Bruder Johannes auch Gertrudes mächtigen Vater um Hilfe bitten dürfe.

Gertrude überraschte Clare mit geradezu staatsmännischem Verhalten: „Ich wünsche Rulman nicht zu wecken. Seine Gesundheit geht vor. Ich erlaube mir, an seiner statt zu entscheiden."

Sie blickte auf ihren unter Fellen entspannt schlafenden Gatten, erhob sich und bestimmte leise: „Gestützt auf Ihren Bericht, Clare, erklären wir uns mit dem von Ihnen vorgeschlagenen Vorgehen einverstanden. Es ist mir wichtig – ja, ich poche darauf! – dass der Hilferuf an seinen Bruder in Rulmans und in meinem Namen ergeht." Sie wandte sich von Clare weg, ihr Ton wurde leiser und verbittert. „Welche Ungeheuerlichkeit, mich und Rulman, hier, in unserm Straßburg, als Juden und Ketzer zu diffamieren! – Wir brauchen alle Hilfe, die wir bekommen können." Sie überlegte kurz. „Mein Vater ist seit elf Jahren tot, doch meine Mutter aus dem Hause der seit 1332 entmachteten Zorn lebt noch. Sollte ein Besuch bei meinem Bruder, der den Rittertitel geerbt hat, nötig werden, wünsche ich vorher ein persönliches Wort mit Ihrem Gatten Kunrad."

Sie entließ Clare wie nach einer Audienz: „Ich danke Euch, liebe Clare, und bete, dass alles einfacher wird, als Ihr befürchtet. Haltet mich bitte auf dem Laufenden."

Clare bedankte sich mit einer Verbeugung und zog schnell die Tür hinter sich zu. Sie durfte ihre Herrin auf keinen Fall ihr Schmunzeln sehen lassen.

In der Küche funkelten ihre Augen noch immer belustigt: „Gertrude hat mir gegenüber zum ersten Mal ihre adlige Herkunft hervorgekehrt! Es war eine gekonnte Vorstellung. Sie ist mir gegenüber so überlegen aufgetreten wie damals die mächtigen Priorinnen im Klingental. Sie hat unsere Vorschläge gutgeheißen. – Küentzi, du sollst als erstes Johannes, Rulmans Bruder, um Hilfe angehen und musst die Herrin aufsuchen, bevor wir ihre Familie beanspruchen."

„Das trifft sich gut, denn ich muss sowieso die Pferde bewegen. Ein Ritt auf die Burg als Anfang passt mir ausgezeichnet. Zudem bin ich auf einem Pferd sicherer, falls sich der Pöbel mit mir anlegen will."

5

Was als kurzer Abstecher vor dem langen Ritt im Grünen gedacht war, wurde zu einem mühsamen und langwierigen Umweg zum Bischofsitz. Sobald sich ein Geißlerzug ankündigte, wurde das Pferd vom ungewohnten Lärm und Anblick unruhig und zwang Küentzi, in eine andere Gasse auszuweichen. Kam ihnen ein Trupp Judenhasser entgegen, geschah das Gleiche, wenn er im Sattel bleiben wollte. Statt die Burg zu erreichen, endete Küentzi unvermittelt auf einem gereizt schnaubenden und angespannt tänzelnden Tier vor dem Tor zum Judenviertel. Eine Stadtwache, die den Zugang zum Ghetto sicherte, erkannte die gefährliche Verkrampfung von Ross und Reiter vor ihm und empfahl Küentzi abzusteigen und das Pferd nach Hause zu führen. Doch der Rat kam zu spät.

Das schrille „Büßt, büßt, büßt!" eines schnell nahenden Pöbeltrupps, zusammen mit dem donnernden Befehl an den Wachzug, Kampfstellung einzunehmen, war für das Pferd zu viel. Wollte er nicht abgeworfen werden, musste Küentzi dem verängstigten Tier den Galopp erlauben. Er achtete nicht auf den Weg, nur darauf, dass sie auf dem unebenen Kopfsteinpflaster nicht stürzten und er sich im Sattel halten konnte. Alle machten ihm Platz, niemand wollte niedergeritten werden. Erst als das Pferd langsamer wurde, konnte er aufblicken und staunte, wohin es ihn geführt hatte. Das Tier hatte die breiten Gassen gewählt und trabte auf den Bischofsitz zu!

Am Ziel stieg er mit zittrigen Beinen vor dem seitlich gelegenen Stall ab und übergab einem Knecht die Zügel des verschwitzten Tieres. Wie ein wichtiger Kurier eilte er ins Gebäude. Zu Johannes kam er nicht durch, doch der Name ‚Merswin' hatte Gewicht. Ein beflissener Sekretär versicherte ihm, Rulmans Botschaft dem Burggrafen Merswin persönlich auszurichten.

Danach ging alles schnell. Er spielte den eiligen Kurier auf dem Heimweg, trieb das Pferd wo immer möglich zum Galopp und musste nicht in die engen Seitengassen ausweichen. Alle wichen ihm vorher aus.

Clare, die sich wegen Küentzis langem Ausbleiben Sorgen gemacht hatte, eilte in den Hof, sobald sie das lang erwartete Hufgeklapper hörte. Seinen Bericht über den irren Ritt durch Straßburg musste sie sich im Stall anhören, während er das verschwitzte Pferd versorgte. Sie begleitete ihn auch in den Hof, wo er lustlos das zweite Pferd zum Ausreiten sattelte. „Tut mir leid, dass ich dir beim Bewegen der Gäule nicht helfen kann. Aber warte einen Augenblick. Ich hole dir eine Stärkung aus der Küche." Am Herd schöpfte sie einen großen Becher Tee, reicherte das Getränk mit einem Löffel Honig und einem Schuss Schnaps an, hastete mit dem Becher in der Hand zurück in den Hof und reichte den dampfenden *‚tranc'* ihrem überraschten *‚recken'* auf dem ungeduldig tänzelnden Pferd. Während er den Becher leerte, wünschte sie ihm im vereisten Grün vor der Stadt tugendsame Einkehr und machte einen ungewollt schiefen Knicks. Besorgt verfolgte sie, wie ihr zum Adligen gemachter Gatte beim Wegreiten so aufrecht und steif im Sattel saß, dass er beinahe den Kopf am Torbogen anstieß.

Rachel und die Köchin hatten durchs Küchenfenster Küentzis Verwandlung vom müden Stallknecht zum begehrten, *‚edlen minnaere'* mit Befremden verfolgt. Doch Clares knapper Bericht über Küentzis irren Ritt zum Bischofshof war ihnen, wie auch Kyrill, der mit ihr zurückgekehrt war, Erklärung genug für Küentzis Gehabe. Und als Clare entschied, mit dem Hilferuf an Gertrudes Bruder, Ritter Reimbold dem Jüngeren, zu warten, bis sie genau wussten, wie der Burggraf seinem Bruder helfen wollte, nickten die drei nur anerkennend.

Küentzis Ritt aus der Stadt war einfach und schnell. Weder der dumpfe Blutgeruch, den der letzte Geißlerzug zurückgelassen hatte, noch das rotgefärbte Eis des Gassenbodens irritierten das Pferd. Die Leute mieden die Gassen nach wie vor, und der Alltagslärm war gering. Er brauchte vor dem Tor beide Hände, um den ungeduldigen Gaul zurückzuhalten und konnte den Gruß des Wächters nur mit einem angestrengten Nicken erwidern.

Nach dem Tor, beim Anblick der Felder hinter dem Gehölz der *‚Grünen Werth'*, wählte Küentzi einen breiten Weg ohne Verkehr und ließ das Pferd die Gangart bestimmen. Das Pferd belohnte sein Vertrauen, indem es nach einigen ungemütlichen Rutschern vom Galopp ohne sein Dazutun zum sichern Trab wechselte.

Wehmütig blickte er rheinaufwärts, suchte im rauchigen Dunst über der Ebene die Türme Basels. Er tröstete sich mit der hellen Schönheit der näheren Landschaft vor ihm, damit, wie das dunkel unterlegte Weiß der fernen Vogesenwälder die abschreckende Wildheit dieses alten Höhenzuges betonte. Ihm gefiel auch, wie die davorliegende, junge Hügellandschaft mit seidig-hellem Schnee prunkte. Stolz, als wäre er der Schöpfer, erkannte er in der strengen Geometrie der Weinberge auf den nahen Hügeln und dem scheinbar zufälligen Muster großer und kleiner Ortschaften das unaufhaltsame Wirken des menschlichen Willens.

Zufrieden wendete er das Pferd zum Heimweg und wurde mit einem freudigen Wiehern bedankt. Seine gute Laune ging ihm jedoch jäh verloren, als sich ihm auf dem Weg entlang dem *‚Gießen'* unvermittelt ein Fähnlein der berittenen Stadtwache entgegenstellte.

Er war in eine Übung dieser neuen, aus wohlhabenden Straßburger Bürgern zusammengesetzten Reitertruppe geraten und musste sofort Auskunft über das Woher und Wohin seines Rittes geben. Aus Respekt vor dem Namen Merswin erlaubten ihm die Gepanzerten immerhin, dass er nicht absteigen und sich nicht auf versteckte Botschaften durchsuchen lassen musste. Sie zwangen ihn einzig, zur Überprüfung seiner Angaben in Zweierreihe mit ihnen heimzureiten.

Je länger er sich wegen seines ungeübten, bäuerischen Reitstils ihre derben, anzüglichen Sprüche anhören musste, desto mehr beneidete er sein Pferd, das eindeutig die erregenden Gerüche und Geräusche seiner Artgenossen um sich genoss.

In Rulmans Hof zurück, knurrte er nur ein grimmiges „Ja", als Kyrill ihm anbot, das Pferd zu versorgen. Kein Wort über die Schmerzen seiner vor Reiten verkrampften Muskeln, kein Wort über sein unfreiwilliges und erniedrigendes Stelldichein mit den Reitern der Stadtwache. Zu lange hatte er seine Beine über den breiten Rücken des Pferdes spreizen müssen.

Clare, die zu ihm in die Küche geeilt war, begrüßte ihn und verfolgte still, wie er seinen warmen Tee trank. Sie kannte ihn gut genug, um zu wissen, dass sie von ihm jetzt auf die zärtlichste Frage keine Antwort bekommen würde. Sie übte sich in Geduld, verrichtete kleine Küchenarbeiten und setzte sich erst zu ihm, als er mit einem tiefen Seufzer den Kopf hob. Sie legte sanft einen Arm um ihn und fragte leise, was er draußen gesehen habe.

Als sie keine Antwort bekam, setzte sie sich ihm gegenüber und suchte seine Augen mit ihren. Sie hätte ihm gerne erzählt, wie sie jedes Mal, wenn sie den gehässigen Pöbel gehört hatte, die Kinder ins Haus gerufen und die Türe verriegelt hatte, aus Furcht, das Tor zum Hof würde aufgebrochen. Sie hätte ihm gerne ihre Angst wegen seinem unerklärt langen Wegsein gestanden; besonders später, als auf der Gasse Ruhe einkehrte. Nichts hätte sie jetzt mehr gewollt, als mit Küentzi über all dies zu sprechen. Doch er schwieg, starrte mit glasigem Blick auf den Tisch und gab keinen Ton von sich.

Empört über die ihr unverständliche, unverdiente Zurückweisung erhob sie sich mit Tränen in den Augen und verließ die Küche. Sie knallte die Türe hinter sich so hart zu, dass alle, wo immer sie im Haus waren, erschreckt aufhorchten. Erst im Heuschober, zwischen den zum Trocknen aufgehängten Kräutergarben, ließ sie ihren Tränen freien Lauf.

Küentzi blieb nicht lange allein. Rulman, der unbemerkt die Küche betreten hatte, erfasste seines Leibdieners Zustand mit einem Blick und erlöste ihn mit einem Befehl: „Kunrad, Ihr seid gesund an Leib und Seel, wie ich auch! Vertraut mir, wenn ich sage, dass Gott Euch wohlgesinnt ist! Ich habe erfahren, dass Ihr zuerst bei meinem

Bruder in der Stadt wart und Euch dann vor der Stadt über unsere Lage kundig gemacht habt. Berichtet mir nun ausführlich!"

„Überall liegt noch Schnee, die Wege sind vereist. Euren Bruder konnte ich nicht sprechen, aber sein Sekretär will ihm unsere Botschaft überbringen. Die Stimmung am bischöflichen Hof ist angespannt, ständig kommen Kuriere mit Meldungen aus der Umgebung. Einer trug das Basler Wappen am Arm."

Nun erst erfuhr Rulman all das, was er seit dem vergangenen Abend unter der Wirkung von Clares Arzneitrank verschlafen hatte: die Mahnung des fremden Priesters, man solle täglich zur Messe gehen und keine Fremden beherbergen, das Verschwinden des Stallknechts und die Sache mit dem Judenstern am Hoftor.

Dass Kyrill diesen in ein Merswin-Wappen verwandelt hatte, sei zwar löblich, bestätigte Gertrude, die unbemerkt Rulman in die Küche gefolgt war. „Aber ein zuverlässiger Schutz vor weiteren Nachstellungen ist das keineswegs", fügte sie hinzu. „Den gewaltbereiten Pöbel auf den Gassen müssen wir weiterhin fürchten!"

„Dieser Meinung bin ich auch", bestätigte Küentzi. „Nach allem, was ich gesehen habe, bin ich nicht sicher, ob die Stadtwache noch lange gegen die geradezu streitsüchtigen Haufen ankommt, die die Stadt unsicher machen."

Rulman reagierte jetzt wieder ganz diesseitig-bodenständig: „Wir müssen beraten, wie wir uns schützen", sagte er. „Rachel, sucht Clare und Kyrill, schickt beide zu uns. Ihr übernehmt die Kinder draußen. Köchin, Ihr bleibt hier."

So saßen am späten Nachmittag – außer Rachel, die im Hof mit den Kindern spielte – alle erwachsenen Mitglieder des geschrumpften Rulmanschen Haushalts zusammen am Küchentisch, um ihr weiteres Vorgehen abzusprechen. Kyrill drängte darauf, die ganze Toreinfahrt neu übermalen zu dürfen, um das Anwesen so unauffällig wie möglich erscheinen zu lassen. Das wurde von allen gutgeheißen.

Als man geraume Zeit später dabei war, die Vor- und Nachteile einer eigenen Nachtwache zu diskutieren, betrat Rachel die Küche. „Die Sonne ist am Untergehen und die Kinder haben Hunger", rief sie die Anwesenden in die Gegenwart zurück. „Außerdem haben wir Besuch. Der Sekretär des Burggrafen ist da und möchte eine Botschaft seines Herrn überbringen."

„Herein mit ihm! Ich hoffe, er bringt gute Nachricht“, sagte Rulman. Er straffte die Schultern. „Und Ihr, Rachel, habt natürlich recht. Die Kinder sollten etwas zu essen bekommen. Und wir Erwachsenen übrigens auch, samt unserem Gast vom bischöflichen Hof. Köchin, schürt das Feuer und setzt den Suppentopf auf!“

Als alle am Tisch Platz genommen hatten, ergriff der Sekretär auf ein Zeichen Rulmans das Wort: „Burggraf Johannes Merswin lässt seinem Bruder Rulman und Euch allen ausrichten, er habe veranlasst, dass die Stadtwache während der Nacht ihre Runde ausdehnt, sodass sie mehrere Male an Rulmans Hof vorbeikommt. Die Ritzerei am Türpfosten könnte gefährlich werden, wenn sie sichtbar bliebe. Ganz wichtig: Alle Einwohner sollten in den nächsten Tagen nur ausnahmsweise das Haus verlassen, denn der Erhalt der öffentlichen Ordnung ist erschwert. Es gibt in der Stadt gewaltbereite Parteiungen, denen jedes Mittel recht ist, um zum Ziel zu kommen.“

Sofort meldete sich Kyrill: „Nach dem Essen übermalen wir das Holz, wie abgemacht. Küentzi soll mir helfen. Rachel hält das Licht.“

Küentzi wandte sich an den Sekretär: „Von welchen politischen Zielen ist da die Rede?“

„Euch darf ich es wohl sagen“, holte der Bote aus. „Straßburgs alter Adel und viele Patrizier sowie der Bischof wollen die Herrschaft, die sie 1332 an die Zunftmeister abtreten mussten, zurückgewinnen. Dazu kommen die Handwerkerzünfte. Sie verlangen eine politische Vertretung, die ihrer wirtschaftlichen Bedeutung entspricht. Weiter kommt dazu, dass der Amtsklerus vom Bischof ein schärferes Vorgehen gegen die sich ausbreitenden Ketzergruppen verlangt.“

Der Sekretär räusperte sich und bat um einen Schluck Wasser. Die Köchin sprang auf, füllte am großen Wandkessel einen verzierten Becher und überreichte ihm diesen mit einem unbeholfenen Knicks. Er trank langsam, und ließ die Augen der Köchin nicht los, bevor er seinen Durst gestillt hatte.

Dann fuhr er fort: „Politisch unberechenbar sind gegenwärtig alle, die den Juden ihre Geldschulden nicht zurückzahlen können oder wollen. Fest steht: Solange Peter Swarber, unser Ammannmeister, sich an die von Papst und Kaiser erlassenen Direktiven hält und die Juden schützt, verdirbt er es mit allen, die ihre Schulden liquidieren wollen. Wer zuerst zu den Waffen greift, um sich durchzusetzen – Peter Swarber, der immer gut informiert ist, oder seine vielen Gegner – hängt gegenwärtig in der Schwebe. Die Situation ist hochexplosiv."

„Wieder einmal hängt alles davon ab, wer zugunsten eines andern zurückstecken kann. Ob eine gemeinsame, für alle vorteilhafte Lösung gefunden wird", warf Küentzi düster ein. „Luggi, meine Förderin im Klingental, erklärte mir damals in Rufach – das war vor zehn Jahren –, dass die Juden dort verbrannt wurden, weil alle – der Klerus, der Adel, die verschuldeten Rufacher Bürger – auf ihre Art aus dem Tod der Juden einen Vorteil zogen. Ich erinnere mich so gut, weil Luggi nie verstehen konnte, warum sie als Christin getadelt wurde, als sie die Morde hinterfragte und Mitgefühl für die vertriebenen Frauen und Kinder zeigte. Ich selbst habe gehört, wie die Priorin damals Luggis Wortmeldung als ‚unangebracht' abtat!"

Von der Erinnerung sichtlich aufgewühlt, holte Küentzi tief Atem, ehe er fortfuhr: „Wenn ich hier, auf der Gasse vor diesem Haus, die hasserfüllten Parolen gegen die Juden höre, fürchte ich, in Straßburg wiederholt sich, was weiter südlich im kleinen Rufach schon vor zehn Jahren von den Priestern und der Inquisition durchgespielt wurde. Die Christen, die ihren jüdischen Kreditgebern weder die Zinsen noch die Schulden begleichen konnten – oder wollten! – riefen die Inquisition, die gegen die Juden als Ketzer vorging." Er richtete den Blick auf den bischöflichen Sekretär. „Rufach untersteht dem Bischof von Straßburg, oder täusche ich mich?"

Dieser blickte gequält zur Köchin, als müsse er sich bei ihr für den Verlauf des Gesprächs entschuldigen, und setzte zu einer Antwort an. Doch Kyrill ließ ihm keine Zeit: „Der Inquisition ist es hier nie um die Juden gegangen. Den Dominikanern schon! Die Inquisition bekämpft Menschen, die sich als Christen verstehen und ihr Christentum anders leben, als dies die katholische Kirche lehrt. Welche Ketzer sucht also die Inquisition in Straßburg? Gehören die Gottesfreunde dazu?"

Rulman erkannte, dass das Gespräch eine gefährliche Wendung zu nehmen drohte. „Seid getrost", wandte er sich an Kyrill. „Die persönliche Anwesenheit unseres Gastes und seine freimütige Auskunft zeigt uns, dass wir alle hier unter dem persönlichen Schutz meines Bruders, des Burggrafen, stehen. Zudem: Bevor es zu einem Inquisitionsverfahren gegen die Gottesfreunde kommen könnte, müssten die Dominikaner Anklage vor dem Gericht erheben, in dem mein Bruder einsitzt. Als Gottesfreund könnte mein Bruder alle rechtzeitig warnen und ihre Verteidigung vorbereiten."

Der Sekretär nickte heftig und übernahm: „Als Gottesfreunde müsst ihr die Inquisition nicht fürchten. Der Burggraf wäre ja selber von einem Verfahren betroffen und würde ein solches sicherlich verhindern. Der Davidstern an eurem Haus ist eine viel gefährlichere Bedrohung, denn der Hass gegen die Juden hat inzwischen kreuzzugähnliche Formen angenommen." Er senkte den Kopf, sprach leiser: „Leider weiß ich nicht, was genau der Bischof von Straßburg und Vertreter der Städte Straßburg, Basel und Freiburg mit elsässischen Herrschaftsträgern in Benfeld am 13.Jänner beschlossen haben. Sicher ist nur, dass sie sich zur Klärung der ‚Judenfrage' getroffen und radikale Maßnahmen besprochen haben."

Er wandte sich an Küentzi: „Ja, Rufach gehört zur Diözese Straßburg. Und: Ja, die Bischöfe und ihre Vögte bekamen damals die Armlederbanden und den verschuldeten Landadel nicht in den Griff. Doch sie haben daraus gelernt. Um die Ordnung zu sichern, haben sich 1345 die wichtigen oberrheinischen Städte und Bischöfe im Landfriedensbündnis Unterstützung gegen jegliche Art von Aufruhr versprochen. Hoffen wir also, dass sie diesmal ihre Städte und das Land nicht dem Chaos überlassen!"

„Ja, das hoffen wir!", klang es einhellig aus der Tischrunde zurück. Rulman erhob sich mit Gertrude vom Tisch und verabschiedete sich mit den Worten: „Mein Bruder scheint sich über mich und meinen Haushalt mehr Sorgen zu machen als über die Zukunft Straßburgs. Ich werde für ihn und uns beten."

Der Sekretär erhob sich, verneigte sich vor ihm: „Ihr habt völlig recht. Ich bin von Eurem Bruder beauftragt worden herauszufinden, wen Ihr Euch zum Feind gemacht habt und wer Euch des Ketzer- und Judentums beschuldigt." Ob Rulman ihn noch gehört hatte, war nicht auszumachen. Auch Gertrude gab kein Zeichen des Verstehens, als sie die Türe hinter sich zuzog, was den Sekretär verunsichert in die Runde blicken ließ.

Bevor jedoch jemand frisch geweckte Ängste formulieren konnte, tischte die Köchin in bester Laune auf und entlockte dem Sekretär, nebst viel Lob für ihre Suppe, noch einige beruhigende Auskünfte über die Stimmung am Bischofshof. Es hätte der Eindruck einer lockeren, sorgenfreien Tafelrunde entstehen können, hätte Kyrill nicht gedrängt, das wenige Tageslicht zu nützen, um den Türpfosten zu übermalen. Er verließ den Tisch als erster, kehrte kurze Zeit später zurück und meldete: „Ich habe alles Material vorbereitet. Komm, Küentzi, wir müssen uns beeilen. Das Licht ist schwach und ich habe keine Laterne gefunden.“ Küentzi erhob sich, Clare mit ihm. Die Kinder seien müde, sie werde sie schlafen legen, sagte sie.

Rachel begleitete die beiden Männer, um ihnen mit einer Laterne aus der Schlafkammer die Arbeit zu erleichtern. Sie hielt das Licht am Tor für Küentzi hoch, damit er besser erkennen konnte, wo er das Holz aufrauen und den Staub abbürsten musste. Sie arbeiteten still, bis Kyrill mit dem Eimer Farbe, die er mit etwas Leinöl geschmeidig gemacht hatte, zu ihnen trat und ganz leise flüsterte: „Könnt ihr erkennen, ob sich im Schatten unter dem Torbogen schräg gegenüber jemand versteckt und uns beobachtet?“

Rachel bestätigte ebenso leise, sie könne ganz vage einen Schatten ausmachen, aber mehr nicht. Küentzi, der mit dem Rücken zur Straße auf der Leiter stand, flüsterte von oben: „Wenn wir wissen, wer uns beobachten lässt, können wir dies dem Burggrafen melden. Ist sein Sekretär noch im Haus?“

Kyrill setzte den Eimer mit Ochsenblutrot ab, murmelte etwas Unverständliches und ging ins Haus. Er fand die Köchin und den Sekretär so vertieft in ein Gespräch, dass er kaum wagte, sein Anliegen vorzubringen. Die Köchin gab den Sekretär jedoch frei, nachdem er ihr versprochen hatte, ihr persönlich zu berichten, wer auf der Lauer liege.

Leise verließen die Männer das Haus durch den Hinterausgang. Sie wollten gerade vom vereisten Pfad, der die Hinterhöfe verband, in die breite Gasse zu Rulmans Hof einbiegen, als sie die lauten Schritte der Nachtwache hörten. Sie zogen sich schnell zurück und warteten, bis der Trupp vorbeigezogen war.

Vorsichtig tasteten sie sich mit abgedecktem Licht in die breite, rutschige Gasse vor, wo das Licht von Rachels Laterne für alles Weitere genügen musste. Doch kein Licht wies ihnen den Weg oder verriet ihnen den Schnüffler gegenüber der Einfahrt. Überrascht hielten sie inne und horchten gespannt in die Finsternis. Ein leichtes Hüsteln, das sofort verstummte, als die Tür zu Rulmans Einfahrt geöffnet wurde, verriet ihnen, dass der Schattenmann noch immer an seinem Platz war. Sobald sich ihre Augen an das von Rachel nun hochgehaltene Licht gewöhnt hatten, gingen sie vorsichtig auf den Unbekannten zu und vertrauten darauf, dass die Geräusche, die Küentzi und Rachel mit ihrer Arbeit verursachten, ihre tastenden Schritte übertönen würden.

Sie mieden das spärliche Hell in der Mitte der Gasse, bewegten sich nur im Schatten der auskragenden Stockwerke der Wohnhäuser, und wenn auch Küentzi sich bewegte. Tauchte er die Bürste in die Farbe, machten sie einen Schritt. Klatschte er die Farbe aufs Holz, machten sie den nächsten und näherten sich langsam ihrem Ziel, einer Gestalt in langem Umhang. Als Küentzi von der Leiter stieg, um am Boden die Farbe umzurühren, machte Kyrill, dicht gefolgt vom Sekretär, zwei große Schritte, blendete die Laterne auf und zischte: „Zeig dein Gesicht!"

Der so Geblendete hielt eine Hand vors Gesicht und versuchte, aus dem Licht wegzutauchen, spürte die Hände des Sekretärs, der ihn zu packen versuchte, warf diesen rüde um und entledigte sich hastig des Lodenumhangs, in den sich der Sekretär verkrallte. Der stattliche Kerl wäre entkommen, hätte ihn Küentzi nicht von hinten gepackt und zu Boden gedrückt. Im Schein der zwei auf ihn gerichteten Laternen gab der Ertappte seinen Widerstand auf und bat unter der bleichen Wolke seines Atems um Frieden. Seine weiße Robe verriet den Dominikaner. Sein Gesicht passte allerdings nicht zu dem Ordensbruder, der Kyrill früher gefragt hatte, wer ihm erlaubt hätte, am Tor zu arbeiten.

Küentzi lockerte seinen Griff, sodass der Dominikaner, dessen Deutsch nicht einmal zum Grüßen ausreichte, sich aufrichten und auf Lateinisch dem Sekretär des Burggrafen erklären konnte, wer er sei.

Nach einigem Hin und Her stand fest, dass sie einen der Sekretäre des vom Bischof angeforderten Inquisitors in ihrer Gewalt hatten, und der Sekretär des Burggrafen wies Küentzi an, den Mönch freizugeben. Langsam richtete sich dieser zu seiner hageren Größe auf, blickte auf die dunklen Gestalten hinter den Laternen, nickte zum Dank und wollte verschwinden. Doch Kyrill, dem das Gehörte überhaupt nicht genügte, trat mit dem dunklen Umhang, den er vom Boden aufgehoben hatte, ins Licht und fragte: „Mönchlein, du hast nicht nur deinen Umhang vergessen, du hast auch vergessen, uns dein Versteckspiel zu erklären. Also: Warum durften wir dich nicht sehen?“

Der Sekretär übersetzte hastig und wenig präzise. Denn die Antwort des Dominikaners bereitete ihm nicht nur sprachlich Mühe. Inhaltlich bestätigte sie seine früheren Befürchtungen. Des Dominikaners Aufgabe sei es, die der Ketzerei verdächtigten Einwohner mit Unterstützung seiner hiesigen Mitbrüder zu erfassen und Unterlagen für ihren eventuellen Prozess bereitzustellen. Denn bevor der Inquisitor ein ordentliches Verfahren eröffnen könne, müssten Beschuldigungen gesammelt und aufgearbeitet werden.

Nachdem Kyrill sich alles angehört hatte, überreichte er dem unheimlichen Mönch wortlos den Umhang und trat schnell hinter die Laterne. Niemand sollte sein grimmiges Gesicht sehen, während der Mönch sich mit dem dunklen Umhang wieder zum schwarzen Schatten machte und eilig davonschritt. Kyrill und der Sekretär kehrten in die Küche zurück, Küentzi und Rachel an die Malerarbeit am Tor.

Die Kälte setzte den beiden zu. Rachels Hände zitterten, wenn sie die Laterne für Küentzi hochhielt, damit er die übrig gebliebenen hellen Flecken übermalen konnte. Während er mit klammen Fingern die Farbe auftrug, dachte er laut: „Wenn diese dünne Farbschicht gefriert, bevor sie ins Holz eindringen kann, fällt sie wie Wundschorf ab und bleibt als rote Flecken auf dem Eis liegen.“

Rachel richtete das Licht auf vielen dunklen Flecken auf dem Boden und erkannte die neue Gefahr: „Wir müssen putzen, sonst meint bei Tageslicht jedermann, hier sei in der Nacht ein Mord geschehen.“

Küentzi spann den Faden weiter: „Blut unter dem Davidstern an der Haustüre wäre wohl eine Einladung an den Pöbel, das Haus zu stürmen.“ Doch bevor sie handeln konnten, hörten sie die Nachtwache auf dem Rückweg. Schnell sammelten sie ihr Gerät ein und zogen sich in den Hof zurück, wo Küentzi hastig nach Rachels Laterne griff und sie abdeckte. Kaum war der verräterische Schein erloschen, schlüpfte Rachel, ohne zu überlegen, in seine Arme und gab ihm einen langen Kuss, den er wie selbstverständlich erwiderte. Was folgte, geschah wie von allein: Die kalten Finger suchten vertraute Stellen am Körper des Andern, wo sie sich aufwärmen konnten. Nur der rasche Puls der Atemwolken über ihrem sanft schwankenden Schatten verriet, wie hitzig sie sich begehrten. Als der Trupp am Haus vorbeigezogen war, gaben sie sich frei.

„Wir müssen aufhören damit!“, sagte Küentzi hart.

„Ich weiß nicht“, bekam er zur Antwort. „Es fühlte sich gut an. Wie letzte Nacht! Etwas Schlechtes oder gar Böses kann es also nicht sein!“

Nun war er ganz durcheinander. War er das Opfer einer Verwechslung? Waren die süßen Erinnerungen aus der vergangenen Nacht gar echt, mehr als die Überreste eines Traumes? Erschreckt besann er sich auf die Gegenwart: „Wir haben Arbeit! Bitte leuchte mir!“ Er malte, schabte verräterische Farbtupfer vom Eis und sprach erst wieder, nachdem das Tor für die Nacht verschlossen war: „Bin gespannt, wie alles bei Tageslicht aussieht.“

„Alles wie vorher, nur frisch für den Frühling!“, kam es zurück. Verunsichert suchte er ihre Augen, doch sie ging ihm rasch mit dem Licht voraus und zwang ihn so, ihr zu folgen.

6

Als Küentzi und Rachel die Küche betraten, entschuldigte sich die Köchin beim Sekretär, sie müsse sich um die beiden ‚Eisheiligen‘ kümmern, und half dem durchfrorenen Paar aus ihren schweren, mit Eis gesprenkelten Mänteln. Während die zwei sich schweigend am Herd die Hände wärmten, stellte sie zwei Becher mit warmem Wein auf den Tisch. Die mittlerweile nassen Kleidungsstücke trug sie zum Trocknen in den warmen Vorraum. Ihr Gepolter schien den Hausherrn geweckt zu haben, denn Rulman stand, ungewohnt warm verpackt, plötzlich in der Küche, noch bevor sie zurück war.

Er setzte sich aufgeräumt an den Tisch und trank einen der bereitgestellten Becher in einem Zug aus. „Das tat gut!“, verkündete er. „Ich habe nach dem Beten geschlafen und bin jetzt so frisch und wach wie seit langem nicht mehr. Ich werde nachher weiterschreiben, was mir während des Betens aufgegangen ist. Ich schreibe nämlich im Auftrag Gottes. Gott will das ‚unbelehrte aber begnadigte

Laientum' über den geschulten Klerus erheben, wie uns *der Gottesfreund aus dem Oberland* lehrt." Er trank auch den zweiten Becher leer, wischte sich genüsslich den Mund ab und wandte sich an den Sekretär seines Bruders: „Bist wohl selber ein Gottesfreund. Hab dich gleich durchschaut. Sieh! Alle hier sind Gottesfreunde! Alle stehen ein für die Laienfrömmigkeit, die alle Stände umfassen soll: Pfaffen, Ritter, Knechte! Dafür lohnt es sich zu kämpfen!"

Der Sekretär blickte verlegen auf seinen Becher, Rachel hielt den Blick gesenkt. Küentzi überlegte, was Rulman mit diesem überraschenden Bekenntnis wirklich meinte. Hatte Rulman in seiner Aufzählung die Bauern ausgelassen, weil die Bauern sich nicht bilden konnten? Kannte er als Patrizier nur den Stand des Adels, des adligen Klerus sowie das einflussreiche Bürgertum? Oder meinte er gar, die feudale Ordnung mit frommen Laien aushebeln, und selber Politik machen zu können?

Bevor Küentzi eine Frage stellen konnte, machte sich Kyrill Luft: „Gut, dass der Spitzel vor der Türe Eure Sätze nicht hören kann, ehrenwerter Meister Rulman! In seinen Ohren macht Ihr euch der Ketzerei schuldig, wenn Ihr Laiengeistliche geweihten Priestern gleichstellt." Kyrill holte tief Atem. „Wollt Ihr wirklich die Kirchenordnung außer Kraft setzen, indem Ihr einem Laien, wie Ihr einer seid, erlaubt, wie ein Pfaffe die Sakramente zu spenden? Oder geht Ihr noch weiter und wollt die Sakramente gar abschaffen? Wollt Ihr Euch wirklich mit der Amtskirche anlegen und Euch selber zum Ketzer machen? Euch ist doch klar, dass Laiengeistliche – immer aus der Sicht der Romkirche! – die Glaubenslehre verändern, den geweihten Dienern Gottes ihre Macht nehmen und die Welt dem Teufel überschreiben würden."

Rulman war baff. Eine so harte Abfuhr hatte er von einem Mitstreiter und Bewunderer der Gottesfreunde nicht erwartet. Gekränkt, dann verlegen traurig, blickte er Unterstützung heischend reihum. Er konnte – wollte? – nicht verstehen, dass seine begeisterten Aussagen über die Bedeutsamkeit des mystischen Glaubens als politisch und kirchenfeindlich verstanden wurden. Alle verspürten Mitleid mit ihm. Alle schwiegen.

Nur Clare, die sich erst während Kyrills letzten Sätzen zu ihnen gesetzt hatte und sich schlaftrunken die Augen rieb, fragte diesen unbefangen: „Welchen ketzerischen Umsturzes verdächtigt Ihr unseren gütigen Meister Rulman?“ Als von ihm keine Antwort kam, wandte sie sich ungeduldig an Küentzi: „Du bist hier – soviel ich weiß – neben Rulman der Einzige, der Erfahrung im Umgang mit Mystikern hat. Was meinst du?“

Dieser wollte zuerst seinen Unmut über die Auseinandersetzung mit dem Dominikaner loswerden, tat sich mit seiner Zusammenfassung aber so schwer, dass Clare ihren weitschweifigen Gatten unterbrach: „Ist die Lage so gefährlich, dass wir Angst haben müssen?“

„Ich glaube nicht, dass wir wegen Meister Rulmans Aussagen über die Gottesfreunde gefährdet sind“, antwortete er schnell und legte den Arm um sie. „Seine Äußerungen zur Kirche und zum christlichen Glauben provozieren wohl die gleichen Traditionalisten, die schon Meister Eckhart als Ketzer verschrien haben. Solange Johannes Tauler mit seiner Autorität als Mystiker und Priester ihn als Beichtvater begleitet, scheint er mir vor der Inquisition sicher. Zudem hat er die Protektion des Burggrafen.“

Clare wandte sich an den Sekretär: „Dieser Agent des Inquisitors – war sein Latein gut?“

„So viel ich verstanden habe, war es sehr gut!“

„Dann geht es um mehr als um die Gottesfreunde“, folgerte Clare überzeugt. „Es geht um Ketzer. Mystiker und Mystikerinnen wurden schon früher vereinzelt da und dort bekämpft. Ist dem nicht so, Küentzi?“ Er nickte und sie wandte sich wieder an die andern. „Wenn jetzt aber ein gut geschulter polnischer Dominikaner ohne Deutschkenntnisse im Dienst der Inquisition auftritt, dann bekämpft die Kirche einen älteren, für sie bedrohlicheren Feind als die Gottesfreunde am Oberrhein. Die sind doch eine ganz junge und für die Kirche unbedeutende Bewegung.“ Clare schwieg.

Während sie gesprochen hatte, hatte der burggräfliche Gesandte sie mit zunehmendem Befremden angeschaut. Keine der vielen ihm bekannten weiblichen Bediensteten konnten so lange so logisch denken und sprechen. Er fühlte sich überfordert, schwieg. Sie nahm seine stille Herausforderung an und wartete, ihre Augen unverwandt auf ihn gerichtet.

„Küentzi", sagte er schließlich in einem Ton, dessen Überheblichkeit alle überraschte, „man muss sich doch sehr wundern, wie gut sich deine Frau in diesen theologischen Dingen auskennt."

„Wer mit Rulman wohnt und für ihn arbeitet", entgegnete Küentzi ruhig, „erfährt alles über die Gottessucher, die neuen wie die alten. Dazu kommt, dass Johannes Tauler in diesem Haus verkehrt. Er ist Rulmans Beichtvater und ein Schüler Meister Eckharts. Leider letzthin viel zu selten." Er konnte es nicht lassen: „Wie Ihr sicherlich wisst, war Meister Eckhart mehrere Male hier in Straßburg. Er wurde der Häresie angeklagt, jedoch nie verurteilt."

Der Sekretär richtete sich auf und erklärte im gleichen Ton wie Küentzi: „Wer als Sekretär für den Burggrafen Merswin arbeitet, kennt nicht nur die vornehmen Familien Straßburgs – und damit die Taulers –, er kennt auch Eckharts Vita und weiß um seine Beziehungen zu seinen Ordensbrüdern und -schwestern in Straßburg."

Clare unterdrückte ihren wachsenden Ärger über die Gockelei der beiden Männer und dankte dem Sekretär für seine aufschlussreichen Ausführungen. Die Köchin, die begriff, worum es Clare ging, nahm mit süßester Stimme den Sekretär in Beschlag, und Rachel, die die ganze Zeit kaum den Blick erhoben hatte, gab mit einem Zeichen Kyrill zu verstehen, sie würde sich zurückziehen. Er erhob sich sofort, und Clare löste sich erleichtert von Küentzi. Bevor sie Kyrill und Rachel nach oben folgte, flüsterte sie ihrem noch immer angespannten Gatten zu, er solle den Sekretär einladen, hier zu schlafen. Sogleich bat Küentzi den Gast, dessen Anwesenheit für alle Schutz und Sicherheit bedeute, die Nacht hier zu verbringen.

Ohne eine Antwort abzuwarten, ließ er sich von Clare in die Schlafkammer führen, wo sich die Timmers wie vergangene Nacht eingerichtet hatten. Was die zwei in der Küche Zurückgebliebenen beschlossen, würden sowieso alle morgen beim Frühstück erfahren.

7

Es war noch stockdunkel, als Rachel sich aus Küentzis Armen löste und eine zweite Laterne anzündete. Clare, die schon länger wach gelegen hatte, schälte sich ebenfalls aus den Decken und folgte Rachel schweigend in die Küche.

„Guten Morgen. Ich habe euch erwartet. Der Tee ist warm, das neue Brot im Ofen“, lud die Köchin die beiden mit einer Handbewegung zum Sitzen ein.

Clare nickte nur, während sie sich setzte, und rückte ihren dicken Bauch zurecht. Rachel grüßte förmlich, schenkte allen Tee ein und fragte neugierig: „Warum hast du uns erwartet?“

„Ich habe es gespürt. Mich dünkte, ihr wart gestern Abend angespannt wie selten und habt wohl kaum Schlaf gefunden.“

„Wann hat der Sekretär das Haus verlassen?“, hakte Rachel nach.

Die Köchin errötete, ihre Augen begannen ungewollt zu leuchten: „Vor Kurzem erst.“ Beide schwiegen.

Clare ergriff als erste wieder das Wort: „Ich hoffe, er war es wert!“ Sie erschrak, als sie das Gesicht der Köchin sah. Natürlich erlaubte ihr Rang als Leibdienerin Getrudes und als zweifache Mutter eine flapsige Bemerkung, doch zumindest diese gönnerhafte Bemerkung brauchte eine Entschuldigung: „Es tut mir leid! – Er scheint mir ein guter Mann, für mich allerdings zu jung.“ Sie nahm die Hand der Köchin: „Glaube mir: Ich würde es aufrichtig bedauern, wenn du dich an einen minderwertigen Wichtigtuer vergäbst! Du bist meine Freundin!“

„Er ist nur wenig älter als ich“, verteidigte sich die Köchin, „und hat es weit gebracht! – Und: Ich mag ihn!“

Rachel richtete sich an Clare: „Wie kommt es, dass du, nur wenig älter als ich, verheiratet, zudem Mutter, in kirchlichen Fragen so bewandert bist? Ich kenne keine andere Frau, die so gebildet in einer so niedrigen Stellung arbeitet und so geschickt mit wichtigen Männern umgehen kann. Was ist dein Geheimnis?“

Clare drückte eine Faust in ihren Rücken, streckte sich und sagte in bestimmtem Ton: „Jetzt ist nicht die Zeit für eine ausführliche Antwort auf deine Frage. Du wirst sie nach der Geburt des Kindes bekommen, wenn Küentzi – von dem ihr allerdings schon Einiges mitbekommen habt! – und dein Vater dabei sind. Allerdings nur unter der Bedingung, dass ihr Timmers dann auch euer Geheimnis preisgebt. Abgemacht?“

„Abgemacht“, sagte Rachel und entspannte sich wieder.

„Wann kommt denn nun dein Kind?“, fragte die Köchin und ergänzte grinsend: „Ich will wissen, wie lang ich warten muss, bis eure Geheimniskrämerei ein Ende hat.“

„Es sollte ein Frühlingskind werden, doch vielleicht kommt es schon früher. Zu viel Aufregung, zu viel Streit, zu viel Angst und Schrecken treiben es hinaus in die Welt!“

„Dann verspreche ich, dass ich dafür sorgen werde, dass du es hier ruhig hast und dass das Kind hier eine friedliche Welt vorfindet“, verpflichtete sich die Köchin.

„Zum Wohle deiner Familie werde ich der Köchin überall helfen, ihr Versprechen zu erfüllen!“, doppelte Rachel nach. Unaufgefordert reichten die drei einander die Hände und bestätigten ihren Bund mit einem kräftigen „So sei es.“

„Amen!“, überraschte Rulman die drei unter der Türe.

Sie ließen einander sofort los, als wären sie bei etwas Unanständigem ertappt worden. Clare reagierte als erste: „Habt Ihr einen Wunsch, Herr?“

Rulman rieb sich die Augen, ging nicht auf sie ein: „Ihr habt gebetet, wie es sich gehört.“ Er blickte eine Frau nach der andern an, als ob er sie zum ersten Mal sähe, dann zeigte er mit dem Finger auf Clare, zwinkerte ihr zu und verwirrte die andern: „Ich dulde in meinem Haus weder Hexen noch ihre Rituale, wir sind hier nicht in einem Frauenkloster.“

„Mein Herr, die Köchin und Rachel haben mir versprochen, trotz der wüsten Vorgänge in unserer Stadt sicherlich bis nach meiner Niederkunft hier auszuharren. Gemeinsam werden wir drei still und bescheiden weiterhin für Euer und unser aller Wohl sorgen.“ Mit feinem Spott fuhr sie fort: „Kennt Ihr etwa eine Nonne, die in ihrem Kloster ihre Niederkunft und das Wochenbett planen konnte, wie ich dies hier mit der Köchin und Rachel eben getan habe?“

Wieder ging Rulman nicht auf sie ein, so als ob er gar nicht hingehört hätte.

„Ich brauche Stille, denn Gott lässt seine Stimme in der Stille hören. Er spricht in der Stille. In diesem Haus finde ich diese Stille nie. Ich will hinaus vor die Stadt. Wo bleibt Küentzi?“ Nach einem langen

Blick auf Clares Bauch beauftragte er Rachel, Küentzi zu ihm in die Studierstube zu schicken, und verschwand.

Schnell ging Rachel in die Schlafkammer zurück, wo Küentzi mit den Kindern ‚Aufwachen' spielte. Es war ein einfaches Spiel: Nacheinander durften sie sich wieder hinlegen und bestimmen, wie sie geweckt werden wollten. Als Margret sich wünschte, mit einem Kuss geweckt zu werden, lachte Rachel vergnügt, legte sich neben Margret und wünschte sich das Gleiche. Doch als Küentzi sie auf die Wange küssen wollte, drehte sie ihm geschickt den Mund zu, genoss die hauchzarte Berührung und teilte einem verwirrten Küentzi mit großen Augen mit, Rulman erwarte ihn in seiner Stube.

Sie blieb bei den Kindern und spielte mit ihnen weiterhin ‚Aufwachen', um Kyrill, der ihre reizvolle List halbwegs mitbekommen hatte, aus seiner dunklen Ecke zu locken. Mit Erfolg. Kyrill spielte überzeugend den Greis, der gutmütig brummelnd die Traumwelt verlässt, und Rachel begeisterte die Kinder in der Rolle einer verliebten Jungfrau, die die Luft küsst.

Küentzi machte dem Spaß ein Ende, als er mit der Aufforderung zurückkehrte, Kyrill möge ihm für eine Besprechung zu Rulman folgen.

Rulman begrüßte Kyrill feierlich: „Als Gottesfreund kennst du sicherlich die Bedeutung der Stille für die Gottessuche. Ich möchte, dass du mich zur ‚*Grünen Werth*' begleitest. Dort, auf dem Landspitz zwischen ‚*Breusche*' und ‚*Ill-Stadtgraben*', wo noch immer die Überreste der Heiligen Dreifaltigkeitskirche stehen, dort in der Stille möchte ich mit dir beten. Küentzi wird uns begleiten."

Kyrill dankte Rulman und unterstützte ihn: „Wie recht Ihr habt, Bruder. Die Welt ist der große Tempel Gottes, und diejenigen schränken seine Herrlichkeit ein, welche Kirchen und Klöster bauen und meinen, seine Göttlichkeit beweise solchen Örtern mehr Gunst und seine Güte sei deshalb dort leichter zu finden. Bruder, gemeinsam wollen wir an dem von Euch gewünschten stillen Ort beten."

Küentzi, der sich schon der praktischen Aufgaben dieses Ausflugs annehmen wollte, hielt überrascht inne. Hatte er richtig gehört? All die geweihten Orte, in denen er die meiste Zeit seines Lebens verbracht hatte, sollten die Herrlichkeit Gottes einschränken! Nie wäre ihm in den Sinn gekommen, sein Kloster Klingental mit all seinen vielen Bewohnern könnte außerhalb der besonderen Gunst Gottes stehen. Hatte nicht ein Engel während eines Gewitters den tödlichen Blitz von der klösterlichen Mühle abgewendet, als er – ein Junge noch – das Mahlwerk putzte? Er musste Clare von dieser beunruhigenden Sicht auf ihre frühere Heimat berichten.

Er fand Clare an ihrem Lieblingsort, im Heuschober über dem Stall. Sie saß auf einem Schemel zwischen ihren Kräutergarben und liebkoste mit den Händen den Nachwuchs im Bauch. „Sei gegrüßt, lieber Gatte!“, empfing sie ihn strahlend. „Endlich werden die Tage wärmer. Die schlimmste Kälte haben wir wohl hinter uns. – Doch, du blickst so ernst! Was bedrückt dich?“

Hingerissen gab ihr Küentzi einen zarten Kuss, bevor er ihr, schon etwas ruhiger, die vielen verstörenden Fragen, die Kyrills Äußerung in ihm ausgelöst hatte, beschrieb.

Clares Gelassenheit erstaunte ihn: „Mich beunruhigen solche Glaubensfragen nicht. Ob ein Gottesfreund die Kirche so grundsätzlich in Frage stellt wie Kyrill, kümmert mich nicht. Ich bin zufrieden, dass Rulman in Kyrill ein ihm ebenbürtiges Gegenüber sieht, mit dem er sich über Glaubensfragen streiten kann. Dich, als Leibdiener und Sekretär, kann Rulman nie als ebenbürtig anerkennen. Mit dir kann er nie auf Augenhöhe über Gott und den Glauben diskutieren, denn du bist ihm unterstellt und mit uns von ihm abhängig. Auch wenn er es sich wünschte, kann er den Standesunterschied zwischen euch nicht aufheben. Er wird nie sicher sein, ob du ihm nach dem Mund redest, oder ob du offen deine Gedanken vorbringst und deine eigene Meinung äußerst. – Freu dich, denn bald wirst du zum dritten Mal Vater.“

Sie klatschte belustigt in die Hände: „An die Arbeit!“ und warf ihm zum Abschied eine Kusshand zu, die er stilvoll auffing und mit Behagen zurückhauchte.

In der Küche freute sich Küentzi, dass das Wunder, das die andern bei seinem Meister schon beobachtet hatten, anhielt. Rulman stand mit gekämmtem Haar vollständig bekleidet am Herdfeuer und diskutierte mit Kyrill zusammenhängend und klar über die Bedeutung gewisser Bibelstellen. Ungläubig staunte Küentzi, wie geduldig sich Rulman von Kyrill in den schweren Wintermantel helfen ließ, und wie gleichmütig er wartete, bis auch sein Knecht warm eingepackt das Trio vervollständigte. Noch traute Küentzi der neuen Aufgeräumtheit seines Meisters nicht. Zu lange hatte er unter dessen fiebriger Unrast und Unberechenbarkeit gelitten.

Während die drei lauschten, ob die Gasse ruhig blieb und kein ferner Lärm eine unheilvolle Bande ankündigte, behielt er Rulman aus Angst, dieser könnte sein Verhalten plötzlich ändern, stets im Auge. Erst als Rulman ihm belustigt zuzwinkerte und auf das Tor zeigte, ging er hinaus, vergewisserte sich, dass keine Gefahr drohte, winkte die andern zu sich und wartete, bis die Köchin die Türe hinter ihnen verriegelt hatte.

Rulman übernahm wie erwartet die Führung, ging Kyrill und Küentzi voran und hetzte sie durch die matschigen Gassen zum Stadttor. Da nur wer musste unterwegs war, kamen sie schnell voran. Der Torwächter, der sich bei ihrem Anblick auf einen Schwatz freute und ihnen ehrerbietig einen schönen Morgen wünschte, musste sich mit einem hastigen Gruß von Kyrill und Küentzi zufriedengeben. Rulman stürmte wortlos an ihm vorbei, hatte nur Augen für die *‚Grüne Werth'*, seinen Lieblingsort in der vereisten Landschaft vor ihm.

Mittlerweile schien die Sonne kräftiger durch das filigrane Dach aus vereisten Ästen und brachte das Eis zum Schmelzen. Tauwasser fiel in großen Tropfen zu Boden, weichte das Eis auf dem Weg zur *‚Grünen Werth'* auf und machte das Vorwärtskommen schwierig. Nach dem ersten gefährlichen Rutscher verlangte Kyrill, dass sie sich die Hand gaben, um besser voranzukommen. Doch nach einem ersten gemeinsamen und schmerzhaften Sturz ging Rulman allein weiter, am Ende im Schneematsch auf allen Vieren.

Vor der Ruine der alten Kirche trafen sie sich wieder, Füße und Hände eiskalt, Kleider durchnässt und verschmutzt. Rulman flüsterte „Still, kein Wort!", wies mit einer weiten Bewegung vom Himmel auf die Erde und zurück ins Licht, legte die Hand ans Ohr und schien im steten Tropfen des schmelzenden Eises das Lied der Schöpfung zu hören. Er fiel auf die Knie und betete still.

Schweigend sah sich Kyrill um und erkannte sofort die Vorzüge dieses Ortes. Die nahe Stadtmauer hielt nicht nur den Lärm der Stadt zurück, sondern auch unüberlegte und neugierige Wanderer. Der Platz war ideal als Ort der Einkehr und des stillen Schaffens. Wie

Rulman vor ihm, legte Kyrill die Hand ans Ohr. „Hört ihr die Engel Gott loben? Hier kann auch der Mensch hören, wie Gott zu ihm spricht." Er breitete die Arme aus: „Hier ist ein Leben im Geiste möglich, denn jeder kann im Wind den Atem Gottes spüren!"

Rulman erhob sich schwankend und suchte verwirrt Küentzis sicheren Blick. Leise und feierlich gestand er: „Gerade habe ich SEINE Stimme gehört." Wieder ging er auf die Knie, faltete die Hände zum Gebet, richtete die Augen auf den Himmel und verkündete ins unendliche Blau: „Die Stimme sagte mir: Errichte hier ein ‚*hus der flucht*'!" Er senkte demütig den Kopf und sprach kaum hörbar: „Ich danke und gehorsame Dir, oh Herr." Laut gelobte er: „Hier baue ich Dir, oh Herr, ein Haus des Rückzugs!"

Kyrill ging neben Rulman mit gefalteten Händen auf die Knie, Küentzi blieb mit hängenden Armen neben beiden stehen. Er überlegte bestürzt – nach außen hin ruhig – welche Folgen dieses Versprechen für seine Arbeit und für Rulmans Haushalt haben würde und erschauerte beim Gedanken an die vielen Arbeiten, die Rulman ihm als Leibdiener und Sekretär zusätzlich abverlangen würde. Küentzi verwünschte seine Abhängigkeit vom Säckel dieses heilsgewissen, maßlosen Eiferers, der zweifelsfrei seinen Sekretär ausbeutete.

Küentzi brauchte Hilfe, schnelle Hilfe, praktische Hilfe, um den Ehrgeiz seines Meisters zügeln zu können. Johannes Tauler, den Rulman als unbedingte Autorität in Glaubensfragen anerkannte, wäre der ideale Helfer gewesen. Doch solange der im Umgang mit Mystikern erfahrene Mönch Straßburg zu meiden schien, blieben Küentzi nur seine Mitbewohner. Rulman vertraute Clare, Gertrude und neu Kyrill, von dessen unverkennbar festem und tiefem Glauben sich sein Meister hatte beeindrucken lassen. Sicherlich würde auch die Köchin helfen. Ihr praktischer Verstand hatte sich bewährt. Mit ihr könnte es gelingen, eine alltagstaugliche Form für Rulmans Frömmigkeit zu finden. Küentzi nahm sich vor, alle seine Mitbewohner so schnell wie möglich zusammenzurufen. Gemeinsam würden sie Rulmans für alle nachteiligen Ehrgeiz bremsen!

Küentzi rieb sich die Hände warm und räusperte sich mehrmals so aufdringlich laut, dass die Betenden aufhorchten und sich ihm zuwandten. Beim Anblick des schlotternden Dieners spürte wohl auch

Rulman die sich durch die nassen Kleider fressende Kälte und erhob sich. Kyrill folgte ihm.

Der Heimweg wurde zur Rutschpartie bis zum Stadttor und danach ein mühseliges Umtrippeln des Unrats, der zwischen den Häusern im Eismatsch auftaute. Doch trotz der äußerlichen Widrigkeiten leuchteten Rulmans und Kyrills Augen noch immer, als sie zu Hause ankamen.

Küentzi ließ Rulman und Kyrill in der Obhut der Frauen und machte es sich in der Sonne im Hof bequem. Mit geschlossenen Augen überließ er sich seinen Gedanken, überdachte die Zukunft seiner jungen Familie und endete mit der Frage, ob für sie der Erwerb des Straßburger Bürgerrechts wichtig wäre.

Er erinnerte sich, dass seine Patin im Kloster Klingental, die vornehme Nonne Guota Münch, ihm erzählt hatte, der Stifter des Basler Klosters Klingental, Walter von Klingen, sei Bürger von Straßburg gewesen und habe als Ritter und Vertrauter von König Rudolf von Habsburg hier mehrere Häuser besessen. Heute wusste Küentzi aus eigener Anschauung, warum.

Straßburg war reicher, größer und politisch wichtiger als Basel und war seit jeher von den ganz großen Fürsten begehrt worden. Auch die Kämpfe zwischen den Päpstlichen und Kaiserlichen waren hier in jüngster Zeit heftiger und mit einschneidenderen Folgen als in Basel ausgetragen worden. Denn in Straßburg ging es um mehr als um eine gute Brücke über den Rhein. Hier gerieten die einflussreichsten Fürsten Europas aneinander, weil sie die früh vom Fernhandel reich gewordene und mächtige Stadt für sich beanspruchten.

Straßburgs Bürgerschaft hatte sich verselbständigt und Partei für den gebannten Kaiser Ludwig den Bayern, und gegen den französischen König genommen. Geistliche, die dem Papst in Avignon die Treue hielten und den Bann befolgten, wurden durch Kaisertreue ersetzt und ihre Kirchen wieder geöffnet. Der Straßburger Fürstbischof hatte mit der neuen Regierung aus Bürgern und Patriziern gebrochen und lebte seither mit Parteigängern des Avignoneser Papstes auf einer nahen Burg im Exil. In Basel hingegen hatte der Fürstbischof seinen Sitz halten können, hatte Kompromisse zwischen den verfeindeten Parteien vermittelt und war selber solche eingegangen. Er hatte die reiche Bürgerschaft und die Zünfte sich in die Regierung einkaufen lassen, hatte den Geistlichen einen großzügigen Umgang mit dem Kirchenbann gestattet.

Mit Wehmut dachte Küentzi an Johannes Tauler und dessen Predigten, die er sich noch als unbedarfter Junge in der alten St. Brandanskapelle im Großbasel hatte anhören dürfen. Tauler war damals mit den Straßburger Dominikanern nach Basel ins Exil gegangen, hatte als Kaiserlicher dort gepredigt und mit Hilfe des Leutpriesters Heinrich von Nördlingen sein Netz der Gottesfreunde ausgebaut.

Küentzi öffnete langsam die Augen und blinzelte in die Sonne. Seit Tagen warteten sie in Rulmans Hof auf Taulers Rückkehr von einer Reise zu Gottesfreunden in den Niederlanden. Alle wünschten, er käme hier vorbei und würde sich vor Rulmans religiösen Ehrgeiz stellen, denn im fiebrigen Straßburg konnte jedes eigenwillige Verständnis der Glaubensform als Verirrung ins Ketzertum gesehen werden. Dass die Inquisition Rulmans Hof beobachten ließ, war schlimm. Ein Ketzerprozess gegen Rulman wäre die Katastrophe. Selbst Rulmans Bruder, der Burggraf, konnte nichts gegen die Inquisition ausrichten. Rulmans Hof würde aufgelöst, alle würden ihre Existenz verlieren.

Bevor Küentzi in den Sog weiterer schwermütiger Bilder geriet, erinnerte er sich zum Glück, dass der burggräfliche Sekretär versuchte hatte, ihnen die größeren Zusammenhänge ihrer Lage aufzuzeigen. Der redegewandte Verehrer der Köchin hatte ihnen den Herrschaftsanspruch des alten Adels als die treibende Kraft hinter den gefährlichen Vorgängen in der Stadt beschrieben.

Doch warum rief der Fürstbischof die Inquisition zu Hilfe? Hatte die Geistlichkeit nicht genug materiellen Nutzen, wenn die Pest als eine Strafe Gottes für sündiges Verhalten verstanden wurde? Neue Fragen, keine Antworten.

Küentzi erhob sich langsam, um seine Arbeit als Diener, Sekretär, und Knecht wieder aufzunehmen. Für ihn stand fest: Er wollte Antworten auf diese Fragen finden. Deshalb musste er mehr über die Hintergründe des gegenwärtigen Kräftemessens in der Stadt erfahren.

Die Suche nach Tauler kam zuerst. Taulers Erfahrung als Priester und Theologe würde der verängstigten Gemeinschaft hier sofort nützen. Wäre Küentzis Suche ergebnislos, müsste Clare Rulman erneut einen heilsamen Schlaftrunk verabreichen. Niemand konnte erwarten, dass Rulmans Besonnenheit von heute früh den Tag überdauern würde.

„Richtig. Nur die Pferde hast du vergessen. Sie müssen auch heute bewegt werden“, ergänzte Clare und kniff ihn in die Seite. „Du hast laut Zwiesprache mit dir selbst geführt, mein lieber Gatte, und nicht einmal gehört, wie ich neben dich getreten bin.“ Sie fasste sein Kinn: „Was ich von deinem Gemurmel verstanden habe, gefällt mir, und ich werde deine Gedankengänge in der Küche weitergeben.“

Sie gab ihn frei, hauchte ihm einen Kuss und zeigte auf den Stall, wo die Pferde einmal mehr lautstark ihr Recht auf Bewegung anmeldeten. Auf den Stufen zur Küche winkte sie und quittierte Küentzis lautes „Danke“, ohne sich umzudrehen.

8

Rulmans großer Hengst ließ sich im Hof willig aufzäumen. Geradezu respektlos setzte er die Hufe in den glitschigen Schnee. Ihm gefiel der Tanz auf dem rutschigen Untergrund. Noch besser gefielen ihm Küentzis lockere Zügel in der Gasse. Er griff lustvoll aus, zwang die wenigen Fußgänger in die Hauseingänge, wollten sie nicht vollgespritzt werden. Eine geradezu gespenstige Ruhe lag über der Stadt. Die Händler zeigten sich nicht, die Marktstände blieben leer, Handwerker arbeiteten hinter verschlossenen Türen. Keine johlenden Banden geiferten Judenhass, keine von grimmigen Priestern angeführte Büßerzüge warben mit dumpfen Paukenschlägen für die Rettung der Seele durch blutige Selbstgeißelung. Wer an diesem kalten Morgen in Straßburg unterwegs war, bewegte sich zielstrebig und schnell wie ein Kurier – wie Küentzi. Niemand bremste ihn auf seinem Weg zu den Dominikanerinnen am ‚*Gießen*‘.

An der Klosterpforte wurde Küentzi sofort eingelassen. Im engen, frisch geweißelten Besucherraum verglich er, wie jedes Mal, wenn er eine Klosteranlage besuchte, diese mit ‚seinem‘ Kloster in Basel. Nur die Königsfelder Klöster waren in seinen Augen größer, höher und schmucker als die Klingentaler Bauten gewesen. Die Straßburger Dominikanerinnen machten keine Ausnahme, lebten kleinräumig und bescheiden. Die Nonne, die den Raum betrat, war jedoch keine einfache Reuerin. Sie trug die klassische weiße Tracht aus gutem Tuch und hielt sich streng aufrecht wie die vornehmen Klingentalerinnen. Ihre Haltung, ihr kühler, scharfer Blick verriet ihre gehobene Abkunft, und er ging vor ihr auf die Knie.

„Ich bin Nonne Greda. Ihr wünschtet mich dringend zu sprechen?"

Küentzi stellte sich vor und beschrieb ihr ausführlich Rulmans Not, um ihr zu zeigen, wie entscheidend der Besuch seines Jugendfreundes und geistigen Mentors wäre.

„Wir alle erwarten seine Rückkehr aus dem Norden. Nicht nur Rulman braucht seinen Beistand", bedauerte Taulers Schwester. „Was Straßburgs gegenwärtige Ordnung betrifft, kann ich Euch beruhigen. Unser Konvent hat familienbedingt ausgezeichnete Beziehungen zu den früheren und gegenwärtigen Mächtigen. Ich nenne hier nur die Loeselins und die Mosungs und kann Euch versichern, kein Christenmensch soll in unserer Stadt Schaden leiden, wenn ‚das beständige Regiment' unserer Zünfte erneuert wird. Unser Bischof Berthold hat seit Amtsantritt zum Papst in Avignon gehalten, den Bayer bekämpft und sich gegen Peter Swarber und seine geheimen Räte gestellt. Seit die Stadt im vergangenen Jahr dem franzosennahen Karl IV. den Treueid geschworen hat, haben unser Bischof und der alte Adel beste Aussichten, wieder in der Regierung vertreten zu sein."

Greda vertritt offensichtlich loyal Bischof Bertholds Politik, ihre Auskunft deckt sich mit den Auskünften des burggräflichen Sekretärs, dachte Küentzi. Allein, ob der Bischof sich in der Judenfrage gegen Papst Clemens und gegen den König stellen würde, hatte sie ihm nicht verraten. Als er dazu mehr von ihr erfahren wollte, nahm sie unmissverständlich Stellung: „Die Juden sind Christusmörder und Brunnenvergifter!" und beendete nach einer kurzen Pause das Gespräch. „Ich werde Euch benachrichtigen, sobald sich mein Bruder hier meldet. Er wird Rulman zu sich bestellen oder zu Euch kommen. Ich wünsche Euch Gottes Segen und Kraft in dieser schwierigen Zeit."

Nachdem die Klosterpforte hinter Küentzi wieder verriegelt war, seufzte er laut. Mit dieser Auskunft konnte er seine Leute wenig beruhigen. Greda, die sich offensichtlich in der Politik auskannte, schien überzeugt, dass sich der Bischof zusammen mit der hiesigen Geistlichkeit in der Judenfrage gegen Papst und Kaiser durchsetzen würde. Die Gefahr einer Judenhatz war eindeutig nicht vorbei. Wie sie vom polnischen Dominikaner vernommen hatten, ging es jedoch bei Rulman und seinem Hof um mehr als einen Davidstern. Mit dessen Beseitigung könnten sie die Judenhasser täuschen, die Inquisition wären sie jedoch nicht los.

Küentzi schauderte, als ihm aufging, dass für den Patrizier Rulman die unberechenbare Wut der Zukurzgekommenen, zusammen mit der Gier seiner Neider, die größere Bedrohung war. Deshalb musste er bei Rulmans Bruder erreichen, dass die Stadtwache den Schutz der Bewohner von Rulmans Hof übernahm.

Auf dem Ritt zum burggräflichen Palast bot sich Küentzi das gleiche Bild wie auf dem Weg zu den Dominikanerinnen. Wenige Leute, wenig Betrieb. Alle wichen ihm in die Hauseingänge aus, als ob sie den Reiter mehr als die von den Hufen aufgeworfenen Eisspritzer fürchteten. Wer unterwegs war, verdeckte furchtsam das Gesicht. Küentzi wurde mulmig zumute. Doch erst beim Anblick des völlig leeren Platzes vor dem Bischofspalast und nach dem ruhigen Gruß der Wache am Eingang ging ihm auf, was er auf dem Ritt durch die Straßen und Gassen hierher wahrgenommen, aber nicht hatte wahrhaben wollen. Die lauten, aufdringlichen, jedem Wetter trotzenden Bettler waren verschwunden. Diese Leute verkrochen sich nur, wenn sie um ihr Leben fürchteten!

Im Palast wollte er die verstörende Erkenntnis unbedingt dem Sekretär melden, doch dieser war abwesend, und niemand wollte sich um sein Anliegen kümmern. Alle hatten wichtigere Geschäft und schienen guter Dinge.

Er ritt auf schnellstem Weg zurück und rief die andern in die Küche, wo er ihnen die leeren, von Angst erfüllten Gassen und die für ihn überraschend ruhige Stimmung am bischöflichen Amtssitz und bei Taulers Schwester schilderte. „Ich habe in den Gängen des bischöflichen Hofes noch nie so viele zuversichtliche Beamte und Kleriker gesehen wie heute. Sie schienen mehr zu wissen als ich. Auch Taulers Schwester. Sie redete mit mir, als würde der Bischof nächstens zurückkehren und einem von der städtischen Geistlichkeit und dem Adel unterstützten Regiment vorstehen. Ich vermute, der alte Adel hat sich mit dem neuen Bürgertum abgesprochen, sonst wäre die Kirche nicht so zuversichtlich."

Sein Schluss gefiel weder Kyrill noch Rachel noch der Köchin. Sie sprach nach einem tiefen Seufzer für alle: „Hoffen wir, dass der Machtwechsel ohne Blutvergießen über die Bühne geht."

Rulman erhob sich düster. „Ich werde mich jetzt in meine Kammer begeben und beten. Ich werde auf Gott hören, er wird mir den Weg weisen. Tut es mir gleich!"

„Wohl gesprochen", sagte Kyrill und verließ die Küche. Auch Gertrude schickte sich an, ihrem Gatten zu folgen. Sie hatte einen besorgten Blick Clares aufgefangen und flüsterte ihr im Vorbeigehen zu: „Später. Beim Eindunkeln." Clare nickte stumm, dann sagte sie: „Ich gehe jetzt die getrockneten Kräuter abhängen und in Dosen und Säckchen versorgen. Margarete, willst du mir helfen?" Vergnügt hüpfte die Kleine hinter ihrer Mutter her zur Tür hinaus.

„Ich muss noch das zweite Pferd bewegen", sagte Küentzi, an Werner gewandt. „Kommst du mit?" Das ließ sich der Junge nicht zweimal sagen und folgte seinem Vater in den Hof hinunter.

In der Küche blieben die Köchin und Rachel zurück. „Er hat's dir angetan, der Sekretär, nicht wahr?", neckte Rachel.

„Nun ja, er sieht gut aus", sagte die Köchin verlegen und zögerlich. „Er hat Temperament. Er weiß viel und kann gut reden … Und überhaupt, was soll's – er gefällt mir!"

„Das kann ich gut verstehen", lächelte Rachel. „Und er scheint ja auch eine wichtige Person unter den Dienstleuten des Burggrafen zu sein. Was genau ist denn dort seine Stellung?"

„Darüber haben wir noch nicht so richtig gesprochen", gestand die Köchin. „Wir waren ja beschäftigt. – Aber du hast recht. Ich weiß fast nichts über ihn. Aber ich will ihn wiedersehen. Ich will, dass er mich noch ganz oft besucht …" Sie stockte und blickte plötzlich erschreckt auf. „Aber vielleicht kommt er ja gar nicht mehr wieder. Vielleicht wollte er sich nur eine Nacht lang mit mir vergnügen …" Plötzlich rannen ihr Tränen über die Wangen. „Was habe ich ihm denn zu bieten!?", fragte sie Rachel und blickte sie kummervoll an.

Rachel streichelte ihr die abgearbeiteten, rotgescheuerten Hände. „Es ist gut, wenn ihr euch auf dem Lager gut versteht", sagte sie. „Aber ich denke, einen Mann wie ihn musst du auch vom Kopf her beanspruchen. Ich zweifle nicht, dass du ihm auch geistig gewachsen bist – aber er muss das spüren und erfahren. Du musst es ihm zeigen!"

„Aber wie soll das gehen!?" Die Köchin schaute Rachel mit großen Augen an. „Ich bin hier wohl die Herrin der Töpfe und Pfannen. Aber mehr kann, bin und weiß ich nicht."

„Auch wenn er der Sekretär des Burggrafen ist", erwiderte Rachel, „ein Schriftgelehrter ist er nicht. Er ist ein einfacher Schreiber. Und Lesen und Schreiben, das kannst du auch lernen. Dann bist du ihm ebenbürtig."

Als die Köchin nur den Kopf schüttelte, fuhr Rachel fort: „Ich hatte das Glück, dass ich schon als Kind von meinem Vater mit der geschriebenen Sprache vertraut gemacht wurde. Das hat mir eine neue, große Welt eröffnet. Und was ich gelernt habe, kannst du auch erlernen. Ich werde dir dabei helfen, wenn du willst."

Zuerst fassungslos, dann mit inniger Freude umarmte die Köchin ihre neue Freundin und genoss es zu spüren, wie diese ihre Umarmung erwiderte.

„Aber", erhob Rachel nun ihre Stimme, fasste die Köchin an den Oberarmen und blickte ihr streng in die Augen, „dieser Unterricht muss unser Geheimnis bleiben. Nicht einmal die Schaffners, und auch nicht Vater Kyrill dürfen das Geringste davon erfahren!"

Die Köchin war klug. Sie begriff schnell, dass Rachels leise Fähigkeiten und ihre unaufdringliche Gläubigkeit für beide ein gefährliches Glück waren, und sie war sofort einverstanden, dass der Unterricht zum Schutz beider Frauen geheim bleiben musste. Sie umarmte Rachel erneut und küsste sie: „Niemand wird auch nur ein Wort von mir erfahren!" Schüchtern fragte sie, ob Rachel nicht schon jetzt mit dem Unterricht beginnen könne.

Als Antwort streichelte Rachel nur zärtlich der Köchin Hände und verließ den Raum. Zurück brachte sie eine kleine Bibel, die sie auf den Tisch legte. Ehrfürchtig schlug sie deren Deckel auf und zeigte mit dem Finger auf die ersten zwei Worte auf der ersten Seite und las laut: „Am Anfang." Der Unterricht hatte begonnen.

Dass Rachels Bibel auf Deutsch verfasst war, überraschte die Köchin wenig. Sie hatte in Rulmans Dienst früh mitbekommen, dass Gottesfreunde oder geweihte Pfarrer ihre religiösen Erfahrungen und Erkenntnisse niederschrieben und als deutsche Texte austauschten. Dass die einfache Tochter eines Gottesfreundes ohne Arbeit, sich den Luxus einer eigenen, deutschen Bibel erlauben konnte, war für sie eine echte Überraschung.

Während in der Küche zwei Frauen einander halfen, ihr Leben sanft zu verändern, ritt Küentzi mit Werner auf dem Schoß durch leere Gassen zum ‚*Weißen Tor*'. Anstatt des leutseligen Torwächters von heute früh empfingen ihn dort zwei gepanzerte Soldaten mit grimmigen Gesichtern. Sie hatten seinen Weg misstrauisch verfolgt, bis sie aus der Nähe den Reiter mit Kind als harmlos einschätzten konnten, und winkten ihn ohne Gruß durch. Ihre Aufmerksamkeit galt wieder dem Stadtinnern. Mit dem Rücken zum ‚*Gießen*' beobachteten sie angestrengt die leeren Gassen, als ob sie von dort einen Feind erwarteten.

Küentzi bemühte sich, Werner sein mulmiges Gefühl nicht spüren zu lassen und ritt scheinbar unbekümmert aus der Stadt. Er zielte aufs offene Feld, wo kein Schmelzwasser von den Bäumen tropfte. Unterwegs zeigte er dem Knaben einen im Wind rüttelnden Falken, machte den Jungen auf die kleinen grünen Knospen an den Büschen am Wegrand aufmerksam und erlaubte dem Ross einen flotten Trab durch den Schneematsch. Als Küentzi das Pferd, dem dieser Ausflug ins Freie gefiel, zum Heimweg wendete, warf es trotzig die Lippen auf und wieherte wild. Es wollte eindeutig noch nicht zurück. Ganz im Gegensatz zu Küentzi. Er wollte nach Hause. Er wollte seine Familie beisammenhaben, zog Werner an sich und packte die Zügel fester. Die völlig leeren Gassen, die verdoppelten, angespannten Wachen, sowie die unheimliche Ruhe in der Stadt deutete er als den Beginn des beängstigenden Aufstandes gegen Swarbers Regiment.

Aus Angst, das Opfer anstehender Gräuel zu werden, wurde er Opfer seiner eigenen Angst und sah vor seinem geistigen Auge, wie blindwütige Umstürzler ihn mit Werner vom Pferd rissen, sie in den Kerker steckten und verhungern ließen. Verfangen im Geflecht seiner Ängste, lockerte er vor dem Stadttor die Zügel und ermunterte das

Pferd, seine eigene Gangart zu wählen. Er war überzeugt, dass sich weder ein Torwächter noch später jemand dem scheinbar freilaufenden Pferd in den Weg stellen würde.

Das Pferd zog los und holte nach, was es draußen verpasst hatte. Während Werner das heftige Auf und Ab auf seines Vaters Schoß genoss und meinte, das Pferd mache Kapriolen zu seiner Unterhaltung, wenn es den Tritt verpasste, rutschte oder gar einzuknicken drohte, verkrampfte sich Küentzi mit jedem Rutscher mehr. Das Pferd preschte an der Torwache vorbei, und er wusste bald kaum mehr, wie er sich mit Werner im Sattel halten sollte, geschweige, wie er den ungezügelten Ritt beenden konnte. Er zitterte vor Anstrengung, als sie endlich unversehrt Rulmans Hof erreichten, und Kyrill sie einließ.

„Das war toll, Vater, so gut wie du möchte ich auch reiten können, wenn ich groß bin", rief Werner mit roten Wangen Beifall klatschend. Dem Empfänger dieses Lobes hingegen bereitete jede Bewegung Schmerzen.

„Bitte hebe Werner vom Pferd herunter", sagte er zu Kyrill, „und hilf mir beim Absteigen!"

Clare eilte in den Hof, gab den freudig plappernden Werner an Rachel weiter und setzte Küentzi in der Küche ans Feuer. Während sie mit teurem Kampferöl die verkrampften Muskeln ihres Gatten massierte, schilderte Werner auf Rachels Schoß in allen Einzelheiten die bestandenen Abenteuer. Er schloss mit einem überzeugten: „Ich finde, Vater müsste für diesen furchtlosen Ritt über Eis und Schnee zum Ritter geschlagen werden!"

Küentzi hatte sich inzwischen so weit erholt, dass er lachend Werners Vorschlag unterstützte und auf eine eigene Darstellung des Rittes verzichtete. Er wartete damit, bis die Kinder schliefen und sich alle, außer den Merswins, neugierig und beunruhigt in der Küche versammelt hatten.

Er beschrieb, wie gespannt die Torwächter jede Bewegung in den Gassen beobachteten, wie trügerisch die Ruhe in der Stadt schien, und er schloss: „Ich glaube nicht, dass uns heute der Sekretär des Burggrafen besuchen und das Neueste berichten kann. Ich habe gesehen, wie überlastet die bischöfliche Verwaltung ist. Aber auch ohne ihn wissen wir, dass wir mit einem Judenstern am Tor in des Teufels

Küche geraten. Wir müssen uns also selber helfen." – „Die Stadtwache soll einen Soldaten beim Tor als Wächter abstellen und bei jedem Rundgang mit einem andern ablösen. Rulman bezahlt der Stadt sicherlich genug Steuern", forderte Kyrill unüberlegt. Die andern schwiegen. Bis Rachel nach einem vorwurfsvollen Blick auf Kyrill meinte: „Ein uns zugeteilter Stadtwächter hätte uns zweifellos zu einer ruhigen Nacht verholfen. Doch dafür ist es jetzt zu spät." Clare entschied: „Wir müssen selber Wache halten. Alle! Ich werde auch Gertrude fragen." – „Wir sind dabei!", stimmten ihr die andern laut zu. Auch Gertrude war bereit mitzumachen. Nur Rulman, der von Clares Medizin schon tief schlief, fiel weg.

Die Frauen übernahmen jeweils ein Wache zu zweit; Kyrill und Küentzi je eine allein. Gertrude, die sich am Morgen um Rulman kümmern musste, und Clare, die als Schwangere nie genug Schlaf bekommen konnte, erhielten die erste Wache. Beide hofften danach, ohne Unterbruch bis in den Morgen schlafen zu können. Rachel und die Köchin wünschten für sich die letzte Wache, damit sie das Frühstück vorbereiten und übergangslos die Kinder aufnehmen konnten. Küentzi blieb die gefürchtete Wache vor der Morgendämmerung.

Er fühlte sich allein im stillen Haus und bekämpfte den Schlaf, indem er mehrmals aus der warmen Küche in den Hof ging, um in der Kälte wieder wach zu werden. Während der gefährlichen ‚schwarzen Stunde', wenn der Mond verschwindet und alles Leben erloschen scheint, fühlte er sich so verlassen, dass er, als er die Stadtwache kommen hörte, am verriegelten Tor horchte, ob der Trupp vorüber war. Später, als ein eingeschlafener Reiter der Pferdewache die Kolonne durcheinanderbrachte, wäre er beinahe auf die Straße getreten, um den Männern zu helfen. Doch still kehrte er in die Küche zurück, wo er sich zutiefst verärgert fragte, warum er einmal mehr zum Vorteil anderer auf seine Wünsche verzichtet hatte. Sein Zorn hielt ihn wach, bis vom Rhein her der Himmel heller wurde.

Leise weckte er Rachel, hätte ihr gerne die auffällig große Zahl der Reitertrupps, die er während seiner Wache gehört hatte, weitergegeben, doch schon bei der Übergabe der Laterne hatte er alles vergessen. Er war eingeschlafen, noch bevor er sich auf dem Laubsack richtig streckte. Rachels zärtlicher Kuss entging ihm, genauso wie der Lärm beim Einfeuern des Ofens.

Den beiden Frauen fiel es leicht, sich wachzuhalten: Sie rüsteten ein ausgiebiges Frühstück und verfolgten dabei aufmerksam das Hufgeklapper der vorüberziehenden Patrouillen. Anfänglich unterbrachen sie ängstlich ihre Arbeiten, bis sich der Lärm draußen entfernte. Die Köchin erkannte als erste, wie die zeitlichen Abstände zwischen den Trupps mit zunehmendem Tageslicht kürzer wurden. „Wir sind hier sicher, Rachel“, sagte sie. „Der Sekretär hätte uns bestimmt gewarnt, wenn wir um unser Leben fürchten müssten. Es sind viel zu viele Berittene, die zusätzlich zur Stadtwache an uns vorbeiziehen. Diese Reiter sind keine Bedrohung für uns!“

Den Grund, warum so viele Reiter unterwegs waren, erfuhren sie erst am Abend, lange nach dem Eindunkeln, vom burggräflichen Sekretär. Er ließ sich in der Küche von der Köchin förmlich und mit gebührendem Abstand vorstellen – als ob sich die beiden nicht schon leidenschaftlich am Hintereingang geküsst hätten! – und verlangte nach ‚Herrn Rulman‘. Er bringe Grüße von dessen Bruder Johannes.

Gertrude entschuldigte ihren Gatten, der sich früh schlafen gelegt habe und beantwortete auch gleich die Frage des Sekretärs, wie es ihnen seit seinem letzten Besuch ergangen sei. „Wir fühlen uns nicht mehr sicher. Darum haben wir uns schon für die vergangene Nacht in Wachen eingeteilt. Und es wird wohl besser sein, wenn wir das in dieser Nacht ebenfalls tun.“

Die Äuglein des späten Gastes funkelten spitzbübisch, als er unter dem Tisch die Hand der Köchin ergriff. „Ich könnte euch aushelfen und eine Wache übernehmen“, bot er an. „Das käme mir sogar entgegen, denn dann müsste ich so spät den langen Heimweg nicht mehr antreten.“

„Ein Wächter mehr verschafft allen mehr Schlaf“, freute sich die Köchin, hörte die andern ihr zustimmen und überzeugte den hilfsbereiten Gast mit ihrem eindringlichen „Wir brauchen dich!“ im Nu.

Er verdankte die Einladung mit gewinnenden Worten über die Verdienste der Familie Merswin, pries ihre Loyalität als Lehensleute des Bischofs und ihren Aufstieg ins Patriziat der Stadt. Selbst in diesen gefährlichen Zeiten würden die Merswins als stolze Bürger Straßburgs ihre Fähigkeiten und ihren Reichtum zum Wohle der Stadt verwenden. Nicht zuletzt sei es das Verdienst des Burggrafen und

Schöffen Johannes Merswin, dass in den Straßen heute wieder Ruhe herrsche.

„Wir kennen die Geschichte der Merswins", unterbrach ihn Gertrude trocken. „Berichte Er uns lieber über die Vorgänge, die uns hier betreffen!"

Der Sekretär gehorchte. „Die Handwerker haben sich heute Morgen bewaffnet und mit ihren Zunftfahnen vor dem Münster versammelt. Sie verkündeten die Absetzung der Meister. Doch nichts geschah, bis die übrigen Zünfte ihrem Beispiel folgten und den Rücktritt von Ammannmeister Peter Swarber und seinen vier Stettmeistern forderten." Müde blickte der Sekretär in die Runde und rieb sich die Augen.

„Hier haben wir die Erklärung für die vielen Reiter, die wir heute früh auf der Straße vor dem Haus gehört haben. Sie waren unterwegs zum Münster", folgerte Rachel und fragte: „Hatten sie auch Erfolg mit ihrem Begehr?"

„Die Forderungen wurden im Rat besprochen. Um Druck auf Swarber zu machen, schickten sie ihm eine von Adligen begleitete Delegation mit der Forderung, diese an der neuen Regierung zu beteiligen."

„Bedeutet dies, die Müllenheims und Zorns sind zurück?", fragte Küentzi mit großen Augen. Die Rückkehr der Zorns – der Familie Gertrudes – an die Macht wäre natürlich von großem Vorteil für das Haus Rulmans, überlegte er. Gertrude könnte von ihrer Familie Unterstützung für ihren und ihres Gatten Haushalt einfordern. Seit der Flucht des Pferdeknechtes und der Magd blieben viel zu viele Arbeiten an Küentzi, Clare und an der Köchin hängen – auch wenn Vater und Tochter Timmer aushalfen, wo immer sie konnten. Bald würde zudem Clare wegfallen und selber Unterstützung brauchen.

Für die andern zusammenhanglos forderte Küentzi laut: „Wir müssen Gertrudes Bruder bitten, uns mit Dienstboten auszuhelfen."

Alle schwiegen erstaunt, nur Clare, der seine glasigen Augen Sorgen bereiteten, fand Worte: „Wie lieb, dass du dich schon jetzt um neue Dienstboten kümmerst; doch im Moment haben wir noch andere Sorgen!"

„Wie gesagt", übernahm der Sekretär, „es warten alle – die Zünfte, der alte und der neue Adel – darauf, dass mit Peter Swarber die alte Regierung zurücktritt. Doch solange kein neues Regiment geschaffen ist, ist für uns hier die Gefahr noch nicht vorbei. Denn solange die Judenfrage nicht gelöst ist, bleibt der aufgehetzte Pöbel eine Bedrohung!"

„Dann lasst uns die Wachen einteilen und schlafen gehen. Auch der morgige Tag wird sicher anstrengend", entschied Gertrude.

„Da bis anhin draußen alles ruhig geblieben ist, denke ich, brauchen wir keine Wachen im Haus", widersprach ihr der Sekretär. „Der Burggraf, in dessen Auftrag ich hier bin, meinte, dass die Zünfte die Sicherheit in den Gassen und auf den Straßen garantieren könnten. Wir sind kurz vor Mitternacht, alles ist ruhig. Ich denke, der Waffenstillstand steht. Lasst uns alle schlafen gehen."

Zur Erleichterung aller stimmte Gertrude zu: „So sei es." Sie erhob sich und verließ die Küche. Clare, Küentzi und die Timmers folgten ihr und überließen den späten Gast der Köchin.

9

Am andern Morgen betrat Rulman, der schon die zweite Nacht wieder in seiner eigenen Kammer geschlafen hatte, ausgeruht und gut gelaunt die Küche. Ohne Gruß verkündete er, er habe im Kalender endlich die Heilige gefunden, deren Fürbitte am heutigen Tag besonders wirksam sei, und er erschreckte die verträumte Köchin am Herd: „Beten Sie mit mir zur Heiligen Scholastica von Nursia, der Schwester des Heiligen Benedikt von Nursia. Sie war eine große Lehrerin."

„Ich muss den Brei rühren", entschuldigte sie sich. „Alle andern schlafen noch. Ich glaube auch nicht, dass meine Fürbitten, als die einer ungebildeten Frau aus niederem Stande, Ihnen viel nützen würden." Sie gab sich wenig Mühe, ihren Unmut zu verbergen. „Es gibt genug Bessergestellte in diesem Haus."

„Gute Frau, ich danke Euch", sagte Rulman, ohne von ihrer Unbotmäßigkeit Notiz zu nehmen. „Ihr habt recht. Bitte schickt mir Küentzi in die Studierkammer." Mit einem Seufzer nahm die Köchin die Pfanne vom Herd.

In der großen Schlafkammer tastete sie sich zu Küentzi durch und fand Rachel schlafend in seinen Armen. Erschreckt blickte sie in Richtung Clare.

„Ist schon gut, Köchin", hörte sie deren leise Stimme. „In meinem Zustand ist mir wohl, wenn ich allein liegen kann. Ich liege die meiste Zeit wach und kann ihn gut im Auge behalten" – sie kicherte – „damit er keine dummen Sachen macht."

Die Köchin, die Küentzi wecken wollte, ohne die andern zu stören, löste vorsichtig Küentzis Arme und entzog ihn langsam Rachels Armen. Doch mit größter Selbstverständlichkeit kuschelte sich Rachel, ohne aufzuwachen, wieder an ihn.

„Lass die Hände, zieh ihn an den Beinen zu dir", flüsterte Clare und hatte recht. Wenig später machte sich ein schlaftrunkener Leibdiener auf den Weg in Rulmans Studierstube, wo er sofort auf die Knie ging, um zusammen mit seinem Meister die Heilige Scholastica anzurufen.

Als nach mehreren Litaneien Küentzis Magen unüberhörbar knurrte, entließ ihn Rulman großzügig in die Küche, er solle frühstücken, denn sobald die Sonne höher stünde und das wenige Eis aufgetaut hätte, würden sie zur *‚Grünen Werth‘* pilgern und die Heilige des Tages dort anrufen.

Küentzi wagte den Vorschlag, dass auch Rulman sich stärken solle, bevor sie sich als Pilger auf den Weg machten.

„Ich habe den Brei schon früh gerochen", witzelte Rulman. „Nun lasset uns ihn kosten!" – und ging seinem verblüfften Diener voran in die Küche.

Margret und Werner erhoben sich; bei Clare, die mit beiden Händen ihren Bauch stützte, blieb es beim Versuch. Die Köchin übertraf alle, indem sie einen Knicks andeutete und sogleich zwei zusätzliche Schalen auf den Tisch stellte. Mit einer leichten Handbewegung und einem Lächeln dankte Rulman. Kein Tischgebet. Alle löffelten still ihren Brei, bis sich auch Gertrude, noch etwas steif, zu ihnen setzte.

Sie berichtete ihrem Gatten mit wenigen Worten vom späten Gast und dessen Botschaft und fasste die Forderungen der Umstürzler zusammen. Küentzi schilderte ihm, wie bewaffnete Zünftler in den Straßen patrouillierten, wie die verstärkten Torwachen alle nach Waffen durchsuchten. Margret, die ihre Unbefangenheit gegenüber den Herrschaften noch nicht verloren hatte, fragte in die allgemeine Beklommenheit hinein: „Müssen wir Angst vor den Reitern haben? Sind sie böse zu uns?"

Rulman blickte finster zu der unerschrockenen Kleinen und schien nach einer Antwort zu suchen.

Clare kam ihm zuvor: „Wir sollten uns keine zu großen Sorgen machen. Mit den Merswins ist eine der einflussreichsten Familien Straßburgs im Gotteshausbund vertreten. Die neuen Mächtigen der Stadt werden sich hüten, gegen Herrn Rulman oder gegen einen der anderen Gottesfreunde vorzugehen, solange Rulmans Bruder Johannes die Mächtigen der Stadt von ihrer politischen Unschuld und religiösen Friedfertigkeit überzeugen kann." An Margret gewandt, ergänzte Clare: „Herr Rulman hat keine Angst vor Reitern, und wir auch nicht. Wir alle bleiben aber trotzdem im Haus, bis wir von Herrn Johannes neue Nachrichten haben."

Rulman zog seine eigenen Schlussfolgerungen aus Clares beruhigenden Worten: „Dann werden wir zur *‚Grünen Werth'* reiten und dort hoch zu Ross die Heilige Scholastica anrufen. Die Pferde müssen doch bewegt werden!"

Nicht lange darauf wartete Küentzi im Hof mit den zwei gesattelten Hengsten auf Rulman und dankte Werner und Kyrill still dafür, dass sie sich während seiner Abwesenheit um das Ausmisten des Stalles kümmern würden. Obwohl er dicke Kleider trug und seine Muskeln vom Halten der Tiere aufgewärmt waren, fröstelte ihn. Ihm war Rulmans Verhalten nicht geheuer. Dass er jetzt schon länger auf ihn warten musste, weckte seine alten Zweifel an dessen geistiger Verfassung. Noch überlegte er, ob er Rachel oder Kyrill bitten sollte, ihn zu Fuß zu begleiten, als Rulman neben Gertrude unter der Tür erschien.

Anstatt des verhärmten, sich selbst kasteienden Büßers, der noch vor wenigen Tagen als armselig gekleideter Pilger durch die Gassen gezogen war, stand unter der Tür ein reich gewandeter, mit einem Kurzschwert bewaffneter Patrizier, der herrisch verlangte: „Kunrad, tragt ein Schwert!"

Küentzi war verdutzt. Mit hängendem Kiefer suchte er zuerst Hilfe von Clare, die sich wie eine Hofdame steif und ohne Ausdruck hinter Gertrude gestellt hatte. Als hätte Gertrude seinen Blick erwartet, nickte sie ihm zu, alles sei in Ordnung. Er atmete tief durch, bat um etwas Zeit, damit er sein Schwert finden könne, und übergab Kyrill die beiden Pferde. Schnell war er mit seinem Kurzschwert am Gürtel zurück.

„Dachte ich mir's doch", begrüßte ihn Rulman vom Pferd. „Eure edle Abkunft gebt Ihr nicht preis, aber das Schwert verrät Euch." Während Küentzi aufstieg, hörte er seines Meisters beinahe kumpelhaftes: „Es ist Euer Geheimnis und soll es auch bleiben!"

Küentzi wusste nicht, sollte er lachen oder heulen. Rulman hatte, wie schon manche vor ihm, das wenige, das er über Küentzi wusste, mit Wunschvorstellungen ergänzt und seinem Knecht eine überhöhte Lebensgeschichte angedichtet. Ein Schwert passte einfach nicht zu einem weltlichen Tintenfuchser, es sei denn, er wäre der freie Bürger einer Stadt, was Küentzi aber nicht war. Und dies wusste Rulman.

Dass in diesen gefährlichen Tagen ein offen getragenes Schwert zudem Kampfbereitschaft und Stärke signalisierte, schien dem vom Fasten geschwächten Rulman vollends zu entgehen. Trotzdem machte Küentzi gute Miene zum gefährlichen Spiel, nickte den versammelten Bewohnern des Hofes steif zu und ritt hinter Rulman mit geradem Rücken aus dem Hof.

Am ‚*Weißen Thor*' wurden sie von zwei Pikenträgern angehalten: „Wer passieren will, muss sich zu erkennen geben!" Rulman blickte unverwandt an den Wächtern vorbei in Richtung ‚*Grüne Werth*' und schwieg. Das Reden überließ er Küentzi. Der wandte sich an den aus der Torstube zu ihnen getretenen Wachtmeister. „Mein Herr ist Rulman Merswin, der Bruder des Burggrafen Johannes Merswin. Ich bin sein Leibdiener und Sekretär Kunrad Schaffner. Wir möchten vor die Stadt, um die Pferde zu bewegen. Die Tiere mussten allzu lange im Stall in der Stadt bleiben und brauchen die Bewegung. Zur nächsten Stunde sind wir hier zurück."

Der stämmige Veteran musterte sie kritisch, dann entschied er: „Ich mache eine Ausnahme. Gebt uns Eure Schwerter. Ihr bekommt sie nach Eurer Rückkehr hier zurück."

Ohne abzusteigen, löste Küentzi den Schwertgurt, übergab seine Waffe dem Soldaten und blickte unsicher zu Rulman neben ihm. Als sein Herr keinen Wank machte, um seinem Beispiel zu folgen, bat er ihn eindringlich leise, dem Frieden zuliebe ihm das Schwert zu geben, denn auf der *'Grünen Werth'* drohe ihnen sicherlich keine Gefahr.

Der Wachmeister, der auf das zweite Schwert wartete, hatte Mitleid und doppelte nach: „Es droht Euch weder vor noch in der Stadt Gefahr. Peter Swarber ist gefangengesetzt. Die Machtübernahme verlief kampflos. In der Stadt herrscht Ruhe. Nur wagen sich die Bewohner noch nicht aus den Häusern, bis die neue Regierung das Ausgehverbot, das die Zünfte erlassen haben, ganz aufhebt." Als ob er Rulman die Vorteile einer Stadtwache aus informierten und verantwortungsbewussten Bürgern vorführen wollte, fuhr er stolz fort: „Der neue Ammann ist Betschold der Metzger, ein Zunftmann. Heute hat er die Macht übernommen zusammen mit vier neuen Stettmeistern. Zwei sind den Zünften, zwei dem Adel zugesprochen, der damit seit achtzehn Jahren zum ersten Mal wieder in der Stadt mitregiert."

Rulman nahm wortlos, ohne den Soldaten eines Blickes zu würdigen, sein Schwert aus dem Gurt und gab es Küentzi, der es erleichtert weiterreichte. Die zwei Pikenträger richteten ihre Waffen auf und gaben den breiten, leeren Weg frei.

Küentzi ritt voraus und wählte – unbekümmert um Rulmans Auftrag – einen Weg fort von der Ruine auf der *'Grünen Werth'*. Er wollte die Pferde endlich ausgreifen lassen und ließ die Zügel locker im Vertrauen, dass sich der Hengst hinter ihm durchsetzen und seinem Tier folgen wollte. Zu seiner Überraschung gab Rulman dem Tier sofort nach und hielt sich auch während eines kurzen Galopps gut im Sattel. Als die Tiere von sich aus langsamer wurden, wendete er noch vor Küentzi das Pferd. Die Augen auf die vor ihnen ausgebreitete Stadt gerichtet, brach er sein Schweigen zum ersten Mal, seit sie ihr Zuhause verlassen hatten.

„Bruder, seht Ihr die vielen Häuser Gottes? Ich spüre ihre gewaltige, mit Fürbitten und Messen erzeugte Ausstrahlung bis hierher. – Bruder, stellt Euch vor, wie viel stärker die Wirkung wird, wenn aus dem neu erstandenen Gotteshaus auf der *'Grünen Werth'* auch unsere Gebete dazukommen! Lass uns hier kurz beten, bevor wir zur Ruine reiten." Er hielt sein Pferd an und faltete die Hände. Küentzi gehorchte ohne Gegenrede.

Auf der *‚Grünen Werth‘* machten sie nur kurz Halt. Die Zeit reichte gerade, dass Rulman beschreiben konnte, was ihm vorhin beim Anblick der Stadt als Ganzes eingefallen war: Er werde die Ruine der Benediktinerkirche samt Hof erstehen, ausbauen und erneuern. Er wolle an diesem heiligen Ort als gelehrter Konverse oder Pfründer seinen Lebensabend verbringen.

Als ob sich hier, an diesem Tag des Umsturzes, Rulmans viele schwärmerische und aufs Jenseits gerichtete Gedankengänge zu konkret umsetzbaren Plänen verdichtet hätten, blickte sein Meister klar und entschlossen zu Küentzi. Dieser blickte zurück, bestätigte, was er vernommen hatte, mit einem Nicken und betete still, dass Rulman auch nach ihrer Rückkehr in die Stadt sein klarer Kopf erhalten bliebe.

Obwohl die zwei Reiter viel länger als eine Stunde weggeblieben waren, begrüßten sie die Wachen am Tor zuvorkommend und sichtlich erleichtert. Der Wachtmeister übergab ihnen ihre Schwerter persönlich und teilte ihnen ehrfürchtig das Neueste mit: „Im neuen der Regierung zugeteilten Rat sind nun alle – alle Zünfte, die Patrizier und der Adel – vertreten.“ – „Was mich angeht“, schloss sich ihm einer der Soldaten an, „so freue ich mich darauf, dass die zusätzlichen Wachen aufgelöst werden und ich zurück nach Hause gehen kann.“

Rulman, der sich schon vor dem Tor wieder in seine eigene Welt zurückgezogen hatte, überließ wie am Morgen das Sprechen Küentzi. Er nahm schweigend das Schwert entgegen und ritt los, sobald er es eingehängt hatte. Auch zurück in seinem Hof blieb er unnahbar. Vor Kyrill stieg er, ganz ‚Herr und Gebieter‘, wortlos über den Aufsteigblock neben dem Stall ab, nickte kurz zu Rachel, die ihn mit den Kindern willkommen hieß, und ging schnurstracks ins Haus.

Verunsichert blickten die Kinder zum Vater, der nun auch abstieg und sie umso herzlicher kurz umarmte. Werner eilte zu Kyrill in den Stall, während sich Margret an Küentzis Wams hängte und mit großen Augen zu ihm aufblickte: „Heute will aber *ich* mit dir ausreiten, so wie es gestern Werner durfte!“

„Der Ritt mit Werner“, sagte Küentzi sanft, „war viel zu gefährlich bei dem vielen Eis. Ich hätte das gar nicht tun dürfen, und jedenfalls will ich nicht nochmals solche Ängste ausstehen müssen.“ Mit einem

Zwinkern schloss er: „Was allerdings nicht heißt, dass meine Tochter nicht früh lernen soll, mit Pferden umzugehen."

Zärtlich strich er Margret, die nicht alles richtig verstanden hatte, über die kalten Wangen, und dankte Rachel, dass sie die Kleine an der Hand nahm und in den Stall führte.

10

Clare begrüßte Küentzi in der Küche mit einem zärtlichen Kuss. Sie hatte ihre Arbeit mit den Kräutern unterbrochen, um von ihm als Erste Neuigkeiten aus der Stadt zu hören. Am Ende meinte sie unsicher: „Dass die alte Regierung ohne Blutvergießen abgesetzt wurde, gefällt mir. Aber die leeren Straßen und die Stille, von der du erzählst, gefallen mir nicht. Das ist mir unheimlich." Sie schloss die Augen.

„Wo bleibt der Jubel über den Sieg, wo bleiben die Feiern? Warum höre ich nichts über triumphierende Müllenheims und Zorns? Wo bleibt die Freude der Handwerkerzünfte über ihren Aufstieg an die Tröge der Macht?" Düster blickte sie zur Köchin, ergriff Küentzis Hand und sagte: „Die Angst hockt doch noch immer in den Gassen. Das Ganze ist noch nicht vorbei!" – „Der Sekretär meinte, es komme alles gut, und daran halte ich mich", sagte die Köchin. „Vielleicht hast du Recht, Clare, und wir müssen noch einige Zeit im Haus ausharren. Aber in ein paar Tagen können wir alle wieder unbekümmert in die Stadt gehen. Das glaube ich ganz fest."

Clare ließ Küentzis Hand los, lächelte: „Die Liebe macht dich stark, Köchin, und du glaubst an sie. Damit hilfst du uns allen. Hab Dank." Sie erhob sich ungelenk und riet Küentzi, während sie ihren ungeborenen Nachwuchs massierte: „Sieh nach deinem Herrn, mir scheint, er braucht dich jetzt." Sie strich ihm zärtlich über den Bart und begab sich in den Hof, wo sie Margret mit lauter Stimme auf die Kräuterlaube rief.

Mit Rulmans überraschend gepflegtem Erscheinen vom Morgen vor Augen entschied Küentzi, sich bei ihm in sauberen Kleidern zu melden, und suchte in der Schlafkammer Ersatz für seine noch immer nassen Beinkleider. Umsonst. Seine ganze Garderobe bestand aus den Kleidern, die er gerade trug, oder die er zum Trocknen auf den Ofen gelegt hatte. In seiner Not durchsuchte er auch Kyrills Sachen und wurde gerade fündig, als Rachel leise die Kammer betrat.

Mit großen Augen musterte sie den unerwartet Halbnackten, sah, was sie bis anhin nur gespürt hatte, und trat vor ihn. Als er sich entschuldigen wollte, legte sie ihm zärtlich zwei Finger auf den Mund, zog ihn an sich und blickte ihm so lange ihn die Augen, bis er jeden Widerstand vergaß. Er ließ sich fallen, sie hob den Rock, setzte sich mit einem leisen Seufzer auf ihn, und beide vergaßen sich. Als sie sich ermattet voneinander lösten, fragte sie ihn mit heiserer Stimme und rotem Kopf: „Du möchtest dir Kyrills Beinkleider ausleihen?"

Als er nickte, stand sie ruhig auf, packte in der Ecke ein Paar saubere Beinröhren und drückte sie ihm in die Hand. Noch bevor er etwas sagen konnte, war er allein. Im dunklen Gang wischte sie sich das Gesicht trocken und wartete mit dem Kopf an der kalten Wand, bis ihr Atem wieder ruhig ging. Erst dann betrat sie die Küche und fragte nach Arbeit.

Küentzi richtete vor der Tür zu Rulmans Kammer noch ein letztes Mal den Sitz seiner neuen Bruche und der Beinlinge, bevor er sich aufrichtete, hastig den Bart glättete, und kräftig klopfte.

„Danke, dass Ihr so schnell gekommen seid, Kunrad", begrüßte ihn Rulman. Er wirkte äußerlich ruhig und gefasst und schien sich, im Unterschied zu Küentzi, in seiner trockenen Kleidung wohlzufühlen. Allein sein ab und zu flackernder Blick verriet, dass – jederzeit und schnell – seine Unrast die gepflegte Erscheinung ruinieren konnte.

„Ich möchte der Stimme, die ich an diesem heiligen Ort heute gehört habe, den ihr gebührenden Raum geben. Dazu muss ich herausfinden, wem die verfallenen Gebäude auf der ‚*Grünen Werth*' gehören. Ich möchte, dass Ihr mich ins Archiv begleitet, wo die Urkunden liegen. Doch zuerst gehen wir ins Münster und danken der Mutter Gottes und den Heiligen, dass sie mich die Stimme haben hören lassen."

Küentzi, dem nichts ferner als ein Dankgebet an Maria lag, zwang sich zur Sachlichkeit und schlug vor, für den kurzen Weg ins Münster auf die Pferde zu verzichten. Er hoffte, auf dem Fußmarsch das Durcheinander seiner Gefühle etwas ordnen zu können, und wurde schon ruhiger, als ihm Rulman sofort zustimmte und entschied, dass sie, wie am Morgen, bewaffnet unterwegs sein sollten.

Nach einem kurzen Umweg zu seiner Kiste wartete Küentzi in der Küche auf seinen Herrn. Das Schwert hatte er unter dem braunen Umhang versteckt. Die Köchin grüßte ihn, Rachel schwieg. Sie hielt den Kopf gesenkt, wagte aus Furcht, die Beherrschung zu verlieren, keinen Blick zu ihm.

In die Stille platzte Rulman, neu gekleidet und mit einem Degen am Gurt. „Kommt, Küentzi!", befahl er kurz angebunden.

Während Küentzi mit Rulman draußen vor dem Tor wartete, bis der Eingang von innen mit Querbalken verriegelt war, atmete Küentzi mehrmals tief durch und konzentrierte sich auf die leere Straße vor ihnen. Obwohl nur wenige unterwegs waren und sich der Lärm des Stadtlebens so vertraut wie vor dem Umsturz anhörte, traute Küentzi dem Frieden nicht. Entschieden schob er seinen Umhang hinter den Schwertknauf zurück, sodass die ganze Waffe sichtbar wurde, und ging, zu Rulmans Freude ohne zu fragen, seinem Meister vor.

Sie erreichten noch vor Anbruch der Dämmerung das Münster, wo alle Arbeiten ruhten. Im Vergleich mit der figurenreichen, mächtigen Westfassade schien Küentzi der Aufbau der beiden Türme zurückgeblieben. Einzig die Höhe des Gerüstes um den Stumpf des südlichen Turms verriet ihm den himmelstrebenden Eifer der Erbauer. Auf dem Vorplatz diskutierten viele gut gekleidete, behäbige Männer, und Küentzi musste für Rulman den Weg durch die Menge frei machen, wie Moses für die Israeliten das Meer teilte. Sein Ziel war das riesige doppeltürige Westportal, wo zwischen den dreifach überhöhten Türen eine Mutter Gottes mit Kind die Kirchgänger von oben grüßte. Doch er änderte die Richtung, sobald er die hohen, hageren Patriarchen aus Stein, die links und rechts der Türen für Maria Spalier standen, genauer sehen konnte. Um sich den steinharten Augen der riesigen Vaterfiguren, die streng und prüfend auf die Kirchgänger herabschauten, zu entziehen, ging er zum hohen, halboffenen Nebenportal.

Wie gebannt blieb er stehen und starrte auf die einladend sinnlichen Formen der übergroßen steinernen Frauen hoch über ihm, – bis Rulman dicht hinter ihn trat und auf den Mann neben den Frauen zeigte. „Der Verführer mit den törichten Jungfrauen. Sie stehen für Fleischeslust und Verdammnis.“ Zum Nachdenken ließ er Küentzi keine Zeit, sondern schubste ihn ins dämmrige Innere des Gehorsam gebietenden Gotteshauses.

Während sein Meister sich im Halbdunkel durch die vielen Betenden zum Hochaltar vorarbeitete, begab sich Küentzi ins Mittelschiff. Er lehnte sich an einen Pfeiler und dachte über die Steinfiguren und Rulmans Kommentar zu ihnen nach. Hatte das biblische Gleichnis und seine Auslegung etwas mit ihm und seinen Erlebnissen mit Rachel zu tun?

Nein, Rachel hatte mit ihrer Begierde nicht einen törichten Jungen verführt und in Besitz genommen, sondern einen gestandenen Gatten und bald dreifachen Vater, der seine Hingabe genießen konnte. Und er, Küentzi, hatte keiner törichten Jungfrau die Unschuld geraubt, das hatte er sofort gespürt, und er schämte sich seiner ‚Fleischeslust‘, wie Rulman es genannt hatte, auch nicht. Und alles in ihm wehrte sich dagegen, sie mit ewiger Verdammnis in Verbindung zu bringen. Aber eine rätselhafte Frau war sie doch, diese Rachel. Warum war sie nicht verheiratet? Warum war sie in ihrem Alter noch mit ihrem Vater zusammen unterwegs? Er nahm sich vor, mehr über sie zu erfahren.

Langsam, als ob er aus einem langen Traum erwachte, blickte er sich um. Ihm gegenüber, am Ende des langen Mittelschiffes, prunkte der reiche Hochaltar mit zwei kleineren Seitenaltären und den Schnitzereien des seitlichen Chorgestühls, das auf die geistlichen Fürsten und hohen Kurialen wartete. In den Kapellen der Seitenschiffe kniete einfaches Volk vor schwach beleuchteten Altären und rief Heilige um Hilfe an. Ihr Gemurmel drang durch die verwehenden Weihrauchschleier der letzten Messe bis zu ihm.

Er hörte, wie die Bitten aus dem Mittelschiff den Pfeilern entlang bis zu den hohen, die Spitzbögen verschließenden Rosetten aufstiegen, und konnte verfolgen, wie sie dort auf die vom gegenüberliegenden Pfeiler aufgestiegenen Wortreihen trafen und auseinanderbrachen. Was als sinnstiftende Einheit aus vielen Mündern zum kunstvollen Abbild des Himmels über ihm aufstieg, fiel als dumpfes, widersinniges Durcheinander auf die Kirchgänger zurück. Je länger Küentzi mit offenen Ohren zu den verschwommenen Sternen an der

Decke aufsah, desto enger wurde ihm. Aus Furcht, im wachsenden, das Gotteshaus eindickenden Silbenbrei zu ersticken, zwang er sich, den Blick nach vorne zu richten.

Wie vorhin auf dem Vorplatz beeindruckte ihn die Überzahl der reich gekleideten, gewichtigen Männer. Viele warteten vor den Beichtstühlen, viele wirkten verkrampft wie Boten, die wussten, dass der Inhalt ihrer Nachricht auf sie zurückfiel, und die deshalb entscheiden mussten, ob sie die Nachricht überhaupt ausrichten sollten. Frauen zählte er nur wenige, noch weniger zerlumpte Bedürftige, beinahe keine Trauernde mit schwarzen Armbinden.

Küentzi wurde unruhig. Wenn sich hier der unterwürfige Teil der Straßburger Bürgerschaft versammelt hatte, um dem Bischof und seinem Klerus ihre Loyalität vorzuführen, wo blieb deren Freude über die gelungene Rückkehr an die Macht? Verunsichert suchte er Rulman und sah ihn hastig aufstehen. Ihm war die beklommene Stimmung in der Kirche offensichtlich auch nicht bekommen. Er winkte Küentzi zum nördlichen Seitenportal, und sie verließen das Münster durch den Kreuzgang.

Sie waren die Einzigen unterwegs zum Bischofspalast, hörten auch keine Patrouillen aus der Ferne. Erst vor dem Rathaus, und später vor dem Bischofspalast, stießen sie auf Gepanzerte, die die Eingänge bewachten. An beiden Orten erhielten sie den gleichen Bescheid: Das Archiv bleibe für längere Zeit geschlossen. Nur Stadträte, respektive Domherren hätten überhaupt Zugang zum Haus. So laute ihr Befehl.

Beide Male wurden sie unmissverständlich ermahnt, nach Hause zu gehen und Ruhe zu bewahren. Rulman antwortete den Wächtern jedes Mal gleich. Er drehte sich wortlos weg, gab Küentzi mit der Hand die Richtung zum nächsten Ziel an. Küentzi ging ihm vor, Rulman folgte. Dem ungewohnt heftigen Lärm, der sie unaufhörlich aus der Richtung des Ghettos begleitete, gingen sie nicht nach, aus Angst, ohne Licht den Heimweg suchen zu müssen. Rulman sprach erst zu Hause vor der Einfahrt wieder. Er sei müde, wolle drinnen keine Erklärungen abgeben, nur allein wachen und beten. Küentzi solle ihm dies richten.

Gehorsam gebot Küentzi Kyrill, der sie einließ und ihnen den Weg leuchtete, zu schweigen. In der warmen, von mehreren Kerzen erhellten Küche übergab er Gertrude den Hausherrn nur gerade mit einem entschuldigenden Achselzucken. Die besorgte Gattin verstand ihn gleichwohl. Sie gab Clare ein Zeichen, ihr später zu folgen, und verschwand mit Rulman still in ihre Kammer. Auch in der Küche blieb es still.

Die Kinder, die sich bei der Ankunft ihres Vaters zu Clare an den Tisch gesetzt hatten, verfolgten, wie er in die Töpfe guckte und zuletzt der Köchin anerkennend zunickte, bevor er sich zu ihnen setzte. Als sie endlich die sonore Stimme Rulmans zusammen mit der hellen Gertrudes beim Gebet hörten, setzte Kyrill nach einem tiefen Seufzer mit ernstem Blick zum Sprechen an. Doch seine Mitbewohner waren schneller.

Küentzi beantwortete die Fragen gespielt locker, lobte Rulmans entschiedenes Auftreten und beschönigte seine eigenen Eindrücke. Er erwähnte weder seine innere Verwirrtheit vor und im Münster, noch den befremdlichen Lärm aus dem Ghetto. Zum Schluss fragte er Kyrill, der geschwiegen und nur immer wieder den Kopf geschüttelt hatte, was ihm fehle.

„Wo hast du Rachel zurückgelassen?“, kam es vorwurfsvoll zurück. Alle blickten Kyrill entgeistert an. Sie bemerkten erst jetzt, dass Rachel fehlte und schwiegen entsetzt. Die Angst, Rachel könnte etwas zugestoßen sein, lähmte allen die Zunge, und Küentzi konnte Kyrill nicht in die Augen sehen.

Die Köchin fand als Erste die Sprache wieder und zeichnete wortreich nach, wann, wo sie Rachel zum letzten Mal gesehen hatte. Die Kinder, die schon früher nach Rachel Ausschau gehalten hatten, aber erst durch Küentzis Verhalten beunruhigt worden waren, hielten eifrig mit.

Kyrill hörte sich mit gesenktem Kopf alles an, strich immerzu über seinen langen, grauen Bart, bis niemand mehr sprach. In der Stille blickte er langsam von einem zum andern und fuhr Küentzi an: „Du hast keine Antwort für mich, oder was?“

Clare nahm Küentzi in Schutz: „Kyrill, deine Fragen sind voller Unterstellungen und helfen uns nicht weiter! Herr Rulman und Küentzi haben zusammen das Haus verlassen, lange bevor ich die Kinder von Rachel übernahm und ich sie in einem dunklen Kapuzenmantel die Küche verlassen sah. Ob sie nur im Hof Luft schöpfen oder das Anwesen verlassen wollte, sagte sie nicht." Sie wandte sich Küentzi zu und fragte: „Hast du Rachel draußen getroffen und irgendwo zurückgelassen?"

„Ich habe außerhalb des Anwesens Rachel weder getroffen noch zurückgelassen. Herr Rulman kann dies bestätigen. Gehen wir ihn fragen!"

„Nichts da!", unterbrach die Köchin die Auseinandersetzung: „Rulman darf nicht gestört werden!" Sie verschränkte die Arme vor der Brust und bestimmte: „Rachel ist gesund und im Vollbesitz ihrer geistigen Kräfte. Wenn sie überhaupt weggegangen ist, wird sie zurückkehren."

Etwas versöhnlicher fuhr sie fort: „Dir, Kyrill, erlaube ich, nach dem Essen in der Küche auf sie zu warten. Nun lasst uns essen! Dann können wir uns schlafen legen."

Kyrill fügte sich wie die andern. Sein Zorn schien verflogen, sein Gesicht verriet nur Angst und Trauer. Alle aßen stumm, bis Clare die Kinder aufforderte, sich zu verabschieden. Kyrill raffte sich mit ihnen auf: „Ich will meinen und Rachels Strohsack in die Nachbarstube verlegen. Die Nächte sind wärmer geworden, und ich will nicht länger, dass ihr Schaffners durch uns gestört werdet."

Küentzi blieb mit der Köchin in der Küche, setzte sich nah an den Herd und streckte seine Beine. „Ich muss meine Beinlinge trocknen", murmelte er. Lange verfolgte er, wie die Köchin stumm und ungewohnt umständlich den Tisch ab- und die Küche aufräumte. „Soll dich der bischöfliche Sekretär, wenn er kommt, noch an der Arbeit überraschen, dass du jedes Krümelchen, jedes Stäubchen einzeln beseitigst?", spottete er. Als sie stumm weitermachte, setzte er noch eins obendrauf: „Sparst du all deine Zungenfertigkeit für ihn auf und gönnst mir kein Wort?"

„Wie gut du doch die Frauen verstehst, Küentzi. Ich bin beeindruckt!", schoss sie zurück. „Deine Kleider sind längst trocken. Was suchst du überhaupt noch in der Küche? Willst du Trockenfleisch aus dir machen?"

Küentzi strich sich langsam über die Beinlinge, als ob er prüfen wollte, ob sie wirklich trocken waren, und sagte mit ernstem Gesicht: „Ich mache mir Sorgen um Rachel! Sie sollte hier sein. Jetzt draußen zu sein, ist brandgefährlich wie vor einem Unwetter mit Blitz und Donner! Niemand weiß, wie weit die Judenhasser gehen werden, und ob sie mit ihren Drohungen, die wir heute Nachmittag aus der Ferne hörten, ernst machen.“ Er holte tief Luft. „Ich hoffte, der Sekretär könnte uns Auskunft über die neuesten Entwicklungen geben.“ Ruhig, wie um sich zu entschuldigen, fügte er hinzu: „Nur deshalb bin ich noch hier.“

Die Köchin seufzte mehrere Male, bevor sie offen sprach: „Und ich will dabei sein, wenn Rachel zurückkommt. Sicherlich meint sie, sie müsse ihr Verschwinden vor Kyrill rechtfertigen. Dann will ich ihr, die mir mehr bedeutet, als du dir vorstellen kannst, beistehen. Zwischen ihr und Kyrill liegt einiges im Argen.“ Sie senkte die Stimme und verriet ihrem sorgenvollen Gegenüber mit einem Lächeln: „Übrigens: ‚Mein‘ Sekretär weiß, wie und wo er mich allein finden kann!“

Küentzi erhob sich, nahm ein Licht und warnte sie grinsend: „Ich komme wieder.“ Vor der warmen Schlafstube, die seine Familie nun wieder allein bewohnte, deckte er das Licht ab und öffnete vorsichtig die Türe. Die Kinder schliefen. Clare, die noch wach lag, richtete sich auf und winkte ihn zu sich. Sie umarmte ihn, als er sich zu ihr kniete, und flüsterte ihm ins Ohr: „Gib Sorge zu dir. Aus Kyrill werde ich nicht klug. Leg dich nicht mit ihm an. Er ist mir unheimlich. Weck mich, wenn Gertrude Hilfe braucht.“

Sie gab ihm einen Kuss und ließ sich auf den Laubsack fallen. Während sie sich in die Decken kuschelte, meinte sie überraschend laut: „Rachel ist stark und kommt zurück, dessen bin ich mir sicher.“ Als ob die Kinder mithörten, und sie sie beruhigen müsste.

Küentzi nickte ihr dankbar zu, bevor er die Türe hinter sich zuzog. In der Küche stellte er sein Licht neben das der Köchin, die am Tisch eingenickt war, und machte es sich neben dem Herd bequem. Er schreckte hoch, als Kyrill sich wortlos an den Tisch setzte und seine Kerze ausblies.

Im stillen Licht der nunmehr einzigen Kerze konnte Küentzi die Augen nicht offenhalten. Sein Kopf sank vornüber und, mit den Händen im Schoß, entspannte sich sein Körper.

11

Die Nacht war weit fortgeschritten, als sich die Köchin mit weit offenen Ohren aufrichtete und mit dem Licht leise die Küche verließ. Sie hatte das Scheuern von Holz auf Holz am Hintereingang gehört und wollte den sehnsüchtig Erwarteten zuerst allein begrüßen.

Mit strahlenden Augen und leicht offenem Mund trat sie vor den dick verpackten Ankömmling, der sich steif seines mit Eisblumen bedeckten Überwurfs zu entledigen versuchte. Ungestüm griff sie mit ihrer freien Hand nach der Hand des Besuches, wollte ihn ganz nah zu sich ziehen, und machte enttäuscht einen großen Schritt zurück. Sie hatte an der feingliedrigen Hand, die sie noch immer hielt, ihren Irrtum erkannt.

Rachel freute sich: „Schwester, dieser beherzte Empfang, tut mir gut." Auf der Köchin Ermahnung hin, leiser zu sprechen, flüsterte sie nur noch. „Bitte, hilf mir aus den eiskalten Kleidern und nimm mich in deine Arme. Deine Nähe hilft mir gegen das Grauen, das sich draußen vorbereitet."

Die Köchin half und führte Rachel an den noch immer warmen Herd, wo sie Küentzi unsanft vom Stuhl schob und Rachel hieß, sich an seinem Platz aufzuwärmen. Kyrill, der vom Lärm geweckt worden war, wollte zum Sprechen ansetzen, doch die Köchin fuhr ihn an: „Keinen Mucks will ich von dir hören, sonst werfe ich dich eigenhändig in die Kälte hinaus!"

Sie zündete eine weitere Kerze an, holte den Krug mit Tischwein und füllte allen einen Becher bis zum Rand. Nachdem sie so Ordnung geschaffen hatte, setzte sie sich neben Rachel, ergriff sanft deren Hände und bat sie, alles zu erzählen.

„Ich wollte endlich einen Bekannten, der uns noch in Basel empfohlen worden war, aufsuchen, als ich von einer Rotte Judenhasser überrascht wurde. Ich konnte ihnen nicht ausweichen. Keine Tür, kein Tor stand offen. Als ich mich dennoch verdrücken wollte, nahmen mich zwei angetrunkene Burschen lachend in die Mitte. Eine zerlumpte Alte bedrängte mich von hinten: ‚Du bist doch keine Judenmetze. Komm mit!' und schubste mich in die Arme der

Burschen. Sie machte die zwei richtig scharf auf mich: ‚Wir werden Spaß haben mit ihr, wenn wir in einer warmen Judenstube feiern!'

Wer allein auf der Gasse unterwegs war, den nahmen sie mit wie mich. Neue Banden kamen aus den Seitengassen; der Zug wurde länger und langsamer. In den ohnehin düsteren Gassen wurde es schnell Nacht. Fackeln wurden angezündet, die Träger verteilten sich in der Menge. Mehrere übernahmen die Spitze und brüllten: ‚Brennt die Juden!' Je mehr Fackeln, desto lauter und schneller schrie die Menge mit. Mir wurde unheimlich, alle gingen schneller. Ich wurde mitgerissen, musste Schritt halten.

Das Ziel war eindeutig das Judenviertel. Ich bekam Angst. Je dunkler es wurde, desto lauter und ungehemmter schrie die aufgeputschte Kolonne die mörderische Losung. Einmal stockte der Zug, wahrscheinlich am engen Eingang ins Judenviertel. Ich konnte nicht sehen, wo wir wirklich waren. Dann brach der Sturm los. Alle wollten die Ersten sein. Ich wollte nicht zu Boden getrampelt werden, rannte mit. Ich kam erst los, als sich die Burschen mit der Alten um einen Silberbecher stritten, den sie aufgehoben hatte. Ich wollte nur noch zu euch zurück, weg aus dem Ghetto. Denn ich sah Fürchterliches."

Rachel brach in Tränen aus, begann am ganzen Körper zu zittern.

„Die Juden, die sich gegen die ekelhafte Meute wehrten, wurden geschlagen, oder niedergemacht. Sie wurden aus den Häusern auf die Gassen getrieben, eingefangen und abgeführt. Ich konnte nichts tun! Es war furchtbar!"

Rachels Stimme brach, sie schluchzte und ließ sich von der Köchin in die Arme nehmen. Alle warteten erschüttert, bis Rachel ruhiger wurde. Es brauchte Küentzis leise Frage, wie sie aus dem Ghetto hieher gefunden hätte, damit sie sich fassen und weitererzählen konnte.

„Das Plündern begann unverzüglich. Der Pöbel machte sich in den Häusern breit. Was ihnen nicht gefiel, warfen sie auf die Straße, auch Essensvorräte. Da ich den Weg hieher zurück weder kannte noch im Dunkel selber finden konnte, wollte ich zuerst im Ghetto bleiben und mich bei Tageslicht zu euch durchfragen. Ich verdrückte mich in die Schatten, um nicht aufzufallen. Und ich beobachtete Seltsames."

Rachel streckte den Rücken, wischte sich die Tränen aus dem Gesicht und streichelte die Hände der Köchin, als ob sie sie vor dem, was folgte, trösten müsste.

„Ich beobachtete, wie ein Grüppchen gutgekleideter Leute das größte Haus in dieser Gasse heimsuchte, nachdem sie sich gemeinsam vergewissert hatten, dass alle jüdischen Bewohner daraus vertrieben waren. Bald verließen alle das Haus – immer einzeln und in unterschiedlichen Abständen. Alle mit wenig Diebesgut, aber zufriedenen Gesichtern. Ein glatzköpfiges Männlein, das mit einer unauffälligen Lederrolle aus dem Haus kam, stellte ich, nannte meinen Namen, tat, als hütete ich unter meinem Mantel eine Schatulle, und lud ihn ein: ‚Nun müssten wir beide unsere Schätze noch sicher nach Hause bringen!'

Er war so überrumpelt, dass er, als stünde er vor dem Richter, sich auch mit Namen vorstellte, und sofort einverstanden war, mir den Weg zu Rulman Merswins Haus zu leuchten. Der Name Merswin tat seine Wirkung. Als Dank für seine Begleitung versprach ich ihm, vor Gericht auszusagen – falls dies je nötig würde! – er habe die Nacht mit mir verbracht. So gewann ich für den Weg hierher einen wegkundigen, leider auch zu allem bereiten Beschützer."

„Du Verräterin machst dich zur Schlampe", schrie Kyrill.

„Das nimmst du zurück!", versetzte die Köchin.

Er beendete seinen Satz: „… und bringst uns alle in Gefahr!" Mit einem Handzeichen forderte er Rachel auf, sie solle ihm folgen, und wollte die Küche verlassen.

Der Stuhl krachte hinter ihr zu Boden, so schnell fuhr die Köchin hoch: „Rachel schläft heute Nacht bei mir in der Gesindekammer."

„Alle hinsetzen!", herrschte Küentzi, der nun auch stand, die beiden an. „Wir müssen besprechen, wie wir weitermachen."

Er setzte sich als Einziger und erreichte immerhin, dass alle blieben und schwiegen. Von der Tür her ließ sich plötzlich Clare vernehmen, eine Hand an ihrem prallen Bauch: „Setzen wir uns kurz! Wir alle brauchen Schlaf." Sie setzte sich schwerfällig auf den Stuhl am Herd, den ihr Rachel überlassen hatte, und hörte ihr zu.

Während Rachel ihr schlimmes Abenteuer zusammenfasste, lehnte sich Küentzi zurück und musterte die beiden Frauen versonnen. Was ihn mit Clare verband, ging tief, ging weit über das Körperliche hinaus.

Mit ihr fühlte er sich so untrennbar verbunden, dass er, wenn er mit ihr zusammen war, manchmal vergaß, wer trotz ihrer Verschiedenheit wer war. Er liebte es, wie sie sich durchsetzte, wo er scheiterte, und er bewunderte ihren selbstverständlichen Umgang mit Autorität. Er hätte sie vorhin umarmen und küssen mögen, als sie allein mit ihrem Erscheinen die aufgebrachten Gemüter beruhigte. Rachel hingegen konnte ihn mit ihrer Unmittelbarkeit und ihrem schnellen Witz der Zeit entwinden. Mit ihrer unverkrampften Körperlichkeit und geistigen Frische half sie ihm aus der gegenwärtigen Erschöpfung heraus, ließ ihn Neues erleben. Was Rachel mangelte, ergänzte Clare, und umgekehrt.

Noch während er beide Frauen bewundernd betrachtete, ging ihm ob dem Gehörten mit Schrecken auf, in welch großer Gefahr sie sich alle befanden. Er hatte Rachels schreckliches Erlebnis und das Unheil, das allen von draußen drohte, wie einen bösen Traum ausgeblendet. Er erhob sich, als Clare alle mit ruhiger Stimme erinnerte: „Heute ist der Jahrestag des Heiligen Valentin, des Schutzheiligen aller Märtyrer. Bittet ihn um Hilfe für alle, die wegen ihres Glaubens verfolgt werden!“ Sie erhob sich steif und ließ sich bereitwillig von Küentzi, der sie wortlos immerzu nur liebevoll anblickte, in ihre Stube begleiten.

Die Köchin hieß Kyrill, als Letzter alle Lichter zu löschen, wenn er sich hinlege, und führte Rachel, die vor Müdigkeit und Kälte schlotterte, nach oben in ihre Stube. Sie kleidete sie aus und nahm die Erschöpfte, die sich sofort eng an sie schmiegte, wie eine Mutter in die Arme, um sie aufzuwärmen.

Niemand ging zur Frühmesse. Alle, selbst die Kinder, schliefen bis weit in den Morgen hinein.

12

Clares helle Stimme weckte Küentzi: „Aufstehen! Wir haben wichtigen Besuch!“ Während Küentzi sich noch die Augen rieb, folgten die Kleinen ihrer Mutter in die Küche, wo sie sich schnell hinter ihr verbargen. Erst als sie Clares Hand auf der Schulter spürten und hörten, sie würden einem Freund des Hauses, keinem gefährlichen Fremden gegenüberstehen, wagten sie sich hervor und grüßten schüchtern den für sie frühen Besuch, der ihren Gruß unbeholfen förmlich erwiderte.

Margret erinnerte sich – mittlerweile hellwach –, wie der heute in Amtstracht erschienene burggräfliche Sekretär spät in einer bangen Nacht über ihre Köpfe hinweg nur zu den Erwachsenen geredet hatte. Aus Mitleid, dass er am frühen Morgen noch weniger mit Kindern umzugehen wusste, piepste sie: „Denkt nicht an Wernli und mich. Erzählt meiner Mutter alles“, und endete voller Überzeugung: „Sie versteht alles!“

Als der Sekretär nur schwieg, fragte sie verunsichert: „Bin ich vorlaut, Mutter?“

Doch bevor Clare eine passende Antwort fand, kam diese sanft vom Sekretär: „Natürlich bist du vorlaut. Doch dir ist verziehen, denn du meinst es unmissverständlich gut mit mir. Dafür hab Dank!“ Er machte einen Schritt zurück und einen ehrerbietigen Kratzfuß vor ihr. Werner kicherte, und Margret errötete vor Freude.

Küentzi, der wieder Zeit mit Rulmans Beinlingen vertan hatte, nahm die Kinder in die Arme, gab Clare einen zarten Kuss, bevor er den Sekretär förmlich begrüßte und ihn höflich nach dem Grund seines frühen Besuches fragte. Ihm war sofort die Amtstracht des bischöflichen Kanzlisten aufgefallen.

„Ich bin hier im Auftrag des Burggrafen“, bestätigte der Gast Küentzis Annahme. „Der Burggraf erachtet die Straßen für Euch als zu unsicher, bleibt also vorläufig zuhause! Fürs Ausreiten habe ich zwei Pferdeknechte in der Livree des bischöflichen Stalls mitgebracht. Sie warten im Hof.“

Clare, die wie immer schneller begriff, worum es ging, bedankte sich erfreut für diese Unterstützung und entschied, Küentzi möge die zwei Reiter aus der Kälte holen und ihnen beim Aufsatteln helfen. Die Kinder sollten ihm vorgehen.

„Ich kann Euch leider nichts Wärmendes anbieten“, entschuldigte sie sich beim Sekretär. „Wir haben alle gestern Nacht große Angst ausgestanden und erst heute früh Schlaf gefunden.“ Sie seufzte. „Glaubt mir, würde mir das Ungeborene einen langen Schlaf gestatten, stünde ich auch nicht vor Euch.“ Ein Lächeln überflog ihr

Gesicht. „Doch nun hat uns das kleine Geschöpf Eure Hilfe gebracht und Euch vor einem Fehlgang bewahrt. Nochmals Danke!"

Sie drehte sich zum Herd, um das Feuer anzufachen, arbeitete aber so ungeschickt, dass viel Rauch in die Küche entwich und sie sich beinahe die Hand verbrannte. Sie verkniff sich ein Kraftwort und setzte sich mit einem demütigen „Bitte, übernehmt Ihr!" an den Tisch.

Obwohl es den Sekretär sichtlich Mühe kostete, sich zu dieser Arbeit herabzulassen, ließ ihm der Anblick Clares keine Wahl. Überraschend fachgerecht brachte er das Feuer zum Lodern. Als er ganz selbstverständlich auch die Pfanne mit Wasser aufsetzte, lobte ihn Clare: „Ist unser Glaube stark, können wir alles vollbringen."

Verunsichert, wie er dies verstehen sollte, klaubte er die längste Zeit stumm und gewissenhaft Aschestäubchen vom bischöflichen Wappen auf seinem Wams.

Clare erlöste ihn: „Es ist Zeit, die Köchin zu wecken. Ich wäre Euch sehr verpflichtet, wenn Ihr mir diese Aufgabe abnehmen könntet." Mit einem trockenen: „Ich gehe davon aus, dass Ihr den Weg kennt", brachte sie Feuer in seine Augen und Bewegung in seine Beine. Wieder allein in der Küche wünschte sie sich mit einem Seufzer, Küentzi und sie hätten auch wieder mehr Zeit für einander.

Als hätte sie ihn gerufen, meldete sich Küentzi bleich von der Türe zum Hof: „Kalter Valentin, früher Lenzbeginn", und stellte sich müde zum Aufwärmen an den Herd. „Wenn die Bauernregel stimmt, dann beginnt der Frühling in diesem Jahr früh, denn am heutigen Tag regiert der Frost. Hier, spür!" Er trat zu ihr, legte ihr seine noch immer kalten Hände auf die Wangen und überraschte sie mit einem Kuss.

Rachel, die unbemerkt die Küche betreten und den freigewordenen Patz am Herd übernommen hatte, bemerkte sauer: „Oben lieben sich zwei, in der Küche wird geturtelt! Wo bin ich hier? Ist hier wirklich das Zentrum der Straßburger Gottesfreunde, oder liege ich falsch?"

Clare ging auf sie ein, als wäre Rachel eine Kranke. Sie versteckte ihre neu von Rachel geweckte Angst, der Pöbel könnte auch hier die Wächter überwältigen und alle als Ketzer vor die Stadt schleppen, und teilte ihr mit einem geübten Lächeln ruhig mit: „Heute ist Valentinstag.

Und wenn ich mich richtig erinnere, stammt vom Märtyrer Valentin der Spruch ‚Ist unser Glaube stark und heilsam, können wir alles vollbringen'. Weißt du", bekannte sie nach einer Pause, „für mich sind Glaube und Liebe eins."

Rachel musste mehrmals schlucken, bevor sie antworten konnte.

„Du ermutigst mich, liebe Clare, meinen Glauben zu stärken, indem ich liebe, und die Liebe genieße. Ermutigst mich, meinen Geliebten im Glauben zu finden. Doch was rätst du mir an einem kalten Wintermorgen, wenn der Geliebte mir fern und der Glaube entsprechend schwach ist?"

„Hoffe! Rate ich dir als gläubige Heilerin."

„Oder entsage der Welt und werde Mystikerin in einem Kloster wie viele vor dir", empfahl der Sekretär vom Gang her. Leiser stichelte er: „Dann spielt dir zumindest das Geschlecht keine Streiche." Beschützend legte er den Arm über die Schultern der Köchin.

Rachel blickte die Köchin erschreckt an. Beide erröteten. Die Köchin fasste sich als erste, stieß den Sekretär ungestüm zurück und begann wortlos mit der Zubereitung des Frühstücks. Rachel brauchte länger, bis sie dem Sekretär spitz entgegnete: „Ich kann nur hoffen, dass du der Köchin so unbedingt vertraust, wie du sie liebst!"

Clare lud mit einer umfassenden Geste die gereizten Gemüter zu sich an den Tisch. „Setzt euch, bitte! Eigentlich müssten wir nun Gertrude und Rulman in die Küche bitten, damit sie sich die burggräfliche Botschaft anhören können. Doch ich denke, wir warten damit bis zum Frühstück. Dann sind wir alle hier versammelt."

Der burggräfliche Sekretär, der sich als letzter gesetzt hatte, begann aber ohne Zögern: „Das Wichtigste wisst ihr ja selbst." Er berichtete leise, mit geradem Rücken. „Heute ist Sabbat und die Juden, die den Sturm aufs Ghetto überlebt haben, sind vor der Stadt zusammengetrieben worden. Ihnen wird die Wahl gegeben, sich sofort taufen zu lassen oder in den Tod zu gehen. Die Priester taufen schon jetzt jüdische Kinder, deren Eltern nicht mehr leben oder unauffindbar sind. Zimmerleute, zusammen mit Freiwilligen, bauen große Holzhäuser ohne Fenster für alle Juden, die sich nicht taufen lassen. Auf Anordnung der Stadtregierung, wohlverstanden. So wird die Judenfrage in Straßburg gelöst! Wie übrigens die oberrheinischen Bischöfe vor einem Monat vereinbart haben."

Küentzi bedeckte sein Gesicht und sprach durch das Gitter seiner Finger: „Ich habe in Rufach mitbekommen, wie die Juden auf Scheiterhaufen verbrannt wurden, nachdem sie all ihrer Habe beraubt waren. Nun muss ich das Gleiche auch hier erleben." Er atmete schwer. „Ich frage euch: Was müssten wir anstellen, damit wir so grausam vernichtet würden?"

„Sie haben Jesus, den Sohn Gottes, gemordet. Genügt dir dies nicht?", antwortete der Sekretär.

„Dann wird für Jesu Hinrichtung in Israel noch heute in Straßburg Rache an allen Juden genommen? Mehr als tausend Jahre später?", konterte Küentzi.

„Was ich gestern Nacht erlebt habe, hatte nichts mit Religion zu tun. Das war von der Regierung sanktionierter Raub!", empörte sich Rachel. „Ich bin Christin aus ganzem Herzen und kann erkennen, wo die Gottlosen gebieten: Hier in Straßburg!"

„Hüte deine Zunge", fuhr sie der Sekretär an. „Du lästerst das Regiment!" Ruhiger fuhr er fort: „Dass die Vertreibung der Juden mehr mit Politik als mit Religion zu tun hat, wisst ihr. Dass viele sich am Tod der Juden bereichern, wisst ihr ebenso." Furcht machte seinen Blick flatterig: „Aber: Wer die neue Straßburger Regierung und den Bischof deswegen für gottlos erklärt, bringt sich in Todesgefahr. Nur Juden oder Ketzer können so reden. Habt ihr vergessen, dass die Inquisition hier – in diesem Haus! – Ketzer vermutet, dass dieses Haus mit dem Davidstern gebrandmarkt wurde?" Er schloss die Augen und schwieg.

„Sieh mich an und erzähl uns etwas Neues!", sagte Rachel. Sie ließ seinen Blick nicht los, bis er weitersprach.

„Erinnert ihr euch an den Dominikaner aus Polen, der euch beim Übermalen des Davidsterns observiert hatte? – Ich habe mit ihm gesprochen. Er hat mir genauer erklärt, warum alte Ketzergemeinden überleben konnten und sogar neue entstanden sind. Während Ludwig der Bayer das Reich regierte, fehlten der Kirche der Wille und die Mittel, im Glaubenssumpf des Schismas Irregeleitete und Abgefallene zu verfolgen. Die Inquisition ist in großen Städten wie Straßburg nie ausreichend unterstützt worden. Erst heute, unter Ludwigs Nachfolger, König Karl, sind die bischöflichen Kurien wieder willens, mit Hilfe der Inquisition den Kampf gegen die im Geheimen wirkenden Ketzergemeinden voranzutreiben."

Der Sekretär schwieg und winkte Kyrill, der schon früher die Küche leise betreten hatte, zu sich an den Tisch.

„Hier in Straßburg sind der Kurie geflüchtete Ketzer, Katharer oder Albigenser, sowie erneut Anhänger der Winkler gemeldet worden. Die Inquisition überprüft deshalb genau, wer den Aufbau von Gegenkirchen fördert, um diese dann als Ketzer vernichten zu können. Dies kann sie nur mit der Unterstützung der neuen Stadtregierung."

Der Sekretär blickte bedeutungsvoll in die Runde und fuhr fort: „Ich habe den Dominikaner gefragt, was seiner Meinung nach diese Ketzerkirchen mit den Gottesfreunden zu tun hätten. Seine Antwort: Es liege an den Gottesfreunden zu zeigen, dass sie keine Gegenkirche bildeten. Ich habe das Gespräch meinem Herrn, dem Burggrafen, Rulmans Bruder, rapportiert. Und er hat mich gebeten, euch in der Amtstracht, am Tag und in aller Öffentlichkeit, zu besuchen, damit jeder Verdacht, in Rulmans Anwesen würden konspirative Treffen abgehalten, entfällt."

Stolz beendete er seine lange Rede: „Die zwei Reitknechte habe ich aus eigener Initiative aufgeboten."

Alle hatten den letzten Worten des Sekretärs sorgenvoll und gespannt zugehört. Nun machte sich Erleichterung auf den Gesichtern breit.

„Habt Dank für Eure Hilfe", übernahm Küentzi. „Wir wissen sie zu schätzen. „Ihr seid hier jederzeit willkommen, in der Amtstracht oder ohne."

„Dem kann ich mich nur anschließen", rief die Köchin vom Herd. „Ich koche gerne für einen Esser mehr, wenn ich weiß, wann er kommt." Sie lächelte und rührte nochmals kräftig im Brei: „Frühstück ist bereit für alle!"

Die Kinder wurden geholt und das Meisterpaar zu Tisch gebeten. Nur Gertrude setzte sich zu ihnen. „Rulman hat sich für einen Fastentag entschieden", sagte sie, und zum Sekretär gewandt: „Euch möchte er später, mit mir zusammen, in seinem Studierzimmer anhören." „Das trifft sich", stimmte der Sekretär geflissentlich zu, „denn mein

Auftrag ist es ferner, mit Herrn Rulman ein baldiges Treffen zwischen ihm und dem Burggrafen abzusprechen."

„Die ganze Küche riecht nach Verbranntem", rümpfte plötzlich Margret die Nase und blickte sich suchend um. „Hier ist doch gar nichts angebrannt. Kommt der Gestank von draußen?"

Werner antwortete, wie nur ein altkluger Sechsjähriger die Welt sehen konnte: „Die Wolken hängen tief, der Rauch der Stadt kann nicht richtig aufsteigen, und das bisschen Wind treibt ihn in unsere Richtung."

Margret nickte ihm zu: „Ist ja klar: Es brennt draußen, nicht in unserm Hof. Sonst säßen nicht alle ruhig rund um den Tisch." Nach einem fragenden Blick auf Clare, die schwieg, fuhr sie fort: „Der Rauch riecht süßlich, er kratzt nicht im Hals wie der unserer Kaminfeuer." Sie machte gleich weiter. „Verbrannte Wolle riecht ähnlich. Vielleicht brennt ein Gehöft vor dem Tor."

Rachel, die das Schweigen der andern nicht mehr ertrug, half der Kleinen: „In der Nacht sind mehrere Brände im Judenviertel ausgebrochen. Dabei sind Stoffe, Kleider und Möbel verbrannt. Werner hat es richtig beschrieben, der Wind treibt den Rauch aus den Trümmern zu uns, anstatt von uns weg."

Margret ließ nicht locker, wollte mit feuchten Augen wissen: „Sind auch Katzen verbrannt?"

Endlich raffte sich Küentzi auf: „Das wissen wir nicht. Aber ich möchte auf jeden Fall nach dem Frühstück hingehen und mich kundig machen. Vielleicht kann ich den Zünften beim Aufräumen helfen. Sie werden die Brände bis dann gelöscht haben."

„Darf ich mitkommen?", rief Margret.

„Das ist viel zu gefährlich", erwiderte Küentzi und bemühte sich, nicht schroff zu klingen. „Solange die kleinste Flamme brennt, kann der Wind wieder ein großes Feuer entfachen!" An die Erwachsenen gewandt, schloss er: „Wenn ich weg bin, müssen alle hierbleiben und Feuerwache halten."

„Außer mir, denn ich gehe mit dir", verkündete Kyrill. „Ich muss nach unseren Freunden suchen. Rachel bleibt hier."

Alle schwiegen bis zum Tischgebet am Ende, sprachen aber auch danach nur das Nötigste, als sie sich – wenn auch verspätet – an ihre Arbeit machten: Rachel half in der Küche, Clare weihte die Kinder in die Geheimnisse ihrer Kräuter ein, während Küentzi und Kyrill in der Stadt unterwegs waren.

Hätte von der Gasse her nicht häufiges Pferdegetrappel alle immer wieder aufhorchen lassen, und hätte der eklig süßliche Geruch nicht die Nasen bedrängt, hätte der Eindruck entstehen können, der Alltag nehme seinen gewohnten Gang.

13

Nachdem der Sekretär mit Gertrude eine Zeit abgesprochen hatte, wann der Burggraf seinen Bruder hier besuchen könne, war er schon am Nachmittag mit den gelangweilten Pferdeknechten abgezogen. Im Haus blieb die Stimmung danach angespannt. Selbst die Kinder hielten sich zurück, verrieten niemand die heimlichen Küsse, die sie in der Küche beobachtet hatten.

Als es eindunkelte, rief Clare die Kinder in die Küche, wo schon Rachel und die Köchin auf Küentzis und Kyrills Rückkehr und deren Bericht warteten. Clare zwirnte mit den Kindern Fäden und machte ein Spiel daraus, um sie zu unterhalten. Rachel half ihr dabei. Sie brauchte Ablenkung und Gesellschaft, um die quälenden Erinnerungen an die grauenhafte Nacht im Ghetto zu vergessen. Allein gelang ihr dies nicht. Sie hörte das Klopfen als Erste und winkte der Köchin, die schnell die Axt neben dem Herd ergriff und ihr nach draußen folgte. Beide erkannten Küentzi und Kyrill an der Stimme, hoben den Riegel und hießen sie willkommen.

Die Kinder schreckten beim Anblick ihres Vaters zurück. Diese matten Augen, dies graue, gefurchte Gesicht mit bedrohlich dunklen Schatten und diese verkniffenen Lippen hatten sie nicht erwartet. Erst als sie im Licht einer neuen Kerze sahen, wie Küentzis Augen bei ihrem Anblick freudig aufleuchteten und er sich aufrichtete, setzten sie sich vorsichtig zu ihm. Sie nahmen ihn in die Mitte, kuschelten sich an ihn und vergaßen die zersetzende Furcht, die alle bedrückt und sie im Haus gefangen gehalten hatte. Bis Kyrill, der offensichtlich im Umgang mit kleinen Kindern wenig erfahren war, voller Grimm losplatzte: „Was die Pfaffen angerichtet haben, ist unfassbar!“ Er wurde immer lauter: „Die Pfaffen haben geputscht! Nur Pfaffen können so rücksichtslos Menschenleben vernichten!"

Margret hielt sich erschreckt die Ohren zu, Werner verkroch sich unter Küentzis Arm. Rachel legte ihre Hand auf Kyrills Schulter, und er mäßigte seinen Ton.

„Rachel und ich wollen euch nicht weiter zur Last fallen. Deshalb wollte ich einen Kreditbrief, den ich mir von einem Juden in Basel hatte ausstellen lassen, zu Geld machen. Ich suchte nach einem jüdischen Bankier und wurde höhnisch in die Judengasse verwiesen, doch im geplünderten Ghetto darf niemand ein Haus ohne Bewilligung und ohne Wache betreten. Ein Wächter höhnte: ‚Einen jüdischen Geldwechsler oder einen französischen Lombarden kannst du nur dort finden!', und zeigte auf die schweren, gelben Rauchwolken vor der Stadt. Also gingen wir dem süßlichen Rauch nach aufs Feld vor die Stadt."

Küentzi, der sich etwas erholt hatte, wollte seinen Kindern die Gräuelbilder, die sie vor der Stadt gesehen hatten, ersparen. Er unterbrach Kyrill, als dieser einzelne, von Judenhassern begangene Scheußlichkeiten erzählen wollte.

„Wir konnten in der Masse der vor der Stadt versammelten Juden keinen Bankier oder Geldwechsler erreichen. Alle Juden Straßburgs – Männer, Frauen, Alte, Junge, auch Kinder – wurden von Bewaffneten bewacht. Alle mussten in der Kälte an den Priestern vorbei, und erklären, ob sie zu Christen getauft werden wollten. Wer flüchtete, wurde von Reitern eingefangen und zusammen mit denen, die die Taufe verweigerten, vor die für sie vorbereiteten, leeren Holzhäuser geführt. Sie durften nicht mehr in die Stadt zurück. Kleinkinder und etwas ältere Kinder, die ihre Eltern nicht befragen konnten, wurden sofort getauft und Nonnen übergeben. Taufwillige Erwachsene wurden von Mönchen und Priestern noch auf dem Feld christlich unterrichtet und für den Übertritt in den Schoß der Heiligen Kirche vorbereitet."

„Waren die Juden warm angezogen?", überraschte Margret alle. Kyrill war zuerst: „Viele waren nur leicht bekleidet. Sie wussten ja nicht, was sie erwartete, als sie in der Nacht aus den Häusern geholt und vor die Stadt geführt wurden. Alles musste schnell gehen."

„Dann muss der Rauch, den wir gesehen und gerochen haben, von Feuern kommen, die für sie zum Aufwärmen angezündet worden waren“, folgerte sie.

Niemand half ihr weiter, selbst ihr Bruder nicht. Alle schwiegen. Niemand wollte seine Gefühle oder Gedanken in Worten fassen. Selbst die Köchin brauchte länger, bis sie die Kraft fand, um endlich aufzutischen. Nur Kyrill und Küentzi griffen zu, forderten sofort, wie gehetzt Nachschlag, bevor sie sich wortlos ihren Eindrücken überließen. Die andern führten den Löffel kaum zum Mund, rührten lustlos in ihren Schalen, bewegten den Mund nur zum Kauen.

Die Kinder halfen sich selber: Sie störten die Erwachsenen so lange, bis sie Clare, die das Kind in sich heftig spürte, in die Schlafstube führte und sich mit ihnen hinlegte. Zu ihrer Überraschung schliefen die zwei, eng an sie geschmiegt, sofort ein und halfen ihr, selbst Ruhe zu finden. Sie blieb bei ihnen; nicht zuletzt, weil sie sich keinen weiteren Bericht über die Scheußlichkeiten, die jetzt vor der Stadt begangen wurden, anhören wollte. Als Küentzi die Schlafstube betrat und sie zudeckte, tat sie, als schlafe sie wie die Kinder, genoss seinen sanften Gutenachtkuss, den er ihr wie den Kindern gab, und schlief ruhig ein. Er kehrte in die Küche zurück und setzte sich bleiern gegenüber Rachel und der Köchin an den Tisch.

Er schwieg, konnte das Grauen, dessen Zeuge er heute Nachmittag geworden war, nicht mehr überspielen.

Er hatte sich überschätzt und geglaubt, nach seinen Erfahrungen in Rufach gegen die Grausamkeit eines neuen Judenmordes gewappnet zu sein, war mit Kyrill unbedarft dem Rauch nachgegangen. Erst beim Anblick der vielen Feuer vor den Mauern der Stadt hatte er das Ausmaß der vom Klerus organisierten Vernichtungsorgie erfasst. Als ob er selber brennen würde, hatte er mit den Brennenden auf dem Schindanger die Hölle durchlebt. Voller Angst, selber unschuldiges Opfer dieses teuflischen Treibens zu werden, hatte er Kyrill gezwungen, mit ihm umzukehren. „Wir müssen unbedingt prüfen, ob der Davidstern an unserm Tor verborgen bleibt. Tritt der sechseckige Stern am Eingangstor wieder hervor, werden alle Bewohner unseres Hofes auch brennen!“

Zu ihrer Erleichterung hatten sie am Tor das Wappen der Merswin unverändert vorgefunden. Nun warteten sie – beide etwas ruhiger – mit den andern auf den Sekretär und dessen Nachrichten. Das Bild der in Flammen aufgehenden, mit Juden bepackten Baracken stand so unauslöschlich vor ihren Augen, wie die Schreie verzweifelter, zu Fackeln gewordener Kinder ihre Ohren füllten. Beide wischten sich verloren mehrmals übers Gesicht, schnaubten dazu, als ob sie den in den Nasen haftenden, süßlichen Geruch von verbranntem Fleisch loswerden könnten. Reden wollten weder Kyrill noch er.

Küentzi fühlte sich leer und überflüssig, schämte sich, wie er das im Namen Gottes verrichtete Unrecht hinnahm; schämte sich, dass er nichts dagegen unternahm, wenn sich der Henker zum Richter machte, wenn Verleumdung und Hass die einzigen Werkzeuge der Anklage wurden.

Ihn schauderte, und er wünschte sich zutiefst, er wäre weg von diesem aus den Fugen geratenen Haushalt; weg aus dieser brandgefährlichen Stadt, wo es kein gerechtes Verfahren gab, wo selbst Rulmans Bruder ihnen nicht mehr helfen konnte! Um seine Tränen zu verbergen, legte er den Kopf auf die Hände.

Rachel hatte die Verzweiflung in seinen Augen gesehen, legte vorsichtig ihre Hände auf seine Schultern und erschrak, als sie spürte, wie hart und verkrampft seine Muskeln waren. Sanft ließ sie ihre Fingerspitzen kreisen; bis Küentzis Atem regelmäßiger wurde. Still, ohne Bewegung, ging ihr Blick ins Nirgendwo, als ob sie die Welt verlassen hätte.

Der Köchin wurde unheimlich. Sie blickte hilfesuchend zu ihrem Gegenüber, Kyrill. Doch sie fand seinen Blick nicht, berührte sanft seine Hand – mehr als ein Zusammenzucken bekam sie als Antwort nicht. Kyrill focht seinen eigenen Kampf. Die Köchin gab auf. Ihre Mitbewohner lebten für sie unerreichbar in einer anderen Welt. Sie erhob sich, um die Dochte zu kürzen. Gerade jetzt, wo sie die beruhigende Nähe ihres Sekretärs vermisste, musste sie zum Licht Sorge tragen. Sie musste sehen, wann Küentzi und Rachel – nur durch eine stille Berührung geheimnisvoll vereint – sich mit geschlossenen Augen aufrichteten, und verrieten, wann sich Küentzis Last ätzender Bilder verringerte. Zudem wusste die Köchin, dass sie nach diesem entsetzlichen Tag ohne das Licht, ihren eigenen, im Dunkel lauernden Dämonen nicht standhalten konnte.

Sie musste lange warten, bis sie endlich nach dem vertraut leisen Pochen voller Freude die Hintertüre öffnen konnte und sah erschreckt einen ihr unbekannten Dominikanermönch vor sich. Bevor sie die Türe zustoßen konnte, trat der Sekretär ins Licht und bat leise für beide um Einlass. Der Sekretär kenne den Weg, antwortete sie laut, und schloss die Tür hinter ihnen mit viel Lärm. Ihr gefiel der schmallippige Mund des dürren Mönches nicht, und sie hoffte, die andern in der Küche verstanden ihre laute Warnung. Küentzi und Rachel, die das Signal sofort aufgenommen und Kyrill wachgezwickt hatten, saßen aufgerichtet am Tisch und machten große Augen, als sie den Dominikaner erkannten. Rachels Gänsehaut fiel nur der Köchin auf.

Der Sekretär stellte den späten Gast vor: „Guten Morgen. Ihr drei kennt Pater Stanislaus aus Polen." Er wandte sich entschuldigend der Köchin zu: „Wir haben uns unter besonderen Umständen in der Gasse am Eingang zum Hof kennengelernt. Mittlerweile habe ich mit ihm wichtige Gespräche geführt, und ich vertraue ihm. Pater Stanislaus möchte einige Auskünfte von euch, und ich dachte, es sei das Einfachste, er würde euch direkt fragen." Der Dominikaner zog seine weiße Kapuze zurück und grüßte mit slawischem Akzent: „Gott zum Gruß und Friede mit Euch." Er lächelte entschuldigend: „Mehr Deutsch ich kann nicht."

Küentzi platzte hoffnungsvoll heraus: „Bringst du eine Botschaft von Tauler?" Als er jedoch sah, wie sich die Augen des Paters beim Namen ‚Tauler' verengten, verlangte er, ohne zu überlegen, Clare solle bei dieser Fragerei dabei sein. Rachel und die Köchin doppelten sofort nach. Der Sekretär übersetzte, der Pater stimmte zu, und Küentzi verließ eilig die Küche, um Clare zu holen. Kyrill hieß als Ältester im Raum Pater Stanislaus willkommen, und der Sekretär half die Spannung weiter abbauen, indem er den Arm um die Köchin legte und sie liebevoll um einen Trank für alle bat.

Nachdem auch Clare, in eine dicke Decke gehüllt, verschlafen mit Küentzi Platz genommen hatte, erklärte der Sekretär den Grund des ungewöhnlichen und späten Besuchs: „Der Inquisition sind rund um

Rulmans Hof mehrere als Ketzerinnen verdächtige Frauen gemeldet worden. Zudem ist die hier wohnende Rachel Timmer gesehen worden, wie sie, trotz des für alle ausgesprochenen Ausgehverbots, in den frühen Stunden des Valentinstages in Begleitung eines Unbekannten hieher zurückgekehrt ist. Dafür" – der Sekretär blickte vielsagend in die Runde – „gibt es bestimmt einfache Erklärungen. Der Pater wird diese hier protokollieren, und damit ist dann die Angelegenheit für alle erledigt."

Rachel blickte erschreckt auf. Kyrill wollte auffahren, hielt sich aber zurück, strich nur seinen weißen Bart glatt. Auch in Küentzis Augen blitzte es, aber Clare legte ihm beruhigend die Hand auf den Arm. Der Sekretär wartete, bis der Mönch, die Wachstafel vor sich und den Griffel in der Hand, zum Schreiben bereit war. Mit ernstem Blick kam er zur Sache: „Pater Stanislaus möchte von euch erstens wissen, welche Gottesfreunde in den letzten Tagen Kontakt mit Rulman aufgenommen haben; und, zweitens, wer Rachels Begleiter gewesen ist, und ob sie diesen in der Nacht auf den Valentinstag besucht hat."

„Meister Rulman", antwortete Küentzi, erkennbar krampfhaft um Ruhe bemüht, „hat mit keinem mir bekannten Gottesfreund gesprochen, mein Meister hat auch keine schriftlichen Nachrichten bekommen. Ich habe meinen Meister auf allen Ausflügen begleitet. Ins hiesige Münster" – er blickte dem Pater gerade in die Augen – „und auf die *‚Grüne Werth'*, und ich kann bezeugen, dass er von keinem unbekannten Dritten kontaktiert worden ist." Er wartete, bis der Sekretär die Übersetzung beendet und der Mönch zu schreiben begonnen hatte, fixierte den Sekretär und sagte leise, aber grimmig: „Daran, dass die Timmers als Gottesfreunde hier wohnen, und wie alle Bewohner hier unter des Burggrafen Schutz stehen, muss man den Pater hoffentlich nicht erinnern."

Der Dominikaner blickte erwartungsvoll zum Sekretär, der verlegen schwieg. „Ich erwarte, dass du mir alles übersetzt", verlangte er. „Jede Kleinigkeit, und auch letzten Satz, den Herr Kunrad so ..." – er hielt den gestreckten Zeigfinger vor die geschlossenen Lippen – „... sagte. Ich Protokollant, ich entscheide, was wird von Einvernahme schriftlich."

Nach einem Seufzer übersetzte der Sekretär auch Küentzis letzte Bemerkung. Der Dominikaner reagierte ganz entspannt, warf Küentzi sogar einen anerkennenden Blick zu und bat den Sekretär, seine nächsten Worte „verbatim" – wortwörtlich – zu übersetzen: „Ihr könnt offen sprechen. Glaubt mir, ich will euch nichts Böses."

Er wartete, bis der Sekretär seine Worte übersetzt hatte. „Ich lese Überraschung und Zweifel in euren Gesichtern", fuhr er fort. „Mir geht es hier in erster Linie darum, mit eurer Hilfe mehr über die Gottesfreunde zu erfahren. Ich bin kein Richter, ich sammle Beweise." Wiederum wartete er, bis der Sekretär mit der Übertragung fertig war. Dann zeigte er auf die Timmers und Schaffners.

„Der Burggraf hat mich wissen lassen, dass ihr euch in Kirchenfragen gut auskennt. Deshalb suche und brauche ich eure Unterstützung. Ich muss die Vorstellungen und Ansichten der Gottesfreunde verstehen, um sie von den uns bekannten Ketzern zu unterscheiden."

Alle schwiegen betreten, bis Clare das Wort ergriff: „Um gute Arbeit zu leisten, brauchen wir einen klaren Kopf. Müde und überrascht wie alle jetzt sind, können wir Euch nur schlecht helfen. Schlaf täte allen gut. Deshalb bitte ich Euch, spart Euch weite Wege und schlaft heute Nacht als Gast hier." Sie hörte sich mit geschlossenen Augen die Übersetzung bis zu Ende an und ergänzte zum Entsetzen der andern fließend auf Lateinisch: „Morgen könnte ich Euch auch eine Salbe für Euren Ausschlag mischen und eine Diät für Eure wackligen Zähne vorschlagen."

Kyrill und Rachel erstarrten, der Sekretär fasste bestürzt die Hand der verwirrten Köchin, und Küentzi blickte bekümmert zu Boden. Einzig Stanislaus freute sich und antwortete ihr ebenfalls lateinisch: „Frau Schaffner, ich bin Euch zu Dank verpflichtet, dass wir nicht weiter Theater spielen müssen. Ich nehme an, Latein versteht auch Euer Gatte – wie wohl noch andere hier!" Er blickte kurz reihum. „Ich nehme beide Angebote an. Ich schlafe hier und werde mich morgen medizinisch von ihnen betreuen lassen." Er erhob sich.

Clare verzichtete auf eine Übersetzung, bat stattdessen den Sekretär mit einem entschuldigenden Blick auf die Köchin, seinen Strohsack in Kyrills Stube zu verlegen, wo auch der Pater Platz fände. Rachel schickte sie in die Obhut der Köchin. Alle hatten sich erhoben. Clare wünschte allen eine erholsame Nacht und folgte Küentzi, der ihr mit einem Licht vorausging. Die Männer folgten Kyrill und

Rachel hakte sich zufrieden bei der Köchin unter. Alle waren müde und freuten sich auf diese nunmehr kurze Nacht ohne Wache.

Küentzi und Clare ließen sich einfach auf ihre Strohsäcke fallen, verloren über Clares überraschendes Eingreifen kein Wort und schliefen sofort ein.

14

Umso lebhafter flogen die Worte am nächsten Morgen in der Küche, nachdem der Sekretär und Kyrill, die sich – wie sie meinten ‚früh!' – am schlafenden Mönch vorbeigeschlichen hatten, die Küche betraten, und dort Küentzi und die drei Frauen beim Frühstück antrafen. Schon während die Nachzügler sich bedienen ließen, beklagten sie sich über das ‚Paktieren mit dem Feind', wie sie Clares spätes Eingreifen in der Nacht bezeichneten.

„Es wäre zudem angebracht", fand der Sekretär, „dass ihr uns endlich etwas über euren mysteriösen Hintergrund erzählt. Wir wollen wissen, macht euch eure Vergangenheit erpressbar? Gefährdet ihr am Ende sogar das Leben aller Anwesenden!?"

Küentzi wollte zu einer Erklärung ansetzen, doch Clare hielt ihn mit der Hand zurück und schüttelte kurz den Kopf. Ruhig erklärte sie den zwei Männern, warum sie Stanislaus als Gast ins Haus gebracht hatte, und vereinnahmte auch Rachel und die Köchin: „Wir Frauen bitten euch, den Dominikaner freundlich und hilfsbereit zu behandeln. Arbeiten wir mit ihm zusammen, sind wir Stanislaus und die Inquisition zum Wohle aller schnell los. Juden sind wir ja alle keine!"

Küentzi zuckte müde die Schultern, während Kyrill nickte und mit verkniffenem Mund seinen Bart zupfte. Der Sekretär ließ die Köchin los, entschuldigte sich bei ihr, die Arbeit gehe nun leider vor, und ging allein nach oben, um den Mönch zu wecken. Er wollte die Gelegenheit nützen, um seinen neuen Freunden hier zu zeigen, dass er seinen burggräflichen Auftrag mit ihrem Anliegen verbinden und sie unterstützen konnte.

Der Pater betrat die Küche bleich und mit geröteten Augen. Er sei krank, habe Fieber und wolle deshalb unverzüglich die Einvernahme fortsetzen, solange er noch bei Kräften sei. Er setzte sich und hörte sich verwundert Clares resolute Anweisung an: „Ohne heißen Tee und etwas zwischen die Zähne wird hier gar nichts geschehen!" Während ihn die Köchin bediente, übergab Stanislaus dem Sekretär die Wachstafeln mit der Bitte, die Aussagen zu notieren, zudem verpflichtete er Clare in aller Form, alles Gesagte getreulich zu übersetzen. Durstig leerte er seinen Becher in einem Zug und ließ sich nachschenken. Den Teller mit Haferbrei schob er zur Mitte des Tisches, wischte sich den Schweiß von der Stirn und wandte sich direkt an Kyrill: „Wie oft habt Ihr in letzter Zeit das Haus verlassen, und mit wem pflegt Ihr außerhalb des Hauses Kontakt?"

Kyrill raffte sich auf, ließ seinen Bart in Ruhe und sprach langsam und deutlich: „Ich habe nur in Begleitung von Meister Rulman und Küentzi, und mit Rachel das Haus verlassen. Immer mit der Ruine *‚Zer grünen Werth'* zum Ziel." Er blickte ins verschwitzte Gesicht des Paters: „Muss ich auch das Aufeinandertreffen mit Euch vor dem Tor zu Protokoll geben?"

Der Mönch schüttelte nur den Kopf, wischte sich erneut den Schweiß ab und gab ihm das Zeichen fortzufahren.

„Am Valentinstag habe ich mit Küentzi, wie Rachel schon am Tag vorher, einen jüdischen Geldwechsler für meinen Kreditbrief gesucht und bin mit Küentzi Zeuge des Judenmordes geworden." Er wartete, bis Clare alles übersetzt hatte und schloss: „Ich habe mit niemandem außer den hier Anwesenden in Straßburg Kontakt gehabt."

Der Mönch wünschte, den Kreditbrief zu sehen, worauf Kyrill Rachel bat, den Brief zu holen. Pater Stanislaus sah erstaunt auf, vergewisserte sich beim Sekretär, dass er richtig gehört hatte, und wies Kyrill scharf zurecht: „Zeigt den Kreditbrief selber. Ich habe keine Zeit für Spielchen." Er wandte sich an Rachel.

„Nun zu Euch, Frau Rachel, nehmt Platz!", und zeigte auf den Stuhl ihm gegenüber. Kyrill winkte er: „Bitte, Platz für Tochter. Eure Tochter jetzt an der Reihe." Kyrill hielt den Kopf gesenkt und verließ mit grimmiger Miene die Küche.

Rachel setzte sich dem Pater gegenüber. Sie gab sich gelassen, obwohl sie aus schierer Spannung ihr Herz im Hals klopfen spürte. Sie hatte sich auf Kyrills Zuverlässigkeit in Geldsachen verlassen, als sie zur Rechtfertigung ihres Ausflugs am Abend des 13. Februars die

Geschichte mit dem Kreditbrief erfunden hatte. Dass sie dann im Ghetto beinahe vergewaltigt worden war, erwies sich im Nachhinein als Glück, denn im Chaos der Übergriffe in der Stadt war es unmöglich, ihre weitere Geschichte als Lüge zu entlarven. Doch ihr Geheimnis war noch nicht gerettet. Entscheidend war, ob Kyrill für sie einen Kreditbrief fand.

Als Antwort auf des Mönchs erste Frage nach Gottesfreunden wiederholte sie ausführlich die Aussagen von Küentzi und Kyrill aus ihrer Sicht. Um mehr Zeit zu gewinnen, beantwortete sie die Frage, wer sie in der Nacht auf den Valentinstag nach Hause begleitet habe, fahrig und verlängerte unauffällig ihre Pausen für die Übersetzung. Stockend und Mitleid heischend erzählte sie, wie sie vom Pöbel loskam, sich als schwache Frau im Dunkel fürchtete und sich verstecken musste. Während der langen Schilderung, wie sie durch die List mit der vorgetäuschten Schatulle einen vornehmen Plünderer zu ihrem Komplizen machte und ihn als Begleiter und Beschützer für den Heimweg gewann, schien sie den Tränen nah. Erst auf die Frage nach einem Namen wurde Rachels Blick klar und ihre Stimme hell: „Da der Begleiter unerkannt bleiben wollte, weiß ich nicht, wer er ist und wo er wohnt."

Sie lehnte sich auf ihrem Stuhl erleichtert zurück, als sie unter der Tür Kyrill mit einer dünnen Rolle in der Hand sah, und beendete ihren Teil der Einvernahme mit der Floskel: „Es tut mir leid, mehr weiß ich nicht zu sagen."

Pater Stanislaus schob den leeren Becher und die leere Schale zur Seite und begutachtete das auf Hebräisch und Deutsch verfasste, kleine Dokument vor ihm. Trocken meinte er, dieser Kreditbrief bestätige ihm eine These, für die er bis anhin nur wenig Belege gefunden habe: Die Gottesfreunde seien gutbetucht. Er hustete, verlangte nach Wasser. Das Latein kam ihm schnell über die Lippen: „Leider ist der Text weder ein Beleg für den rechtschaffenen Glauben, den ich hier vertrete, noch für die Glaubensirrtümer dieser am Oberrhein grassierenden Bewegung. Dieses Schreiben erlaubt mir jedoch wichtige Schlüsse auf das Verhalten der Gottesfreunde." Er nahm einen weiteren Schluck, ohne Clare Zeit für eine Übersetzung zu geben und dozierte: „Alle Erfahrungen aus der Ketzerarbeit weisen darauf hin, dass Wohlhabende die bestehende göttliche Ordnung zwar immer wieder kritisieren, diese aber nicht grundsätzlich ändern wollen."

Clare verzichtete auf eine Übersetzung, gebot dem Sekretär, der wegen der überraschenden Wendung in der Befragung mit Schreiben nicht nachkam, zu schweigen. Sie hatte in des Paters glasigen Augen und an seinen zittrigen Händen das steigende Fieber erkannt und wollte, dass die Befragung dennoch ordentlich beendet wurde. Sie bat Pater Stanislaus laut um sein Verdikt nach all dem Gehörten, dem Sekretär flüsterte sie zu: „Die nächsten Worte sind entscheidend! Alles verbatim notieren!"

Der Pater trank den Wasserbecher leer und richtete sich auf. „Deshalb komme ich zum vorläufigen Schluss: Die Bewegung der Gottesfreunde bedeutet für den rechten Glauben keine Gefahr, solange kein Mitglied allein die Führung übernimmt und kein Mitglied allein die geistlichen Inhalte bestimmt." Während der Sekretär noch eifrig weiterschrieb, lehnte sich der Dominikaner erschöpft zurück. Dunkle Schatten zeichneten sein bleiches, nasses Gesicht. Clare hörte als Einzige seine wohl als Abschluss des Verfahrens gemurmelten, bitteren Worte: „Es sind die verarmten Mitglieder des alten Adels und des Patriziats, die den rechten Glauben zu einer Irrlehre verbiegen und aus Rache für den eigenen Abstieg die Armen gegen die von Gott gewollte Ordnung aufhetzen." Er bekreuzigte sich und schaute über alle hinweg ins Leere.

Zum Dank, dass Kyrill den alles entscheidenden Kreditbrief gefunden hatte, übersetzte sie für ihn und Rachel des Paters letzten, kaum verständlichen Satz ganz. Zufrieden mit dem Ausgang der Einvernahme lehnte sie sich mit einem Seufzer zurück und hob ihre geschwollenen Beine auf den nächsten leeren Stuhl. Im Wissen, dass sich ihre gute Stimmung auf die andern übertrug, rief sie Küentzi zu sich, hieß ihn mit der Hand die kräftigen Bewegungen des Ungeborenen spüren und bat ihn leise, sich um die Kinder zu kümmern. Sie sei zu müde.

Küentzi strich ihr zur Antwort über die Wange und machte sich auf den Weg. Er hatte die Küche noch nicht verlassen, als ein energisches Pochen am Tor alle aufschreckte. Misstrauisch ging er zur Einfahrt und fragte nach. Die Antwort, die er von einer befehlsgewohnten Stimme bekam, setzte ihm zu: „Burggraf Johannes Merswin bittet seinen Bruder Rulman um Einlass!" Unwillkürlich richtete er sich auf, strich sich den Bart glatt und versuchte, Ordnung in seine Kleider zu bringen. Erst dann öffnete er die Türe. Ein Hüne der Stadtwache trat durchs Tor und blickte sich schnell im Hof um. Auf sein Zeichen betrat unverkennbar Rulmans Bruder, gefolgt von einer zweiten Wache, den Hof.

Johannes war größer und schlanker als Rulman. Seine Augen lagen etwas weiter auseinander, sein Gesicht wirkte im Schatten eines italienischen Baretts etwas länger, seine Bewegungen und seine Haltung unterschieden sich jedoch kaum von denen Rulmans. Der Burggraf trug über seinem dunklen Mantel seine Amtskette, wartete, bis sich seine Garde am Tor aufgestellt hatte, und verlangte: „Kunrad Schaffner, nehme ich an. Führt mich zu meinem Bruder."

Küentzi verbeugte sich und führte ihn durch die Küche an den verblüfften Mitbewohnern vorbei vor Rulmans Zimmer, wo zu seiner Verwunderung Gertrude ihren Schwager willkommen hieß, als ob sie seinen Besuch erwartet hätte. Sie hieß Küentzi ihrem Gatten beim Ankleiden zu helfen und ihn in die gute Stube zu führen. Sie würde dort mit dem Gast warten. Obwohl des Burggrafen Besuch kurz blieb, hatte dessen imposante Inszenierung die Gemüter in der Küche erregt und beunruhigt. Doch von Gertrude erfuhr niemand Anlass oder Grund für diesen herrschaftlichen Auftritt. Nachdem sie ihren Schwager verabschiedet hatte, zog sie sich mit Rulman wieder zurück, ohne irgendeine Erklärung abzugeben und ohne Clare oder Küentzi zu sich zu rufen. Der Sekretär, der von des Burggrafen Erscheinen selber überrascht worden war, konnte ihnen auch nicht mit einer Auskunft dienen; er war mit seinem Vorgesetzten gegangen. Die in der Küche Zurückgebliebenen warteten gespannt auf Bescheid ihres Meisters. Dieser blieb jedoch aus.

Als Erste bewegte sich Clare. Sie bat Küentzi, die Kinder zu holen, und wählte aus ihrer Kräuterapotheke eine Teemischung für Pater Stanislaus. Der Mönch hatte hohes Fieber und den Bezug zu seiner Umgebung verloren. Niemand verstand seine wirren Sätze, weshalb sie entschied: „Kyrill, du kümmerst dich mit Küentzi um Pater Stanislaus. Der Mönch muss sofort zu den Dominikanern gebracht werden, vielleicht müsst ihr ihn dorthin tragen. Richtet dem Pförtner aus: Ein Teil seiner Krankheit ist fastenbedingt und einfach zu beheben.“ Die Köchin forderte sie auf: „Hol den größten Kohlkopf aus dem Keller und gib ihn dem Pater mit.“ Bevor Clare die andern aufklären konnte, warum der Pater nicht an der Pest erkrankt sei, wurde sie von Gertrude unterbrochen: „Rulman bittet Kyrill zum Gespräch mit ihm.“ Der Gerufene folgte ihr wortlos, die Frauen blieben mit dem Kranken allein.

Keine sprach, keine fand die richtigen Worte, um ihre Verunsicherung über den außergewöhnlichen Auftritt des Burggrafen auszudrücken. Sie ahnten, dass dieser kurze Besuch das Leben aller in diesem Haus ändern würde, doch keine wollte ihren Gefühlen Luft machen und ihre noch junge Freundschaft mit unüberlegten Äußerungen gefährden. Sie schwiegen angespannt. Die Erlösung kam einmal mehr von den Kindern und Küentzi hinter ihnen. Sie verlangten noch unter der Türe nach Essen und brachten den gewohnten Alltag in Gang. Alle – außer dem Pater, der den Kopf auf die Hände gelegt hatte und Unverständliches murmelte – wussten genau, was zu tun war. Jede Bewegung, jedes Wort macht wieder Sinn: Rachel unterhielt sich mit den Kindern über deren Träume, die Köchin wärmte den Brei auf, und Clare überlegte mit Küentzi, wie dem kranken Mönch hier zu helfen sei. Die Küche war wieder Ausgangspunkt zielgerichteten Handelns.

Mitten im lauten Durcheinander betrat Rulman, gefolgt von Gertrude und Johannes, die Küche. Mit seiner herrischen Ankündigung: „Ich habe eine wichtige Mitteilung zu machen. Sie betrifft alle. Setzt Euch an den Tisch“, brachte Rulman selbst den fiebrig brummelnden Mönch zum Schweigen. Des Hausherrn Blick und Ton waren so ernst, dass die Kinder sich eingeschüchtert hinter Küentzi und Clare stellten und es nicht wagten, sich neben sie zu setzten. „Ich werde mit Gertrude zwei Stuben in der Hofstatt meines Bruders beziehen und werde noch heute dorthin umziehen.“ Er zeigte auf Kyrill: „Er wird mit uns kommen und mir dort als persönlicher Sekretär dienen.“ Rulmans Blick wurde weich, als er sich zuerst an Clare, dann an Küentzi wandte: „Die Schaffner-Familie bleibt hier, denn wir können nicht auf Frau Schaffners Heilkünste verzichten. Kunrad, Euch ernenne ich zu meinem Schaffner hier, bis wir uns im Klaren sind, wie es mit dem Hof weitergeht.“ Er blickte etwas unsicher zu Gertrude zurück, bevor er der Köchin verkündete: „Ihr bleibt im Dienst, bis Frau Clare nach der Geburt des Kindes den Haushalt alleine führen kann. Dann entscheiden wir, ob wir Euch im Haushalt meines Bruders benötigen." Zu Rachel meinte er freundlich: „Ihr Vater hat seine neue Aufgabe nur unter der Bedingung angenommen, dass Ihr, Rachel, hier bis auf Weiteres unser Gast bleiben dürft." Er blickte verlegen von Rachel zu Kyrill, der ebenso verlegen auf den Boden starrte und schwieg.

Clare, die nach Rulmans Lob bescheiden den Blick gesenkt hatte, suchte mit nassen Augen zuerst Gertrudes und dann Rulmans Blick: „Ich danke den Herrschaften im Namen aller Dienstleute, dass Ihr so wohlwollend und großzügig Rücksicht auf unsere persönlichen Umstände nehmt." Sie wischte sich die Tränen ab, während die andern „Danke" murmelten und zustimmend nickten.

Ein helles „Zu Tisch!" vom Herd her brachte Bewegung in die Runde. Der wieder brabbelnde Mönch wurde auf eine Decke neben den Herd gebettet, der Tisch gedeckt und alle setzten sich an ihre gewohnten Plätze. Rulman sprach am Tisch als einziger, wie immer, ein Gebet zu Beginn und eines am Schluss seiner Mahlzeit. Selbst die Kinder hielten sich an das unausgesprochene Schweigegebot, sprachen erst wieder, als Rulman und Gertrude sich von Kyrill in die gute Stube begleiten ließen.

In der Küche diskutierten alle, was das Gehörte für sie bedeutete und warteten voller Spannung auf die praktischen Anweisungen von Kyrill, der den Umzug organisieren musste. Bevor er allen mitteilte, das Meisterpaar würde später standesgemäß von einem burggräflichen Gespann abgeholt, bat er sie um Geduld und zog sich mit Rachel zu einem Gespräch unter vier Augen zurück.

Küentzi bat Clare um ein Stimulans für Pater Stanislaus, der sich etwas erholt hatte, sich aber allein kaum auf den Beinen halten konnte. Er musste den Pater zu den Dominikanern bringen. Von Clares Medizin aufgeputscht, schaffte es der zähe Priester mit Küentzis ständiger Stütze bis zur Klosterpforte, wo die stillen Brüder ihren mittlerweile zusammengesackten, wieder verwirrten Inquisitor vom Pferd nahmen, und Küentzi ihnen den von Clare zur Medizin erklärten Kohlkopf reichte. Zurück in Rulmans Hof wechselte er das Pferd und ritt erneut los, wie dies als Schaffner ohne Knechte nun zu seinen Pflichten gehörte.

Er überließ es dem ihm vertrauten Tier, den Weg und die Gangart zu wählen, und fand im regelmäßigen Auf und Ab des Pferderückens endlich die Ruhe, um über die vergangenen Tage und die kommenden Monate nachzudenken. Als erstes ging ihm auf – als hätte Rulman selber zu ihm gesprochen –, dass sein Meister dem Umzug zu Johannes zugestimmt hatte, weil er ohne den Schutz und die Unterstützung seines Bruders den Traum von der Gemeinschaft auf der ‚*Grünen Werth*' nicht verwirklichen konnte. Küentzi, der Rulmans magere Finanzen kannte, verstand, dass sein Meister, um das Kapital für das mittlerweile wohl gemeinsame Ziel der Brüder Merswin zu äufnen, seinen überflüssig gewordenen Hof verkaufen musste. Dass er sich bei den Gottesfreunden für Küentzi und Clare verwenden würde, war sicher, mehr würde er den Schaffners allerdings nicht helfen können. Er straffte die Zügel und blickte über die kalte braunweiße Landschaft mit den vielen Kanälen und den nach wie vor kahlen Bäumen.

Das Pferd hatte ihn aus der Stadt hinaus auf die Straße gegen Osten geführt, was er als Zeichen deutete: Die Zeit der Familie Schaffner in Straßburg war abgelaufen. Ihre Zukunft lag im Osten – sicherlich nicht in Basel, das südlich von Straßburg lag. Vielleicht bei Gottesfreunden im Breisgau, in Freiburg? Gab es Gottesfreunde im Schwarzwald? Das Pferd blieb stehen. Es hatte am Wegrand einen großen Fleck mit saftig jungem Gras gesehen und senkte den Kopf. Küentzi lehnte sich nach vorne und tätschelte ihm den Hals. „Friss ruhig! Hast dir das Gras verdient, hast mir erlaubt zu denken. Und ich weiß jetzt: Eine Zukunft von Clare mit den Kindern in Straßburg und mir auswärts – von ihnen getrennt! – kommt für mich nicht in Frage."

Erst als das Tier zufrieden den Kopf hob, wendete er es für den Weg zurück.

15

Die Sonne schien seit dem verstörenden Valentinstag länger und wärmer. Sie verdrängte den Winter mit ihren Strahlen ins Dunkel der Nacht und verlockte dunkle Knospen zum Grünen und Blühen. Die

Kirchgänger fanden den Weg in die Frühmesse bei Tageslicht, und der Verkehr bewegte sich auf eisfreien Straßen und Gassen selbst am Morgen. Noch wurde jedoch kräftig geheizt, wie der viele gelbe Rauch aus den Kaminen Straßburgs verriet.

Seit Rulman und Gertrude mit Johannes den Hof verlassen hatten, war das Leben der Bewohner ruhiger geworden. Alle fanden Zeit für Gedanken über das Heute hinaus und teilten Küentzis Überzeugung, dass Rulman den Hof verkaufen und sie entlassen werde. Selbst die schnell wachsenden Kinder machten sich Gedanken, wie sie sich neu ausrichten würden, und formulierten ihre Wünsche und Hoffnungen.

Clare, die seit dem Wegzug des Meisterpaares vermehrt unter heftigen Kontraktionen litt, warnte ihre Mitbewohner, dass sie früher als erwartet niederkommen werde. Nach einer längeren Runde ‚wilder Wehen' schickte sie Küentzi nach der Hebamme und wünschte nach deren Besuch noch am gleichen Abend ein Gespräch mit Rachel und der Köchin.

Die Kinder wurden zu Bett gebracht. Küentzi vergewisserte sich, dass sie schliefen, bevor er sich wieder zu den andern an den Küchentisch setzte. Clare begann: „Meine dritte Geburt wird heikler als die vorangegangenen und ich werde euch alle ungewöhnlich beanspruchen müssen. Bald wird uns wenig Zeit für ein gemütliches Austauschen und Erkunden unserer Gedanken bleiben. Deshalb wollen Küentzi und ich euch schon jetzt mitteilen, was wir entschieden haben. Wir wollen auch in Zukunft mit den Kindern als Familie zusammenbleiben wie bis anhin." Die Stimme drohte ihr zu versagen, aber sie fasste sich wieder.

„In Straßburg wird dies nicht möglich sein. Deshalb werden wir die Stadt verlassen, sobald ich mich von der Geburt erholt habe. Wohin uns unser Weg führt, spielt keine Rolle, solange wir nur gemeinsam und nicht getrennt für unsern Unterhalt aufkommen können. Wir haben mit unserer Freundin, der Begine Luggi, und mit meiner Schwester Werndrut in Basel Kontakt aufgenommen. Von Luggi hoffen wir, mehr über das Netz der Gottesfreunde im Schwarzwald zu erfahren, von Werndrut erhoffen wir Auskunft über andere Möglichkeiten, um gemeinsam ein neues Heim zu finden."

Die Köchin nickte verständnisvoll und bedauerte, dass sie dem Paar nicht zu einem guten Dienst verhelfen könne. Ihr Verhältnis mit dem burggräflichen Sekretär sei leider noch nicht so weit gediehen, dass sie sich selber langfristig festlegen könne. Sie blickte unsicher zu Rachel, die sich alles mit nüchterner Miene angehört hatte. Rachel hielt sich bedeckt. Kyrill fehle die Zeit für tiefgehende Gespräche mit ihr. So bliebe für sie offen, wie, wo und wann es mit ihr weitergehe. Ihre Stimme wurde warm, als sie zuerst Küentzis, dann Clares Augen suchte. „Eines weiß ich jetzt schon und kann es euch versichern: Solange wir dieses Haus gemeinsam bewohnen, werde ich alle hier mit all meinem Können und Wissen unterstützen."

Clare bedankte sich mit nassen Augen bei den Frauen und zeigte mit einem schmerzverzerrten Lächeln auf die heftigen Bewegungen ihres Bauchs. Küentzi bat sie, ihr aufzuhelfen und ließ sich von ihm in ihre Kammer führen.

„Was da noch auf mich zukommen mag", seufzte die Köchin, als das Paar verschwunden war. „Wie soll ich denn Clare beim Gebären helfen, da ich doch selber noch keine Geburt mitgemacht habe …" „Du hast recht", pflichtete ihr Rachel bei, „ohne Hebamme wären wir völlig überfordert. Hoffen wir darauf, dass sie zu gegebener Zeit rechtzeitig aufgeboten werden kann." Still saßen die beiden eine Weile am Tisch, jede mit ihren eigenen Gedanken beschäftigt.

Da alles im Haus ruhig blieb, und sich weder der Sekretär noch Küentzi zeigten, wünschte die Köchin vorsichtig, den verbleibenden Abend für ihren Unterricht zu nutzen. Rachel holte selbstsicher aus Rulmans Kammer liegengebliebene Wachstafeln, verwandelte sich flink in die berufene Lehrerin und führte mit Lob und viel Humor die Köchin ins Alphabet ein. Beide fuhren zusammen, als sie die Dielen im Hausgang knarren hörten. Die Köchin sprang auf, öffnete die Türe und wurde vom fröhlich grinsenden burggräflichen Sekretär mit weit offenen Armen begrüßt. Überrascht wich sie zurück und versteifte sich, bevor sie sich nach einem schnellen Kuss mit einem langen Seufzer an ihn schmiegte. Rachel, die schnell ihre Bibel unter das Brusttuch geschoben hatte, senkte verlegen die Augen.

Während die Köchin einen Krug Wein holte, setzte sich der späte Gast und bedankte sich bei Rachel, dass sie die hintere Tür nicht verriegelt hatte. Als sie errötete und sich erhob, hielt er sie mit einer Hand zurück und verlangte, dass sie ihm zeige, was sie hinter ihrem Rücken verberge. Wie er die Griffel und die Wachstafel sah, fragte er sie belustigt, ob sie sich mit diesen gefährlichen Instrumenten gegen Einbrecher wehren wolle. Die Antwort bekam er von seiner Geliebten, die ihm einen Becher Weißwein hinstellte und den Arm um ihn legte. „Ich dachte mir“ – sie setzte sich neben ihn und zog ihn zärtlich am Ohrläppchen – „als deine Frau bin ich wertvoller, wenn ich Lesen und Schreiben kann.“ Sie verschloss seine Lippen mit einem zarten Kuss. „Also bat ich Rachel, die beides beherrscht, mir diese Kunst beizubringen.“ Sie blickte ihm ernst in die Augen: „So, jetzt weißt du‘s! – Gefällt es dir nicht?“

Er zögerte mit seiner Antwort: „Ich weiß nicht, was ich sagen soll. Warum soll Lesen und Schreiben dich als meine Gattin wertvoller machen? Du bist doch eine gute Köchin und eine schöne Frau. Genügt dir dies nicht?“

Die Köchin strahlte: „Du kannst dir also vorstellen, dass ich deine Frau bin – wunderbar!“ Sie küsste ihn begeistert. „Aber siehst du, ich möchte einen Haushalt wie ein Geschäft führen. Ich möchte schriftlich abrechnen können, Rechnungen lesen können, vielleicht mit Lebensmitteln handeln. Und dies alles, ohne dich mit Kram belästigen zu müssen! Als Sekretär hast du für deine Oberen genug Schriftwerk zu erledigen. Du müsstest zu Hause nicht auch noch schreiben. Wir beide hätten mehr Zeit, um uns zu lieben!“

Der Sekretär straffte seinen Rücken: „Es ist ein ungewohnter Gedanke für mich: eine Frau, die liest und schreibt … Ich muss darüber sinnieren.“ Er hoffte, sie würde ihm seine ausweichende Antwort später verzeihen, doch zuerst wandte er sich – die Augen schmal – Rachel zu: „Du kannst also lesen und schreiben, und du kannst die Köchin darin unterrichten. Aus dir werde ich nicht klug. Ich glaube du und dein Vater, ihr schuldet uns eine Erklärung über eure Herkunft.“

„Ehrenwerter Burggräflicher Sekretär, als Gottesfreunde kennen wir uns in der Schrift und im Schreiben aus. Dass ich bereit bin, dieses Wissen mit Eurer Köchin zu teilen, obwohl sie sich nie als Gottesfreundin bekannt hat, sollte Euch nicht beunruhigen. Meine Freundin wünschte, dass mein Unterricht geheim bleibe, bis Ihr zwei Euch öffentlich zu eurer Liebe bekennen würdet. Sie wollte ihre neuen Fähigkeiten für Euch beide einsetzen; sie wollte Euch nicht erschrecken. Nun wisst Ihr Bescheid.“

Rachels Ton wurde härter: „Wir Timmers schulden Euch nichts! Ich nehme an, Ihr seid wie Euer Meister ein Gottesfreund. Dann meint Ihr doch sicher nicht, Lesen und Schreiben seien Fähigkeiten, die nur den reichen Bürgern, Adligen und dem Klerus zustehen? Nein, alle Gläubigen sollten Lesen und Schreiben können!"

Der Sekretär schwieg einen Moment betroffen. Dann sagte er fast kleinlaut: „Ich bitte um Verzeihung, Rachel! Was ich über dich und deinen Vater sagte, war anmaßend. Vielleicht habe ich mich von den Vereinfachungen des polnischen Mönchs und der Denkweise der Inquisition anstecken lassen und sehe in meiner Umgebung nur noch Rechtgläubige oder Ketzer. Ich bitte um Entschuldigung." Da die Frauen schwiegen, holte er zu einer weiteren Erklärung aus: „Stellt euch das vor: Die Inquisition verlangt über die deutschen Bischöfe von König Karl, dass er per Dekret im deutschen Reich und in Böhmen nur noch lateinische Bibeln gestatte, denn deutsche Bibeln seien Ketzerwerk!"

Bestürzung zeichnete sich auf den Gesichtern der beiden Frauen ab, aber der Sekretär missdeutete sie als Ausdruck der Ehrfurcht vor seiner außerordentlichen Stellung im Kreis der Mächtigen. Von der scheinbaren Hochachtung beflügelt, machte er sich noch wichtiger: „Die Bischöfe wünschen ein Dekret – ich zitiere – ‚wider alle Bücher, welche in deutscher Sprache von den heiligen Schriften handeln'." Stolz suchte er die Augen beider Frauen und riet ihnen gönnerhaft: „Also bleibt schön bei Haushalts- und Küchenbüchern. Davon dürft ihr lesen und schreiben, soviel ihr wollt!"

Rachel beobachtete, wie er ihre neue Freundin erregt an sich zog und küsste, und wie er plötzlich belustigt ausrief: „Lesen und Schreiben als Liebesbeweis! Du bist einmalig!" Sie wollte nicht mit ansehen, wie feurig ihm die Köchin dieses Lob vergalt. In ihrer Stube versteckte sie das gefährliche Büchlein und legte sich beklommen hin. Das Versteckspiel hatte eine bedrohliche Wendung genommen. Die Inquisition, die ihnen gefährlich nahegekommen war, würde sich in einer neuerlichen Befragung sicher nicht mit einer Geschichte abspeisen lassen, wie sie sie in Rulmans Küche erzählt hatte. Was die Länge ihres Ausflugs in die Stadt betraf, hatte sie sich als Opfer des hässlichen Aufruhrs im Ghetto darstellen können. Würde jedoch die deutsche Bibel bei ihr gefunden, wäre deren Besitz und Herkunft nicht mehr auf eine unverfängliche Art zu erklären. Zum Glück hatte sich der polnische Kettenhund der Priesterkirche nicht wieder gemeldet. Noch konnte sie mit Kyrill absprechen, welche Geschichten sie über sich und die Timmers erzählen wollten. Entscheidend war, spann Rachel ihre Gedanken weiter, dass ihre Geschichte den Boden für eine belastbare Freundschaft mit Clare und Küentzi bildete. Sie bewunderte Clare als starke, selbständig denkende Frau und Mutter und war überzeugt, dass sie sich mit Clare als Freundin ein neues Leben einrichten könnte. Ein Leben, in dem sie Küentzi ständig nahe war und ihm treu bleiben konnte. Kyrill hatte sich als Gottesfreund bekannt und sich Rulman als Freund und Schutzherrn verpflichtet. Sein Leben war in Straßburg unter den Merswins sicher. Ihr Leben hingegen hing vom Überleben der Schaffners als Familie ab. Mit ihnen würde sie Straßburg sicher verlassen und anderswo Fuß fassen können, würde sie sich mit Clare und Küentzi als nächste Freunde ein ganz neues Leben einrichten können, legte sie sich zurecht.

Sie musste Clare und Küentzi von ihrer Redlichkeit und Verlässlichkeit überzeugen und ihr Vertrauen gewinnen! Dazu musste sie ihr bisheriges Leben vor ihnen ausbreiten und erklären. Selbst das Geheimnis ihrer bisherigen Bestimmung musste sie ihnen verraten.

Doch alles hing davon ab, wie viel Kyrill von seiner Geschichte preisgeben wollte, und wann sie ihn sprechen konnte. Schon etwas ruhiger, holte sie die kleine Bibel wieder hervor, las die zufällig aufgeschlagene Stelle mehrmals, bis sie den für sie geltenden Sinn darin zu erkennen glaubte. Sie versorgte das Büchlein, blies mit einem langen Seufzer die Kerze aus und überließ sich dem bisschen Schlaf, das ihr in dieser Nacht verblieb.

16

Das Morgenlicht hatte Rachels Stube noch nicht erreicht, da trat Küentzi an ihre Schlafstätte. Er widerstand der Versuchung, ihre einladend offenen Lippen zu kosten, schüttelte sie nur sanft: „Komm zu Clare. Es ist so weit! Nimm die Kinder auf, wenn sie aufwachen. Ich muss die Hebamme holen."

Sie raffte sich auf und wusste sofort, ihr neues Leben hatte schneller als erwartet begonnen. Clare war allein und brauchte sie. Nun konnte sie in Taten umsetzen, was sie sich während der Nacht vorgenommen hatte, durfte nicht trödeln. Hellwach eilte sie zur niederkommenden Mutter.

Als Küentzi mit der Hebamme eine halbe Kerzenlänge später die Stube betrat, war er vom Bild vor ihm so berührt, dass ihm die Augen übergingen. Die Kinder verfolgten mit großen Augen ganz ruhig, wie Rachel, die neben Clare kauerte, zu jedem leisen Stöhnen ihrer Mutter mit flachen Händen weite Kreise auf deren prallharten Bauch zeichnete, und die Liegende beruhigen konnte. Küentzi erkannte in den Kinderaugen seine eigene Bewunderung für diese geheimnisvolle Frau mit ihrem wirksamen Anlangen. Ihre Bewegungen wirkten so selbstverständlich, als hätte sie schon vielen Gebärenden beigestanden oder selber geboren.

Während er sich schnell die Tränen aus dem Gesicht wischte, übernahm die Hebamme schon die Leitung. Sie entschied, dass die Kinder die Kammer verlassen mussten, denn sie brauche Platz. Zudem Laken, wenn solche zu finden wären, und viel heißes Wasser. Der Vater solle sich ums heiße Wasser kümmern, Rachel um die Tücher. Sie werde jetzt Clare untersuchen. Sie zündete ein zweites Licht an und lobte Rachel für ihre gute Arbeit. Während Küentzi sich mit Werner und Margret in die Küche aufmachte, erfuhr Rachel von Clare, wo das verlangte Linnen zu finden sei, und verließ ebenfalls den Raum.

Die Hebamme betastete sorgfältig Clares Unterleib, spürte durch die Bauchdecke des Ungeborenen wilde Püffe und warnte: „Dies wird länger dauern, als Ihr denkt." Zum Schluss wischte sie den Schweiß von Clares Stirne und rubbelte sanfte Kreise auf deren Bauch. „Die Wehen sind schwach, der Muttermund ist noch wenig offen. Schont Eure Kräfte und entspannt Euch." Sie blickte ihr gütig in die Augen und machte ihr Mut: „Ich habe Kräuter, die Euch dabei helfen."

Zum ersten Mal an diesem schwierigen Morgen lächelte Clare. „Falls Euch Eure ausgehen, fragt mein Töchterchen Margret. Sie kann Euch den Ort zeigen, wo ich Himbeer- und Brombeerblätter, Frauenmantel, Schafgarbe, Eisen- und Wermutkraut für einen wehenfördernden Tee aufbewahre. Vielleicht findet Ihr dort auch noch die eine oder andere nützliche Wurzel.“

Sie zuckte zusammen und zeigte auf die Stelle, wo sie den kräftigen Tritt des Ungeborenen verspürt hatte. Sofort griff die Hebamme nach einem Krüglein Kräuteröl, das sie neben Clare bereitgestellt hatte, verteilte wenige wohlriechende Tropfen auf die angegebene Stelle und begann, Clares Bauch gezielt zu massieren. Die Wirkung zeigte sich schnell. Die Tritte blieben aus, und Clare konnte sich entspannen. Müde bat sie die Hebamme, mit dem Tee zuzuwarten. Sie würde gerne dösen und ihre Kräfte für die richtigen Wehen sammeln. Die Hebamme nickte nur und ging in die Küche, wo sie sich einen Stärkungstee aufgoss.

Die Ruhe hielt bis zu den letzten Schlägen der Mittagsglocke aus Straßburgs vielen Kirchen, als Clare die Hebamme zu sich rief und sie um den wehenfördernden Tee bat. Sie spüre kräftigere Wehen und weniger Tritte. Zudem wünschte sie, Rachel während der Geburt bei sich zu haben. Küentzi solle sich der Kinder annehmen, solle mit ihnen ins Grüne gehen, einen Frühlingsstrauß für das Frischgeborene pflücken.

Küentzi freuten Clares gewohnt präzise Anweisungen, deutete sie zuversichtlich als Ausdruck ihres Lebensmutes. Nur eine Frau wie Clare konnte am Ende ihrer mühsamsten und gefährlichsten Schwangerschaft ihre Niederkunft selber organisieren und gleichzeitig Regie über Haus und Familie führen. Er nahm drei Scheiben Brot entgegen und machte sich mit den Kindern auf ins Grüne.

Als sie vor Einbruch der Dämmerung erwartungsvoll mit einem feinen Wildblumenstrauß zurückkehrten, war in der Küche die Rede von abflachenden Wehen und einem Kind, das sich nicht richtig hinlegen wollte. Küentzi unterbrach die Gespräche. Er wolle sich keine Einzelheiten anhören müssen, sondern mit den übermüdeten Kindern in Ruhe speisen. Statt gesprochen wurde nun geschmatzt und geschlürft, bis der besorgte Vater die verschüchterten Kinder aufforderte, auszutrinken und ihm in Rachels Stube zu folgen. Er bettete sie auf zwei hastig hingeworfene Strohsäcke, nahm sie in die Arme und wartete, bis sie eingeschlafen waren. Zurück in der Küche hörte er sich den bisherigen Verlauf der Geburt an.

Die Wehen hätten zwar begonnen, hätten aber wiederum ausgesetzt. Clare liege nun erschöpft auf ihrer Liege. Die Hebamme habe ihr einen mit wehenfördernden Kräutern angereicherten Tee eingeflößt und warte bei ihr. „Wir erwarten eine lange, anstrengende Nacht, weshalb ich für uns einen Stärkungstee vorbereitet habe. Bediene dich am Herd. Deine Kraft wird nämlich später gebraucht", wusste die Köchin.

Küentzi trank, wie geheißen, und kratzte sich wenig später überall, während er unruhig wie ein Bär im Käfig mit langen Schritten die Küche ausmaß. Die um ihre eigene Ruhe kämpfende Köchin schickte ihn in den kalten Hof, wo er zum Leidwesen der Katzen und Käuze mit irrlichterndem Blick Unverständliches murmelnd Runden drehte, und selbst die Pferde im Stall unruhig machte. Besorgt holte ihn die Köchin in die Küche zurück, wo sie sich neben ihn setzte, vorsichtig seine Hand ergriff und sie nicht mehr losließ, bis er sich entspannte. Stumm saßen sie und warteten, hörten mitunter vereinzelte helle, langgezogene, Laute, die von draußen oder aus der Gebärstube stammen mochten, richteten sich auf und ließen, ohne sich anzusehen, die Köpfe wieder sinken, wenn nicht nach ihnen verlangt wurde. Bis Rachel, bleich und verschwitzt, verlangte: „Ich brauche einen neuen Kamillensud und heißes Wasser. Die Hebamme wünscht zudem eine kleine, aber starke Dosis des wehenfördernden Tees für Clare und mehr Stärkungstee für alle. Wir dürfen keine Zeit verlieren. Clares Kräfte schwinden." Alles stand bereit. Sie packte den für die Gebärstube gedachten Krug mit Tee und bat Küentzi, ihr mit dem dampfenden Wasser zu folgen.

Vor Clares Stube hieß sie ihn leise, seinen Topf hinzustellen, und suchte seine Augen: „Clare braucht die vereinten Kräfte aller, aber ganz besonders deine liebevolle Unterstützung, Küentzi."

Die Hebamme trat unter die Türe und zog diese hinter sich zu, damit Clare sie nicht hören konnte. „Das Kind liegt noch immer quer. Ich werde deshalb versuchen, es so zu drehen, dass wir es im schlimmsten Fall mit einer Zange herausziehen können. Dazu muss ich es in ihrem Schoss greifen können. Während dieser Zeit darf sie sich nicht bewegen, selbst wenn die Schmerzen kommen." Ihr Ton wurde eindringlich: „Clare vertraut Euch, Küentzi. Ihr könnt sie beruhigen. Ihr müsst mit Rachel versuchen, sie stillzuhalten. Uns bleibt nur dieser eine Versuch, bevor die durch den Tee befeuerten Wehen es mir verunmöglichen, tief in ihren Schoß zu greifen." Sie nahm seine zitternden Hände: „Mit Eurer Hilfe werden Mutter und Kind überleben."

Während Clare den Wehentee trank, wusch sich die Hebamme die Hände mit leicht verdünntem Wein und erklärte den andern, dass die Feldscher so dem Wundbrand vorbeugten. Während sie die Hände hochhielt und sie trocknen ließ, wies sie Rachel und Küentzi an, wie sie Clare aufrichten und halten sollten. Sie wartete, bis sich Clare entspannte, dann kam ihr ruhiges „Los!"

Küentzi, der sich hinter Clare niedergekniet hatte, griff ihr unter die Schultern und richtete sie halbhoch auf. Er sah die Hebamme mit beiden Händen in Clares Schoss fahren, um den Kopf des Kindes zu fassen. Die Augen immer auf die Hebamme gerichtet, zählte er laut Clares Atemzüge und hielt sie ruhig, bis die Schmerzen einer Wehe nachließen. Erst als die Hebamme sich zurücklehnte und ihre Hände sorgfältig bis zum letzten Fingerglied trockenrieb, legte er Clare wieder sanft auf ihre Liege zurück und blickte erwartungsvoll zur Heilkundigen.

„Mehr kann ich im Augenblick nicht tun", sagte sie. „Jetzt muss Clare alles allein machen."

Als Clare schrill aufschrie und sich vor Schmerzen aufbäumte, kniete die Hebamme vor die Gebärende und verlangte von Küentzi, Clare erneut unter die Arme zu greifen und sie so weit aufzurichten, dass das Gewicht des Kindes den Schub der Wehen verstärken konnte.

„Ich kann die schwarzen Kopfhaare des Kindes sehen, doch ich vermag den Kopf nicht wie vorhin zu fassen. Das Kind ist steckengeblieben. Aber wir dürfen jetzt nicht aufgeben!"

Alle gaben ihr Bestes, bis Clare mit einem spitzen Schrei in Ohnmacht fiel, und aus dem Muttermund helles Blut zu Boden tropfte.

Mit einem tiefen Seufzer wandte sich die Hebamme zu Küentzi und flüsterte: „Nehmt ihren Kopf auf Euren Schoss, dreht ihn zur Seite, bis sie wieder zu sich kommt." Sie erhob sich gleichzeitig mit Rachel, die sich strecken wollte, und flüsterte: „Wir brauchen einen Priester. Alles ist jetzt möglich, letzte Ölung oder Nottaufe."

„Ich bin in dieser Stadt fremd und kenne keinen Priester hier", gab Rachel zur Antwort. „Die Köchin soll gehen." Sie nickte auffordernd in deren Richtung. Die Köchin verstand den Wink und ging.

Als Clare etwas später die Augen aufschlug und mit schwacher Stimme fragte, was all die Frauen vor ihr bedeuteten, setzte auch schon die nächste Wehe ein, gefolgt von einem Rinnsal hellen Blutes. Weitere Wehen folgten in immer kürzeren Abständen.

Die Hebamme kniete vor die keuchende junge Mutter, griff forsch in deren Schoß und befahl: „Jetzt!" Sie ließ den Kopf des Kindes nicht mehr los, bis sie nach einer schnellen Drehung die Schultern packen und das kleine Lebewesen herausziehen konnte. Sie hörte weder die schrillen Schmerzensschreie, noch beachtete sie die erneut bewusstlose Mutter. Sie richtete ihre ganze Aufmerksamkeit auf das Kind, nabelte es ab und lächelte erleichtert, als sie das erste Plärren hörte. Sie untersuchte das Frischgeborene und übergab es zufrieden Rachel. Erst dann wandte sie sich der Mutter zu.

Küentzi brachte seine Lippen ganz nah an Clares Ohr und flehte, für die andern kaum hörbar: „Bleib! Geh nicht! Du darfst nicht gehen!" Immerzu wiederholte er seine Bitte wie eine vorzeitliche Litanei, schwieg nur, wenn er sich vergewissern wollte, dass sie noch atmete. Er fragte weder nach dem Neugeborenen, noch sah er das Blut auf seinen Beinlingen oder die riesige Lache auf dem Boden vor ihm. Er spürte nur die unmittelbare Bedrohung durch einen Feind, den er fürchten musste und nicht packen konnte. Er kämpfte mit aller Kraft. Clare hatte Leben gegeben, nun musste er ihres erhalten. Sie gehörten zusammen.

Langsam nahm er Clare hoch und trug sie vorsichtig auf ein sauberes Laken auf einem neu gerichteten Strohsack, wo er zärtlich leise bemerkte: „Sie wirkt so entspannt. Als ob sie schliefe!"

„Sie schläft!", bestätigte ihm die Hebamme mit einem Lächeln. „Zum Glück sind die Blutungen zurückgegangen. Sie hat viel zu viel Blut verloren. Nun muss sie sich erholen. Sie darf jetzt nicht geweckt werden. Wir müssen ihr helfen, Kraft zu bekommen. Die Köchin ist schon am Werk."

In der Küche traf er Rachel bei den Vorbereitungen des Frühstücks. Das Neugeborene hielt sie im Arm wie eine vielerfahrene Mutter. „Die Hebamme hat mir das Kind übergeben, bis es schlafe und die Spuren der Geburt in eurer Stube beseitigt seien." Sie hielt ihm den noch etwas schiefen, kleinen Kopf auf ihrem Arm entgegen: „Es ist ein kräftiges Mädchen. Die Hebamme meint, es sei völlig gesund und ausgesprochen gut gewachsen." Wie zur Bestätigung befreite das Kindlein seine Arme aus den Tüchern, suchte mit den Fäustchen seinen kleinen Mund, öffnete die Hand und griff in die Luft. Alles untermalt von leisen Schmatztönen. Rachel neigte ihren Kopf zum winzigen roten Gesicht, wiegte das Kindlein sanft und summte dazu leise eine einfache Melodie, bis es ruhig wurde. Sie wies auf den gedeckten Tisch: „Die Köchin hat Essen und Trinken vorbereitet, bevor sie sich auf die Suche nach einem Priester machte. Bedien dich und entspann dich."

Nur wenig später meldete sich die um Atem ringende Köchin an der Tür. „Alle Priester waren unterwegs, deshalb habe ich im Dominikanerkloster gefragt …" Ihr Begleiter war den Anwesenden wohlbekannt. Stanislaus bekreuzigte sich noch unter der Türe und sprach laut auf Lateinisch in Richtung Kind einen Segen. In seinem gebrochenen Deutsch fragte er, wo die Mutter liege. Doch alles drehte sich um die kleine Namenlose.

Küentzi streckte ihr zur Beruhigung seinen kleinen Finger hin, und selbst der Priester vergaß für einen Moment seinen Auftrag. Er lächelte ob der freudigen Aufregung, bevor er seine Schatulle mit Weihwasser und Öl zusammen mit einer kleinen Bibel hochhielt und alle an die vom Tode bedrohte Mutter erinnerte. Mit tiefer Stimme forderte er mit einem ernsten Nicken die Köchin auf, ihm den Weg zu ‚Frau Clara' zu zeigen.

Doch Rachel stellte sich ihm mit dem erneut schreienden Kindchen in den Weg: „Sie schläft, Bruder Stanislaus. Bitte, lasst sie schlafen. Wenn sie aufwacht, lasst sie entscheiden, ob sie die Sakramente wünscht."

Der Dominikaner verstand ihre Worte natürlich nicht, blickte nur fragend zur Köchin, sah, wie diese ihn mit der Hand zum Folgen aufforderte, schob Rachel sanft beiseite und verschwand im dunklen Gang. Die Hebamme, die in einem Stuhl neben Clare döste, fuhr erschreckt hoch, als sie die Türe knarren hörte. Wie sie den Dominikaner vor sich sah, bedeutete sie ihm mit dem Finger auf den Lippen, die Stube mit ihr zu verlassen. Im Gang wiederholte sie flüsternd, was Rachel schon vorweggenommen hatte: „Ich beobachte, eine Wendung zum Bessern. Die Blutungen haben ausgesetzt." Sie stellte sich so breit und trotzig vor die Stubentür, dass niemand auf die Idee kommen konnte, sich an ihr vorbeizudrängeln.

„Ich werde nicht zulassen, dass die Mutter geweckt oder bewegt wird! Sie darf höchstens bewegt werden, damit sie trinken und essen kann!" Ihr Blick wurde hart. „Wenn Ihr sie weckt, schwächt Ihr ihre Kraft, mit der sie sich am Leben festhält. Ich bitte Euch, Pater, lasst sie ruhen, schiebt sie nicht dem Tod in die Arme." Um ihre Worte zu unterstützen, faltete sie die Hände vor ihrer Brust wie zum Gebet, und schwieg.

Die Köchin, die der Hebamme vertraute, zupfte an der Kutte des Paters, um ihn von der Türe weg zu ziehen. Gleichzeitig erklärte sie leise: „Bruder Stanislaus versteht kein Deutsch." Mit dem Finger vor den Lippen, um weiteren Worten vorzubeugen, führte sie den nun vollends verwirrten Geistlichen zurück in die Küche. Dort gelang es, ihm mit wenig Worten und viel Körpersprache begreiflich zu machen, dass er bei Clare jetzt doch nicht gebraucht wurde.

Der Anblick des inzwischen schlafenden Kindleins ließ ihn schließlich alle Missverständnisse und allen Unmut vergessen. Er schlug das Kreuz über das Neugeborene und ging langsam auf die Knie. Nach einem gemurmelten Segen forderte er mit Zeichen alle auf, mit ihm gemeinsam zu beten. Was er nicht sagen konnte, weil ihm die Sprache fehlte, was aber die andern spürten, war seine Hoffnung, durch gemeinsames Bitten Clares Leben zum Guten zu wenden und einen Sieg über den Tod herbeizuführen. Selbst die widerständlerische Rachel ließ sich von seiner Aufrichtigkeit überzeugen und ging auf die Knie. Ihre leisen deutschen Worte im lateinischen Gemurmel ließen den Dominikaner zuerst argwöhnisch aufhorchen, doch er glaubte der Demut, die er in Rachels Haltung sah, und konzentrierte sich auf seine eigene Fürbitte.

Niemand hatte die Dauer des Gebets gemessen, als sie durch die Schritte der Hebamme aufschreckt wurden. Alle erhoben sich bang und versuchten, in ihrem vor Müdigkeit grauen Gesicht das Neueste zu lesen. Ein Aufatmen ging durch den Raum, als sie sagte: „Frau Clare ist aufgewacht und möchte ihr Töchterlein sehen. Sie verlangt nach einer stärkenden Brühe."

„Sterbesakramente?", vergewisserte sich Pater Stanislaus ernsthaft mit Blick auf die Köchin. Die schüttelte den Kopf, ging zum Herd und schürte das Feuer unter dem Suppentopf.

Stanislaus fand sich auch ohne Sprache schnell im aufgeweckten Durcheinander zurecht. Er beobachtete, wie Küentzi das mittlerweile greinende Kindlein aus Rachels Arm entgegennahm und mit ihm hochgemut die Küche in Richtung Gebärstube verließ. Und er verstand sofort: Vater, Mutter und Kind trafen zum ersten Mal allein aufeinander. Wie die heilige Familie im Stall!

Mit leuchtenden Augen lehnte er sich zurück und faltete die Hände.

17

„Wie geht es Euch, Frau Clare?", erkundigte sich Gertrude höflich und nahm gegenüber der stillenden Mutter am großen Küchentisch Platz. Sie richtete ihre mit einem roten Samtband umrandete Haube und strich den vornehm blauen, langen Überrock glatt. „Ich habe gehört, es war eine schwierige und gefährliche Geburt, und bin desto mehr erfreut, Euch wohlauf anzutreffen." Sie sprach leise, um den schmatzenden Säugling nicht zu erschrecken, und bemühte sich, ihre Besorgnis über Clares fahle, durchsichtige Blässe zu verbergen.

Clare zeigte ihre Freude über Gertrudes Besuch unverhohlen: „Welch eine Überraschung und große Ehre, dass Ihr uns besucht." Sie begrüßte auch Kyrill, der Gertrude begleitet hatte und Rachel sprechen wollte. „Rachel spielt mit den Kindern auf der Laube und lehrt sie die Namen meiner Kräuter, wenn sie sie nicht gerade im Stall beschäftigt."

Sie streichelte sanft die Wange des Säuglings und gestand dem Besuch mit einem Seufzer: „Ich weiß nicht, wie wir ohne Rachel die letzten Wochen hier so gut überstanden hätten." Sie fasste sich und lächelte verschmitzt: „Meister Kyrill, sie gehört nun eindeutig zur Schaffner-Familie." Mit erhobenem Mahnfinger drohte sie verschmitzt: „Und wir geben sie nicht mehr her!"

„Danke, wir haben sie gut erzogen", erwiderte Kyrill vieldeutig und ließ die zwei Frauen allein.

„Selbst zwei Wochen nach der Geburt bin ich noch immer schwach und blutarm“, gestand Clare der Herrin. „Die Hebamme meint, meine inneren Verletzungen bräuchten viel Zeit, um richtig vernarben zu können. Ich müsse meinen Körper absolut schonen. Nach jedem Stillen bin ich erschöpft und muss ruhen.“

Vorsichtig fragte Gertrude: „Wäre Euch gedient, wenn ich für Euch, Eurem Stande entsprechend, eine Amme suchen lassen würde?“

„Ich danke Euch. Ich weiß Euer Angebot und Eure Fürsorge zu schätzen. Aber“, fuhr sie nach einer Pause fort, „ich habe entschieden, dieses Kind, im Unterschied zu meinen zwei ersten Kindern, selber zu stillen. Dass das Kind zu früh in die Welt kam, ändert an diesem Entscheid nichts. Wir vermögen keine Amme, die mit uns als Teil der Familie an einen noch unbekannten Ort mitzieht.“

Sanft schubste sie das Kind, das eingeschlafen war, stützte es in eine gerade Haltung, bis es ein zartes Bäuerchen machte, und wiegte es sanft wieder in Schlaf. Leiser fuhr sie fort: „Zudem ist, nach Ansicht der Hebamme, die Milch der eigenen Mutter gesünder als jede andere Milch. Sie ist überzeugt, dass adlige Mütter ihre Kinder einzig von gemeinen Ammen stillen lassen, weil in adligen Familien kräftige und gesunde Mütter eher eine Ausnahme seien. Ich habe ihre Überzeugung übernommen und stille trotz meiner Schwäche meine Kleine selbst. Ich sehe, wie sie gedeiht, und ich bereue mittlerweile, dass ich Werner und Margaret nicht an die Brust genommen habe.“

„Ich habe Eure Kinder auf der Laube gehört und glaube nicht, dass sie schwächlich sind“, erwiderte ihr Gertrude mit einem Zwinkern. Dann kam sie, beinahe schüchtern, zum eigentlichen Zweck ihres überraschenden Besuches: „Ich habe Euch, Frau Clare, in den vergangenen Jahren als wertvolle und geschickte Hilfe kennengelernt. Ihr habt mit weitem Blick erfolgreich unsern Haushalt geführt. Ihr fehlt mir.“ Sie blickte Clare zum ersten Mal direkt in die Augen.

„Seit wir bei Rulmans Bruder wohnen, sucht er mit mir vermehrt das Gespräch und wünscht meine Meinung zu seinen Plänen zu hören, bevor er deren Umsetzung mit seinem Bruder angeht. Er hat ganz Großes vor und will mich miteinbeziehen. Doch ich fühle mich überfordert!“

Sie holte tief Atem, dennoch zitterte ihre Stimme, als sie weitersprach: „Clare, ich brauche Euch, und ich brauche Euer überlegenes Wissen in weltlichen und geistlichen Belangen dazu. Unsere Herkunft macht uns zu Schwestern und ich möchte Euch als mir ebenbürtige, persönliche Begleiterin zurück. Das Alter spielt hier keine Rolle.“

Gertrude musterte wehmütig ihre feinen Hände, bevor sie mit klarer Stimme zu ihrem Angebot kam: „Wenn Ihr mit Eurer Familie hierbleibt, werde ich Rulman überzeugen, Euren Mann als Schaffner auf diesem Hof einzusetzen. Dieses Anwesen gehörte zu meiner Mitgift und ist Teil meines Wittums, weshalb Rulman mich vor einem Verkauf anhören muss.“ Erwartungsvoll saß sie mit noch immer geradem Rücken Clare gegenüber und suchte deren Augen.

Als Clare schwieg und die Begegnung ihrer Augen mied, vermutete sie, dass Clare vor freudiger Überraschung die Worte fehlten. „Sicherlich möchtet Ihr auch mit Kunrad überlegen, ob er als Schaffner das Anwesen führen will. Dazu braucht Ihr Zeit. Lasst es mich wissen, wenn Ihr so weit seid. Weiterhin gilt, auch wenn Ihr mein Angebot ablehnt, dass Ihr mit Eurer Familie hierbleiben können, bis Ihr Euch von der Geburt erholt haben. Ich muss für Euch sicherlich nicht wiederholen, wie ich mich freuen würde, wenn Ihr den Hof übernähmt!“

Sie erhob sich, strich liebevoll über den Kopf des Säuglings und streichelte dessen roten Wangen, während sie Clare warnte: „Lasst Euch nicht stören, wenn Kyrill nächstens einen Ritter des Johanniter-Ordens durch Haus und Hof führen wird. Die Johanniter sind mögliche Käufer.“

Gerührt erhob sich Clare, legte das Kindlein behutsam in die Wiege und begleitete Gertrude in die Küche. Dort fand sie endlich die richtigen Worte und bedankte sich mit zittriger Stimme für das großzügige Angebot. Sie werde es sicherlich mit Küentzi besprechen, wiederholte sie noch unter der Türe und hielt unbeholfen lange Gertrudes Hand. Rachel bat sie, alle außer Küentzi von ihrer Schlafstube fernzuhalten, und kehrte bleich und müde zum Säugling zurück.

Doch noch konnte sie ihrem Bedürfnis nach Ruhe nicht nachgeben. Pater Stanislaus, den Rachel vergeblich versucht hatte abzuwimmeln, drängte sich an ihr vorbei und begann schon auf der

Türschwelle, Clare zu erklären – natürlich in seinem besten Latein! – worum es ihm ging. Auf einen müden Wink Clares hin zog sich Rachel zurück. Sie wusste, sie würde später von Clare alles Wichtige erfahren.

Clare wartete nach dem Abendessen, bis Küentzi, der Margret und Werner schlafen gelegt hatte, sich wieder zu den drei Frauen in der Küche setzte. Während sie das Jüngste stillte, berichtete sie über ihr Gespräch mit Stanislaus. „Als erstes wünschte er, unser Jüngstes persönlich taufen zu dürfen. Ohne dich zu fragen, Küentzi, habe ich das Angebot angenommen. Ich möchte mich nämlich weder in einer kalten Kirche von der Pest anstecken lassen noch meine wenigen Kräfte vor unserm Wegzug aufbrauchen. Zudem möchte ich uns Pater Stanislaus als Freund erhalten. Wir haben noch einen langen Weg bis über den Rhein."

„Weise Worte, liebe Clare", meinte Küentzi gerührt. „Ich bin vollends einverstanden, die Taufe hier durchzuführen. Wir könnten Gertrude bitten, als Patin anzutreten. Einer deiner vielen Brüder oder Neffen könnte wie bei Werner und Margret Pate sein. Sie sind es gewohnt, von ihrem Glück erst viel später übers Geschriebene zu erfahren."

Clare war überrascht, wie offen Küentzi diese Taufpläne aufnahm, und wagte einen eigenen Vorschlag: „Ich könnte mir auch Pater Stanislaus als Paten vorstellen. Meine Familie haben wir schon genug beansprucht. Was hältst du davon?"

„Das geht mir jetzt doch zu schnell! Lass mich noch darüber nachdenken. Schließlich ist er uns zuerst als Spitzel der Inquisition über den Weg gelaufen, und das vor noch nicht langer Zeit. – Aber andererseits", fügte Küentzi sinnierend hinzu, „ist dein Vorschlag auch irgendwie bestechend. So jemanden zum Freund zu haben, kann ja eigentlich nur von Vorteil sein. – Du sprachst von zwei Anliegen, die Stanislaus hatte. Welches war das andere?"

„Zum Zweiten bat er mich, über Gertrude und Küentzi die Brüder Merswin vor Geschäften mit den Johannitern zu warnen. Der Papst, dem der Orden direkt unterstellt ist, habe die Inquisition beauftragt, eine organisatorische und geistige Reform des Ordens von innen heraus einzuleiten."

Sie schubste das Kindlein zärtlich, damit es erneut trank, bevor sie fortfuhr: „Ich fragte Stanislaus, warum gerade die bewährten Johanniter reformiert würden. Seine Erklärung war einfach, überzeugte mich: Seit mehr als dreißig Jahren, seit die Templer aufgelöst und deren Besitz teilweise auf die Johanniter übertragen worden sei – seit 1312 also! – habe der Orden seine eigentliche Bestimmung vernachlässigt. Statt den Kampf gegen die Ungläubigen im Mittelmeerraum voranzutreiben, hätten die Johanniter ihr Geld und ihre Männer fast nur für lokale Interessen wie hier eingesetzt."

Sie schubste den Säugling noch einmal wach. Sobald er wieder suckelte, wandte sie sich wieder den andern zu. „Stanislaus ist überzeugt, dem Orden fehle der Wille, der ganzen Christenheit im Morgen- wie im Abendland zu dienen. Mit der Reform soll dieser Wille wieder geweckt und gestärkt werden. An Mitteln für den Kampf fehlt es den Johannitern nicht!"

Clare blickte zur Köchin, die kaum hingehört, aber umso eingehender das Stillen beobachtet hatte, und bat sie müde: „Lass uns wissen, wie dein Sekretär sich äußert, wenn er vom päpstlichen Reformvorhaben hört."

„Liebe Clare, das Gespräch mit ‚meinem' burggräflichen Sekretär überlasse ich dir. Vorbehaltlos! Ich beanspruche ihn lieber für meine eigenen Anliegen." Sie lachte wohlig aus dem Bauch heraus und lehnte sich zurück. „Ich werde aber an eurem Gespräch als Zuhörerin teilnehmen, wenn du ihn um seine Meinung bittest. Denn er weiß, dass auch ich gespannt bin, was er heute von der hohen Kirchenpolitik und deren Reformen hält."

Mit einem knappen „Einverstanden!" übergab Clare die eingeschlafene Kleine an Küentzi und folgte ihm mit schleppendem Gang in die Schlafstube, wo sie sich erschöpft auf den Strohsack fallen ließ und die Augen schloss. Kurz spürte sie die Kleine als Bündel neben ihr, spürte, wie eine Decke über sie ausgebreitet wurde, und fiel in Schlaf.

In der Küche empfing Rachel Küentzi mit ernstem Gesicht. „Ich mache mir Sorgen wegen Clare. Die inneren Verletzungen sind viel schwerer, als sie uns mitgeteilt hat. Ihre Gesundung braucht viel länger, als sie uns eingesteht." Rachel ließ seine Augen nicht los.

„Küentzi, weißt du, weswegen sie so schnell von hier wegwill? Was treibt sie weg von hier?"

Küentzi, der in Gedanken noch immer zufrieden bei Mutter und Kind in der Schlafstube war, entzog sich Rachels Sachlichkeit, indem er sich erst einmal wortlos und langsam setzte. In ihm sträubte sich alles dagegen, sich mit den gegenwärtigen und kommenden Schwierigkeiten zu befassen. Er blickte von Rachel zur Köchin, als ob er sich vergewissern müsste, ob und wie genau Rachel sich mit der Köchin abgesprochen hatte, und zuckte unbeholfen seine Schultern.

„Ich kenne mich in Frauensachen nicht aus. Ihr beide wisst, sie entging knapp dem Tod. Die ersten zwei Geburten waren im Vergleich einfach. Sie erholte sich jedes Mal schnell." Seine Stimme wurde kummervoll: „Warum sprecht ihr zwei Frauen nicht mit ihr? Ihr könnt ihr bessere Fragen stellen als ich."

„Komm schon, Küentzi! Wir sind zu euch gestanden und stehen immer noch zu euch. Also gib uns eine ehrliche Antwort!", forderte Rachel resolut.

Nicht minder entschieden antwortete Küentzi. „Ihr habt eure Geheimnisse, wir haben unsere. Sie haben uns bis anhin nicht gehindert, friedlich mit euch zusammenzuleben und uns gegenseitig zu helfen. Weshalb sollte das gerade jetzt nicht mehr möglich sein soll?" Dann leiser: „Wir sind in diesem Anwesen auf wunderbare Weise zusammengeführt worden. Ob von Gott, von der Vorsehung, oder von einer anderen schicksalhaften Macht, könnt Ihr selber wählen!"

„Du hast recht, Küentzi, wir sind eine Gemeinschaft geworden", meldete sich die Köchin. „Es ist einfach so, dass Clare uns versprochen hat, nach der Niederkunft das Geheimnis ihrer Herkunft, und damit wohl auch das deinige, zu lüften. Wie übrigens Rachel auch!" Sie blickte Rachel auffordernd an und wartete.

„Ja, ich habe versprochen, Clare und dir meine Herkunft und Bestimmung zu verraten", übernahm Rachel. „Das tue ich euch gegenüber gerne. Doch zuerst muss ich mein Leben neu ausrichten. Seit Kyrill sich als persönlicher Diener bei Rulman eingenistet hat, stehe ich vor einem Neuanfang!"

Sie wandte sich direkt an Küentzi: „Ich habe an ein Leben mit dir, Küentzi, mit Clare und den Kindern gedacht." Sie holte tief

Atem und betonte jedes Wort: „Im Dienste deiner Familie!“ Schnell blickte sie zu Boden und sprach leise, nur noch für Küentzi vernehmbar: „Doch ich kann nur mit euch ziehen, wenn ich weiß, dass nicht ich der Grund für Clares Eile bin, und sie von dir weiß, dass sie mich nicht fürchten muss!“ Wie sie seinen ungläubigen Ausdruck sah, fügte sie ermunternd an: „Du verstehst schon, was ich meine!“ Doch aus seinem langen, ohnmächtigen Schweigen musste sie schließen, dass er keinesfalls begriff, wovon sie sprach.

Sie wandte sich von ihm ab und der Köchin zu: „Wie du gehört hast, stehen für mich weitreichende Veränderungen an. Doch solange ich hier bei dir bleiben kann, werde ich dir in allem – und ich meine in allem! das dir wichtig ist – mit meinem Wissen helfen.“ Sie zwang sich, ihrer Freundin freundlich zuzulächeln und verließ die Küche ohne ein weiteres Wort.

Die Köchin lächelte überrascht zurück und wandte sich verwundert Küentzi zu. Sie wollte von ihm Genaueres zu Rachels vieldeutigen Sätzen hören, aber als sie sein abgewandtes Gesicht sah, verzichtete sie auf alles Fragen und machte sich stattdessen daran, den ohnehin sauberen Herd und Rüsttisch zu scheuern. Als sie hörte, dass Küentzi die Küche ohne Gruß verließ, setzte sie sich, den Lappen und die Bürste noch in der Hand, an den Tisch. Sie ging in Gedanken nochmals die vielen schwer oder gar nicht verständlichen Anspielungen im offensichtlichen Zwist zwischen Rachel und Küentzi durch. Doch sie wurde davon nicht klüger und überließ sich rasch ihrer wachsenden Sehnsucht nach dem Geliebten. Wünschte sich, er würde um ihre Hand anhalten und sie aus diesem zerbrochenen Haushalt retten. Auch sie verdiente einen Neuanfang!

„Komm, versorg dein Putzzeug! Es ist Zeit fürs Lernen!“ riss sie Rachel, die leise Griffel und Wachstafel auf den Tisch gelegt hatte, aus ihrem Traum. Sie steckte ein zweites Licht an und eröffnete ihr: „Ich werde dich heute nur Haushaltwörter schreiben lassen. Alles, was du brauchst, um beim Sekretär einen guten Eindruck zu hinterlassen. Ohne Bibel! Denn: Je besser der Eindruck, desto sicherer die gemeinsame Fahrt in die Zukunft. – Oder siehst du dies anders?“

Die Köchin sah Rachel gerade in die Augen. „Du sprichst von ‚gemeinsamer Fahrt in die Zukunft‘, als ob du wüsstest, ob ‚mein‘ Sekretär und ich unsere Zukunft abgesprochen hätten.“ Sie seufzte. „Ich habe den Eindruck, du hast mit dem Wort ‚gemeinsame Fahrt' in Wirklichkeit dich gemeint. – Täusche ich mich?"

Als sie in Rachels Gesicht Verwirrung statt Verständnis sah, ergriff sie deren Hand: „Mensch Rachel! Ich – wir alle hier spüren doch, dass du mehr als die stille Tochter von Kyrill bist."

Als Rachel nur beschämt den Kopf senkte, schloss die Köchin ernst: „Du weißt, wenn du nichts über dich preisgibst, und dennoch meinst, uns beraten zu müssen, machst du dir keine Freunde. Im Gegenteil! Ich bekomme den Eindruck, Du benützt mich, steuerst mich zu Zielen, die nur du kennst und niemandem verrätst."

Rachel suchte mit zusammengekniffenen Brauen krampfhaft nach einer Antwort. Sie durfte ihre und Kyrills Mission und Herkunft nicht verraten, gleichzeitig wünschte sie sich die Köchin zur Freundin – doch die nötigen Worte fehlten ihr. Sie schwieg.

Die Köchin seufzte. „Wie dem auch sei. Bitte, halt dich aus meiner Freundschaft mit dem Sekretär raus. Wenn ich um ihn werbe, will ich weder schwindeln noch flunkern müssen! Ich will ihn nehmen, wie er ist, und er soll mich nehmen, wie ich bin!" Sie gab Rachels Hand frei und fragte sie ruhig, als ob sie ihr jeden Tag so viel Grundsätzliches mitgeben würde: „Welches Wort gibst du mir zum Schreiben vor?"

Rachel überspielte ihre Verwirrung und suchte nach einem einfachen, für Anfänger zum Schreiben geeigneten Wort.

Pferdegetrappel und laute Männerstimmen im Hof ließen beide Frauen aufhorchen, machten dem Unterricht ein Ende. Doch nicht Rachels Not. Sie fasste verängstigt nach der Hand der Köchin und gab sie erst frei, nachdem auch sie die Stimme des burggräflichen Sekretärs herausgehört hatte. Die Köchin eilte zur Begrüßung in den Hof, während Rachel traurig in der Küche blieb.

Die Worte der Köchin hatten sie im Innersten getroffen. Rachel hatte ihre Eltern, ihre ganze Familie aufgegeben, um der großen Gemeinschaft von Brüdern und Schwestern des Heiligen Geistes zu dienen, um ihnen in der Verfolgung, wie die Apostel, das Evangelium zu verkündigen! Sie hatte die Köchin wie eine zukünftige Schwester behandelt und ihr die Bibel gezeigt. Sie hatte sie unterrichtet, hatte sich als ihre Freundin verstanden, hatte sie in Allem unterstützt.

Doch die Köchin schien ganz andere Vorstellungen zu haben, was eine richtige und gute Freundin ausmache!

In einem musste sie allerdings der Köchin Recht geben, obwohl diese von ihrem Entschluss, mit den Schaffners zu reisen, noch gar nichts wissen konnte. Sie würde die Schaffner-Familie benützen, um aus der verfahrenen Lage in Straßburg weg, und von Kyrill loszukommen. Dass Küentzi dabei Gefahr lief, sich zum Narren zu machen, tat ihr leid, denn ihre Gefühle für ihn gingen tiefer, dessen war sie sicher. Sie errötete, als die verliebte Köchin mit rotem Gesicht neben dem Sekretär vor ihr stand. Verlegen verabschiedete sie sich von dem aufgekratzten Paar und flüchtete in ihre Stube, wo sie in Tränen ausbrach. Die vorhin noch beherzt angekündigte, anstehende Aussprache mit den zwei Frauen empfand sie schon jetzt als Überforderung.

Dass eine Freundschaft die Preisgabe von ganz Persönlichem ohne Ziel und Zweck beinhalte, war für sie neu. Ebenso neu wie die Vorstellung, Freundinnen seien grundsätzlich gleichwertig, weshalb keine über die andere ohne deren Einverständnis verfügen dürfe. Zudem verunsicherte sie, dass sich Frauen wie Clare und die Köchin mit ihr als gleichwertig verstanden. Sie kannte nur den hierarchischen Umgang mit den Schwestern ihrer Kirche. Sie hatte nicht gelernt, in einem offenen Gespräch Persönliches einzubringen und spontan zu entscheiden, was und wie viel sie von sich selbst preisgeben wollte. Mit einem bitteren Lachen fragte sie in die Stille: „Warum fehlt mir, die mehrmals für meine Brüder und Schwestern das Leben riskiert hat, der Mut, offen mit Clare und Küentzi die Bedingungen für ein zufriedenes Zusammenleben zu vereinbaren?“ Sie packte ihr Licht, erhob sich und suchte unter dem Strohsack ihre Bibel. Als sie das Büchlein in der Hand hielt, erschrak sie ob der Größe ihres Schattens an der Wand und verfolgte fasziniert dessen jede Bewegung. Die ungeöffnete Bibel in der Hand, verschob sie das Licht und spielte wie ein Kind mit ihrem eigenen Abbild, machte sich größer und bedrohlich, oder versuchte, sich vor sich selber zu verstecken. Zuletzt setzte sich aufrecht hin, gab sich selber die Hand und sprach beschwichtigend zu ihrem übergroßen Profil an der Wand: „Ich habe mittlerweile begriffen, dass ich zuerst für mich sprechen muss, bevor ich mich ungefragt zum Wortführer anderer mache. Ich weiß, dass ich nicht über sie bestimmen darf – dass sie mir gleichwertig sind, aber ich wage den Schritt in die Gleichwertigkeit nicht! Es ist zum Verzweifeln!"

Vom inneren Ringen müde, richtete sie sich langsam auf und bedauerte vor ihrem schwarzen Gegenüber: „Wie einfach war es doch, ein Leben strikt nach den Regeln meiner Kirche zu führen!" Sie wischte sich eine Träne weg. „Viel, viel einfacher, als auf Augenhöhe mit Küentzi und Clare meine nähere Zukunft, sowie Verpflichtungen zu besprechen." Die Bibel – noch immer ungeöffnet – schob sie unter den Strohsack, blies das Licht aus und betete im Dunkel um ruhige Träume.

18

Als ob sie sich abgesprochen hätten, trafen sich die Frauen kurz nach Sonnenaufgang in der Küche. Einzig Clare wirkte ausgeruht. Mit klarem Blick verfolgte sie, wie Rachel sich ihre verquollenen Augenlider rieb, erwiderte den heiteren Gruß der Köchin und nahm zum ersten Mal deren tiefe Augenschatten und neue Fältchen wahr. Sie überließ ihr sofort den Platz am Herd und setzte sich mit der schlafenden Jüngsten auf dem Arm neben Rachel. Niemand verlor ein Wort, bis auch die Köchin Platz genommen hatte. Rachel fragte, ohne den Brei vor ihr mit einem Blick zu würdigen: „Können wir jetzt über unsere Zukunft sprechen?"

Clare war so überrascht, dass sie den Löffel niederlegte. „Du meinst damit wohl, dass wir unsere Vergangenheit voreinander ausbreiten, damit wir wissen, wie wir unsere nächsten Wochen planen wollen?"

Rachel nickte. „Wie wir vor deiner Niederkunft hier in der Küche abgemacht haben. – Bitte. So viel hängt für mich von deiner – und später von Küentzis – Einstellung und Plänen ab."

Zum ersten Mal meldete sich auch die Köchin: „Es ist zwar für mich noch etwas früh, doch jetzt habt ihr mich schon neugierig gemacht. Jetzt ist für mich so gut wie später! Doch macht eure Geschichten kurz. Clare, fang an!"

Clare schüttelte den Kopf: „Meine Geschichte geht nicht ohne Küentzi, deine aber sicher."

Die Köchin lachte und begann: „Ich komme von einem Dinghof der Dominikaner, wo meine Mutter als Landarbeiterin diente. Ich wurde mit neun Jahren als Küchenhilfe zu den Dominikanerinnen in Schlettstadt gegeben, wo ich für den Konvent als Konversa hätte vorbereitet werden sollen. Der Beichtvater der Nonnen, der auch Priester am St. Georgs-Dom war, hatte jedoch früh an mir Gefallen gefunden. Er hat mich als Haushälterin den Nonnen abgeworben. Er hat mich gebildet." Sie lächelte schief. „Leider nicht im Lesen und Schreiben." Sie zögerte: „Ich weiß nicht, ob er ein Gottesfreund war. – Als er sein Amt nicht mehr ausüben konnte und Pfründer wurde, hat er mich an die Merswins abgetreten."

„Du hast Glück gehabt, liebe Köchin, du hast eine Selbständigkeit entwickeln können, wie sie dir im Klosterkonvent nicht zugestanden worden wäre." Während Clare den Säugling sorgfältig in den andern Arm nahm, sprach sie leise weiter: „Du bist welterfahren! – Und geschickt im Umgang mit Männern." Nach einer kleinen Pause wandte sie sich erwartungsvoll Rachel zu, doch wiederholtes Klopfen an der Türe ließ alle zusammenfahren. Die Köchin fasste sich als erste und ging eilig zur hinteren Tür.

„Gott zum Gruß und guten Morgen!", schallte Pater Stanislaus' Stimme durchs Haus. Schon unter der Küchentür verkündete er laut und stolz: „Ich darf euch mitteilen, dass die Inquisition die Überwachung dieses Hofes beendet hat, und dass hier niemand wegen Ketzerei verfolgt wird."

Er blickte sich Beifall heischend um, sah nur die Köchin, die sich neben ihn gestellt hatte, resigniert die Schulter zucken und verlor den Faden. Hastig sprach er einige lateinische Sätze, blickte zu Clare und wartete auf deren Übersetzung. Nach einer langen Pause, die niemand füllen wollte, ergänzte er enttäuscht auf Deutsch: „Dank für rasche Hilfe bei Fieber vor drei Wochen. Heute ich bin wieder gesund." Mit Blick auf Clare: „Besonderer Dank für die Kräuter. Der Krankenpfleger der Dominikaner sie nicht kannte, sie übernommen hat und dankt auch."

„Gern geschehen", gab Clare trocken zurück und fragte: „Warum lässt die Inquisition uns erst jetzt nicht mehr überwachen?"

Sie wartete, bis der Pater Atem holen musste, und fasste für die Köchin und Rachel den gelehrten Redeschwall zusammen. „Erst nach seiner Genesung vom Fieber konnte er unsere Aussagen verifizieren und die Untersuchung abschließen."

Küentzi, der beinahe unbeachtet die Küche betreten hatte, sah die Mischung von Misstrauen und Unsicherheit auf den Gesichtern der Frauen und fragte: „Was geht hier vor? Warum dieser Lärm?" Mit einer Hand hielt er die verängstigten Kinder hinter sich, mit der andern winkte er den schlaftrunkenen Sekretär zu sich, der ebenfalls wissen wollte, warum hier unten so früh gelärmt wurde.

Die Köchin wollte Ruhe in ihrem Reich. Sie wies den Männern und den Kindern einen Platz am Tisch zu und empfahl ihnen, sich die guten Nachrichten von Pater Stanislaus anzuhören, während sie den Brei wärme. Auf ihr Zeichen wiederholte der Pater freudig seinen auswendig gelernten Text über die Beendigung der Überwachung und stellte sich anschließend den Fragen der aufgebrachten Männer. Clare übersetzte.

Erst nach seiner Genesung habe er die Aussagen der Befragten mit den Überwachungsprotokollen seiner Mitarbeiter vergleichen und deren Richtigkeit bestätigen können. Lange hätte ihn Rachels Bericht über ihre Verschleppung ins Ghetto und ihre Rückkehr von dort beansprucht. Die Überprüfung der Protokolle aus jener Nacht habe gezeigt, dass Rachel in männlicher Begleitung am frühen Morgen hier aufgetaucht sei. Rachels Beschreibung eines gutgekleideten, vornehmen Beschützers habe nicht mit derjenigen seiner Beobachter übereingestimmt. Auf Grund der unterschiedlichen Beschreibungen des Begleiters sei es jedoch unmöglich gewesen, den Mann zu identifizieren. Seine Leute hätten zugeben müssen, dass in jener Nacht ihr Gedächtnis durch die Vielzahl ungewöhnlicher Passanten überfordert worden sei. Er habe deshalb keine weiteren Nachforschungen verlangt. Die Inquisition habe die Überwachung aufgehoben.

Clare suchte die Augen des Priesters: „Im Namen aller hier Anwesenden bedanke ich mich bei Euch, Pater, für Eure Hilfe in dieser schwierigen Zeit."

Sie übersetzte ihren Dank nicht, denn sie fand in des Paters Augen bestätigt, was sie seit langem vermutete: Er verstand Deutsch weitaus besser, als er es sprechen konnte. Um in eigener

Sache Missverständnisse auszuschließen, bat sie ihn auf Lateinisch, die Patenschaft für ihre Jüngste zu übernehmen und alle Kinder am nächsten Sonntag hier, in diesem Hause, zu taufen.

Gerührt erhob sich die hagere Weißkutte, verneigte sich ehrerbietig zuerst vor Küentzi, dann vor Clare, räusperte sich und sagte mit feuchten Augen: „Es ist mir eine Ehre!“ Er segnete alle zweimal und verabschiedete sich beschwingt von seiner neu gewonnenen Gemeinde in der Küche.

Der Sekretär, der natürlich alles verstanden hatte, grinste: „Gut gemacht, Frau Clare. Die Inquisition wird täglich einflussreicher. Pater Stanislaus als Freund zu haben, ist für uns alle wichtig.“ Frech spaßte er: „Vielleicht könnte er im gleichen Arbeitsgang die Eltern der Kinder auch noch trauen.“

„Eine Hochzeit und drei Taufen wären wirklich ein großartiger Abschluss für unsere Gemeinschaft hier“, meinte Küentzi gespielt ernsthaft. „Da Clare und ich schon getraut sind, schlage ich vor, dass Ihr, Herr Sekretär, am nächsten Sonntag hier den Bund der Ehe mit unserer Köchin segnen lasst. Ich melde mich hiermit als Trauzeuge und werde bestätigen, dass Eure Ehe vor Gott beschworen ...“ – er blickte unschuldig in die Runde – „und längst vollzogen ist.“ Rachel lachte als Einzige.

Margret, die wie Werner vergeblich die ironischen Spitzen der Männer zu verstehen versuchte, fragte die Köchin vorsichtig: „Wirst du und der Sekretär mit uns getauft, weil du und er Mama und Papa werden?“

Die Köchin trat hinter die beiden und legte liebevoll ihre Arme um sie. „Für mich zählt allein, dass ihr am nächsten Sonntag getauft werdet. Darauf freue ich mich, und ich werde für euch ein herrliches Festessen vorbereiten. Vergesst, wie ich, alles andere als Männergeschwätz.“ Sie holte den Brei vom Herd und schnetzelte Margret und Werner einen Apfel in die Schale. Eine Bevorzugung, zu der die Männer schuldbewusst schwiegen. Sobald die Schalen leer waren, bat die Herrin des Herdes die Kinder, dem Sekretär vorzuführen, wie sie sich mit Arbeiten im Stall und auf der Laube auskannten.

Die Zustimmung des Sekretärs sicherte sie sich mit einem Kuss: „Ich weiß, du kannst das. Ich erzähle dir später, was wir besprochen haben.“

19

In der Küche schwiegen vorerst alle. Erst als es im Haus und draußen ruhig geworden war, fragte Küentzi die Köchin, was nun so wichtig wäre, dass sie den Sekretär mit den Kindern hinausgeschickt habe. Antwort bekam er von Clare.

Sie setzte den Säugling, der von Küentzis Stimme aufgewacht war, an ihre Brust, bevor sie ihren Gatten leise besänftigte: „Wir Frauen haben abgemacht, dass wir uns unsere Herkunft anvertrauen. So können wir freier besprechen, ob und wie wir gemeinsam unsere nächste Zukunft verbringen wollen. Du und ich haben uns für unsere Familie entschieden, weshalb du, im Unterschied zum Sekretär, bei diesen Gesprächen dabei sein musst. Bitte erzähl du Rachel und der Köchin, was es über uns zu sagen gibt. Du kannst dies besser als ich. Ich werde dir später erzählen, was uns die Köchin schon mitgeteilt hat."

Küentzi ließ sich seine Überraschung nicht anmerken und begann: „Viel zu erzählen gibt es nicht. Ich wurde als Waise im Kloster Klingental in Basel großgezogen und auf den Zehnthöfen des Klosters zum Schaffner ausgebildet. Als vielversprechender Laienbruder wurde ich des Schaffners erster Gehilfe. Ich verliebte mich in die Nonne Clare, die geschätzte Stellvertreterin der Krankenpflegerin; sie sich in mich. Wir wurden ein Paar mit Folgen." Er blickte scheu zu den zwei Frauen und grinste. „Heute sitzt die ehemalige Nonne neben mir als meine Gattin, Frau Schaffner, und stillt unser drittes Kind. Wir haben aus eigenem Willen den geistlichen Stand gemeinsam verlassen. Noch als Konverse wurde ich Mitglied des Bundes der Gottesfreunde und bekam hier, bei Rulman Merswin, Unterschlupf und Arbeit – und eine Heimat für meine neue Familie außerhalb des Einflussbereichs des Klosters."

Er warf Clare einen liebevollen Blick zu. „Das Klosterleben hat uns geprägt. Was wir für die Klosterämter gelernt haben, können wir in einem bürgerlichen Leben vielseitig anwenden. Rulman hat uns als Flüchtlinge aufgenommen, unseren Beitrag zu seiner Mission geschätzt, und er wünscht sich unsere Dienste auch weiterhin. Doch unser Weg lässt sich nicht mehr mit seinem vereinbaren."

Die Köchin sprach als erste: „Danke für euer Vertrauen. Nun hast du für mich manches Rätsel gelöst. Doch ist es wirklich nötig, dass ihr auch weiterhin die Öffentlichkeit scheut?"

„Sicherlich bis wir aus Basel vernommen haben, dass wir nicht mehr gesucht werden. Die Erfahrung mit der Inquisition hier soll uns eine Lehre sein. In Basel wird sich Ähnliches abspielen, wissen wir doch, dass sich die Bischöfe am Oberrhein in mehr Dingen als in der Judenfrage abgesprochen haben."

Mit einem tiefen Seufzer zog Rachel die Aufmerksamkeit aller auf sich und begann: „Die Inquisition sucht Kyrill und mich. In den Augen der katholischen Kirche sind wir Ketzer, weil wir an ein Christentum der Gemeinschaften glauben, wie die Winkler hier vor uns. Ich bin nicht die Tochter von Kyrill, und er kann nicht über mich bestimmen. Vor unseren Brüdern und Schwestern sind wir beide ebenbürtig. In eurer Kirchenordnung wäre ich ein Priester, wie Kyrill. Ich taufe und verheirate Paare in unserer Gemeinschaft. Ich bin eine Priesterin."

Sie hatte das erschreckte Atemholen Küentzis gehört und ließ den anderen Zeit, die Schwere des Gehörten zu fassen. Als keine Fragen kamen, fuhr sie ungeschützt fort: „Ich habe auf unserer Reise hieher unsere Brüder und Schwestern aufgesucht und sie im Glauben geleitet; sie in ihrem Überlebenskampf gegen die Inquisition unterstützt. – Wie Kyrill. Doch unsere Ankunft hier ist von einem Spitzel verraten worden. Zum Glück weiß dieser nicht, wie wir auftreten und heißen. Wir haben nicht erwartet, dass wir in der Weltstadt Straßburg so schnell aufgespürt würden." Sie lächelte verbissen. „Was wir ja alle indirekt von Pater Stanislaus bestätigt bekommen haben."

Rachel schwieg lange, bevor sie sich mit den Händen vor dem Gesicht dem stummen Aufruhr in den Gesichtern ihrer Gegenüber entzog. Die Angst in den Augen der andern hatte sie überrascht und verstört. Sie wollte weder Küentzi, der wie versteinert und bleich am Tisch saß, noch die Köchin, die aus lauter Verblüffung nur immerzu den Kopf schüttelte, noch Clare vor Augen haben. Erst als sie Clare, die sich als erste gefasst hatte, eine beruhigende Melodie für den Säugling singen hörte, und meinte, deren herausfordernde Blicke zu spüren, richtete Rachel sich auf und forderte mit einer Handbewegung alle auf, ihr nochmals zuzuhören.

„Ich entschuldige mich in aller Form, dass ich und Kyrill euch in Gefahr gebracht haben. Ich habe euch jetzt unser Geheimnis anvertraut, weil ich weiß, dass ich euch vertrauen kann. Doch ich will niemanden durch meine Anwesenheit der Unbill einer weiteren Befragung aussetzen und werde deshalb diesen Hof verlassen.“ Sie suchte Clares und Küentzis Augen und machte sich stark.

„Ich bitte euch, Straßburg mit euch und euren Kindern verlassen zu dürfen. Lasst mich euch helfen, euch an einem neuen Ort niederzulassen. Nicht als Magd in eurem Dienst, sondern wie ein Familienmitglied, das aushilft, wo es gebraucht wird. Ich verspreche euch auf meine Bibel, bedingungslos alle meine Fähigkeiten für eure Familie einzusetzen, euch überall zu unterstützen und euch nicht zur Last zu fallen.“ Sie blickte auf ihre Hände, räusperte sich, bevor sie entschieden schloss: „Wenn euch das Wissen, mit einer von der Kirche gesuchten Ketzerin unterwegs zu sein, eine gefährliche und zu schwere Last dünkt, werde ich allein von hier weggehen.“

Während Clare sanft Wangen und Stirn ihres Säuglings streichelte, blickte sie unsicher zu Küentzi. Dieser nickte kurz als Zeichen, dass er sie verstanden und mit ihr einverstanden war.

„Erzähl uns mehr über deinen Hintergrund und Auftrag hier“, forderte er Rachel auf.

„Kyrill und ich sollten sich für unsere Gemeinde in Böhmen nach einer neuen, sicheren Heimat umsehen. Seit sich unser König Karl mit dem Papst versteht und die Kaiserkrone in Reichweite sieht, will er sich die Unterstützung der Bischöfe sichern und gewährt ihnen für ihre machtpolitischen Spiele viel Freiraum. Die Bischöfe können so die Inquisition einsetzen, um neue Ketzerverfahren gegen uns einzuleiten. Um uns erneut zu verfolgen.“ Ihre Empörung war echt. „Uns, die seit unserer Flucht aus Italien über Generationen zur wirtschaftlichen Blüte und zum Frieden in Böhmen beigetragen haben!“

„Die Kirche will eure Güter einziehen und sie selber bewirtschaften. Das kennen wir hier auch“, übernahm Küentzi trocken. Er wartete, ob Rachel weiter Auskunft geben wollte, vergewisserte sich in der Stille, ob Clare ihm das Reden überließ, und kam auf Rachels Anfrage zurück. „Uns drei verbindet die Suche nach einer Heimat, wo wir von der Kirche nicht verfolgt werden.“ Unter Clares aufmunternden Blicken fuhr er fort: „Dein Vertrauen ehrt uns. Dein Beitrag zum Wohl unserer Kinder und Clares Wohlbefinden ist für uns unermesslich wertvoll." Wieder wartete er auf Clares Signal, bevor er weitersprach: „Wir möchten deine Hilfe und Unterstützung nicht verlieren; wir sind stolz, wenn du uns auf unserer anstehenden Reise begleitest. Bitte komm mit uns." Mit Tränen in den Augen dankte Rachel den beiden: „Ich werde alles daransetzen, dass ihr euren Entscheid nicht bereuen müsst."

„Das hoffe ich doch!", meldete sich die Köchin mit ebenfalls nassen Augen. Sie hatte im Hin und Her zwischen den Schaffners und Rachel bald erkannt, dass eine gemeinsame Reise unbestritten war. Sie hatte sich von dem Schock, dass Rachel unter ihren Augen – und mit ihr! – ein Ketzerleben geführt hatte, mittlerweile erholt. Dennoch schwang in ihrer Stimme die Anspannung, die sie bis zur offenen Zusage Küentzis hatte aushalten müssen, noch mit, als sie verlangte: „Aber jetzt alle raus aus der Küche! Macht euch an die Arbeit! Der Morgen ist bald vorbei."

Sie blieb nicht lange allein. Werner kam mit Margret in die Küche und hieß sie sprechen. „Dein Sekretär schickt uns. Er musste zur Arbeit in die Schreibstube. Er kommt am Abend wieder. Er ist ein Netter! Hast du uns eine Kelle Tee?" Gerührt bedankte sich die Köchin für die Botschaft und forderte sie auf zu trinken. Sobald sie wieder allein war, setzte sie sich an den Tisch und ließ ihren Gedanken freien Lauf.

So sehr sie sich auf die Nacht mit ihrem Geliebten freute, so sehr fürchtete sie, ihn ungewollt in Rachels und der Schaffners Schwierigkeiten mit der Kirche hineinzuziehen. Seine Freundschaft mit Pater Stanislaus, die bisher allen Nutzen gebracht hatte, hatte heute eine unheimliche, bedrohliche Seite bekommen. Sie spürte wieder die Angst, sie würde Rachels Geheimnis verraten und mit ihr von der Inquisition als Ketzerin gerichtet werden. Doch ausgerechnet ihrem Geliebten, der im Umgang mit Geheimnissen erfahren war, durfte sie ihre Angst nicht anvertrauen, wenn sie ihn und alle andern nicht in Schwierigkeiten bringen wollte. Sie trat an den Herd. Sie würde ihre Zunge auch vor dem Geliebten ständig hüten, die Flüchtlinge notfalls verleugnen.

Während sie Holz nachlegte, sah sie die Flammen anspringen und fand ihre alte, allen vertraute Zuversicht zurück. Sie würde mit

Gertrudes Hilfe eine neue Stelle finden und von ihrem Geliebten, anstatt von Rachel, im Lesen und Schreiben unterrichtet werden.

20

Mariä Verkündigung war ein sonniger Frühlingstag, und Clare lud Küentzi, die Köchin und den Sekretär ein, mit ihr im Münster die Messe zu besuchen. Wie die Mehrzahl der Bewohner Straßburgs hatten sie die Angst vor der Pest verloren, und freuten sich, neue und alte Gesichter auf dem Gang durch die zum Leben erwachten Gassen anzutreffen.

Die Kinder blieben zu Hause in der Obhut Rachels, die dankbar war, dem Hochamt fernbleiben zu können. Mit hochgekrempelten Ärmeln und geschlossenen Augen saß sie auf der Treppe vor der Küche und zeigte ihr Gesicht der Sonne. Die Kinder spielten in der hintersten Ecke des Hofes aus Rücksicht auf ihr Schwesterchen, das in seiner Wiege im Schatten schlief. Sie hörten das leichte Klopfen am Tor als erste und rannten sofort zu Rachel. Sie überwand ihre augenblickliche Furcht vor Fremden und fragte mit den Kindern hinter sich: „Wer da?"

„Frau Gertrude Merswin bittet, mit ihrer Magd eintreten zu dürfen", antwortete eine junge Stimme. Erleichtert hob Rachel den Riegelbalken und bat den unerwarteten Besuch herein. Während sie den Querbalken wieder zurücklegte, zogen sich die Kinder auf die kühle Laube zurück. Gertrude ging geradewegs zur Wiege, löste die Kinnbinde ihrer blauen, pelzbesetzten Überhaube, reichte sie ihrer Magd, richtete ihre enganliegende Unterhaube aus Linnen und beugte sich über die Wiege.

Um den Säugling nicht zu wecken, erklärte sie diesem gerade so laut, dass auch Rachel sie verstehen konnte: „Photina, ich sah deine Mutter aus der Ferne ins Münster gehen und wusste, dass ich dich sofort aufsuchen musste. Es ist meine Pflicht als Patin, bei dir zu sein, wenn deine Mutter weg ist."

Sie wandte sich an Rachel. „Warum hat man mich nicht von Clares Kirchgang benachrichtigt. Mein Platz ist hier, wenn sie weg ist!" Ihr Ton wurde weicher und traurig, als sie erneut den Säugling ansprach: „Bald wirst du wegziehen, dann habe ich kaum mehr Gelegenheit, meinen Pflichten als Patin nachzukommen."

Sie nahm Photina vorsichtig auf, drückte sie an sich, als ob sie sie nie mehr loslassen wolle, und machte sich auf den Weg ins Haus. Rachel, die hinter ihr die Wiege trug, teilte sie wie unbeteiligt mit: „Rulman hat den Hof verkauft. Spätestens am Johannisfest dieses Jahres werden die neuen Besitzer hier übernehmen."

Unversehens schien sie zu erkennen, mit wem sie sprach. „Für dich dürfte dies zwar alles nicht von Belang sein." Ohne ein weiteres Wort ging sie mit ihrem Patenkind im Arm durch die Küche in die leere Wohnstube und schloss die Türe hinter sich.

Rachel lud Gertrudes schüchterne Magd ein, sich mit ihr an den Küchentisch zu setzen, und füllte zwei Becher mit Wasser. Noch war kein Wort zwischen den beiden gefallen, als sie Werner im Hof entsetzt aufrufen hörten: „Föti ist weg! – Ist sie bei dir, Rachel?"

Rachel sprach betont langsam den vollen Namen der Jüngsten aus, als sie ihm unter der Türe antwortete: „Photina ist mit ihrer Patin in der guten Stube. Kommt, trinkt ein Glas Wasser."

Margret sprach als erste mit der scheuen Magd und war erstaunt, dass diese nur gerade sechs Jahre älter als Werner und neun Jahre älter als sie selber war. Die Antwort auf ihre Frage, ob alle Mädchen so jung von zu Hause weg und in Dienst treten müssten, bekam sie nicht, denn Gertrude betrat mit Photina im Arm die Küche.

„Ich hatte ganz vergessen, dass wir alle Möbel aus unserer guten Stube mitgenommen haben. Ich bin es nicht gewohnt, so viel und so lang zu stehen." Sie setzte sich zu den andern und versuchte etwas ungelenk, den Arm unter Photina zu wechseln. Diese wachte auf und begann zu wimmern, was Margret nicht duldete.

„Du musst Föti wiegen, dann schläft sie wieder ein. Du kannst sie ja nicht stillen!", belehrte sie Gertrude zur Belustigung Rachels.

Gertrude war überfordert. Abrupt übergab sie Photina an Rachel und wies Margret mit strengem Blick zurecht: „Ich verbitte mir diesen vorlauten Ton, kleines Mädchen. Zudem wirst du dein Schwesterchen mit dem wunderschönen Namen Photina ansprechen. So, wie sie in meinen Armen getauft worden ist. Ich will diese vulgäre Verkürzung von dir nie mehr hören!"

„Ich will keinen so langen Namen sagen, wenn ich mein Schwesterchen rufe", kam Werner seiner Schwester zu Hilfe und schlug einen Mittelweg vor, um die aufgebrachte Patrizierin zu beschwichtigen. „Ich kann sie ‚Föte' rufen. Das tönt gut und ist praktisch! Viele Vornehme rufen meinen Vater ‚Küentzi' oder ‚Kunze', obwohl er ‚Kunrad' getauft ist."

Er nahm seinen ganzen Mut zusammen: „Ihr seid die Einzige, die ihn immer mit seinem Taufnamen anspricht. Aber wir sind nicht wie Ihr! Wir sind wie die meisten."

Obwohl sie Werner für seine herzhafte Logik und seinen Versuch zu vermitteln am liebsten in ihre Arme geschlossen hätte, hielt Gertrude Abstand: „Photina ist eine Heilige aus der Anfangszeit des Christentums. Ihr Name bedeutet ‚die Erleuchtete', und sie ist für ihren Glauben den Märtyrertod gestorben. Jesus hatte die Nichtjüdin als Gleichwertige behandelt und sich ihr als Messias zu erkennen gegeben. Dann hat sie sich von den Jüngern taufen lassen. Sie wurde mit ihrer Familie zu Tode gemartert, weil sie mit ihren Söhnen das Christentum verbreitete und ihren Glauben nicht aufgeben wollte."

Die Patrizierin wurde streng: „Wer Photinas Namen spricht, ruft die gottselige Kraft der Heiligen aus dem Jenseits zu uns. ‚Photina' beschützt und fördert euer Schwesterlein aus dem Jenseits."

Rachel, die Photina trotz – oder vielleicht gerade wegen! – der lauten Auseinandersetzung um ihren Namen zum Schlafen gebracht hatte, setzte sich zu den andern und fragte Gertrude, wer überhaupt auf diesen seltenen Namen für die Jüngste gekommen sei.

„Clare hatte die Namen ihrer Eltern bereits an euch, Werner und Margarete, vergeben", erklärte Gertrude. „Küentzi konnte keine Namen beisteuern, da er seine Eltern nicht kennt. Also fragten sie Pater Stanislaus und mich um Namen. Pater Stanislaus schlug ‚Photina' vor, da ihr Gedenktag der Geburtstag der Jüngsten hier ist. Die Heilige kennt man im Norden kaum, obwohl sie sowohl in der West- wie in der Ostkirche verehrt wird. Im Osten wurde sie als starke Frau lange sogar als den Aposteln gleichwertig verehrt. Für mich ist unsere Photina, wie ihr Name sagt, eine Erleuchtete. Sie wird bestimmt – wie ihre Eltern – für die Gottesfreunde und die Kirche eine gewichtige Stimme werden."

Als die Kinder die Kirchgänger zurückkehren hörten, eilten sie aufgedreht zum Hintereingang. Im Lärm der lauten Begrüßung wachte die Jüngste in der Küche auf und fing an zu quengeln. Rachel nahm sie auf, doch Photina beruhigte sich erst, als sie Clares Stimme ganz nah an ihrem Ohr hörte, und suchte gierig schmatzend die Mutterbrust bei Rachel. Die errötete und übergab sie hastig der Mutter. Clare brauchte Ruhe: „Ich stille sie in meiner Stube."

Die übrigen Kirchgänger wurden von den Kindern mit Fragen bestürmt. Margret und Werner, die allzu lang mit keinen anderen Kindern gespielt hatten, wollten wissen, ob Kinder die Messe besucht hätten und ob sie sich wieder mit Nachbarskindern treffen durften. „Denn", beschwerte sich Werner, „ich habe die langweiligen Ausflüge mit Erwachsenen endgültig satt!"

Margret, die ihn unterstützen wollte, erhob sich, fand zur Überraschung der Erwachsenen aber kein Wort, sondern setzte sich errötend. Sie hatte als erste Pater Stanislaus unter der noch immer offenen Gangtür gesehen.

Dieser klopfte vergnügt ans Holz. „Ihr mein Klopfen hinten nicht gehört. So ich klopfe hier. Gott zum Gruß!" Küentzi hieß ihn zurückhaltend willkommen, hörte sich seinen Wunsch, das Patenkind zu sehen, an und vertröstete ihn auf später.

Noch saßen beide nicht, als neues Klopfen, diesmal außen am Hoftor, alle nach draußen blicken ließ. Rachel erhob sich, ging zum Tor und kehrte schnell zurück. „Zwei Dominikanerinnen stehen am Tor", meldete sie. „Die Ältere wünscht Clare oder Küentzi zu sprechen."

Küentzi vergewisserte sich mit Blicken, dass Pater Stanislaus nichts mit diesem Besuch zu tun hatte, und entschied: „Ich schaue nach."

Sein Freudenruf aus dem Hof brachte alle auf die Beine. Die Kinder wieselten zur Tür und musterten neugierig den Besuch.

Küentzi stellte die ältere Nonne vor: „Dies ist Schwester Werndrut aus dem Kloster Klingental in Basel – Clares Schwester!". Weil er vor Begeisterung beim Anblick seiner Schwägerin vergessen hatte, die andere Nonne nach ihrem Namen zu fragen, überließ er es Werndrut, diese vorzustellen. Er selbst eilte zu Clare.

Werndrut war erkennbar deutlich älter als Clare und auch von bedeutend fülligerer Gestalt. Mit freundlichen Augen musterte sie die überraschten Erwachsenen der Reihe nach. Bei den Kindern angekommen, bückte sie sich zu ihnen hinunter und stellte sich ihnen mit warmer Stimme vor: „Ich bin Tante Werndrut, und ich freue mich, euch endlich kennenzulernen!"

Sie suchte die kleinen Hände, drückte sie lange und richtete sich nur zögerlich auf. Was nach schierer Freude über die Begegnung mit ihrer Familie aussah, durchschaute Margret sofort: „Mama kann dir eine Salbe für den Rücken machen." Gerührt legte Werndrut ihren Arm um die Kleine: „Dann werden wir sie jetzt besuchen und dazu befragen." Zusammen mit den Kindern verließ sie die Küche.

„Das hätte ich nicht gedacht", meinte die Köchin offen. „Dass Clare eine so alte Schwester hat! Und dazu noch eine in eindeutig gehobener Stellung im Kloster Klingental! Die beiden gleichen sich überhaupt nicht", stellte sie verwundert fest und blickte in die Runde.

Doch ein Gespräch kam nicht in Gang. Gertrudes vornehme Haltung, Stanislaus' sprachliche Begrenztheit und die Einsilbigkeit der jungen Nonne, die sich aufs klösterliche Schweigebot berief, sobald sie angesprochen wurde, machten jeden gutgemeinten Versuch zunichte. Zum Glück kehrte Küentzi bald mit Werndrut in die Küche zurück.

Die Nonne machte den Abschied kurz: „Ich bin von Clare und Küentzi nach der Sext zu einem längeren Besuch eingeladen und nehme die Einladung gerne an. Bitte verzeiht die Störung." Unter der Tür ließ sie der jungen Nonne den Vortritt und wandte sich nochmals an alle: „Ich werde den Weg dann allein finden."

21

Es wird Zeit, die Stadt zu verlassen, dachte Küentzi, nachdem er die beiden Dominikanerinnen am Tor verabschiedet hatte. Clares und Küentzis Herkunft ließ sich mit Werndruts überraschendem Besuch unmöglich länger verschweigen. Bevor er in die Küche zurückkehrte, überlegte er, wie weit sie ihre Geschichte vor den Kindern und den andern ausbreiten sollten.

Rachel und die Köchin hatten eigene Geheimnisse und konnten auch das Schaffnersche wahren. Gertrude würde sich, wie immer, wenn sie unsicher war, glaubwürdig hinter der Maske der Vornehm-Schweigenden verstecken. Was und wie viel der bischöfliche Sekretär und Pater Stanislaus über Küentzis und Clares Vergangenheit erfahren durften, mussten sie während der Gespräche fortlaufend entscheiden. Beide durften auf jeden Fall nur so viel wissen, dass sie weder sich noch sonst jemand in Gefahr bringen konnten.

In der Küche zurück bat er Rachel, sich um Margret zu kümmern, während er mit Werner ausreite. Der Ritt mit Werner blieb kurz, denn Küentzi wollte noch vor Werndruts Rückkehr auch das zweite Pferd bewegen.

Später, allein, wählte er den Weg nach Norden und kam gut voran. Er sah Werndruts langen Weg durch die Dörfer und Städte des Elsass vor sich, und er hätte zu gerne erfahren, welche Geschäfte Werndrut zu dieser, für die Jahreszeit außergewöhnlichen Reise veranlasst hatten. Er beeilte sich und traf überrascht im Hof auf die Kinder und Rachel. Sie hatte auf ihn gewartet: „Kyrill ist hier!", und ging mit Margret zurück in die Küche.

Gewarnt, zögerte Küentzi die Stallarbeiten hinaus, bis er Werndrut ankommen hörte. Er schickte Werner Clare holen, wechselte rasch die Kleider und begrüßte seine Schwägerin noch im Hof. In der Küche hielt er sich mit Fragen zurück, überließ das Reden den andern.

Werndrut beantwortete Clares Fragen und gab Auskunft über Freunde und die Familie. Johann von Tüllingen wohne als Pfründner im Klingental, und habe sein Haus an der Webergasse verkauft. Sie zwinkerte Küentzi zu. „Seit der Hilfskarrer vor sechs Jahren ausgebüxt ist, hat Johann nur Mehrarbeit gehabt. Nun ist ihm die Arbeit mit Ross und Wagen für eine so lange Reise zu anstrengend geworden, und der neue Karrer hat wichtigere Aufgaben, als zwei Nonnen nach Straßburg zu fahren." Sie seufzte. „Deshalb bin ich in Begleitung einer jungen Klingentaler Schwester auf dem Schiff nach Straßburg gefahren."

Sie lächelte Werner und Margret an: „Wie eure Eltern vor sechs Jahren." Mit den Augen zurück auf Clare und Küentzi fuhr sie fort: „Ich weiß aus euren Botschaften, dass es euch gut geht. Nur die Nachricht von Photinas Geburt hat mich nicht mehr erreicht. Umso mehr freut es mich, die Bekanntschaft von Photinas Paten und Patin machen zu dürfen." Sie wandte sich an den Dominikaner und Frau Gertrude: „Ich danke Euch für Eure Bereitschaft, die Jüngste der Familie zu unterstützen und zum Gedeihen aller beizutragen."

Der burggräfliche Sekretär fühlte sich übergangen. „Sicherlich habt Ihr den langen Weg nach Straßburg nicht allein wegen der jungen Familie auf Euch genommen, Schwester Werndrut, sonst hättet Ihr uns schon früher besucht. Lasst mich Euch deshalb versichern, dass Ihr meiner vollen Unterstützung, rechtlicher oder wirtschaftlicher Art, in meinem weiten Arbeitsbereich als burggräflicher Sekretär gewiss sein könnt."

„Lieber burggräflicher Sekretär, Ihr überrascht mich mit Eurem großzügigen Angebot. Wir kennen uns kaum, und dennoch versprecht Ihr mir tatkräftige Hilfe. Welch Vertrauen und Ehre!", gab Werndrut erheitert zur Antwort. „Ich nehme Euch beim Wort! Schon morgen werde ich bei Euch im Amt erscheinen und Euch unsern Fall unterbreiten. Wir möchten einen bald zehnjährigen Streit mit den Benediktinerinnen von Eschau beenden und dazu braucht mein Kloster alle Hilfe, die ich finden kann. Am einfachsten für uns wäre ein Machtwort Eures Bischofs. Könnt Ihr uns dazu verhelfen?", endete sie forsch.

„In diesem Fall", versetzte der Sekretär eilfertig, „nützt Euch das Schutz- und Hilfsbündnis, das die Stadt Basel mit Herzogin Johanna und Herzog Albrecht von Österreich auf fünf Jahre geschlossen hat, in der Tat wenig. Ich freue mich umso mehr, Euch morgen in meiner Amtsstube empfangen und beraten zu dürfen."

Der Sekretär behielt das letzte Wort, denn Clare wollte keine weiteren Einzelheiten über die Geschäfte ihrer Schwester in Straßburg hören, sondern Neuigkeiten aus Basel.

Werndrut hielt sich bedeckt. Sie wusste zu wenig über Pater Stanislaus und seine Rolle in diesem Haushalt. Sein Stirnrunzeln beim Wort ‚Begine', als sie Luggi von Neuenburgs Grüße an Küentzi und Clare ausrichtete, hatte sie gewarnt. Deshalb formulierte sie ihre Neuigkeiten bewusst unpersönlich und wurde durch Clares Nicken ermutigt, diesen Stil beizubehalten.

Die füllige Nonne lobte die wachsende Zahl junger, pflichteifriger Dominikanerinnen, die ihr Gelübde im Klingental abgelegt hatten, und beschrieb die Vorteile der strengen Reform, die die junge Äbtissin durchzusetzen versuchte. Auch dass die Wirtschaft und der Besitz des Klosters im Elsass wuchsen, vermeldete sie voller Stolz, jedoch ohne auf Einzelheiten einzugehen oder Namen zu nennen. Auch die Klingentaler ‚Gottesfreunde' und deren Kontakte zu Rulman erwähnte sie nicht.

Persönlich wurde sie erst beim Ausblick auf ihre Heimreise. „Der Regen vor unserer Abreise hatte den Rhein hoch und schnell fließen lassen und wir wählten aus Zeitgründen den Wasserweg hieher." Mit einem Lächeln fuhr sie fort: „Ich bin überzeugt, dass unsere Heimreise gemütlicher und trockener, wenn auch länger wird. Ich muss auf unserm Dinghof in Rufach Halt machen. Wir haben unsere Leute im Elsass während der Jahre der Seuchen und des Hungers schändlich allein gelassen."

Nach einem freundlichen Seitenblick auf den Sekretär fuhr sie fort: „Ich muss den Rufacher Schaffner in Rechtsfragen unterstützen. Auch hier in Straßburg. Solange unser Klingentaler Konvent wächst, und mit ihm unser Weinverbrauch, müssen wir die vielen, durch Not bedingten Ernteausfälle auf unseren Gütern rechtlich aufarbeiten." Sie spürte die unausgesprochenen Fragen. „Damit wir die uns zustehenden Weinzinsen gerecht einfordern können."

„Bedeutet dies auch, dass das Kloster den Dinghof in Rufach ausbaut?", erkundigte sich Küentzi, in dessen Kopf sich schlimme Bilder aus seinem Lehrjahr breit machten. Doch er beherrschte sich, behielt die Erinnerungen für sich und verpasste damit die Gelegenheit, den andern unverfänglich die Herkunft seines Schwertes zu erklären.

„Eine neue, größere Zinsscheune ist geplant, und mehr Konversen werden den Hof bewohnen", half ihm Werndrut, in der Gegenwart zu bleiben. Bevor sie weiter Auskunft über ihre Geschäfte geben konnte, erhob sich Pater Stanislaus: „Ich möchte das überraschende Familientreffen mit meiner Anwesenheit nicht weiter stören, möchte Euch, Schwester Werndrut, aber versichern, dass ich von Eurer Haltung und Kompetenz zutiefst beeindruckt bin. In Ordens- und andern kirchlichen Fragen, die Ihr bearbeiten müsst, dürft Ihr mit meiner vollen Unterstützung rechnen. Die Schaffners wissen, wie Ihr mich erreichen könnt." Mit einem Blick zu Clare fragte er beinahe schüchtern: „Darf ich mich auch von Photina verabschieden? Ganz leise?“

„Ich möchte mich Pater Stanislaus anschließen und mich, wie er, von meinem Patenkind verabschieden“, sagte Gertrude und erhob sich ebenfalls.

Clare begleitete Pate und Patin zum Säugling und danach zur Türe, wo sie beide für den Abend einlud, um das Wiedersehen zu feiern. Als sie in die Küche zurückkehrte, fand sie nur noch ihre Familie mit Werndrut vor. Rachel bespreche sich mit Kyrill in ihrer Kammer, der Sekretär und die Köchin hätten sich nach ganz oben zurückgezogen, klärten sie ihre hellwachen Kinder auf.

22

Endlich konnte sie ihre Schwester umarmen und ihre Tränen fließen lassen. „Du weißt nicht, wie ich mich freue“, schnupfte sie mit glänzenden Augen. „Ich habe zum ersten Mal nach Photinas Geburt wieder die Messe besuchen können und gerade an diesem Sonntag kommst du uns besuchen! Ich bin überwältigt. Dich hat uns der Himmel geschickt!“

„Wenn du glaubst, mich schickt der Himmel, dann bist du durch die Hölle gegangen“, meinte Werndrut, während sie sich den schmerzenden Rücken rieb. „Komm, setzen wir uns, und du erzählst mir, wo dich der Teufel noch immer zwickt.“

Clare wartete nicht, bis Küentzi mit den Kindern die Küche verlassen hatte. Schnell und knapp wie schon lange nicht mehr erzählte sie ihrer Schwester, wie sie Photinas schwere Geburt hier nur dank der Hilfe aller Mitbewohner überlebt habe, und dass sie deswegen über ihr Leben hinaus in deren Schuld stehe. Trotzdem bereue sie ihren Entscheid, Straßburg mit ihrer Familie bald zu verlassen, nicht. Auch wenn sie bedaure, ihre Freunde hier zu verlieren, sei sie überzeugt, neue Freunde an ihrem nächsten Wohnort zu finden.

„Dein überraschender Besuch heute zeigt mir: Primo, dass Gott mich wegen meiner Flucht aus dem Kloster nicht verlassen hat und noch immer seine schützende Hand über mich und meine Familie hält. Secundo, dass auch in schwierigen Zeiten auf meine Ursprungsfamilie Verlass ist."

Werndrut gefielen Clares verzückt ins Nichts strahlende Augen nicht. Sie streichelte sanft Clares Hände. „Überlass Gott und seine schützende Hand den Theologen. Vergiss nicht, Du bist weltlich geworden. Zur Bestätigung – falls eine solche nötig sein sollte! – habe ich für dich einen Wechsel auf eine satte Summe aus der Nonnenmitgift mitgebracht." Werndrut lächelte: „Agnes, unsere allerfrömmste Schwester, wünscht sich, dass du mit diesem Geld für deine junge Familie wucherst! Sie hat begriffen, dass du nie ein Leben wie die habsüchtigen zer-Sunnen-Männer führen wirst. Sie wollte die Summe erhöhen, doch dies wäre uns Nonnen schlecht bekommen."

Clare erhob sich, umarmte ihre Schwester und weinte still. Nach einer Weile spürte sie Werndruts sanftes Streicheln, öffnete die Augen und schnupfte glückstrahlend: „So viele Tränen des Glücks und der Dankbarkeit habe ich seit langem nicht mehr vergossen." Sie gab ihre Schwester frei. „Du hast Küentzi und mir mit diesem Papier die Zukunft als Familie gesichert. Nun steht einer Reise über den Rhein nichts mehr im Wege und ich kann drüben in einer Stadt als Apothekerin und Ärztin beginnen. Küentzi wird auf seine Art dazu beitragen."

Werndrut beendete Clares Träumerei schnell. „Übrigens, bevor ich es vergesse, Vetter Henman hat mich am Klingentaler Neujahrsempfang angesprochen und sich nach Küentzi erkundigt. Er lobte Küentzis Fähigkeiten und betonte, dass er noch immer in dessen Schuld stehe. Ich solle die Schaffners von ihm grüßen." Sie blickte nachdenklich zur Türe, als ob sie dort Henman persönlich erwarte, und seufzte.

„Clare, du glaubst nicht, wie schwer mir dies Versteckspiel mit euch fällt. Unsere Familie weiß, dass wir Schwestern unzertrennlich sind, und sie glaubt – wie übrigens alle andern, die euch kennen – dass wir miteinander Kontakt haben." Sie erhob sich und bat leise, ihr ‚Nesthäkchen' umarmen zu dürfen. Still empfing sie einen sanften Kuss auf ihre Stirn, spürte dazu Clares Arme um sich, nahm die Bewegung auf, umarmte die kleinere Schwester und überließ sich dem Gefühl wundervoller Nähe.

Bevor ihre Tränen Clares Haar nässen konnten, löste Werndrut die Umarmung, drehte sich schnell weg und richtete ihre Tracht, bis sie die Rührung aus ihrem Gesicht verbannt hatte. Erst dann wandte sie sich wieder Clare zu und verlangte mit einem breiten Lachen nach den Kindern: „Ich bin die einzige leibliche Tante, die sie kennen, und muss unbedingt einen guten Eindruck hinterlassen. Und zwar bevor ich wieder aus ihrem Leben verschwinde!"

Sie genoss die unbefangenen Fragen ihrer neugierigen Nichte und freute sich, wie Werner allmählich seine Zurückhaltung verlor. Sie machte seine für ihren Körper anspruchsvollen Spiele mit und wehrte sich erst, als er sie zu einem Ausritt zusammen mit Küentzi herausforderte. Sie könne zwar reiten, betonte sie, nur zurzeit gehe es wegen ihrem Rücken nicht. Am Ende des Nachmittags zeigten die rundum zufriedenen Gesichter, dass Tante Werndrut wirklich zur Schaffner-Familie gehörte. Überglücklich und zufrieden führte Werndrut ihren Schwager zum Konvent der Dominikanerinnen, damit er den Clare versprochenen Wechsel abhole.

Die Glocke rief die Nonnen zum Komplet, als die beiden vor der kleinen Seitenpforte ankamen. Werndrut wurde sofort eingelassen. Küentzi musste vor der verschlossenen Türe warten, bis sie mit dem in eine Lederrolle verpackten Papier zurück war. Während sie sich voneinander verabschiedeten, verstummte die Glocke, und es gelang ihr gerade noch ein gehetztes: „Frag Clare unbedingt nach Henman!", bevor das Sprechfensterchen geschlossen wurde.

In der schummrigen, ihm fremden Gasse wagte er es nicht, den Inhalt der Lederrolle zu überprüfen. Er kehrte den abweisenden Klostermauern den Rücken und machte sich auf den Heimweg. Warum Werndrut ihn nach Henman fragen hieß, musste er mit Clare später klären.

Zu Hause in der Küche fand er außer Kyrill die Besucher vom Morgen wieder und in so guter Stimmung, dass er die Rolle ungeöffnet unter seinen Mantel steckte, und sich den Gästen widmete. Er ermunterte Patin Gertrude und Pater Stanislaus, sich die zufrieden mit den Ärmchen rudernde Photina hin und her zu reichen und stets mit ihr zu plaudern. Dem Sekretär klopfte er im Vorbeigehen anerkennend auf die Schulter. Seine Familie und Rachel begrüßte er als Letzte und freute sich ungemein, dass er mit ihnen gemütlich in der

Wärme beisammen sein durfte, und nicht wie seine Schwägerin in einer kalten Kirche beten musste. Die Rolle öffnete er erst, als der Besuch weg war, die Kinder schliefen, und er Werndruts Hinweis auf Henman weitergegeben hatte.

Der Betrag, den die Schwestern Clare aus dem Nonnenvermögen überschrieben hatten, machte beide sprachlos. Er fand zuerst wieder Worte: „Irgendwie passen dieser Wechsel und Henmans altes Versprechen, mir – uns! – zu helfen, zusammen, doch ich weiß noch nicht genau, wie. Auf jeden Fall eröffnen sich uns damit viele Möglichkeiten, und wir können neu und großzügig planen!“ Sie gab ihm einen sanften, langen Kuss, den er ebenso sanft erwiderte. Zu mehr als: „Lass uns über alles schlafen, und am Morgen wissen wir mehr!“, reichte es beiden nicht.

Selbst der schlafende Säugling hielt sich an des Vaters Worte. Photina ließ ihre Mutter zum ersten Mal durchschlafen und meldete ihren Hunger erst, als Sonnenlicht ihre Eltern weckte.

Bischof Berthold von Straßburg, Abt Heinrich von Murbach und einundvierzig Adlige am Oberrhein (Regesten der Markgrafen von Baden und Hachberg, Innsbruck 1892): „Wir versprechen der Stadt Straßburg Beistand, wenn sie wegen der gerichteten, getöteten oder entwichenen Juden angegriffen werden sollte. Dagegen verpflichtet sich die Stadt zur Herausgabe aller Pfandbriefe, welche ihre Juden von vorgenannten Herrn und Dienstleuten hatten."

Straßburg, 5. Juni 1349

II BREISGAU UND SCHWARZWALD

23

Vorsichtig lenkte Küentzi Rulmans einfachen Leiterwagen, den er den Johannitern samt seinem Lieblingsross aus Rulmans Stall für wenig Geld abgekauft hatte, auf die breite Straße zur neuen Schiffsbrücke über den Seitenarm des Rheins. Die Sonne über dem Schwarzwald blendete auch Clare, die mit Föti im Arm neben ihm auf seiner als Bock verwendeten Klingentaler Kiste saß. Die Kinder hatten sich mit Rachel hinter ihnen ein Lager auf der Ladebrücke eingerichtet und blickten zurück auf die robuste, hell beleuchtete Stadtmauer Straßburgs und die vielen Kirchtürme. Noch machte der Tau dem wirbligen Straßenstaub das Tanzen schwer, glitzerte nur von den sumpfigen Wiesen beidseits des Weges. Die Schaffners waren früh, aber nicht als einzige unterwegs.

Vor ihnen bremste ein Bauer mit seinem breiten, von einem Ochsengespann gezogenen schweren Wagen den wenigen Verkehr, was Küentzi passte. In aller Ruhe konnte er die vielen vom Winter auf der Straße hinterlassenen Löcher umfahren und die Achsen und Räder seines alten Wagens schonen. Und er fand Zeit, sich an die längst vergangene entscheidende Fahrt mit Clare nach Häsingen zu erinnern.

Wie damals waren mit dem Frühling die Tage länger und spürbar wärmer geworden. Wie damals blühten die Bäume um sie herum mit den Gräsern und Büschen um die Wette und verschafften den Bienen auf Wiesen und Rändern großzügig Nahrung. Wie damals stiegen Krähen von ihren Nestern in den Rheinauen auf, machten zwitschernde Schwalben über ihnen Jagd auf Sechsbeiner. Nur die hoch über allen kreisenden Bussarde fehlten. Wie damals gab er Clare einen Kuss, doch mehr als einen liebevollen

Blick bekam er nicht zurück. Sie brauchte beide Arme und ihre ganze Kraft, um sich und die Jüngste auf der holprigen Straße vor einem Sturz vom Wagen zu bewahren.

Sobald der Bauer sein Gespann von der Straße auf einen Feldweg fuhr, schloss Küentzi zu einem von zwei bewaffneten Reitern begleiteten schweren Kaufmannswagen auf und schuf hinter ihm Platz für eine eilige Pilgergruppe auf dem Weg nach Osten.

Die Straße wurde nicht besser. Werner und Margret protestierten jedes Mal, wenn ein Rad in ein tiefes Loch absackte und mit einem für sie schmerzhaften Schlag wieder weiterruckelte. Sie beneideten Rachel, die zwischen ihnen auf ihrem Leinensack voller Kleider und anderen Habseligkeiten saß. Je länger die Fahrt dauerte, desto lauter und unentwegter beschwerten sich die Kinder und verlangten, ihre neuen Kleider in der Truhe als Polster verwenden zu dürfen.

Clares Argument, dass der gute Stoff aus Straßburg weder verschmutzt noch beschädigt werden durfte, denn sie würden am neuen Ort sicherlich keinen so guten zu kaufen bekommen, war ihnen kein Trost. Auch Küentzis Vorhersage, bald werde die Luft warm genug sein, so dass sie ihre Kapuzenmäntel ablegen und als Polster benutzen könnten, überzeugte sie nicht. Erst sein Versprechen, vor der nächsten Brücke über den Rhein anzuhalten, sodass sich alle besser einrichten könnten, brachte etwas Ruhe auf die Ladefläche.

Warum der neue Stoff in der Truhe bleiben musste, und warum alle in abgetragenen, zerschlissenen Kleidern reisten, erklärten ihnen Küentzi und Clare nicht. Sie hatten sich vor der Abreise entschieden, wie eine mittellose Familie auf einem armseligen Wagen zu reisen. Denn: Für aller Augen waren sie Flüchtlinge, bei ihnen gab es nichts zu holen! Und die Kinder sollten nicht erfahren müssen, welch geringen Schutz ihnen Küentzis einziges Schwert bot. Um sie nicht zu verängstigen, verschwieg er ihnen auch, dass der gepanzerte Wagen mit dem teuren Reiterschutz vor ihnen eine Provokation für alle Räuber in der Umgebung war und auch sie in Gefahr brachte.

Es dauerte eine Weile, bis sie eine Schiffsbrücke über einen der vielen Seitenarme des Rheines erreichten.

Dicht hinter dem schweren, massiven Reisewagen fuhr er auf die unruhige Brücke, was seinem Pferd überhaupt nicht gefiel. Das Tier schätzte weder das heftige, knarrende Auf und Ab des Brückenbodens, noch die ungeschützte Nähe zum rauschenden, schnell fließenden Wasser unter ihnen. Halbwegs blieb das Pferd zum Entsetzen der Kinder und Rachels zitternd stehen. Küentzi musste absteigen und es am Halfter hinter dem stetig rollenden Wagen über den schwankenden Untergrund ziehen. Wieder auf festem Boden ließ es Küentzi kaum Zeit zum Aufsteigen, so schnell wollte es zu den Reitern und dem langsamen Wagen aufschließen.

Da die Straße nach dem Einrichten der Schiffsbrücke geflickt worden war, rollte der Wagen leicht und ruhig. Die Sonne hatte die kaltfeuchten Morgennebel entlang dem Wasser aufgesogen und alle genossen die beruhigende Wärme ihrer Strahlen. Photina schlief tief in Clares Arm, Margret döste mit dem Kopf auf Rachels Schoß, und Werner versuchte schläfrig immer neu, die Schwalben über ihnen zu zählen. Rachel durchstöberte ihr Gedächtnis nach den Namen der erkennbaren Ortschaften, Clare döste.

Nur Küentzi war wirklich wach. Trotzdem legte er auf dem Ausstellplatz eines wegen Hochwasser gesperrten Übergangs eine Pause ein. Während die Frauen und die Kinder sich streckten und sich die Füße vertraten, fragte er den Soldaten, der die Sperre bewachte, ob noch weitere Umwege anständen.

Der kräftige Kerl, an dem die meisten Reisenden eilig vorbeizogen, gab gerne Auskunft, beschrieb ihm die großen Winterschäden an den Übergängen der unteren Straße. „Fahr die obere Straße nach Norden. Die Brücken sind dort sicher“, riet er Küentzi und zeigte mit dem Spieß auf die Ortschaften entlang dem Fuß der Vogesen. „Kannst auf die untere Straße zurück, sobald das Wasser aus den Bergen seinen Weg in den Rhein gefunden hat.“

Der Wächter gab sich als Schmied und stolzer Zunftbruder zu erkennen. Er müsse nicht nur das Material für den neuen Übergang vor Dieben sichern: „Sie machen sich sogar an die bestehenden festen Verankerungen. Das Material ist begehrt! Und uns fehlen wegen der Seuche die Fachleute.“ Auf Küentzis Frage, warum die Stadt nicht mit den lokalen Herren zusammenarbeite, senkte er den Kopf und bekreuzigte sich. „Der verarmte Adel macht uns das Leben schwer. Die Ritter haben weder das Geld noch den Willen, die Straßen in Stand zu halten. Sie lassen sie verlottern und schaden dem Handel, der die Städte groß und reich macht." Er stützte sich auf den Spieß. „Nur die Klöster sind verlässliche Verbündete. Sie liefern uns die Materialien für den Bau von Wegen, die für jeden Verkehr taugen." Er zuckte resigniert die Schultern: „Wie gesagt: Arbeitskräfte fehlen überall!"

Küentzi, der Clares Aufforderung zur Weiterfahrt hinter sich hörte, verabschiedete sich und stieg als Letzter auf. Während er, in sich gekehrt, neben der vorbeiziehenden Wagenkolonne auf eine Lücke zum Einfädeln wartete, hörte er weder die Kinder, die sich über die vielen zerlumpten Wanderer lustig machten, noch Clare, die sie deswegen zurechtwies. Ihn quälten die Erinnerungen an seine unglückliche Lehrzeit in Rufach und an seine vielen Fahrten als Klosterkarrer. Die letzten Sätze des selbstbewussten Straßburgers hatten sein Heimweh nach dem Klingental und dem Klosterbetrieb geweckt.

Sehnsüchtig blickte er nach Süden und bemerkte unvermittelt: „Der sicherste fahrbare Übergang ist die Rheinbrücke in Basel."

„Unterstehe dich", zischte Clare, die wegen der Kinder ohnehin verärgert war. „Ich habe mitgehört, vorhin", fuhr sie etwas ruhiger fort. „Wir sollten den Übergang bei Breisach versuchen. Er ist sicher und bewährt."

„Du hast Recht", gab er kleinlaut zu. „Ich hätte mich früher über mögliche Übergänge über den Rhein erkundigen sollen." Er schnalzte mit der Zunge und zwängte das ausgreifende Pferd samt Wagen an einer Pilgergruppe vorbei in die Kolonne, erst dann passte er die Geschwindigkeit dem Tempo der Wanderer an.

Er sah die zornigen Gesichter hinter sich nicht, verschloss seine Ohren vor den Verwünschungen der Fußgänger und hörte lange auch von den Seinen nichts. Erst als Rachel laut verkündete, sie werde den Wagen mit Werner und Margret zu Fuß begleiten, blickte er nach hinten und sah, wie sie den beiden vom fahrenden Wagen half. Erzürnt, dass Rachel ihn nicht gewarnt hatte, wandte er sich Clare zu.

Lass es gut sein", wusste sie trocken, machte die Brust frei und machte Photina zur Einzigen der Familie, die aufgeweckt und zufrieden in die Welt guckte.

Es dauerte eine Weile, bis Rachel mit Margret auf dem Arm zu Küentzi aufschloss und ihn bat, die Kinder wieder aufsteigen zu lassen. Sobald die beiden auf dem Wagen versorgt waren, folgte sie der Familie zu Fuß. Sie spürte jeden spitzigen Stein durch die weichen Schuhsohlen und bedauerte, wie unbedacht sie die Reise angetreten hatte.

Auch wenn sich der Himmel mit Wolken überzog, die trockene Kehle und die müden Beine blieben. Mit der Müdigkeit wuchs ihr Ärger über die zufällige Art ihres Vorankommens, und darüber, dass Küentzi anscheinend so wenig über die Straßen und Wege Bescheid wusste.

Um mehr über die Landschaft und die vor ihnen liegenden Ortschaften und Wege zu erfahren, ließ sie sich zurückfallen und suchte das Gespräch mit anderen Fußgängern. Sie vernahm wenig Brauchbares, die meisten gaben sich bedeckt. Niemand wollte als Flüchtling vor der Pest oder als Verfolgter erkannt werden. Wer Arbeit suchte und unterwegs an einen Ort war, wo es Arbeit gab, schwieg aus Furcht vor Konkurrenz.

Erst nach vielen gescheiterten Versuchen, ein Gespräch überhaupt in Gang zu bringen, traf Rachel auf eine Pilgerin, die offen über ihre Reise sprach. Von ihr hörte sie, dass selbst örtliche Führer nicht immer wussten, welche Straßen und Übergänge sie zum nächsten Ziel benutzen konnten. Die Auskunft milderte Rachels Unmut. Reumütig schloss sie zu Küentzi auf: „Soll ich mal die Zügel nehmen?"

„Ich wusste gar nicht, dass du ein Pferd führen kannst", nahm er das Angebot überrascht an. Sobald sie seinen Platz auf der Kiste eingenommen hatte und selbstsicher wie ein bestandener Pferdeknecht abfuhr, blieb er stehen und streckte sich mehrmals wie eine Katze nach dem Schlaf. Neu belebt holte er den Wagen ein und rief Clare zu: „Bitte verhüll Fötis Gesicht. Ich trag' sie eine Weil'."

Mit dem schlafenden, in Tücher gewickelten Säugling auf dem Arm bot er ein ungewohntes Bild, denn Säuglinge, insbesondere schlafende, waren eindeutig Sache der Frau. Unbekümmert zog er aus und hörte weder die abschätzigen noch die belustigten Zurufe der anderen Wanderer. Er hielt sich streng an den Straßenrand, wo der aufkommende Wind aus den Vogesen den von den Füßen aufgewirbelten Staub wegblies und die Sicht auf die Umgebung freigab. Wegen der dicken, zum Glück ohne Blitz und Donner auf sie zutreibenden Regenwolken marschierte er schneller und warnte seine Leute, als sie ihn auf einer kleinen Anhöhe einholten, sie müssten in der nächsten Ortschaft Unterkunft für die Nacht suchen.

„Ich sehe einen Weiler mit einer einfachen Burg vor uns“, pflichtete ihm Rachel von oben bei. „Sitz hinten auf. Ich rufe dich, wenn ich dich brauche.“ Sie trieb das Pferd an, scherte aus der Kolonne und zwang die langsamen Wanderer an den Straßenrand. In dem wie ausgestorben daliegenden Weiler machte sie am Brunnen Halt und ließ das Pferd trinken. Kein Mensch zeigte sich. Nur die Regenwolken hingen tiefer, und Küentzi, der wie Rachel abgestiegen war, drängte: „Wir brauchen ein festes Dach über uns.“

Clare, die als einzige die Siedlung überblicken konnte und den Zug staubiger Wanderer im Auge behielt, zeigte in Richtung einer Anhöhe: „Wir fahren zu der Burg dort und bitten um Erlaubnis, in einer der leerstehenden Hütten übernachten zu dürfen.“

Küentzi nahm schnell die Zügel in die Hand und mahnte: „Bevor andere auf die gleiche Idee kommen.“

Das Licht reichte gerade, um die Anlage der einfachen Bauten um ein Herrenhaus mit einem Wehrturm zu erkennen. Vom Ziehbrunnen in der Mitte führten Fußpfade zu dem doppelstöckigen Wohnhaus aus Stein, zu den Ställen sowie den Wirtschaftsgebäuden, die den Palisadenzaun zur Rückwand hatten. Das Tor stand offen.

Ein gichtverkrümmter Alter begrüßte sie im Hof und gab bereitwillig Auskunft. Alle seien entweder auf dem Feld oder an der Arbeit im Haus und dürften nicht gestört werden. Der Herr wie auch der Vogt würden erst spät zurückkehren. Er trat mit Küentzi vor die dicke Palisade und zeigte auf die nächste leerstehende Hütte mit einem kleinen Stall und einem leeren Pferch. Dort könnten sie Schutz vor dem Regen suchen, bis der Vogt weiter entscheide.

„Kann es sein, dass der Konventslektor bei den Straßburger Predigern, Bartholomäus von Bolsenheim, von hier kommt?“, fragte Küentzi den Alten.

„Wie kommst du darauf?“, erwiderte dieser und musterte Küentzi lange und kritisch.

„Wir waren im Dienste Rulman Merswins und haben von unserm Meister Lobenswertes über Pater Bartholomäus gehört. Die Herren von Bolsenheim haben bei den Merswins einen guten Namen“, gab Küentzi zurück.

Während Küentzi vor der Hütte das Pferd ausschirrte, zerstörte Werner drinnen die Spinnennetze und machte den Weg frei für die Frauen, die den Raum herrichteten. Clare stillte Photina auf Küentzis Kiste; die andern fanden Platz an einem schiefen Tisch oder auf dem nunmehr gewischten Boden, als der Regen einsetzte. Je stärker draußen der Regen, desto dunkler wurde es im fensterlosen Raum. Alle schwiegen, dösten vielleicht, warteten im Halbdunkel auf die Rückkehr der Burgbewohner. Ohne Erlaubnis des Vogts wollten sie kein Feuer anstecken, obwohl sie Feuerstein, Zunder und Holz gefunden hatten.

Nur Küentzi musste wachgerüttelt werden, als aufgeregte Stimmen das Rauschen des Regens übertönten. Er folgte ihnen und traf den Vogt im Pferdestall. Nass, aber nicht richtig wach, trug er dem großen, stämmigen Mann sein Anliegen vor und wurde sofort in Pflicht genommen.

„Ihr könnt in der Hütte übernachten und euer Pferd hier unterstellen, wenn du mir jetzt im Stall hilfst.“ Nach einem zweifelnden Blick auf Küentzis Hände überlegte er kurz. „Die Pest hat mich einen Pferdeknecht und eine Feldarbeiterfamilie gekostet. Wir könnten im Haus und auf dem Feld auch deine Frauen gut gebrauchen. Ich biete als Lohn die Hütte, Kleidung und Kost für alle, auch für die Kinder.“ Bevor er nachdoppelte, strich er sich die vom Regen verklebten langen Haare aus dem Gesicht: „Überleg's dir. Es ist ein gutes Angebot. Doch jetzt zeig', was du kannst, und verdien' euch die Übernachtung!“ Er richtete den Stiel der Mistgabel auf die unruhig tänzelnde Stute gegenüber, die sich sofort schüttelte, dass die Tropfen bis zu ihnen flogen.

Küentzi bedankte sich und eilte mit der guten Nachricht zurück in die Hütte. Während die Frauen Feuer machten und sich für die Nacht einrichteten, führte er sein Pferd in den Stall und kümmerte sich auch um die ihm zugewiesene Stute. Seine Erfahrung half ihm, und er fand immer wieder Zeit, den Pferdeknecht beim Striegeln des riesigen Schlachtrosses gegenüber zu beobachten. Aus seiner Zeit auf der Ysenburg wusste er, dass diese teuren und zu rücksichtslosen Kämpfern geschulten Tiere auf Geheiß beißen, Menschen niedertrampeln, oder ausschlagen konnten. Sie würden einen Fremden wie Küentzi nicht in ihre Nähe lassen, sondern ihn sofort angreifen.

Da der Knecht mit dem unruhigen Riesen nur langsam vorankam, nahm er sich ungefragt auch der beiden Ackergäule daneben an, hielt vom Schlachtross immer gebührend Abstand.

„Wenn du hier fertig bist, komm in die Küche und iss. Danach will der Herr dich sprechen", überraschte ihn der Vogt, der ihn längere Zeit unbemerkt beobachtet hatte. „Die deinen haben ihre Suppe schon bekommen."

Im großen Rittersaal stellte der Vogt Küentzi seinem ergrauten Burgherrn vor. „Kunrad hat für Rulman Merswin als Sekretär der Gottesfreunde und als Verwalter von Rulmans Hof und Gut gearbeitet", erläuterte er. „Kunrads Dienste wurden nicht mehr benötigt, nachdem Rulman zu seinem Bruder Johannes umgezogen war, wo dieser sich nun dem Glauben und seinen Visionen widmet. Das Netz der Gottesfreunde betreut nun Johannes." Er wandte sich Küentzi zu. „Wir könnten Kunrad hier gut gebrauchen. Seine Gattin könnte als Zofe für die Burgherrin arbeiten. Sie kennt sich aus mit Kräutern."

Der knochige, in die Jahre gekommene Ritter straffte die noch immer breiten Schultern und ergriff die Hand seiner kaum den Mädchenjahren entwachsenen Gattin. „Das sind ja gute Referenzen, die Ihr mitbringt", sagte er überraschend frisch. „Unser Vogt entscheidet selten so schnell, wenn er mir Dienstleute empfiehlt. Kunrad, bitte holt Eure Frau, damit meine Gattin sie sich ansehen kann."

Clare weigerte sich zuerst, den Herrschaften vorgezeigt zu werden, gab jedoch Küentzi zuliebe nach. Nach dem frühen Aufbruch aus Straßburg und der mühsamen Reise konnte sie einige Tage der Erholung gut gebrauchen. Mit untertänig gesenktem Kopf stellte sie sich neben Küentzi und warnte die Herrschaften, sie tauge nur für wenige, leichte Arbeiten. Seit der Geburt des dritten Kindes sei sie noch immer schwach und brauche Ruhe. Zu Küentzis Entsetzen setzte sie sich unaufgefordert, als der Ritter, dessen Augen aufgeregt funkelten, zu ihnen sprach: „Eure heutige Ankunft verstehe ich als Geschenk Gottes und bitte Euch als Gottesfreunde, mir Gottesfreund hier auszuhelfen."

Er sah Clares verschlossenen Ausdruck und änderte den Ton: „Zumindest bis mein Sohn mit neuen Knechten und Mägden zurück ist!" Er wandte sich zu seiner Frau: „Morgen dann mehr über unsern guten Freund Rulman und seine Gesichte, denn wir gehen jetzt schlafen!" Er verließ mit ihr den Raum, und der Vogt entließ die Zugezogenen.

In der Hütte erwartete sie Rachel am klein gehaltenen Feuer mit der Jüngsten im Arm. Sie übergab sie der Mutter, schob sich zwischen Margret und Werner ans Feuer und fiel sofort in Schlaf. Küentzi und Clare hingegen unterhielten sich noch eine Weile flüsternd über ihre Begegnung mit dem Gottesfreund und über die Erwartungen, die er und seine blutjunge Gattin an sie beide hatten. „Hast du auch gesehen“, fragte Clare, „wie die junge Herrin die Hände rieb, irgendwie verstört und freudig zugleich, als von unserem Neugeborenen die Rede war?“

„Ja, die beiden sind ein merkwürdiges Paar“, erwiderte Küentzi. „Lass uns jetzt schlafen und morgen weitersehen, ob wir hier längere Zeit bleiben wollen.“

24

Den Grund für der Herrin auffälliges Verhalten erfuhr Clare am Morgen in deren Kammer. Sobald die junge Frau allein mit ihr war, vergewisserte sie sich, dass niemand sie hören konnte. Unvermittelt fragte sie Clare: „Könnt Ihr mir helfen, ein Kind zu bekommen? Ihr habt Erfahrung. Seit sein Sohn vor einem halben Jahr Frau und Kind verloren hat, will mein Gatte einen Sohn von mir. Gibt keine Ruhe, will mich jederzeit!“ Gequält fuhr sie fort: „Ihr seid doch eine Kräuterfrau! Ihr kennt sicherlich ein Mittelchen, wie ich ihm nachhelfen kann.“

Clare wusste aus ihrer Zeit als Krankenpflegerin im Klingental, wie mit Kräutern ein Kind verhindert werden konnte, aber mit Kräutern dieser Frau zu einem Kind zu verhelfen, überstieg ihr Können. Doch sie hörte der verzweifelten Frau geduldig zu, die ihr nun das Herz ausschüttete. Am Ende durfte sie ihre Herrin, die mittlerweile wieder mädchenhaft schüchtern geworden war, kurz untersuchen und bekam von ihr die Erlaubnis, das Haus zur Herstellung einer Wundsalbe zu verlassen. Bis zum Abend werde diese zubereitet sein, versprach sie.

Sie ging mit den Kindern in den nahen Wiesen auf Kräutersuche und genoss die Ruhe außerhalb dieses darniederliegenden Ritterhaushaltes. Sie fand selbst noch Zeit, sich hinzulegen, bevor sie Ende Nachmittag der aufgeregten Herrin ein Töpfchen Kräuterpaste übergab und ihr half, diese aufzutragen. Photina durfte sie in einer eleganten Wiege in ihrer Nähe behalten.

Clare kehrte erst spät in die Kate zurück, da die Herrin sie erst nach dem unausweichlichen Besuch des Ritters entlassen hatte. Die Kinder schliefen tief. Clare machte ihrer Empörung Luft: „Keinen Tag länger als nötig werde ich diesem kaputten Haushalt zudienen. Sobald der junge Herr zurück ist, will ich, dass wir weiterziehen!“ An Rachel gewandt, fügte sie hinzu: „Ich staune auch, wie duldsam du dich hier einspannen und schinden lässt!“

Rachel reagierte unerwartet gelassen: „Mir tut die harte Arbeit gut, auch wenn ich jetzt zum Umfallen müde bin. Ich denke langfristig. Nach dem Zwischenhalt hier werden wir alle die körperlichen Strapazen der Weiterreise besser überstehen. Zudem: Ist das hier für dich, Clare, nicht eine Gelegenheit, als Zofe die junge Herrin auf den Weg zu einer selbständigen Frau zu schicken? Solltest du diese Herausforderung nicht annehmen? Kann sie lesen und schreiben? Ich würde dir meine Bibel leihen.“ Sie blickte zu Küentzi. „Deine Aufgabe wäre es dann, die Bolsenheim-Männer davon zu überzeugen, dass echte Gottesfreunde das Bedürfnis der jungen Herrin, selber lesen und schreiben zu können, anerkennen müssen.“

„Danke, Rachel, für diese Aufmunterung! Du bringst uns mit deiner Zuversicht wieder alle zusammen. Vielleicht stehst du Gott wirklich näher als Küentzi und ich“, gestand Clare.

Rachel erwiderte schlicht: „Vergesst nicht: Ich bin eine geschulte Schwester im Heiligen Geiste und eine im Überlebenskampf geübte Ketzerpriesterin. – Und ich stehe durch dick und dünn zu euch!“ Sie lächelte fein und legte sich wie vorangegangene Nacht zwischen Margret und Werner.

Am andern Tag staunten alle, wie spät sie geweckt wurden. Da die Unterkünfte für die erwarteten Arbeitskräfte bei Tageslicht geputzt und hergerichtet werden mussten, konnte Küentzi die Leute erst in der Mitte des Vormittags zur Arbeit aufs Feld fahren. Clare musste den Morgen im düsteren Herrenhaus ausharren und die Ausfälligkeiten des übermüdeten und von der Gicht geplagten Ritters ertragen. Umso mehr Freude bereitete ihr die Suche nach frischen Kräutern zusammen mit ihren Kindern am Nachmittag. Die leichte Arbeit und die vergnügten Spielchen brachten Farbe in alle Gesichter.

Als sie gegen Abend in den kleinen Weiler zurückkehrten, herrschte zu ihrer Überraschung ein lärmiges Treiben zahlreicher munterer Menschen. Die erwarteten Zuzüger waren eingetroffen und mit ihnen neues Leben. Alle waren neugierig wie sie. Einige grüßten, begannen ein Gespräch. Die Schnellen fanden sogar Zeit für einen Scherz. Als auch Kinder auftauchten, hielt Clare die ihren nicht mehr zurück. Mit Föti auf dem Arm eilte sie in die Küche, wo sie den zu Küchenhilfen eingeteilten Neuen als Kammerzofe der Herrin vorgestellt wurde. Sie nahm das Wohlwollen auf den Gesichtern der Küchenleute gerne mit in den Vorratsraum, hinter dessen dicker Tür sie in Ruhe Föti stillen wollte.

„Da seid Ihr ja!“, wurde sie von einer vorwurfsvollen Männerstimme aufgeschreckt. Föti heulte los, die Stimme verlor an Härte: „Ihr sollt sofort zur Herrin in die Kammer!“

Während Clare ihr Kind sanft wiegte, musterte sie ergrimmt das harte Gesicht des kräftigen, etwa gleichaltrigen Mannes. „Nehmt das Kind mit!“, forderte er etwas leiser. Hastig folgte sie dem Unbekannten.

Die Begrüßung durch die Burgherrin wurde unerwartet formell. „Clare, ich möchte Euch meinen Sohn Ritter Peter von Bolsenheim vorstellen.“ Ganz die Herrin, als wäre sie nicht mindestens zehn Jahre jünger als ihr Stiefsohn, erklärte sie: „Ritter Peter wird mit dem Vogt den Betrieb wieder zum Blühen bringen. Bitte unterstützt seine Anliegen, als kämen sie von mir. Ihr dürft gehen.“

Clares Empörung über diesen kindischen Beweis herrschaftlicher Macht legte sich ein wenig, als – zurück in der Speisekammer – Föti beim Stillen zufrieden schmatzte und entspannt einschlief. Dennoch war für sie jetzt klar, dass sie nicht an diesem Ort bleiben konnten.

Am Abend unterbreitete sie Küentzi und Rachel ihren Wunsch, sich dem sich hier ankündenden Unheil zu entziehen. Sie fühle sich erholt genug, um schon morgen weiterzureisen.

Rachel unterstützte sie: „Ich habe meine gute Meinung von den Bolsenheimern auch geändert“, sagte sie. „Nicht genug damit, dass der Vogt, dieser grobe Mensch, mich bedrängt. Auch der junge Ritter steigt mir unverfroren nach. Also von mir aus: Nichts wie weg von hier!“

Küentzi hatte dem nichts entgegenzusetzen und versprach ihnen, Pferd und Wagen würden am übernächsten Morgen vor Sonnenaufgang bereitstehen. Für morgen sei es zu spät.

25

Die Sonne stand noch tief über den Schwarzwaldhöhen, als Küentzi unterhalb der Burg mit dem Wagen auf die Straße nach Norden einbog. Neben ihm saß Clare mit Föti auf dem Arm; Werner, Margret und Rachel dösten in Pferdedecken gehüllt auf der Wagenbrücke hinter ihm. Auf der leeren Straße kamen sie gut voran, obwohl der Regen neue Löcher in die Straße gefressen hatte. Erst kurz vor Utenheim trafen sie auf Fuhrwerke unterwegs zu den nahen Feldern.

Im aufstrebenden Benfeld machten sie die erste Rast. Während Küentzi das Pferd an der träge fließenden Ill saufen ließ, erkundete Clare mit den andern das Städtchen. Sie folgten dem Wasser und staunten über die vielen stillstehenden Mühlen, die das Flüsschen säumten. Zurück bei Küentzi sprach Clare für alle: „Der Ort ist mir unheimlich. Die Stadtmauer ist noch nicht fertig. Bauarbeiter habe ich keine gesehen. Die Straßen sind leer."

Sie rieb sich das Kinn. „Ich kann mir überhaupt nicht vorstellen, dass hier vor vier Monaten ein Treffen der mächtigen Bischöfe von Basel, Straßburg und Freiburg stattgefunden haben soll. Was uns der burggräfliche Sekretär über diesen Ort berichtet hat, passt gar nicht zum Bild, das wir vor uns haben."

„Du vergisst, wie verängstigt und zurückgezogen wir in Straßburg gelebt haben", erwiderte Rachel. „Der schwarze Tod hat sicherlich auch hier gewütet. Würden wir länger bleiben, träfen wir sicherlich auch einige Bürger." Sie hob den Zeigefinger und horchte auf. „Hörst du die Glocken?" Sie schmunzelte. „Bald beginnt die Messe. Du könntest dich beim Priester erkundigen. Er weiß ja alles, auch das Geheimste!"

Küentzi, der die Anspielung auf das Beichtgeheimnis missbilligte, ließ Clare keine Zeit für eine Erwiderung. „Wir müssen weiter. Der Bolsenheimer Vogt hat mir als Tagesziel Marckoltzheim angeraten, und ich möchte vor Sonnenuntergang dort ankommen." Er klatschte in die Hände: „Alle aufsitzen!"

Sie fuhren weiter und reihten sich ein in die dünne Kolonne Reisender, die wie sie auf Wagen oder zu Fuß unterwegs waren. Reiter nützten die lockeren Abstände und überholten sie zügig. Weder Gesang noch Musik begleitete sie. Alle sparten ihren Atem, um so schnell wie möglich dem bedrückenden Elend der Gegend zu enteilen. Die Augen auf die Straße gerichtet, zogen sie an den leerstehenden Hütten und den verschlossenen Einfahrten der wenigen Bürgerhäuser vorbei. Niemand wollte sich die halbzerstörten und verwahrlosten Befestigungen aus dem letzten Krieg gegen Ludwig den Bayern ansehen. Niemand wollte von den Brandruinen entlang der Straße daran erinnert werden, wie sich hier noch immer der Kleinadel in Kleinkriegen – immer im Namen des Kaisers, oder dem des Papstes! – gegenseitig ruinierte.

Angst zeichnete die Gesichter der Reisenden. Was die Soldaten mit ihrem Handwerk nicht geschafft hatten, war der Pest in kurzer Zeit gelungen. Sie hatte dieses Tal entvölkert, hatte Jung, Alt, Arm und Reich ohne Rücksicht auf Stand und Stellung gemeuchelt. Und niemand konnte wissen, ob sie in einem halbverlassenen Ort noch immer den Reisenden auflauerte. Wer in dieser verheerten Landschaft seine Angst meistern und vorankommen wollte, musste sich wie Küentzi an das junge Grün der Wälder und an die bunt blühenden Wiesen halten. Sie verkündeten das Leben, das sich mitten im Zerfall erneuerte.

Die Sonne stand noch über den Vogesen, als sie im Städtchen vor ihnen – in Marckoltzheim – ihr Tagesziel, erkannten. Nach der langen Fahrt durch die vielen verödeten Weiler wünschte Clare, in der Kapelle vor dem Stadttor für die gelungene Fahrt zu danken. Während sie im einfachen, im frühen Stil aus Sandstein erbauten Kirchlein betete, vertraten sich die andern die Füße und sahen sich um. Sie hatten die Rheinauen auf Höhe des nördlichen Randes des Kaiserstuhls erreicht und erblickten in der Ferne, am südlichen Rand des Berges bereits ihr nächstes Tagesziel. Gut zu erkennen an seinem, von der Abendsonne zum Glänzen gebrachten glasierten Dach, zeigte ihnen das Breisacher Münster den Ort, wo sie morgen über den Rhein setzen konnten.

Clara trat mit einem verklärten Lächeln zu ihnen. „Ein redefreudiger Dominikanerbruder, bei dem ich mich nach dem Gebet über die hiesigen Herbergen erkundigt habe, hat mir zwei Gasthöfe empfohlen." Sie wandte sich an die Erwachsenen. „Das für uns Wichtigste hat er mir nur nebenbei gesagt: Der Pfarrer im Städtchen erhalte auffällig häufig Besuch von Laien, beherberge sie jedoch nur selten, meist schicke er sie einfach weiter." Freudig fuhr sie fort: „Ich wette, uns nimmt er für die Nacht auf!"

Die Haushälterin des Marckoltzheimer Pfarrers hieß die Frauen mit den Kindern in der Küche warten, bis der Pfarrer von einem Besuch zurückkäme. Als wäre er der Knecht, schickte sie Küentzi, Pferd und Wagen in einem zur Burg gehörenden Stall nebenan unterbringen. Dort bekam er vom geschwätzigen Stallburschen bestätigt, was er schon beim Anblick der unfertigen Stadtmauer gedacht hatte. Die offenen Stellen im Mauerring waren nicht allein eine Folge der wegen der Pest ausgefallenen Arbeitskräfte. Die unerwartet häufigen Hochwasser des Rheins, der sich unterhalb Breisach breit verfächerte, hatten Teile der Mauer unterspült und einbrechen lassen.

Clare hatte richtig vermutet: Als sie den Pfarrer sprechen konnten und ihren früheren Arbeitgeber in Straßburg erwähnten, gab sich ihnen der bestandene, noch immer schlanke Geistliche als Gottesfreund zu erkennen. Sofort bot er ihnen für die Nacht ein Gästezimmer an, wollte aus erster Hand erfahren, wie Rulman mit seinen Visionen verfuhr, und wie groß das Netz der Gottesfreunde im Elsass war. Dass er nur Küentzi in Beschlag nahm und sich mit ihm ins Sprechzimmer zurückzog, störte die Frauen gar nicht. Sie saßen mit der etwas jüngeren, drallen Haushälterin bei einem Becher Wein und ließen sich von ihr für die Weiterfahrt beraten.

Sie schlug ihnen vor, sich ab Breisach einem bewachten Wagenzug nach Freiburg anzuschließen. Dies würde zwar die Reise verlangsamen, doch gerade in diesen schwierigen Zeiten würde sich der zusätzliche Aufwand sicherlich lohnen. Im Unterschied zum dicht besiedelten Elsass lägen nämlich die Städte im Breisgau weiter auseinander und der Schutz der Handelswege vor Räubern sei aufwändiger. Mit einem neidischen Blick auf die stillende Clare schloss sie: „Es muss sich um gut organisierte Banden handeln. Nicht nur plündern sie Reisende aus", sie blickte zu Rachel, „gesunde Frauen und kräftige Männer nehmen sie mit und verkaufen sie wie Sklaven an Höfe weit im Osten."

Unbeeindruckt legten sich Clare und Rachel schlafen. Wie die Kinder schliefen sie tief, als sich Küentzi gegen Morgen, fahrig tastend, neben ihnen breitmachte.

Für alle zu früh, wurden sie mit einem einfachen, auf einer Fiedel gespielten Lied geweckt. Die Kinder rannten in die Küche, woher die Töne kamen, und staunten, wie heiter der Pfarrer weiterfiedelte, während er sie gleichzeitig zum Frühstück einlud. „Sagt euren Eltern, wenn sie noch heute über den Rhein setzen wollen, sollten sie vorwärts machen. Das schöne Wetter bringt viel Verkehr."

In der Kammer stürzten sich die zwei auf Küentzi, der sich lange gegen das Wecken wehrte. Gemeinsam zwangen sie ihn am Brunnen im Hof, den Kopf ins Wasser tauchen, bis sich der vom Ausflug in die Mystik übriggebliebene Dunst verflüchtigt hatte. Er verzichtete auf den Brei, begnügte sich mit frischem Wasser zum Frühstück und versprach heiser, mit Pferd und Wagen zurück zu sein, wenn seine Familie das Frühstück beendet habe.

Gut gelaunt warteten die Frauen mit den Kindern vor dem Pfarrhaus, bis er mit ihrem Wagen vorfuhr, und sie ihr wenig Gut verladen konnten. Die Kinder richteten sich auf der Ladebrücke ein und zur Freude Clares, der weder Küentzis rote Äuglein noch seine fahrigen Bewegungen gefielen, erbot sich Rachel, die Fuhr zu fahren. Dankbar legte sich Küentzi hinten zwischen seine Kinder und winkte mit ihnen dem gastfreundlichen Pfarrpaar zum Abschied.

Sie kamen schnell voran. Erst als sie die große Straße zum Rhein erreichten, bestätigte sich die Warnung des Pfarrers. Schwere Wagen aus dem Burgundischen und einfache Karren aus dem Elsass fuhren an ihnen vorbei, Pilger zu Fuß überholten alle, bis sich Rachel eine Lücke zum Einfädeln erzwang. Doch je deutlicher sich die Mauern Breisachs vor ihnen abzeichneten, desto langsamer kamen sie auf der zum Glück schattigen Straße voran. Bald saßen sie im Rückstau vor der großen Fähre fest und beneideten die Fußgänger um das große Angebot schneller Ruderboote, die sie ohne Wartezeiten über den Rhein setzten.

Um sich ein genaues Bild von dem Übergang zu machen, weckte Rachel Küentzi, gab ihm die Zügel und ging mit Margret und Werner den Wagen entlang zur Anlegestelle der Fähre. Die Straße endete in einer leicht erhöhten, steinernen Schanze, von wo Wanderer ohne Eile, zusammen mit Karrern, die wie Rachel ihrem Gefährt vorausgegangen waren, verfolgten, wie die Boote auf dem Strom verkehrten, und sie an der Reihe waren. Wachen mit Piken sorgten für Ordnung, gaben bereitwillig Auskunft und mahnten Ungeduldige zur Ruhe. Hilfreiches Anpacken überließen sie andern.

Es wurde Mittag, bis die Schaffner-Familie an der Reihe war.

Küentzi führte das Pferd am Halfter auf die Fähre und ließ es während der Fahrt über den Fluss nicht los. Das Gurgeln des Wassers, das Schwanken auf dem rutschigen Bretterboden des Bootes und das laute Schwatzen aufgeregter Fährgäste verstörten das Tier. Küentzi führte es – wieder auf festem Boden – auch vorne zu Fuß, ließ es selbst nach dem Stadttor am Rhein nicht los, wo die andern spätestens aufgesessen waren. So konnte sich Rachel neugierig umsehen und den Verkehr hinter und vor ihnen beobachten.

Am oberen, großen Stadttor bezahlten sie den Zoll für Durchreisende und wurden vom Wachtmeister gewarnt, die Stadt möglichst schnell wieder zu verlassen. Nach einem mitleidigen Blick auf den übernächtigten Küentzi hob der Weißbart seine Blechhaube, kratzte sich und warnte: „Kinder müssen in Begleitung der Eltern bleiben. Alle Kinder ohne Eltern werden aufgegriffen und wie Diebe festgesetzt." Er musterte die Familie herablassend. „In den Herbergen gibt es nur Platz für Familien, die genügend Geld hinterlegen können. – Deshalb: Vor dem Tor auf der Straße nach Freiburg versammelt sich ein bewachter Wagenzug. Ich rate euch, noch heute dort Anschluss zu suchen."

Ein munterer Bursche kam ihnen von der Innenstadt her entgegen, vor sich einen Bauchladen mit frischen Backwaren, die er den Reisenden anbot. Clare winkte ihn herbei und kaufte ihm einen Wecken ab. Der Junge steckte das Geldstück ein, würdigte Clare jedoch keines Blicks, sondern starrte nur mit großen Augen auf Rachel. Und als der Wagen weiterfuhr, blickte er ihr errötend mit offenkundiger Bewunderung nach.

Das Begehren in seinem Blick hatte Rachel geschmeichelt, sie aber auch schmerzhaft an ihre Zeit als unabhängige Frau erinnert, als sie von Männern bekam, was sie sich wünschte. Sie zwang sich, steif nach vorne auf die Straße zu blicken, und fragte sich, wie lange sie sich noch mit ihrem jetzigen Leben als Kindermagd werde begnügen müssen. Sie schüttelte bekümmert den Kopf wie eine alte Frau, und sie schüttelte ihn, bis Clare ihr einen Bissen des köstlich duftenden Weckens anbot. Clares Blick wich sie aus. Sie musterte verkrampft die wenigen Fußgänger, als ob sie nach einem Bekannten suchte, und fand erst in der Vorstadt Worte, als sie die vielen mit Pestkreuzen bekrakelten Häuser sah.

„Ich habe geglaubt, wir lassen die Pest hinter uns, wenn wir über den Rhein sind. Doch hier sieht es schlimmer aus als in Straßburg."

Clare stimmte ihr bedrückt zu: „Wir haben uns falsche Hoffnungen gemacht. Wir müssen überdenken, wie wir weiterreisen wollen." Sie warf einen Blick auf die zwei putzmunteren Kinder hinter ihnen. „Vielleicht auch wohin!"

Beide blickten nach vorne zu Küentzi und beobachteten, dass er schneller in die obere Stadt gelangen wollte und größere Schritte nahm. Beide nickten sich zu: Er hatte wie sie die beängstigenden Zeichen ernstgenommen.

Als Küentzi auf die breite, Burg und Münster miteinander verbindende Marktstraße einbog, überraschte sie die geringe Zahl der Stände. Sie sahen weder einen anderen Wagen noch Reiter, nur Käufer zu Fuß. Sofort traten Trödler und Krämer zu ihnen an den Wagen und priesen ihre Waren an. Nur an den Ständen, wo frühe Salate und letztes Wintergemüse feilgeboten wurden, warteten Käufer. Die Städter schienen den Markt zu meiden, wie auswärtige Händler und durchreisende Kaufleute. Selbst die Bettler fehlten, wie Rachel trocken meldete, nachdem sie durch die Seitengassen einen Blick auf die leeren Klosterpforten der Prediger und Barfüßer geworfen hatte. Auf dem großen Platz vor dem Münster, wohin sie Küentzi noch immer zu Fuß geführt hatte, bekamen sie einen Platz zum Abstellen zugewiesen.

„Küentzi, lass uns hier im Münster beten und beichten", forderte Clare ihren unerwartet nachdenklichen Gatten auf. „Nach der kurzen Nacht und schwierigen Fahrt hierher hast du eine Pause fürs Gemüt verdient. Bitte, komm mit mir."

Unwirsch schlug er aus: „Ich muss zuerst die Architektur der Kirche auf mich wirken lassen, bevor ich mich drinnen einem fremden Pfarrer anvertraue."

„Wir sind nicht mehr im Klingental, lieber Mann, wo die Politik die Kirche spaltete", wies sie ihn sanft zurecht. Aber das wollte er nicht hören. Ihm war unwohl, und ein Blick auf das Münster änderte daran wenig.

Die Höhe und die Proportionen des einzigartig schlanken Chores verrieten den überhöhten Ehrgeiz des Bauherrn, der das Chordach bis zur Mitte der Glockenkammern der Türme hochgezogen hatte. Im Unterschied zum übrigen Bau mit seinen wenigen Fenstern im alten Stil prunkte der Chor mit langen, Helligkeit versprechenden Spitzfenstern im neuen Stil. Diese Vermischung erinnerte Küentzi an den Ausbau und die Erneuerung des Rufacher Münsters, dessen Ausbau auch immer wieder durch die Pest unterbrochen worden war. Missbilligend betrachtete er das verlassene Gerüst um den Chorturm vor ihm, stellte fest, ein Gerüst um den ganzen Bau fehlte. Wahrscheinlich fehlte auch das Geld für weitere Arbeiten. Schwer ging er um die Kirche und blickte wehmütig rheinaufwärts.

Basel und das Klingental konnte er nicht sehen. Umso deutlicher konnte er sich an den hellen, aufs Licht ausgerichteten Chor der Klosterkirche erinnern. Er griff sich unter das Wams und suchte sein silbriges Kruzifix, das Clare ihm als Mutmacher und Liebeszeichen vor seiner Aufnahme ins Klingental damals geschenkt hatte. Er griff ins Leere, hatte vergessen, sich seinen Talisman gegen das Heimweh umzuhängen!

Auf dem Weg zurück zum Wagen, eilte ihm Rachel entgegen: „Ich wurde gewarnt", sagte sie aufgeregt. „Wir sollen uns dem Wagenzug nicht anschließen. Der werde noch vor Eichstetten überfallen."

„Wer sagt das?", fragte Küentzi erstaunt. „Können wir dieser Auskunft trauen?"

Rachel errötete. „Erinnerst du dich an den Bäckergesellen, der uns vorhin den Wecken verkaufte?" Sie nahm Küentzis zögerliches Kopfschütteln als „Nein" und fuhr fort: „Er meint es gut mit uns. Er hat sich in mich verguckt und ich glaube ihm!" Nach einer Pause doppelte sie nach: „Auch die Kinder mögen ihn! – Aber warten wir erst einmal ab, bis Clare aus der Kirche zurück ist."

Sie rief die Kinder, die aus Sandsteinresten vor der verlassenen Bauhütte Steinkreise errichteten, während Küentzi sein Kruzifix aus der Truhe holte. Um sie in seiner Nähe zu behalten, bis Clare zurückkam, wollte er ihnen am Münster die Unterschiede zwischen der alten und der neuen Baukunst aufzeigen. Er schaffte es auch, ihnen an seinem Kruzifix die Merkmale des alten Stils vor Augen zu führen und ihnen Beispiele dazu am Münster zu zeigen. Als er sie jedoch am Münster Beispiele des neuen Stils suchen hieß, hatte Werner nur Augen für die fröhlich zwitschernden Spatzen, und Margret suchte verunsichert die Nähe Rachels. Rachel, die sich als Einzige Küentzis unbeholfenen Ausflug in die Baugeschichte angehört hatte, reichte mitfühlend der Kleinen die Hand.

Alle schreckten auf, als Clare, gekrümmt und verkrampft mit Photina im Arm, aus der Kirche wankte.

Rachel rief laut nach Pferd und Wagen, rannte zu Clare und konnte sie gerade noch auffangen, bevor sie ohnmächtig zu Boden ging.

Bis alle bei ihr angekommen waren, hatte Clare wieder Farbe im Gesicht und wünschte leise: „Lasst uns vor der Stadt im Grünen einen Platz finden, wo ich mich erholen kann. Wir haben ja alles, was wir brauchen."

Sie wollte aufstehen, doch niemand war bereit, ihr dabei zu helfen. Stattdessen wurde sie behutsam auf die mit Tuch gepolsterte Brücke des Wagens gehoben und übers bucklige Kopfsteinpflaster hinunter in die Vorstadt und auf die ruhigere Landstraße gefahren. Bald schlief sie erschöpft ein.

Sie sah das zarte Grün der lichten Auenwälder rechterhand nicht, hörte auch nicht, wie Rachel mit der hungrigen Jüngsten im Arm Küentzi anwies: „Ich sehe eine Hütte. Vielleicht gibt es dort Wasser. Föti muss gewaschen werden. Eine Pause tut allen gut."

Was aus der Ferne wie eine Hütte ausgesehen hatte, erwies sich als einfacher Unterstand für Holzarbeiter. Unweit dahinter entdeckten sie auch ein sauberes Bächlein, wo Rachel Föti säuberte und einige Tüchlein wusch. Während Küentzi den Unterstand und die Feuerstelle herrichtete, sammelten die Kinder das vom letzten Frühlingssturm zu Boden gebrachte Holz ein. Clare, die in der frischen kühlen Luft auf dem Wagen aufgewacht war, stillte in aller Ruhe ihr Jüngstes.

Küentzis Entscheid: „Wir bleiben über Nacht hier“, entsprach allen, und sie legten sich nach einer späten Mahlzeit wie gewohnt schlafen. Die Frage, ob sie sich überhaupt dem gesicherten Wagenzug anschließen sollten, ging vergessen.

26

Die Nacht war kalt, und sie erwachten früh. Der jungen Sonne fehlte noch die Kraft, die zwischen den Bäumen wabernden Nebelschwaden zu schlucken. Die Kinder standen steif mit Rachel um die Feuerstelle und beobachteten, wie Küentzi aus der wenigen Glut ein Feuer entfachte.

Die Stimmung besserte sich, als Clare mit Föti aufrecht und munter vom Bächlein zurückkehrte. „Wir können weiterfahren, sobald ich Föti gestillt habe“, sagte sie energisch, aber die gewünschte Wirkung blieb aus. Küentzi und Rachel machten keinen Wank, sie wollten mit ihr zuerst die Warnung vor dem Überfall des Wagenzuges nach Freiburg besprechen. Rachel wiederholte für alle die Botschaft, die sie am Tag zuvor vor dem Münster gehört hatte, und Clare entnahm Rachels und Küentzis ernsten Mienen, dass beide der Warnung des Burschen Glauben schenkten. Dennoch wünschte sie, dass alle, auch die Kinder, dazu ihre Meinung äußerten, bevor sie selber Stellung nähme.

Werner begann und lobte, was ihm an dem Burschen gefiel und was ihn beeindruckt hatte. Nach einer längeren Pause beschrieb Rachel leise und mit rotem Kopf des jungen Mannes Mut und Hilfsbereitschaft und wünschte, sie sollten seinen Rat befolgen. Sie überließ es Küentzi, den Burschen als Mann und vertrauenswürdig darzustellen. Margret sprach als letzte und überzeugte ihre Mutter: „Ich vertraue ihm, er ist ehrlich, er will uns helfen.“

Clare sprach für alle, als sie für die Weiterreise auf den Schutz von Söldnern verzichtete. Ihr Wunsch, einen weiteren Tag in diesem ruhigen Wäldchen zu verbringen, erfreute vor allem die Kinder. Rachel und Küentzi hingegen machten besorgte Gesichter. Beide hatten beobachtet, wie die gesunde Farbe aus Clares Gesicht wich, als sie ihr Töchterchen zur Brust nahm und weitersprach. Beunruhigt von Clares matter Stimme und verlangsamten Bewegungen, setzte sich

Rachel neben sie ans Feuer und nahm ihr den eingeschlafenen Säugling ab. Die ungewohnten Arbeiten eines Haushalts im Freien konnten warten, meinte sie und hieß sie schlafen.

„Wir wollen Holz sammeln“, meldeten die Kinder Küentzi.

„Gut. Geht nicht zu weit in den Wald“, erlaubte er ihnen. Leiser, um Clare nicht zu stören, verabschiedete er sich von Rachel: „Ich will Genaueres über den Geleitzug, oder andere Wege nach Freiburg erfahren. Bis bald! Ich nehme das Pferd.“

Am nahen Bächlein hieß er das Pferd trinken, band ihm als Ersatz für einen Sattel seine Wolldecke über den Rücken und führte es neben einen breiten Baumstumpf, den er als Tritt zum Aufsitzen benützte. Zu seiner Überraschung hielt das Tier still, bis er seinen Platz gefunden hatte, wartete jedoch nicht, bis er den beim Aufsteigen verhedderten Zaum geordnet hatte. Eigenmächtig trug es ihn im Schritt an den Frauen, die er aufrecht wie ein mächtiger Herrscher grüßte, vorbei. Dass es sich bereitwillig mit den Knien lenken ließ, ermutigte ihn, erst auf der beinahe leeren Landstraße den Zaum in Ordnung zu bringen. Er wagte sogar einen kurzen Galopp zur nahen Vorstadt, wo er sich für die Weiterreise umhören wollte.

Im Wäldchen weckte Rachel Clare, als die Sonne schon hoch am Himmel stand, und gab ihr Föti zum Stillen. Ihre Sorge über Küentzis langes Wegbleiben behielt sie für sich. Äußerlich ruhig wartete sie, bis der Säugling zufrieden schmatzte, drückte der Mutter einen Becher frisch gebrühten Tee in die Hand und forderte die Kinder leise auf, mit ihr auf der Landstraße nach Küentzi Ausschau zu halten. Sie gingen bereitwillig mit, denn auch ihnen war die lange Abwesenheit des Vaters aufgefallen. Sie erkannten ihn und sein Pferd an der Wolldecke und rannten ihm auf der Straße voller Freude entgegen.

Rachel blieb stehen und atmete erleichtert auf. Sie hatte, während sie mit Föti auf dem Rücken Frühlingskräuter sammelte und Küentzi immer länger ausblieb, zum ersten Mal richtig erfasst, welche Last sie tragen müsste, wenn er nicht zurückkäme, und sie allein für seine Kinder und die kranke Clare sorgen müsste. Mit Schrecken hatte sie verspürt, dass ihr eine Wahl, ob sie sich überhaupt um seine Kinder und deren Mutter kümmern wollte, gar nicht blieb. Denn sie fühlte sich mit ihm, aber auch mit Clare so verbunden, dass sie selbst nach seinem Tod sich seiner Familie annehmen würde. Tränen der Erleichterung und Dankbarkeit kullerten über ihre Wangen, als er ihr mit einem Brotlaib fröhlich zuwinkte. Schnell wischte sie sie weg und eilte zurück zu Clare ans Feuer.

Küentzis Bericht war nüchtern. „Noch stehen viele Häuser in der Vorstadt leer. Einen Markt gibt es noch nicht. Ich hatte Mühe, eine Bäckerei zu finden." Er gab Rachel den angebrochenen Laib. „Der Wagenzug nach Freiburg versammelt sich weiterhin vor Breisach, bis zum Schutz genügend Bewaffnete angeheuert sind. Also sicherlich bis übermorgen. Die gute Nachricht: Ich habe südlich von uns, unweit der Straße, einen großen Bauernhof mit rauchendem Kamin gesehen. Ich werde später für uns dort Milch holen."

Bevor er sich zum Essen zu den andern ans Feuer setzte, holte er sein Kurzschwert aus der Kiste. Er legte es griffbereit neben sich und entschuldigte sich: „Ich will nach dem Essen meinen Schwertarm kräftigen. Es gibt im Wald viele aufgewühlte Stellen, wie von hungrigen Wildschweinen. Vielleicht kann ich ein junges Tier erlegen." Er schmatzte: „Zum Braten!"

Die wenigen Worte, die während des Mahles gewechselt wurden, verrieten nicht, wie das harmlos am Boden liegende Schwert die Gemüter besetzt hielt. Küentzis unschuldige Erklärung, warum er als Jäger den Kampf üben müsse, hatte alle nur oberflächlich beruhigt. Für sie war Küentzis Schwert eine Kriegswaffe, kein schweres, zweischneidiges Jagdmesser, wie er ihnen weismachen wollte. Doch niemand wagte es, ihn deswegen zur Rede zu stellen. Sie spürten seine Angst und übernahmen sie, ohne den wahren Grund zu kennen. Die laute Heiterkeit vom Morgen wich ängstlicher Zurückhaltung. Selbst Föti passte sich an und flennte nur leise, bis sie gestillt wurde.

Sie richteten sich früh für die Nacht im hinfälligen Unterstand ein und legten sich dicht nebeneinander hinter das schützende Feuer. Je niedriger die Flämmchen flackerten, desto unheimlicher wurde das die Formen auflösende Dunkel. Die Angst vor einer unbekannten Gefahr hielt sie über die Grenzen ihrer Müdigkeit hinaus wach. Alle horchten angespannt in die Nacht, bis die Kinder sich vom Rufen zweier ferner Käuzchen beruhigen ließen. Sie fielen als erste in Schlaf, Küentzi in der schwarzen Stunde vor dem Morgenlicht als letzter.

Alle schliefen tief, als sich dunkle Gestalten im erwachenden Wald an ihr Lager schlichen.

27

Clare wurde vom hellen Wiehern und Getrampel des aufgebrachten Pferdes geweckt und stieß Küentzi an: „Wir sind in Gefahr! Das Tier hat Angst. Hörst Du? Du musst nachsehen." Ihre Worte erreichten Küentzi nicht. Während die andern sich erschreckt aufrichteten und im Halbdunkel versuchten, den Gaul und die Ursache des Lärms zu erkennen, drehte sich Küentzi nur brummelnd auf die andere Seite.

Werner entdeckte im schummrigen Licht als erster den Hünen, der rücksichtslos den Kopf ihres Pferdes zu Boden drückte. Werners helles „Loslassen!" wurde zu einem markerschütternden Schrei, als aus dem Dunst ein zweiter Kerl wild fluchend auf den Unterstand zurannte.

Während Küentzi sich verwirrt und kreidebleich vor Schreck aufrichtete, und Margret mit Föti zitternd in Clares Armen Schutz suchte, wurde Rachel zur wilden Kriegerin. Außer sich vor Zorn packte sie einen faustgroßen Stein von der Feuerstelle und sprang kampfbereit mit einem Schrei vor den Unterstand. Weiter kam sie nicht. Wie vom Blitz getroffen, ging sie zu Boden.

Ein dritter Räuber, der neben dem Unterstand auf Ausbrecher wie Rachel gewartet hatte, stellte sich mit erhobener Keule höhnisch vor sie und befahl seinem herbeigeeilten Kumpel seelenruhig, beim Aufzäumen und Anspannen des Pferdes mitzuhelfen. Er ließ die verdatterte Familie nicht aus den Augen. Erst als Rachel stöhnend die Augen öffnete, sich verwundert an den Kopf fasste, und ihre offene Bluse und ihr Rock noch weiter verrutschten, blickte er zu ihr. Ihre entblößten weiblichen Formen hielten seinen Blick gerade lang genug gefangen, dass Küentzi in die Hocke gehen und sein Schwert packen konnte. Überraschen konnte er damit den Bewacher nicht, denn dieser hatte Küentzis Bewegung gehört, war hinter Rachel getreten, und hatte den Abstand zu Küentzi verdoppelt.

Küentzi blieb in der Hocke. Um ihren argwöhnischen Bewacher von seiner Harmlosigkeit überzeugen, zeigte er ihm wie zufällig seine leeren Hände und rieb sich den Schlaf aus den Augen. Er rollte die Schultern, drehte und wendete langsam den Kopf, und versuchte, die von den Räubern ausgehende Bedrohung einzuschätzen. Was er sah, ließ ihn hoffen. Die Kerle wollten nicht morden, sonst hätten sie ihre Gesichter nicht bis unter die Augen verhüllt, und würden ihre Kapuzen nicht bis in die Stirn tragen. Tote konnten ihre Mörder nicht verraten.

Küentzi entspannte sich und legte beruhigend einen Arm um seinen verängstigten, schluchzenden Sohn, den andern beschützend um Clare, die sich mit den Töchtern sofort dicht an ihn lehnte. Sie hatte schon vor ihm erkannt, dass der gut vorbereitete Überfall Pferd und Wagen galt, nicht ihren Leben. Als Dank für sein kluges Verhalten flüsterte sie: „Ich bin stolz auf dich!"

Ein lauter Freudenruf zog die Aufmerksamkeit aller auf den zweiten Räuber. Er hatte, nachdem er dem Hünen geholfen hatte, das Pferd einzuspannen, Küentzis Kiste durchwühlt und unter dem teuersten Stoff nebst dem Futteral mit den Wechseln den Geldbeutel mit den Dukaten gefunden. Er hielt die Papiere jauchzend hoch und versetzte das Pferd in solche Angst, dass es hochging und samt Wagen ausreißen wollte. Dies zwang den Hünen zum zweiten Mal, das bockende Tier mit der Trense niederzuringen. Dazu brüllte er kurzatmig: „Weg von hier!"

Inmitten des lauten Aufruhrs kam Rachel wieder zu Bewusstsein und versuchte, sich zurecht zu finden. Verschämt richtete sie Bluse und Rock und betastete die Beule an ihrem Kopf. Mit einem spitzen Schrei schlug sie aus, als sie gierige Augen gerade vor ihrem Gesicht sah und dazu eine schwielige Hand auf dem Schenkel spürte, hörte ein lautes, höhnisches Lachen und richtete sich vorsichtig auf. Sie sah lauter wankende Bäume um sich herum und wartete, bis sich der Schwindel gelegt hatte.

Küentzi musste mit den weinenden Kindern zusehen, wie der zweite Räuber ihrem Bewacher half, Rachel aus seiner Reichweite zu ziehen. Er packte sein Schwert, doch Clare verhinderte jede schnelle Bewegung, indem sie sich mit den Mädchen an ihn presste. Erst als die laute, zotige Ausmarchung, wer als erster Rachel besteigen könne, auch Clare innerlich zum Rasen brachte, und keiner der fickrigen Räuber die Familie im Auge behielt, wich sie schnell zur Seite und gab Küentzi den Weg frei.

Mit einem schrillen Schrei sprang er nach vorne, zog blank und sprang auf die Unholde zu. Ihr vorheriger Bewacher warf sich ihm sofort mit erhobener Keule und gezogenem Messer entgegen. Es wurde ein einseitiger Kampf.

Nach einem gewaltigen Streich auf die Messerhand des Bewachers trat Küentzi den andern, der mit halboffenem Latz auf den Knien nach seiner Keule greifen wollte, mit solcher Wucht ins Geschlecht, dass dieser stöhnend zusammensackte. Schwer atmend stellte er sich zum Stechen bereit vor den bleichen, zitternden Wortführer. Als er sah, wie dieser mit dem Gesichtslumpen das aus seiner verstümmelten Hand strömende Blut zu stillen versuchte, brüllte er: „Dein Kumpel soll dir helfen." Mit einem weiteren Tritt, diesmal in den Hintern, brachte er diesen auf die Beine und schrie: „Verschwindet! Alle!"

Das Schwert senkte er erst, als sich auch der Riese um den Verletzten kümmerte. Als sie jedoch den Verletzten auf den Wagen hoben, um mit ihm wegzufahren, hob er mit einem Fluch die Waffe nochmals, wollte losrennen, um den Wagen zurückzuholen.

Clare, die Rachel auf die Beine geholfen hatte, hielt ihn zurück. „Der Verwundete wird ohne ärztliche Hilfe verbluten. Überlass ihnen Pferd und Wagen."

„Dann bekommen sie all unser Geld!", herrschte er sie mit stierem Blick an.

„Es war sowieso nie unser Geld!", gab sie zurück und verblüffte ihn mit der Ermahnung: „Lass dich von diesen Beutelschneidern nicht zum Mörder machen!"

Er erhob erneut das Schwert und brüllte schon weniger laut: „Ihr habt meine Frau gehört. Sie ist Ärztin – aber nicht für euch!" Dazu fuchtelte er mit dem Schwert. Als der Riese dem Pferd eins mit der Peitsche überzog, um wegzukommen, verwünschte sie Küentzi, als ob der Riemen ihm gegolten hätte: „Fahrt allesamt zur Hölle!"

Er wartete, bis das Pack aus dem Wald gefahren war, bevor er sein Schwert in die Scheide schob. Nur im Kopf klar, betrat er matt den Unterstand.

Werner, der ganz aufgeregt auf ihn gewartet hatte, hielt ihm ein zerknittertes und verschmutztes Dokument entgegen und bat ihn, den Text – nicht die Zahlen, die kenne er schon! – vorzulesen. Küentzi vergewisserte sich zuerst, dass die Frauen ihn nicht brauchten, nahm das Schreiben und erkannte mit einem Blick, dass Werner einen von Werndruts Wechseln gefunden hatte. Bedächtig las er laut und deutlich den Text allen vor und erklärte für alle ebenso unüberhörbar, was dieser Fund für sie bedeutete. Mit solchem Erfolg, dass sich Werner und Margret unaufgefordert sofort im Wald auf die Suche nach weiteren solchen Papieren machten.

Mittlerweile hatte die Sonne das Sagen, und Küentzi forderte die Frauen auf, den feuchten Unterstand zu verlassen und sich draußen aufzuwärmen. Was er von Rachel, die als einzige reagierte, hörte, gefiel ihm gar nicht: „Föti schläft, Clare ist ohnmächtig. Sie hat wieder geblutet. Sie muss liegen bleiben. Mir dreht sich der Wald, sobald ich mich aufrichte.“ Erst jetzt sah er Clares und Rachels unheimliche Blässe. Er hob Clare mit Föti im Arm sorgfältig auf, trug sie ins wärmende Sonnenlicht und wartete, bis Rachel auf allen Vieren herauskroch, bevor er Clare neben sie legte und Feuer machte.

„Ich traue den Kerlen nicht. Wir müssen von hier weg!“, meinte er unbedacht scharf. „Ich werde zu Fuß vom Bauernhof Hilfe holen. Das dauert eine Weile.“ Als ob er sich entschuldigen müsste, meinte er leise: „Ich sehe keinen anderen Weg.“

Rachel beruhigte ihn. „Wir haben hier alles. Essen, Trinken, Ruhe. Wir werden wieder zu Kräften kommen. Bald kann ich wieder aufrecht gehen und komme dir entgegen.“ Sie warf einen Blick auf die schlafende Jüngste neben ihr, zog ihren Teil der Decke, die Küentzi über alle gelegt hatte, zurecht und schloss ergeben die Augen. Ihre Kopfschmerzen wurden schlimmer und sie zweifelte, ob sie oder Clare Küentzi heute entgegengehen würden.

Küentzi wusch sich am Bächlein Gesicht und Hände, trank sich den Bauch voll mit frischem Wasser und verabschiedete sich. Er überholte die Kinder, die nach den wertvollen Papieren und anderem Verlorenen suchten, und ermahnte sie, gut auf die Frauen aufzupassen, bis er zurück wäre. Sobald er aus der Fahrspur die Straße erreichte, zwang er sich, abwechslungsweise zu gehen und zu laufen. Die

Landstraße blieb zu seiner Überraschung leer, und er lief unbehindert bis ins Gehöft, wo er sich schwer atmend umsah.

Ein einfaches Herrenhaus, das einem städtischen Junker gehören mochte, stand leicht erhöht neben Scheune, Schuppen und einem Bauernhaus mit unterlegtem Stall. Küentzi kannte diese für das Elsass und das Sisgau typische Anordnung und vermutete, dass er im Hof einer kleinen Meierei stand. Die Ställe schienen leer. Wagen sah er keine, nur vor der Scheune einen schweren, einachsigen Karren, wie ihn Ochsen zogen. Alles war ruhig. Kein bellender oder schnuppernder Hund, keine gackernden Hühner, kein Scharren im Stall. Einzig der rauchende Schornstein bestätigte ihm, dass das Haus bewohnt war. Er meldete sich laut und bekam zuerst keine Antwort. Erst nachdem er laut begründet hatte, warum er Hilfe brauchte, hörte er den Riegel der Küchentür fallen.

Eine ergraute, noch immer stämmige Frau trat aus der Türe und stellte sich als Bäuerin und Frau des Meiers des Gutshof Snewlin vor. Sie entschuldigte sich, sie müsse vorsichtig mit Fremden umgehen. Außer ihr arbeite niemand mehr im Hause. Die Pest habe die Hälfte der Dienstleute getötet, weshalb alle Übriggebliebenen auf den Feldern arbeiten müssten. Selbst der Meier sei dort mit der Hacke unterwegs. Während sie sprach, führte sie Küentzi vor den Stall nebenan, wo sie ihn anwies, den Ochsen aus dem Stall zu holen und vor den Karren zu spannen.

Während sie ihm half, sprach sie offen. „Du machst mir einen ehrlichen Eindruck. Du wärst als Knecht hier hoch willkommen.“ Nachdem sie das massige Tier eingespannt hatten, bemerkte sie vertraulich: „Deine feinen Hände haben Schwielen, was mich erstaunt. Doch jetzt hol zuerst deine Familie und bring sie hierher.“

Die Fahrt in den Wald dauerte viel länger, als Küentzi für die Strecke zu Fuß gebraucht hatte, und sie dauerte zurück zum Hof noch länger, denn er versuchte, allen großen Unebenheiten auf der Straße auszuweichen. Zum Glück waren die Räder so groß, dass die Frauen die unumgänglichen Löcher kaum zu spüren bekamen. Es wurde später Nachmittag, bis er mit den Seinen auf dem Snewlinschen Gutshof ankam. Nur der Meier begrüßte den müden Trupp.

„Erholt euch bei uns von Pein und Qual! Ich habe euch die Scheune als Unterkunft eingerichtet. Wir wollen die Pest nicht zurück, noch ist das Haus nicht neu geweiht. Wir werden euch Nahrung hinstellen." Wie aus einem Mund bedankten sich die bleichen Frauen.

Margret und Werner suchten als erste ihren Platz im neuen Heim. Rachel rutschte vom Wagen und folgte ihnen, von Küentzi gestützt. Clare ließ sich mit Föti in die Scheune tragen und neben Rachel legen. Schweigend stillten sie ihren Durst. Die Eltern fielen als erste in Schlaf, die Kinder als nächste, nur Rachel hatte Mühe. Sie schlief erst am Abend tief wie die andern.

Sie hörten weder die von der Arbeit zurückkehrenden paar Knechte und Mägde, noch sahen sie, wie ihnen die fürsorgliche Haushälterin neben einen Krug Tee ein Sturmlicht hinstellte. Das schwache Licht reichte Clare, um mitten in der Nacht Föti zu stillen. Es genügte auch den von wilden Traumbildern aufgeschreckten Kindern, zu ihrer Mutter zu kriechen und sich im Halbschlaf an sie zu kuscheln. Als die Kerze bei Tagesanbruch ausbrannte, schliefen alle tief, erwachten erst am späten Morgen.

Am Eingang der Scheune fanden sie saubere Kleidungsstücke und ein Stück fette Seife. Ein voller Zuber mit Wasser am Brunnen zeigte ihnen, was von ihnen erwartet wurde, und Rauch aus dem Kamin des Bauernhauses verriet, dass sie auf dem Hof nicht allein waren.

Nur Küentzi und die Kinder benutzten den Zuber, für die Frauen wäre der Gang zum Brunnen zu viel gewesen. Küentzi holte aus der Küche den warmen Brei, den sie in der Scheune gierig aufaßen. Margret und Werner erkundeten allein und vorsichtig die Bauten von außen. Die Erwachsenen blieben in der schattigen Scheune, dösten oder hingen still ihren Gedanken nach. Sie wussten, bis zur Rückkehr des Meiers wurde von ihnen nichts erwartet.

Spät, als im Westen gerade noch die Linie der Vogesenkämme am Himmel erkennbar war, ließ der Meier Küentzi in die Küche holen. Der breitschultrige Mann winkte ihn matt zu sich an den Tisch, goss ihm einen Becher Wein ein und fragte ihn geradeheraus, ob er ihn schon am folgenden Tag zur Arbeit einteilen dürfe. Küentzis „Ja" ließ ihn aufatmen. Dass die Frauen noch einige Tage geschont werden mussten, dass morgen bestenfalls die beiden Kinder bei kleineren Arbeiten auf dem Hof aushelfen konnten, nickte er mit einem

Seufzer ab. Mehr bekam an diesem Abend niemand von ihm zu hören. Sein Kinn auf die verschränkten Hände gestützt, überließ er das Reden der Bäuerin. Sie hatte Küentzi als erste kennengelernt, fragte erfrischend treuherzig für zwei.

28

Eine Woche lang fuhr Küentzi als einziger seiner Familie mit den Hofleuten aufs Feld. Wenn er in der Morgendämmerung die Scheune verließ, schliefen sie noch. Dass die Sonne am Morgen noch immer jeden Tag früher über dem Schwarzwald aufging, dass die Tage noch immer länger wurden, der Frühling noch nicht vorüber war, obwohl die meisten Blumen verblüht waren, bekamen seine Familie und Rachel jeweils erst am Abend nach seiner Rückkehr zu hören.

Als Rachel an einem trüben Morgen sich soweit erholt hatte, dass sie Küentzi als Karrer ersetzen konnte, fuhr sie ihn mit den andern aufs Feld und behielt unangefochten die Zügel den ganzen Tag in der Hand. Ihr Erfolg als Fuhrfrau veränderte die Tage für den auf dem Hof zurückgebliebenen Rest der Familie. Weil Rachel den Kindern überall fehlte, verbrachten Werner und Margret mehr Zeit in der Küche mit der gutmütigen Köchin und mit sich selber. Nur Clare fühlte sich einsam und von ihrer gierig trinkenden Jüngsten überfordert. Obwohl die bestandene Mutter den Tag meist ungestört und schlafend verbrachte, kam sie nicht zu Kräften und geriet nach wenigen Schritten außer Atem.

An einem weiteren müden Morgen in der Scheune überraschte Clare sich selbst mit dem Entschluss, ihrer Gesundheit zuliebe noch am gleichen Tag mit Abstillen zu beginnen. Da sie weder Werner noch Margret selber gestillt hatte, wollte sie sich Hilfe von der Bäuerin, die entsprechende Erfahrung hatte, holen und packte das Bündel mit der gerade zufrieden schlafenden Föti.

Um am Eingang zum Bauernhaus Atem zu holen, blieb sie auf der untersten Stufe stehen und hörte durchs Küchenfenster, wie ihre Kinder mit der Köchin um eine Geschichte feilschten. Sie setzte sich erwartungsvoll auf die nächste Stufe, denn die Köchin erzählte gekonnt.

„Unweit der Bischofstadt Freiburg, wo ihr hinwollt, am Eingang der Höllenschlucht steht die Burg Falkenstein, wo der Ritter Kuno von Falkenstein das Kreuz nahm und seine Frau Ida beim Abschied bat, sieben Jahre solle sie ihm die Treue halten. Sei er dann nicht zurück, möge sie ihn als tot betrachten. Seinen Ehering teilte er mit dem Schwert in zwei Teile. Eine Hälfte behielt er, die andere reichte er seiner Frau.

Nach vielen Kämpfen gegen die Muselmanen betete er am Heiligen Grab. Er wollte nach Hause, geriet aber in Gefangenschaft und musste lange im Kerker des Sultans schmachten. Endlich konnte er fliehen und verirrte sich in einem schauerlichen Wald, wo ihm der Teufel erschien: Ida werde morgen einen anderen heiraten. Er werde ihn aber in Gestalt eines Löwen rechtzeitig in die Heimat tragen, wenn er dabei wach bleibe. Schlafe er ein, sei ihm, dem Teufel, Kunos Seele zu eigen."

Die Köchin machte eine kurze Pause, um die Bedeutung dieser Bedingung zu unterstreichen. „Unterwegs wurde der Ritter todmüde; aber ein großer Falke strich über ihn und verscheuchte mit Krallen und Schnabel den Schlaf. Als beim ersten Hahnenschrei der Teufel Kuno beim Wirtshaus ‚*Zum Rindsfuß*' absetzte, fand er den Ritter wachend und ergriff voller Wut einen Stein, ihn damit zu zermalmen. Doch der Stein fuhr krachend in eine Ecke des Hauses, wo er noch heute zu sehen ist."

Die Köchin nahm einen Schluck Wasser und bot den Kindern ebenfalls eine Kelle an. Diese merkten aber, dass die Geschichte noch nicht zu Ende war, und drängten sie, ihnen das richtige Ende der Geschichte zu erzählen. Sie wünschten, dass Kuno und Ida wieder zusammenfänden, und bekamen unerwartet Unterstützung von Clare, die unbemerkt die Küche betreten hatte. Auch sie wünschte ‚ein Ende mit Kuno und Ida als glückliches Paar mit Kindern'. Die Köchin wartete, bis die Kinder Clare in ihre Mitte genommen hatten, dann erzählte sie weiter.

„In der Morgenfrühe kam der Hochzeitszug auf dem Weg zur Galluskirche am Wirtshaus vorbei. Man reichte einen Willkommenstrunk. Kuno trat mit langem Bart und zerrissenen Kleidern heran und bat um einen Schluck. Ida wurde von unerklärlicher Erregtheit erfasst und reichte ihm den Pokal, wozu ihr Bewerber, Johann von Snewlin, nur widerstrebend einwilligte. Kuno trank und ließ seine Ringhälfte hineingleiten, Ida warf wie im Traum ihre hinzu, und …" – die Köchin brach ab, wartete, bis selbst die Katze vom Herd her sie mit großen Augen fixierte – „… und beide Hälften schlossen sich zu einem Ring, als wären sie nie getrennt gewesen."

Nur die Köchin sprach. „Ida wandte sich an Johann von Snewlin: ‚Hier ist mein geliebter Gatte. Gott hat ihn mir in seiner Güte zurückgegeben.' So gingen die Gäste mit Johann nach Hause, Ida führte Kuno zur Kirche, wo sie mit ihm allein den Bund erneuerte. Ein Falke kreiste über ihnen, wie sie die Kirche betraten, und kreiste über ihnen, wie sie die Kirche verließen."

Werner sprang mit einem knappen „Gute Sage!" auf und rannte in den Hof, wo er nach am Himmel kreisenden Falken spähte. Margret bedankte sich artig für die gute Geschichte, bevor sie von Clares Schoß rutschte, und eilte ihm nach.

Während die Köchin ihren Durst vom Reden stillte, lehnte sich Clare zurück und legte vorsichtig die Beine hoch. Nach einem Seufzer erklärte sie der Köchin: „Ich will und muss wieder zu Kräften kommen, muss mit Abstillen beginnen. Doch ich schaffe das allein nicht! Ich bitte dich, die bestandene Mutter, um Unterstützung und Rat."

„An beidem soll es dir nicht fehlen", versicherte die Köchin und bereitete als Erstes Brei und Tee für Photina.

Dankbar und erleichtert kehrte Clare in die Scheune zurück und wechselte Fötis Tücher. Während sie sie in Schlaf wiegte, fragte sie sich, ohne die Richtigkeit ihres Entscheides anzuzweifeln, wie heftig und wie lange sich ihre robuste Jüngste wohl gegen ihre neue Diät wehren würde. Sobald die Kleine schlief und nur noch im Traum schmatzte, überließ sie alles Denken anderen und sich selbst dem Schlaf. Sie hörte weder die spielenden Kinder noch später am Morgen das Getrappel von Pferdehufen vor der Scheune.

Erst als sie am Nachmittag die heulende Föti mit schwachem Tee zu beruhigen versuchte, erfuhr sie von der Köchin, dass ein verloren wirkender Bursche zu Pferd nach einer fünfköpfigen Familie suche.

Die Köchin war empört: „Der Kerl hat sich weder richtig vorgestellt, noch hat er die Familie, die er sucht, beschrieben. Kaum wollte ich mehr von ihm wissen, ist er mit einem müden ‚Danke' und mit hängenden Schultern weggeritten. Irgendwie tat er mir leid. Ich hätte die Kinder nicht in die Küche rufen müssen, als der Reiter von der Straße auf den Weg zum Hof abbog." Ob die Kinder den Mann beobachtet und als einen der drei Räuber aus dem Wäldchen erkannt hätten, verneinte sie, und der merkwürdige Besuch ging bis spät am Abend vergessen.

Die Kinder schliefen schon und Clare, die Föti gestillt hatte, döste neben ihnen, als sich das Meierpaar mit Küentzi und Rachel in der Küche noch über anstehende Arbeiten unterhielt. Die Bäuerin erwähnte beiläufig den wortkargen Besucher vom Nachmittag und dessen einzige Frage.

Rachel, die sofort an den verliebten Burschen und dessen Warnung vor dem Freiburger Münster denken musste, bat sie um eine nähere Beschreibung. Doch die Angaben der Köchin passten nicht zu ihrem Bild des einnehmenden jungen Mannes, der sie gewarnt hatte. Zudem war sie überzeugt, dass die Kinder den Burschen, wenn er hier aufgetaucht wäre, sicherlich wieder erkannt hätten. Sie schwieg, wie Küentzi auch. Sein Gedächtnis war sowieso von den schlimmen Erinnerungen an den Überfall im Wald besetzt.

Der Meier, den Rachels ernsthafter Ton beeindruckt hatte, wiederholte mit gerunzelter Stirn die Zahl fünf und fragte unerwartet, ob er von Küentzi etwas über ihn und dessen Familie erfahren müsse. Ob seine Gäste ihn und den Hof mit ihrer Anwesenheit in Gefahr brächten.

Küentzi blickte zuerst hilfesuchend zu Rachel, bevor er dem Meier antwortete: „Wir sind in Breisach gewarnt worden, der Wagenzug nach Freiburg, dem wir uns anschließen wollten, werde überfallen. In Breisach wollten wir nicht bleiben und sind deshalb in den Wald vor die Stadt gefahren, wo wir entschieden, die Warnung zu befolgen. Wie sich herausstellte, war aber die Warnung eine List, um uns aus der Stadt in eine Falle zu locken." Müde suchte er die Augen des Meiers. „Ich glaube nicht, dass die Räuber nach uns suchen. Sie haben unser Geld, das Pferd und den Wagen." Mit einem traurigen Lächeln schloss er: „Und genug Angst vor mir. – Von ihnen droht uns keine Gefahr."

Die Bäuerin glaubte ihm und schickte alle schlafen. Bevor sie einschlief, beruhigte sie ihren noch immer misstrauischen Gatten. „Ich werde mich morgen ein wenig mit der jungen Mutter unterhalten. Vielleicht erfahre ich dann auch etwas darüber, wer allenfalls nach dieser Familie suchen möchte."

Als am folgenden Morgen Margret und Werner draußen spielten und der Säugling auf Clares Arm satt eingeschlafen war, erkundigte sich die Köchin vorsichtig nach Clares Erfahrungen als Mutter. „Deine ersten Zwei waren wohl nicht so gierige Nimmersatt wie die Kleine hier."

Clare legte Photina auf eine Bank in der Ecke und antwortete: „Du beobachtest gut, liebe Köchin. Werner und Margret waren überraschend einfache Geburten, und wie mir die Amme berichtete, eher stille und sanfte Sauger. Ich erholte mich schnell. Während des Abstillens boten sie wenig lauten Widerstand gegen die ungewohnten Mahlzeiten. Nicht zuletzt, weil wir Teil eines ausnehmend großzügigen Haushalts waren. Die Pest veränderte alles. Unser Herr zog mit seiner Gattin zum Pfalzgrafen und der alte Haushalt wurde aufgelöst. Wir hätten in Straßburg neu als Knecht und Magd bei verschiedenen Herrschaften arbeiten können, doch wir wollten als Familie zusammenbleiben und haben uns entschieden, in Freiburg unser Glück als selbständige Bürgerfamilie zu versuchen." Sie lächelte matt. „Und hier sind wir gelandet." Demutsvoll senkte sie ihr Haupt. „Ich danke euch, dass ihr uns aufgenommen habt. Dank eurer Christenliebe kann ich mich hier erholen und können wir eine Familie bleiben."

„Ihr schwatzt zu viel für unsereins!", gab die Haushälterin hart zurück. „Dass ihr keine ‚gewöhnlich Leut' seid und zu viel wisst, haben wir schnell gesehen. Aber solange euer Geheimnis keine Bedrohung für unsern Hof ist, müssen wir rein nichts über euch wissen!"

Clare blieb ruhig. „Frage mich, bitte, was du genauer wissen möchtest. Ich werde dir, so gut ich kann, antworten."

Ohne sich Clare zuzuwenden, stellte die Köchin die entscheidende Frage: „Wovon wollt ihr in Freiburg leben?" Leiser ergänzte sie: „Ihr seid dort doch fremd, und ihr werdet sicherlich übers Ohr gehauen."

Noch überlegte Clare, wie viel sie vom Netz der Gottesfreunde, auf dem ihre Zukunftshoffnungen ruhten, offenlegen wollte, da hakte die Haushälterin, nun wieder lauter, nach: „Ich verstehe nicht, warum ihr in eine Peststadt ziehen wollt, wenn ihr doch vor der Seuche flüchtet!“

Clare schwieg betroffen. Bis anhin hatte ihr noch niemand so geradeheraus ihre widersprüchliche Haltung gegenüber der Pest aufgezeigt und damit auch Ziel und Zweck ihrer Reise in Frage gestellt. Sie schluckte mehrmals, bevor sie angestrengt fragte: „Könnten wir dies Gespräch heute Abend zusammen mit den Männern fortsetzen?“ Sie nahm Föti auf den Arm und legte ihre freie Hand auf die Schulter der besorgten Köchin. „Ich kann deine Fragen nicht allein beantworten. Bitte, entschuldige mich.“ Sie zögerte kurz und verließ die Küche.

Nach der großen Abendmahlzeit, während die Kinder halfen, die Hühner in den Stall zu treiben, wünschte Clare in der Scheune, dass die Erwachsenen sich absprächen, wie viel das Meierpaar über ihre Vergangenheit erfahren sollte. Ihr Vorschlag, gemeinsam einige unverfängliche Angaben zu Rachels Lebensweg festzulegen, fand offene Ohren, denn alle hatten zumindest einmal erfahren, wie eine widersprüchliche Aussage ein Gegenüber misstrauisch machte und Wohlwollen in Argwohn verkehren konnte.

Clare wiederholte, wie viel sie der Haushälterin schon über sich und Küentzi erzählt hatte, und sie einigten sich auf die schlichte Geschichte, dass Rachel im letzten Herbst aus einem abgelegen Vogesendorf als Magd an Rulmans Hof gekommen sei, und dass sie sich während Clares schwieriger Schwangerschaft der Kinder angenommen habe. Damit wäre einerseits Rachels unüberhörbar fremder Akzent, und andrerseits ihre unverkennbare Nähe zu den beiden Kindern erklärt. Mit der Auflösung des Merswinschen Haushalts habe auch sie ihre Stelle verloren. Obwohl sie keine Jüdin sei, habe die Verfolgung der Juden ihr zugesetzt, und sie sei nun glücklich, aus Straßburg weg zu sein, und zufrieden, mit den Schaffners nach Freiburg reisen zu können, wo sie sich nach Arbeit umsehen wolle.

Wie abgemacht, trafen sich am Abend Clare und Küentzi mit dem Meierpaar vor der Küche. Die Männer tranken Weißwein und überließen wie selbstverständlich den Frauen das Reden. Diese unterhielten sich angeregt über Kinder und deren Erziehung. Wie zufällig kam auch

Rachels Bedeutung für Werner und Margret, sowie ihr Einsatz hier auf dem Hof zur Sprache.

Der Meier, der wie Küentzi den Müttern die längste Zeit zugehört hatte, war offenbar von Rachel angetan und dachte weit: „Eure Magd Rachel ist zwar nicht mehr jung, doch sie ist tüchtig. Wie unser Sohn! Sie passt zu ihm."

Verunsichert durch die versteinerten Mienen am Tisch, ergriff der alte Vater die Hand seiner Gattin und ergänzte feierlich: „Rachel und unser Sohn könnten schon morgen von uns übernehmen." Er deutete das lange Schweigen und offensichtliche Unbehagen am Tisch falsch und suchte Unterstützung bei Küentzi: „Du hast unsern Ältesten arbeiten gesehen. Er gibt einen guten Gatten ab."

Küentzi bereute seine Rüge schon, als er sie äußerte: „Ich bin weder Rachels Vater noch ihr Vormund. Ich kann Rachel nicht an einen Mann vergeben." Rasch fügte er hinzu: „Überdies ist abgemacht, dass sie bis Freiburg mit uns reist."

„Die Reise nach Freiburg kannst du dir ans Bein streichen", erwiderte der Meier. „Der Geleitzug nach Freiburg ist nämlich vor einer Woche schon vor Wasenweiler überfallen und ausgeraubt worden. Ihr bleibt also besser vorläufig hier." Und seine Gattin fügte hinzu: „Hier bei uns seid ihr willkommen. Und sicher!"

Clare und Küentzi schwiegen und verhalfen so der Haushälterin zur Stille, die sie brauchte, um ihre Empörung über die forschen Pläne ihres Gatten in den Griff zu bekommen. Jedes Mal, wenn er zum Reden ansetzte, ergriff sie seine Hand, drückte sie jedes Mal härter und ließ sie erst los, wenn er schwieg wie sie. Als er endlich freiwillig schwieg, ließ sie seine Hand dennoch nicht los. Sie nützte die rauen Schwielen, um sich an die vielen gemeinsam überstandenen Zerwürfnisse zu erinnern und um so ihre Angst in Schach zu halten, sie könne den Sohn, den Gatten sowie ihren Platz auf dem Hof an diese ihr fremde Rachel verlieren. Mit steifem Gesicht lehnte sie sich zurück, schimpfte innerlich ihren Gatten ‚altersverwirrt und selbstherrlich', schwieg wie er und ließ seine Hand erst wieder los, als sie klar denken konnte. Clare brach das angespannte Schweigen unvermittelt mit einem Seufzer: „Der Bursche! … Natürlich!" Sie schwieg, bis sie wieder ruhig sprechen konnte: „Die Warnung, die der Bursche in Breisach unsrer Rachel ausrichtete, war keine List. Er wollte uns nicht in einen Hinterhalt locken. Er meinte es gut mit uns. Die Warnung war echt!"

Die Haushälterin, die ahnte, wen Clare mit dem ‚Burschen' meinte, richtete sich auf: „Kannst du diesen Burschen beschreiben?"

„Rachel und die Kinder haben mit ihm gesprochen", antwortete Küentzi. „Sie kennen ihn am besten. Wir werden sie morgen befragen. Lasst uns jetzt alle schlafen gehen. Morgen wird wieder ein langer Tag." Er wollte in dieser angespannten Stimmung weder Rachels noch seine und Clares Vergangenheit ausbreiten.

29

Am frühen Morgen auf der Fahrt aufs Feld kam die Sprache auf den Weckenverkäufer. „Wie es aussieht, war ja dessen Warnung vor einem Überfall auf den Geleitzug doch keine Falle. Der Bursche meinte es gut mit euch. Und damit, dass ihr dann in dem Wäldchen doch ausgeraubt wurdet, hatte er gar nichts zu tun", sinnierte der Meier. Rachel, bis dahin noch ziemlich verschlafen, war plötzlich hellwach. Der Meier konnte das Leuchten in ihren Augen nicht sehen, als er, dem Gedanken seiner Gattin folgend, laut vermutete, der Bursche sei allein und suche die Schaffners. Doch weder Rachel noch Küentzi, der hinter ihr saß, gingen auf ihn ein.

Sie schwieg, weil sie ihre Freude über diese Nachricht nicht teilen wollte. Küentzi schwieg, weil er die Heiratspläne des Meiers nicht vergessen konnte und ihm die Vorstellung, Rachel auf diesem kleinen Hof zurückzulassen, die Zunge lähmte.

Später am Morgen kamen auf dem Hof die Haushälterin und Clare gemeinsam zum gleichen Schluss wie der Meier. Für sie war der Bursche, der ihnen vor Breisach Wecken verkauft und sie ohne Bauchladen vor dem Münster gewarnt hatte, eindeutig derselbe, der sie zu Pferd auf dem Hof gesucht hatte. „Sollte er wieder hier aufkreuzen, müssen wir schauen, dass die Kinder ihn zu Gesicht bekommen", sagte Clare. „Sie würden ihn sicher erkennen."

Einzig Rachel setzte ihre Erkenntnis um. Auf der Rückfahrt zum Hof machte sie – nur ihrem Gefühl folgend – einen Abstecher ins nahe Dorf Gündlingen. Sie fuhr eilig an den Überresten der Burg

Alzenach vorbei, bremste am Dorfeingang und hoffte entgegen jeder Logik, hier den anziehenden fremden Retter aus Breisach anzutreffen. Als sie an der St. Michaels-Kirche vorbeifuhr, hörte sie die freundliche Stimme des jungen Pfarrers, den sie im Gegenlicht aber nicht richtig sehen konnte: „Gott zum Gruß, Mädchen! Die Messe ist längst vorüber. Kommst du nun zur Beichte?"

Hart gab sie zurück: „Wie du sagst, Pfaff', bin ich für die Mess' zu spät. Will auch nicht allein mit dir in den Beichtstuhl!"

Beleidigt rief er: „Halt an! Ich kenn' dich nicht. Sag mir sofort, wie du heißt und welche Herrschaft dich hier in Dienst genommen hat."

Rachel gehorchte und musste unversehens mehr von sich preisgeben, als ihr lieb war. Weil sie keine der wichtigen Namen aus der Umgebung kannte, nannte sie die Merswins und Bietenheims in Straßburg, was ihn geradeheraus misstrauisch machte. Streng verlangte er eine Beschreibung ihres jetzigen Wohnortes und ihres gegenwärtigen Herren und entließ sie erst, als er sie verorten konnte. Ganz der Hirte, der ein verirrtes Lämmlein der Mutter zurückbringen konnte, verabschiedete er sie mit der klaren Auflage, sie müsse entweder hier oder in Merdingen die Messe besuchen. Er werde dem Priester in Merdingen Bescheid geben.

Zurück auf dem Feld bereute Rachel ihr törichtes Verhalten und verlor kein Wort über ihren eigenwilligen Abstecher. Später auf dem Hof wich sie aus Angst, die Hofleute zu verärgern und Küentzi und Clare zu verängstigen, jedem Gespräch aus. Sie verschloss sich gegenüber den Erwachsenen, nur den Kindern gegenüber verhielt sie sich gewohnt liebevoll. Traten Erwachsene dazu, zog sie sich zurück. Sie erschien zur Arbeit, verrichtete gewissenhaft alles, wie befohlen, und sprach nur, was unbedingt nötig. Wo immer möglich entzog sie sich der Gesellschaft der Bauersleute. Ihr Verhalten missfiel dem Bauern so sehr, dass er von Rachels Verheiratung mit seinem Sohn nichts mehr wissen wollte.

Doch ihr blieben nur wenige ruhige Tage auf dem Hof. Der junge Vikar in Gündlingen hatte Rachel in den Messen am Sonntag vermisst und beim Merdinger Priester nachgefragt, ob die stattliche, junge Fremde mit den Hofleuten einen Gottesdienst in Merdingen besucht hätte. Der Priester, der das Meierpaar schätzte, weil sie auch in den für sie arbeitsreichsten Monaten mit den Hofleuten zur Messe erschienen, war überzeugt, dass niemand von diesem Hof der Kirche ohne triftigen Grund fernblieb, forderte den Vikar deshalb zum Besuch des Hofes auf, um ihn seelsorgerisch zu vertreten.

Der Vikar erschien auf dem Hof noch am gleichen Abend und verlangte, die junge Frau mit dem ungewohnten Akzent zu sprechen. Die Köchin hieß den Gast in der Küche mit einem Becher Wein willkommen und versuchte herauszufinden, weswegen der Geistliche Rachel sprechen wollte. Doch obwohl sie ihm mehrfach nachschenkte, erfuhr sie den Anlass zu diesem Besuch nicht, und ihr Unbehagen wuchs, je länger der bekannte Judenhasser und Ketzerjäger salbaderte und ihren Fragen auswich. Ihr schwante, dass sie wegen der unklaren Herkunft der neuen Arbeitskräfte Schwierigkeiten mit der Kirche bekommen könnte, und sie versuchte alles, damit der Vikar keinesfalls allein mit Rachel sprechen konnte.

„Wartet einen Augenblick, Hochwürden. Ich will draußen nachsehen, wo ich Rachel finde.“ Mit diesen Worten verließ sie die Küche, suchte ihren Gatten und bat ihn, dem Gespräch mit Rachel als Vertreter des weltlichen Lehensherrn beizuwohnen.

Rachel fand sie hinter der Scheune. „Pass auf, was du diesem Vikar erzählst“, warnte sie sie. „Er ist ein dummer Frauenhasser. Lass meinen Mann reden und sag selber so wenig wie möglich. Sag einfach, durch den Schlag auf den Kopf, den du bei dem Überfall erlitten hast, könnest du dich nicht an die Zeit davor erinnern. Sie drückte Rachels Hand mit einem verschwörerischen: „Viel Glück!“

Der Geistliche begrüßte sie vorwurfsvoll: „Da haben wir ja die Fremde, die verspricht, was sie nicht hält.“ Rachel gab sich zuerst verwirrt, schwieg lange, bis sie sich schüchtern entschuldigte, sie habe seit dem Überfall nach jeder Anstrengung Kopfschmerzen und brauche viel Schlaf und Ruhe. Ihre Arbeit auf dem Hof sei anstrengend, und ein Kirchgang obendrauf sei für sie zu viel. Sie sprach langsam, machte zwischen den Wörtern lange Pausen, als ob sie, um fortfahren zu können, erneut den Sinn des Gesagten finden müsste. In den Pausen fuhr sie sich wie zufällig mit der Hand über die vom Schlag auf den Kopf noch immer verfärbte Stelle.

Rachel spielte ihre Rolle als einfältiges Dummerchen gut, doch im Gedächtnis des Vikars hatte sie sich als schnell denkende und freche Karrerin festgesetzt. Verstimmt wünschte er deshalb Rachels Meister zu befragen, und die Köchin übernahm es, ihn zu rufen. Clare bestand darauf, den schlaftrunkenen Küentzi zu begleiten und nahm die quengelnde Photina auf den Arm. Unterwegs beschrieb ihnen die Köchin den Schlamassel, den sich Rachel im Nachbardorf eingebrockt hatte.

Als Clare mit Photina und Küentzi voraus die Küche betrat, erhob sich der Vikar überrascht, streckte ihnen schnell, als müsste er den Leibhaftigen abwehren, sein Kruzifix entgegen. Er wartete wie versteinert, bis sich Küentzi bekreuzigt und Clare, die mit beiden Händen ihre zappelige Jüngste hielt, ehrerbietig den Kopf gesenkt hatte. Erst dann begrüßte er sie, ließ das Kruzifix los und forderte forsch, Küentzi solle ihm Rachels Charakter und Glauben beschreiben. Küentzi, von des Tages Arbeit redlich müde, gab kurz und klar Antwort. Doch der Pfarrer ließ nicht locker und fragte in abfälligem Ton: „Und stimmt es, dass Ihr alle miteinander in Straßburg in den Diensten des Rulman Merswin gestanden habt?"

„Ja, Hochwürden", übernahm nun Clare. Sie legte Küentzi begütigend die Hand auf den Unterarm, um ihn zu beruhigen. „Ja, wir hatten das Privileg, im Haus dieses frommen und hoch geachteten Mannes dienen zu dürfen. Er hat uns stets zu Gottesfurcht angehalten. – Und wie Ihr sicher wisst", fügte sie nach einer kleinen Pause hinzu, „pflegt Herr Rulman durch seinen Bruder, den Burggrafen, enge Beziehungen zum bischöflichen Hof in Straßburg sowie zu den herrschaftlichen Familien hier im Breisgau."

Als ob er sie bei etwas Verbotenem ertappt hätte, rieb sich der Vikar schadenfroh die Hände: „Dann kennt Ihr sicher auch den Ketzer Johannes Tauler, Rulmans Beichtvater!"

Er musterte sie mit verkniffenen Augen, überhörte ihr lautes „Nein!" und bemerkte hämisch: „Es würde mich nicht wundern, wenn Ihr mit dem ketzerischen Gedankengut der selbsternannten ‚Gottesfreunde' vertraut wäret." Er holte tief Luft und fuchtelte mit dem Finger vor Clares Gesicht herum: „Diese ‚Gottesfreunde' sind die wahre Pest! Eine Seuche! Sie zersetzen den Glauben und bringen Unheil über die Heilige Mutter Kirche von innen!"

Der Meier erhob sich, um zu bedeuten, dass es ihm nun genug sei, und alle außer dem Vikar erhoben sich mit ihm. Der Meier wurde deutlicher: „Genug für heute. Wir arbeiten hier, wie der Tag lang ist. Wir beginnen, wenn die Sonne aufgeht, und legen uns schlafen, wenn die kurze Nacht beginnt. Heute sind wir spät dran. Ich biete Euch an, bei uns im Heu zu übernachten und das Gespräch morgen fortzusetzen."

Der Vikar blickte den Meier streng an und schien unschlüssig, wie er sich durchsetzen wollte. Küentzi verlor jetzt die Beherrschung, bückte sich zu ihm herunter und flüsterte, jedoch so laut, dass es alle verstehen konnten: „Pfaffe, brauchst du einen Hirtenbrief des Bischofs, damit du dich entscheiden kannst? – Entweder du schläfst in der Scheune, oder du machst dich sofort auf den Heimweg nach Gündlingen."

Der Vikar erhob sich, erkennbar verdutzt und verstört, segnete alle fahrig und trat allein den Heimweg in die dunkle Nacht an.

Während in der Scheune alle schon schliefen, lag das verunsicherte und aufgebrachte Meierpaar noch lange wach, geplagt von Zweifeln an der Rechtschaffenheit seiner unfreiwilligen Gäste. Was war von den Vorwürfen des Vikars zu halten, die sie nur zum geringsten Teil verstanden hatten? Mussten sie sich Sorgen machen, selber in Konflikt mit der Kirche zu gelangen, wenn sie die Schaffner-Familie weiter beherbergten? Andererseits: Waren dies nicht aufrichtige, tüchtige Leute, die ihnen als Arbeitskräfte hoch willkommen waren? Schließlich beruhigten sie sich mit dem Entschluss, bis auf Weiteres mit den Schaffners und Rachel nur noch über Praktisches und Alltägliches zu sprechen. Fragen zur Herkunft, zum Glauben und anderen Ungereimtheiten des Lebens würden sie ihnen nicht stellen. Mit diesen Gedanken fanden sie endlich Schlaf.

30

Am dritten Tag nach des Vikars Besuch fuhr Rachel die Landarbeiter samt Meier aufs Feld und verpasste knapp, wie der mittlerweile als hilfreicher Freund erkannte Unbekannte erneut den Hof besuchte.

Niemand bemerkte am späten Morgen die Ankunft des einsamen Reiters, bis er sich laut vor der Treppe zum Bauernhaus meldete. Clare wusste nicht, wohin mit der ihr fremden Stimme, nahm ängstlich das Kind in den Arm und blieb liegen. Die Bäuerin, die mit den

Kindern hinter dem Haus im Gemüsegarten arbeitete, rief diese erschreckt zu sich und packte ihr Rüstmesser fester, bevor sie vorsichtig um die Ecke guckte.

Sie sah einen jungen, selbstsicher um sich blickenden Mann, und sie brauchte eine Weile, bis sie in ihm den verloren wirkenden Besucher von früher wieder erkannte. Sie rief Werner und Margret zu sich und ging dem Besuch entgegen.

Werner erkannte sofort das Pferd: „Dies ist unser Gaul aus Straßburg! Auf ihm bin ich auch schon geritten! Er kennt mich!“ Er rannte furchtlos am überraschten Besuch vorbei und tätschelte zum Beweis den zu ihm gesenkten Pferdekopf. Margret hielt sich zurück, ergriff zuerst scheu die Hand der Köchin, dann erst wies sie den unsicher lächelnden Mann zurecht: „Der Bart verdunkelt dein Gesicht. Früher war dein Gesicht heller. Willst du deine Augen verstecken?“

Der Besuch zwinkerte ihr zu und stellte sich der Haushälterin vor: „Ich heiße Aaron, komme von Colmar. Ich habe diese Familie gesucht.“ Er ging auf Werner zu und begrüßte ihn: „Ich bin überglücklich, Euch endlich gefunden zu haben.“ Mit Blick auf Margret, die die Hand der Haushälterin losgelassen hatte, fragte er leise, als ob er fürchtete, mit dieser Frage Ungemach auszulösen: „Sind eure Eltern auch hier?“

Die Antwort erhielt er von der Haushälterin: „Willkommen auf dem Gutshof Snewlin. Wir wissen, wer Ihr seid und dass Ihr den Schaffners helfen wolltet. Frau Clare schläft noch, Herr Kunrad und Rachel arbeiten auf dem Feld.“

„Dann bin ich hier wirklich richtig! Darf ich hier warten, bis ich mich mit den Schaffners besprechen kann?“, freute sich Aaron.

Die Haushälterin dachte praktisch. „Anstatt hier den Tag lang zu warten, könnt Ihr ihnen auf dem Feld helfen. Mit zwei Händen mehr, geht das Arbeiten schneller und alle haben den Abend früher frei.“ Sie blickte zu Werner, der noch immer das Pferd tätschelte. „Werner kennt den Weg. Nehmt das Pferd und Essen mit. Ihr erspart mir damit einen Gang. Falls Ihr auf dem Acker nicht zu brauchen seid, kommt zurück. Es gibt hier genug andere Arbeit.“

Sie holte den Korb mit dem Essen und reichte ihn dem stolz im Sattel wartenden Werner. Aaron ermahnte sie, das Pferd den ganzen Weg zu Fuß zu führen.

Erst nachdem sie sich mit Margret vergewisserte hatte, dass Clare wieder ruhig neben Föti in der Scheune schlief, kehrte sie mit ihr zum Gemüsegarten zurück. Aus Freude über die mit Aaron neu gewonnene Arbeitskraft entschied sie, Margret in die verschiedenen Aufgaben einer Köchin einzuführen.

Als Erstes rechnete sie ihr vor, wieviel Gemüse sie für Aaron zusätzlich brauchte, und ließ sich die gewünschten Sorten von ihr zeigen. Sie schnitt, und die Kleine brach, was sie brauchten. Zum Schluss wies sie wortlos auf die Kräuterecke und staunte. Die Kleine wählte ohne Zögern die passenden Kräuter und erklärte ihr unbefangen auch deren heilende Wirkung. Berührt von so viel gutem Wissen, strich sie Margret liebevoll übers Haar und hieß sie die Kräuter in ihrer kleinen Schürze zum Brunnen tragen, wo sie Ihre Ernte wuschen und putzten.

Als Clare mit Föti aus der Scheune trat, ließ Margret alles liegen, rannte ungestüm zu ihrer Mutter und schilderte ihr ihren Erfolg als Kräuterkundige. Clare, die das vergnügte Nicken der Köchin als Bestätigung verstand, drückte ihre Tochter an sich und lobte sie für ihr Wissen. In der Küche hieß sie ihre ‚liebe, große Tochter' sich setzen und eröffnete ihr gewichtig: „Du weißt so viel, bist nun auch groß und stark. Du kannst dein Schwesterlein allein halten!"

Sie legte die Jüngste in Margrets Arme und besiegelte den feierlichen Akt mit einem Kuss auf Margrets Stirn. Als ob Föti die Bedeutung dieses Rituals erfasst hätte, blieb sie ruhig. Sogar während Clare am Herd ihr Frühstück zubereitete. Sie schrie und zappelte gierig erst, als Clare ihr einen Löffel Milchbrei unter die Nase hielt.

Sobald die Kleine ruhig und zufrieden schmatzte, klagte ihre Mutter: „Ich habe Werner in den letzten Tagen kaum gesehen und lange nicht persönlich gesprochen", und erinnerte die Köchin an Aaron und dessen frühen Besuch.

„Aaron von Colmar war vorhin wieder hier. Er sucht noch immer nach euch Schaffners. Wir haben den Burschen zuerst gar nicht richtig erkannt", entschuldigte sich die Köchin. „Er trägt jetzt einen dünnen Bart und stattliche – allerdings schmutzige! – Kleider."

Clare verstand nichts und schaute verwirrt drein.

„Er reitet einen Gaul, den Werner von Straßburg her kannte", ergänzte die Köchin, was Clare vollends durcheinanderbrachte.

Margret rettete die Situation und erklärte ihrer Mutter: „Aaron von Colmar heißt der Mann, der uns vor Breisach Wecken verkaufte und uns vor den Räubern warnte. Er war heute früh hier. Werner hat ihn aufs Feld geführt. Dort arbeitet er jetzt mit Vater und Rachel zusammen."

Die Köchin entschuldigte sich bei Clare für ihre ‚verwirrliche Rede' und berichtete nun der Reihe nach, was sich heute früh hier abgespielt hatte, ohne diesmal Werner und Margret auszulassen.

Der Bauer hatte nach Aarons Erscheinen auf dem Feld den ganzen Nachmittag lang genau verfolgt, wie die Schaffners und Rachel mit dem neuen Mann umgingen, und dieser mit ihnen. Die sonst kratzbürstige Rachel hatte den jungen Mann auffällig leidenschaftlich empfangen und ihn für die Heimfahrt sofort neben sich auf den Bock eingeladen. Auf dem Feld hatte Küentzi Aaron wiederholt überschwänglich für das wiedergefundene Pferd gedankt und war auf der Rückfahrt vorne neben dem Paar geritten, obwohl er sich vor Müdigkeit kaum im Sattel halten konnte. Auch im Hof ließ er den jungen Mann mit Rachel kaum allein. Auch Werner wich ihm nicht von der Seite, als ob der Junge fürchtete, er würde ihn wieder verlieren.

Dem Meier gefielen Aarons viele guten Eigenschaften, die er von sich selber kannte. Der junge Mann sprach wenig und verbreitete sofort gute Stimmung. Besonders gefallen hatte ihm, wie der Milchbart, ohne zu klagen, an einem kurzen Nachmittag auf dem Feld seine feinen Hände eingesetzt hatte. Was den Meier allerdings verunsicherte, war der Zauber, der alle in seiner Nähe, auch ihn, ihre Müdigkeit vergessen ließ. Für ihn war dieser Zauber der Grund, warum Aaron unbedingt in die Scheune gehörte. Aaron gehörte zu den Flüchtlingen wie die Fliege zum Misthaufen.

Der Meier war seit des Vikars heftiger Attacke gegen die Gottesfreunde überzeugt, dass Rachel, Clare und Küentzi, wenn sie keine gesuchten Ketzer, so doch Anhänger einer Sekte waren. Als solche waren sie, wie der Gündlinger Geistliche schon früher ausgeführt hatte, Werkzeuge des Teufels und Diener des Antichrist.

Der Meier rieb sich die Augen. Er brauchte jemand, der ihm einfach zuhörte, bereit war, zu sehen, was er sah, und ihn in seinen

Ansichten bestätigte. Doch außer dem Vikar in Gündlingen fiel ihm niemand ein, dem er offen seine Beobachtungen und Überlegungen anvertrauen konnte. Seine streitbare Gattin taugte dazu überhaupt nicht. Er kannte sie gut, und er liebte sie, doch sie würde ihm unbarmherzig den Kopf waschen. Sie würde seine Gedanken wie immer zuerst hinterfragen, dann versuchen, sie zu widerlegen, oder ihm ganz auszureden. Sie würde Aaron nie als die jüngste Verkörperung der Schlange aus dem Garten Eden, und sich selber, wie Eva, als das hilflose Ziel teuflischer Versuchung erkennen können. Noch weniger würde sie begreifen, dass Aaron mit den Frauen wollte, was die verführerische Rachel mit den Männern auf dem Feld schon vollbracht hatte. Geradezu beherzt entschied er, diese Gedanken für sich zu behalten und alle Gespräche über den Platz der Frauen, auf Erden wie im Himmel, zu vermeiden, bis er sie dem Vikar vertraulich unterbreitet hatte.

Am gleichen Abend, während Werner und Margret mit der Haushälterin draußen die Hühner versorgten, kam es in der Scheune zu einem folgenschweren, am Anfang harmlosen Wortwechsel mit Aaron.

„Du hast uns unser Pferd zurückgebracht“, begann Küentzi. Dafür stehen wir in deiner Schuld. Sag, wie können wir dir dafür danken?“

Der junge Mann, nach einem scheuen Blick zu Rachel, antwortete ohne Zögern: „Das ist schnell gesagt. Erlaubt mir, mich Euch anzuschließen. Ich könnte mir nichts Besseres vorstellen!“ Verlegen strich er die wenigen Haare am Kinn lang, als er die Überraschung in den Gesichtern der anderen sah, und sprach leise weiter: „Ihr seid doch auf der Flucht und sucht einen Neuanfang wie ich. Oder etwa nicht? Ich fühle mich Euch verwandt.“ Er blickte den dreien der Reihe nach in die Augen und schloss freudig: „Wir sind vom gleichen Volk!“

Mit Stahl im Ton stellte Clare klar: „Wir sind erst seit dem Überfall zu Flüchtlingen geworden. Wir waren freiwillig unterwegs nach Freiburg und planten dort einen Neuanfang in einer Apotheke.“

Aarons dunkle Augen wurden feucht: „So lasst mich denn die Geschichte von Anfang an erzählen. Dann werdet Ihr mich verstehen. Auch ich war vor zwei Jahren freiwillig unterwegs – von Colmar nach Köln. Wie Ihr hatte ich Wechsel dabei. Ich hoffte, als Kaufmann in Köln Geschäfte machen zu können. Unser

Geleitzug wurde außerhalb Breisach von Maskierten überfallen. Wir mussten alles hergeben, sogar unsre Kleider! Alle andern wurden splitternackt in den Wald getrieben. Mich aber, als sie sahen, dass ich ein Beschnittener bin, haben sie gebunden und mitgenommen."

„Du bist Jude!", staunte Rachel mit weit offenen Augen.

Alle schwiegen überrascht. Am längsten Aaron, der ins Leere starrte. Küentzi fasste sich als erster. Er öffnete sein Arme wie ein Priester: „Ob Jude oder Christ – Aaron ist nun hier, und er ist in der gleichen Lage wie wir! Er gehört nun zu uns!" Seine Stimme wurde dunkel. „Ich habe in Rufach die abgefackelte Synagoge und in Straßburg die brennenden Scheiterhaufen gesehen."

Als Clare zum Sprechen ansetzte, hieß er sie mit einer knappen Handbewegung schweigen und sagte, an Aaron gewandt: „Euch wurde bitter Unrecht getan! Der Papst hatte euch Juden Schutz versprochen, und trotzdem hat euch der Bischof zusammen mit der Bürgerschaft verraten." – Nach einem Moment betretenen Schweigens entschied Rachel leise und schlicht: „Bitte, bleib bei uns!"

Clare, die beschämt den Kopf gesenkt hatte, brauchte länger, bis sie Aaron in die Augen sehen und ihm wie Küentzi bestätigen konnte: „Du gehörst nun zu uns. Bleib!"

Aaron blickte verunsichert zuerst zu Rachel, bevor er sich nach einem Seufzer entschuldigte: „Ich wollte Euren Glauben nicht beleidigen. Ich glaubte, Ihr gäbet Euch wie ich als Christen aus, um dem Morden zu entkommen. Bitte verzeiht mir den Irrtum!"

Clare übernahm: „Du hast uns nicht beleidigt. Aber nun erzähle uns doch deine Geschichte weiter. Wie bist du freigekommen?"

Aaron richtete sich auf und zupfte sich den Bart. „Mich haben die Räuber verschont, weil ich lesen, schreiben und mit Geld umgehen konnte. Ich verfügte damit über Fähigkeiten, die ihnen fehlten, die sie aber brauchten. Sie waren ja alle entlaufene Hörige und damit vogelfrei. Aber sie wussten auch, dass ich ihnen ausgeliefert war, weil ich als Jude gejagt wurde wie sie." Aaron rieb sich müde die Augen, und sprach ohne aufzublicken weiter. „Die Ehrgeizigen unter ihnen hatten ihre Herren und die Höfe mit dem Ziel verlassen, in einer Stadt als freie Bürger ihr Glück zu machen. Dies konnten sie am schnellsten erreichen, wenn sie einen

Bürgerbrief kauften. Doch Vogelfreien, die weder Besitz noch Eigentum haben, bleibt nur Raub, um zu Geld und Gut zu kommen. Die Bande, die mich gefangen hielt, wurde von einigen hellen Köpfen geführt. Sie unterhielten ein Netz von Kundschaftern, Spitzeln und Hehlern als Voraussetzung für ertragreiche Beutezüge. An den Überfällen beteiligten sich nur wenige der Anführer. Deshalb arbeiteten sie auch mit dem Raubritter im Schwarzwald zusammen, wenn mehrere Gepanzerte einen Handelszug begleiteten."

Aaron überhörte Clares entsetztes „Kuno von Falkenstein lebt noch immer? Oder meinst du seinen Sohn?".

Wie getrieben fuhr er fort: „Außer als Buchhalter musste ich auch als Kundschafter und Lockvogel arbeiten. Mit einem Bauchladen oder einem Weinschlauch konnte ich die Wagen von Reisenden aus der Nähe betrachten und ihren Wert und ihre Ladung schätzen."

Aaron holte tief Atem und blickte auf. „So habe ich euch kennengelernt. Und wie ihr nun wisst, wollte ich euch eben nicht verraten und den Räubern ausliefern! Sondern ich wollte euch retten, weil ich euch für meinem Volke Zugehörige hielt. Und ich wollte gemeinsam mit euch reisen!"

Er richtete sich auf und wandte sich direkt an Küentzi: „Du hast den schlausten und erfolgreichsten der Anführer der Bande außer Gefecht gesetzt – und mir damit geholfen, der Bande zu entkommen!"

Wieder senkte er den Blick und sprach, als ob er woanders wäre. „Er behandelte mich wie einen Leibeigenen. Für ihn allein musste ich arbeiten. Als ich zu eurem Wagen trat, stand er etwas hinter mir und hat aus meinem Verhalten geschlossen, dass ihr reich wäret, als ich euch die Wecken verkaufte." Aaron lachte unpassend. „Was ihr ja auch wart, wie ich später erfahren habe!"

Erneut wandte er sich Küentzi zu. „Du hast mir zur Freiheit verholfen, indem du den Kerl so ernsthaft verletzt hast, dass er mich nicht mehr beaufsichtigen konnte. Die andern vernachlässigten meine Bewachung bald, und ich konnte ihnen mit dem Pferd entwischen."

Er blickte wieder zuerst zu Rachel, bevor er Küentzi leidenschaftlich bat: „Nehmt mich in eure Familie auf. Ich werde euch treu dienen!"

In die gefühlsbeladene Stille sprach Clare als Erste. „Ich danke dir für deinen ehrlichen Bericht. Auch ich vertraue dir. Du bist uns willkommen." Rachel errötete, und Clares Augen wurden dunkel. „Du gehörst nun zu uns, solange du es mit uns aushältst. Wie du sind wir keine einfachen Leute. Wir haben Geheimnisse, die du besser nicht wissen willst." Sie suchte seine Augen: „Bleib bei uns und bring uns weiterhin Glück!"

Aarons Augen wurden nass. Bevor er die Tränen abwischen konnte, umschloss Rachel seine Hand. Sie ließ sie nicht mehr los, bis er sich gesammelt hatte und ihre Einladung zu einem gemeinsamen Spaziergang in den Abend hören konnte. Er wollte aufstehen, doch Küentzi hielt die beiden zurück: „Was sagen wir dem Meier, wenn er uns zu Aaron und seine Beziehung zu uns aushorcht? Wir müssen absprechen, was wir ihm sagen."

„Er darf auf keinen Fall erfahren, dass ich Jude bin!", entfuhr es Aaron. Er blickte zu Rachel und erhob sich. Im Halbdunkel stellte er sich vor die andern und sagte keck: „Ich bin Rachels Verlobter aus Colmar. Ich habe sie in Straßburg abholen wollen, sie verpasst und bin ihr nachgereist."

„Damit wird nicht erklärt, wie du in den Besitz unseres Pferdes gekommen bist", unterbrach ihn Clare. „Du musst uns vor dem Überfall gesehen oder getroffen haben, sonst geht deine Geschichte nicht auf."

Aaron war nicht verlegen um eine passende Ausschmückung seiner Geschichte: „Ich habe gesehen, wie Rachel auf euch wartete, als ihr in Breisach aus der Kirche kamt, und wie sie mit euch wegfuhr. Doch ihr wart für mich ohne Pferd zu schnell. Immerhin hatte ich genug Zeit, um mir das Pferd einzuprägen, sodass ich es wieder erkannte, als es drei Tage später vor einem Gasthof stand. Ich hatte euch vorher überall gesucht, und war froh, endlich ein Lebenszeichen von euch zu haben." Er überlegte, blickte zu Küentzi. „Da ich in dem Gasthof anstatt euch nur miese Gesellen und Lottergestalten vorfand, behielt ich das Pferd im Auge und folgte später ungesehen dem betrunkenen Reiter. Als er in einem leerstehenden, mit dem Pestkreuz markierten Bürgerhaus verschwand und nicht wiederkehrte, stand für mich fest, dass euch das Pferd gestohlen worden war. Ich nahm es mit und suchte in der Umgebung von Breisach nach euch." Er suchte Clares Augen: „Weißt du, ich hatte dein Zusammenbrechen beobachtet, und wusste, ihr würdet nicht weit fahren."

„Damit könntest du durchkommen", meinte Küentzi anerkennend. Er blickte zu Rachel und empfahl den beiden: „Macht nun euren Spaziergang und einigt euch auf eine gemeinsame Geschichte. Vergesst nicht abzusprechen, wie ihr euch kennengelernt und vor Straßburg gelebt habt." Rachel war sofort auf den Beinen, nahm Aarons Hand, nickte Küentzi und Clare zum Abschied zu und führte ihren ‚Verlobten' nach draußen.

Küentzi, müde von der Feldarbeit, hörte das fröhliche „Dankeschön", das ihm Aaron beim Verlassen der Scheune noch zurief, nicht mehr; auch das Flüstern seiner Kinder nicht, als sie sich schlafen legten. Er schlief schon tief, als die Haushälterin, ihn zu einem späten Gespräch ins Haus bitten wollte. Clares leise Bitte, ihn nicht zu wecken, entging ihm wie ihr Angebot, ihn vor dem Meier zu vertreten. Er bekam auch nicht mit, dass Rachel und Aaron versuchten, von ihm zu erfahren, wo Clare und Föti waren, als sie vom Spaziergang zurückkehrten. Er schlief den Schlaf des Gerechten. Der Meier musste mit Clare allein Vorlieb nehmen, um zu klären, ob und wie die Flüchtlinge auf dem Gutshof verbleiben sollten. Die beiden einigten sich schnell.

Als Clare Küentzi am frühen Morgen beim Frühstück berichten wollte, fühlte er sich von ihrem eigenständigen Handeln übergangen und wies sie, in seinem Stolz verletzt, zurück. „Lass uns unsere Zukunft am Abend in aller Ruhe besprechen", meinte er säuerlich und frühstückte weiter. Er spitzte jedoch beide Ohren und hörte sich genau an, was Clare, nun verärgert über Küentzis Reaktion, auffällig laut Rachel mitteilte.

„Gestern Nacht bot der Meier Küentzi und mir samt Kindern einen festen Platz auf dem Hof an. Er glaubt nicht, dass Aaron zur Familie gehört, und er sieht für ihn keine Zukunft hier. Dich, Rachel, würde er auf der einen Seite gern als Arbeitskraft behalten, doch andererseits misstraut er dir, und diese Seite ist stärker. Der unheilvolle Vikar hat in dieser Hinsicht mehr angerichtet, als uns lieb sein kann. Kurz, obwohl seine Frau sich für dich eingesetzt hat, wünscht der Meier, dass auch du weiterziehst." Als sie Rachels erschreckten Blick sah, nahm sie Rachels Hand. „Ich habe dem Meier gesagt, Du gehörest zu unserer Familie, auch wenn wir keine Blutsverwandten seien."

Clare senkte den Kopf und sprach, nun so leise, dass Küentzi sicherlich nichts verstehen konnte: „Ohne dich hätte ich die Reise bis hierher nicht geschafft! Ohne dich wären wir alle nicht, wo wir jetzt sind. Ich werde Küentzi davon überzeugen, dass ich gesund genug bin, um schon morgen abreisen können – gemeinsam, wenn du weiterhin bei uns bleiben willst!“ Sie nahm Rachels beide Hände, sprach noch leiser. „Bitte, bleib bei uns!“

„Dann nehmen wir Aaron mit“, war Rachel ebenso leise einverstanden. Die beiden Frauen erhoben sich und ließen am Tisch ein verunsichertes Familienoberhaupt zurück.

Küentzis Stolz ließ jedoch nicht zu, dass er Clare oder Rachel später auf ihr Flüstern angesprochen hätte. Während der Arbeit auf dem Feld schwieg er verbissen. Auch auf der Heimfahrt sprach er nur das Nötigste, was den Meier zur Frage verleitete, ob seinem Knecht etwas fehle. Küentzis lapidares „Später!“ nahm er mit einem besorgten Nicken entgegen und schwieg auch.

Nach der Ankunft auf dem Hof eilten beide Männer zu ihren Gattinnen. Während der Bauer seine Gattin warnte, es sei später am Abend noch mit einem schwierigen Besuch zu rechnen, eröffnete Küentzi nun das von ihm beim Frühstück angekündigte Gespräch über das weitere Vorgehen. Er ließ sich nun ‚offiziell‘ darüber informieren, was er morgens schon mitgehört hatte, nämlich welches die Bedingungen des Meiers für den weiteren Verbleib auf dem Hof seien. Clare eröffnete ihm auch, was sie und Rachel inzwischen miteinander abgemacht hatten.

Küentzi schwieg lange, bevor er, um überhaupt etwas einzubringen, die überflüssige Frage stellte, ob auch Aaron den Wunsch der Frauen teile. Auf Clares bestätigendes Nicken wusste er nichts Weiteres zu sagen, oder zu fragen, und schwieg erneut, bis er Clares erwartungsvollen Blicke nicht mehr aushielt. Er gab sich einen Ruck und verkündete mit fester Stimme, als ob er dies soeben entschieden hätte: „Wir bleiben nicht hier, obwohl es für dich und deine Gesundheit besser wäre, wenn du dich an diesem Ort noch etwas erholen könntest. Wir ziehen gemeinsam mit Rachel und Aaron weiter!“

Er machte eine Pause und fuhr nach einem Räuspern fort: „Übrigens wäre ich entlastet, wenn du, wie gestern Nacht, mit dem Meier sprechen würdest.“ Auf Clares erstauntes Schweigen hin fügte er verlegen hinzu: „Du kannst das eh besser als ich. Bitte sprich für uns alle.“

Das Gespräch zu viert verlief ruhig. Die Männer überließen das Sprechen wie erwartet den Frauen. Sie loteten sachlich die Folgen für den Hofbetrieb aus, wenn Küentzi und Rachel wegfielen, und einigten sich auf den nächsten Sonntag als Reisetermin. Den Schluss setzte der Meier mit der ihm allein wichtigen Forderung, dass alle gemeinsam vor der Abreise die Sonntagsmesse besuchen sollten.

Küentzi nickte alles ab, auch wenn es bedeutete, dass er und Rachel noch eine Woche länger auf dem Feld arbeiten mussten. Er sah diesen Messgang als kleine Gegenleistung dafür, dass das Meierpaar Rachel in der unglücklichen Auseinandersetzung mit dem ketzergeilen Gündlinger Vikar unterstützt hatte. Eine Entscheidung des Meiers hingegen nahm Küentzi nur zähneknirschend – aber ebenfalls wortlos – hin: Clares Bitte nämlich, ihnen einen unbenutzt herumstehenden, langsam zerfallenden Einspänner für die Weiterreise zu überlassen, lehnte der starrköpfige Mann rundheraus ab.

Dennoch konnten die ‚Flüchtlinge‘, wie Clare die bunte Reisegruppe nach dem einseitigen Gespräch mit dem Meierpaar bezeichnete, am Sonntag auf einem alten Leiterwagen zur Messe nach Merdingen fahren. Das hatte Aaron geschafft. Er hatte, als er auf der Suche nach Rachel die Gegend durchstreifte, auf einem wegen der Pest verlassenen Hof einen leicht beschädigten Leiterwagen gesehen. Den hatte er nun in einer knappen Woche mit Küentzis Rat und Hilfe wieder fahrtüchtig gemacht. So konnten Rachel und Clare, die Föti auf dem Arm hielt, zusammen mit Werner und Margret an diesem für alle besonderen Sonntag zur Messe fahren. Aaron und Küentzi gingen nebenher und beobachteten, ob sich ihre Reparaturen bewährten. Gemeinsam mit dem Meierpaar, das vor der Kirche auf die Schaffner-‚Familie‘ wartete, betraten sie die kühle alte Kirche.

In der Messe widmete der Merdinger Priester seine auf Deutsch gehaltene Predigt dem Leben des Reichsabtes Wibald, dessen Todestag sich an diesem Sonntag jährte. Als ob der Merdinger Priester vom inquisitorischen Auftritt des Gündlinger Vikars auf dem Snewlinschen Hof gehört hätte, lobte er den verstorbenen Abt für seine Arbeit als unermüdlicher Diplomat der Staufer am Kaiserhof in Byzanz und somit als Mittler zwischen Ost- und Westkirche. Als beispielhaft für das Wirken dieses Benediktiner-Abts führte der Priester an, dass Wibald eine byzantinische Prinzessin als Braut für König Heinrich VI. vermittelt hatte. Beklagenswerterweise, schloss der Priester, sei der Abt auf der Heimreise von Byzanz im wilden und fernen Mazedonien ums Leben gekommen.

Aaron – der während der Messe alle rituellen Bewegungen Küentzis beflissen nachgeahmt hatte – fasste anschließend die Botschaft der Predigt zusammen: „Versöhnen sich die Christen untereinander, so dienen sie Gott, und die Kirche kann den Heiden standhalten. Eine gespaltene Kirche aber liefert sich den Heiden aus und riskiert nach dem Verlust des irdischen Jerusalem auch das himmlische zu verlieren. Habe ich das richtig verstanden?"

Auf Küentzis bejahendes Nicken setzte er einen Gegenwartsbezug hinzu und flüsterte: „Kommt ihr Christen überhaupt ohne Kreuzzüge aus? Muselmanen und Juden macht ihr zu Heiden, damit ihr sie als Feinde bekämpfen könnt. Habt ihr sie verbrannt, macht ihr Christen zu Ketzern, damit ihr diese verbrennen könnt. Obwohl sich alle auf die gleichen schriftlichen Überlieferungen berufen!"

Küentzi blieb stumm, ließ mit einem großen Schritt Aaron hinter sich und trat zu Clare, die am Ausgang wartete. Wortlos verließ er mit ihr am Arm die Kirche, während Aaron sich von Rachel einhängen ließ und den Schaffners folgte. Am Ausgang dankte der Meier dem Pfarrer für die gelungene Predigt.

Auf dem Vorplatz der Kirche verabschiedete sich der Meier von Küentzi mit einer langen Umarmung. Seine Gattin unterdrückte ihre Rührung, gab sich unnahbar und schüttelte allen die Hand, als wären sie Fremde. Erst als ihr die Kinder vom Wagen herab ein fröhliches „Auf Wiedersehen!" zuriefen, kam Bewegung in ihr Gesicht. Sie verwischte schnell eine Träne, wünschte ihnen laut „Eine gute Reise!", und ließ sich von ihrem Gatten auf den Wagen helfen. Kein Winken, kein Blick zurück, die Augen steif auf die Straße gerichtet, fuhr das alte Paar durch die wolkenverhangene grauweiße Landschaft zurück zu seinem Hof.

Sie waren schon lange zu Hause angekommen, als nach mehr als fünfviertel Stunden Marsch Aaron energisch eine Pause verlangte. Die neue Gemeinschaft hatte das Ende des kleinen Dorfes Rimsingen erreicht, alle waren müde und von zwei heftigen Regenschauern durchnässt. Die vielen verlassenen Hütten und verschlossenen Höfe, an denen sie vorbeigezogen waren, hatten selbst den Kindern aufs Gemüt geschlagen. Sie kamen erst wieder in Schwung, als Küentzi sie vom Wagen herab auf einen in der abgekühlten Luft dampfenden Misthaufen aufmerksam machte: „Seht! Hier wohnen Menschen, sie halten Vieh!"

Auf dem Bauernhof machten sie Halt. Küentzi kümmerte sich um das Pferd, die andern suchten nach den Bewohnern des Bauernhauses. Als sie niemanden fanden, machten sie es sich in der windgeschützten Scheune bequem, hängten ihre nassen Umhänge zum Trocknen auf und warteten, bis die Sonne wieder durch die wässrigen Wolken blinzelte. Während die Kinder, die sich schneller erholten, vorsichtig nach den Eiern der wenigen, aufgeregt gackernden Hühner suchten, nutzten die Erwachsenen die Zeit, um – zum ersten Mal überhaupt! – Ziel und Wege ihrer gemeinsamen Reise zu besprechen.

Aaron wurde gleich heftig: „Die Reise geht in die falsche Richtung. Mein Ziel ist Köln. Dort möchte ich Verwandte aufsuchen, wie ich das schon vorhatte, bevor ich überfallen wurde." Etwas versöhnlicher fuhr er fort: „Ich verstehe nicht, wieso ihr nach Süden reist, wo ihr doch Basler Hoheitsgebiet meiden müsst. Lasst uns also umkehren und einer Straße nach Norden folgen."

Rachel stimmte ihm zu: „Basel ist für mich gefährlich. Im Bistum werde ich wie ein Jude verfolgt." Sie blickte entschuldigend zu Aaron, errötete und hängte sich schnell bei ihm ein.

Clare blieb kühl: „Küentzi und ich haben bisher mit dem Netz der Gottesfreunde gute Erfahrungen gemacht und möchten uns weiterhin dieser Beziehungen bedienen." Nach einem strengen Blick zu Rachel wurde sie deutlich. „Ohne Gottesfreunde wären wir alle nicht hier beisammen. Ich hätte mich nach dem Wegzug aus Straßburg weder in Bolsenheim erholen, noch hätte Edelknecht Peter von Bolsenheim uns seinem Verwandten Conrad in Neuenburg am Rhein empfehlen können. Wir wissen nicht, ob Conrad ein Gottesfreund ist, doch er ist aus dem Geschlecht der Bolsenheim und sicherlich den Habsburgern verpflichtet, wie viele meiner Verwandten." Eindringlich bat sie das Paar: „Lasst uns gemeinsam nach Neuenburg fahren, und dort neu entscheiden."

Küentzi unterstützte die Rede seiner Frau: „Aaron, bedenke, dein Räuberhauptmann mit der halben Hand ist nun sicherlich so weit genesen, dass er die ihm übrig gebliebenen Männer wieder führen und nach dir suchen kann. Du selber hast mir erklärt, wie dürftig sein Nachrichtennetz rheinaufwärts ausgebaut ist. Ziehen wir also nach Süden, können wir ihm entwischen. Reisen wir jetzt nach Norden, riskieren wir alle unser Leben, denn unsere Gruppe wird seinen Spähern nicht entgehen." Küentzis Stimme wurde bedrohlich leise: „Oder glaubst du, er würde dir, der seine Geheimnisse kennt, aus christlicher Nächstenliebe das Leben schenken, wenn du in seine Fänge gerätst?" Er packte Aarons Arm, zog ihn zu sich und knurrte: „Wir sind alle auf der Flucht, Aaron! Wir alle müssen aus seinem Revier entkommen! – Und zwar nach Süden!"

Etwas ruhiger sprach er: „Noch wissen wir nicht genau, wohin. Doch wir werden das Endziel unserer Reise finden, wenn wir an einem sicheren Ort in Ruhe unsere Wünsche besprechen und diese auf einander abstimmen können. Hier können wir dies nicht!"

Schließlich gab Aaron seinen Widerstand gegen die Reise südwärts auf, aber erst, als Rachel sich noch enger an ihn schmiegte und ihm mit zärtlicher Stimme erklärte, sie teile Küentzis und Clares Meinung. Er nahm ihre Hand und fragte in die Runde: „Sei's drum! Wie lange denkt ihr, brauchen wir bis Neuenburg?"

Als die andern als Antwort nur mit den Achseln zuckten, schüttelte er ungläubig den Kopf, bevor er selber antwortete: „Zwei Tage Marschieren entlang dem Rhein sollten genügen. Hängt wohl vom Wetter ab." Er sah, wie draußen der Regen wieder dichter fiel, und beendete das einseitige Gespräch, sich tröstend: „Zumindest haben wir uns mit genügend Vorräten eingedeckt." Er holte den Brotsack und wählte sich einen Wecken zum Vesper. Als ob er mit seinen Worten dem falschen Wettergott geschmeichelt hätte, setzte heftiger Regen ein und brachte die Kinder in die Scheune zurück.

Sie hatten keine Eier gefunden, und Werner hatte auch eine Erklärung dafür: „Heute ist doch Sonntag. Und am Sonntag gehen die Bauern zur Messe und nach der Messe zu Verwandten auf Besuch. Sie haben den Hund mitgenommen, den Stall abgeschlossen und vergessen, die Hühner einzuschließen. Die Hühner legen die Eier irgendwo ins Gras statt ins Stroh." Einzig Margret bewunderte ihn für seine Logik, die andern machten es sich in der Scheune bequem und warteten auf das Ende des Regens.

31

Noch schien die Sonne nicht auf den Boden der Münstergasse in Neuenburg, als Küentzi vor dem schmalen, dreistöckigen Stadthaus seines neuen Dienstherrn sein Wams richtete. Nach einem Blick zum ausladenden, mit Sternen, Sonne und Mond bemalten Dachhimmel klopfte er an die grün bemalte Tür. Eine junge, pralle Magd begrüßte ihn und begleitete ihn in die Küche, wo ein herrschaftliches Frühstück bereitstand.

Bis Herr Conrad von Bolsenheim von seinem Landgut vor Zünkon zurück sei, ernenne sie ihn zum herrschaftlichen Vorkoster, begrüßte ihn die Köchin schalkhaft. Sie ermunterte ihn zuzugreifen und warnte die Magd vergebens, ihn in Ruhe essen zu lassen. Nachdem er der neugierigen Magd witzig, manchmal zweideutig geantwortet hatte, ohne viel von sich preiszugeben, ermahnte ihn die Köchin trocken, sein Dienst erlaube ihm nur den einfachen Griff auf die von ihr zubereiteten Köstlichkeiten. Übergriffe würden in diesem Hause keine geduldet.

Beschämt aß er weiter und versuchte, die von der prallen, schnellen Magd ausgelösten Erinnerungen an Hedwig in Häsingen und sein Heimweh nach der Köchin im Klingental in den Griff zu bekommen. Beide ihn prägenden Frauen hatte er früh aufgeben müssen. Den Verlust Hedwigs hatte er verkraftet, doch die einmalige Geborgenheit mit seinen Freunden in der Klosterküche vermisste er noch heute.

Mit einem Seufzer schob er die halbleere Schale von sich und erzählte der Köchin und der Magd zum ersten Mal, seit er für Conrad von Bolsenheim arbeitete, ausführlich von der Flucht aus Straßburg und von seiner Familie, die sie noch nie gesehen hatten. Er schilderte ihnen Clares Tatkraft und Photinas schwierige Geburt und erzählte gerade, wie und auf wessen Empfehlung sie hierhergekommen waren, als ihr Meister beschwingt die Küche betrat. Die Köchin und die Magd erhoben sich unverzüglich, Küentzi blieb überrascht sitzen.

„Ich frühstücke heute in der Küche“, bestellte der gedrungene, krummbeinige Ritter. „Kunrad, Ihr bleibt sitzen“, befahl er großzügig, während er sich seine großen, schwieligen Hände warmrieb, und setzte sich zu ihm. „Ich habe einen wichtigen Auftrag für Euch. Meine Gattin wünscht sich Eure Gattin als Gesellschafterin, und Eure Kinder als Spielkameraden für unsern kleinen Conrad. Unter uns nennen wir ihn ‚Hecht‘, wie den Fisch in meinem Wappen.“ Er lehnte sich leutselig über den Tisch. „Ich habe auf dem Weg hierher Eure Gattin getroffen und mit ihr schon alles abgesprochen. Ihr müsst nur noch alle, auch Eure Magd und Euren Burschen, auf unser Gut in Zünkon fahren. Wir haben dort Platz für alle.“ Er lächelte gönnerhaft. „Ihr bleibt stets an meiner Seite. Übernachte ich hier, bleibt Ihr hier; übernachte ich in Zünkon, seid Ihr bei Eurer Familie wie ich bei der meinen.“

Küentzi missfiel die Kumpelhaftigkeit seines neuen Herrn. Er entschuldigte sich, er müsse zur Scheune vor der Stadt und mit seiner Familie den Umzug vorbereiten. Doch der deutlich ältere Conrad drückte den jungen ohne Mühe auf die Bank: „Trinkt ein Bier, wenn Ihr schon nicht mehr essen wollen. Ich hab’ nämlich noch mehr vor mit Euch.“

Untertänig setzte sich Küentzi, griff nach dem großen Becher, den die junge Magd vor ihn gestellt hatte, und nahm einen tüchtigen Schluck. Er leerte ihn, als er hörte: „Ihr kommt mit mir in die Fechthalle der Stadtwache. Wir beide müssen tüchtige Kämpfer bleiben. Danach holen wir Eure Familie ab und ziehen gemeinsam zu meiner aufs Gut.“ Obwohl er nicht wollte, musste er sich Conrads große Pläne anhören. Nach dem dritten Becher fühlte er sich besser. Unerwartet unterbrach er sein dröhnendes Gegenüber: „Fürchtet Ihr um Eure und Eurer Familie Sicherheit?“

Conrad machte große Augen. „Fragt Ihr mich? – Mich, der hier riskiert, alles zu verlieren?“ Er lehnte sich zurück. „Mich, der weder vor den grausamen Machtkämpfen noch vor der Pest flüchtet. Mich, der mit seiner Familie hier ausharrt!“

Obwohl die Frauen Conrads leise Worte nicht richtig verstanden hatten, waren sie in ihren Bewegungen erstarrt und verfolgten erschreckt, wie sich Küentzi langsam aufrichtete und diesem auf Augenhöhe kühl antwortete. „Wer nicht genau weiß, wovor er sich fürchtet, kann die Ursache der Angst nicht beheben. – Dies hat mich mein weiser und treuester Freund, Johann von Tüllingen, schon als kleinen Jungen gelehrt.“

Conrad lehnte sich zurück. Sein Zorn war verflogen. „Ich wusste gar nicht, dass die von Tüllingen noch einen Erben hatten.“ Küentzis ausdrucksloses Gesicht vor sich, wartete er, ob er mehr erfahren würde, und gab mit einem Schulterzucken auf.

„Über Furcht werde ich mit Euch sprechen, wenn ich Euch kämpfen gesehen habe“, versprach er seinem neuen, ungebeten philosophischen Gefolgsmann. „Zuerst beende ich jedoch mein Frühstück, dann gehen wir ins Rathaus.“

Dort, im weiträumigen Hinterhof, hielt Conrad auf seine Art Wort.

Der beinahe doppelt so alte Ritter forderte Küentzi vor dem Anführer der Stadtwache zum Kampf mit stumpfen Schwertern und drosch schnell und unerbittlich auf den Jüngeren ein. Er zeichnete so gekonnt ein Muster schmerzhafter Blutergüsse auf dessen ungeschützte Arme und Beine, dass Küentzi im Nu sein altkluges Lümmeln am Frühstückstisch bereute und notgedrungen sein Schwert fallen ließ.

Schwer atmend vergewisserte sich Conrad zuerst, ob der Wachtmeister sich ein Urteil gebildet hatte, und befahl auf dessen Nicken hin, Küentzi müsse sich morgen nach dem Frühstück zwecks Schulung auf der Wache melden. Eine weitere Pause gönnte er Küentzi nicht, sondern forderte ihn auf, ihm in seine getäferte Amtsstube zu folgen. Dort platzierte er ihn als Leibwache neben die schwere Eichentüre. Er setzte sich hinter den mit Schnitzereien verzierten Schreibtisch und verlangte von seinem herbeigeeilten „clericus“, auf den neuesten Stand der Dinge gebracht zu werden. Was er von diesem als Erstes hörte, gefiel ihm wenig.

„Gestern spät brachte uns ein Bote des Herzogs Albrecht des Weisen von Österreich die Meldung, dass der vom Erzbischof von Mainz zum Deutschen König geweihte Günther von Schwarzburg von einem Diener mit einem Heiltrank vergiftet worden sei. Der Arzt, der den Trank vorbereitet und vorgekostet hätte, sei ebenfalls verstorben.“ Der Schreiber senkte demütig sein Haupt und sprach leise: „Agnus Dei dona eis requiem sempiternam.“ Conrad blickte auf die frische Tonsur des demütig gesenkten Hauptes vor ihm und ergänzte aufrecht: „Gott sei seiner Seele gnädig.“

Eindeutig für Küentzis Ohren bestimmt, meinte er laut: „Günther hat diesen Tod nicht verdient. Er hatte die Schlacht gegen Karl verloren und war für ihn keine Bedrohung mehr.“ Sein Ton wurde härter: „Dieser Mord macht König Karl hier noch unbeliebter, und es uns am Oberrhein noch schwerer, den Frieden zu wahren.“ Er blickte zu seinem Leibwächter. „Es ist noch kein Jahr her, dass König Karl die Breisacher zwingen musste, den Treueid auf ihn und auf unsern Herzog, Albrecht den Weisen, zu leisten.“ Er schloss kurz die Augen, als ob das Folgende ihm schwerfiele: „Ich brauch' Euch – mit all Euren Fähigkeiten! – als Leibwächter, weil ich Albrecht persönlich verpflichtet bin. Seine vielen Feinde hier sind auch meine.“ Küentzi streckte sich und nickte.

Die anderen Nachrichten des Schreibers – über das Abflauen der Seuche im Ort und die Sicherheit der für den Handel wichtigen Straßen im Sundgau – hörte er gelangweilt mit. Erst als der Kleriker einen neuen, dem Raubritter zugeschriebenen Überfall im Höllental erwähnte, horchte er auf. Doch Conrad ging nicht auf die Meldung ein, sondern verdankte den Bericht als Ganzes und schloss die Sitzung. Küentzi musste seine Neugier zügeln, bis sie sich außerhalb der Stadt befanden, um die Schaffner-Familie mit Rachel und Aaron bei ihrer Unterkunft abzuholen und gemeinsam nach Zünkon zu fahren.

Auf die Frage, ob Näheres über die Räuber bekannt sei, wies ihn Conrad zurecht. Seine Zuständigkeit sei die Sicherheit des Übergangs über den Rhein und die Zufahrtswege zur Furt vor der Stadt Neuenburg. Die Sicherheit der Straßen in den Schwarzwald sei Sache des Grafen von Freiburg. „Ein alter Mann ohne Rückgrat und Saft!“ Er lachte. „Er versucht noch immer vergeblich, einen Sohn zu zeugen.“

Dass Conrad von seiner eigenen Manneskraft ganz und gar überzeugt war, verrieten wenig später seine unverhohlen lüsternen Blicke, mit denen er jede Bewegung Rachels verfolgte, während sie Küentzis Pferd vor den Wagen spannte. Kaum lenkte sie breitbeinig wie ein Karrer den Wagen auf die Straße, ritt er mit glänzenden Äuglein neben ihr, tänzelte mit seinem Pferd wie ein radschlagender Pfau und wich nicht von ihrer Seite.

Clare, mit Photina auf dem Bock neben Rachel, machte Conrads Gehabe ein schnelles Ende. Mit unschuldig heller Stimme erkundigte sie sich: „Ich freue mich, Eure Gattin kennenzulernen", und bat ihn um Auskunft über ihr neues Zuhause und seine Familie.

Mit einem schroffen: „Begrüßung und Unterbringung ist Sache meiner Gattin!", verabschiedete er sich und ritt ihnen voraus aufs Gut.

Er hielt Wort, erwartete sie mit seiner deutlich jüngeren Gattin am Arm vor seinem Zuhause in Zünkon. Wie angekündigt überließ er ihr die Begrüßung sowie die Zuteilung ihrer Räume. Bevor ‚die Gäste' diese beziehen konnten, überraschte er alle mit einer wortreichen Führung durch seinen Waffenkeller und den Pferdestall. Zum Schluss ermahnte er sie: „Befolgt die Anweisungen meiner Gattin, und erledigt nun Eure Aufträge!" Küentzi nahm er beiseite und hieß ihn das Pferd ausspannen und für die Rückkehr in die Stadt satteln. Er selber ließ sich vom Pferdeknecht ein frisches Ross vorführen und von ihm in den Sattel helfen. Hoch zu Ross wartete er im Hof auf seinen Leibwächter und verfolgte, wie die herrschaftlichen Befehle ausgeführt wurden.

Aaron richtete sich einen Platz auf dem Heuboden ein. Auf Anweisung der Herrin bereiteten Clare und Rachel die Nachtlager für die Familie im Haus vor. Rachel, die wie die Kinderfrau des jungen Conrad den Raum mit den Kindern teilte, kümmerte sich um trockene Laubsäcke für alle. Werner und Margret, die keinesfalls des Ritters Aufmerksamkeit auf sich ziehen wollten, gingen allen aus dem Weg und erkundeten mit dem jungen Conrad dessen geheime Verstecke. Küentzi suchte einen für sein Pferd passenden Sattel.

Clare bestellte in der Küche – etwas unbeholfen, wie jede gütige Herrin – den Brei für die hungrig heulende Photina und gab ‚ihrer Kinderfrau' den Auftrag, den Brei zu ihr nach oben zu bringen. Sie wollte über ihr neues Zuhause tratschen, doch sie wagte dies vor der jungen, unsicheren Köchin nicht. Als Kinderfrau würde Rachel im Unterschied zu Clare allen Tratsch – und mehr – aus der Küche mitbekommen und oben an sie weitergeben. Sie musste nicht lange warten.

Während sie Photina den Brei in den Mund löffelte, hörte sie als erstes den Grund für den unerwartet großen Altersunterschied zwischen Conrad und seiner zartgliedrigen Gattin, die Clares Tochter hätte sein können. Der bärbeißige Ritter, der unangefochten hätte Rachels Vater sein können, hatte viele Jahre in fremden, zumeist habsburgischen Diensten gestanden und war erst nachdem der

Luxemburger Karl IV. zum Deutschen König gewählt worden war, in den Breisgau zurückgekehrt. Er hatte zuerst als Edelknecht gekämpft und war – zusammen mit dem später in Crécy gefallenen Ritter Heinrich Münch von Basel –, von Erzherzog Albrecht persönlich zum Ritter geschlagen worden.

„Hätte Küentzi dies heute früh gewusst, hätte er den Ritter wohl nicht so leichtsinnig provoziert", deutete Clare Küentzis Blutergüsse, die sie früh bemerkt hatte.

Sie wartete auf Photinas erlösendes Bäuerchen und fragte Rachel: „War Conrad schon früher verheiratet?"

„Soviel ich weiß, nein! Doch obwohl die Ehe glücklich ist, scheint sich der Ritter Sorgen darüber zu machen, dass die Schwangerschaft so unerklärlich lange ausbleibt. An seinen Fähigkeiten zweifelt er jedenfalls nicht." Rachel grinste. „Ich habe der Köchin gesteckt, dass du als ausgebildete Heilerin und als erfahrene Mutter mit einem Mittelchen nachhelfen könnest." Als Clare nicht reagierte, suchte sie unsicher deren Blick. „Du kannst doch der jungen Frau helfen? – Oder willst du etwa gar nicht helfen?"

„Du weißt, ich hasse diese Rolle!", wies sie Rachel zurecht und empörte sich: „Hat diese Kindfrau denn keine Mutter, die ihr beisteht?!" Sie strich der von ihrer lauten Stimme erschreckten Kleinen über die Wange und meinte ruhiger: „Ihre Mutter, oder die Schwiegermutter, muss her. Conrad scheint keine Angst vor Frauen zu haben. Falls sie ihm zu mächtig würde, wird er sie maßvoll in die Schranken weisen." Als ob sie die eigenen Worte nicht glaubte, senkte sie die Schultern und schwieg.

Rachel, die spürte, wie Clare gegen Erinnerungen aus ihrer Jugend ohne Eltern ankämpfte, strich ihr über den Rücken, dann sanft über Photinas Kopf. Das zufriedene Glucksen, mit dem die Kleine auf die zärtliche Bewegung antwortete, brachte Clare in die Gegenwart zurück. Wie erlöst verabschiedete sie Rachel, nahm ihre nunmehr kräftig zappelnde Jüngste mit einem dankbaren Lächeln auf den Arm und begann mit ihrem Töchterchen ein aufgewecktes Hin und Her mit nur ihnen verständlichen Lauten.

Während Aaron als Pferdeknecht faul im Heu lag und sich vor seiner Arbeit als Stallknecht drückte, ritt Küentzi hungrig und müde hinter Ritter Conrad durch das Städtchen Neuenburg auf die kleine Pfalz hinter dem Münster. Vor der hier niedrigen Stadtmauer übergaben sie die Zügel einem von Conrad herbeigerufenen Stadtwächter und betraten den Wehrgang. Während Conrad laut die Sicherheit der in den Rhein hineinragenden Wehrmauer unter ihnen pries, verglich Küentzi insgeheim das Basler Münster und die Pfalz mit dem schmächtigen Kirchengebäude hinter ihnen und der bescheidenen Mauer zu ihren Füßen. Da er jedoch weder Conrads Stolz herausfordern noch seine Basler Wurzeln verraten wollte, ließ er den Ritter einfach reden und genoss den Ausblick über die saftig grünen Rheinauen.

Conrads Aufforderung, die Furt mit ihm kennenzulernen, befolgte er gerne. Sie gingen durchs *‚nider thor'* auf die Rampe hinunter zur Anlegestelle der Boote, wo sie auf einen Platz zum Übersetzen warteten. Conrad erklärte ihm den Übergang. „In wenigen Tagen ist die Furt wieder zu Fuß begehbar," und zeigte auf die ins Flussbett gerammten Bohlen. „Nur ein Hochwasser nach einem wüsten Gewitter im Schwarzwald, oder viel Schmelzwasser im Frühling, können uns zwingen, den Übergang zu schließen. Boote schaffen es selbst bei Niedrigwasser im Winter." Er straffte seinen Rücken: „Die Fährleute geben nämlich erst auf, wenn sie das Eis nicht vom Holz wegbekommen." Das war auch schon das Ende von Conrads Führung. Der Ritter wollte nicht länger auf einen Platz in einem der fleißig über den Rheinarm pendelnden Boote warten, und sie kehrten zu den Pferden zurück.

Bevor Conrad aufstieg, zeigte er grimmig in den Dunst hinter den Auenwäldern. „Dort drüben liegt Mühlhausen und dort Ensisheim, wo der Statthalter der Herzöge von Österreich noch immer Juden schützt, obwohl die Städte des Elsass alle gegen die Juden aufgebracht sind. Ich verstehe nicht, weshalb man diese Christusmörder noch immer verschont." Er schwang sich in den Sattel und polterte: „Ludwig der Bayer nannte die Juden seine Kammerknechte und war ihnen gegenüber gnädig, sodass sich das Volk Israel so vermehrte, dass man mit ihrer Hilfe bald alle Verehrer Christi hätte vernichten können."

Er straffte einmal mehr den Rücken. „Doch nun regiert Karl, und ganz ohne die Juden!" Großzügig wartete er, bis sich auch Küentzi endlich im Sattel aufrichtete und ritt ihm voraus durchs Tor auf die Landstraße nach Breisach. Auf der Brücke über den stinkigen Kanal zum Rhein hielt er mit einer Hand die Zügel straff, mit der andern klemmte er sich die Nase zu. Alles mit geradem Rücken und scheinbar mühelos. Ganz im Gegensatz zu Conrad brauchte Küentzi beide Hände und seine letzte Kraft, um sich im Sattel zu halten.

Der Gestank der faulig riechenden Brühe, zu der das frische Wasser aus Badenweiler durch die Abwässer Neuenburgs unter ihnen verkommen war, versetzte Küentzis Pferd in Panik, und es tat alles, um dem üblen Gestank zu entkommen. Erst lange nach der Brücke, auf der Straße nach Breisach, gelang es ihm, sein Pferd zu beruhigen.

Conrad holte ihn ein, gönnte ihm jedoch keine Pause. Mit einem drängenden „Auf zu unseren Frauen!“ gab er seinem Pferd die Zügel frei und zwang seinen Diener zu neuem Galopp bis vor den Stall in Zünkon. Noch zu Pferd stellte er kurz und knapp fest: „Ihr braucht unbedingt mehr Übung mit Waffe und Pferd. Wir beginnen noch heute Abend!“ Und Küentzi vergaß die bewundernden Worte, die er sich für des Ritters reiterisches Können zurechtgelegt hatte, ein für alle Mal.

Im Unterschied zum Ritter, der das Pferd von seinem Knecht versorgen ließ, half Küentzi Aaron beim Tränken und danach auch im Stall. Er wollte ihn vor der Judenfeindlichkeit des Ritters warnen, kam aber, wie vorher beim Ritter, auch bei ihm nicht zu Wort.

Aaron bestürmte ihn wegen seiner Rolle als Pferdeknecht: „Wie soll das mit mir weitergehen? So wie du mir hilfst, sieht jedermann, dass ich kein Pferdeknecht bin! Alle hier verstehen von Pferden mehr als ich. Conrads Knecht verachtet und meidet mich.“ Bevor Küentzi den Mund zur Verteidigung öffnen konnte, doppelte Aaron nach: „Hör mich an! Ich bin hier gänzlich überflüssig. Selbst Rachel hat gerade mal am Abend kurz Zeit für mich. Die Kinder spielen nur noch ohne mich, und Clare bekomme ich sowieso nie zu Gesicht! Und du? – Du schaufelst Mist hier und machst dich meinetwegen lächerlich. Ich sage dir, jede andere Arbeit wäre mir lieber als dieses Versteckspiel.“

Küentzi beruhigte ihn: „Rachel und Clare melden sich bei dir. Jede auf ihre Art. Auch mit einem Besuch Werners, unserm kleinen Pferdenarr, kannst du rechnen.“ Nur die Warnung, der Jude sei hier in großer Gefahr, hielt er zurück, wollte einen Aufsehen erregenden Wutausbruch vermeiden. Finster wies er ihn stattdessen an: „Du musst dem Ritter und dem Pferdeknecht unbedingt aus dem Weg gehen. Überlass – bitte! – alles Reden auf diesem Hof mir und Clare!“ Warum er dies von Aaron verlangte, erklärte er ihm jedoch nicht, brummelte zum Abschied Unverständliches und verließ mit zusammengebissenen Zähnen und steifen Schritten den Stall.

Während Clare in ihrer Schlafstube seine verspannten Muskeln salbte und knetete, berichtete sie ihm, dass die Herrin einen wichtigen Besucher empfangen hätte, kurz bevor Küentzi mit Conrad zurückgekehrt war. Weder die Köchin noch die Magd, die ein Getränk nach oben bringen durfte, hatten den Besucher zu Gesicht bekommen. Keine wusste Näheres über den Gast, nur dass er mit den Herrschaften speisen und der Dienerschaft viel zusätzliche Arbeit bereiten würde. Beide waren aber überzeugt, er sei vornehmer Abkunft. Küentzi nahm die neue Wendung erleichtert zur Kenntnis. Er wusste, der Ritter würde heute nicht mehr nach ihm verlangen oder gar Übungen zu Pferd anberaumen.

Anderntags erfuhr Clare von der Herrin, worum es bei diesem geheimnisvollen Besuch gegangen war. Die Herrin war mit ihrem Gatten Conrad von ihrer Patin, der Markgräfin Elisabeth von Hachberg-Sausenberg, zur Kur in ihre Heilquelle in Badenweiler eingeladen worden. Die Einladung war der Herrin durch deren Mutter, die den Wunsch ihrer Tochter nach einem weiteren Kind unbedingt unterstützte, vermittelt worden. Wie die Markgräfin glaubte sie, dass das Bad in der Quelle zeugungsschwachen Männern und unfruchtbaren Frauen zum Erfolg verhelfe.

Wie dieser Kuraufenthalt ihr Leben verändern würde, ahnte Clare, als sie von Conrads Gattin hörte: „Für die Dauer unserer Abwesenheit übertrage ich Euch allein die Leitung des Gutes. Denn damit wir während des Aufenthaltes standesgemäß auftreten können, hat der Ritter bestimmt, dass uns Küentzi als Leibwächter“ – die Stimme von Conrads junger Gattin wurde flattrig – „und Rachel als Kinderfrau für den kleinen Conrad begleiten.“

„Das wird sicher ein ganz erfreulicher Badeaufenthalt“, versuchte Clare ihre Herrin zu beruhigen. „Ich werde hier einstweilen alles in Ordnung halten, sodass Ihr nach der Kur alle zufrieden auf diesen Hof zurückkehren könnt.“ Dass auch sie befürchtete, der Ritter werde im Badhaus hemmungslos Rachel nachsteigen und alle beschämen, verriet sie der wenig erfahrenen Frau nicht. Um selber zur Ruhe zu kommen, machte sie sich auf die Suche nach Rachel.

Im Stall hörte sie Aaron mit Rachel im Heu tändeln und rief beide zu sich nach unten. Doch während Rachel nach innen gewandt schwieg und sich Halme aus Haaren und Kleidern klopfte, beklagte sich Aaron lauthals über die Störung, bevor er sich übergangslos über seine unzumutbare Stellung als Pferdeknecht entrüstete. Clare, die im Stall nicht auf seine Sorgen eingehen wollte, wies ihn verärgert zurecht und forderte Rachel auf, ihr ins Haus zu folgen.

„Hab Nachsicht mit ihm", bat Rachel, kaum dass sie den Stall verlassen hatten. „Er vermisst Küentzi, und überhaupt, er vermisst den Anschluss an die Familie, die er bis zu unserer Ankunft in Neuenburg hatte." Clare seufzte nur, winkte ihr zu folgen und ging ihr voraus in die große Schlafkammer, wo beide ungestört miteinander sprechen konnten. Doch das Gespräch, das sie dort führten, nahm eine Wendung, die Clare überraschte und bekümmerte.

„Da spielen wir also das verlobte Paar aus den Vogesen. Und eine Zeitlang hätte ich nur zu gern aus dem Spiel Ernst werden lassen", begann Rachel. „Aber je länger, desto deutlicher sehe ich, dass Aaron mich gar nicht wirklich liebt. Mir scheint, er ist immer noch zutiefst der Sohn seiner Mutter. Sich einer anderen Frau anzuvertrauen hat er wohl nie gelernt – wie die meisten Männer." Rachel seufzte tief. „Mich ins Heu ziehen und neckische Spielchen mit mir treiben, das kann er. Aber wenn es um mehr als das Körperliche geht, kann er nichts mit mir anfangen. Noch nie konnte ich ihn dazu bringen, seine Gedanken über Liebe oder über eine gemeinsame Zukunft mit mir zu teilen."

Clare unterbrach sie mit sanfter Stimme: „Liebst du Aaron?" Rachel schwieg mit großen Augen.

„Kannst du dir lange gemeinsame Jahre mit ihm als Gefährten vorstellen? Wäre er der richtige Vater für deine Kinder?", fragte Clare weiter und ließ Rachels Blick erst los, als sie sich der unruhig gewordenen Föti zuwandte. Rachels erneuter tiefer Seufzer und das Knarren der Tür genügte ihr als Antwort. Traurig nahm sie Föti auf. Sie gab ihr die Brust im Wissen, dass Föti ihr letztes eigenes Kind war, und genoss die einmalige Verbindung zum Säugling, auch wenn sie diesen nicht mehr stillen konnte.

32

Clare fühlte sich ertappt, als sie hinter sich die Herrin eintreten hörte, und gestand der verdutzten jungen Frau, dass sie Werner und Margret nicht selber gestillt habe. Ohne Photina abzusetzen, und ohne sich zu erheben, forderte sie die Herrin auf, das Kind, das sie nächstens empfangen werde, wie sie selber zu stillen. Sie entschuldigte sich sofort für ihren Ton, nicht aber für den Inhalt ihrer Worte und fragte leise nach dem Grund des Besuches.

Die Herrin blieb kühl. „Schick Rachel zu mir. Der Schneider aus Badenweiler will an ihr Maß für ein neues Kleid nehmen.“ Als sie Clares große Augen sah, erklärte sie: „Wer mit mir und Conrad zur Kur fährt, fährt standesgemäß. Dies gilt auch für Küentzi. Und du sorgst dafür, dass deine Leute in drei Tagen in den neuen Kleidern zur Fahrt bereit sind.“ Ohne auf eine Bestätigung ihres Auftrages zu warten, verließ sie die Kammer so leise, wie sie sie betreten hatte.

Clare betrachtete die Fingerspitzen ihrer linken Hand und erinnerte sich, wie sie als Novizin die eintönige und für die Finger schmerzhafte Arbeit in der Nähstube gefürchtet hatte, bevor sie in der Krankenstube ihre Berufung als Heilerin fand. Sie blickte auf Fötis zufriedenes Gesicht und wusste, dass sie ihre Abneigung gegen Nadel und Faden überwinden und auf ihre Erfahrung zurückzugreifen musste. Rachel konnte ihr diese Arbeit nicht abnehmen. Als Karrerin hatte sie sich ihre Finger für diese feine Arbeit verdorben, wenn sie überhaupt je Sticken oder Nähen gelernt hatte. Clare packte Föti in das Tuch, das sie sich wie eine Bäuerin über die Schulter gebunden hatte, und machte sich auf die Suche nach der Herrin.

Clare fand Conrads Gattin auf der Terrasse vor der aufwändig eingerichteten guten Stube, wo die Herrin Stoffe für ihr neues Abendkleid auswählte. Sie drehte und wendete die Gewebe, prüfte die Feinheit und Stärke der Fäden und stellte sich vor, ob das Tuch auch im Kerzenlicht ihren Ansprüchen genüge. Sie blickte zuerst – mit einem Anflug von Neid, wie es Clare erschien – auf die im Tuch schlafende Föti, bevor sie Clare bat, ihr bei der Wahl der Stoffe zu helfen. Sie winkte den unerwartet stattlichen Schneidermeister auf die Terrasse, um ihm Clare vorzustellen.

Diese kam ihr zuvor: „Clare Schaffner, Gattin von Kunrad Schaffner, Ritter Conrads Leibwächter. Ich muss Ihnen gestehen, dass mir höfische Mode fremd ist, meine Erfahrung beschränkt sich auf das Nähen einfacher Alltagskleider. Doch als Näherin möchte ich der Herrin gerne zu Diensten sein und zu einem erfolgreichen Kuraufenthalt verhelfen." Sie nahm die Elle zur Hand, warnte die Herrin, sie müsse sie nun vermessen, und hieß den Schneidermeister, der Clares plumpes Auftreten mit einem Hüsteln abtat, die gemessenen Längen aufzeichnen. Mit ihrer Arbeit zufrieden, verabschiedete sie sich und überließ es dem Schneider, an den Männern Maß zu nehmen, sowie die Stoffe zuzuschneiden. Sie verkniff sich alle Fragen an diesen großen, stämmigen Mann mit starken, feinen Händen. Seine aufrechte Haltung und sein harter, prüfender Blick, als sie ihm vorgestellt wurde, passten überhaupt nicht in ihr Bild eines höfischen, verweichlichten Schneiders.

Rachel wusste schon am frühen Nachmittag mehr. „Ich habe sofort seinen Akzent erkannt. Er kommt ursprünglich aus Böhmen wie ich und war Schneidermeister am Hofe des Königs Johann von Böhmen, folgte ihm ins Burgund. Er ist auf der Heimreise. Der Gattin des Markgrafen Otto von Hachberg – genau: der Patin unserer Herrin hier! – ist er von einem burgundischen Adligen vermittelt worden." Sie schob den linken Fuß langsam vor und stemmte aufreizend die Hände in die Hüften. „Er heißt Jan und gefällt mir! Vielleicht treffe ich mich mit ihm in Badenweiler und gehe mit ihm ins Bad."

„Hast du dich ihm als Landsmännin zu erkennen gegeben?", fragte Clare alarmiert. „Sei ja vorsichtig! Dein Akzent könnte ihm deine Herkunft verraten und du müsstest eine neue Lebensgeschichte erfinden, ohne sie vorher mit uns absprechen zu können. Erinnere dich – bitte! – für alle hier kommst du aus einem abgelegenen Weiler in den wilden Vogesen."

Das Leuchten in Rachels Augen erlosch. Ihr Gesicht passte wieder zur tüchtigen Karrerin, die gehorsam unbeteiligt Landarbeiterinnen auf dem Feld abholen und zurück auf den Hof fahren musste. Weder sie noch Clare erwähnten den Schneider an diesem Tag noch einmal, obwohl beide, wenn auch aus unterschiedlichen Gründen an ihn dachten.

Am folgenden Morgen gelang es Clare, während sie zusammen mit dem Schneidermeister die Nähwerkstatt einrichtete, sich mit vielen einfachen Fragen einen Überblick über Jans Leben zu verschaffen.

Er war mehr als zehn Jahre älter als sie und als junger Mann aus der Herrschaft des Landgrafen von Neuhaus an den königlichen Hof in Prag gekommen. Um die reiche höfische Mode des französischen Hochadels kennenzulernen, habe er den König öfters auf dessen Reisen begleitet.

Nun war er, wie schon Rachel in Erfahrung gebracht hatte, aufgrund einer Empfehlung zum Markgrafen Otto von Hachberg gelangt. Aus seinem Atelier in Badenweiler kümmerte er sich um die Garderobe der Markgräfin, wann immer sie zur Kur erschien, hatte auch schon den markgräflichen Hofschneider auf Schloss Rötteln beraten. Als Lieblingsschneider der Markgräfin am Oberrhein gehandelt zu werden, trug ihm beträchtlichen Verdienst sowie viel Ehre ein.

Clare wollte noch mehr über Jans Hintergrund erfahren und versuchte es mit einer Fangfrage. Sie zeigte in einer Arbeitspause auf ihr Töchterchen, das auf einem großen Kissen zufrieden döste, und erzählte stolz, wie rührend sich Photinas Pate, Pater Stanislaus, der Ketzerjäger, während und nach Photinas Geburt um das Seelenheil von Mutter und Kind gekümmert habe. Beim Wort ‚Ketzerjäger' meinte sie ein kurzes Zucken und einen Anflug von Angst in Jans Augen zu beobachten und erwartete von ihm zumindest das Bekenntnis, er halte wie sein König, nunmehr Karl IV., zum Papst in Avignon. Doch Jan schwieg, und Clare entschied, Rachel vor ihm zu warnen. Sie war überzeugt, dass nur der, der etwas zu verbergen hatte, seine Zunge so hütete wie vorhin der Schneider.

Clare fand erst spät am Abend Zeit, Rachel von ihren Gesprächen mit dem Schneider zu berichten. „Mir kann dieser Mann nicht weismachen, dass er ein einfacher Schneidermeister ist", sagte sie rundheraus. „Wie er behauptet, hat er für das böhmische Königspaar in Prag und Luxemburg gearbeitet, und er hat mehrere ihm bekannte Fürsten erwähnt".

Als Rachel hörte, Jan kenne den berühmten Grafen von Neuhaus persönlich, erblasste sie. „Dieser Graf und sein Bruder, der Inquisitor", gestand sie unter Tränen, „haben im Namen des

Papstes mit größter Grausamkeit und Unbarmherzigkeit meine Glaubensbrüder und -schwestern verfolgt und unsere Kirchen zerstört. Eben dieser Graf war der Grund, warum ich aus Böhmen geflüchtet bin und Verbindung zu Brüdern und Schwestern in Straßburg gesucht habe." Mit Bitterkeit fügte sie hinzu: „Gerade wollte ich mich von meiner Herkunft lösen und wäre für Aaron durchs Feuer gegangen", sie stampfte heftig mit dem Fuß, „da holt mich die Vergangenheit mit diesem Schneider aus Böhmen ein!"

Clare nahm sie in die Arme und machte ihr Mut: „Einen neuen Anfang, mit oder ohne Aaron und Jan, wir schaffen das!"

Am andern Morgen tauschte Clare mit dem Schneider, der bis spät in die Nacht gearbeitet und in der Nähstube geschlafen hatte, nur Belangloses aus. Aus Misstrauen vermied sie auch tagsüber jede persönliche Bemerkung, wenn sie ihre Arbeiten mit ihm besprach. Erst am Abend vor der Abreise nach Badenweiler, beim letzten Anpassen der neuen Kleider, erkannte sie, wie sehr Jan von Rachel angetan und ihr wohlgesinnt war.

Er schenkte ihr eine bunte, ihre Figur wunderbar schmeichelnde Schürze und machte damit Clares Bemühungen, Rachels Reize hinter weiten, trüben Stoffflächen zu verbergen, völlig zunichte. Als die Beschenkte Rock und Schürze freudig vorne etwas hob und sich strahlend im Kreis drehte, klatschte er begeistert Beifall und hielt verdutzt inne, als sie abrupt stillstand, langsam die Schürze löste und sie ihm zurückgab. „Ich danke dir, aber ich kann das Geschenk nicht annehmen", sagte sie mit einer Träne im Auge. „Clare kann es dir erklären."

Sie wollte kleinlaut die Stube verlassen, doch Clare hielt sie zurück. „Du musst wissen", sagte sie an den Schneider gewandt, „welche Rolle Ritter Conrad unserer Rachel zugedacht hat. Er hat sie über seiner Gattin Kopf hinweg für diese Reise zum Kindermädchen seines Sohnes ernannt. Aber nur, um sie als Buhlerin in seiner Nähe zu haben."

Jan hielt Rachel die Schürze hin. „Bitte behalte sie. Ich habe sie für dich genäht. Trag sie bitte, wenn ich dich an einem der kommenden Tage in Badenweiler ausführen werde. Ich möchte eine schöne und gescheite Frau wie dich verehren. Hab keine Furcht." Er zögerte, als ob er überlegte, wie er weiterfahren wollte. Unter den fragenden Blicken der Frauen gestand er: „Ich liebe nur

Männer", und mit einem Zwinkern warnte er Clare: „Halt also Küentzi von mir fern!"

33

Am Sonntagmorgen versammelten sich die wenigen Bediensteten früh im Hof vor dem Zünkener Herrschaftshaus. Sie warteten auf den Ritter und seine Gattin, um in der alten Kirche für das Gelingen der Badekur zu beten. Die Sonne beschien schon den ganzen Vorplatz, als ein von zwei kraftvollen Rappen gezogener, mit Wappen verzierter Reisewagen vorfuhr. Einzig Conrads Pferdeknecht erkannte am roten Schrägrechtsbalken auf goldenem Untergrund das Wappen des Markgrafen von Hachberg-Sausenberg. Er hastete ins Herrschaftshaus und meldete den hohen Besuch. Die andern verfolgten neugierig, wie der Wagenlenker, den das Wappen auf seinem Wams als markgräflichen Bediensteten auswies, vom Bock abstieg und die Leinen am Balken vor dem Stall festzurrte. Er hatte gerade alles für den Ausstieg seines Fahrgasts vorbereitet, als Ritter Conrad, gefolgt vom Pferdeknecht, zu ihm trat. Der Lenker des markgräflichen Gespanns, ein wortgewandter Karrer, begrüßte ihn höfisch elegant und empfahl ihm, die Einladung der Markgräfin, sich von ihm mit den anderen Gästen nach Badenweiler fahren zu lassen, zu seinem Vorteil unbedingt anzunehmen.

Conrad, der sich nur ungern sagen ließ, wie er sich zu bewegen hatte, hörte aus der blumigen Einladung einzig den markgräflichen Befehl heraus und suchte eine Möglichkeit, um der Fahrt im Wagen zu entgehen. Er fand sie in Gestalt des Schneiders, der im Wagen gesessen hatte und nun eben ausstieg.

„Bleibt, bleibt!", sagte er mit ironischem Unterton. „Nehmt an meiner statt auch auf der Rückfahrt im Wagen Platz und sorgt dafür, dass die kostbaren neuen Kleider, die Ihr so aufwändig gefertigt habt, im Sitzen nicht beschädigt werden. Ich werde derweil auf meinem Pferd nebenher reiten und den Wagen beschützen." Er winkte seine Gattin zu sich, und sie gingen, gefolgt vom Gesinde, zur Messe.

Dem Fuhrmann fehlte die Macht, der Markgräfin Wunsch gegen den selbstbewussten Ritter durchzusetzen. Gutmütig, wie er war, half er stattdessen Clare und dem Schneider, die Werkstatt in der guten Stube aufzuheben und die übrig gebliebenen Stoffe zu verladen. Als Conrad mit seinen Leuten von der Messe zurückkam, stand der Wagen zur Abfahrt bereit im Hof, und die Reisenden stiegen ein.

Die Fahrt zum Schloss Badenweiler dauerte zwei Stunden und wäre ohne Klein-Conrad zur langweiligen Strapaze geworden. ‚Hecht' wechselte quietschfidel von einem Schoß auf den anderen, wollte die Landschaft genau sehen und alles erklärt haben. Ihn kümmerten die strengen Blicke seines Vaters nicht, wenn er von der Frauenseite auf die Männerseite wechselte; er freute sich über die ausführlichen Antworten, die er auf seine vielen Fragen erhielt. Erst als sie von der alten Römerstraße in den Schlosshof abbogen, vergaß er das Fragen. Mit offenem Mund schaute er hinauf zu den mächtigen Mauern der Burg auf der Anhöhe vor ihnen. Und als er von seiner Mutter hörte, sie würden dort oben als Familie eine große Stube bewohnen, flüchtete er zu Rachel: „Wo schläfst du?" Von der unschuldigen Frage gerührt, nahm sie ihn auf den Schoß: „Sicher in deiner Nähe, Hecht."

Erst viel später, nachdem der Ritter persönlich den Haushofmeister bemüht hatte, war die Unterbringung seiner zwei Dienstleute geklärt. Für Rachel als Kindermädchen wurde in der Nähe des Schlafgemachs der Familie eine kleine Kammer hergerichtet, Küentzi wurde zusammen mit anderen Knechten im übervollen Gesindehause untergebracht. Mit Rachels Kammer in seiner Nähe hatte Conrad dafür gesorgt, dass sie, im Unterschied zu Küentzi, leicht zu finden und für ihn schnell verfügbar war. Würde der Knecht benötigt, müsste Rachel Küentzi suchen und nach oben begleiten. Dass Conrad mit seiner Anordnung Rachels und Küentzis alte, durch die ungewohnte Nähe im Reisewagen geweckten Gefühle für einander vorantrieb, entging ihm wie seiner Gattin, die ausschließlich verfolgte, wie sich ihr Gemahl gegenüber Rachel verhielt.

Die junge Herrin verhinderte schon beim ersten befreienden Bad in einer zum Schloss gehörenden Quelle, dass sich Conrad vor den Augen der Markgräfin zum Narren machte. Als er unter dem Vorwand, ihr seinen Sohn vorzuführen, Rachel zusammen mit ‚Hecht' in das herrschaftliche Becken holen wollte, wies die junge Mutter ihn zurecht, dies sei ihre Aufgabe. Mit einem süßen Lächeln schubste sie den unerwartet beflissenen Vater spielerisch zurück ins warme Wasser. Für Conrad aufreizend langsam entstieg sie dem Becken und spielte ihren straffen, jungen Körper gegen die durch das Wasser gebrochenen Umrisse ihrer in die Jahre gekommenen Gastgeberin aus. Diese konnte zwar nicht genau erfassen, worum es ihren Gästen ging, entließ die junge Frau einfach mit einem anerkennenden Nicken und klärte Conrad behutsam über die Vorzüge einer Ehe mit einer so jungen Mutter auf, bis sich diese mit ‚Hecht' auf dem Arm wieder zu ihnen ins Wasser setzte.

Im Unterschied zu den edlen Herrschaften, die sich nebenan gemütlich im warmen Wasser entspannten, endete das gemeinsame Bad für Küentzi, sobald Rachel mit einem zufriedenen Lächeln zu ihm ins Wasser zurückkehrte, nachdem sie der Herrin ‚Hecht' überreicht hatte. Schon der Anblick der beiden vom Wasser geröteten, kräftigen Frauenkörper vor ihm hatte ihn überfordert. Wie sich Rachel ihm langsam näherte, kletterte er aus Angst, sich in ihr zu verlieren, hastig aus dem Bottich und wäre beinahe auf dem nassen Boden ausgerutscht und hingefallen. Ohne sich ihr zuzuwenden, entschuldigte er sich, er müsse sich sofort ankleiden, um des Ritters Wünsche erfüllen zu können. Er hörte selber, wie falsch seine Worte klangen, und schwieg hilflos, als er ihr wohliges „Bis später!" vernahm.

Rachel blieb nur kurz allein. Sie hörte Klein-Conrad nach ihr rufen, entstieg dem Zuber und empfing ihn mit offenen Armen. Doch als sie hinter ihm seinen nackten Vater sah und spürte, wie er sie mit Blicken lustvoll abtastete, nahm sie den fröhlichen Kleinen, drehte dem Ritter abrupt den Rücken zu und hastete mit dem Kind auf dem Arm der Herrin nach in den Umkleideraum. Verärgert und verschreckt entschied sie, für den Rest des Tages in der Nähe der Herrin zu bleiben und Orte, wo sie fürchten musste, dem Ritter allein zu begegnen, unbedingt zu meiden. Richtig Freude am Leben fand sie erst wieder, als sie neben Küentzi mit ‚Hecht' auf dem Arm hinter den Herrschaften zum Wohnteil der Burg hochging.

Einmal mehr musterte sie Küentzis kräftige Gestalt und sein kantiges Gesicht mit dem sorgfältig getrimmten Bart. Alles, was sie sah, gefiel ihr, und sie genoss seine ruhige Nähe, die nebst der Herrin zudem ihr bester Schutz vor des Ritters Nachstellungen war. Während sie spielerisch wie bei einem Tanz versuchte, ihre kurzen

Schritte seinen langen anzugleichen, stellte sie sich vor, wie er als Leibwächter des Ritters mit seiner Anwesenheit verhinderte, dass Conrad sie an einem dunklen, verlassenen Ort vernaschte. Ihr wurde warm und sie errötete, was den scharfäugigen klugen Kleinen ermutigte, ihr die Haube vom Kopf zu zerren. Bevor sie mit der freien Hand ihr Kopfstück zurückholen konnte, hatte Küentzi ihr es mit einer sanften, geradezu zärtlichen Bewegung wieder aufgesetzt. Seine ernsten Augen verboten ihr jegliches Schöntun, und sie wandte sich mit hochrotem Gesicht wieder ‚ihrem kleinen Hecht' zu, zeigte auf die Kopfbedeckung seiner Mutter vor ihr und erklärte ihm, dass auch bei ihr wieder alles war, wie es sich gehörte.

Am Abend, als der Ritter vor dem Betreten des großen Saales seine Familie mit Rachel und Küentzi um sich versammelte, erschrak Conrad ob Rachels klobiger Tracht. Er wünschte für seinen Sohn eine höfisch gekleidete Kinderfrau als Begleitung und verlangte von seiner Gattin, dass sie Rachel entsprechend einkleide. Die Frauen hetzten nach oben und suchten nach Röcken, die Rachel passten, während Conrad mit Küentzi und ‚Hecht' unten warteten. Sie suchten vergebens.

Der Herrin Kleider waren für Rachel zu klein, doch für Schneiderarbeiten war es zu spät. Schärpen aus wertvollem Stoff schienen die Lösung, bis sich Rachel an das Geschenk des Hofschneiders erinnerte und es aus ihrer Kammer holte. Die Herrin erkannte sofort den besonderen Wert der Schürze und half ihr beim Anziehen. Erleichtert eilten sie nach unten, stellten sich neben ihre staunenden Begleiter und ließen sich der Markgräfin melden.

Als Rachel mit Klein-Conrad an der Hand der Markgräfin vorgestellt wurde, geschah, was Clare vorausgesehen und als Schneiderin zu verhindern versucht hatte. In ihrer fein gearbeiteten Schürze stahl Rachel mit ihrer Figur den anderen Frauen die Aufmerksamkeit und verdrehte den Männern die Köpfe. Selbst die Markgräfin nickte angetan, als Rachel vor ihr knickste, bevor sie Conrads Gattin für deren erlesene Garderobe und edles Auftreten lobte. Zum Schluss lud die alte Dame den Ritter mit seiner Gattin als ihre Verwandten ein, mit ihr zu tafeln, und erhob sich. Sie wartete, bis Rachel Konrads Spross auf dem Arm hielt, und trat zu ihr, um sich von ihm zu verabschieden. Sie warnte Rachel leise, nachdem das Elternpaar sich bereits gesetzt hatte: „Diese Schürze steht für Tugenden, die Conrad fürchtet. Achte du sie, und du hilfst ihm und meiner Nichte!“ Rachel errötete verschämt, knickste zum zweiten Mal und verließ mit Küentzi und dem Kind die vornehme Gesellschaft.

Sie fanden einen ruhigen Platz im Hof vor der großen Küche. Rachel hielt den müden Kleinen mit Rittergeschichten aus ihrer Heimat wach, während Küentzi für sie in der Küche eine Mahlzeit zusammenstellte. Die ursprünglich den Edlen oben zugedachte Kost mundete ihnen, und noch bevor jedes der verschiedenen Gerichte probiert war, schlief der Kleine mit vollem Bauch ein. Der Wein war ausgezeichnet, die Nacht lau, die Stimmung friedlich, und weder Rachel noch Küentzi hatten es eilig, nach oben in Rachels kalte Kammer zu steigen. Erst als sie aus der Küche hörten, dass die dritte Nachspeise aufgetischt war und oben zu Tänzen aufgespielt wurde, trug Küentzi den schlafenden Kleinen hinter Rachel nach oben.

Die Kammer war so klein, dass Rachel in der Ecke hinter der geöffneten Tür warten musste, bis Küentzi, der den Kleinen auf Rachels Laubsack unter dem Fenster legte, sich aufrichtete, und sie die Tür hinter sich schließen und zu ihm treten konnte. Die Küsse waren hitzig und vielversprechend, doch der Kleine schlief plötzlich unruhig und leicht, und Rachel legte sich pflichtbewusst neben ihn. Küentzi setzte sich in die Ecke, die zu einem dunklen Versteck wurde, wenn die Türe offen war, und fiel sofort in Schlaf. Rachel brauchte lange und hörte noch, wie der Ritter den Diener, der dem Paar den Weg geleuchtet hatte, verabschiedete.

Sie wurde erst wieder wach, als die Mutter in der frühen Dämmerung ihren schlafenden Sohn abholte, und sie musste zusehen, wie ihre Herrin vor dem Hinausgehen den schlafenden Leibwächter entdeckte. Doch zu ihrer Überraschung bekam sie anstatt empörter Worte nur ein zufriedenes „Ihr braucht diese Nacht sicherlich keinen Leibwächter mehr!“ zu hören. – „Und wie ich ihn brauche!“, widersprach ihr Rachel ungehört, wartete, bis im Gang alles ruhig war, und holte Küentzi zu sich.

Es war spät am Morgen, als Küentzi, der auf dem Boden vor der Türe tief schlief, durch einen Stoß in die Seite unsanft geweckt wurde. Er tastete nach dem Schwert, fuhr hoch und stellte sich kampfbereit der einen Spalt offenen Türe entgegen. Erst als er des Ritters vorsichtig in die Kammer gestreckten Kopf deutlich sah, und er dessen heiseres „Es ist alles gut!“ hörte, ließ er das Schwert sinken. Verlegen strich er sich die letzten Schlafschleier aus den Augen, und quittierte beklommen den Auftrag, im Hof zum Schwertkampf anzutreten. Er wartete, bis Conrad Rachel auch der Herrin Auftrag ausgerichtet hatte, und verließ hinter ihm die Kammer. Gerade rechtzeitig, bevor zwei Handwerker innen an der Türe einen einfachen Holzriegel anbrachten.

Während die Männer sich unten etwas matt mit Holzschwertern bekämpften, tauschten sich oben die Frauen fidel und munter über ihren Auftritt an der Abendtafel aus. Was später in der Nacht geschehen war, behielten beide für sich. Der wohlig versonnene Ausdruck der Herrin und ihre stelzigen Bewegungen brauchten ohnehin keine Erklärung, und Rachel, die mit ihren Gefühlen für Küentzi nicht mehr zurechtkam, verbot sich, über ihre Erfahrungen zu sprechen, um Küentzi zu schützen. Sie wich auf weniger Vertrauliches aus und fragte die Herrin, wie nah sie mit der Markgräfin eigentlich verwandt sei.

„Meine Mutter ist verwandt mit der Markgräfin Großmutter, die als Gräfin von Freiburg die Herrschaft Badenweiler in die Ehe mit dem alten Grafen von Straßberg brachte. Markgräfin Elisabeth, selber kinderlos, hat mich wie eine nahe Verwandte gefördert. Sie hat die Heirat mit Ritter Conrad vermittelt, und, wie Ihr gestern Abend von ihr selber mitbekommen habt, hält sie noch immer mit Erfolg ihre schützende Hand über mich und meine Ehe.“ Sie strich sich über den Bauch und errötete.

Unschuldig fragte Rachel die Herrin, ob deren Ehe der Markgräfin auch Vorteile bringe. Die Herrin antwortete überzeugt: „Unter dem Bayern haben wir Edle auch auf dem Land an Einfluss verloren. Die Herren von Bolsenheim gehören zum alten Adel, deren Burg Ihr im Unterschied zu mir sogar schon kennengelernt habt.“ Rachel verbiss sich eine spöttische Bemerkung, nickte einfach mit großen Augen und wartete, bis die junge Frau fortfuhr. „Conrad ist ein ausgezeichneter Ritter und versteht sich mit den Männern. Sobald die Pest es uns erlaubt, kehren wir in unser Haus in Neuenburg zurück, und ich werde dafür sorgen, dass wir als Familie ein standesgemäßes Leben führen können. So erwartet die Markgräfin dies von uns.“ Ihr

Ausdruck wurde überraschend ernsthaft. „Die Grafenlinie Straßberg stirbt aus. Ihr Erbe, zu dem Zünkon gehört, wird neu belehnt werden. Darauf müssen wir uns vorbereiten." Wie abwesend erhob sie sich und strich sich die Schürze glatt. „Mit Conrad hoffe ich, dass der Markgraf unser neuer Lehnsherr wird, denn den Habsburgern gehört die Zukunft – wie unseren Söhnen!" Wieder strich sie sich über den Bauch.

Rachel murmelte ergeben: „So sei es …" Sie führte Conrads Stammhalter, der den Frauen hellwach zugehört hatte, an der Hand in den Hof hinunter und suchte Küentzi.

Sie fand ihn vor dem Stall, wo er eilig ein Pferd sattelte. Sobald sie in Hörweite war, legte er wie im Traum los: „Ich hab' gehört, eine Taube aus Zünkon sei eingeflogen. Notfall! Ich muss sofort nach Clare und den Kindern sehen!" Er wich ihrem Blick aus, bückte sich. „Sie ist in großer Gefahr. Ich spüre es", bekannte er mit heiserer Stimme, zurrte den letzten Riemen fest und prüfte den Sitz des Sattels. Vom Pferd herab bat er Rachel, den Ritter, den er nicht gefunden habe, zu warnen, und ritt ohne Gruß los. Erst als sie seinen Rücken sah, erkannte sie, dass er ein Wams der markgräflichen Wache und sein Schwert trug. Befremdet blieb sie stehen.

Sie brauchte eine Weile, bis sie ‚Hechts' Wunsch: „Ich will auch reiten!", nachkam und sich von ihm zum nahen Aufsteigblock führen ließ. Folgsam spielte sie danach ‚Schlachtross' für ihn und hüpfte mit dem Kleinen auf dem Rücken durch die verschiedenen Vorhöfe. Nachdem der von vielen siegreichen Kämpfen zufriedene kleine Ritter abgestiegen war und er sein Pferd im Stall abgeben hatte, kehrte sie mit dem müden Kleinen auf dem Arm zum Wohnteil zurück.

Auf der Treppe nach oben hastete ihr der markgräfliche Schneider entgegen und fragte sie grimmig, wo er den Ritter oder Küentzi finden könne. Von seinem harten Ton und dem eiskalten Blick eingeschüchtert, gab sie sofort alles, was sie vorhin von Küentzi über Clare und Zünkon gehört hatte, an ihn weiter. Er packte ihren Arm, schüttelte verwundert den Kopf, ließ sie sofort wieder los und entspannte sich: „Danke. Mit dieser Auskunft hast du mir geholfen! Doch behalt all dies für dich!"

Wieder der liebenswürdige Schneider, als den sie ihn kannte: „Ich werde dir später erklären, worum es hier geht. Ich vermute allerdings, dass du von Küentzi früher erfährst, was Sache ist." Nach einem schnellen „Nochmals Danke!" eilte er nach unten. Verstört brauchte sie jeden der verbleibenden Schritte nach oben, um sich zu sammeln: Für die Herrin musste sie glaubwürdig die starke, verlässliche Kinderfrau bleiben.

Küentzi, der im Wagen auf der Fahrt nach Badenweiler wenig auf die Straße geachtet hatte, musste – um sich zu vergewissern, ob er auf dem richtigen Weg zu Conrads Hof war – bei jeder Abzweigung stoppen. Er kam erst richtig schnell voran, als er die weite Rheinebene erreicht hatte. Mit durchdringenden Warnrufen trieb er die Wanderer an den Straßenrand und machte sich den Weg frei und. Als er durch den Mittagsdunst die einzelnen Gebäude von Conrads Gut erkennen konnte, verließ er die Straße nach Neuenburg und ließ sein Pferd den Weg auf Conrads Hof querfeldein finden.

Kurz vor dem Ziel bemerkte er einen rücksichtslos über die Felder preschenden Reiter von rechts. Grob peitschte er sein müdes Pferd, um den schnellen Lanzenreiter, den er als zusätzliche Gefahr für Clare verstand, noch vor Conrads Hof abzufangen. Sie erreichten die Einfahrt zum Hof beinahe gleichzeitig, doch bevor Küentzi die Hand für das auf den Rücken gebundene Schwert freibekam, keuchte der andere: „Gott sei Dank sind wir zu zweit. Ich habe dich am Morgen beim Üben gesehen. Lass uns nachsehen, warum wir zu Hilfe gerufen wurden." Der Soldat richtete sich auf und die Lanze in den Himmel. Erst jetzt erkannte Küentzi, dass der Reiter über seinem Brustpanzer das gleiche Wams mit dem gleichen Wappen wie er trug, das für ihn als Soldaten der markgräflichen Wache zeugte.

„Ich bin Euch neu zugeteilt", grüßte er erleichtert zurück, ritt neben ihn und rieb sich den Schweiß aus den Augen. Langsam zog er sein Schwert aus der Scheide, während der Lanzenreiter den Sitz seines Schwertes prüfte und den Spieß senkte. Kampfbereit ritten sie nebeneinander langsam in den stillen, leeren Hof vor dem Herrenhaus. Läden und Tür waren verschlossen. Nur aus einem Stall kamen Geräusche, und der Soldat ritt sofort darauf zu. Küentzi behielt das Herrschaftshaus im Auge, während er sich mit lauter Stimme zu erkennen gab, und Clares vollen Name zusammen mit den Namen seiner Kinder ausrief. Lange bewegte sich nichts, bis Küentzi abstieg und im Schutz der Lanze auf den Stall zuging.

„Küentzi, wer ist der Krieger zu Ross neben dir?“, meldete sich Conrads Pferdeknecht unerwartet aus der Scheune.

„Ich bin Soldat der Leibwache der Markgräfin“, stellte sich der Reiter selber vor. „Ich bin vom Hauptmann nach Empfang deiner Botschaft sofort hierhergeschickt worden.“ Als sich der Pferdeknecht nicht zeigte, bat Küentzi den Soldaten laut, die Lanze in den Himmel zu richten und rief: „Ich komme zu dir in die Scheune.“

Nach wenigen Schritten auf die Scheune zu sah Küentzi den Pferdeknecht langsam, mit blutigem Kopf auf ihn zu kommen. „Endlich sind sie weg! Sie müssen euch gesehen haben“, dankte der brummige Kerl seinen Helfern. Küentzi forderte er auf: „Jetzt holen wir deine Familie aus ihrem Versteck“, und er zeigte auf seinen Kopf: „Ich brauche deine Ärztin.“

Er ging ihm voraus ins Haus und in die Küche, wo er auf den Besenschrank neben der Vorratskammer zeigte. „Die hintere Wand ist eine Tür. Gebt euch zu erkennen wie vorhin, sie können euch hören.“

Clare kam mit Photina als letzte aus dem Versteck, übergab sie Küentzi mit einem Kuss und dankte den Männern für ihre Arbeit. Werner hieß sie, ihr den Wasserkrug zu reichen, damit sie des Pferdeknechts Wunde auswaschen konnte. Während sie die Verletzung reinigte, erklärte sie Küentzi, wie sie sich mit dem Gedanken, Küentzi würde ihre stummen Hilferufe hören und kommen, einen kühlen Kopf bewahrt hatte.

„Unser Band hält!“, schloss sie mit nassen Augen überzeugt und erschrak, wie der Lanzenreiter abrupt Küentzi anfuhr: „Hab’ ich richtig gehört? Ihr habt eigenwillig Euren Posten als Leibwächter verlassen und seid ohne Conrads Wissen hierhergekommen?“

Da Küentzi nur nickte, übernahm Clare: „Und er reitet wieder zurück, sobald er sich erfrischt hat. Nicht wahr, Küentzi?“ Wiederum nickte dieser nur und erhob sich. Als er die verständnislos aufgerissenen Augen des Mannes vor sich sah, überwand er seine Müdigkeit. „Ich danke Euch von Herzen, dass Ihr meine Familie beschützt habt. Ich vertraue weiterhin auf Eure Hilfe und werde beruhigt über die Sicherheit von Ritter Conrads Familie wachen." Er zögerte, bevor er fragte, wo Aaron sich verstecke.

Wiederum antwortete Clare zuerst. „Kurz nach der Abfahrt des edlen Reisewagens ist er verschwunden. Niemand hat ihn seither gesehen. Seine Sachen liegen noch immer auf dem Heuboden über dem Stall. Ich vermute, er könnte jederzeit, spätestens nach Rachels Rückkehr, zurücksein."

Um Küentzi zu überzeugen, dass sie mit ihrer Annahme richtig lag, bat sie den Pferdeknecht, ihnen zu erzählen, was sich auf dem Hof bis zu Küentzis Erscheinen abgespielt hatte.

„Ich versorgte die Pferde, als ich drei Reiter in den Hof kommen hörte. Sie fragten sich, ob sie diesmal den gesuchten Hof gefunden hätten. Ihre Stimmen und Sprache gefielen mir nicht, weshalb ich mich ihnen nicht zeigte, als sie riefen, ob jemand zu sprechen sei. Ich beobachtete sie still. Einer hatte eine frisch vernarbte Schwerthand. Wie sie abstiegen, und zwei mit langen Messern in der Hand in der Scheune verschwanden, verließ ich ungesehen den Stall, sandte eine Taube an die Wache und versteckte eure Familie. Als sie versuchten, die Türe zum Herrenhaus aufzubrechen, stellte ich mich ihnen mit einem Knüppel entgegen. Der größte und stärkste schlug mich mit der flachen Klinge zu Boden. Ich verstehe nicht, was sie hier wollten, denn als sie von mir hörten, der Ritter sei mit dem Gesinde in Badenweiler und ich allein mit den Pferden, zogen sie einfach ab."

„Beschreib mir ihren Anführer", verlangte Küentzi. Was er zu hören bekam, gefiel ihm gar nicht, und er blickte grimmig zu Clare. Sie jedoch kramte weiterhin in ihrem Salbenkasten und verzog keine Miene, obwohl die Beschreibung der verstümmelten Schwerthand sie wie ihn an den Anführer des Überfalls im Wald erinnerte. Ruhig untersuchte sie die Platzwunde am Kopf des Pferdeknechtes, den sie auf eine Stabelle gesetzt hatte, und er verstand warum. „Ich kenn dich nicht, Pferdeknecht, doch du hast mich und die Kinder sicher versteckt. Hab Dank für deinen mutigen, selbstlosen Einsatz. Dank dir und diesem Versteck fühle ich mich hier sicher." Sie blickte kurz zu Küentzi: „Wir stehen in deiner Schuld."

Erleichtert übernahm er ihre Haltung, klopfte dem Pferdeknecht, zu dem er diesmal nicht aufblicken musste, auf die Schulter, dankte ihm dazu für das umsichtige Verhalten und entschied: „Der

Lanzenreiter, du und Aaron genügen als Schutz für die Frauen und die Kinder, bis der Ritter wieder zurück ist.“ Als wäre er des Pferdeknechtes Vorgesetzter, klopfte er ihm nochmals auf die Schulter. Den Kindern, die still alles verfolgt hatten, gab er zum Abschied einen Kuss und verließ die Küche. Sein schlechtes Gewissen gegenüber Conrad trieb ihn zur Eile. Für die andern vom Hof, die sich vor der Küche versammelten, reichte es gerade für ein lautes „Bis bald!“.

Für den Rückweg zur Burg wählte er des Lanzenreiters unverkennbare Spur querfeldein und auf schattigen, weichen Nebenwegen. Er schonte den Gaul weder in der Ebene noch bergauf und erreichte die Burg unerwartet schnell.

Auf des Pferdeknechtes Vorwurf, ein rücksichtsloser Tierschinder zu sein, ging er nicht ein, als er ihm das verschwitzte, zitternde Tier überließ, hängte nur ruhig das entliehene Wams zurück an die Wand. Erst als der zu Recht empörte Mann ihm mit einer Klage beim Hauptmann drohte, änderte er seine Haltung.

Zackig forderte er den Pferdesoldaten auf, näherzutreten und drohte ihm leise: „Kein Wort über den harten Ritt auf diesem Pferd zu niemanden! Ich bin Soldat einer markgräflichen Sondereinheit. Lass mich raten“, er blickte ihm zornig in die Augen, „du willst eine Beschwerde vorbringen! Ich helf dir: Lass es! Nicht nur musst du den Hauptmann ihrer Leibwache überzeugen, sondern der Markgräfin die Beschwerde direkt vorbringen. Viel Glück! Vielleicht findet sie irgendwann Zeit für dich.“ Er ließ den sicherlich nichts Anständiges brummelnden Mann stehen, und machte sich auf die Suche nach Ritter Conrad. Er wünschte keinen für Conrad und für seine eigene Familie schädlichen Skandal.

Vor dem Eingang zum fürstlichen Wohnteil trat ihm Rachel entgegen, zog ihn in eine stille Ecke, vergewisserte sich, dass sie niemand beobachtete und flüsterte: „Jan der Schneider hat viele Gesichter. Er ist mir unheimlich. Er spielt mit uns und versteckt sich hinter der Markgräfin. Weißt du, warum er schon wieder bei Conrad erschienen ist?“

Küentzi schüttelte überrascht den Kopf, bevor er erleichtert feststellte: „Gut, dass Conrad oben ist, ich muss ihn sprechen.“ Um seine vom Gewaltritt überforderten, schmerzenden Muskeln zu lockern, schüttelte er sich wie ein dem Wasser entkommener Hund, und wollte zum Eingang gehen. Rachel hielt ihn zurück und erreichte mit ihrer Berührung, was sie mit keiner noch so scharfen Frage geschafft hätte. Küentzi berichtete ihr von seinem Besuch des Gutshofes und vom Auftauchen der Banditen. Zu seiner Erleichterung nahm sie Aarons Verschwinden leicht.

„Er wird zurücksein, wenn wir heimkehren", richtete sie ihn auf. „Ich kenne sein Versteck. Es ist die verlassene Hütte am Waldrand unten. Wir hatten es gut dort."

Die Erinnerung schien ihr Kraft zu geben. Ihr Blick wurde klar und ihre Haltung entschieden: „Die Herrin wünscht, dass wir uns wieder um ihren Sohn kümmern, wenn sie mit dem Ritter und der Markgräfin heute das Bad teilt." Sie blickte zum Stall. „Wenn der Schatten der Mauer die Stallungen erreicht, musst du zu uns nach oben kommen!"

Als sie erkannte, dass er sie mit anderen Augen ansah, und sie spürte, wie er ihre Hand suchte, schubste sie ihn sanft aus dem Weg, eilte die Stufen zum Eingang hoch und verabschiedete ihn vieldeutig: „Alles Weitere im heilenden Wasser."

Im Bad kümmerten sich die beiden Dienstleute um ‚Hecht', bis die Mutter ihn wie am Tag zuvor ins Becken zur Markgräfin und zu Conrad holte. Während der Kleine fröhlich Küentzi und Rachel zum Abschied winkte, bestellte die Herrin beide auf den siebten Glockenschlag in ihre Stube. Bis dann, erklärte sie, von des Kleinen guter Laune angesteckt, käme sie mit dem Kind allein zurecht, auch der Ritter werde sich nach dem Bad in ihrer Stube ausruhen.

Sie stellte den zappeligen Kleinen auf die Füße und versprach ihm liebevoll: „Tante Margaret freut sich auf deinen Besuch bei ihr. Sie will mit dir im Wasser spielen und nachher mit uns vespern." Im Hinausgehen wiederholte die junge Mutter leutselig, Rachel und Küentzi könnten bis am Abend über ihre Zeit frei verfügen.

Sobald die Herrin mit dem Kind den Raum verlassen hatte, streckte sich Küentzi mit einem befreiten Seufzer im heißen Wasser neben Rachel. Er schloss die Augen und kostete die unvermeidliche Berührung mit ihrem Körper aus. Beide genossen die befreiende Wirkung der Wärme und lagen lange ruhig nebeneinander. Erst als sie sich auf einmal gleichzeitig in die Augen blickten und darin erkannten, was sie sich gerade vom andern wünschten, gerieten sie wie verträumt in Bewegung.

Als sie sich endlich mit roten Köpfen aus dem mittlerweile abgekühlten Wasser halfen, fiel es beiden schwer, voneinander zu lassen und wieder getrennt als Dienstleute aufzutreten.

Viel Zeit zur Erholung vom Bad blieb ihnen nicht. Umso mehr freuten sie sich insgeheim über die ebenfalls müden Gesichter und verlangsamten Bewegungen von Ritter Conrads Familie, als sie sich bei ihrer Herrschaft zur Arbeit meldeten.

Ihre Aufträge waren unterschiedlich einfach formuliert. Der Ritter erwartete von seinem Leibwächter den gleichen Einsatz wie am Tag zuvor und bestellte ihn auf den nächsten Morgen zu sich vor den Stall. Die Herrin verdeutlichte, der gemeinsame Auftritt vor der Markgräfin falle heute weg, und verlangte von der Amme, dass sie ihren Sohn nun übernehme und ihn ihr ausgeschlafen am nächsten Morgen in die Stube bringe. Sie verabschiedete ihre Dienerschaft mit der umständlichen Empfehlung, sich bald um eine Mahlzeit für den Kleinen zu kümmern, es sei denn, sie wollten ihn mitten in der Nacht im Dunkel verköstigen. Ganz im Stil der unerwartet förmlichen Anweisungen verabschiedete sich Küentzi mit einer leichten Verbeugung und Rachel schaffte mit dem Kleinen auf dem Arm einen überzeugend geschmeidigen Knicks.

Es war noch hell unten im Hof, als die drei sich mit Essen, das Küentzi für sie wie am Abend zuvor aus der Küche geholt hatte, in einer stillen Ecke die Bäuche vollschlugen. Während die Dämmerung einsetzte, schlief der Kleine ein, und lange bevor der erste Gang im Rittersaal auch nur aufgetragen wurde, trug Küentzi den schlafenden Knaben wie ein fürsorglicher Vater nach oben in Rachels Kammer und legte ihn neben Rachel auf den Laubsack. Für sich breitete er vor der geschlossenen Stubentüre zwei Wolldecken aus und schlief nach einem leisen „Gute Nacht!“ sofort ein.

Rachel brauchte länger. Ihre ständige Bereitschaft, sich ungezügelt diesem mittlerweile laut schnarchenden Mann sogar auf einem harten Holzboden hinzugeben, machte ihr Angst. Früher hatte sie ihre Liebhaber jeweils aus Furcht vor einer tiefer gehenden Verbindung verlassen und war als unabhängige Predigerin an einen neuen Ort zu einer neuen Gemeinde weitergezogen. Einen solchen Neuanfang, natürlich ohne Aaron, konnte sie sich schon heute vorstellen, auch wenn sie nicht wusste, wo. Seit sie sich Küentzi und Clare anvertraut hatte, zweifelte sie jedoch, ob sie ohne ihn und seine Familie ein neues, zufriedenes Leben mit neuen Brüdern und Schwestern ihres Glaubens überhaupt schaffen würde. Sie fühlte sich mit Küentzi geheimnisvoll verbunden, und sie wollte die Kraft, die sie aus diesem Geheimnis schöpfte, nicht verlieren, sondern gestalten. Auch wenn sie deswegen eine Zeitlang ihren Auftrag als Priesterin aussetzen musste!

Unverständliches murmelnd suchte sie im Halbschlaf in einer zerfallenen Tempelanlage Schutz vor beißendem Wind und eisigem Regen. Sie fand jedoch den Zugang ins sichere Innere nicht und wälzte sich unruhig hin und her, bis sie spürte, wie der Kleine kuschelnd ihre Wärme suchte. Mit ihm im Arm fiel sie endlich in Schlaf.

Beide hörten Küentzi nicht, wie er früh leise die Kammer verließ. Sie wurden erst wach, als die Herrin ihnen ankündigte, sie würden zusammen mit ihrer Tante den Tag mit einem Bad beginnen und danach in der Heilquelle mit ihr frühstücken. Als ob die junge Herrin selbst Rachels Teilnahme missbillige, wiederholte sie beim Verlassen der Stube hoheitsvoll, die Markgräfin wünsche ausdrücklich die Anwesenheit der Amme. Rachel nahm die Erhebung zur Gesellschafterin zweier Adliger im Wasser gelassen und spielte mit ‚Hecht' im heilenden Wasser, bis er mit der Mutter zu frühstücken wünschte. Als er gegen Ende des Morgens satt und zufrieden auf einem Schaffell schlief, wandte sich die Markgräfin an Rachel und begehrte, über Clare als Heilerin und über die Reise von Straßburg bis Zünkon zu erfahren. Zum Schluss wünschte sie, Clare persönlich kennenzulernen. Durch ihre Bitte an die Nichte, ihr Clare in Badenweiler vorzustellen, erfuhr Rachel ganz nebenbei, dass sie und Küentzi länger in Badenweiler bleiben würden.

Der jungen Herrin gefiel die Verlängerung der Badekur: „Rachel, solange wir in Badenweiler sind, bleibt Ihr die Kinderfrau unseres kleinen ‚Hecht', der Euch geradezu verehrt. Übrigens, meine Tante ist von Euch beeindruckt – wie ich übrigens auch!" Nach diesem überraschenden Geständnis fuhr sie trocken fort: „Zudem möchte die Fürstin Eure Meisterin als Heilerin kennenlernen. Sie wird Frau Clare hierher bestellen."

Rachel bedankte sich für das Lob. „Danke auch für den Riegel an der Türe zu meinem Kämmerchen!", überraschte sie sich selber, aber nicht die Herrin. Sie hatte richtig geraten, die Herrin grinste und nickte. Rachel freute es. Die junge, wenig erfahrene Frau fühlte sich offensichtlich von ihr weniger bedroht, und Rachel nahm sich vor, sich, wo immer sie konnte, für Conrads Gattin – auch nach Badenweiler! – einzusetzen.

Dass Rachel gar eine Verbündete gefunden hatte, wurde für sie zur Gewissheit, als die Herrin am Abend das Kind allein ins Bad holte, und den Ritter von Rachel auch später fernhielt. Dies ermutigte Rachel, im Bad wie auch später in der Stube, Küentzis eifrige Zärtlichkeiten bis zur Ermattung auszukosten. Als sie in der Nacht den Riegel vorlegte und sich allein neben ‚Hecht' auf den Laubsack legte, dankte sie ihrer Herrin im Stillen und wünschte, diese würde von ihrem Gatten die gleichen Freuden wie sie von Küentzi erfahren.

Am folgenden Morgen bestimmte der Rittersspross Rachels Pensum allein. Nach seinem Frühstück wünschte er, das für ihn langweilige Bad zu verlassen, und forderte seine Amme auf, das Gespräch – witzig oder anregend, sei ihm egal! – mit der Markgräfin und seiner Frau Mutter zu beenden, und ihn in den untersten Vorhof zu führen. Von seiner Mutter wegen seinem rüden Ton zurechtgewiesen, bat er Rachel höflich, dort mit ihr die Pferde beobachten zu dürfen. Seine Forderung als Bitte vorzubringen, war eine rein sprachliche Übung; für alle war es selbstverständlich, dass er sowieso bekam, was er wollte.

Wenig später saß er sicher auf Rachels Schultern und bemerkte in seiner Begeisterung über das laute, geschäftige Treiben im Hof gar nicht, wie der Schneider von hinten neben Rachel trat und ihr leise mitteilte: „Heute, anfangs Nachmittag, hat Frau Clare eine Audienz mit der Markgräfin. Sie bringt die Kinder mit. Halt dich also bereit, dann auf die Kleinen zusammen mit dem Rittersspross aufzupassen." Nach einem Blick zu dem Kleinen hoch verabschiedete er sich nachdenklich: „Die Gesellschaft Werners und Margrets wird ihm gefallen."

Rachel verstand nicht, ob der Schneider auch der jungen Herrin Clares überraschenden Besuch angekündigt hatte, oder ob sie von ihm gerade umständlich und verquer gebeten worden war, dies für ihn zu tun. Auf dem Weg nach oben entschied sie, wie eine richtige, ihres niedrigen Standes bewusste Kinderfrau, mit der Herrin über nichts außer über ihren Sohn zu sprechen. Da niemand sie beim Essen etwas fragte, kehrte sie nach dem Imbiss mit dem Kleinen einfach in den Hof zurück und wartete – nach außen ruhig, innerlich angespannt – auf die Besucher.

34

Als die leichte Kutsche der Markgräfin vorfuhr, spürte Rachel einen Stich im Herzen und ergriff die Hand ihres ‚tapferen Hechts', wie sie ihn mittlerweile immer häufiger nannte, und ließ sie erst los, als sie Werner und Margret aussteigen sah. Langsam folgte sie ihm zur Kutsche und erwiderte gerührt Werner und Margrets fröhlichen Gruß, als diese auf dem Weg zu den Ställen hinter dem Rittersspross an ihr vorbeirannten. Richtig warm wurde ihr erst, als Photina, lange bevor sie sie in die Arme nehmen konnte, ihr freudig glucksend die Ärmchen entgegenstreckte. Die Augen gingen ihr über, und sie bemerkte zuerst gar nicht, wie der Schneider die Kutsche wegschickte, und dass sie Clare auf dem Weg zum Bad mit der Markgräfin warten ließ. Erst nach Jans mehrmaligem lautem Räuspern erinnerte sie sich an ihre Pflichten, gab Photina an Clare zurück und folgte den Kindern in den für sie fremden Pferdestall. Margret schmiegte sich sofort an sie und suchte Rachels Hand. Warum sie sich plötzlich so überraschend ruhig und zufrieden fühlte, und warum die Welt für sie in Ordnung schien, wollte sie nicht wissen.

Dass in Zünkon noch immer Gewalt und Totschlag das Leben bestimmten, erfuhr sie draußen von Werner, der ihr und Conrad vorspielte, was sich im Hof vor dem Stall zugetragen hatte.

Zuerst spielte er ‚Richard – so heißt der Lanzenreiter', der zu Fuß aus dem Pferdestall kommt und von drei Reitern, die nach Aaron suchen, überrascht wird.

„Nein, hier wohnt kein Aaron. Was wollt ihr überhaupt hier? Verschwindet!"

Er führte seine Linke an die rechte Hüfte, als ob er das Schwert ziehen wollte, und ging taumelnd zu Boden, wo er kurz liegen blieb, bevor er sich als Erzähler aufsetzte:

„Der große, bullige Räuber hat Richard mit seiner Keule niedergeschlagen, steigt ab und will die Scheune betreten. Da sirrt ein Armbrustbolzen durch die Luft und ‚Narbenhand' fällt hinter ihm getroffen vom Pferd. Der andere Räuber muss nun zwei Pferde halten. Wieder sirrt ein Bolzen durch die Luft und trifft den Abgestiegenen, der verwundet umkehrt."

Werner erhob sich torkelnd, brüllte „Hundsfott! Du!" und stach mehrmals mit seinem imaginären Schwert einem imaginären Reiter ins Bein.

Wieder verwandelte er sich und wurde mit einer Hand an seiner Wade zum verwundeten, vor Schmerz brüllenden Reiter: „Unser Hauptmann ist tot! Hier gibt es nichts mehr zu holen! Verschwinden wir!"

Werner ahmte einen Reiter auf einem galoppierenden Pferd nach, ging weg und wurde sofort von dem kleinen Conrad zurückgerufen.

„Ich will mitspielen. Ich bin der ‚schnelle Hecht, der Rächer'. Ihr alle seid Räuber. Ich kämpfe gegen euch alle!" Er fuchtelte mit einem Stecken, den er schnell vom Boden aufgehoben hatte, und rannte damit wie mit einer Lanze gegen Werner los.

Rachel verbot ihm dies ungewohnt scharf. Sie hatte gespürt, wie Margret schon während Werners Vorführung ihre Hand gesucht und immer verkrampfter festgehalten hatte. Sie nahm sie, um sie von den verstimmten Knirpsen fernzuhalten, auf den Arm, fragte die Kleine vorsichtig, ob sich alles so zugetragen hatte, wie Werner dies gespielt hatte.

Doch Margret wusste keine Antwort, denn im Unterschied zu Werner, der mit Aaron im Pferdestall gewesen war, hatte sie von der Küche aus den Kampf nicht verfolgen können. Sie war jedoch überzeugt, dass Aaron den Räuberhauptmann niedergeschossen hatte, denn sie hätte ihn schon früher hinter dem Stall mit der Armbrust üben gesehen.

Dies war wiederum neu für die Knaben und überraschte auch Rachel. Sie hielt sich jedoch zurück im Vertrauen darauf, dass sie später von Küentzi oder dem Schneider mehr über die Rückkehr der Räuber und den Tod ihres Anführers erfahren würde. Sie ließ die Kinder reden, leitete sie zum Brunnen und verfolgte, wie der Überfall in einer ausgelassenen Wasserschlacht aller gegen alle vergessen ging.

Zufrieden verabschiedete sie später zwei fröhliche nasse Kinder, winkte zu Photina auf Clares Schoß und verriet ihnen: „Am liebsten käme ich mit euch allen auf den Hof zurück." Wehmütig nahm sie ihren ‚kämpferischen Hecht' an der Hand und blickte den Davonfahrenden lange nach.

An diesem Tag verpasste der Ritter vor der Abendmahlzeit zum ersten Mal das entspannende Bad mit seiner Familie. Auch Küentzi erschien nicht, und Rachel blieb mit dem immer spielbereiten ‚Hecht' im Zuber allein, bis sie mit ihm zusammen ins Bad zur Markgräfin geholt wurde. Den Grund für diese unerwartete Ehre erfuhr sie von der Markgräfin, die sie, wie am Morgen, sofort ins Gespräch mit einbezog.

Die alte Dame wollte zuerst Rachels Meinung zu Clare als Heilerin hören und entschied danach, offensichtlich auch für sich selber überraschend, sie werde nächste Woche in Rötteln den neuen Teil des erweiterten Schlosses beziehen und Clare dorthin bestellen. Und sie werde sich täglich von ihr mit Kräutern behandeln lassen.

Die junge Herrin versuchte, ihre Tante auf den Boden der Wirklichkeit zurückzuholen, und zählte ihr die praktischen Folgen ihres Entscheides auf. Zum Schluss drohte sie ihr geradeheraus, dass es ihr ohne guten Ersatz für die Flüchtlinge nicht möglich sei, das Lehen ertragreich zu verwalten und endete mit dem Eingeständnis, dass sie die vielen Aufgaben, die Clare der Not gehorchend als Haushälterin in Zünkon übernommen hatte, weder allein erfüllen konnte, und geradeheraus trotzig: noch erfüllen wollte.

Doch erst Rachels Bemerkung, dass Küentzi und Clare mit ihren Kindern eher weiterziehen, als der Arbeit wegen von ihnen getrennt an verschiedenen Orten wohnen würden, ließ die Markgräfin aufhorchen.

Sichtlich verunsichert, ob sie wirklich bekommen konnte, was sie sich so dringend wünschte, empörte sich die mächtige Frau: „Flüchtlinge, die es wagen, Bedingungen wie Ebenbürtige zu stellen, sind eine Frechheit." Herablassend blickte sie zu Rachel und schwieg.

Alle schwiegen, bis Klein-Conrad mit großen Augen seine Mutter schüchtern fragte: „Warum geht Tante Elisabeth weg? Ich bade mit ihr doch gerne hier."

Sichtlich gerührt strich ihm die Markgräfin über den Kopf und überraschte alle mit einem neuen Entscheid: „Wir bleiben alle noch viele Tage hier und baden jeden Tag zusammen." Ihrer Nichte versprach sie nach einem anerkennenden Blick auf den befreit planschenden Knaben: „Wir werden mit dem Ritter noch heute nach einer für alle befriedigenden Lösung suchen."

Rachel, die sofort erfasste, dass dieses ‚Wir' für sie nicht galt, rächte sich umgehend. Sie wurde für ihren ‚dankbaren Hecht' zur kleinen Wasserschlange, die dieser heldenhaft jagen musste. Sie spritzte und plantschte so kräftig und laut, dass sie mit dem Kleinen im Nu im Becken allein blieb.

Die Freude über die gelungene Rache verging ihr, als sie von der jungen Herrin vor dem Essen hörte, der Ritter kehre vorläufig nicht aufs Schloss zurück, und Rachel müsse bis zu seiner Rückkehr in der großen Kammer neben ihrem Sohn schlafen. Den Grund dafür erfuhr sie von Küentzi spät am andern Abend, nachdem sie wieder in ihre kleine Kammer umgezogen war. Er war müde und sein Bericht blieb kurz.

„Der Ritter drängte auf die sofortige Verfolgung der beiden flüchtigen Räuber. Wir suchten nach ihnen zuerst in den uns von Aaron angegebenen Verstecken. Alle waren verlassen. Niemand will die beiden Diebe gesehen haben." Er seufzte müde. „Sie sind uns entwischt. Wahrscheinlich in die Stadt Freiburg. Morgen suchen wir weiter nach ihnen. Ich identifizierte den toten Hauptmann, bevor wir ihn verscharrten." Er legte den Arm um sie und schlief unverzüglich ein.

Ungehalten entzog sie sich seinem Arm und rollte ihn vom Laubsack auf den harten Boden vor die Türe. Gerne hätte sie ihm von Clares heutigem Besuch und von sich erzählt, doch dafür war es nun zu spät. Sein unverändert lautes Schnarchen zerrte an ihren Nerven, und eingeschnappt wünschte sie sich, sie wäre ihn los und zurück bei Aaron in Zünkon. Er würde ihr bestimmt zuhören, ihr Freude spenden und ihr Mut für die Zukunft machen.

Am Morgen erwachte sie spät und hörte von ihrer Herrin als Erstes, dass sie ihre kleine Schlafstube erneut aufgeben und aus Sicherheitsgründen sofort zu ihrem Sohn in die große Stube umziehen müsse. Später erfuhr sie, der Ritter rechne, diesmal drei Tage wegzubleiben, die

Suche nach den beiden Räubern sei ausgedehnt worden. Rachel verzog keine Miene, obwohl sie sofort wusste, dass ihr drei einsame Tage bevorstanden. Denn selbst zusammen mit der Markgräfin konnten ihr der Kleine und die junge Herrin die wohlige Nestwärme der Schaffner-Familie nicht ersetzen.

35

Als der Ritter mit seiner Familie von Badenweiler auf seinen Hof in Zünkon zurückkehrte, wurde Rachel mit ihrem ‚Hecht' als einzige von der Betriebsamkeit und vom Lärm rund ums früher stille Gehöft überrascht.

An der Zufahrt zum Hof begrüßte sie der markgräfliche Lanzenreiter neben einem einfachen Schlagbaum. Auf dem Feld vor dem Gehöft gab ein Baumeister laute Anweisungen für das Setzen von Pfählen für einen starken Zaun und prüfte gleichzeitig den Boden für den Bau einer einfachen Mauer ums Gehöft. Conrads Pferdeknecht empfing sie auf dem Vorplatz zusammen mit Aaron, sowie den aufgeregt kichernden Kindern Werner und Margret. Clare wartete auf der Treppe zum Herrenhaus mit Conrads ständiger Kinderfrau, die die Herrschaften mit einem Knicks begrüßte.

Während die Herrin mit dem Ritter ihre frisch hergerichteten Gemächer besichtigte, überraschte Clare ihre Familie mit der Neuigkeit, in wenigen Tagen werde die Schwiegermutter des Ritters mit ihrer Magd hier einziehen. Die Schaffner-Familie werde dann voraussichtlich in der Scheune untergebracht, doch Genaueres würden alle erst kurz vor der Ankunft der Edlen Frauen erfahren.

Rachel erfasste klarsichtig, was der Einzug dieser Frauen für sie bedeutete: „Dann sind wir hier alle außer Küentzi überflüssig!" Sie überspielte ihren Missmut mit einem Lächeln und hängte sich bei Aaron ein.

Harmlos fragte sie ihn: „Ich habe gehört, du bist nun ein Armbrustschütze. Kannst du mir dein Handwerk zeigen?" Mit Margret im Gefolge ließ sie sich von ihm in die Scheune führen, wo er die Waffe und Bolzen ergriff und ihr den Mechanismus erklärte, während Werner die Zielscheibe aus Stroh holte und sie mit Hilfe des

Pferdeknechts hinter der Scheune so aufstellte, dass beim Schießen niemand gefährdet wurde.

Im Stall gestand Clare, die Föti auf dem Arm wiegte, Küentzi leise: „Rachel hat mir vorhin aus dem Herzen gesprochen“, und als ob sie mit sich selbst spräche, ergänzte sie: „Ich werde hier auch nicht mehr gebraucht.“ Sie schwieg und wartete, bis er stumm und scheinbar unberührt sein Pferd gesattelt hatte.

Bevor er es in den Hof führen konnte, hielt sie ihn am Arm zurück und bat ihn: „Halt Ausschau nach einem Ort, wo wir beide von Nutzen sein können. Rachel kann sich dann leichter entscheiden, ob und wie sie mit Aaron und mit uns weiterziehen will.“

Erleichtert ob so viel praktischem Gemeinsinn, ergriff er den Zaum und fand endlich seine Sprache wieder: „Sprich mit dem Schneider. Er hat es faustdick hinter den Ohren und mag Rachel.“ Er ging Clare mit dem Pferd voraus und murmelte: „Er muss uns allen helfen.“

Als der Ritter sich von der Herrin und seinem Sohn laut und mit großen Bewegungen verabschiedete, überraschte Küentzi Clare – und sogar Föti – mit je einem zarten Kuss auf die Wange und gab Clare noch zusätzlich kräftig einen auf den Mund. Er blickte in ihre wissenden, liebevollen Augen, strich ihr zärtlich zum Abschied über die Wange, stieg auf und wartete, bis der Ritter ihm voraus aus dem Hof ritt.

Clare folgte der Herrin ins Haus, um mit ihr die anstehenden großen Arbeiten zu besprechen. Auf der sonnigen Terrasse des Herrenhauses zeigte sie ihr, immer mit Photina auf dem Arm, welches Ausmaß der neue Zaun um den Hof schon angenommen hatte.

„Das ist nur ein Beispiel für die vielen Veränderungen, die hier auf dem Gut während Eures Kuraufenthaltes angegangen wurden“, sagte sie. Sie zeigte auf die vielen Arbeitenden und wollte zu einem improvisierten Exkurs über die wachsende Bedeutung des Geldes auf dem Land ausholen, als sie bemerkte, wie die junge Frau neben ihr schwankte und bleich wurde. Es sei wohl Zeit für einen Imbiss, meinte sie trocken und hieß die Herrin, sich in der schattigen Stube in einem der hohen Lehnstühle auszuruhen.

Im kühlen Raum kehrte die Farbe im Nu ins Gesicht der jungen Frau zurück. Energisch wünschte sie, weitere anstehende Geschäfte hier zu besprechen. Sie bestellte bei Clare einen Mittagsimbiss für sich, sah deren enttäuschtes Gesicht und ergänzte herablassend:

„Und einen für dich!". Stracks übergab ihr Clare Photina wie einer Amme und verließ die Stube. Noch immer eingeschnappt, kehrte sie mit dem Bericht zurück, die junge Köchin, die übrigens freiwillig – Clare wiederholte: ‚freiwillig' – hierher zurückgekommen sei, würde der Herrin das Essen persönlich bringen.

Die Herrin, die nicht begriff, warum sich Clare plötzlich so abweisend verhielt, blickte auf die zufrieden sabbelnde Photina in ihrem Arm und fragte leise, ob sie sie bis zum Essen im Arm behalten dürfe.

„Ja, gerne!", sagte Clare ihr zu, und die Herrin streichelte mit einem Finger sanft das kleine Näslein und fragte, unvermittelt geschäftlich und ohne aufzublicken, wie viele Mäuler es gegenwärtig auf dem Hof zu stopfen galt.

Als sie hörte, dass sich während ihrer langen Abwesenheit die Anzahl der auf den Feldern arbeitenden Frauen und Männer verdoppelt hatte, schwieg sie überrascht. Sie schwieg auch noch, während die Köchin auftischte, und hörte sich Clares Erklärung an.

„Falls Ihr Euch Sorgen macht, dass alle diese Leute auf dem Hof wohnen wollen – darüber braucht Ihr Euch nicht zu beunruhigen. Die meisten Arbeiter und Handwerker wollen nicht Kost und Logis als Entlöhnung, sondern Geld. Wie und woher wir uns – wenn ich dies so sagen darf? – das beschaffen, weiß ich noch nicht. Auch nicht, wie es zu verwalten ist, wenn wir es beschafft haben."

Nun erst, immer noch mit Photina auf dem Arm, griff die Herrin zum Löffel und griff mit überraschend gutem Appetit zu, als ob sie die von Clare vorgebrachten Schwierigkeiten nichts angingen.

„Wenn Euch aber diese Neuerungen Sorge bereiten, erlaube ich mir, Euch einen Vorschlag zu machen", ergriff Clare vorsichtig das Wort. „Für alle Verwaltungs- und Rechnungsaufgaben könnte ich Euch und Eurem Gatten wärmstens meinen Mann Kunrad empfehlen."

„Kunrad?", staunte die Herrin. „Seit wann kennen sich Soldaten in Verwaltungsdingen aus?"

„Mein Mann hat noch nie als Soldat gearbeitet, bevor Ritter Conrad ihn dazu gemacht hat", stellte Clare richtig. „Er ist vielmehr ein Gutverwalter mit vieljähriger Erfahrung, die er im Dienst einer angesehenen Patrizier- und Kaufmannsfamilie in Straßburg sammeln konnte." Ausführlich, wie eine gute Anwältin, berichtete Clare nun über das breite Tätigkeitsfeld, das Küentzi im Dienste Rulman Merswins ausgefüllt hatte.

„Man hat dort in einem Kassenbuch Besitz und Vermögen erfasst. Das ist nicht schwierig, wenn man es beherrscht, und es erleichtert die Bewirtschaftung eines Hofguts ungemein. Stets hat man den Überblick über das, was man besitzt, über das, was zu tun ist, und über die Mittel, die man dafür zur Verfügung hat. Mein Mann beherrscht diese Kunst. Herr Rulman hat ihm stets vertraut und es nie bereut." Clare strich ihrer schlafenden Kleinen zärtlich über die Wangen, spürte den noch immer erwartungsvollen Blick der Herrin und nahm ungefragt Stellung zu ihrer eigenen Zukunft in Zünkon.

„Für Küche und Kinderzimmer ist wieder gesorgt. Und wenn nun noch die zwei uns angekündigten Edelfrauen eintreffen, werden diese wohl meine gegenwärtigen Aufgaben auf dem Hof übernehmen. Im Unterschied zu meinem Gatten werde ich also für den Betrieb des Gutes schnell überflüssig werden", seufzte Clare, und fügte nach einer kleinen Pause hinzu: „Zudem werdet Ihr, denke ich, für die kommenden Monate eher eine Hebamme als eine Heilerin benötigen."

Clare sah die Herrin errötend wegblicken und schloss: „Die Zeichen Eurer Schwangerschaft sind eindeutig. Ich unterstütze Euch – auch wenn ich dann in der Scheune wohne. Ich lasse Euch nicht im Stich."

„Ich danke dir," erwiderte die Herrin. „Ich weiß deine Aufrichtigkeit zu schätzen. Ob dein Gatte für mich arbeiten kann, hängt allerdings von des Ritters Plänen ab."

Umgehend plante Clare mit: „Der Lanzenreiter könnte Küentzis Aufgabe als Leibwächter übernehmen, und Küentzi könnte Euch als Wächter auf dem Hof bis zur Ankunft der beiden Frauen mit der Verwaltung helfen."

„Gut gedacht. Gefällt mir", anerkannte die Herrin leise. „Ich werde dem Ritter diesen Tausch vorschlagen." Sie nickte in sich gekehrt, blickte liebevoll auf Photina und holte aus einem großen Schrank aus dunkler Eiche eine Wachstafel. Sie reichte sie Clare.

„Wir erstellen jetzt eine Liste mit den auf unserem Gut anstehenden Arbeiten. Die Kosten schätzen wir später. Du schreibst alles auf." Als ob Photina wüsste, dass die Frauen besser arbeiten konnten, solange sie sich ruhig verhielt, spielte sie nach dem Aufwachen zufrieden mit den Fingerchen.

Clare nahm die Kleine erst zu sich, als diese lautstark ihren Hunger meldete. Sie müsse ihr Kind Rachel übergeben, wenn sie die hier angefangene Arbeit fortsetzen wollten, entschuldigte sie sich, und verließ die müde Herrin. Im Hof hörte sie Rachels helles Lachen aus der Richtung der Scheune und lenkte ihre Schritte leise dorthin. Föti war im Moment still, und so hörten hinter der Scheune weder die Kinder noch Aaron oder der Pferdeknecht, dass Clare sich näherte. Sie staunte.

Rachel spannte mit all ihrer Kraft einen Kriegsbogen, richtete mit vor Anstrengung heraustretenden Halssehnen den Pfeil auf die Scheibe und ließ mit einem spitzen Schrei die Sehne los und den Bogen fallen. Der Pfeil saß. Rachel hüpfte von einem Fuß auf den andern, um die verkrampften Arm- und Fingermuskeln zu lockern, und wandte sich stolz den andern zu, sah Clare und hörte Photinas Wimmern. Verlegen schüttelte sie nochmals Arme und Beine, trat zur belustig lächelnden Mutter und nahm ihr die Kleine wortlos ab. Zum Abschied forderte sie die Männer voller Übermut nochmals heraus: „Welcher Mann hilft mir Photinas Hunger stillen?"

Einzig die beiden Kinder folgten ihr. Sie wussten, dass die Köchin für sie immer etwas Essbares fand.

36

Beim Eindunkeln am Abend, als die Kinder schon schliefen und Küentzi und Clare auf der Terrasse mit dem Ritter und der Herrin Geschäftliches verhandelten, fand Rachel endlich Zeit für Aaron.

Er schien unauffindbar, bis ihr der Pferdeknecht im Stall verriet, er sitze draußen bei der Zielscheibe aus Stroh. Er warnte sie, Aaron sei von einem geradezu heiligen Zorn ergriffen und riet ihr, sich ihm im Halbdunkel unter den Obstbäumen vorsichtig zu nähern.

Sie fand ihn im Nu. Er saß am Apfelbaum gelehnt, die Zielscheibe neben sich. „Guten Abend, Aaron", sagte sie leise und scheu.

„Was willst du von mir", knurrte er, ohne ihren Gruß zu erwidern.

„Mit dir reden und ein wenig mit dir zusammen sein", sagte sie leichthin.

„Dazu habe ich aber keine Lust", kam es grantig zurück.

„Und warum nicht?"

„Bist du so gefühllos, dass du das nicht weißt? Oder stellst du dich dumm?" Er wurde noch heftiger im Ton als zuvor. „Denk an heute Nachmittag, beim Bogenschießen. Du hast mich absichtlich vor den Kindern gedemütigt!"

„Aber das hast du doch ganz falsch verstanden, Lieber." Sie war verwirrt. „Gut, ich habe ein wenig mit meiner Kraft geprotzt. Aber ich wollte doch keinesfalls dich lächerlich machen! Die Kinder haben es auch gar nicht so aufgefasst. Wenn es bei dir so angekommen ist, tut es mir von Herzen leid!" Sie wollte einen Schritt auf ihn zu machen, um seine Hände zu fassen, aber er machte eine schroffe abwehrende Geste.

„So, so. Deine Kraft wolltest du zeigen", sagte er gehässig. „Wenn du so viel Kraft hast – warum hast du dann damals im Wald, bei dem Überfall, dem Räuber, der dich nehmen wollte, nicht einfach den Garaus gemacht? Statt ihn zu reizen und damit so viel Leid und Sorge für alle heraufzubeschwören?"

Empört von so viel bösartigem Verdrehen der Fakten, holte Rachel zu einer Ohrfeige aus und machte einen Schritt auf ihn zu. Sie erstarrte, als er aufsprang und gebückt mit den Händen seinen Kopf schützte. Mit einem tiefen Seufzer ließ sie die Arme sinken und machte den Schritt wieder zurück. Als er noch immer verängstigt ihre Augen suchte, sich langsam aufrichtete und, unverständliche Wörter murmelnd, einen Schritt auf sie zu machen wollte, drehte sie sich abrupt um und eilte steif in den Hof zurück. Sie wollte weder sehen, wie er reumütig hinter ihr her ging, noch hören, was er Unverständliches plapperte. Wortlos betrat sie das Herrenhaus und ließ ihn am Eingang stehen.

Erst als sie im Kinderzimmer auf ihrem Laubsack lag und sich mit einem Tuch den Mund stopfen konnte, ließ sie den Tränen freien Lauf. Die Kinder wollte sie mit ihren Schluchzern nicht wecken, diese waren unschuldig an ihrem Leid.

Im Herrenhaus war unterdessen das Gespräch zwischen dem Ritter-Ehepaar und den Schaffners ganz so verlaufen, wie Clare es gewünscht und der Herrin vorgeschlagen hatte. Der Lanzenreiter wurde an Küentzis statt zum Leibwächter ernannt, Küentzi erhielt den Auftrag, eine Übersicht über die den Gutshof betreffenden Vermögens- und Besitzverhältnisse zu erarbeiten und sie aufzuschreiben.

Um sich ausschließlich seiner neuen Aufgabe widmen zu können, entschied Küentzi am andern Morgen, nachdem der Ritter mit seinem neuen Leibwächter weggeritten war, sein Pferd für diesen Tag an Aaron abzutreten. Im Stall fand er einzig den Pferdeknecht. Unter dessen fragendem Blick fühlte er sich verpflichtet, ihm zu erklären, warum er Aaron suche, und beschrieb ihm seine neue Aufgabe. Er erwähnte die komplizierten Besitzverhältnisse hier und staunte, wie mühelos der Hüne ihm zu folgen vermochte. Dass er die hiesigen Besitzverhältnisse besser als Küentzi kannte, verriet er ihm mit der unerwarteten Frage: „Kommt in deiner Aufstellung auch die Markgräfin von Hachberg-Sausenberg vor, die ja die Lehensherrin des Ritters ist?"

Küentzi antwortete vorsichtig. Der Vater der Markgräfin sei Conrads Lehnsherr hier, verfolge aber offensichtlich nicht die gleiche politische Linie wie sein Schwiegersohn, der Röttler Markgraf. „Eines aber kann ich dir versichern: Zumindest auf diesem Gut hat die Markgräfin über ihre Nichte mehr Einfluss als ihr eigener Vater, der doch Ritter Conrads direkter Lehensherr ist."

Der Pferdeknecht blickte Küentzi zweifelnd an, brummte ein gedehntes „Und?", und schon meinte Küentzi, die ferne Verwandte der jungen Herrin entschuldigen zu müssen.

„Markgräfin Elisabeth beansprucht einfach für sich schon jetzt, was ihr als Alleinerbin nach dem Tod Graf Imers sowieso zusteht."

Beschwichtigend ergänzte er: „Immerhin erfahren so alle hier, wie gut es uns geht, wenn die Frauen das Sagen haben."

Doch der Pferdeknecht blieb ernst: „Das haben sie im Stall nicht."

Dank dieser zweifellos verkürzten Darstellung der Machtverhältnisse auf einem Fürstenhof erinnerte sich Küentzi, weswegen er überhaupt in den Stall gekommen war. Höflich erinnerte er den immer wieder für eine Überraschung guten Knecht, Aaron auszurichten, dieser solle heute sein Pferd bewegen, und verließ den Stall.

Im Hof kreuzte er Rachel, bemerkte ihre dunklen Ringe um die Augen, ließ sich jedoch von ihrem „Nur schlecht und wenig geschlafen“ beruhigen und meldete sich bei der Herrin zur Arbeit.

Nachdem am Vorabend die Herrschaften mit Küentzi dessen neue Aufgabe hier auf dem Gutshof abgesprochen hatten, nahm Clare als selbstverständlich an, dass die Schaffner-Familie samt Anhang zusammen auf dem Hof bleiben werde. Diese Gewissheit bekam Risse, als Clare am Vormittag Rachel suchte und sie mit verweintem Gesicht allein im Obstgarten neben der verlassenen Schießscheibe fand.

„Um Himmels Willen, was fehlt dir?“, fragte Clare betroffen und, um sie aufzumuntern, übergab sie Rachel die fröhlich strampelnde Föti.

„Ich werde hier anscheinend nicht mehr gebraucht“, sagte Rachel. „Man hat mir ausgerichtet, dass sich ab sofort allein des ‚Hechts‘ Kindermädchen um die Kinder kümmert. Befehl der Herrin!“

Clare war betroffen. Von solchen Änderungen war am Vorabend nicht die Rede gewesen. „Heute bist du überflüssig – morgen vielleicht ich? Wir müssen uns vorsehen. Und wir müssen uns nützlich machen.“ Nach einer Pause fasste sie Rachels Hand. „Wie immer das hier weitergeht oder nicht weitergeht: Wir gehören zusammen. Du gehörst zu uns!“ Leiser, als ob sie von Rachels bösem Streit mit Aaron wüsste, ergänzte sie: „Mit oder ohne Aaron!“ Laut lud sie Rachel ein, gemeinsam ihre neuen Schlafplätze in der Scheune einzurichten.

Die beiden Frauen gingen dabei so zielführend vor, dass der Lanzenreiter und der Pferdeknecht sie noch am Abend baten, auch ihre Plätze über dem Stall gemütlicher einzurichten.

Als am Tag darauf Klein-Conrads Großmutter nach ihrer Ankunft als erstes die Sauberkeit ihres neuen Zuhauses lobte, forderte die Herrin nach einem dankbaren Seitenblick auf Clare ihre Mutter auf, mit ihr auf dem Estrich aus den für sie bereitgestellten Möbeln die ihr passenden auszuwählen. Die Herrin erkannte am schnellen Blickwechsel zwischen ihrer Mutter und deren Begleiterin, dass ihnen dieser Vorschlag gar nicht passte. Neugierig wartete sie auf eine Erklärung und traute ihren Ohren nicht, wie sie von ihrer Mutter hörte, sie hätten ihre eigenen Truhen und Sessel mitgebracht, die Fuhr sei nur noch nicht eingetroffen. Sie hatte zwar gewusst, dass ihre Mutter mit ihrer Begleiterin sich hier für längere Zeit einrichten wollten, doch dass die zwei Frauen sich hier, ohne sie je gefragt zu haben, als feste Bewohnerinnen einrichteten, ging ihr zu weit.

Die junge Herrin blieb liebenswürdig, nahm sich vor, die beiden Frauen wie Besuch – natürlich unbestreitbar wichtigen – zu behandeln und führte sie auf die Sonnenterrasse, wo sie ihnen Clare als ihre Haushälterin vorstellte. Sobald der Wagen mit den Möbeln einträfe, würde Clare die ihrer Mutter zugeteilte Stube den Wünschen der Gäste entsprechend einrichten. Bis dann sollten sich ihre ‚lieben Gäste' hier von der Reise erholen. Sie entschuldigte sich, dass sie ‚die Gäste' leider jetzt allein lassen müsse, denn sie müsse mit der Haushälterin disponieren. Als Antwort auf das enttäuschte Gesicht ihrer Mutter fügte sie bei, sie werde die Köchin bitten, sich unverzüglich um das leibliche Wohl der zwei Frauen zu kümmern.

Als mit der Möbelfuhr der Frauen auch Jan der Schneider auf dem Hof eintraf und Clare sofort zu sich rief, fürchtete diese zuerst, dass ihrem neuen Heim in der Scheune bald eines weiter weg folgen könnte. Doch als sie der Markgräfin Wunsch nach einer neuen Kräuterkur hörte, hellte sich ihre Miene auf. Nur zu gerne überließ sie Jan das Aushandeln, wo die abgeladenen Truhen und Sessel am besten zur Geltung kämen.

Clare holte ihren Kräuterkasten und nahm auf des Ritters Einachser Platz, den Aaron inzwischen angespannt hatte. Rachel trat mit Photina auf dem Arm herzu, übergab die Kleine der Mutter und nahm schwungvoll neben ihr Platz. Sie ergriff die Leinen und verriet der überraschten Clare strahlend: „Auch mich will die Markgräfin sprechen! Ich weiß zwar nicht weswegen, nur dass mir diese Arbeit gefällt." Damit fuhr sie los.

Am Abend erst erfuhr Küentzi, der den ganzen Tag mit dem Sortieren der Urkunden verbracht hatte, dass die zwei Frauen nach Badenweiler zur Markgräfin gefahren waren und erst kurz vor dem Eindunkeln zurückerwartet würden. Da die Herrin verlangte, dass er das Sichten und Auflisten der Pergamente unbedingt in die Nacht hinein fortsetzte, bat er Aaron, die Kinder, die im Heu schon schliefen, im Auge zu behalten.

Während er sich bei der Lektüre im Licht zweier Kerzenständer, die die Herrin für ihn frisch bestückt hatte, die Augen verdarb, und der Ritter mit seiner Gattin und den beiden Edelfrauen im Fackellicht auf der Terrasse tafelte, suchte der Pferdeknecht zum ersten Mal seit der Ankunft der Flüchtlinge die Gesellschaft Aarons.

Er überraschte den jungen Mann mit einem Krug Wein, setzte sich vor der Scheune zu ihm und füllte zwei Becher. Seinen leerte er in einem Zug und füllte nach. Nach dem zweiten saß ihm die Zunge locker genug, um ein vertrauliches Gespräch zu beginnen.

„Hör zu", sagte er, „auf diesem Hof gehen Dinge vor, die gefallen mir nicht."

„Wovon redest du?", fragte Aaron.

„Na zum Beispiel davon, wie ihr, die Schaffners und Rachel und du, behandelt werdet. Wie man euch ins Heu umgesiedelt hat. Das ist doch irgendwie erniedrigend."

„Gefällt mir auch nicht", brummte Aaron, „aber immerhin haben wir hier eine Unterkunft. Und wenn doch der Platz drüben für die vornehmen Damen gebraucht wird …"

„Dummes Zeug. Ich kenne dieses Anwesen in- und auswendig. Da wäre genug Platz für alle, wenn man nur wollte."

Aaron schwieg nachdenklich, und sein bärbeißiger Besuch fuhr fort: „Außerdem habe ich heute mitbekommen, dass der junge Conrad nicht mehr mit den Schaffner-Kindern spielen durfte. Man hat ihn richtig von ihnen ferngehalten. Ich verstehe ja nichts von Kindern. Aber ich frage mich, was das soll?"

„Und hast du schon eine Antwort auf diese Frage?", wollte Aaron, inzwischen ebenfalls schon angetrunken, laut wissen.

Der Knecht nahm noch einen kräftigen Schluck. „Wenn du's unbedingt hören willst: Ich denke, ihr alle solltet euch darauf gefasst machen, dass ihr die längste Zeit auf diesem Hof gelebt habt." Er ließ einen herzhaften Rülpser vernehmen und schenkte nach. „Ich find's schade, ehrlich. Ich mein'" – sein Blick wurde weich, als er Aaron zuprostete – du hast mir schließlich vor dem Stall das Leben gerettet." Er machte eine Pause, um einen Schluckauf niederzukämpfen. Dann holte er Luft und brachte ein überwältigend einfaches „Danke!" zustande.

Als wollte er sicherstellen, dass er nicht zu viel von sich preisgegeben hatte, hielt er lange Aarons Blick fest. Und was er sah, gefiel ihm. Er erhob sich und bedankte sich nochmals ausführlich: für Aarons mutigen Einsatz gegen die Räuber und für Aarons Geduld mit ihm. Als ob er sich so vieler Worte auf einmal schämte, wandte er sich abrupt ab und ging mit wankenden Schritten zu seinem Schlafplatz über dem Stall.

Aaron blieb nicht lange allein. Gerade war die trockene Straße noch als lichte Linie durch die dunklen Felder auszumachen, als Rachel den Einachser in den Hof lenkte und nach Aaron rief. Sie bat ihn, für sie abzuspannen und das Pferd zu versorgen. Als Antwort auf sein verdutztes Schweigen drückte sie ihm einfach die Zügel in die Hand und folgte Clare in die hell beleuchtete Küche, um Wein, Wasser und ein Licht zu holen. Als die beiden in den Hof zurückkehrten, stand Aaron mit dem Gefährt immer noch am gleichen Ort.

Leicht schwankend meinte er überraschend klar, das Pferd habe alle seine liebevollen Befehle verweigert, und gab Rachel nach einer saloppen Verbeugung die Zügel zurück. Auf wackeligen Beinen ging er in die Scheune, wo er sich neben die Kinder schlafen legte. Dort hörte er zum Glück Rachels wüste Worte über dünnbärtige Weicheier nicht, während sie die Stute ausgiebig und gründlich striegelte.

Rachels Laune besserte sich nur wenig, als sie in der Scheune Aaron an ihrem Platz neben den Kindern fand. Noch immer zornig, schob sie ihn im Dunkel unsanft weg und machte es sich bequem. Niemand erwachte. Auch nicht, als sich Küentzi mit vor Müdigkeit brennenden Augen ins Heu legte.

37

Alle schliefen auch, als Küentzi im Herrenhaus schon früh wieder Lehen und Abgeltungen inventarisierte und die Zahlen für eine Kostenrechnung zusammenstellte. Er machte erst auf Wunsch der Herrin am späten Nachmittag Pause und entschied, zur Abwechslung sein Pferd selber zu bewegen.

Unternehmungslustig betrat er den dämmrigen Stall, wo er sich zu seiner Überraschung Rachel gegenübersah. Sie kam mit einem Papier fuchtelnd auf ihn zu und schimpfte, Aaron habe sie sitzen lassen, habe sich einfach aus dem Staub gemacht. Als Küentzi wissen wollte, worum es gehe, fasste sie sich und zeigt auf das Papier: „Dies ist Aarons Abschiedsbrief!“ Sie ließ die Arme sinken und blickte zu Boden.

„Aaron ist überzeugt, dass wir bald von diesem Hof weggeschickt werden, und er will uns nicht mehr zur Last fallen. Er ist mit deinem Pferd weggeritten. Zum Dank für die Aufnahme in die Familie und für ein neues Pferd hat er dir einen halben Säckel Goldstücke hinterlassen. Die andere Hälfte vermachte er mir für meine Kosten.“ Sie löste den Säckel von ihrem Gurt und streckte ihn ihm mit starrem Blick entgegen: „Nimm die Hälfte.“

Ohne nachzudenken wies er das Geschenk zurück. „Nimm alles für dich. Ich habe noch Wechsel genug.“ Von ihrem unerwarteten Schweigen verunsichert, fragte er sie plötzlich ernst, mit welchen Kosten sie überhaupt rechnen müsse.

„Ich bin schwanger“, gestand sie, und dann entschlossen: „Und ich will das Kind behalten!“ Sie blickte ihm herausfordernd in die Augen und wartete, bis er sich zu der von ihr offensichtlich erwarteten Frage durchrang: „Ist er der Vater?“

„Er meint es“, sagte sie in ganz ruhigem Ton und brachte mit „Und dies muss auch dir genügen!“ sein Herz zum Stolpern. Bleich schloss er sie in die Arme und drückte sie an sich: „Du gehörst zu uns und kommst mit uns.“

Erleichtert gab sie ihrem Verlangen nach seiner unmittelbaren Nähe nach und schmiegte sich selbstvergessen an ihn. Erst als er leise sagte: „Wir gehen gemeinsam weiter!“, löste sie sich von ihm mit einem trotzigen: „Ja! Wir müssen weiter!“

Sie richtete sich auf, gestand ihm mit einem Seufzer: „Clare hat mich schon darauf vorbereitet.“ Mit vor der Brust verschränkten Armen gab sie ihm ihre Sicht der Dinge: „Die Markgräfin bleibt unser Schutzengel, sie ermöglicht uns eine gemeinsame Zukunft, wie sie dir nachher berichten wird. Dank ihr können wir zusammen nach Rötteln weiterziehen.“

Mit Aaron vor Augen erinnerte sie ihn trocken: „Nimm das Geld und kauf uns ein Pferd. Aaron wusste, dass du hier deine Wechsel nicht zu Geld machen kannst."

Sie hob Aarons zu Boden gefallenen Geldsäckel auf und drückte ihn Küentzi in die Hand: „Nimm alles!" Rasch, als bereue sie ihre Großzügigkeit, ergänzte sie: „Natürlich als Darlehen." Zufrieden rieb sie sich die Hände. „Du kannst mir den Betrag zurückgeben, wenn du deine Wechsel in einer Stadt eingelöst hast."

Sie bückte sich nach Aarons Abschiedsbrief, überflog ihn ein weiteres Mal, bevor sie sagte: „Vielleicht überlege ich mir es doch noch anders und verlange einen kleinen Zins. Vielleicht wünsche ich mir als Zins ein schönes Kleid." Sie strich ihm mit dem Papier über den Bart und machte den Wunsch zur Bedingung: „Und wir beide kennen auch schon den Schneider! – Jan, in Badenweiler." Sorgfältig versorgte sie den Brief in ihrer Schürze, nickte zum Abschied und verließ den Stall.

Wie ein Gefangener in seiner Zelle schritt Küentzi mehrmals die Reihe der Pferdeverschläge ab, bevor er etwas ruhiger an seine Arbeit im Herrenhaus zurückkehrte. Doch der Abschluss des Inventars bereitete ihm Mühe. Bei jedem Namen, dessen Schreibweise einen Bezug zu Aaron, Rachel oder Clare erlaubte, schweiften seine Gedanken ab. Statt mit klarem Kopf die Richtigkeit der aufgeführten Pachtzinsen und Lehensabgaben zu prüfen, verlor er sich in einsamen Vermutungen zu Aarons Flucht und Rachels Schwangerschaft. Er war in den Gedanken mehr bei ihr als an der Arbeit und musste am Abend der Herrin melden, er brauche einen Tag mehr, um die verlangte Liste ihres Lehensbesitzes anzufertigen.

In der ohnehin ungemütlichen Scheune versuchte er als Erstes, die von Aarons unerwartetem Verschwinden verunsicherten Kinder aufzurichten. „Aaron hat euch nicht böswillig verlassen. Um uns zu helfen, hat er sich selbst in Gefahr gebracht. Seine Vorstellung, was Recht ist, hat ihn zu uns geführt und wird sein Leben weiterhin bestimmen. Aaron liebt euch."

Clare unterstützte ihn. „Er hat uns heute ein zweites Mal aus der Patsche geholfen. Alle, Aaron und wir, wir können uns nun wieder freier bewegen. Für uns hat das hässliche Versteckspiel ein Ende. Wir können offen zu unserm Glauben stehen."

Nur Rachel wagte den Einwand. „Du vergisst, dass wir hier nicht unter dem Schutz von Pater Stanislaus stehen. Hier sind wir dem gefährlichen Pfarrer in Gündlingen näher als dem Dominikaner, der uns vor der Inquisition in Straßburg schützte. Solange wir hier nicht mehr Gottesfreunde kennen, müssen wir uns vorsichtig verhalten!" Sie blickte Clare treuherzig an: „Allein mir zuliebe." Die Kinder erinnerte sie: „Zeit für ins Heu! Sobald ihr bequem liegt, erzähle ich euch eine wunderbare Geschichte zum Einschlafen."

Erst als die Kinder schliefen, erfuhr Küentzi endlich, wie sich die Frauen ihre gemeinsame Zukunft in Rötteln vorstellten. Die Markgräfin wünschte Clare wie eine persönliche Ärztin ständig in ihrer Nähe und hatte ihr eine großzügige Unterkunft für die Familie unterhalb des neuen Schlosses versprochen. Dort, so hatten sich die Frauen nach Aarons Verschwinden geeinigt, würde auch Rachel als Kindermädchen wohnen und sollte – wie Küentzi auch – mit Gelegenheitsarbeiten zum Unterhalt der Familie beitragen.

Beide Frauen waren überzeugt, dass die Markgräfin ohne Aaron alle, auch Rachel, unter ihren Schutz stellen würde, sollten die Flüchtlinge auf Rötteln wegen ihrer Herkunft bedroht werden. „Solange die schwerkranke Fürstin auf mein Können angewiesen ist, solange sind wir auf Rötteln vor Verfolgern sicher", verbürgte Clare sich gegenüber den andern. Sie fügte aber auch hinzu: „Zu Fuß schaffe ich die Reise nicht."

Küentzi anerbot sich umgehend, morgen als Erstes den Kauf eines Pferdes für die Weiterreise anzugehen, doch Rachel unterbrach ihn: „Ich werde den Pferdeknecht, der mir wohlgesinnt ist, um Hilfe bitten. Er kennt sich mit den hiesigen Pferdemärkten aus und kann uns empfehlen."

Küentzi befahl sie: „Du kümmerst dich um deine Listen. Die Genauigkeit der Listen und die Gunst der Herrin ist für unsere Zukunft so wichtig wie ein neues Pferd!"

Dank der Mithilfe des Pferdeknechtes gelang es den Schaffners am andern Tag schon, ihre Reisevorbereitungen abzuschließen. Er vertraue auf Aarons Rechtschaffenheit und glaube nicht, dass Aaron das Pferd der Schaffners gestohlen habe. „Aaron denkt klug und anständig", meinte er zu Rachel und bat sie, ihm den Weg zu Aarons nächstgelegenem Versteck, womit er ihr Liebesnest meinte, zu verraten.

Noch vor Ende des Morgens kehrte er auf dem Schlachtross triumphierend mit Küentzis Pferd an der Leine auf den Hof zurück. Aaron hatte die Rachel vertraute Hütte als Stall eingerichtet und war dort auf sein insgeheim gekauftes Reitpferd umgestiegen. Küentzis Pferd hatte er wohlversorgt mit Wasser und Hafer zurückgelassen. Rachel war so beschämt und berührt zugleich, dass sie sich beim Pferdeknecht für seine Hilfe mit einem schnellen Kuss bedankte.

Als auch Küentzi dank Clares Unterstützung seine kontrollierten Listen abgeben konnte, stand der Abreise am andern Morgen nichts mehr im Wege.

Zur Verabschiedung erschienen nur die Herrin und der Pferdeknecht, der die aufgesessene Familie im Hof erwartete. Im Unterschied zur Herrin, die ihnen steif von der Treppe herab, als ob sie Gesinde aus ihren Diensten entlasse, eine gute Reise wünschte, überraschte der sonst einsilbige Hüne alle mit dem Geständnis, dass er den Wegzug der ‚Pestflüchtlinge, die mir ans Herz gewachsen sind' bedaure. Er holte einen hinter dem Brunnen versteckten kleinen Käfig mit zwei Tauben hervor und überreichte ihn Küentzi mit den Worten: „Falls ihr in Schwierigkeiten geratet, könnt ihr mit diesen Tieren jederzeit Unterstützung anfordern."

Von den unerwartet vielen Dankesworten beeindruckt, besann sich auch die Herrin eines Besseren. Sie trat neben den Pferdeknecht, richtete an die auf dem Bock sitzenden Frauen ein warmes „Danke", hängte ein hoffnungsvolles „Bis in Rötteln!" an, bevor sie sich umdrehte und hastig ins Haus zurück ging. Mit einem Klaps auf die Hinterhand ermunterte der Pferdeknecht das Pferd, Rachels „Hüscht!" zu folgen, und ging langsam in den Stall zurück.

Niemand mehr zeigte sich den Reisenden. Die Gebäude schienen wie der Hof leer und ausgestorben. Leben fanden sie erst wieder am neuen Zaun, wo laute Befehle und heftiges Hämmern Küentzi daran erinnerten, dass ihre Zukunft in der neuen Fremde weiterhin von Gemarkungen und durch geistige Zäune begrenzt würde.

38

Nach einer Stunde gemächlichen Mitfahrens stieg Küentzi ab. Um dem Pferd die mittlerweile ungewohnte Arbeit zu erleichtern, ging er zu Fuß weiter. Er holte die Seinen auf einer Wegkreuzung vor dem Dorf Auggen ein, wo das Pferd im Schatten eines Nussbaumes versuchte, das ungewohnte und störende Brustgeschirr abzuschütteln. Ausspannen kam für ihn nicht in Frage, eine Pause wünschten aber alle, und durstig waren sie auch.

Während Rachel mit den Kindern bei Ross und Wagen blieb, folgten Küentzi und Clare der Straße ins Dorf. Unterhalb der im Rebberg leicht erhöht gelegenen alten Kirche trafen sie auf einen großen, aus Stein gehauenen Brunnen an einer Straßengabelung. Unter der dazugehörenden Linde änderte Küentzi seine Meinung und entschied, Ross und Wagen zu holen. Clare bat er herauszufinden, wohin genau die zwei Straßen führten.

Da sich niemand am Brunnen zeigte, ging Clare den kurzen Weg zur einfachen Kirche hoch, um sich im Gebet von oben helfen zu lassen.

Nach wenigen Ave-Marias in der menschenleeren Kirche hörte sie die Tür hinter sich knarren und, nach einer Weile, eine freundliche Stimme mit der Frage, ob sie beichten wolle. Sie fand sich einem bejahrten, freundlich lächelnden Priester gegenüber, fasste Vertrauen zu ihm und bat um Auskunft über die Weggabelung unten am Brunnen.

„Der Weg vom Rhein weg gegen Morgen führt Euch durch die Rebhügel nach Vögisheim oder nach Mauchen und später zu den Schwarzwaldpässen; der Weg entlang den Hügeln nach Mittag führt Euch auf einer alten Römerstraße nach Schliengen und weiter entlang dem Rhein bis Basel.“ Der kurzsichtige alte Priester hatte Clares Zusammenzucken beim Wort ‚Basel‘ wahrgenommen, und fragte vorsichtig, wie er ihr helfen könne. Sie antwortete ihm offen.

„Ich bin als Ärztin mit meiner Familie zur Markgräfin auf Schloss Rötteln bestellt. Mein Mann tränkt das Pferd unten am Brunnen und möchte es schonen. Sagt, welcher Weg ist für uns der einfachste?“

Der Priester schwieg überrascht, richtete die kurzsichtigen Augen auf seine Hände und wartete lange, bevor er entschied: „Mir gefällt Eure Stimme und ich höre Eure Worte gut. Also komme ich mit Euch zum Brunnen und bespreche alles Weitere mit Eurem Gatten." Er schlug das Kreuz zum Altar hin und ging Clare langsam und etwas wackelig voran.

Schon bevor sie den Brunnen erreicht hatten, hörten sie Küentzi: „Der Gaul weigert sich, angeschirrt auch nur einen Huf vor den andern zu setzen!"

Ohne sich vorzustellen oder Clare zu Wort kommen zu lassen, beruhigte ihn der Geistliche: „Ich habe eine Salbe für meine gichtigen Knie. Sie hilft sicherlich auch gegen die Schmerzen Eures Gaules." Mit ausgebreiteten Armen lud er alle ein: „Kommt mit zum Pfarrhaus, wo Ihr das Pferd ausspannen und mit der Salbe einreiben könnt." Ohne eine Antwort abzuwarten, ging er ebenso langsam wie er gekommen war, den Weg zurück. Als ob es den Diener Gottes verstanden hätte, nickte das Pferd, zog an und folgte ihm ohne weitere Aufforderung, und die verblüffte Familie hinter ihm.

Im Hof des stattlichen Pfarrhauses unterhalb der Kirche erschien der Pfarrer mit einem großen Topf Salbe. Er musterte die Erwachsenen blinzelnd, bevor er Rachel den Topf gab, und allen frohgemut versicherte: „Gott hat Euch und dieses Haus vor dem schwarzen Tod verschont, und er wird es weiterhin." Seine Haushälterin, die durch das Küchenfenster die Ankömmlinge beobachtet hatte, lud alle ins Haus ein und versprach ihnen warmen Brei und Tee, sobald das Pferd mit der Salbe versorgt sei.

In der guten Stube machte es sich der beleibte Gastgeber mit einem ausgiebigen Seufzer bequem, suchte aus seinem Ohrensessel heraus mit leuchtenden Äuglein die Gesichter seines Besuchs und zitierte laut:

„die nahtegal die muss ie singen,
wan ire nature spilet von minnen al."

Er legte erwartungsvoll die Hände in den Schoß, bis er vom platten Schweigen seiner Gäste befremdet fragte: „Warum sagt Ihr nichts? Ihr solltet die Schreiberin dieses Satzes kennen!"

Bekümmert durch die andauernde Stille sagte er in vorwurfsvollem Ton: „Vertraut Ihr mir noch immer nicht?"

„Mechthild von Magdeburg!", sagte nun Clare deutlich und erlöste damit den neuen Freund. Sie griff nach der Hand ihres sichtlich überforderten Gatten und fragte ihr nunmehr strahlendes Gegenüber: „Wie habt Ihr uns als Gottesfreunde erkannt?"

„Zum einen bin ich wie alle Gottesfreunde gebeten worden, die Schaffner-Familie auf ihrer Reise im Breisgau zu unterstützen. Diese Bitte wurde mir mündlich zusammen mit neuen Texten aus Straßburg weitergegeben. Zum andern hat mein alter Kollege aus Merdingen mich gebeten, auf Wunsch des Vikars in Gündlingen nach einer Ketzerfamilie mit drei Kindern, begleitet von einer Amme und einem Juden aus Straßburg, Ausschau zu halten. Da ich keinen Juden bei Euch ausmachen kann, erfülle ich die Bitte des Gottesfreundes und freue mich, Euch helfen zu können."

„Wir sind in der Tat die Schaffner-Familie. Ich heiße Kunrad, meine Gattin heißt Clare", half Küentzi weiter. „Clare ist als persönliche Ärztin der Markgräfin Elisabeth auf Schloss Rötteln bestellt. Wie lange brauchen wir, bis wir von hier aus den Markgräflichen Hof erreichen?"

„Mit einem gesunden Zugpferd braucht Ihr vier bis fünf Stunden ohne Umwege", schätzte der Pfarrer und dachte laut: „Bei Tageslicht schafft Ihr mit Eurem Pferd diese Strecke heute nicht mehr." Er blinzelte, suchte die Augen seiner Gegenüber, sah die Enttäuschung in den Gesichtern und entschied schnell: „Ich würde mich freuen, Euch hier beherbergen zu dürfen. Morgen könntet Ihr ausgeruht weiterziehen." Damit war für ihn alles gesagt, und gleichzeitig entschieden.

Ein Dank für das Angebot und eine Zusage erübrigte sich nach einem Blick durch die wie von Geisterhand geöffnete Türe in die Küche. Die Kinder luden vom gedeckten Tisch aus ihre Eltern fröhlich ein, sich zu ihnen zu setzen. Sie gehorchten gerne und hörten, wie hinter ihnen der Pfarrer zufrieden brummelnd die Türe schloss.

Nach dem kleinen Vespermahl schickte die Haushälterin die unternehmungslustigen Kinder nach draußen und erkundigte sich bei Küentzi, wie sie sich ihre Weiterreise vorstellten. Als sie von Clares

Berufung zur Kräuterärztin der Marktgräfin hörte, änderte sie ihr gegenüber sofort Ton und Haltung. Dies nutzte Clare, um die kluge und politisch erfahrene Gefährtin des Priesters über die Gottesfreunde im Breisgau auszufragen.

„An der Bereitschaft zum Lesen mangelt es hier keinesfalls. Doch wie der Euch bekannte Vikar in Gündlingen heißen die meisten jungen Priester Vater Tauler einen irregeleiteten Theologen, weil er in seinen Schriften auf den als Ketzer verurteilen Meister Eckhart Bezug nimmt. Damit schüchtern sie seine Leserschaft ein. Auch der junge Erbe des Markgrafen auf Rötteln steht unter dem Einfluss eines solchen Priesters."

Sie wandte sich an Küentzi. „Ich weiß zwar nicht, weswegen Ihr Straßburg verlassen musstet, doch Ihr bewegt Euch hier auf gefährlichem Boden. Viel Gebiet der Herren von Rötteln blieb nach deren Aussterben Lehensbesitz des Basler Domkapitels und wird noch heute von Vögten aus dem Basler Adel verwaltet. Deren Einstellung gegenüber den Gottesfreunden ist unterschiedlich und schwierig festzustellen. Ob sich auch die Euch bekannte Markgräfin zu den Gottesfreunden zählt, müsst Ihr selber herausfinden."

„So viel habe ich im Frauenbad mitbekommen", mischte sich Rachel ein. „Die Markgräfin hilft ihrem Gatten, den markgräflichen Besitz für dessen Neffen Rudolf, dem Erben, zu mehren. Braucht sie die Gottesfreunde dazu, wird sie sie auch schützen."

„Wie Ihr seht", lenkte Clare den kritischen Blick der Haushälterin von Rachel auf sich, „sind wir als Gottesfreunde auf Rötteln sicher, solange sie mich und meine Kräuter braucht."

Auch Küentzi half Rachel: „Welche Haltung zeigt der Bischof von Basel gegenüber den Gottesfreunden?"

„Seine Schulden plagen ihn heftiger als sein christliches Gewissen", antwortete ihm die Haushälterin prompt. „Und seit die Juden verbrannt und seine neuen Geldgeber zur Hauptsache reiche Christen und die Zünfte sind, kann er diese nicht ohne Ketzer- oder Heidenprozess um ihren Reichtum bringen. Er handelt vorsichtig, denn setzt er die Inquisition gegen die Gottesfreunde ein, riskiert er die Unterstützung der reichen Zünfte und müsste sich andernorts zu schlechteren Bedingungen verschulden. Ich vermute, den Bischöfen von Straßburg und von Konstanz geht es ähnlich."

Sie blickte zu Rachel und schloss: „Solange die Zahl der radikalen Gottesfreunde beidseits des Rheins klein bleibt und sie keine Bedrohung für die Amtskirche darstellen, hält zumindest der Konstanzer Bischof die Inquisition zurück und lässt unsere Brüder und Schwestern in Ruhe."

Der Pfarrer, der während dem Essen in seiner Stube geblieben war, rief durch die Türe, die Haushälterin möge Clare zu ihm schicken. Küentzi, der unbedingt neuen verfänglichen Fragen entgehen wollte, stellte sich neben Clare, die mit Föti im Arm schon vor der Tür zur pfarrherrlichen Stube wartete. Er lächelte ihr zu, winkte Rachel, ihnen zu folgen, klopfte an, wartete auf keine Antwort und trat allen voran ein. Der Pfarrer lehnte sich überrascht zurück, wackelte mit dem Kopf schneller als eh, und musterte blinzelnd die aufgereihten Gäste vor ihm.

„Ihr erinnert mich an ein Altarbild mit der Heiligen Familie auf der Flucht." Er blickte angestrengt zur selbstbewusst neben Küentzi stehenden Rachel und schüttelte verunsichert den Kopf. „Im Bild wäscht Maria Magdalena als Reuerin dem Jesuskind die Füße." Er lachte plötzlich. „Mit dieser Darstellung erhoben die Dominikanerinnen Magdalena zur keuschen Gleichaltrigen der Gottesmutter Maria."

Während er sich mühsam erhob und hinter den großen Tisch trat, brummelte er trotzig: „Nur ein keuscher Jesus gilt heute als Gottessohn. Obwohl in Texten, die in den päpstlichen Archiven verschollen oder uns vorenthalten sind, Jesus Maria von Magdala zur Frau nahm und später mit ihr und den Kindern als Familie übers Mittelmeer an den Pyrenäenfuß flüchtete." Er blickte zu den Frauen. „Wusstet Ihr, dass die Katharer-Ketzer dies noch heute glauben und dass sie Frauen wie Männer zu Priestern weihen?" Warum er ihnen zuzwinkerte, und wieder mit dem Kopf wackelte, verstanden sie nicht. Ohne Übergang zeigte er zuerst auf ein steifes Stück Papier auf dem Tisch und dann auf Clare: „Lest laut!"

Zu Küentzis großer Überraschung neigte sich Clare bereitwillig über den Text und warf einen kurzen Blick auf die kantige Schrift vor ihr. In der erwartungsvollen Stille der andern richtete sie sich mit der hellwachen Photina auf dem Arm schnell wieder auf und wandte sich an Rachel: „Lies du! Der Text ist deutsch und passt besser zu dir als zu einer alten Mutter, die ihre Jüngste stillen muss."

Nach einem schüchternen Blick auf den erstaunten Pfarrer trat Rachel an den Tisch, sah sich die acht Zeilen kurz an, bevor sie laut und fließend las:

„Wol dir, sumer, wie du herest
heide unde ouch den gruenen walt,
wie du kleinen voglin merest
hohe ir stimme manicvalt!
da von git ir froide ir singen
uf berge unde in dem tal,
swa man suosse hoere erklingen
ir vil wuneklichen schal."

Kaum war sie fertig, forderte sie der Pfarrer heftig blinzelnd auf, das Papier zu wenden und den Namen des Dichters zu lesen. Rachel las: „her brunwart von ougheim", worauf der Pfarrer sich erhob, den großen hölzernen Schrank hinter sich öffnete und stolz erklärte: „Die Familie Brunwart hatte ihren Stammsitz hier. Vor mehr als hundert Jahren ließen sie sich im nahen Neuenburg als Schultheißen nieder. Auch unser Dichter bekleidete dies Amt."

Er legte das kostbare kleine Papier sorgfältig zwischen zwei mit Samt überzogene, breite Leisten, band alles mit fixen Lederriemchen zusammen und versorgte das Werk neben eine in Pergament gefasste Bibel. „Ich habe hier noch weitere solche Texte. Vielleicht schreibe ich später alle in ein Büchlein ab."

Während er den Schrank schloss, verwies er mit dem Rücken zu den andern auf eine weitere Rarität: „Hier habe ich auch Verse Walters von Breisach. Er hat sich in der Umgebung mit seinen Reimen einen Namen gemacht. Doch er ist ein Bürgerlicher und schwierig, wenn auch raffiniert."

Er setzte sich, blinzelte heftiger: „Ihr seid doch in Breisach vorbeigekommen. Habt Ihr das neue Münster besucht? Es muss großartig sein. Leider hält mich meine Gicht hier gefangen. Ich würde gerne die vielen neuen Bauten und Bilder bewundern."

Clare bemerkte: „Ihr wäret enttäuscht, denn die Kirche ist eine große, wegen der Pest verlassene Baustelle. Neue Bilder und Statuen habe ich keine gesehen, als ich dort betete."

Um dem Pfarrer eine Freude zu bereiten, überlegte Küentzi, ob er Clare bitten sollte, für dessen Bibliothek ein paar Zeilen aus einem Gedicht des ‚her walter von klingen' aufzuschreiben. Er sah unsicher zu Clare, richtete sich sofort nach ihrer beherrschten, leicht abweisenden Haltung und schwieg. Beinahe hätte er mit seiner Bitte ihre lange gemeinsame Vergangenheit aus der Zeit vor Straßburg offenbart und ihre Zukunft gefährdet!

Um sich vor weiteren unbedachten Äußerungen zu schützen, entschuldigte er sich leise, er müsse sich mit Werner um das Pferd kümmern, und verließ den Raum. Rachel folgte ihm still und ließ Clare mit dem Geistlichen allein. Dieser schien in Gedanken versunken, beobachtete aber genau, als müsste er eine ‚Maria mit Kind' Miniatur für einen seiner Texte malen, wie Clare ihre zappelige Jüngste beruhigte. Sie ließ sie einfach, anstatt an einem Finger oder Schnuller an der leeren Brust suckeln.

Während die Haushälterin von Margret im Gemüsegarten Beinwell für eine Salbe für ihr Pferd empfohlen bekam, führte Küentzi den Gaul mit Werner im Sattel auf der Straße durch das Dorf. Außerhalb, inmitten sanft ansteigender Rebberge zeigte er auf das nahe, höher gelegene Dörflein am unteren Rand des dunklen, aufsteigenden Waldes vor ihnen. „Vögisheim! Der südliche Teil des Dorfes gehört dem Markgrafen auf Rötteln, wohin wir morgen reisen werden. Der nordöstliche Teil gehört dem Grafen Imer von Straßberg in Badenweiler, wo du mit deiner Mutter zu Besuch warst."

„In Badenweiler haben der junge Ritter und ich für Rachel den mutigen Einsatz Aarons gegen die Räuber nachgespielt", erinnerte sich Werner und fragte vorausdenkend: „Können Margret und ich in Rötteln mit Rachel und dir auch einmal heiß baden? Conrad hat uns begeistert erzählt, er kenne dich vom Heißbaden mit Rachel."

Küentzi erschrak, und fragte sich, ob der kleine Conrad damals im Bad doch mehr als gedacht mitbekommen hatte. Ruhig antwortete er: „Auf Rötteln gibt es keine heißen Quellen zum Kuren. Deshalb kam die Markgräfin zur Kur ja auch nach Badenweiler."

Um weitere Fragen zu verhindern, redete er einfach weiter. „Natürlich verfolgte Markgräfin Elisabeth in Badenweiler neben der Kur auch andere Ziele. Weil ihr Vater, Graf Imer, keine Söhne hat, wollte sie ihrem Gatten, dem Markgrafen von Rötteln, eine mögliche Erbschaft vorbereiten. Doch die Stadt Freiburg, die Habsburger, und selbst der Bischof von Basel bemühen sich – wie sie selber – schon jetzt um seine Ländereien, wollen sie erben."

Er wurde ruhiger. „In Rötteln werden wir dann mehr darüber erfahren. Ich bin gespannt, wo wir dort untergebracht werden." Er berührte sanft Werners Bein: „Versuch dich aufzurichten, wie ein richtiger Reiter!", und schaffte damit den Übergang ins unverfängliche Hier und Jetzt. Mit der Warnung, Werner solle sich an der Mähne festhalten und nach vorne rutschen, stieg er selber auf, wendete und ritt mit ihm gemächlich zurück.

Im Pfarrhaus verwies die Köchin Küentzi in die gute Stube, wo die Jüngste noch ungestört schlafe. Dort könnte er zumindest in der Bibel lesen, wenn er schon Clare allein zum Abenddienst in die Kirche habe gehen lassen. „Werner könnt Ihr bei mir in der Küche lassen. Er kann Rachel und Margret helfen. Sie haben Beinwell geerntet. Der muss ganz klein geschnitten werden, bevor alles mit Gewürzen und mit Fett zu einer Salbe verarbeitet wird." Doch Werner ergriff Küentzis Hand und ließ sie nicht los, bis er in der guten Stube am großen Tisch saß. Die Augen auf die im offenen Schrank aufgereihten Wachstafeln gerichtet, forderte er seinen Vater auf, mit ihm ‚Schreiben' zu üben. Küentzi erinnerte dies an Luggis geheimen Schreibunterricht mit ihm und Clare, und er überwand die Hemmung, sich in einer fremden Bibliothek zu bedienen.

Er nahm zwei Wachstafeln samt Griffel und gab Werner je ein Werkzeug mit der Bemerkung: „Nun zeig, woran du dich seit Straßburg noch erinnern kannst!" Auf seine Tafel schrieb er sorgfältig ‚DER HOHE MEISTER DIDERICH' mit der Aufforderung „Kopier dies!"

Während Werner gewissenhaft die Schriftzeichen auf Wachs übertrug, holte Küentzi die kostbare große Bibel auf den Tisch und blätterte vorsichtig von Majuskel zu Majuskel. Da er den lateinischen Text nicht verstand, stellte er sich zu den sorgfältig bebilderten Anfangsbuchstaben jedes Mal einen dazu passenden Text auf Deutsch vor. Als Werner die

Gedankenspiele seines Vaters unterbrach und ihm auf der Tafel stolz seine Buchstaben zeigte, ergänzte Küentzi aus dem Bauch: ‚DER WILL UNS MACHEN FROH'. Werner schrieb, und sein Vater konnte weiterhin die ausgeklügelten, vielfarbigen Initialen bewundern.

Beide fuhren erschreckt hoch, als der Pfarrer mit Clare die Stube betrat und erstaunt blinzelnd an den Tisch trat. Clare erfasste sofort, was Vater und Sohn hier trieben. Sie sprach als Erste: „Es sprachen ‚luterlichen al in principio'", und wandte sich strahlend an den Pfarrer: „So lautet die nächste Zeile dieses kleinen Gedichtes einer unbekannten Dominikanerin. Das kennt Ihr doch sicherlich."

Sie wartete kurz, ob der vor Überraschung heftiger blinzelnde Pfarrer die Zeilen erkannte, bevor sie voller Überzeugung weiter deklamierte:

„des adelares fluke, wil er uns machen kunt,
dy sele wil er versenken in den grunt ane grunt."

Sie warf Küentzi einen warnenden Blick zu und erklärte dem staunenden Geistlichen: „Das Gedicht ist Teil von Meister Rulmans Sammlung in Straßburg. Falls Ihr wünscht, kann ich es für Euch als Gottesfreund aufschreiben. Später könnt Ihr es auf Pergament für Eure Sammlung kopieren."

„Sicherlich wünsche ich mir dies!", nickte der Pfarrer begeistert, während er die ihm von Werner zugeschobenen Griffel und Wachstafeln versorgte. Zum Schluss schloss er sorgfältig die große Bibel mit einem kleinen Schlüssel und legte sie im Schrank, den er zur Sicherheit ebenfalls verschloss.

Werner ergriff wie verzaubert seiner Mutter Hand und folgte ihr in die Küche zu den andern, die durch die offene Türe ihren Auftritt mitbekommen hatten. Selbst die Köchin lobte Clare für ihr meisterliches Vortragen. Küentzi blickte verlegen zu Boden und bat innerlich Clare für seine unüberlegte Wahl der Textvorlage um Verzeihung.

Mit ihrer gewitzten Aussage über die Herkunft des Gedichtes hatte sie verhindert, dass er ihre gemeinsamen Jahre im Kloster Klingental verraten hatte, und dass der Auggener Priester und seine hilfsbereite Haushälterin später wegen den Schaffners

Schwierigkeiten bekämen. Reaktionäre Geistliche wie der Gündlinger Vikar konnten so keine Belege finden, um den Pfarrer wegen Fluchthilfe für Ketzer vor Gericht zu ziehen.

Küentzi, der die Stube hinter dem Pfarrer verlassen hatte, stellte sich hinter Clare, die sich setzte, und richtete ihre wie immer leicht verrutschte Haube. Zum Schluss strich er zärtlich über ihren Hals, flüsterte ihr ein liebevolles „Danke!“ ins Ohr und setzte sich am Tischende dem Pfarrer gegenüber.

Nach dem Tischgebet aß er wie die andern schweigend seinen Brei, wartete still auf den Segen des Pfarrers, freute sich, dass Clare die Bitte der Kinder, bei ihnen zu schlafen, abschlug und versprach ihnen, später, wenn er die Wunden des Pferdes gesalbt hätte, wie früher zum Einschlafen eine Geschichte zu erzählen.

Als Rachel später mit einem Licht ihren Platz bei den Kindern suchte, fand sie Küentzi schnarchend auf ihrem Laubsack mit je einem zufrieden schlafenden Kind im Arm. Leise wechselte sie die Kammer, wo Clare sie ihm Halbschlaf ermunterte: „Leg dich auf Küentzis Sack neben mich. Ich möchte kuscheln. Mit Küentzi geht das wohl erst im nächsten Leben.“ Doch die beiden hatten nicht mit der alles bewegenden Kraft von Küentzis Eifersucht gerechnet.

In der Früh des folgenden Morgens brachte der Anblick der engverschlungenen, entspannt schlafenden Frauen – seiner Frauen! – sein Blut ins Wallen. Neiderfüllt weckte er das Paar und starrte auf ihre unschuldig vorgeführten nackten Körper, während sie sich schlaftrunken erhoben. Bevor sie ihn wegen seiner grimmig großen Augen ansprechen konnten, flüchtete er jedoch aus der engen Kammer auf den tieferen Stock, wo ihn der fleißige Pfarrer in die gute Stube rief.

„Ich habe den Eindruck, Ihr möchtet Zollstellen und Kontrollen umgehen. Deshalb rate ich, von hier den Weg nach Feldberg bis zum Bach zu wählen und diesem nach Mittag bis Liel zu folgen. Unterhalb der Lieler Burg biegt Ihr auf die nach Morgen aufsteigende Straße nach Riedlingen. Dort trefft Ihr den nächsten, nach Mittag fließenden Bach und folgt ihm bis vor Egringen, wo Ihr die Straße nach Morgen ins Kandertal nehmt. Folgt der Kander nach Mittag bis Wittlingen. Dort beginnt der steile Weg über einen Waldrücken ins Wiesental. Wie Ihr auf der Kuppe den direkten Weg zur Burg

Rötteln nach Mittag findet, kann ich Euch nicht sagen. Die Burg steht am Ende von einem Ausläufer des Hügelrückens oberhalb des dazugehörigen Weilers." Er wackelte mit dem Kopf, wie jedes Mal, wenn er sich freute oder ärgerte, und kicherte. „Wer diese Burg besitzt, kontrolliert und sichert den reichen Verkehr im Wiesental. Dem Markgrafen bringt der Zoll dort sicherlich gutes Geld."

Dreimal musste Küentzi die Wegbeschreibung laut wiederholen, bis der Pfarrer mit ihm zufrieden war und ihn entließ. Zum Glück vergaß er, den Geistlichen nach dem Grund für diese komplizierte Route zu fragen, und erfuhr erst viel später, wie Clare durch die Beichte ihrer Vergangenheit als Nonne den Pfarrer hatte dazu bewegen können, ihnen für diese Reise Wege innerhalb der Herrschaft der Markgräfin, und außerhalb der Gerichtsbarkeit der omnipräsenten Basler Domherren zu suchen.

Während er im Stall das Pferd für die Fahrt vorbereitete, holte ihn das Bild der nackten Frauen ein, und er brauchte auch für das Anschirren und Anspannen im Hof länger als gewohnt. Spät führte er Pferd und Wagen vor und tätschelte selbstvergessen den breiten Rumpf des ungeduldig schnaubenden Tieres, während die Kinder mit Rachels Hilfe auf die Ladebrücke kletterten. Wie ein Lakai half er den beiden etwas verlegenen Frauen auf den Bock und wartete, bis sie sich gesetzt hatten. Während er Rachel geistesabwesend die Zügel reichte, fiel ihm mit Schrecken ein, dass die Tauben fehlten, und befahl ihr harsch: „Warte! Die Tauben."

Alle atmeten erleichtert auf, als er mit den zwei Vögeln vom Taubenschlag hinter dem Haus zurückkam und auf der Ladebrücke hinten Platz nahm.

Als die Fahrt endlich begann, winkte er dem Pfarrpaar zum Abschied, als ob es ihm den Himmel erschlossen hätte. Und er winkte sogar noch, als das Haus schon hinter der ersten Biegung der Straße verschwunden war. Denn eigentlich galt sein Winken den über dem Pfarrhaus kreisenden, flink die Formation wechselnden, manchmal als Paar, oder zu dritt oder in einer Staffel fliegenden Tauben. Sie hatten ihm mit ihrem unbeschwerten Fliegen gezeigt, dass, was Clare und Rachel ihm unbefangen in der Früh gezeigt hatten, auch ihm zustand – und wenn er es sich wünschte, sogar von beiden zur gleichen Zeit!

Zufrieden stellte er den Käfig mit den aufgeregt blinzelnden Tauben auf die Ladebrücke ab und rückte zu Werner und Margret auf. Rachel forderte er auf, dem nächsten Bach nach Mittag zu folgen und verfolgte mit je einem Kind im Arm verträumt den Flug der Schwalben. Erst beim Abbiegen von der guten Straße auf einen einfachen Landweg voller Löcher ließ er sie los, erhob sich schwankend und vergewisserte sich, auf die Schultern der zwei Frauen vor ihm gestützt, ob sie auf dem richtigen Weg waren.

Von der Palisade um den Turm von Liel bis zur Anhöhe vor Riedlingen gingen alle zu Fuß, um das Pferd zu schonen. Nur Margret durfte halbwegs aufsteigen und Föti in die Arme nehmen. Abwärts führte Clare die Zügel vom Bock aus und Werner musste die Jüngste in den Armen halten. Föti wurde bald weitergereicht und Margret durfte vorne fahren. Sie kamen gut voran. Die Straße entlang den Hügeln war in gutem Zustand, der Verkehr gering, wenig störte den Blick auf die Rheinebene unter ihnen und die wuchtigen Vogesen dahinter. Die Abzweigung ins Kandertal fanden sie ohne Mühe, gerieten aber unversehens auf einen schattigen, weichen Waldweg, gerade breit genug für ihren Karren. Um das Pferd zu schonen, und um das Einsinken der Räder zu mindern, hieß es wiederum: „Alle absteigen!" Dieses Mal auch abwärts. Zum Glück mussten sie keinem andern Gefährt ausweichen.

Es war Mittag, die Sonne brannte, doch sie machten erst Rast, nachdem sie an einer Mühle vorbei die Kander überquert hatten. Abseits der Straße, unter Erlen, schliefen alle müde wie schon lange nicht mehr, bis Föti mit ihrem Plärren Clare als Erste weckte. Die Kinder putzmunter, die Erwachsenen noch schlaftrunken, nahmen alle wieder auf dem Wagen Platz und ließen sich vom Pferd entlang saftig grüner Weidenbüsche talabwärts ziehen.

Küentzi wählte in Wittlingen auf gut Glück eine Abzweigung weg von der viel befahrenen Straße, und schon bald hieß es für alle wieder „Absteigen!". Das Glück war mit ihnen, die Strecke zu Fuß kurz, und selbst die zwei Kinder schafften den Weg zur Hügelkuppe allein. Clare, die zur Aufmunterung ein Kirchenlied summte, setzte sich neben Rachel auf den Bock und hieß die Kinder hinten Platz nehmen.

Doch das Pferd blieb stehen, schüttelte sich nur, als wollte es das Geschirr loswerden, wartete. Bis Rachel, die das Pferd von allen am besten kannte, abstieg, die Leinen lockerte und die wundgescheuerten Stellen frisch salbte. Das Tier hob den Kopf, schüttelte sich kräftig und scharrte kurz mit einem Huf, blieb aber stehen. Rachel entschied, nur Margret dürfe fahren, zog die Riemen nach, packte das Halfter und hieß Küentzi und Clare anschieben.

Mit gutem Zureden und dank Küentzis Kraft beim Anschieben gelang ihnen die Weiterfahrt. Er trottete mit der munter plaudernden Jüngsten im Schultertuch neben Werner hinter dem Karren her, bis der Knabe nicht mehr mithalten konnte. Auf Küentzis Anweisung hin fuhr Rachel ganz langsam. Anzuhalten wagte sie nicht, bis er Margret in den Armen hielt und der Junge hinten aufgestiegen war. Rachel neben, und Küentzi mit Clare hinter dem Wagen erreichten sie auf der abfallenden Straße den dämmrigen Waldrand.

Vor ihnen lag Schloss Rötteln auf einem Felssporn mit einer steil abfallenden, bewaldeten Flanke nach Morgen. Kratziger, dicker Rauch aus mehreren Schornsteinen trübte ihnen die Sicht und narrte ihre Augen: Die Baugerüste um den nahen Turm, den tiefer liegenden Palas und um den Hauptturm tanzten mit den wabernden Schwaden zum Takt eines wankelmütigen Windes.

„Dies ist die größte und eindrücklichste Burganlage, die wir bis hieher angetroffen habe! Viel größer und mächtiger als Badenweiler!“, staunte Clare. – „Wird vergrößert und ausgebaut!“, doppelte Küentzi nach.

Nur Rachel schien vom Ehrgeiz der Erneuerungen unbeeindruckt. Sie führte das Pferd ruhig vor das geschlossene Tor, wo sie ein Soldat der Schlosswache als die ihm gemeldeten Gäste begrüßte. Er führte sie entlang der Außenmauer zum großen Gutshof am Fuß der Feste, wo sie der Schaffner im Auftrag der Markgräfin höflich willkommen hieß.

Der kräftige, Achtung gebietende Mann führte die müde Gruppe zu einer großen, sauberen Hütte mit einem kleinen Pferch unterhalb des Hofes, wo er Clare sofort beanspruchte. „Clare, ich muss dich bitten, mir unverzüglich mit dem Kräuterkasten zur Markgräfin auf die Burg zu folgen.“

Während Clare ihren Kräuterkasten und ihre Ärztetasche zusammensuchte, wies er den Wachsoldaten an, Küentzi und Rachel beim Einrichten der Hütte und beim Abspannen zu helfen. Küentzi forderte er auf, sich am nächsten Morgen auf der Burg bei der markgräflichen Leibwache zu melden. Als Clare beladen vor ihm stand, nahm er ihr alles Gepäck ab und ging ihr vor.

39

Das Wenige, das sie mitgebracht hatten, war in der Hütte schnell verräumt. Die neuen Strohsäcke waren zum Schlafen ausgelegt, bevor der Soldat sie mit der Nachricht überraschte, Clare würde auf der Burg übernachten. Wie zum Trost zeigte er auf einen Krug Kuhmilch und einen Brotlaib im Schatten. Nur Föti, die auf Rachels Arm das Brot und den Krug gesehen hatte, war begeistert. Sie bekam als erste die in der Milch aufgeweichten Brotbrocken.

Beim Einschlafen fehlte den andern Clare. Still legten sie sich nebeneinander auf die Strohsäcke, Küentzi machte den Anfang. Rachel wartete, bis Föti auf ihrem Arm eingeschlafen war, und legte sie vorsichtig an das Ende der Reihe. Im letzten Licht verarztete sie draußen nochmals das dankbar schnaubende Pferd und tastete sich zur Kleinen zurück. Sie schlief tief, bis sie früh am Morgen vom Plärren der wieder hungrigen Jüngsten geweckt wurde.

Schlaftrunken säuberte sie sie und trug sie nach draußen, wo sie, endlich selber wach, entschied, vom nahen Hof einen Krug mit frischer Milch zu holen. Sie war nun die Mutter! Sicherlich solange Clare mit ihrer Arbeit für den Unterhalt der Familie aufkam, und der Vater ohne Arbeit von scharwenzelnden Tauben träumte.

Nach zwei Tagen kehrte Clare zum ersten Mal wieder zur Hütte zurück. Sie füllte ihren Kräuterkasten auf und kündigte Rachel den baldigen Besuch des Schneidermeisters aus Badenweiler an. Er sei gestern Abend auf Rötteln eingetroffen und wünsche, Küentzi zu sprechen. Rachel bat sie, mit den Kindern nach wildem Salbei zu suchen und für sie die Blätter zu trocknen.

„Wann kommst du wieder zu uns zurück, Mama?“, fragte Margret mit kläglicher Stimme.

Clare nahm die Kleine auf den Arm. „Bald!“, sagte sie unbestimmt. Sie gab dem Kind einen langen Schmatzer auf die Wange und reichte es dann mit gequälter Miene an Rachel weiter. Ohne sich umzusehen, eilte sie den Hang hinauf, zurück zur Burg.

Gegen Mittag meldete Margret aufgeregt, der erwartete Besucher sei zu ihnen unterwegs. Rachel war eben dabei, Föti auf einem Tuch am Boden zu säubern, als Jan auch schon vor ihr stand und ihr zum Gruß zunickte.

Er kam gleich zur Sache. „Eigentlich wollte ich Küentzi abholen, um ihn dem Hauptmann der Schlosswache vorzustellen. Der hat schon seit gestern Arbeit für ihn bereit.“

„Küentzi ist mit Werner und dem Pferd unterwegs“, sagte Rachel. Die Rüge des Schneiders nahm sie nicht auf: „Aber ich denke, er wird bald zurück sein.“

„So etwas habe ich mir schon gedacht“, erwiderte Jan, „aber in deiner Gesellschaft auf ihn zu warten, ist mir ein Vergnügen!“

Er sah sich in der sauber aufgeräumten Hütte um und fuhr mit ernster Miene fort: „In Tumringen unten gab es Pesttote. Halte dich bedeckt. Du weißt, wie schnell die Pfaffen Schuldige finden.“ Während Rachel sich mit Föti auf dem Arm erhob, änderte er seine Haltung und suchte überraschend den Blick Margrets.

Mit warmer Stimme forderte er sie auf: „Ich habe schon einiges über eure Reise hierher vernommen, doch ich möchte deine Schilderung der Reise hören.“ Die Aufforderung traf die Kleine so unvorbereitet, dass sie nur den Kopf schüttelte und Jan zwang, sich mit der Frage, welchen Eindruck der ihm unbekannte Gottesfreund in Auggen hinterlassen habe, an Rachel zu wenden.

Aufmerksam hörte er sich Rachels Beschreibung des liebenswürdigen Pfarrpaars an und stellte insgeheim verwundert fest, dass sich Rachels Erscheinung seit Badenweiler verändert hatte. Besonders ihre Bewegungen erschienen ihm behäbiger, runder. Um falsche Schlüsse zu vermeiden, nahm er innerlich ihre Maße auf, als ob er für sie ein neues Gewand nähen müsste. Obwohl sein Vergleich von Rachels neuen Maßen mit denen aus Zünkon nur einen Schluss zuließ, hörte er sich auch das Ende ihrer Schilderung der Fahrt an, bevor er sie überraschte: „Rachel, du willst offensichtlich Mutter werden. – Wer ist der Vater?"

Auf Rachels unmissverständliches „Du!" verwarf er die Hände, trat mit offenem Mund einen Schritt zurück und erschreckte mit seiner heftigen Reaktion Margret. Sie suchte Rachels Hand und wandte sich wimmernd von ihm ab. Er zwang ein Lächeln auf seine Lippen, ließ die Arme fallen und fragte sie wie unter Schmerzen: „Holst du mir vom Brunnen einen Becher mit frischem Wasser? Ich habe großen Durst."

Sobald sich Margret außer Hörweite befand, drehte er sich Unheil verheißend langsam Rachel zu.

„Hör mich an, bitte!", kam sie ihm zuvor. „Was ich gesagt habe, war unüberlegt, und ich entschuldige mich dafür in aller Form. Doch vergiss nicht, eine Vaterschaft wäre eine gute Tarnung für dein Liebesleben."

Sie verhaspelte sich, so schnell fuhr sie fort: „Ich werde mit dem Kind wie bis anhin bei den Schaffners leben. Du musst deinen Lebensstil nicht ändern; niemand muss seinen Lebensstil ändern oder um seinen guten Ruf fürchten."

Sein Schweigen ermutigte sie: „Ich werde für dich im Netz der Gottesfreunde arbeiten und für dich meine Kontakte zu meinen Brüdern und Schwestern auffrischen. Südlich der Alpen hast du wohl kaum welche – aber ich!"

Endlich entspannte er sich und meinte trocken: „Das wirst du ohnehin! Dazu muss ich nicht der Vater deines Bankerts werden."

Er sah, wie sich ihre Züge verhärteten, und änderte den Ton. „Oder muss ich dich daran erinnern, wer seit dem Überfall in Breisach das Geheimnis deines Glaubens hütet und euch vor Verfolgung schützt! – Dein Angebot ist geradezu lachhaft."

Er trat vor die Hütte und blickte in den wolkenlosen Himmel. Mit dem Rücken zu ihr warnte er sie: „Verkauf mich nicht für dumm! Alle wissen, dass du Aarons Kind in dir trägst."

Er drehte sich nochmals zu ihr, um sich zu verabschieden, und erschrak ob der Verzweiflung in ihren Augen. Wie ein Bruder nahm er sie in die Arme: „Ich werde dir helfen." Als er sie langsam wieder losließ, wusste er auch schon wie: „Mach mich zum Paten dieses Kindes!"

Weiter kamen sie nicht. Margrets fröhliches Rufen ließ beide vor die Hütte treten, wo sie auch Küentzis schnelle Antwort hörten und ihn begrüßten.

Der Schneidermeister blieb, wie für ihn üblich, im Hintergrund und zeigte sich erst richtig nach Margrets Rückkehr mit dem frischen Wasser. Er gab ihr zur Belohnung einen schmalen, roten Bändel, und nahm genüsslich einen Schluck, bevor er Küentzi den Becher reichte.

„Trink aus. Wir müssen zur Burg hoch. Der Hauptmann der Burgwache hat Arbeit für dich und will dich kennenlernen." Dass die Markgräfin sich persönlich für Küentzi verwendet hatte, und dass er ihn eigentlich für andere Aufgaben vorgesehen hatte, behielt er für sich.

Mit „Die Pflicht ruft!" verabschiedete er sich von Werner und Rachel, verbeugte sich vor Margret, als wäre sie eine Edelfrau, und versprach ihr andersfarbige Bändel, wenn sie ihn später mit Rachel oben auf der Burg besuchen würde. Rachels schnelles, kurzes Nicken verstand er als Zusage und eilte leichtfüßig Küentzi hinterher zur Burg hoch.

Küentzi kehrte zurück, als die Sonne sich den Vogesen näherte und Rachel seine satte und gewickelte Jüngste im Halbdunkel in Schlaf sang. Um sie nicht zu stören, verfolgte er draußen, wie oben am Bauernhof Werner und Margret ungezwungen mit den Kindern spielten, und wartete mit seinen Neuigkeiten, bis sie neugierig mit der schlafenden Kleinen auf dem Arm zu ihm trat.

Leise begann er: „Ich werde Soldat der Schlosswache und bin nun offiziell der persönlichen Leibwache der Markgräfin zugeteilt." Er zögerte, blickte Rachel gerade in die Augen: „Um die Herrschaften vor der Pest zu schützen, wird der Zugang zur Burg begrenzt, und ich werde deswegen mit Clare oben wohnen."

Rachel biss erschrocken auf ihre Unterlippe, bevor sie folgerte: „Und ich bleibe mit den Kindern in dieser Hütte allein, wie Clare mit den Kindern allein war, als du und ich in Badenweiler" – sie zögerte – „arbeiteten."

Da Küentzi nur betreten zu Boden blickte und schwieg, machte sie sich selber Mut: „Solange das gute Wetter hält, leben wir hier gut. Die Frau des Hofbauern hat selber Kinder und meint es gut mit uns. Bei ihr kann ich jederzeit anklopfen, wenn ich Unterstützung brauche."

Sie überlegte und fragte ihn: „Wenn ich Jan jetzt mit Margret auf der Burg besuche, könntest du dich um Föti und Werner kümmern, bis ich wieder zurück bin?“ Nach seinem trockenen „Mach ich!“ packte sie ein verwaschenes Kopftuch und eilte zum Bauernhof, um Margret abzuholen.

Er sah sie erst wieder, als sie oben vor der Schlosspforte stand. Sie klopfte Margret den Staub aus dem Röckchen und versteckte ihr langes Haar unter dem Tuch. Er staunte, wie schnell sie eingelassen wurden, wickelte in der Hütte seine wenigen Kleider um das Schwert zu einem Bündel und legte sich neben seine schlafende Jüngste. Wie jeder gute Soldat wollte er die unerwartete Pause zum Schlafen nutzen.

Er wachte wieder auf, als Werner ihn schwer atmend an den Füßen rüttelte, und er das Hungergeheul seiner Jüngsten neben sich hörte. Sofort nahm er sie auf, nahm aus dem Kessel über dem gedeckten Feuer einen Finger voll Brei und schob ihr diesen langsam in den Mund.

Seinem vom Rennen noch immer atemlosen Jungen teilte er leise mit: „Ich bin jetzt Soldat der markgräflichen Leibwache. Ich muss wegen der Pest nun oben auf der Burg wohnen.“ Er holte mit dem Finger eine neue Portion aus dem Kessel, ließ Föti lutschen. „Von dir als ältestem meiner Kinder erwarte ich, dass du dich hier mit Rachel um Margret und Föti kümmerst!“ Er blickte auf seine schmatzende Jüngste. „Weder ich noch deine Mutter werden euch hier im Stich lassen. Wir werden euch wann immer möglich außerhalb des Schlosses, im Freien, besuchen. Solltet ihr krank werden, oder Hilfe brauchen, verlangt nach Schneidermeister Jan. Ihr kennt ihn, er kennt euch, und er wird uns benachrichtigen.“

Versöhnlich schloss er: „Eure Mutter wird euch zuerst besuchen, sie braucht bald neue Kräuter. Und ihr werdet ihr bei der Suche helfen!“

„Bestimmt werden wir dies!“, versicherte ihm Margret laut und stolperte freudig in den Raum. „Schneidermeister Jan hat mir drei neue Bändel gegeben und mir versprochen, immer wieder hier vorbeizukommen, solange unsere Eltern oben arbeiten.“

„Dies stimmt!“, bestätigte Rachel, die nun auch bei ihnen angekommen war. Während sie vorsichtig den vollen Wasserkrug auf den Boden stellte und die mitgebrachten sauberen Tücher auf die Kiste legte, erklärte sie den Kindern: „Wir dürfen von der

Bäuerin Nahrungsmittel beziehen und die Küche des Bauernhofes benützen. Und – wenn es uns in dieser Hütte zu nass oder zu kalt wird, können wir in der Scheune im Heu schlafen. Und –", überraschte sie alle, „wir alle werden für unser Brot arbeiten."

Sie richtete sich an den Jungen: „Werner! Sobald die Bauarbeiten oben wieder beginnen, kannst du wählen, ob du beim Mauerbau handlangern oder dem Bauer auf dem Hof zur Hand gehen willst."

Sie legte den Arm um Margrets kleine Schultern: „Wir Frauen haben hier vorläufig genügend Arbeit." Sie wartete, bis Küentzi sich mit einem leichten Kuss von Föti verabschiedete und sie ihr übergab: „Nun verabschiedet euch vom Vater. Er wird oben gebraucht."

Nachdem auch sie einen zärtlichen Abschiedskuss erhalten hatte, scheuchte sie Küentzi mit plötzlich roten Wangen weg: „Nun geh schon. Es ist spät. Die Kinder begleiten dich bis zum Hof." Sie trat zum Pferd, das mit erhobenem Kopf die Verabschiedung verfolgt hatte. Liebevoll strich sie ihm mit der freien Hand über den langen Hals, wartete, bis es mit ihr ruhig wurde. Sobald es am Boden wieder nach Kräutern schnupperte, kehrte sie in die Hütte zurück, wo sie für die Kinder Käse und Brot bereitstellte und einen Krug Tee wärmte.

Der Abend wurde nach dem Essen für alle lang. Föti schlief auf ihrem Tuch schon längst, als Rachel sich in der fortschreitenden Dämmerung immerzu Geschichten ausdenken musste, um die Kinder auf ihren Schlafplätzen zu halten. Erst als sie sich zwischen sie legte, und sie sich an sie schmiegen konnten, fielen sie in Schlaf, und Rachel bald ebenso. Einmal nur schreckte sie auf, beruhigte draußen das aufgeregt tänzelnde und wiehernde Pferd und schlief sofort wieder ein. Den Grund für des Tieres Unruhe wollte sie nicht wissen. Wenn nur die Kinder ungestört schliefen.

Föti erwachte als Erste. Mit ihrem lauter werdenden Wimmern weckte sie Rachel, die wenig später mit ihr auf dem Arm die erste Milch vom Hof holte. Während Rachel den Brei kochte, brabbelte sie zufrieden auf ihrem Fell, bis sie den Brei roch und zappelte und zeterte. Sie wurde erst ruhig, als sie Brei von der Kelle lutschen durfte. Rachel fand noch Käse, mischte die Stückchen unter den Brei und füllte Werners und Margrets Schale. Sie schmatzten zufrieden, während sie hörten, wie sich Rachel den Tag mit ihnen vorstellte: „Ein gemeinsamer Ausflug zur Burg bis vors Tor, gemeinsame Suche nach Kräutern oben am Waldrand. Gegen Abend, wenn die Schlossglocke zur Vesper läutet, eine ausgiebige, gemeinsame Mahlzeit. Einschlafen spätestens zu Beginn der Dämmerung." Sie nahm Föti auf den Arm, reichte ihr einen Finger dick voll Brei und schloss streng: „Grundsätzlich: ohne Begleitung von Erwachsenen gibt es keinen Gang in den Wald oder zum Fluss hinunter!"

Wie aus einem Mund verlangten Werner und Margret, von Rachels Ton unbeeindruckt: „Aber wenn du mit dem Wagen ausfährst, um das Pferd zu bewegen, dürfen wir mitkommen und auch Kinder vom Hof dazu einladen, ja?"

„Guter Vorschlag!", fand Rachel und ergänzte uneigennützig: „Wir könnten auch gemeinsam aufs Feld fahren und dem Bauern bei der Arbeit helfen. Wie damals auf dem Gut nach dem Überfall."

Werner, den die Erinnerung an Aaron und dessen Verschwinden noch immer schmerzte, brauchte etwas Stille, bevor er ihr zustimmte und für alle entschied: „Dann müssen wir sofort nach dem Frühstück nach oben und ihnen unsere Hilfe anbieten!"

Die Sonne hatte den letzten Tau aufgesogen, als sich Werner und Margret zum Bauernhof aufmachten. Rachel folgte ihnen mit Föti im Tragtuch und wurde von der Bäuerin mit einem großzügigen Frühstück empfangen. Sie hatte sich mit der nur wenige Jahre älteren Frau auf Anhieb verstanden und freute sich, dass sie dem Bauern mit ihrer Erfahrung als Karrerin Arbeit abnehmen konnte.

Sie fuhr die Bäuerin mit den Kindern aufs Feld und brachte alle rechtzeitig für die Vorbereitung der Abendmahlzeit auf den Hof zurück. Zwischendurch erledigte sie, meist mit Föti auf dem Rücken, kleine Fuhren für den Schaffner. Der war von ihrem Können überrascht und bestellte sie sofort auf den folgenden Morgen für eine Fuhr zu sich.

Erst am Morgen des folgenden Tages vermissten Werner und Margret ihre Eltern und fragten beim Aufwachen nach ihnen. Zum Glück vergaßen sie beim Zusammensein mit den anderen Kindern den Schmerz und winkten – nur, weil Rachel dies von ihnen wünschte – kurz zur Burg hoch, als sie mit ihnen zum oberen Acker fuhr.

Am Abend fiel den dreien jedoch das Einschlafen schwer, als hätten sie schon geruht. Während sich Rachel draußen ums Pferd kümmern musste, hielt Föti die Kinder mit ihrem Geplärr wach und erinnerte sie daran, wer ihnen fehlte. Rachel, selbst der Erschöpfung nahe, brauchte lange, bis sie während einer sanft vorgetragenen Geschichte einschliefen. Um deren leichten Schlaf nicht zu stören, verbot sie sich jegliches Wälzen, steigerte die Zahl der lautlos wiederholten zehn Gebote ins Unendliche und hoffte, so den eigenen zu finden. Sie wusste, der morgige Tag würde für alle schwierig, selbst wenn die Bäuerin sie kräftig unterstützte.

Am Morgen hatte sich Föti zum ersten Mal selber mehrere Male vom Bauch auf den Rücken gedreht und war vom Fell herab an Rachels Kopf gerollt. Ihr munteres Quieken und Strampeln weckten Rachel, die sofort die Kinder weckte. Da alle den Sonnenaufgang verschlafen hatten, packte Rachel Föti einfach in ein Tuch und fuhr zum Hof hinauf, wo die Bäuerin mit ihren Kindern zur Abfahrt bereit wartete. Der Schaffner drängte zur Eile, denn trotz wolkenlosem Himmel fürchtete er den vom Bauern angekündigten Wetterumsturz und wünschte, das Heu trocken einzufahren. Barsch hieß er die Kinder ihr Frühstück auf dem Wagen während der Fahrt essen.

Die Sonne stand hoch, als sie die frisch gemähten Wiesen erreichten. Während Rachel auf Befehl des Schaffners den Karren wendete, um mit ihm am Burgtor die zur Erntearbeit detachierten Soldaten abzuholen, wies der Bauer den Zuzügern für sie passende Arbeiten zu. Werner erhielt den dankbaren Auftrag, den durstigen Knechten auf dem Feld eine Kelle Wasser auszuteilen. Später musste er den anderen Kindern helfen, das von den Bäumen geschüttelte Obst in die mitgebrachten Körbe einzusammeln. Nur der Älteste der Bäuerin durfte zum Pflücken auf die Leiter, die andern blieben am Boden und machten zur Freude der Bäuerin aus der ungewohnten Arbeit bald ein Spiel.

Margret hielt tapfer mit, bis sie Rachel von der Burg mit einem älteren, ergrauten Wachtmeister und vier zur Erntehilfe befohlenen jungen Soldaten zurückkehren sah. Sie ließ die Äpfel liegen, rannte zum Wagen und fragte: „Kennt ihr meinen Vater, den Küentzi, der jetzt bei euch arbeitet? Könnt ihr ihm bitte einen Gruß ausrichten, wenn ihr nachher in die Burg zurückkommt?"

Die Männer blickten verdutzt drein und schüttelten den Kopf, nur der Anführer antwortete: „Nein, kleines Mädchen, ich habe niemanden mit Namen Küentzi gesehen."

Rachel, die abgestiegen war und mitgehört hatte, legte einen Arm um die Kleine: „Sein richtiger Name ist ‚Kunrad'. Wisst ihr, ob ein neuer Soldat dieses Namens auf dem Schloss Dienst leistet?"

Nun nickten alle zustimmend, und der mitfühlende Wachtmeister bestätigte ihr, ein gewisser ‚Kunrad' sei ihnen als markgräflicher Kurier – und folglich Mitglied der Reiterwache – kurz vorgestellt worden. „Seither habe ich ihn allerdings nicht mehr gesehen", setzte er hinzu. „Im Unterschied zu mir und meinem Trupp muss die Reiterwache nur in Kriegszeiten regelmäßig Wache schieben."

Als er Margrets verständnislos große Augen sah, versprach er: „Aber selbst, wenn ich deinen Vater überall auf der Burg suchen muss, werde ich ihn finden und ihm noch heute Abend deinen Gruß ausrichten!"

Zum Dank klaubte die Kleine einen wunderschönen Apfel, den sie eigentlich für sich selber aufgespart hatte, aus ihrer Schürze, gab ihn dem gefühlvollen Raubein und rannte zurück zu den anderen Kindern. Sie hörte weder Rachels an den gerührten Soldaten gerichtetes „Hab Dank!", noch die laute Warnung, sie müsse wie Werner auch im Schatten den Kopf bedecken.

Rachel fuhr den Wagen aufs Getreidefeld, wo der Bauer das Laden der Garben übernahm und sie zu den Apfelpflückern zurückschickte. Sie litt unter der gleißenden Hitze auf dem offenen Feld und freute sich, zu den Kindern unter den Bäumen zurückzukehren. Ungefragt half sie der Bäuerin, eine Fuhr mit reifen Früchten bereitzustellen. Um nicht den Zorn der untereinander gehässig um ihr süßes Paradies kämpfenden Wespen auf sich zu lenken, trugen die Frauen die vollen Körbe bedächtig langsam und zu zweit. Mit ihrer Besonnenheit verhalfen sie den Müden zu einem ungestörten Nickerchen im Schatten. Bald döste auf einem Tuch auch Rachel mit Föti im Arm neben der schlafenden Margret. Bis der Bauer sie als Fuhrfrau brauchte.

Die Hitze war für Rachel kaum zum Aushalten, als sie aus dem Schatten der Bäume trat. Obwohl sie einen großen Strohhut trug, spürte sie schon nach wenigen Schritten, wie sich der Schweiß im Nacken sammelte und sich dem Rückgrat entlang einen Weg nach unten suchte. Erst nach der zweiten Kelle Wasser fühlte sie sich besser und fuhr die Ladung zum Hof, wo neu delegierte Soldaten die Garben unter das ausladende Dach der Zehntscheune stapelten.

Kein loses Mundwerk, kein Sprücheklopfen oder Anbandeln. Alle standen im Bann der fahlen, bedrohlich wachsenden Wolkentürme, die der Sonne ihren Glanz nahmen und unaufhaltsam das Blau des Himmels aufsogen.

Auf der Fahrt zurück aufs Feld wurde nur das Nötigste gesprochen, selbst die Zuzüger sparten in der drückenden Hitze ihre Kraft für den nächsten Einsatz. Rachel fuhr direkt zu den Obstbäumen, wo sie die zusätzlichen Helfer bat, mit ihr die vollen Körbe aufzuladen. Erst danach entließ sie sie zu den Schnittern auf den Acker.

Für die Rückfahrt zum Hof forderte sie die Bäuerin auf, sich mit Föti und Margret vorne hinzusetzen und führte das Pferd zu Fuß neben ihnen. Die anderen Kinder hieß sie, sich einen Platz zwischen den Körben zu suchen, oder ihr zu Fuß zu folgen.

Noch trotzten über ihren Köpfen fahl schimmernde Wolken der von den Vogesen nahenden, wetterleuchtenden Schwärze, als sie den Hof erreichten. Ruhig trugen die Frauen die schweren Körbe unter das ausladende Dach der großen Scheune. Rachel sammelte die leeren Jutesäcke in ihrer Nähe ein, schmiss sie auf ihren Wagen, ermahnte die Kinder: „Bleibt unbedingt in der Nähe des Hofes!“, und fuhr unter dem bedrohlich düster gewordenen Himmel zurück aufs Feld.

Der Schaffner übernahm das Laden selber. Während Rachel das durch die heftigen Böen rappelig gewordene Pferd am Halfter führte, schichtete er die Ährenbündel kreuzweise auf den schmalen Wagen. Nach einem besonders wuchtigen Windstoß hieß er seine Knechte, die gefährlich hohe und überhängende Ladung mit Seilen zu sichern, und forderte die Soldaten auf: „Stützt die Ladung bis ans Ziel von beiden Seiten!“ Mit den Augen immer auf den Soldaten warnte er alle: „Wenn auch nur eine Garbe aus dem Stapel rutscht, bricht die Ladung auseinander, und der größte Teil der Ernte geht verloren.“

Der Wachtmeister übernahm für seinen müden Trupp: „Ihr habt den Schaffner gehört! Beidseits entlang dem Wagen mit Gabeln und Stecken formieren! Stützt!"

„Fahr den Wagen in die Zehntscheune – und zwar vor den des Bauern!", befahl der Schaffner Rachel, die das Pferd an der Bissstange führte. Sie rief laut „Vorwärts, Hüh! Los geht's!", und zwei stämmige Frauen legten vor dem Wagen ihr ganzes Gewicht in die über ihre Schultern geführten Stricke. Sie halfen dem Pferd als Vorspann, bis der Wagen ruhig rollte. Rollte der Wagen auf abschüssigem Grund zu schnell, oder geriet er ins Schlingern, strafften hinten zwei Frauen ihre am Wagen angebrachten Taue und halfen den Karren bremsen. Der Schaffner begleitete die wackelige Fuhr, bis sie die ersten, wild die Richtung wechselnden, von Blitz und Donner begleiteten Böen überstanden hatte.

Ohne Abschied eilte er zurück zu den Bäumen, wo er seine Knechte im fahler werdenden Licht anspornte, schneller zu arbeiten, und half selber mit, die Früchte in den Körben mit den übrig gebliebenen Garben zuzudecken.

Sobald die ersten großen Regentropfen fielen, stoppte er alle Arbeiten und hieß die Knechte – gerade bevor die Welt hinter einer weißen Wand aus Hagel verschwand! – sich mit den von Rachel zurückgelassenen Säcken Kopf und Schultern zu bedecken. Geduckt führte er seine zu Schemen gewordenen Leute übers Feld zur tiefen, mittlerweile von Hagelkörnern weiß gezeichneten Wagenspur, und folgte ihr auf den vom Eis glitschigen Feldweg. Eng hintereinander kämpften sie sich durch die entfesselte Himmelsgewalt zum Hof durch, wo sie unter dem breiten Vordach, bleich und verängstigt, ihre zu weißen Panzern gewordenen Säcke ablegten.

Als Blitz und Donner an Kraft verloren, und die Hagelschauer stetig prasselndem Regen wichen, führte der Schaffner die Knechte in die Zehntscheune, um den Landsknechten das Entladen und Stapeln der Garben abzunehmen. Großzügig versprach er dem Wachtmeister vor Rachel, die den Soldaten beim Abladen geholfen hatte, sie werde den Trupp mit dem Wagen auf die Burg zurückfahren.

Doch Rachel weigerte sich geradeheraus: „Mit dem erschöpften Pferd kann ich keine schwere Fuhr mehr fahren!" Sie stemmte herausfordernd ihre Arme auf die Hüften, und wartete auf des entgeisterten Schaffners Antwort. Zum Glück ersparte ihr der Wachtmeister, der sich in Rachel verguckt hatte, mit dem unerwarteten Befehl „Soldaten! Marsch zur Burg!" einen für sie demütigenden Machtkampf. Noch bevor der Wagen leer und für sie verfügbar war, zog der Trupp hinaus in den prasselnden Regen.

Stumm ergriff der noch immer ergrimmte Schaffner eine Gabel und half seinen Knechten wieder beim Abladen. Rachel befreite ungewohnt wortlos das Pferd von Kummet und Leinen, verabschiedete sich mit einem reuigen „Gute Nacht" und führte das lahmende Tier unter das Vordach des Bauernhauses. Während sie dem Pferd einen Hafersack umband und die wundgescheuerten Stellen am Rumpf untersuchte, dankte sie ihm laut und wortreich für seine einmalige Leistung und schämte sich innerlich für ihren ungehörigen Auftritt von vorhin.

Sie fand ihr inneres Gleichgewicht erst zurück, als sie in der dunklen Küche mit Föti im Arm eng und warm zwischen Werner und Margret am großen Tisch saß und mit den andern horchte, ob sich das Gewitter verzog. Allmählich entspannte sie sich und konnte nur mit Mühe die Augen offenhalten.

Als der Bauer die Küche betrat und das Ende des Gewitters verkündete, schreckte sie zusammen mit den Kindern hoch. Schlaff wartete sie, bis die Bäuerin das vor dem Gewitter gelöschte Herdfeuer neu angezündet hatte und ihr ein Sturmlicht reichte. Sie packte Föti gegen den Regen in ein dickes Tragtuch und verließ mit den Kindern den überfüllten, stickigen Raum.

Rachel band das verängstigte Pferd los und hieß die schlotternden Kinder ihr in den strömenden Regen zu folgen. Ihr Licht reichte gerade, um zu sehen, wo der Weg begann, und um die eisige Kruste aus angeschwemmten Hagelkörnern am Wegrand zu erkennen. Vorsichtig führte sie das aufgeregte Tier den rutschigen Weg zur Hütte hinunter. Auf dem Vorplatz wollte sie es anbinden, doch das frierende Tier kam ihr zuvor und trat mit einem Klatsch unter das Vordach. Es zertrampelte die Feuerstelle, und indem es sich schüttelte, spritzte es auch den Schlafplatz der Familie nass.

Hilflos musste Rachel zusehen, wie der Gaul sich auf ihrem Platz breit machte und warf ihm zornig die lange Leine nach. Ihnen blieb nur die Rückkehr zum Hof.

Rachel gab Werner das Licht, nahm Margrets Hand und führte die schlotternde Kleine hinauf zum Bauernhof. In der Scheune zog sie als erste die klatschnassen Kleider aus, machte ihnen vor, wie sie sich mit Heu trockenreiben konnten, und half ihnen, aus Säcken ein Nachtlager einzurichten. Eng aneinandergekuschelt schliefen sie, bis sie am Morgen Fötis Geplärr weckte.

Während Werner und Margret wieder einschliefen, zog Rachel ihren noch immer nassen Rock über, huschte mit der Jüngsten in die Küche und bat die Bäuerin um trockene Kleider. Bis die Bäuerin mit einem Rock für sie zurück kam, löffelte sie der Kleinen Brei in den Mund und stillte ihren eigenen Hunger. Sobald sie sich den für sie oben zu engen und zu kurzen Rock der Bäuerin übergezogen hatte, warnte sie die Männer am Tisch: „Keine Zoten!“, wickelte Föti in ein trockenes Tuch, löffelte den Brei aus, und verließ mit der Kleinen auf dem Arm die Küche, ohne die noch immer eingeschüchterten Männer auch nur eines Blickes zu würdigen. Da ihr der Rock keine großen Bewegungen erlaubte, trippelte sie mit Föti auf dem Arm mit kleinen Schritten vorsichtig zur Hütte hinunter.

Bevor sie die wundgescheuerten Stellen am Rumpf ihres Pferdes salbte, vergewisserte sie sich, dass niemand sie beobachtete, rollte den Rock hoch und öffnete die oberen Bändel, um sich freier bewegen zu können. In der Hütte fand sie keinen trockenen Ersatz für den Rock der Bäuerin, nur ein großes Schultertuch, in das sie Föti packte.

In dem viel zu engen Rock, der nach unzähligen, mühsam kleinen Schritten noch weiter nach oben gerutscht war, traf sie auf dem Vorplatz des Bauernhauses auf den Schaffner, der in Begleitung zweier vornehm gekleideter Herren gerade die Zehntscheune verließ. Mit hochrotem Kopf versuchte sie ungeschickt, ihren weit über die Knie gerutschten Rock nach unten zu ziehen, und grüßte die Herren verschämt leise. Dem jüngeren Besuch gefiel die robuste Magd. Er grüßte zurück, der Älteste blickte über sie hinweg.

Der Schaffner musterte sie kopfschüttelnd und erinnerte sich: „Du bist neu hier. Gestern warst du eine Karrerin. Wie heißt du? Wer hat dich eingestellt?“

Rachel hielt den Kopf gesenkt, während sie Auskunft gab. „Ich heiße Rachel Timmer und bin die Magd der Familie Schaffner. Solange niemand die Burg verlassen oder betreten darf, wohne ich mit den drei Kindern der Schaffners allein in einer Hörigenhütte unterhalb des Bauernhauses." Kurz hob sie den Blick zu den von ihrer klaren Sprache überraschten Gesichtern der Männer.

Der Schaffner wollte mehr: „Was machen die Eltern der Kinder auf der Burg?" – „Der Vater gehört als Pferdekurier zur Leibwache der Markgräfin, die Mutter behandelt die Markgräfin als Ärztin."

„Namen?" – „Kunrad und Clare Schaffner."

„Namen der Kinder?" – „Werner, Margret," sie zeigte schnell auf das Kind im Tragtuch: „Photina."

„Ein ungewöhnlicher Name", meinte der Schaffner argwöhnisch, bevor sich sein mindestens so überraschter, jüngerer Begleiter einmischte: „Du sprichst gut, doch dein Deutsch ist fremd. Woher kommst du?" Rachel blickte verunsichert zum Schaffner, bevor sie dem Besucher deutlich antwortete: „Aus einem Dorf in den Nordvogesen."

„Wo hat dich Kunrad in Dienst genommen?" Rachel schluckte leer, ihr Blick wurde hart: „Straßburg."

Der Schaffner machte der Fragerei ein Ende: „Du hast mir gestern mit deinem Einsatz als Karrerin geholfen, einen großen Teil der Ernte vor Schaden zu bewahren. Also lasse ich dir diesen ungehörigen Auftritt durchgehen. Alles Weitere später." Eindeutig für die Ohren seiner Besucher schloss er: „Ich werde deine Angaben überprüfen."

Abrupt drehte er sich dem jüngeren, nachdenklich gewordenen Begleiter zu. „Ich stelle die Fragen hier! Dies sind meine Leute." Er lud den älteren, eindeutig höher gestellten Begleiter ehrerbietig ein, mit ihm zurück zur Burg zu schreiten.

Rachel zog den Rock wieder hoch, ignorierte die lüsternen Blicke der Knechte, die die Auseinandersetzung im Hof verfolgt hatten, und hastete mit großen Schritten ins Bauernhaus. Die aufgeregte Bäuerin, die unter der Haustür nur Teile der Auseinandersetzung gehört hatte, wollte sofort wissen, wie Rachel es schaffe, vor dem mächtigen Grafen Walraf von Thierstein vom Schaffner zur Rede gestellt zu werden.

Rachel antwortete trotzig: „Ich kenne keinen Grafen Walraf! Und dass der Schaffner selber ein Ritter ist, weiß ich auch erst seit jetzt!"

Um jedoch ihre verunsicherte, einzige Freundin hier nicht zu verlieren, erzählte sie ihr zum ersten Mal – ohne Platz für Fragen zu lassen – wie sie in Badenweiler als Kindermädchen die Markgräfin ganz nah kennengelernt hatte, und wie Clare die Gichtkranke von ihrem Können überzeugen konnte. Küentzis Dienst als Leibwächter für Ritter Conrad beschrieb sie, während sie sich aus dem engen Rock in ihre mittlerweile trockene Schürze helfen ließ. Zum Schluss packte sie ihre Lockenpracht unter die Haube. Die Gottesfreunde, ihre Rolle in Straßburg, Aaron und den Überfall der Räuber, erwähnte sie nicht.

Die vom Gehörten überwältigte Bäuerin versuchte sich vorzustellen, wie die Markgräfin und deren ihr unbekannte Nichte in den für sie unzugänglichen Gemächern lebten. Was sie früher über diese Räume gehört hatte, passte allerdings schlecht zu Rachels kargen Beschreibungen. Sie hatte von Rachel mehr farbige und anregende Schilderungen erwartet, wagte es jedoch nicht, danach zu fragen. Nachdenklich verfolgte sie, wie mit dem Binden der letzten losen Bändel aus ihrem bewundernswert weltenklugen Schützling eine blasse, unauffällige Kinderfrau wurde. Sie bedankte sich für das ihr gezeigte Vertrauen und ermahnte ihre ‚aufregend geheimnisvolle Amme', endlich Werner und Margret zum Frühstück in die Küche zu holen. Ihr zweites „Dankeschön!" nahm Rachel als Anerkennung für ihren erfolgreich kargen Reisebericht entgegen.

Rachel wurde von den Kindern in der Scheune stürmisch begrüßt. Sie hatten des Schaffners Auseinandersetzung mit Rachel beobachtet und gehört, wie der Fremde sich nach ihren Eltern erkundigt hatte und der Schaffner sie später ausfragen wollte. Da sie nicht auffallen wollten, hatten sie es nicht gewagt, ohne Rachel die Scheune zu verlassen, obwohl sie schon längst wach gewesen waren und sich angekleidet hatten. Werner sprach für beide: „Wir wollen unsere Eltern sprechen! Hier geschieht so viel. Wir müssen sie sehen, bevor der Schaffner dich weiter ausfragt." Gerührt beruhigte sie Rachel: „Gleich nach dem Essen gehe ich zum Schloss hoch und erkundige mich, wann wir Clare und Küentzi treffen können."

Beide Kinder standen immer noch unter dem Eindruck der zwei vornehmen Besucher im Hof. Der ältere, bedrohlich Schweigsame, hatte sie mit seinen prüfenden, alles erfassenden Blicken verunsichert, der Jüngere mit seinen gezielten Fragen. Zum Erstaunen der Bäuerin zeigten sich die Kinder vom Grafentitel Walrafs wenig beeindruckt. Sie beschrieben ihre Eindrücke, als wären sie den Umgang mit Adligen gewohnt, wollten gerade die beiden Herren mit Adligen aus früheren Begegnungen vergleichen, als Rachel, die wiederholt den Kopf geschüttelt hatte, sie zum Schweigen brachte, indem sie sich erhob: „Esst weiter. Ich werde jetzt oben für euch ein Treffen mit Clare oder Küentzi verabreden." Der Bäuerin versprach sie ein vieldeutiges „Bis später, – dann mehr!"

40

Rachel hatte Pech. Die junge Torwache kannte weder sie noch die Schaffners und ließ sie nicht ein. Ungehalten verlangte sie, den Wachtmeister zu sprechen.

Sie musste lange warten, bis dieser aus der kleinen Türe mit dem Bescheid trat, Küentzi und Clare seien leider unabkömmlich. Zudem dürfe niemand ohne triftigen Grund die Burg betreten oder verlassen. Zu ihrer Überraschung bot er ihr aber an – da er gerade Mittagspause habe – sie nach unten zu begleiten, und ließ das Türchen hinter sich schließen.

Unterwegs entschuldigte er sich, er habe sein Versprechen gegenüber Margret nicht einlösen können, da Kunrad mit dem Hauptmann der Leibgarde abwesend sei. Zudem sei Margrets Mutter für ihn zurzeit unerreichbar. „Seit vor zwei Tagen ein Stallknecht mit hässlichen Beulen im Gesicht erkrankt ist, hat sich die Markgräfin aus Angst vor der Seuche mit ihrer Ärztin eingeschlossen", schloss er betrübt.

Als die Bäuerin dies unten hörte, brauste sie auf: „Weshalb durfte dann der Graf mit dem aufdringlichen Begleiter das Schloss betreten, die Kinder mit Rachel aber nicht?" Der Wachtmeister beruhigte sie: „Graf Walraf und der Gast durften nur zum Signieren der Urkunden in die Schaffnerstube. Keine Verköstigung, keine anderen Kontakte. Ihre Knechte mussten vor dem hinteren Tor warten. Wir als Begleitung mussten uns Nase und Mund verhüllen und verhindern, dass sie vom vorgegebenen Weg abwichen."

Vorsichtig fragte Rachel nach dem Namen des dreisten Gastes.

„Ich glaube ‚Henman' gehört zu haben", meinte er unsicher und ergänzte überzeugt: „Eine unbedeutende Figur im Vergleich zum machtvollen Grafen Walraf von Tierstein, dem Schwiegervater des Markgrafen Rudolf. Graf Walraf, Hochvogt des Bistums Basel, ist hier wegen der dem Bischof verbliebenen Lehen aus der Zeit vor den Markgrafen."

Nachdenklich betrachtete er die beiden Frauen, und er geriet ins Erzählen. „Ich war gerade fünfzehn und hier frisch im Dienst als junger Soldat, als die Basler Truppen unsre Burg belagerten. Die Mauern waren dünn im Vergleich zu den neuen von heute. Und wir hatten Verluste!" Er seufzte. „Graf Walraf verdanken wir das Ende der Belagerung. Er gehört zu den Adligen, die damals von Basel aus einen Vergleich mit seinem Schwiegersohn hier vermittelten."

Die Bäuerin hatte diese Geschichte von ihm schon mehrmals gehört und ließ die beiden allein. Rachel fragte nach. „Wann war das?"

„Ich sagte es doch:1332!" - „Hast du nicht! Sag wenigstens, warum der Krieg!"

Der Wachtmeister nahm einen Schluck. „Markgraf Rudolf soll im Suff den Basler Bürgermeister erschlagen haben. Die Basler wollten ihn richten, er flüchtete hierher. Die Basler belagerten uns, bis sie sich mit den beiden Markgrafen einigten. Es gab nie eine richtige Untersuchung. Alles wurde vertuscht, und der alte Graf, den ihr heute gesehen habt, war maßgeblich daran beteiligt."

„Da wechselte wohl viel Geld die Hand – wenn auch nicht in deine!", bedauerte sie ihn.

Nach einer Pause gestand er mit gesenktem Kopf leise: „Wir waren damals überzeugt, dass Markgraf Otto, und nicht Rudolf, den Bürgermeister umgebracht hatte."

„Wer der wirkliche Mörder war, werden wir wohl nie erfahren", meinte sie höflich und stand auf, um sich zu verabschieden. Sie richtete ihre hässlichen Röcke und ihr weites, unscheinbares Schultertuch, das beim Sitzen verrutscht war. Sie hatte die geilen Blicke auf ihre größer gewordenen Brüste gesehen und meinte doppelsinnig: „Dein Trinken geht auf mich. Du hast dir eine Pause verdient. Bleib sitzen." Sie unterschätzte jedoch, wie hartnäckig er ihre Nähe wollte.

Er begleitete sie wie selbstverständlich nach unten zur Hütte, wo er ihr rundweg verbot, mit den Kindern je in diesen faulig nassen, vom Pferd eroberten Unterstand zurückzukehren. „Diese Hütten waren nie für Leute mit einem Fuhrwerk gedacht. Euch und den Kindern steht ein Platz auf der Burg zu. Ich werde mich für euch verwenden, damit ihr euch mit den Kindern für die nächsten Tage zumindest auf dem Bauernhof einrichten könnt."

Rachel, die mit der Bäuerin schon am Morgen abgesprochen hatte, wo sie von nun an mit den Kindern im Bauernhaus schlafen würde, packte als Antwort nur die Leine des Pferdes und führte es den aufgeweichten, kein Nebeneinander erlaubenden Pfad nach unten. Sie überließ es ihm, ob er ihr hinter dem Pferd folgen wollte.

Sie überhörte seine laute Warnung, auf dem engen und rutschigen Pfad langsamer zu gehen, schüttelte nur ungläubig den Kopf. Als sie kein Wort mehr – nur seine Schritte – hörte, bedankte sie sich, ohne nach hinten zu blicken, für den gutgemeinten Rat, und ging langsamer. Er hatte ihre Botschaft verstanden.

Auf der Straße nach oben marschierte er still neben ihr, bis sie mehr über die Grafen auf Rötteln erfahren wollte. Über diese wusste er wenig, aber sie bekam alles über seine lange Karriere zum Wachtmeister mit. Von ihr erfuhr er gerade das Nötigste, um ihn über die vielseitige Arbeit einer Amme aufzuklären. Beide waren zufrieden, als sie vor dem Bauernhof von Rachels klapprigem Wagen stiegen.

Während sie das Pferd versorgte, suchte der von Rachels Wortkargheit mittlerweile doch verunsicherte Galan Halt in der Küche. Die Bäuerin musste ihm einen großen Becher Branntwein richten, damit er sich nach seiner ‚außergewöhnlichen Anstrengung als Redner' stärken konnte. Und einen zweiten, um vor ihr seinen ‚etwas übereilten Sturm auf die Feste Rachel' als ‚starken Beginn von deren Belagerung' umzudeuten. Danach kehrte er aufgerichtet und erstaunlich sicheren Schrittes, ohne Rachel noch einmal gesehen zu haben, aufs Schloss zurück.

41

Als Küentzi sich vor zwei Tagen am Abend von seinen Kindern und Rachel verabschiedet hatte, wusste er noch nichts von seinem neuen Auftrag und wie lange dieser ihn von seiner Familie fernhalten sollte. Der Befehl, am nächsten Tag bei Sonnenaufgang als

Kurier, aufgesessen und vollumfänglich gerüstet, vor dem oberen Tor auf den Schneidermeister zu warten, erreichte ihn spät. Er konnte Clare gerade noch durch die Köchin ausrichten lassen, er sei für länger mit Jan weg, bevor er im faden Licht des jungen Morgens zum oberen Tor ritt.

Dort stellte ihm Jan seinen alten Gaul aus Straßburg als sein neues Packpferd vor und übergab dem völlig verblüfften Kurier ohne eine Erklärung die Leine. Bevor Küentzi auch nur ein Wort vorbringen konnte, ritt Jan los, befahl ihm „Hinter mich!" und ließ ihm auch später keine Zeit für Fragen.

Erst nach einer Stunde, unter einem Apfelbaum neben der Straße, hörte er, was Jan mit ihm vorhatte.

„In der Stadt Freiburg wurde in den letzten Wochen überraschend viel Gold und Schmuck gehandelt. Dem Gerücht nach räumt der Raubritter aus dem Höllental seine Verstecke. Mit ihm die Überlebenden der Räuberbande, die Euch und Eure Familie überfallen hat. Die Markgräfin wünscht deshalb, dass wir möglichst viele Verstecke mit Raubgut orten und sichern."

„‚Sichern' bedeutet was genau?", runzelte Küentzi die Stirne.

Jan sprach weiter, als ob er die Frage nicht gehört hätte. „Dies gilt für den ganzen weiten – sagen wir mal ‚Arbeitsbereich' – der Banden. Auch für die Ländereien ihres Vaters, Graf Imer, und für die der Herren von Freiburg, die alle noch nicht der markgräflichen Gerichtsbarkeit unterstellt sind."

Jan hob zwei Äpfel auf, gab einen Küentzi, der aber schwieg, und sagte: „Ihr, Kunrad, müsst mir den Juden Aaron finden und Euch von ihm eine Liste mit den ihm bekannten Verstecken verschaffen. Als Lohn für seine Mitarbeit könnt Ihr ihm eine neue, sichere Identität als Rachels Gatte und Vater ihrer Kinder versprechen." Er rieb sich die Hände, wie nach einem erfolgreichen Geschäftsabschluss. „Damit fällt Euch der gefährlichste Teil meines Auftrages zu." Er nahm einen Biss. „Aaron wird aus dem gleichen Grund, aus dem *wir* ihn suchen, von den uns bekannten Räubern gejagt. Fallt Ihr, Kunrad, in deren Hände, müsst Ihr wie er mit dem Schlimmsten rechnen."

Er nahm die Zügel beider Pferde, musterte seinen Gardisten von Kopf bis Fuß und meinte ernst: „Für mich seid Ihr der Einzige in meiner Truppe, dem ein solcher Einsatz gelingen kann. Denn Ihr gebraucht den Kopf, bevor Ihr zum Eisen greift!"

Küentzi schluckte mehrmals, bevor er zögerlich fragte: „Wenn ich die Rückkehr schaffe, können wir Schaffners mit Rachel für den Winter ein Haus beziehen, oder zumindest auf der Burg wohnen?" – „Sagte ich's doch! Ihr denkt, bevor Ihr handelt", freute sich Jan und verlangte von ihm, als ob er die Frage nicht gehört hätte: „Tretet ab jetzt nur als ‚Wachmann meiner Stoffe' in Erscheinung. Keine Uniform! Das Schwert bindet Ihr Euch auf den Rücken und den schönen Dolch versteckt Ihr am Besten im Stiefelschaft. Das Wams mit dem Wappen, Ihr Arm- und Beinschutz verbleiben bis auf Weiteres in einer Satteltasche. – Na, macht schon!"

Erst als beide aufgesessen waren, und die Pferde auf der breiten Straße nebeneinander im Schritt gingen, versprach er Küentzi für seine Familie eine feste, wintertaugliche Unterkunft, und er würde nach seiner Rückkehr auch für Rachel sorgen. „Doch zuerst reiten wir nach Badenweiler, wo Ihr Euch in meiner Werkstatt einrichtet. Ihr werdet Euch über das Angebot und die Preise von Schmuck von Hehlern kundig machen und abends in den Kaschemmen dazu die Ohren spitzen. Vermeidet Kontakte mit den Leuten auf dem Schloss. Ich werde mich dort selber umhören."

Obwohl noch kaum jemand unterwegs war, forderte er Küentzi unerwartet herablassend auf, als sein ‚Knecht' hinter ihm zu bleiben, hieß sein Pferd traben und ritt voraus. Ob er Küentzis zornige Blicke auf seinem Rücken spürte, zeigte er nicht.

Das verheerende Gewitter, das den Rötteler Schaffner beinahe einen Teil der Ernte gekostet hätte, hatte Badenweiler kurz nach Küentzis Ankunft erreicht und die Leute in die Häuser gezwungen. Küentzi bescherte es in der Werkstatt des Schneidermeisters einen ruhigen Abend. Sobald Blitz und Donner sich entfernten und der stetig rauschende Regen eine ruhige Nacht ankündigte, gönnte sich Küentzi eine Runde Schlaf.

Lange vor Mitternacht erwachte er, tastete nach dem Sturmlicht und vertrieb damit eine aufgeregt fiepende Mäusefamilie, deren Zugang zum Nest er mit seinem achtlos hingeworfenen Überwurf blockiert hatte. Er öffnete die Abblendung, sah die frischen Löcher im Tuch, schimpfte laut, bis er den Vorteil des von den Mäusen bearbeiteten Stoffes sah.

Die neuen Löcher im guten, nun aber von den Mäusen schmuddelig gemachten Tuch passten bestens zu einem verarmten Käufer, der nach günstigem Schmuck suchte. Ohne auf neue Anweisungen des Hauptmannes zu warten, besuchte Küentzi noch vor Mitternacht die einzige der Unterwelt zugeordnete Kaschemme des Ortes.

Je überzeugender er seine Rolle als vom Unglück verfolgter, verhärmter Kaufmann auf der Suche nach billigem Gold und günstigen Edelsteinen spielte, desto schneller wurde er jeweils auf die Stadt Freiburg, oder auf die Stadt Breisach als zweitrangigen Markt verwiesen. Nur einmal erfuhr er in einer dunklen Ecke von einer Stimme ohne Gesicht, dass in Badenweiler und Umgebung keine solch heißen Geschäfte mehr getätigt würden.

„Nicht weit von hier – im Tal – ist der Lieferant solcher Ware auf gemeine Weise zu Tode gekommen. Seine Nachfolger meiden die Gegend seither, haben Angst, es ergehe ihnen gleich. Sie versuchen, ihre Anteile möglichst schnell im Norden verkaufen zu können." Die dunkle Gestalt schloss verbittert: „Du bekommst hier nur noch minderwertige Restposten zu einem schlechten Preis! Und bist überdies deines Lebens nicht sicher."

Als Küentzi langsam zu seinem Dolch im Stiefel griff, zischte die Stimme verächtlich: „Lass das Messer! Verschwinde einfach!"

Wie ein unbedarfter Kaufmann zuckte Küentzi zusammen, verließ die Kneipe schnell und blickte auf dem Weg zurück in die Werkstatt immer wieder vorsichtig um sich, ob ihm niemand folgte. Er schlief unruhig und war geradezu erleichtert, als ihn früh am Morgen der Schneidermeister weckte: „Auf! Wir reiten nach Zünkon. Dort beginnt auch schon die Suche nach Aaron!"

Als sich die besorgte Nachbarin meldete und den Schneidermeister noch unter der Türe warnte, letzte Nacht hätte sie mehrmals und spät unheimliche Geräusche aus seiner Werkstatt gehört, entschuldigte sich Jan mit müder Stimme: „Ich musste auf dem Estrich vom Sturm gelockerte Schindeln richten. Ich will nämlich kein Wasser unterm Dach. Danke, dass du dich gemeldet hast. Ich wollte dir sowieso mitteilen, dass ich für einige Tage wegbleibe."

Keine Stunde später ritt der Schneidermeister vor seinem Knecht, der das mit Tuch beladene Packpferd führte, den steilen Weg hinunter ins Tal zum Rhein. Sie erreichten Ritter Conrads Hof in Zünkon schnell und wurden an der Schranke vor dem Gehöft vom Pferdeknecht, dem Jan ihren Besuch mit Taubenpost angekündigt hatte, willkommen geheißen. Er hatte auch seine Herrin auf die Ankunft des Schneiders vorbereitet und führte diesen mit einer Auswahl Stoffe stracks ins Herrenhaus, wo sich unverzüglich die edle Mutter der Herrin einfand.

Während der Schneider sich die Wünsche der Herrschaften anhörte und ihnen die neue Mode erklärte, musste Küentzi das restliche Tuch im großen Eingang deponieren. Einzig die schweigsame junge Köchin half ihm, weil sie, wie sie ihm am Schluss gestand, in seiner Gattin Schuld stehe. Welche Schuld sie genau meinte, sagte sie ihm nicht.

Später richtete der Pferdeknecht ihm aus: „Küentzi, du musst Aaron vorläufig allein suchen und mir darüber berichten. Jan bleibt hier, bis die neuen Kleider für die schwangere Herrin entworfen und ausgesteckt sind. Er erwartet, dass du hier als ‚tumber knecht‘ auftrittst und Ritter Conrad und seinem neuen Leibwächter unbedingt aus dem Weg gehst. Du darfst nur in der Küche essen – dort allein! Sprich nur mit mir und der Köchin. Wir sind es, die dir hier helfen.“

Als er die junge Köchin später bat, ihm Proviant für zwei Tage zu richten, erfüllte sie ihm seinen Wunsch ohne Zögern und erkundigte sich zuvorkommend nach Clare. Seine Fragen nach dem Befinden der Herrschaften beantwortete sie nur einsilbig und verriet ihm damit, wie wenig ihr die Veränderungen seit der Abreise der ‚Flüchtlinge‘ gefielen. Nicht überraschend zeigte sie auf die Kellertür, als das Geklapper von Holzschuhen neuen Besuch in der Küche ankündigte. Küentzi gehorchte, fand im Keller eine Hintertür und konnte das Haus ungesehen verlassen.

Im Stall entschied er, noch heute mit der Suche nach Aaron zu beginnen, und zum nahen Unterstand, wo Aaron für ihn das Pferd zurückgelassen hatte, zu reiten. Vorsichtig vergewisserte er sich dort, dass er bis auf ein Eichhörnchen, das ihn neugierig von einem dicken Ast über dem Unterstand musterte, allein war.

Am Boden fand er bestätigt, was ihm vorhin vom Pferderücken aus schon aufgefallen war: Nicht nur fächerte die Pferdespur zu drei Buchen neben der Feuerstelle aus, sondern in deren Umkreis war unlängst auch an mehreren Orten planmäßig gegraben worden. Er stocherte vorsichtig mit einem Ast in der ihm am nächsten gelegenen derartigen Stelle und stieß – wie erwartet – auf nichts außer dunkler lockerer Erde. Nach einem langen Blick auf die vielen auffällig dunklen Plätze im Umkreis der Feuerstelle erkannte er, dass, wer immer an diesen Stellen gegraben hatte, zwar wusste, was hier vergraben war, aber nicht genau, wo.

Er setzte sich auf einen Baumstumpf, der früher als Aufsteigblock gedient hatte, staunte, wie unbekümmert das Eichhörnchen in seiner Nähe Buchnüsse sammelte, und dachte nach. Alles deutete darauf hin, dass Aaron schon länger diesen früheren Rückzugsort der Räuber für seine Weiterreise eingerichtet hatte und als Einziger die genaue Lage des Versteckes kannte. Wahrscheinlich war er mittlerweile der Einzige, der auch über die restlichen Verstecke der Räuber Bescheid wusste.

Zornig über seine verfahrene Lage trat er einen großen Stein aus der Umrandung der Feuerstelle in die weiße Asche und verscheuchte das Eichhörnchen durch eine Wolke aus aufgewirbelten Ascheteilchen auf einen höheren Ast. „Entschuldige! Ich habe nichts gegen dich“, meinte er laut zum erschreckten Beobachter über ihm. Selber mit Asche bedeckt, wartete er, bis er genau sehen konnte, wohin er langte, hob den Stein wieder auf und staunte, als darunter ein Stück Schieferplatte zum Vorschein kam.

Erneut vergewisserte er sich, dass niemand außer dem Eichhörnchen ihn beobachtete, und legte in einer neuen Aschenwolke eilig die ganze Platte frei. Gesicht, Hände und das Haar gespensterhaft weiß, klopfte er zuerst sanft, dann heftiger an mehreren Stellen auf den Stein und hörte immer deutlicher einen Hohlraum. Triumphierend richtete er sich auf und vertrieb das neugierige Tier auf einen noch höheren Ast. Sofort entschuldigte er sich erneut: „Du weißt natürlich, dass Aaron hier das Geld für Rachel geholt hat. Danke, dass du geblieben bist!“

Nachdem er die halbe Umrandung weggeräumt hatte, klopfte er sich die Ascheflocken vom Leib und holte den Dolch aus der Satteltasche. Er lockerte damit die Erde entlang dem nun leicht erkennbaren Rand der Steinplatte, schaffte Platz für seine Hände, um die schwere Platte hochzustemmen, und kippte sie gegen den größten am Rand verbliebenen Stein. Mit zittrigen Händen holte er aus der offenen Grube ein schmierig glänzendes Bündel, bevor er, vor

Freude glucksend wie seine Jüngste nach dem Stillen, einen schweren, sanft klingelnden Beutel aus Ziegenleder aus dem Tuch wickelte und neben sich legte. Das stinkige Tuch legte er zurück in die Grube, wuchtete die Platte zurück an ihren Ort und richtete die Feuerstelle wieder zum Gebrauch her. Niemand sollte sehen, dass das Versteck geleert worden war.

Obwohl er für zwei Tage ausreichend Essen mitführte, entschied er, noch heute dem Schneidermeister den Fund zu übergeben, und morgen erst die Suche nach einem weiteren Versteck zu beginnen. Mit dem Beutel in der Satteltasche ritt er zufrieden zurück auf die Landstraße und überlegte in aller Ruhe, wie er der Spur der Banditen zu ihrem nächsten Versteck folgen könnte.

Zurück auf Ritter Conrads Hof gab er dem Pferdeknecht den übelriechenden Sack zuhanden des Schneidermeisters ab. Wie er dazu gekommen war, sagte er nicht. Dessen einzige Frage „Wo?“ beantwortete er nicht. Nur der jungen Köchin erzählte er über einem Glas Wein bis in alle Einzelheiten, wie und wo er den Sack gefunden hatte. Er verriet ihr auch treuherzig, wo er morgen früh weitersuchen wollte, und dass er deshalb auf ihr Frühstück hier verzichten müsse. Nach einem vergnügten „Bis übermorgen und einen Gruß an den Schneidermeister!“ verabschiedete er sich mit einer Kusshand und kehrte auf dem gleichen Weg, den er in die Küche genommen hatte, zurück in den Stall. Dem Pferdeknecht teilte er trocken mit: „Ich reite morgen nach Norden, bin übermorgen zurück.“

42

Küentzi hielt Wort. Zwei Tage danach kehrte er spät in der Nacht nach Zünkon zurück. Der Pferdeknecht, der ihn als einziger erwartet hatte, half ihm, den Rappen der markgräflichen Garde und seinen Gaul im Stall zu versorgen. Worte wurden keine verloren, beide waren müde.

Der Pferdeknecht weckte ihn am folgenden Morgen spät. „Frühstück in der Küche!“, wiederholte er, bis Küentzi erschreckt und nur halbwach nach seinem Arm- und Beinschutz im Heu tastete. Sofort erinnerte ihn der sonst wortkarge Mann: „Du bist hier des Schneiders Waffenknecht – und die Köchin zwar eine gefährlich hübsche, junge Frau, doch in der Küche brauchst du weder Panzerung noch Waffen." Er wartete. „Gib ihr einfach den Beutel aus Ziegenfell, der neben deinem Pferd unten die Luft verpestet." Nach Küentzis müdem, gedehntem „Ja, Ja!" hob er mit einem breiten Grinsen die Hand zu einem halbwegs militärischen Gruß und verließ den Heuboden über die Leiter.

Küentzi suchte seine Sachen zusammen, wusch sich am Brunnen ausgiebig das Gesicht, für mehr fehlte ihm der Wille, und bat in der Küche die junge Köchin um ein großes Frühstück. Sie rümpfte angeekelt die Nase, nahm ihm wortlos den Sack ab und verschwand damit. Überraschend schnell kehrte sie zurück, wusch sich lange die Hände und bereitete ihm eine Mahlzeit zu, als wäre er der bevorzugte Besuch der Herrschaften. Sie wartete ihm wortlos auf, bis er sie nach mehreren Rülpsern und einem abschließenden „Das war gut!" erwartungsvoll ansah.

„Jan wünscht gegen Ende Nachmittag mit dir nach Badenweiler zurückzukehren", richtete sie ihm ruhig aus. „Du sollst den Rappen reiten und wirst deinen Gaul als Packpferd für die Tuchrollen mitführen. Das Schwert trägst du offen an der Seite. Er wird seine Dolche verstecken." Sie grinste vieldeutig: „Er hat Angst vor Räubern!" Wieder ernst schloss sie: „Deinen Bericht wünscht er sich am Abend dort."

Mitte Nachmittag ritten Jan und sein Knecht im Schritt durch den früh aus den Rheinauen wabernden Nebel los. Sobald sie in der Ebene den Verkehr klar überblicken konnten, befahl Jan: „Wir machen Dieben und Räubern das Leben schwer: Leichter Galopp!" Doch aus Rücksicht auf Küentzis altes Pferd wurde aus dem Galopp bald leichter Trab, und lange vor Badenweiler ritt der Schneidermeister wieder neben Küentzi im Schritt.

Ende Nachmittag erreichten sie Badenweiler, wo Küentzi sein Pferd und den Rappen im Mietstall am Dorfeingang unterbrachte. Während Jan zur Burg ritt, heizte er in der Werkstatt den Ofen ein. Die vom langsamen Ritt durch den Nebel noch feuchten Umhänge hängte er zum Trocknen auf. Um sich warm zu halten, entfernte er träge neuen und alten Rost von seiner Rüstung.

Gerade wollte er sich in der mittlerweile warmen Stube hinlegen, als er ein sanftes Klopfen hörte. Vorsichtig öffnete er die Türe einen Spalt, erkannte durch den dichter aufziehenden Abendnebel Jans fürsorgliche Nachbarin und lispelte, ohne sich zu zeigen, wie eine verärgerte, übernächtigte Frau: „Jan ist nicht zuhause. Komm morgen wieder!"

Jan kehrte spät zurück. Selber der Erschöpfung nah, tischte er seinem dösenden, in warme Decken gehüllten Gast die mitgebrachte Wurst zusammen mit Brot und Bier auf. „Zuerst wird gegessen, dann berichtet mir das Wesentliche", er sah Küentzi scharf an, „– und nur das Wesentliche! – von Euren Erkundungen. Danach sehen wir uns in aller Ruhe an, was Ihr ausgegraben habt." Jan aß wenig, Küentzi viel und länger. Erst nach Jans forderndem „Nun berichtet!", schluckte er den letzten Bissen runter, gähnte und versuchte sich zu konzentrieren.

„Ich ritt mit dem Rappen auf der großen Straße nach Breisach bis zu einem Mietstall, wo ich auf meinen Gaul, den ich hinter mir an der Leine mitgeführt hatte, umsattelte. Ich machte mich mit einer Lederklappe über dem Auge zu einem einäugigen Pferdeknecht, der nach Arbeit suchte, und ritt zum Snewlinschen Gutshof in Merdingen. Dort erkundigte ich mich nach Arbeit. Die Bäuerin, die mich zwar erkannt hatte, spielte mit und ließ mich auf dem Hof als unbekannter Fremder übernachten. Ihr jetziger Knecht gefiel ihr nicht. Er verbringe die Nacht meist auswärts, habe finsteren Besuch, doch er verrichte seine Arbeit wie verlangt. Danach suchte ich Arbeit in Breisach – immer noch einäugig –, hörte mich in einschlägigen Spelunken um und erfuhr, dass die Räuber, wie vermutet, mit dem Ritter von Falkenstein zusammenarbeiteten, ihre Beute aber in Freiburg und weiter nördlich absetzten. Zumindest wussten alle, dass der Goldhandel in ihrer Nähe eingebrochen war." Er wartete, nahm einen Schluck Bier. Jan schwieg.

„Ich ritt zurück, merkte mir vor Merdingen mehrere frische Pferdespuren übers Feld auf einen Waldweg und nahm mir vor, diesen am andern Morgen auf gut Glück zu folgen."

„Ja, ja! Zur Sache!", unterbrach ihn Jan.

Küentzi erhob sich verärgert, holte wortlos die Stinksäcke aus dem Hof und schmiss sie vor Jan auf den großen Küchentisch: „Zwei Feuerstellen, zwei Säcke!"

„Na, geht doch", meinte Jan belustigt und leerte die Säcke aus. Beide erschraken ob dem funkelnden Reichtum aus Gold und Silber vor ihnen. Bevor der Schneidermeister Küentzi half, den Schatz zu sortieren, prüfte er aus Angst, jemand könnte sie bei ihrer Arbeit überraschen, ob die Haustür, sowie alle Läden auf der Straßenseite des Hauses verriegelt waren.

Während Küentzi die Münzen aus dem Durcheinander pickte und sie zu Türmchen stapelte, sammelte Jan die Schmuckstücke ein, wickelte sie – die Ringe einzeln – in Tuch und packte sie in Ledersäckel, die er aus einem scheinbar unerschöpflichen Vorrat aus der Werkstatt holte. Kleine, lose Perlen und wenige kleine Edelsteine schob er Küentzi zu. Die handlichen Säckel verpackte er in ein sauberes Wildsaufell, das er mit Riemen verschnürte, und übergab das Paket Küentzi mit dem Auftrag, den Schmuck der Markgräfin persönlich am andern Tag abzugeben. „Bitte richtet, als mein persönlicher Bote von mir zu ihr – und nur zu ihr! – aus: Bevor sie nach Badenweiler zur Kur komme, müsse sie entscheiden, ob sie den Fund des vielen Schmuckes öffentlich machen wolle. Meine Empfehlung: Nein!“

Küentzi ließ die Münzen liegen, wiederholte seines Hauptmannes Auftrag und nahm den Packen mit gemischten Gefühlen entgegen. Er machte aber eindeutig vor Freude große Augen, als ihm Jan einen prallen Säckel – „als Ersatz für die ihm im Sommer geraubten Dukaten“ – dazulegte. Als Jan ihm überdies versprach, sich bei der Markgräfin dafür zu verwenden, dass sie Clare unbedingt mit Schmuck und Barem entlöhne, vergaß er alle Müdigkeit. Freiwillig half er seinem Vorgesetzten, die vielen übriggebliebenen Münzen so in zwei dick gepolsterte Säcke zu füllen, dass beim Schütteln kaum ein Klingeln zu hören war. „Diese Säcke übernehme ich“, entschied Jan beim Zubinden des zweiten. „Ich übergebe sie der Markgräfin selber.“

Küentzi, der sofort durchschaute, dass der Schneider das meiste Geld für seine vielen verdeckten Aufgaben brauchen würde, meinte trocken: „Ohne eine Gefahrenzulage hätte ich auf Rötteln das viele Geld und den Schmuck sowieso nicht abgeliefert.“

Zuerst kurz verunsichert, empörte sich Jan zum Schein: „So spricht der zuverlässigste Soldat meiner Einheit! – Ich frage mich, ob ich mich auf Rötteln noch für seine Beförderung verwenden kann.“ Er wartete mit je einem Sack unter dem Arm, bis Küentzi, der ihm die die Haustür auf die Straße geöffnet hatte, strammstand, und verschwand im dichter werdenden Nebel ohne Gruß.

Am andern Morgen, nach einem kalten Mahl aus Brot und Käse, ergriff Küentzi den Stinksack, den er, nachdem er dessen Wert gesehen, nicht mehr nach draußen gebracht hatte, und ging steif mit seinem Gepäck zum Mietstall hinunter, wo er den Rappen und sein Pferd sattelte. Die Taschen mit den noch immer glänzigen Arm- und Beinschienen band er an den Sitz seines alten Pferdes, versteckte seinen Dolch im rechten Stiefelschaft und ließ sich vom Stallknecht die Riemen des mit Eisenplatten verstärkten Lederkürass nachziehen. Den wertvollen Fellsack, den er wie einen Rucksack mit Riemen verstärkt hatte, band er sich quer über den Rücken.

Von vorne unverkennbar ein markgräflicher Kurier hetzte er aus dem Badeort und ritt mit nur zwei kurzen Pausen nach Rötteln, wo er vor dem großen Tor verlangte, unverzüglich zur Markgräfin vorgelassen zu werden, um ihr eine persönliche Botschaft zu überbringen.

Die neuen hohen Schlossmauern leuchteten matt im Abendrot, als er verschwitzt im Vorhof abstieg, das Pferd einem Knecht überließ und müde wartete, bis der Wachtmeister erschien, um ihn – pestkonform verhüllt – zu den Gemächern der Markgräfin zu begleiten. Clare, die ihn seit seiner Ankunft im Hof beobachtet hatte, erwartete ihn oben unter der Tür mit leuchtenden Augen, hielt aber unter den wachsamen Augen des Wachtmeisters Abstand. Genauso ordentlich verlangte Küentzi, die Markgräfin müsse sich ihm zumindest zeigen, bevor er den schweren Sack im Vorzimmer abgeben dürfe, und hauchte Clare, die ihm den Packen abnehmen wollte, mit spitzen Lippen einen Kuss zu.

Die Markgräfin, die die beiden beobachtet hatte, bemerkte abschätzig: „Genug Theater? Leg' er doch einfach das Ding hin!"

Küentzi verbeugte sich und legte den schweren Packen im Vorzimmer vorsichtig neben die Türe. Jans Botschaft, die er der Markgräfin mit dem Schmuck hätte überbringen sollen, war ihm vollständig entfallen. Stattdessen packte er schnell Clares Hände und zog sie an sich. Doch die Markgräfin trieb sie mit ihrem „Verschont mich mit eurem ‚Tandaradei'!" auseinander. Bevor er zurücktrat, hauchte Clare heiß: „Bis Morgen dann!", schubste ihn in den Gang und schloss die Türe. Steif verharrte er davor, spürte zum ersten Mal, seit er das Pferd abgegeben hatte, seine vom harten Ritt überforderten Muskeln und setzte sich auf den nächsten Treppentritt. Blass stand er erst wieder auf, als der Wachtmeister ihm anbot, das Pferd gemeinsam zu versorgen.

Obwohl ihm der Wachtmeister die gröbsten Arbeiten abgenommen hatte, war Küentzi nach dem Striegeln so erledigt, dass er nicht mehr genau denken konnte. Sein Wunsch, die Kinder und Rachel wiederzusehen, entfiel ihm, genauso wie die Einladung des Wachtmeisters auf ein Glas Wein nach dem Wachaufzug im Innenhof. Er hielt sich gerade so lang auf den Beinen, bis er sich auf dem Heuboden in eine freie Kuhle fallenlassen konnte. Er schlief auch tief, als der Wachtmeister, der bis um Mitternacht ungeduldig auf ihn gewartet hatte, ihn im Heu endlich fand. Der erfahrene Soldat richtete zielbewusst an sein im Heu versunkenes Gegenüber die Frage, ob ‚Herr Kunrad' ihm ‚die Magd Rachel als Braut' vergäbe, deutete das Ausbleiben einer Absage als die erwünschte Zusage und leerte den zur Feier auf seine Verheiratung mit Rachel mitgebrachten Krug allein.

Als Küentzi früh am Morgen aufwachte, konnte er sich nicht erinnern, wie und wann er auf den Heuboden geraten war. Er konnte sich gerade erinnern, dass der neben ihm im Heu schnarchende Wachtmeister sich um sein Pferd gekümmert hatte, weil er selber zu erschöpft gewesen war. Gerührt nahm er sich vor, ihm später, als Dank für so viel Fürsorglichkeit einen Krug Weißwein auf die Wache zu bringen. Den leeren sah er im Heu nicht. Leise verließ er den Heuboden.

43

Küentzi wollte in aller Ruhe endlich die Kinder und Rachel wiedersehen. Er zog sich das Wams des Kuriers über, damit ihn später die Schlosswache ohne Umstände einließ, und eilte im Morgennebel zur Hütte hinunter. Überrascht fand er dort niemanden vor, sah nur Pferdeäpfel am Boden und frischen Schimmel auf den wenigen, übrig gebliebenen Gegenständen. Schlimmes fürchtend, stapfte er schnell zum Bauernhof hoch. Die Bäuerin begrüßte ihn voller

Freude und hieß ihn, ganz praktisch wie eh und je, den Brei über dem Feuer rühren, während sie oben Rachel und die Kinder hole. Sie kehrte mit Margret an der Hand zurück und richtete ihm aus, Rachel werde mit Föti etwas später kommen.

Die Kleine warf sich ungestüm in seine Arme und ließ ihn nicht mehr los, Werner blieb dicht hinter ihr stehen und zeigte seine Freude nur mit den Augen. Sachlich fragte er, warum sein Vater so lange weggeblieben wäre.

„Ja, erzähl uns, was du gemacht hast!“, wünschte Margret, die nun auf seinem Knie saß.

„Ja, lass hören!“, doppelte Rachel nach, die inzwischen mit seiner Jüngsten auf dem Arm eingetroffen war.

Küentzi streckte die Arme nach Photina aus, doch diese wendete sich von ihm ab und klammerte sich erschreckt an Rachel.

„Immerhin schreit sie nicht“, meinte ihr Vater trocken, legte seine Arme wieder um Margret und überlegte schnell, welche Geschichte er seinen Kindern erzählen wollte.

„Ich musste eine Botschaft für die Markgräfin aus Breisach – Ihr kennt es, das Städtchen am Rheinübergang! – abholen. Das war ein gefährlicher Auftrag, denn ich wollte sicher reisen, wollte weder in Breisach noch in einem anderen Dorf, das wir auf unserer Reise hierher durchfahren haben, erkannt werden.“

Er blickte unsicher zu Rachel. Sie schwieg, also erzählte er weiter: „Ich verwandelte mich in einen alten Söldner auf der Suche nach Arbeit.“ Er zog den ledernen Augendeckel aus einer Tasche unter seinem Wams, band ihn über ein Auge, wirbelte die Haare auf dem Kopf und auch den Bart auf und sagte mit übertrieben tiefer Stimme: „Und so ritt ich, einem Räuber zum Verwechseln ähnlich, für die Markgräfin durchs Land!“ Seine Jüngste heulte los, als sie den schwarzen Fleck in seinem Gesicht sah, und Rachel trat mit Föti mehrere Schritte zurück. Küentzi schwieg unbeholfen, bis Werner ihn drängte: „Und? Hast du die Botschaft überbringen können?“

„Natürlich!“, bekam er Antwort, „nur viel später als geplant.“ Küentzi seufzte. „Dreimal habe ich umkehren müssen, weil ich auf eine falsche Straße geraten bin.“

„Was wir heute nicht wiederholen wollen! Der Nebel soll sich bald lichten“, überraschte sie Clare, die Küentzi am vorangegangenen

Abend überall, nur nicht auf dem Heuboden gesucht hatte. In Hosen und mit einem langen, graugrünen Wollmantel über den Schultern hatte sie unbemerkt die Küche betreten und seinen Bericht sofort als Fantasie durchschaut.

„Die Markgräfin fährt heute zur Kur nach Badenweiler", rettete sie ihn und nahm Rachel die zufrieden piepsende Jüngste ab. „Ich werde sie begleiten. Die Markgräfin bleibt, ich bin in drei Tagen zurück. „Dann" – sie seufzte tief – „habe ich hier alle Zeit für euch!" Sie gab Föti mit einem langen Kuss zurück an Rachel und verabschiedete sich schnell.

Alle folgten ihr nach draußen, wo die Markgräfin in einem leichten Zweispänner, beschützt von einem Zug Leibgardisten, auf sie wartete. Clare stieg mit Küentzis Hilfe auf ihr prächtiges Pferd und ritt neben Jan, der ihr in der vollen Montur eines Hauptmanns der Leibwache zunickte. Der Leutnant kontrollierte die Formation und gab den Befehl zur Abfahrt. Eine Magd rief: „Gott schütze die Markgräfin!", und Küentzi und die Kinder winkten beeindruckt.

Als Einzige winkte Clare ihnen stolz zurück, errötete unter dem tadelnden Blick ihres gepanzerten Nachbarn und versuchte, sich auf dem neuen, für sie persönlich vermessenen Sattel zurechtzufinden.

Noch bevor der Zug den Wald erreicht hatte, spielten Werner und Margret mit den anderen Kindern hinter der Scheune. Küentzi folgte Rachel in die Küche, wo er Föti in die Arme nahm und alle – außer der Kleinsten – mit seinen Faxen erheiterte. Bei ihr hatte er erst Erfolg, als Rachel ihn hieß, Föti mit dem kleinsten Löffel warmen Brei zu verabreichen. „Sie plärrt nicht, weil sie dich nicht mag, sondern weil sie Hunger hat!", erklärte sie dem in diesen Dingen immer noch ungeschickten Vater.

Während Küentzi zufrieden seinem ebenso zufriedenen Töchterchen den Brei löffelte, fragte ihn Rachel vorsichtig, was die Namen ‚Henman' und ‚zer Sunnen' für seine Familie bedeuteten.

Er blickte verunsichert auf. Da er ihr ohne Clares Dabeisein nicht antworten wollte, schüttelte er nur den Kopf, legte ihr Föti in den Arm und wollte wortlos die Küche verlassen.

Doch die Bäuerin hielt ihn zurück und meinte in bestimmtem Ton, Rachel habe, wie übrigens sie auch, eine noch so kurze Antwort verdient. Denn: „Dieser Herr zer Sunnen hat mich hier – in dieser, meiner

Küche! – mit Fragen über die Schaffners gelöchert; bevor er für Euch und Eure Gattin eine Botschaft hinterließ."

Küentzi setzte sich beschämt und wartete, bis Rachel die erschreckte Kleine beruhigt hatte. Doch anstatt ihm die Botschaft auszurichten, gab Rachel ihm sein Töchterchen zurück und verlangte: „Erzähl mir alles über diesen arroganten Basler Vogt, der mich über euch aushorchen wollte. Dann erst richte ich dir seine Botschaft aus."

Küentzi fasste sich und antwortete leise: „Die Familie zer Sunnen verdankt den Herren von Rötteln, und jetzt den Markgrafen, große Lehen von Basel bis hinauf an den Belchen. Vetter Henman und Wernher, Clares Bruder, habe ich persönlich kennengelernt. Sie bewirtschaften gemeinsam Silberminen oben am Belchen." Er sah, dass die Frauen mehr von ihm hören wollten. „Clare hat sich, seit ich sie kenne, nur einmal darum gekümmert, wer in ihrer Familie wo genau welche Lehen besitzt. Nur deshalb weiß ich, dass die Vogtei ‚hüsen' oberhalb Schopfheim, sowie das Rektorat der Kirche des Dorfes Rötteln – da unter uns, gegenüber – ebenfalls in den Händen der Familie ‚zer Sunnen' ist."

Statt mehr über Clares Herkunft und die Entstehung seiner jungen Familie preiszugeben, versuchte er mit neuen Faxen, Föti ein Lächeln abzuringen, und er hatte Erfolg.

Rachel, die eigentlich mehr über Clares Familie hören wollte, verzichtete auf neue Fragen, um das friedliche Zusammenspiel von Vater und Töchterchen nicht zu stören. Sie bestätigte ihm, dass sich ihr der vornehme Besucher als Clares Vetter zu erkennen gegeben habe, und sie wiederholte Henmans Botschaft für ihn.

„Ich biete Kunrad Schutz und Arbeit für die ganze Familie in ‚hüsen'".

„Hast du ihm gesagt, dass du zur Familie gehörst?", fragte Küentzi ebenso leise.

„Natürlich nicht!", übernahm die Bäuerin, die das Gespräch genau verfolgt hatte. „Sie wurde als Magd aus den Vogesen angesprochen und hat als Magd die Botschaft brav wiederholt, bis der vornehme Herr vom Gehörten zufrieden war."

Sie schüttelte den Kopf und empörte sich: „Sie hat ihm die ganze Zeit in die Augen geblickt! Kein Verbeugen! Nichts!"

„Ich bin weder seine Amme noch anderswie seine Untergebene", rechtfertigte sich Rachel. „Überdies hat er mir nie in die Augen gesehen, nur immerzu auf meine großen Brüste." Sie strich sich über den Bauch. „Er hat meinen Bauch mit dem Kind übersehen."

Küentzi lachte zum ersten Mal laut. „Den seh' ich auch erst, wenn du davon sprichst." Mit Tränen in den Augen erhob sich Rachel und verließ die Küche. Küentzi schaukelte verlegen die zappelig gewordene Föti in der plötzlich entstandenen Stille und die Bäuerin rührte immerzu Fötis mittlerweile erkalteten Brei.

Sie schwieg verbissen, denn seit Henmans Besuch schaute sie zu Küentzi und Clare als Edle auf, und sie wagte es nicht, mit ihnen wie früher zu reden, geschweige denn Küentzi hier zurechtzuweisen.

Erst als Küentzi seine Bemerkung gegenüber Rachel laut bedauerte, und er sich auch bei ihr entschuldigte, half sie ihm: „Oberster Stock, erste Kammer, links."

Rachel weinte auf ihrem Laubsack, als Küentzi sich in ihrer Kammer leise auch bei ihr entschuldigte. Nach einem Kuss auf die Stirn hielt er ihr die Kleine entgegen, die sofort freudig nach ihrer zweiten Mutter suchte und wartete auf den Knien, bis Rachel sich die Tränen aus dem Gesicht gewischt hatte. Beide erhoben sich gleichzeitig, standen sich auf Augenhöhe gegenüber, und Rachel gestand: „Ich werde die kommenden Monate ohne dich und Clare nicht schaffen. Bitte lasst mich bis zur Geburt nicht allein." Küentzi nahm sie mit Föti in die Arme, drückte beide an sich und versprach: „Wir lassen dich nicht allein. Wir werden eine Lösung für uns alle finden."

Als sie in die Küche zurückkamen, warnte die Bäuerin Küentzi zufrieden, aber mit erhobenem Finger: „Küentzi, behandelt den Wachtmeister höflich, denn er ist Euer Vorgesetzter, solange der Hauptmann und der Leutnant weg sind."

Der Wachtmeister erhob sich sofort, errötete verlegen, als Küentzi ihm die Hand zum Gruß reichte, und wies wortlos auf den mitgebrachten Krug Wein. Schnell schenkte er beiden ein, und nach kurzem Zögern auch der überraschten Bäuerin. Rachel mit Föti beachtete er überhaupt nicht und schien auch nicht mitzubekommen, wie Rachel die Kleinste Küentzi reichte und mit einem leisen „Bis später!" die Küche verließ. Mit geradem Rücken sammelte er sich für seine in der Nacht geübte Rede.

Er blickte zu Küentzi, der mit Föti auf dem Schoß schon am Tisch saß, und begann mit vor Aufregung zittriger Stimme: „Herr Kunrad“, holte tief Luft – wurde aber von Küentzi unterbrochen: „Lass den Quatsch, Wachtmeister! Setz dich! Ich heiße für dich noch immer ‚Küentzi‘.“ Er wartete, bis der Mann sich gesetzt hatte.

„Bäuerin, du bist meine Zeugin“, begann er und wandte sich an den Wachtmeister: „Ich muss mich bei dir bedanken! Du bist nicht von meiner Seite gewichen und hast dich meiner angenommen, als ich völlig überspannt gestern hier angekommen bin.“ Er zeigte auf den Krug: „Der geht auf mich!“, hob den Becher, wartete, bis sein überfordertes Gegenüber bereit war, und stieß mit Schwung mit ihm und danach mit der Bäuerin an.

Nach nur einem Schluck vom sauren Roten stellte er den Becher auf den Tisch und staunte, wie der Wachtmeister seinen Becher in einem Zug leerte. Diesen sofort zum Nachfüllen hinhielt und, den Blick auf Küentzi gerichtet, den Mund zu einer offensichtlich vorbereiteten Rede öffnete. Doch was der Wachtmeister ihm mitteilen wollte, bekam niemand zu hören. Den Mund offen, blickte der hoffnungslos überforderte Soldat Hilfe heischend zur Bäuerin, als ob sie wüsste, worum es ihm ginge.

Doch sie verschränkte abweisend die Arme und blickte unverwandt auf ihren noch vollen Becher. Sie vermutete zwar richtig, dass der Säufer bei Küentzi um Rachels Hand anhalten wollte, und er dazu ihre Unterstützung unbedingt brauchte, doch sie schwieg. Sie sah Rachels Zukunft anderswo und wünschte ihr einen besseren Gatten.

Ohne Anzuklopfen platzte der Hauptmann in die betretene Stille und befahl Küentzi zu sich auf den Vorplatz. Während der Wachtmeister aufsprang und schwankend strammstand, packte Küentzi die schlafende Kleine ins Schultertuch und folgte Jan nach draußen.

Im Hof befahl ihm Jan leise: „Bei Sonnenuntergang in der Schlossbibliothek! Wir müssen die Zukunft deiner Familie planen. Bringt Rachel mit, es geht auch um sie!“ Als Antwort auf Küentzis verblüfftes Gesicht ergänzte er, immer noch leise und jedes Wort einzeln betonend: „Ihr seid hier nicht mehr sicher!“ Küentzis verdattertes Nicken genügte ihm als Bestätigung, dass Küentzi den

Befehl verstanden hatte. Ohne Gruß ging er nach oben zum Schloss.

Küentzi fand Rachel im Stall, wo sie das Pferd für eine Ausfahrt mit dem Wagen vorbereitete. Während sie das Pferd anspannte, half er seinen und den Bauernkindern auf die Ladebrücke, setzte sich mit der Kleinsten im Tuch vorne neben Rachel, und los ging's bis ins Tal hinunter nach Rötteln. Erst auf der Bergfahrt richtete er Rachel leise des Hauptmanns verstörendes Aufgebot aus.

Er ging auf keine ihrer Fragen ein, verriet ihr nur, dass der Hauptmann ihnen mit der Wahl der Bibliothek als Treffpunkt vorgab, dass das Treffen geheim blieb. „Du darfst auf keinen Fall mit der Bäuerin darüber sprechen. Sie darf nicht erfahren, wie man ungesehen die Burg betreten und verlassen kann!"

Ihr zorniger Blick verwirrte ihn, und er versuchte, sie aufzurichten: „Nun gehörst du auch zu Jans Auserwählten. Du kannst, wie ich, mit seiner Unterstützung rechnen. Niemand, selbst die Markgräfin nicht, kann dich besser schützen und unterstützen als Jan!"

Rachel nickte nur müde. Ihr ganzes Leben erschien ihr von Geheimnissen überschattet. Sie brauchte kein neues. Mit einem Seufzer straffte sie die Schultern und konzentrierte sich aufs Lenken.

Beide schwiegen, bis sie den Hof erreichten. Rachel fuhr den Wagen in die Scheune, Küentzi ging mit Margret an der Hand in die Küche, wo er mit beiden Töchtern den Nachmittag beendete.

Rachel zeigte sich erst wieder, als aus dem Westen schnell aufziehende Regenwolken den Himmel verdunkelten und eine lange, nasse Nacht ankündigten. Sie versteckte ihren Unmut über das geheime Treffen, gab sich für die Kinder fröhlich, geradezu übermütig. Ihnen zum Gruß ließ sie die böhmische Schürze, in der sie schon die Höflinge in Badenweiler beeindruckt hatte, mit einer schnellen Drehung und einem vergnügten Hüpfer fliegen. Um nicht sprechen zu müssen, wiederholte sie ihren Auftritt noch zweimal und verharrte wortlos in einer formvollendeten Verbeugung, bis Küentzi Föti in den Arm der von Rachels Einlagen überraschten Bäuerin gelegt hatte. Als ginge sie mit ihm zum Hofball, hängte sie sich sittsam bei ihm ein, ließ sich aus der Küche führen und ihn erst los, als er den Fußweg entlang der Schlossmauern zur oberen Straße wählte.

Auf der Höhe des Bergfrieds hielt er vor einer von Sträuchern umstandenen, in den Hang gebauten Hütte, die im Winter als Futterstelle und Stall für Schafe benutzt wurde. Geübt löste er die Verriegelung, schubste Rachel ins Innere und legte den Riegel von innen wieder vor. Vorsichtig blendete er das in einer Nische der Rückwand bereitgestellte Sturmlicht auf, öffnete die Tür zu einer in den Hang gebauten Kammer und winkte Rachel, ihm zu folgen. Er leuchtete ihr, bis sie die Türe hinter sich geschlossen hatte, nahm ihre Hand und führte sie durch einen langen, feuchten und schmalen mit dicken Hölzern gestützten Tunnel zu einer hölzernen Leiter, wo er sie eng an sich zog, und ihr ins Ohr flüsterte: „Holzpantoffeln aus! Kein Geräusch!“ Nach einem flüchtigen Kuss auf die Nase reichte er ihr seine Pantinen, kletterte nach oben, reichte ihr, die dicht zu ihm aufgeschlossen hatte, sein Licht und öffnete mit beiden Händen langsam die Falltür über seinem Kopf.

Bevor sie wieder in ihre Holzschuhe schlüpften, verlangte er die Laterne zurück, leuchtete das solide Kellergewölbe über ihnen aus und zeigte auf eine Treppe aus rotem Sandstein. Diesmal kam sie ihm zuvor, nahm seine Hand und leitete ihn schnell über den trockenen Kies auf die Treppe.

Als sie halbwegs oben waren, wurde die Falltür über ihnen hochgezogen. „Macht schnell!“, hörten sie Jan gebieterisch. Sie sahen weder ihn noch den zweiten Sprecher, der sie belustigt als ‚Spione aus der Kälte‘ willkommen hieß.

Erschreckt, das Gesicht zur Maske erstarrt, wollte Rachel unverzüglich an Küentzi vorbei umkehren. Sie hatte des Schaffners Stimme erkannte. Er zog sie jedoch ganz eng zu sich, flüsterte: „Der Schaffner meint es gut mit uns! Bleib!“, – wartete, bis sie ihm „Einverstanden“ ins Ohr flüsterte und ließ sie los. Sie holte Luft, stieß ihn unvermittelt heftig gegen die Wand und hastete an ihm vorbei die Treppe hinauf in die Schaffnerstube, wo sie steif wartete, bis er die Bodentüre hinter sich geschlossen und sich neben sie gestellt hatte.

Jan kam sofort zur Sache: „Der Röttler Pfarrer war mit dem Gündlinger Vikar auf der Priesterschule und hetzt wie dieser. Juden, Flüchtlinge, Zigeuner und Andersdenkende sind für den Röttler alle Ketzer. Kurz: Er bringt mit seinen Predigten vor allem Rachel, und auch Euch Schaffners hier in Gefahr. Jedoch: Weder die Markgräfin noch ich“ – er suchte Rachels Augen – „noch der Schaffner hier möchten Eure Dienste missen.“

Der Schaffner bekräftigte dies mit einem bestimmten „So ist es!“ und blickte zu Rachel, die ihm prüfend in die Augen sah.

„Wir haben folgenden Plan zum Vorteil aller Beteiligten“, fuhr Jan fort. „Küentzi verlässt morgen mit Rachel und den Kindern den Hof und holt in Badenweiler Clare ab. Ihr alle macht einen Umweg durch den Schwarzwald nach ‚hüsen‘ im Wiesental, wo ihr ein einfaches, wegen der Pest verlassenes Bauernhaus bezieht. Clare arbeitet von dort aus weiterhin als Ärztin für die Markgräfin, und Küentzi als Kurier und Gardist für mich. Rachel hat dort Zeit für ihr Kind.“

„Und sie hilft uns weiterhin als Karrerin aus!“, ergänzte der Schaffner schnell. Er schenkte sich aus einer Karaffe Wein ein und blickte wie Jan erwartungsvoll auf die Flüchtlinge.

Rachel erfasste sofort, was das Gehörte für sie bedeutete. Nach einem lauten „Danke!“ errötete sie und drehte sich mit Tränen in den Augen zu Küentzi: „Das ist meine Rettung!“

Küentzi brauchte länger, bis er die Anerkennung hinter dem als Befehl formulierten Angebot erkannte. Er sah Rachels Freudentränen und sprach nach einem kurzen Räuspern auch für sie: „Eine bessere Lösung gibt es für uns Schaffners nicht.“

Der Schaffner hob seinen Becher: „Wir haben eine Abmachung!“

Nach einem Schluck entschied er: „Ich werde meinen Vogt in ‚hüsen‘ umgehend benachrichtigen. Er wird sich freuen, Euch in Dienst nehmen zu dürfen. Übrigens: Er ist Clares Vetter, und Ihr habt ihn beide schon kennengelernt.“

Jan wartete nicht länger: „Ich werde verbreiten lassen, Rachel habe vernommen, Aaron sei in Freiburg aufgetaucht und auf der Suche nach ihr. Deswegen, und weil Clare endlich ihren Plan, dort eine eigene Apotheke zu führen, verwirklichen wolle, seien die Schaffners mit ihr nach Freiburg gefahren.“ Er überlegte kurz, wie er sonst noch helfen wolle.

„Ich werde der hiesigen Geistlichkeit stecken, dass Photinas Pate ein Dominikaner der Inquisition ist und die Macht habe, Priester, welche die Schaffners verleumden, in die Slavenmission zu versetzen.“ Sein Blick wurde hart: „Entweder der Vikar mäßigt sich, oder er wird versetzt. Die Markgräfin hasst sowieso alle Radikalen!“

Der Schaffner bot Wein an, doch nur Küentzi griff nach einem Becher. Die Enttäuschung, wieder als Flüchtlingsfamilie reisen zu müssen, machte ihm zu schaffen. Das Leben auf Rötteln gefiel ihm, und er hatte geglaubt, mit seiner Familie hier in Ruhe überwintern zu können. Missmutig und enttäuscht nahm er einen kräftigen Schluck, spürte den Alkohol seine Kehle reizen und blickte herausordernd zu Jan.

Dieser blickte ruhig zurück: „Als Kurier auf einem Außenposten hast du das Recht auf ein Pferd der Leibwache. Behalte also das Pferd, auf dem Clare nach Badenweiler geritten ist, für dich. Clare erhält ein für sie geeigneteres, damit Rachel sie nicht fahren muss."

Er trat zur Falltür über dem unterirdischen Gang, hob sie hoch und verabschiedete die beiden mit einem trockenen: „Alsdann, gute Nacht und gute Reise."

Bevor Küentzi das untere Ende der Treppe erreichte und die Türe über ihnen geschlossen wurde, hörten sie des Schaffners ermutigende Worte: „Ich wünsche allen eine gute Reise! Und Rachel: Gute Geburt!"

44

Als Küentzi die Tür zum Geheimgang hinter ihnen verschlossen hatte und mit Rachel den Stall verließ, waren durch das einsetzende Schneegestöber gerade die Umrisse der Burg auszumachen. Sie hasteten über die schon leicht verschneite Wiese zur Schlossmauer, stützten sich gegenseitig auf dem steilen Weg entlang der Mauer hinunter zum Bauernhof und betraten nass, aber unversehrt die warme Küche.

Während sie sich ihrer nassen Kleidungsstücke entledigten und sich am Herd aufwärmten, schüttelte die Bäuerin, die besorgt auf ihre Gäste gewartet hatte, nur ungläubig den Kopf, als sie hörte: „Wir sind vor unseren Verfolgern hier nicht mehr sicher. Wir müssen weiter. Unsere Zukunft liegt anderswo. Der Schaffner schickt uns nach Norden."

Nach Rachels Bemerkung, dass sich der mächtige Röttler Schaffner für die Familie und Rachel verwendet habe, verzichtete sie auf alles Fragen. Bedrückt, dass Rachel Rötteln verlassen musste, gab sie die schlafende Kleine an Küentzi weiter und umarmte ihre um einen Kopf größere Freundin, wiegte sie, als wäre sie deren Mutter, und weinte still.

Sie brauchte lange, bis sie Rachel freigeben konnte. „Ich habe oben je eine Kammer für euch gerichtet. Geht jetzt! Ihr braucht den Schlaf. Die Reise wird bei diesem Wetter mühsam."

Als der Bauer vom Abendgang in den Stall zurückkehrte, berichtete sie ihm, was sie eben vernommen hatte, und gestand ihm mit erneut nassen Augen: „Der Wegzug meiner Freundin und der Schaffners tut schon jetzt weh! Und dieser Winter, der so früh gekommen ist, wird streng! Macht uns alle hier einsam." Obwohl er sie umarmte, und sie sich eng an ihn kuschelte, fand sie erst spät und nur wenig Schlaf.

Noch war es dunkle Nacht, als sie am Morgen leise nach unten in die Küche ging, um für ihre erneut zu Flüchtlingen gemachten Freunde das Frühstück vorzubereiten. Am Tisch fand sie Küentzi, der aus Sorge über die Fahrt in den jungen Winter ebenfalls wenig geschlafen hatte. Er drängte: „Ich muss unbedingt bei Sonnenaufgang losfahren, sonst schaffen wir bei Tag die lange Fahrt nicht. Bitte, richt' uns Proviant für unterwegs und bring alle warmen Decken, die du entbehren kannst. Ich kaufe sie dir ab." Er legte einen Golddukaten auf den Tisch. „Nimm das Geld, erspar' uns bitte alles umständliche Abrechnen." Sie nickte, ließ das Geldstück in einer Innentasche ihres Schurzes verschwinden und machte sich an die Arbeit.

Es wurde ein verhaltener Abschied. Die Bauernfamilie stand stumm im Licht einer wässrigen Sonne rund um den alten Leiterwagen und verfolgte mit dampfendem Atem, wie die zwei Kinder sich mit Rachel, die Photina im Arm hielt, auf der mit Stroh gepolsterten Ladebrücke einrichteten.

Küentzi kontrollierte ein letztes Mal die Riemen, mit denen er seine alte, ihm als Bock dienende Truhe festgezurrt hatte, setzte sich und hieß das Pferd anziehen. Während der Wagen Fahrt aufnahm, vergewisserte er sich, dass hinten alle ihren Platz gefunden hatten. Grimmig blickte er wieder vorwärts und ließ zum Abschied die seit langem unbenutzte Peitsche mehrmals über ihre Köpfe knallen.

Die Hofleute verdrückten sich in die warme Küche, nur die Bäuerin blieb und winkte, verfolgte nachdenklich, wie immer mehr aufgeschreckte Krähen den Wagen als kreisende, krächzende Wolke begleiteten. Erst als sie nach einer Kurve das Gefährt im Wald aus den Augen verlor, kehrte sie zu den andern zurück und versorgte traurig die Münze, die ihr Rachel insgeheim beim Aufsteigen in die Hand gedrückt hatte.

45

Auf der holprigen Straße ratterten die Räder des Wagens so laut, dass Photina kaum die Lieder hören konnte, die Rachel für sie sang. Sobald sie die breite Straße im Tal erreichten, tauschte Küentzi mit Rachel den Platz, damit er sich unter der warmen Decke die Hände und die Füße wärmen konnte. Photina schlief.

Als auch Rachel das Gefühl in den Händen und in den Füßen verlor und die Kinder das Stillsitzen satthatten, legten sie in der Schankstube des kleinen Dorfes Wintersweiler einen Zwischenhalt für alle ein. Nur das Pferd blieb, zugedeckt wie der Wagen, draußen in der Kälte.

Der Aufenthalt reichte gerade für ein warmes Getränk im Stehen. Eine längere Pause hatte Küentzi erst im Pfarrhaus Auggen vorgesehen, wo sie damit rechnen konnten, sich in der Küche unbeobachtet erholen und verpflegen zu können. Um Badenweiler sicher vor Einbruch der Nacht zu erreichen, würden sie von Auggen nach Badenweiler, außer zur Übergabe der Leinen, nicht mehr anhalten.

Der Plan ging auf, nur das Wetter spielte ihnen einen Streich. Schon vor Müllheim setzte Schneeregen ein, und je höher sie auf der Straße nach Badenweiler kamen, desto dichter fielen die Flocken. Das müde Pferd schaffte auf der mittlerweile verschneiten Römerstraße den steilen Anstieg nach Badenweiler nicht.

Sie packten ihre Sachen auf den Rücken des ausgeschirrten Tieres und ließen den Wagen neben der Straße stehen. Rachel mit Föti, Küentzi mit Margret stapften mühsam durch den klebrigen Schnee zum Ort hoch. Nur Werner hüpfte und rutschte mit den Leinen in der Hand dem gutmütigen Pferd hinterher und ließ sich von ihm nach oben führen. Im Leihstall unterhalb der Burg, wo sie das Pferd unterbrachten, besorgte Küentzi einen Schlitten, den sie mit ihren Sachen beluden, und führte alle zum Haus des Schneidermeisters.

Jan schien sie erwartet zu haben. Die Fensterläden waren geschlossen, der große Ofen und der Herd eingeheizt. Trinkwasser, selbst Milch standen in der Küche bereit und bald hatte Rachel auch einen heißen Brei für alle gekocht. Zum ersten Mal fragten danach die Kinder nach ihrer Mutter. Dass Küentzi Clare selber vermisse und sie genau so lange wie sie nicht mehr gesehen habe, bot ihnen wenig Trost. Dies schaffte erst sein Versprechen, Clare noch heute auf der Burg aufzusuchen und mit ihr ein gemeinsames Treffen am nächsten Morgen abzusprechen.

Er hielt Wort. Während Rachel den Kindern mit tschechischen Kinderliedern einschlafen half, war er auf dem vereisenden Schneematsch schon unterwegs zur Burg, um mit Clare und Jan die heimliche Weiterreise nach Hausen zu planen.

„Mitte Morgen holt uns Clare reisebereit vor dem Leihstall ab", berichtete er später Rachel, die am Küchentisch eingenickt war. „Ich schlafe mit Föti in der Kammer nebenan. Die Kinderfrau schläft am besten oben bei den Kindern", verhalf er Rachel zu einer ruhigen Nacht.

Unbekümmert um die dicken, noch mehr Schnee verheißenden Wolken spielten anderntags die Kinder vor dem Leihstall, während Küentzi auf seinem neuen Kurierpferd Kreise ritt, um sich mit dem Tier anzufreunden. Rachel, der Küentzi Föti auf den Rücken gebunden hatte, striegelte das bewährte Zugpferd am Ausgang des Hofes. Sie waren die einzigen, die sich zur Abreise vorbereiteten. Wer konnte, blieb zuhause. Niemand wünschte bei diesem Wetter über wenig befahrene, unter dem Schnee schlecht auszumachende Wege fahren zu müssen.

Als Clare endlich mit ihrem Pferd zu ihnen stieß, zeigten nur die Kinder ihre Freude laut. Küentzi und Rachel genügte ein einfaches Nicken, bevor sie vor ihren Pferden die steile Straße hinunter zu der Stelle stapften, wo sie gestern den Wagen hatten stehen lassen.

Sie putzten den Schnee weg, spannten das Pferd ein und Rachel fuhr den Wagen auf die Straße, wo sie die Ladebrücke für die Kinder herrichteten. Werner und Margret machten es sich auf dem nun dünneren, aber trockenen Polster auf der Ladebrücke bequem. Küentzi und Clare stiegen auf und, während sie sich noch auf ihren Sätteln einrichteten, gab Rachel mit einem harschem „Hü!" das

Signal für die neue Reise. Wie gefährlich diese im Schnee geworden war, würden sie schnell erfahren!

Der Wagen nahm auf der steilen Strecke ins Tal rasch Fahrt auf und trieb das Pferd, das kaum sah, wohin es trat, immer schneller vor sich her. Küentzi erkannte zu spät, dass er mit seinem Pferd und einer Leine den Wagen hätte bremsen müssen, und musste hilflos zusehen, wie nur noch Glück – oder ein Engel! – einen Unfall verhindern konnte. Und sie hatten Glück! Auf der ebenen Straße blieb das Gefährt stehen und Rachel wartete bleich und verkrampft mit den vom Rütteln und Schütteln verdatterten Kindern, bis Küentzi, und später Clare, sie eingeholt hatten.

„Ist jemand von euch verletzt?", fragte Clare erschrocken und warf einen besorgten Blick auf ihr schlafendes Töchterchen auf Rachels Rücken.

„Sieht nicht so aus", stellte Küentzi nüchtern fest. „Das Stroh hat die schlimmsten Schläge aufgefangen." Werner und Margret nickten zustimmend.

Rachel richtete sich wortlos auf, streichelte zärtlich ihren warm verpackten, gewölbten Bauch, bevor sie die Kinder aufforderte, ihre alten Plätze einzunehmen, und hieß mit einem heiseren „Hü!" das Pferd wieder anziehen. Küentzi, der das stärkste der drei Pferde ritt, setzte sich schnell vor Clare an die Spitze des Zuges und legte für die andern Pferde eine Spur, damit diese bis auf die nächste Anhöhe ihre Kräfte sparen konnten.

Er ritt ihnen auch auf der sanft abfallenden Straße nach dem ersten kleinen Pass voraus und blieb ihr Vorreiter im unberührten Schnee über zwei weitere kleine Pässe. Allen, außer den dampfenden Pferden und Föti, war mittlerweile kalt geworden. Weil sie gut vorankamen, blieben sie jedoch guten Mutes.

Nach einer langen, geraden Strecke über eine sanfte Anhöhe bemerkte Rachel, wie ihr Gaul sich wiederholt anstrengen musste, um mithalten zu können. Nach einem nur kurzen, dennoch auffälligen Rutscher nach links, blickte sie zum ersten Mal beunruhigt nach hinten, und sah an der Spur, dass ein linkes Rad wiederholt eine eigene Linie fuhr. Obwohl sie Mitleid mit dem Pferd hatte, wollte sie wegen einer Bagatelle die Reise nicht unnötig verlängern, und sie befahl ihm nach jedem abbremsenden Rutscher hart, gleich wieder aufzuschließen.

Als Clare hinter einer engen Rechtskurve verschwand, trieb sie das Pferd einmal mehr unerschrocken an, um auf der leicht abfallenden Straße mit Schwung zu ihr aufzuschließen. Sie sah Clare schon wieder vor sich, als nach einem heftigen, lauten Schlag der Wagen links einknickte, geradeaus weiter rutschte und beinah rechtwinklig zum Pferd im Schnee am Straßenrand hängen blieb.

Rachel erfasste sofort, dass sie den Wagen zurücklassen mussten, weil sie eine gebrochene Achse nicht flicken konnten. Sie teilte dies den verdatterten Kindern mit und half ihnen vom Wagen.

Küentzi befreite das Pferd, das zwischen den Deichselstangen wartete, vom einengenden Geschirr und lud seine Truhe ab. Mit den frei gewordenen Riemen band er dem neu zum Lasttier gemachten Gaul die unbenutzten Decken, die Rachel eingesammelt hatte, auf den Rücken. Gemeinsam schoben sie das blockierte Gefährt über den Straßenrand und versteckten die Truhe im Schnee unter der Ladefläche. Küentzi gürtete sich mit klammen Händen sein Schwert auf den Rücken, Föti ließ er sich von Clare im Schultertuch vor die Brust binden. Seine Hände reibend, wartete er, bis Clare, Werner vor sich, auf seinem Pferd anritt, und Rachel ihr auf dem andern mit Margret im Damensattel folgte. Mit dem Zugpferd neben sich als Schutz gegen den harten Wind und dichter fallenden Schnee stapfte er los. Doch selbst abwärts blieb er weit hinter den Frauen zurück, sah nur die Spur der beiden Rappen ins breiter werdende Tal und folgte ihr verbissen.

Clare sah im Schneetreiben als erste die Umrisse der Häuser und die im alten Stil gebaute Kirche. Sie ritt der niederen Mauer entlang zu einem stattlichen Gebäude und läutete noch zu Pferd die Glocke neben dem Eingang. Als ob sie die verschneiten Gäste erwartet hätte, öffnete eine Benediktinerin die Pforte: „Willkommen im Kloster Sitzenkirch!“ und zeigte hinter sich. „Ihr könnt im Hof vor dem Stall absteigen.“ Clare reagierte schnell: „Im Namen meiner Familie dank’ ich Euch, Schwester!“

Vor dem Stall begrüßte sie ein Konverse, half allen beim Absteigen und kümmerte sich um die zwei Pferde. Unter dem ausladenden Scheunendach warteten sie, bis auch Küentzi, schneebedeckt wie sein Gaul, endlich im Hof erschien. Die Kinder begrüßten ihn laut, und die bärtige Schwarzkutte, die schon den Frauen geholfen hatte, nahm ihm die Zügel ab und versprach, sich um alle drei Pferde zu kümmern.

„Gib mir die Kleine", verlangte Clare und nahm ihm die kläglich wimmernde Föti ab. „Wir wollen es für heute gut sein lassen. Hier dürfen wir uns ausruhen und unter einem schützenden Dach übernachten."

„Aber unser Tagesziel war Kandern, vielleicht noch eine Wegstunde von hier", wollte Küentzi aufbegehren.

Clare blickte ihm eindringlich in die Augen, klaubte ihm mit zarter Hand Eiskörner aus dem Bart und sagte sanft: „Sei vernünftig. Es ist ein großes Glück, dass wir überhaupt hierher in dieses Kloster gefunden haben. Die Kinder sind von dem Unfall immer noch verängstigt und brauchen jetzt Wärme – wie wir übrigens auch. Und zudem", fügte sie tröstend hinzu, „bist du von hier aus deiner eingeschneiten Truhe viel näher als von Kandern aus. Und", vergewisserte sie sich, „du willst sie doch morgen holen?"

„Danke, Ja!", gab er wie erlöst nach und bat Werner, ihm den vielen Schnee von den Kleidern zu wischen. Er fühlte sich gleich besser und lud den besorgten Jungen ein, ihm bei der Arbeit mit ihren Pferden zu helfen. Küentzi striegelte mit dem schweigsamen Konversen die zwei schweren Röttler Pferde, während Werner sorgfältig die für ihn erreichbaren Körperteile ihres Pferdes aus Straßburg abtrocknete. Die weiteren Arbeiten überließen sie dem Konversen, der ihnen auch den Weg ins Refektorium wies. Dort erwarteten sie ihre hungrige und durstige Familie, zusammen mit den frommen Frauen und den bärtigen Schwarzkutten des kleinen Konventes.

Die Schweigeregel wurde strikt befolgt. Nur die Oberin betete zu Beginn der Mahlzeit laut, und eine Nonne trug während dem Essen laut lateinische Texte aus der Bibel vor. Alle, selbst die sonst neugierige Margret, mampften stumm und schienen der Nonne zuzuhören, was besonders Rachel seltsam berührte. Obwohl sie vom Gehörten nicht mehr als die Namen verstand, hörte sie aufmerksam zu. Sie fühlte sich in der disziplinierten Stille wohl, und – überraschend – wie zuhause.

Rachels wacher, zufriedener Ausdruck überraschte wiederum Clare, der diese Berieselung auf den Geist ging. Sie wollte das Ritual nicht stören, nahm sich aber vor, Rachel, sobald sie mit ihr allein war, auf deren, wie sie fand, unerwartete Abgeklärtheit und Zufriedenheit anzusprechen. Doch bis am Abend fand sie kaum Zeit für sich, und später, während sie sich noch unruhig neben Küentzi auf dem Laubsack wälzte, schlief Rachel mit Margret im Arm schon lange ruhig und entspannt.

Mit dem ersten Tageslicht stieg Küentzi auf Schneeschuhen und mit einem Schlitten zur Unfallstelle auf und holte seine Truhe ins Kloster. Den Inhalt packten sie in wenige Säcke, die sie auf die drei Pferde verteilten. Bevor sie nach dem Frühstück loszogen, versprach Küentzi der Oberin, er würde die Kiste keinesfalls aufgeben und sein ‚Kleinod' spätestens im Frühling abholen. Fürs Aufbewahren drückte er ihr eine Münze in die Hand.

Nach einer knappen Stunde zogen sie ins verschneite Kandern ein. Wiederum ritt Clare mit Werner vor Rachel mit Margret. Den Schluss machte Küentzi mit Föti auf dem Rücken zu Fuß. Sein vollbepacktes Pferd führte er an der Leine. Nicht unerwartet konnten sie weder einen Pferdeschlitten kaufen noch einen mieten und verließen, ohne einzukehren, den Ort auf der Straße, die zum Scheideckpass führte.

Sie kamen auf der schnell ansteigenden Straße zu den Quarzhütten nur langsam voran. Zudem erschwerte ihnen im dunklen Wald neues Schneetreiben die Sicht, und Rachel meldete lange vor der Passhöhe verstört, sie würde lieber durch den Schnee stapfen, als immerzu verquer aufwärts reiten zu müssen. Da Küentzi an der Spitze reiten wollte, tauschte er den Platz mit Clare und nahm Margret zu sich. Werner machte es sich auf dem Damensattel neben seiner Mutter bequem, und Rachel folgte ihnen zu Fuß mit dem Zugpferd hinter sich.

Keine der Frauen nahm die Abzweigung zu den Quarzgruben, wo sie eine Pause geplant hatten, wahr, beide konzentrierten sich auf die Spur vor ihnen. Erst als Küentzi ihnen von vorne verkündete, sie hätten das Schlimmste hinter sich, blickten die Frauen erstmals richtig um sich und sahen, dass sie den Wald auf einer geraden, sanft steigenden Straße verlassen hatten. Weit sahen sie im heftigen Schneetreiben nicht, und wegen dem Schnee am Boden konnten sie auch nicht erkennen, ob der Weg über Weide- oder Ackerland führte.

Küentzi, der langsam weitergeritten war, wartete, bis alle zu ihm aufgeschlossen hatten, bevor er laut eine Pause für alle ausrief. Bevor er abstieg, setzte er Margret in den Schnee und forderte Rachel auf, für den kurzen Halt seinen Platz einzunehmen und ihre Beine auszuruhen. Mit seinem Versuch, die Kinder für eine Schneeballschlacht zu begeistern, scheiterte er. Beide waren grantig, hörten Rachel und den Eltern, die alle Mitleid mit ihnen hatten, aber zu.

Diese waren sich einig: „Wir sind zu langsam. Wir erreichen Hausen niemals, bevor es Nacht wird. Wir können jetzt schon kaum den Weg erkennen. Der Aufstieg im Wald durch den schweren Schnee hat uns alle zu viel Kraft gekostet."

Clare erinnerte sie an die Empfehlung der Sitzenkirchener Oberin, sie sollten bei weiterhin schlechtem Wetter bei den Benediktinern in Weitenau übernachten. Damit war das Tagesziel gefunden, und Rachel, die sich vom anstrengenden Aufstieg etwas erholt hatte, wollte sofort dorthin aufbrechen. Clare entschied sich solidarisch, ihr Pferd wie Rachel zu Fuß zu führen und den Sattel Werner zu überlassen.

Als hätte der Himmel doch noch Mitleid mit ihnen, endete der Tanz der Flocken. Die Stimmung stieg, wie sich auch die Wolken über ihnen lichteten, und die Frauen stapften entschlossener hinter Küentzis Pferd her. Er hatte als Einziger den Überblick auf das unberührte Weiß vor ihnen und führte sie, unbeirrt vom Auftauchen eines fernen, höher liegenden Gehöfts, auf dem breiten, leicht abwärts führenden Weg ihrem neuen Ziel entgegen.

46

Nach einer guten Stunde Marschieren erreichten sie das einfache zweistöckige Kloster. Ein älterer weißhaariger Benediktiner hieß sie herzlich willkommen und zeigte ihnen die zwei Räume, die ihnen als Reisende und Besucher offen stünden: die ebenerdige, mit Laubsäcken ausgelegte Schlafkammer und das Refektorium daneben. Mit ernstem Blick auf die Kinder betonte er, dass ihnen der Zutritt zu den anderen Räumlichkeiten neben und über ihnen nicht erlaubt sei. Einladend zeigte er auf die kleine Tür am Ende des Ganges: „Dies ist die Tür für uns Mönche in den Chor der Kirche. Ihr dürft sie zum Abendgottesdienst heute auch benützen. Doch zuerst kommt und teilt das Vespermahl mit uns!"

Im Unterschied zu ihrer eiskalten Schlafkammer war das Refektorium beheizt. Die dunkelgrüne Rückseite eines Kachelofens, der von der Küche her bedient wurde, ragte in den schmalen Essraum. Während ihre Familie ungewohnt verlegen am langen Tisch Platz nahm, holte Clare erfreut die nassen Kleider der Kinder und legte sie zum Trocknen über den Ofen. Der Probst, der sie als einfacher Bruder willkommen geheißen hatte, überraschte alle mit einem großen Krug Wein und sprach ein kurzes Gebet. Die vier Mönche und zwei Konversen, die den Konvent ausmachten, plauderten mit allen laut und unbeschwert während und auch nach dem Essen.

Nach dem zweiten Krug bemerkte Küentzi zum Probst leise: „Mir gefällt, wie ihr frommen Brüder es hier – im Unterschied zu euren Ordensschwestern in Sitzenkirch – schafft, dass es mir wie in einer guten Schankstube wohl ist."

Der Probst lächelte: „Dies könnte auch mit der Geschichte des Ortes zusammenhängen. Der Altar der ersten Kirche wurde ursprünglich neben einer von den Heiden als Heiligtum verehrten Quelle errichtet. Die Priesterinnen und Priester wohnten als Paare in selber errichteten Hütten um die Quelle verteilt."

Rachel, die mit einem Ohr mitgehört hatte, wollte sofort Genaueres über diese Priesterinnen wissen. Sie wurde enttäuscht.

Der Probst hielt sich an die schriftlichen Daten seines Klosters: „Vor mehr als zweihundert Jahren wurde im 12. Jahrhundert das jetzige Konventsgebäude als Verlängerung gradlinig und direkt an das neu errichtete hohe Kirchenschiff gebaut. Seither wohnen hier nur Mönche. Warum dies so ist, weiß ich nicht."

Küentzi, der im Gegensatz zu Rachel genug ähnliche Geschichten über frühe Kirchen gehört hatte, hätte ihm die politische Begründung für den jetzigen Bau geben können. Doch er wickelte nebenan mit Clare ihre schon am Tisch eingeschlafenen Kinder in Pferdedecken. Er hörte gerademal das Gemurmel der Brüder, wenn sie voller Begeisterung Rachel die unglaubliche Heilkraft der Quelle beschrieben.

Während Küentzi ein letztes Mal nach den Pferden im Stall sah, setzte sich Clare mit der munter plaudernden Föti auf dem Arm dem Prior gegenüber, der verunsichert alles Reden seinen Brüdern überließ. Erst mit Küentzis Rückkehr unterbrach er seine ‚Fratres', indem er sich erhob und alle aufforderte, ihm in den Chor der Kirche zur einmalig späten Komplet zu folgen.

Eigenhändig läutete er die kleine Glocke im Dachreiter über dem Chor und kehrte ins Refektorium zurück. „Damit findet uns, wer sich verirrt hat. Denn wir bringen das Heil!“, meinte er vertraulich zu den Frauen.

Und Küentzi fragte sich, ob der Priester sich nur wichtigmachte, oder ob er alle seine Besucher zu den seelisch Verirrten zählte. Bevor er nachfragen konnte, tauchten aus der Küche die zwei Konversen auf. Der Prior hieß alle ihm vorgehen und betrat den eiskalten Chor als Letzter.

Er begann den Dienst mit einem eindrücklichen Gebet über die Bekehrung der Heiden und die Austreibung verführerischer Dämonen. Das gemeinsame Singen, wie auch die Lesung ließ er weg, beendete das schon gekürzte Ritual früh. Wie sie gekommen waren, kehrten alle schnell ins warme Refektorium zurück, wo sich die Frauen verabschiedeten.

Während sich Rachel mit der schlafenden Föti auf ihrem Laubsack einrichtete, fragte Clare laut: „Glaubst du, der Prior hat diesen fremdartigen Dienst geführt, weil er uns als Ketzer betrachtet?“ – „Mach dir keine Gedanken“, kam es unerwartet deutlich zurück. „Dieser Mann ist bescheuert, sein Denken wabernd und gefährlich. Doch glaub’ mir, er wird nichts gegen uns unternehmen. Ich kenne diesen Typ.“ Damit gab sich Clare zufrieden und sie legte sich ebenfalls hin.

Küentzi, der noch für einen Becher Wein bei den Schwarzkutten geblieben war, hörte ihnen genau zu und erfuhr, wie sie den bevorstehenden langen Winter fürchteten und wie sie sich schon jetzt auf die zahlreichen Pilger im Frühjahr freuten. Ihre Fragen beantwortete er vorsichtig, erzählte ihnen nur über sein Leben als Vater und Schaffner in Straßburg. Dass er den für sie zuständigen Vogt des Markgrafen von Hachberg-Sausenberg persönlich kannte, dass er sogar für ihn arbeiten werde, verriet er ihnen nicht. Noch weniger, als sie sich über die neuen und hohen Abgaben nach Rötteln beklagten. Während er sich neben Clare dem Schlaf überließ, dankte er innerlich Jan, dass er nicht als markgräflicher Steuereintreiber arbeiten musste und im für ihn unbekannten Hausen neu beginnen durfte.

Nachdem die Mönche am Morgen die Familie verabschiedet hatten, rief sie das einsame Glöcklein auf der Klosterkirche zur Prim. In einem strenger geführten Konvent hätte es nun zur Terz geläutet, wie Clare am Stand der Sonne sofort sah. Sie zeigte für Rachel und Küentzi vom Glöckchen zur Sonne, wollte ihrem Ärger über diese Verspätung Luft machen, doch Rachel beruhigte sie: „Denk dran, die Brüder läuten und beten für uns. Sie fürchten uns – meinst du nicht?" Clare schwieg verlegen, bevor sie ernst zugab: „Du kennst die Leute so gut! Ich will von dir lernen."

Küentzi traute seinen Ohren nicht, als er Rachel ebenso ernst hörte: „Dankeschön. Doch lass mich, bitte, von dir lernen: Ich möchte auch eine gute Mutter sein." Bis ins Innerste gerührt, wollte er beide Frauen umarmen, doch die startbereiten Pferde scharrten und stampften so heftig im Schneematsch, dass er sie beruhigen musste, wollten sie die Reise mit nur einigermaßen trockenen Kleidern beginnen.

Um die Tiere zu schonen, durften nur Werner und Margret auf den Sätteln sitzen. Die Eltern und Rachel stapften verbissen neben den Tieren durch den knöcheltiefen schweren Schnee zum nahen Dorf Weitenau, einem Lehen des Klosters, wo die Kinder den Platz auf den Pferden wechselten. Danach zogen sie ohne Pause weiter nach Wieslet, wo sie den einzigen längeren Halt einlegten, und die Sonne verschwand.

Schneeregen und schlechte Sicht machte ihnen die Weiterreise schwer, und sie brauchten mehr als die doppelte Zeit und viel Kraft, um von Enkenstein über den Maienberg ins Wiesental zu gelangen. Je näher sie Hausen kamen, desto heftiger regnete es, und der Weg wurde zwar besser erkennbar, aber rutschiger und gefährlicher und noch anstrengender. Ihre Lebensgeister kehrten erst zurück, als ihnen am Ende des abschüssigen Waldweges ein Wegmacher bestätigte, dass die einsame Kapelle, die wenigen Höfe und die armseligen Hütten vor ihnen, allesamt zu ‚hüsen' gehörten.

Sie ließen sich den Weg zum ‚zer Sunnen'-Gut zeigen und stapften im mittlerweile strömenden Regen mit frischem Mut zu dem Gehöft, das etwas oberhalb des Mühlenkanals gelegen war. Enttäuscht betrachteten sie den einfachen zweistöckigen Bau, das ihnen versprochene neue Zuhause.

Kein Rauch aus den drei Kaminen verriet, dass die Räume hinter den verschlossenen Läden beheizt wurden. Nur aus dem Schornstein des gegenüberliegenden Bauernhauses stieg Rauch auf, und von dort kam auch die kräftige Frauenstimme mit der Frage, was sie hier suchten.

Wie auf Kommando drehte sich der klatschnasse Trupp zur Sprecherin im Küchenfenster, und Clare stellte sich mit nicht minder kräftiger Stimme vor: „Ich bin Clare zer Sunnen. Mein Vetter, Henman zer Sunnen, hat mich mit meiner Familie hierher eingeladen. Bitte, lasst uns ein! Wir haben einen harten, mühsamen Weg hinter uns und sind durch und durch nass."

Während Föti in Küentzis Schultertuch die Worte ihrer Mutter mit Geheul und Gezappel untermalte, öffnete ein beeindruckend breitschultriger, bärtiger Mann mit wettergegerbtem Gesicht und rauen Händen die Haustüre. Er winkte sie zu sich und stellte sich ihnen als Henmans Meier vor. Seine etwa gleichaltrige, nicht minder eindrückliche Gattin begrüßte sie weniger förmlich: „Kommt rein! Ihr müsst die uns von Herr Henman versprochenen Gäste sein. Eure nassen Sachen könnt Ihr im Hausgang ablegen."

Küentzi wartete, bis Clare, wie die Kinder und Rachel im Unterkleid, zum Herd treten wollten, um sich aufzuwärmen, und übergab ihr die nunmehr neugierig um sich guckende Jüngste. Der Meier half ihm aus dem nassen Regenschutz und führte ihn in den Stall, wo sie sich um die Pferde kümmerten. Als Küentzi sich warm gearbeitet hatte, erfuhr er vom Meier, was auch die Bäuerin – allerdings ausführlicher als ihr Gatte! – den Frauen am Herd berichtete: „Uns fehlen wegen der Pest Leute; Mägde und Knechte! Wir kommen gerade mit den Arbeiten im Haus und in den Ställen zurecht. Deshalb ist das Euch zustehende Haus weder geputzt noch beheizt. Überall fehlen Arbeitskräfte."

Während Küentzi ihm vorsichtig antwortete: „Wir müssen dies mit den Frauen besprechen", versprachen Clare und Rachel der Bäuerin schon, sie würden gerade im Winter gerne mit den leeren Kammern der Mägde im warmen Bauernhaus Vorlieb nehmen. Überhaupt störe ein enges Nebeneinander beim Schlafen die Familie nicht – was Küentzi der Bäuerin umgehend bestätigte, als er mit dem Bauern aus dem Stall zurückkehrte. Die größte Freude bereiteten die

Ankömmlinge dem Paar allerdings mit dem Versprechen, überall dort zu helfen, wo sie mit ihren Fähigkeiten helfen konnten.

Schon am andern Tag beeindruckten sie den eher scheuen Meier mit ihrer Bereitwilligkeit, die dreckigsten Arbeiten zu verrichten, packten zu, als wären sie selber Bauern. Doch er blieb ihnen gegenüber befangen, denn mit Clare als Verwandte Henmans gehörten sie zur Herrschaft, deren Untertan er war. Er verzichtete auf alle Fragen zu Küentzis Herkunft und Vergangenheit, stellte auch Rachel und den Kindern keine persönlichen Fragen. Er überzeugte auch seine Gattin, dass sie unbedingt alles Fragen lassen solle, denn er war sich nun sicher, dass ‚Herr Kunrad', seine Familie, und selbst Rachel, dem Adel angehörten.

Er hatte genau verfolgt, wie ein ihm unbekannter Hauptmann der Schlosswache nach ‚Kunrad' gefragt, diesem persönlich einen Käfig mit markgräflichen Brieftauben überbracht hatte und sich danach ungezwungen locker mit ‚Herr Kunrads' herbeigerufener Familie unterhalten hatte. Der Meier wusste, dass nur ein Adliger Hauptmann der Röttler Garde werden konnte, und hatte im Verhalten des Besuchers gegenüber ‚Herrn Kunrad' den Beweis dafür erkannt, dass dieser dem Hauptmann ebenbürtig war. Dass auch Rachel keine gewöhnliche Kinderfrau war, erschloss sich ihm, als sich der Hauptmann laut mit ihr in einer fremden Sprache wie mit einer Schwester stritt, bevor er sich gut gelaunt von allen wieder verabschiedete.

Während Henmans Meier danach die zwei Rappen zum Ausreiten sattelte, klärte ihn Küentzi auf: „Der Hauptmann hat mich für mindestens einen ganzen Tag in der Woche als Soldat und Kurier der markgräflichen Reiterwache in Dienst genommen. Ich muss hier, in ‚hüsen', zu jeder Zeit einsatzbereit sein. Deshalb die Tauben." Er säuberte die Pferdebürste von Haaren. „Das Gleiche gilt ab nächster Woche auch für Clare. Sie steht mit ihrem Rappen als Ärztin und Heilerin im Dienst der Markgräfin." Er seufzte. „Bis dann müssen wir uns also hier eingerichtet haben."

Dem Meier gefielen diese Neuigkeiten nicht. Zumindest Küentzi fiel nun für ihn als Arbeitskraft weg. Dass ‚Herr Kunrad' wie ein gewöhnlicher Soldat die Erzfuhren für Henman zer Sunnen von den Bergwerken in die Stadt begleiten musste, wie ihm unlängst angekündigt worden war, ging für ihn nicht auf. Dass er sich nun nicht mehr um die Sicherheit der Fuhren kümmern musste, war ihm schwacher Trost, denn hier, auf dem Hof, wäre ihm ‚Herr Kunrads' Vielseitigkeit eindeutig von größerem Nutzen.

Was der Meier sah, und was er über die Schaffners wusste, passte für ihn nicht zusammen. Er kratzte sich verunsichert am Kopf und erinnerte sich unversehens, wie sich der Hauptmann mit der Kinderfrau kurz in einer fremden Sprache gestritten hatte. Mit diesem Bild vor Augen ging ihm auf, dass sich hier eigentlich alles um die starke, unauffällig aus dem Hintergrund wirkende, sogenannte ‚Kinderfrau' drehte. Er erinnerte sich auch, dass der Hauptmann den Streit in der fremden Sprache begonnen, und sie diesen aber beendet hatte, als ob sie über ihn verfügen könnte. Um seine vom Denken verkrampften Genickmuskeln zu lockern, packte er die ihm am nächsten stehende Gabel und mistete mit frischer Kraft den Pferdestall aus.

Seine Gattin lachte nur, als er sie spät am Abend aufforderte, Rachels ‚mächtiges Geheimnis' zu erforschen. „Rachel ist schwanger", überraschte sie ihn. „Ich schätze im sechsten oder siebten Monat." Sie packte ihn hart am Kinn, damit er ihrem Blick nicht ausweichen konnte: „Wie kannst du als vierfacher Vater dies nur übersehen!"

Der Bauer gab so schnell nicht auf. Er wackelte mit dem Kinn, bis sie ihren Griff lockerte, und er sprechen konnte: „Gut. Jetzt wo du's sagst. Doch hier geht's um mehr als das ‚süße Geheimnis' und wer der Vater ist. Tu mir den Gefallen und find heraus, worum es sonst noch geht. Bevor Herr Henman hier wieder Gericht hält."

„Vor Weihnachten also. Da bleibt mir nicht viel Zeit", rechnete sie schnell und ließ ihn los. Doch sie brachte mit Rachel kein über das Alltägliche hinausführendes Gespräch zustande und konnte ihr die von ihrem Gatten gewünschte Auskunft nicht entlocken.

Solange Clare, wie jetzt wieder, die Markgräfin auf Reisen begleitete, war Rachel für alle drei Kinder zuständig und ihr fehlte tagsüber die Zeit für ein längeres Gespräch. Am Abend war sie so müde, dass sie mit Föti neben sich noch vor den Kindern einschlief.

Was jedoch der Bäuerin die Umstände verwehrten, bescherte dem Meier der Besuch seines Vogtes in der Weihnachtswoche.

47

Henmans Besuch vor Weihnachten kam unangekündigt, traf den Meier hart und führte zu einer heftigen Auseinandersetzung zwischen Henman und Clare. Sie hatten ihn erst am Dreikönigstag erwartet, wenn Henman als Vogt und Richter – wie immer am 6. Jänner – das Gerichtsjahr eröffnen und Recht sprechen würde. Dass er seinen ältesten Sohn als offiziellen Nachfolger in dessen zukünftige Arbeit als Richter einführen wollte, wusste nur sein Meier.

Henman warf seinem Meier Ungehorsam vor, weil Clares Familie im Bauernhaus wohnte und das Herrenhaus – worin Henman zu logieren beabsichtigte – nicht hergerichtet war. Clare, erst am Abend vorher vom Besuch der Markgräfin aus Badenweiler zurückgekehrt, nahm den Meier in Schutz und wies ihren Vetter zurecht.

„Ich", betonte sie, „habe durchgesetzt, dass ich mit meiner ganzen Familie durch den Winter im warmen Bauernhaus wohnen kann. Wiederum ich" – sie betonte jedes Wort – „habe den Meier angewiesen, die große Stube im Herrenhaus schon am dritten Jänner, immerhin dem Jahrestag des Heiligen Odilo von Cluny, einzuheizen." Milder im Ton fuhr sie, an Henmans Sohn gerichtet, fort: „Damit sich dein Vater dort am Dreikönigstag, während er das neue Gerichtjahr eröffnet, nicht erkälte!"

Henman gab ihr, über seinen Ältesten hinweg, zurück: „Hör gut auf Clares Worte, mein Sohn, denn so würde die Klingentaler Priorin mit mir sprechen …" Er dehnte die Pause, „… hätte sie nicht wegen einer Schwangerschaft und der Liebe zu einem Knecht alles aufgegeben!"

Er nickte Clare anerkennend zu, hieß den Meier ohne ein Wort der Entschuldigung die Pferde holen und verabschiedete sich auch von der Bäuerin im Eingang zur Küche mit einem lauten „Frohe Festtage!"

„Bis zum Dreikönigstag!", rief ihnen Clare zum Abschied nach. Sie hatte die Anspielung aufs Klingental nicht nur als Seitenhieb, sondern auch als Warnung verstanden, und war Henman dankbar, dass er im Hof nicht mehr über ihre Vergangenheit ausgeplaudert hatte. Zumindest musste sie nun nicht irgendeine harmlose Geschichte improvisieren, ohne dies mit Küentzi abgesprochen zu haben. In der Küche meinte sie zur Bäuerin, die sich erwartungsvoll gesetzt hatte, mit ernstem Gesicht: „Später!“, und ging die Treppe hoch zu Rachel.

Rachel, die Clares Auftritt im Hof noch belustigt verfolgt hatte, reichte der Mutter die plaudernde Föti mit ernster Miene. Sie rieb sich die Augen, fasste mit beiden Händen ihren schweren Kindsbauch und bat verlegen, als ob sie etwas falsch gemacht hätte, Clare um ärztlichen Rat. „Ich habe Bauchschmerzen, die seit der harten Reise hierher nicht schwächer, sondern wider Erwarten stärker geworden sind.“ Sie suchte Clares Augen. Diese schaute verunsichert zurück und nahm zum ersten Mal wahr, wie spitz Rachels Gesicht geworden war.

Sie legte Föti in den Korb, nahm Rachels Puls, hieß sie die Zunge zeigen und trat erleichtert wieder zurück an ihren alten Platz. „Die Pest hast du nicht! Jetzt muss ich dich am Unterleib untersuchen, leg dich hin!“ Sie tastete Rachels Bauch lange ab, massierte wie eine Hebamme einige harte Stellen und bemerkte zum Schluss wie nebenbei: „Da der Vater kein Riese sein kann, musst du dich um mindestens einen Monat verrechnet haben. Ich schätze du bist schon im siebten Monat. Vielleicht mehr.“

Nachdenklich deckte sie Rachel mit einer dicken Decke zu und streichelte liebevoll über ihren Kopf, bevor sie leise bestimmte: „Du brauchst ab sofort Bettruhe, auch über die Feiertage. Sonst schaffen wir das nicht. Wir brauchen eine Hebamme viel früher, als du dir wünschst. Die Bäuerin soll uns noch vor Weihnachten eine Geburtshelferin vermitteln.“ Sie sah, dass Föti eingeschlafen war, flüsterte „Bleib einfach liegen!“ und machte sich auf die Suche nach der Bäuerin.

Clare fand sie beim Melken im Stall und bekam den traurigen Bescheid, die einzige Hebamme, auf deren Können sie vertraute, weil sie ihre vier Kinder auf die Welt gebracht habe, sei schon im Herbst an der Seuche gestorben. Seither helfe die Haushälterin des Schopfheimer Pfarrers bei Geburten in der Gegend aus, doch ‚Frau Clare‘ würde sicherlich eine fähigere und zuverlässigere Hilfe für ‚Frau Rachel‘ brauchen.

Clare gab der Bäuerin recht. Sobald die Kinder eingeschlafen waren, lud sie Küentzi und Rachel in die Küche ein, um mit der Bäuerin abzusprechen, wie sie Rachel unterstützen könnten.

Rachel, die ihr Leben am Abend schon wieder zuversichtlicher vor sich sah, fand den Mut, selber eine Lösung vorzuschlagen: „Ich habe mir überlegt, dass ich das Kind im abgeschiedenen Kloster Sitzenkirch gebären und dorthin schon anfangs Januar umziehen könnte. Die Oberin dort ist mir zugetan, das habe ich bei unserem Aufenthalt gespürt. Ich glaube, sie wird für mich und das Kind alles tun, damit wir heil davonkommen. Ihr müsstet also hier bis im März ohne mich auskommen." Sie lächelte zum ersten Mal seit Langem wieder: „Doch, ich weiß, ihr schafft das!" Clare schwieg überrascht.

Küentzi erkannte die Vorteile von Rachels Vorschlag und versprach, mit Jan schon morgen auf Rötteln zu besprechen, wie schnell der Kontakt zur Oberin hergestellt werden könnte, und wer imstande sei, Rachels Aufgaben hier zu übernehmen. Rachel bedankte sich, und Clare, die sonst bei wesentlichen Entscheiden das Wort führte, nickte.

In der Schlafkammer oben meinte er zu Clare, was auch die andern dachten: „Je länger Rachel unerkannt im abgeschiedenen Kloster Sitzenkirch lebt, desto sicherer sind wir vor den Ketzerhäschern auch hier!"

49

Am andern Tag ritt Küentzi gepanzert zum Tagesdienst nach Rötteln, wie er Rachel und Clare am Vorabend angekündigt hatte. Jan sah er erst nach dem ersten Waffendrill, als ihn der Wachtmeister in die Schaffnei schickte. Dort begrüßten ihn Jan und der Schaffner.

„Wie ist der Zustand der Straßen hinauf zu den Minen am Belchen?", fragte ihn der Schaffner besorgt.

„Dort oben liegt für die Pferde und die schweren Wagen viel zu viel Schnee", sagte Küentzi rundheraus und wunderte sich, dass sich Jan und der Schaffner bei diesen Worten sichtlich entspannten. „Ich würde auch davon abraten, das Erz auf Schlitten ins Tal zu transportieren", fuhr er fort, „denn das Umladen auf Wagen weiter unten lohnt den Preis nicht."

Der Schaffner dankte ihm sichtlich erleichtert für die Auskunft und Jan nickte ihm anerkennend zu. Des Schaffners Beschluss: „Ab sofort sind alle Transporte von und zu den Minen bis nach der Fastnacht eingestellt", konnte Küentzi nicht nachvollziehen. Ohne zu überlegen, kritisierte er die Maßnahme als „übertrieben vorsichtig".

Bevor der Schaffner ihn zurechtweisen konnte, erklärte ihm Jan: „Heute früh ist eine Taube vom Belchen eingetroffen. Die Botschaft: Drei Pesttote. Das Verbot der Erztransporte im Tal ist nötig, um die Seuche zu bekämpfen!"

Küentzi bat mit gesenktem Kopf um Verzeihung für sein vorlautes Verhalten. „Schon gut", brummte der Schaffner und verließ die Stube. Nun allein mit Jan, berichtete Küentzi von Rachels gesundheitlichen Problemen und von ihrem Wunsch, das Kind in Sitzenkirch zu gebären.

Das abgelegene, beinahe vergessene Nonnenkloster schien auch Jan eine gute Wahl, und er schickte Küentzi auf der Stelle los, um im Kloster mit der Oberin Rachels Aufnahme vorzubereiten. Küentzi schaffte den Ritt in etwas mehr als zwei Stunden und wurde zur Oberin vorgelassen, als ob er erwartet worden wäre.

„Ich habe seit Euerm Aufenthalt bei uns viel an die Schwangere gedacht und für sie gebetet", eröffnete ihm die Nonne. „Vor Eurer Weiterreise hat sie mir gestanden, dass sie sich hier im Kloster und in unserer Gesellschaft sehr wohl fühle."

Küentzis Anfrage, ob Rachel sich zur Geburt hierher zurückziehen dürfe, kam die Oberin zuvor. „Ich werde jetzt und sofort mit Euch nach Hausen reiten. Ich bin Hebamme und werde Rachel dort untersuchen und für die Reise zu uns ins Kloster vorbereiten." Sprach's – und entließ den ebenso verdutzten wie erleichterten Küentzi mit dem Auftrag, sich in der Küche zu erfrischen. Sie werde aufgesessen im Hof auf ihn warten.

Der Damensattel blieb im Stall. Aufrecht und stumm ritt die Oberin im dicken, dunklen Chormantel, den ihr eine Nonne über dem Rücken des Pferdes sorgfältig gestrafft hatte, wie zur Parade hinter Küentzi in den frühen Abend. Es wurde für beide ein harter, kalter Ritt ohne Pause. Es war Nacht, als sie in Hausen ankamen und dem Meier ihre dampfenden Pferde überlassen konnten.

Clare, die sich schon über Küentzis Verbleib Sorgen gemacht hatte, begrüßte die beiden erleichtert und voller Freude in der Küche. Wie eine gute Gastgeberin versuchte sie, mit der Oberin ins Gespräch zu kommen, scheiterte aber an deren höflicher Zurückhaltung. Enttäuscht zeigte sie ihr den Schlafplatz neben Rachel, die mit Föti im Arm tief schlief, und kehrte zurück in die Küche, wo sie ihren müden Gatten mit Fragen über den harten, langen Ritt und zur unerwarteten Besucherin traktierte.

Dessen häufigste Antwort war ein müdes, hilfloses Zucken mit den Schultern, und so grübelte sie später auf dem Laubsack neben ihm noch lange darüber nach, warum ihr der schnelle Besuch, die vorbildliche Wortkargheit und das regelgetreue, Abstand fordernde Verhalten der Oberin als aufgesetzt erschien.

Eine Erklärung fand sie, als sie gegen Morgen Föti von nebenan zu sich holte, und im schwachen Kerzenlicht sah, wie die zwei Frauen eng umschlungen wie Liebende entspannt schliefen. Sie beobachtete die beiden beim gemeinsamen Frühstück und spürte jedes Mal einen Stich Eifersucht, wenn sich die beiden unauffällig lange berührten und den Blick der andern suchten. Doch sie freute sich auch, dass der Besuch der Oberin eindeutig Rachels Lebensgeister beflügelte. Ihre Bitte, die Oberin möge auch über die kurzen Weihnachtstage auf dem Hof bleiben und sich Rachels annehmen, war aufrichtig gemeint und wurde auch so verstanden.

„Wer wird denn eigentlich in der Kapelle von ‚hüsen' den Weihnachtsgottesdienst zelebrieren?", fragte Clare nach dem Frühstück beiläufig.

„Niemand!", antwortete die Bäuerin. „Die Priester halten wegen der Pest Messen nur in ihren eigenen Kirchen."

Clare verstand nicht sofort und wiederholte ihre Frage. Die Benediktinerin, die am Herd Wasser für Rachel wärmte, hatte mitgehört und klärte sie auf: „Hier gibt es keinen Priester, und wegen der Pest kommt auch keiner an Weihnachten zu uns. Es gibt hier nur eine Kapelle, weiter oben, wo ich heute schon gebetet habe." Sie blickte Clare herausfordernd in die Augen: „Ihr müsst zur Messe nach Schopfheim fahren!"

Clare blickte überrascht auf, suchte eine passende Erwiderung, wurde aber von der Bäuerin überholt: „Frau Clare, mein Gatte und ich haben unsere schwierige Lage hier besprochen, und wir möchten Euch bitten, als Vertreterin unseres Lehensherren allen auf dem Hof eine einfache Weihnachtsandacht zu erlauben – im Gerichtssaal des Herrenhauses. Die Oberin könnte uns dort die Weihnachtsgeschichte erzählen und mit uns beten." Sie seufzte. „Auch Ihr, Frau Clare, könntet mit uns und für uns beten. Die Zeiten und der Winter sind für alle hier hart." Als sie Clares sich verhärtende Gesichtszüge sah, doppelte sie erschreckt nach: „Bitte!"

Verunsichert, ob die Bäuerin von ihrer und Küentzis Zeit im Klingental Wind bekommen hatte, stellte Clare richtig: „Ich würde mich – und damit auch Euch hier – gefährden, wenn ich Euch Euren Wunsch erfüllen würde. Glaubt mir …"

Die Oberin fiel Clare ins Wort: „Ich werde Euch glauben, Frau Clare – und schweigen! – wenn Ihr mir nur einen Grund nennt, warum Ihr, die die Schwangere mit eurer Reise beinahe in den Tod getrieben habt, warum Ihr Euch mit Eurer Familie in diesem Nest verkriechen müsst!" Sie blickte Clare herausfordernd an. „Schon in Sitzenkirchen, in meinem Konvent, habt Ihr die gute Frau überfordert. Warum?"

„Mir zuliebe!", antwortete ihr Rachel, die ungehört die Küche betreten hatte. „Mir zuliebe", wiederholte sie sanft, während sie sich unter dem rechten Arm an die Oberin schmiegte, und deren Augen suchte. „Mir zuliebe solltet Ihr Euch auch bei ‚Frau Clare' entschuldigen."

Die Oberin schüttelte verwirrt den Kopf, zögerte, bis ihr Rachel mit dem Zeigefinger zärtlich über die spitze Nase und über die Lippen strich und kaum verständlich wiederholte: „Mir zuliebe!"

Endlich entspannte sich die Oberin, blickte betreten zu Boden und entschuldigte sich. Den Arm noch immer um Rachel ergriff sie den Wasserkrug und führte die Schwangere vorsichtig nach oben.

Obwohl sich alle Beteiligten bemühten, kam beim großen Weihnachtsessen in der Küche keine ausgelassene Stimmung auf. Alle gaben sich der Kinder wegen fröhlich und Rachel erzählte ihnen die Geschichte der schwangeren Maria so lustig, dass sich auch die gestrenge Oberin, die genau mithörte, zu einem Lächeln erweichen ließ.

Nach der Vesper am Stephanstag, als nur noch die Erwachsenen am Tisch saßen, meldete Rachel ihren Mitbewohnern: „Bitte, hört mir zu! Ich habe euch etwas zu sagen. Dank eurer Fürsorge und Rücksichtnahme geht es mir jetzt viel besser, und ich fühle mich stark genug, schon morgen nach Sitzenkirch zu reisen. So habe ich nach der Fahrt mehr Zeit, mich auf die Geburt vorzubereiten." Sie strich sich über den Bauch. „Deshalb frage ich dich, Küentzi, wärst du bereit, mich morgen dorthin zu fahren?"

Küentzi blickte überrascht zuerst zu Clare, die sogleich nickte, bevor er zusagte. „Ja, mach' ich, und ich wäre dir böse, hättest du einen anderen Fahrer gewählt! Ich kenne ja den Weg bei Tag und Nacht. Alles Weitere nach der Mahlzeit. Nun esst!"

„Halt! Zuerst das Gebet!", übernahm die Nonne, und alle falteten die Hände und senkten die Köpfe.

Wie versprochen fuhr Küentzi Rachel am Tag des Heiligen Johannes 1349 im leichten Einspänner des Meiers über Rümmingen und Schallbach ins Kloster Sitzenkirch, wo die Oberin, die ihnen vorausgeritten war, Rachel wie eine lang vertraute Schwester willkommen hieß.

Da die Fahrt mit den Pausen länger als die vorgesehenen fünf Stunden gedauert hatte, wollte Küentzi die Rückfahrt durch die eisige Nacht mit dem müden Pferd nicht mehr antreten und richtete sich einen Schlafplatz im Heu ein.

Zur verspäteten Vespermahlzeit setzte er sich im Refektorium frech neben Rachel, die eine Zelle im geschlossenen Teil bezogen hatte. Gegen Ende des Mahles – noch sprach die Vorleserin – flüsterte Rachel ihm hinter vorgehaltener Hand vieldeutig zu: „Ich tu' hier alles für das Kind. Falls mir etwas zustößt, nimm es in deine Familie auf und behandle es wie dein viertes!"

Weiter kam sie nicht, denn die Oberin hüstelte aufdringlich laut und erinnerte die beiden an die während den Mahlzeiten geltende Schweigepflicht. Küentzi verschaffte sie Zeit, hinter einer Maske des Gleichmuts seine widersprüchlichen Gefühle wegen der für ihn ungeklärten Vaterschaft des Kindes zu verbergen.

Am Ende der Mahlzeit nahm er Rachel einfach in die Arme, wollte nicht mehr wissen, was genau Rachel ihm hatte sagen wollen, und flüsterte nur für sie hörbar: „So sei es!", bevor er sich ungehörig laut von ihr verabschiedete: „Ich werde morgen früh wegfahren und möchte deine Ruhe nicht stören. Ich wünsche dir schon jetzt eine sanfte Geburt und ein gesundes Kind. Gib uns in ‚hüsen' Bescheid, wann du hier abgeholt werden willst."

Er nahm ihre Hände und versprach ihr für alle Ohren laut: „Spätestens wenn die Hecken blühen, werde ich dich und das Kind hier abholen und euch zurück nach Hausen fahren."

Selbst die Oberin, die zuerst nur eifersüchtig die einträchtige Nähe der beiden beobachtet hatte, musste sich von Küentzis Worten gerührt eine Träne aus den Augen reiben. Sie nickte ihm anerkennend zu und hieß Rachel, mit ihr das Refektorium zu verlassen. Küentzis leise Bitte um eine Audienz, bevor er wegfahre, wimmelte sie im Hinausgehen mit einem forschen „Später!" ab. Doch er hielt sie am Ärmel zurück, und blickte sie so unverhohlen drohend an, dass sie sich auf der Stelle umentschied: „Nach der Komplet im Hof. Allein!" Ohne auf eine Bestätigung zu warten, warf sie die Türe hinter sich zu.

Küentzi wartete im Stall bei seinem Pferd, bis er im Hof leichte Schritte hörte. Er vergewisserte sich, dass die Oberin allein war, und führte sie zur Außenmauer, wo niemand sie belauschen konnte. Ruhig dankte er ihr, auch in Clares Namen, dafür, dass sie Rachel in dieser schwierigen Zeit als persönlichen Gast aufnehme. Er gab ihr drei venezianische Goldstücke, die sie sogleich abtastete, und versprach ihr nochmals drei, wenn er Rachel gesund und munter mit dem Kind im Frühling abholen könne.

Die Nonne kicherte: „Rachel hat mir bei der Ankunft hier ebenfalls drei solche Dukaten gegeben und mir nochmals drei bei der Abreise versprochen. Behaltet also dieses Gold. Gebt lieber goldenes Altargerät für unsern Chor in Auftrag und stiftet es dem Konvent, wenn Ihr im Frühjahr Rachel abholt."

Küentzi schwieg, atmete hörbar tief ein, bevor er mit einem Schritt so nah zur Priorin trat, dass er ihre im Schatten der Kapuze schwierig erkennbaren Augen ausmachen und ihren Blick festhalten konnte. „Mir scheint, Ihr habt noch nicht begriffen, worum es hier geht. Hört mir gut zu." Sein Ton wurde ruhig, einnehmender. „Betrachtet diese Münzen als Schweigegeld für die Flitterwochen, die Ihr mit Rachel hier verbringen könnt. Denn keine Nonne hier darf erfahren, wer die Frau ist, die hier niederkommt und im Frühjahr mit dem Kind wieder verschwindet! Kein Beichtiger darf hören, wem Ihr und Eure Nonnen hier helfen. Nützt das Gold als anonyme Spende für Euch und den Konvent, doch verratet – bei Eurem, und dem Leben Eurer Nonnen! – niemandem, warum und wie Ihr zu so viel Gold gekommen seid!"

Den Kopf noch immer gesenkt, drohte er der fröstelnden Frau eisig: „Ich hoffe Ihr habt mich verstanden. Denn Ihr haftet mit Eurem Leben für Rachels und des Kindes Wohl. Solltet Ihr sie im Stich lassen und flüchten, brennt das Kloster mitsamt den Nonnen – und Ihr werdet überall gejagt!"

Er verabschiedete sich mit einem lockeren: „Wir sehen uns im Frühling wieder", und verschwand, wie er gekommen war.

Bevor die Oberin bedrückt und zornig zugleich in ihre Zelle zurückkehrte, machte sie sich mit einem trotzig lauten „Bestimmt sehen wir uns im Frühjahr wieder!" selber Mut. Ihr fröstelte erneut ob der massiven Drohung. Doch im Unterschied zu Küentzi, den die Frage, ob er gegenüber der Oberin zu weit gegangen sei, wachhielt, schlief sie schnell ein. Sie wusste, sie würde ihr Glück mit Rachel genießen, ohne es zu teilen.

50

Am Abend des Dreikönigstages feierte Henman zer Sunnen den erfolgreichen Beginn des Gerichtsjahres mit einem ausgiebigen Essen. Im Licht vieler Kerzen tafelte er mit seinem ältesten Sohn wie ein kleiner Fürst im großen Saal. Clare und Küentzi waren die einzigen Gäste. Während die Köchin und sein Knecht, die er aus Basel hatte mitreisen lassen, ein reiches Mahl auftischten, unterhielt er den Tisch mit Anekdoten aus seiner Tätigkeit als Richter.

Doch was für ihn und seinen Sohn alltägliches Gehabe war, stach Clare in die Nase. Sie hinterfragte offen seine Arbeit als Richter, wenn sie die Logik hinter einem seiner Urteile nicht verstand, und musste zu ihrem Ärger erkennen, dass sie ihm damit half, sich weiterhin als Richter in Szene zu setzen. Damit auch der Junge und Küentzi zu Wort kämen, versuchte sie mehrmals, das Thema zu wechseln, zuletzt mit der auch in Küentzis Ohren unverschämten Frage: „Henman, warum hast du für Hausen noch keine richtige Kirche mit einem Pfarrsatz gestiftet?"

Als Küentzi Henman zornig erröten sah, befürchtete er, Clare könnte mit weiteren Fragen einen für sie schädlichen Familienstreit lostreten. Vermittelnd griff er ein: „Frau, bleib ehrlich! Auch du würdest für eine teure Pfarrkirche hier kein Geld aufwerfen. Du weißt genau, dass in diesem Tal die Erbstreitigkeiten um die Unterlehen deiner Familie noch nicht erledigt sind."

Gegenüber Henman entschuldigte er sich: „Wenn Clare von Besitz spricht, hat sie immer Werner, ihren ältesten, raffgierigen Bruder, vor Augen, und blendet wirtschaftliche Überlegungen aus." Er richtete sich auf, bis er Henman gerade in die Augen sehen konnte. „Dabei ist sie eine ausgezeichnete Wirtschafterin und Kauffrau!"

Er sah Clares noch immer angriffslustige Augen und sprach hastig weiter: „Henman, Clare wünscht sich eine Reihe unterschiedlich gelegener Kräutergärten, um als Ärztin mit Heilmitteln aus eigener Produktion arbeiten zu können, und um Apotheken und Ärzte mit Kräutern zu beliefern."

Er sah kurz in Clares weit offene, staunende Augen, sah Henman überrascht nach Worten suchen und kam ihm schnell zuvor: „Glaub' mir, Clare hat Großes vor in diesem rohstoffreichen Tal. Während ich eure Transporte im Auftrag des Markgrafen sichere, baut sie sich hier, im Wiesental, mit dem Großanbau begehrter Kräuter eine Produktionskette für einen durch die Pest ausgetrockneten Markt auf. Damit gewinnt sie das nötige Kapital, um später in Basel – vielleicht mit deiner Beteiligung? – auch in den lukrativen Fernhandel mit Gewürzen einzusteigen."

„Er flunkert", richtete sich Clare an Henman. „Er macht aus meinem Apothekentraum ein ‚Imperium' meiner Medizin! Nur weil er glaubt, wir zer Sunnen wären als Grundstück- und Liegenschaftenhändler der Vergangenheit, anstatt der Zukunft verpflichtet. Hör nicht auf ihn." Sie zögerte, lächelte unerwartet, und drehte sich Küentzi zu. „Obwohl, bei näherer Betrachtung, lieber Mann, finde ich deine Vision bestechend."

Erneut wandte sie sich an Henman. „Was denkst du?"

Dessen Unmut war verflogen, er blieb in der Gegenwart: „Clare, ich verstehe zum ersten Mal richtig, warum du seinetwegen aus dem Kloster ausgebüxt und immer noch bei ihm bist!"

Er wandte sich ernst an seinen Sohn und fragte ihn, wie viel er vom soeben Gehörten überhaupt verstanden habe. Zeit für eine Antwort ließ er ihm allerdings nicht. „Du bist als Ältester meiner Nachkommen auch mein Erbe, und musst meinen Besitz und meine dazu gehörigen Verpflichtungen kennen. Hör mir gut zu und merk dir alles! Ich werde dich auch in die schwierigen Besitzverhältnisse innerhalb der zer Sunnen-Familie einführen."

Der junge Mann, der seines Vaters Redestil und Gesprächsführung bestens kannte – und der auch von früh auf gelernt hatte, ihn dafür zu bewundern – richtete sich sofort auf und hörte ihm genau zu.

Küentzi und Clare bekamen so zum ersten Mal den Reichtum dieses Zweiges der zer Sunnen Familie vorgeführt. Die Größe und Zahl von Henmans Gütern vom Belchen durch das Wiesental bis Basel beeindruckten sie, aber welch wirtschaftlichem Schwergewicht sie zuhörten, ging ihnen erst richtig auf, als Henman auch die ihnen noch unbekannten Besitzungen im Elsass anführte. Je länger Henmans Aufzählung dauerte, desto häufiger vergewisserte Küentzi sich, dass Clare Henman, im Gegensatz zu ihm, nicht unterbrechen wollte. Sie schickte ihm jedes Mal, wenn er vorsichtig ihren Blick suchte, ein Lächeln, stellte keine Fragen und störte sich offensichtlich überhaupt nicht daran, dass Henman diesen Abend von Anfang an so geplant hatte, dass er sie und Küentzi – ohne sie vorher zu fragen! – zu Zeugen seines Testaments machte. Was sie als Ehre und Anerkennung zu sehen schien, empfand er jedoch als gezielte Provokation.

Dass sie Henman gar nicht zugehört, sondern in Gedanken schon geeignete Orte für den zukünftigen Kräuteranbau im Wiesental gesucht hatte, hörte er von ihr erst spät in der Nacht, als sie sich über die schlafenden Kinder hinweg leise über Henmans Testament unterhielten. Doch die Verärgerung über Henmans Vorgehen hielt weder Küentzi lange wach, noch säuerte sie Clares Schlaf. Im Gegenteil, sie sah sich im Traum als glückliche und erfolgreiche Apothekerin und Geschäftsfrau, die selbstgefälligen und dünkelhaften Männern die Meisterin zeigte.

Am andern Morgen erfuhren sie, Henman sei mit seinen Leuten überraschend früh abgereist, und Clare erhielt von der Bäuerin in Henmans Namen ‚als Dank für den interessanten Abend' einen halbvollen Krug Weißen. Während sie mit der Nase daran schnupperte, richtete ihr die Bäuerin aus, ‚Herr Henman' würde sich in Hausen frühestens wieder zeigen, wenn die Erztransporte gefahren würden.

Clare blickte kurz nach draußen, erinnerte sich an ihren Traum und an ihre Ideen zum Kräuteranbau im Tal, und entschied, als wäre sie wieder im Klingentaler Klosterrat: „Heute Abend, am Tag der Heiligen Kentigerna, Mutter und Einsiedlerin von Loch Lomond in Schottland, die im Klingental angerufen wurde, stoßen wir an auf die Heilige Gertrude, die Patronin der Gärtnerinnen." Sie gab den Krug der Bäuerin zurück. „Gesüßt mit Honig, gestreckt mit Wasser und gewürzt mit Zimt und Nelken machen wir daraus so viel Glühwein, dass er für alle, auch für die Kinder, reicht."

Während Küentzi im Wald dem Bauern half, die Bäume zu markieren, die gefällt werden sollten, nahm sich Clare viel Zeit für die Kinder. Zwischendurch weihte sie die Bäuerin in ihren Plan ein, im Tal neue Kräutergärten einzurichten, und erhielt umgehend die Zusage, den hiesigen Kräutergarten als ersten erweitern zu dürfen.

Am Abend, als die Kinder nach einem kleinen Schluck Glühwein schon tief schliefen, rief sie sich die Namen aller Höfe, die die Bäuerin ihr am Nachmittag empfohlen hatte, ins Gedächtnis und schrieb sie auf Wachstäfelchen nieder. Mit dieser Liste vor sich erbat sie sich vom Meier zusätzliche Angaben über die Lage der Höfe und die Qualität der Böden und notierte sich diese. Nachdem er seiner Gattin zuliebe Clare geduldig geantwortet hatte, meinte er mit Küentzis Unterstützung, die Frauen auf den Boden der Wirklichkeit zurückholen zu müssen.

„Bevor Ihr hier an ‚Ausbau' denken wollt, müsste erfasst werden, welche Höfe wegen der Pest leer stehen und welche Bauern überhaupt noch fähig sind, ihre Verpflichtungen an uns zu erfüllen. Auch uns werden im Frühling hier viele Hände fehlen. Einige Knechte und Mägde, die zu Hause überwintern, werden im Frühling nicht wieder für uns arbeiten, sondern bleiben, weil sie dort gebraucht werden. Es wird im ganzen Tal an Arbeitskräften mangeln."

Clare nahm den Dämpfer gelassen. „Hier zumindest wissen wir, wo und wie wir beginnen können. Alles Weitere sehen wir im

Frühling.“ Sie ließ sich nicht verunsichern. Sie hatte schon als junge, in Küentzi verliebte Nonne gelernt, das scheinbar Unmögliche zu versuchen und mit dem Möglichen zu leben.

51

In der Woche nach der Rückkehr der Markgräfin aus Badenweiler blieb Clare länger in Rötteln, um in langen persönlichen Gesprächen eine wirksame Kräuterkur für die nunmehr zurückgezogen lebende Schlossherrin zustandezubringen. Werner und Margret, die sich ohne andere Kinder auf dem Hof ohnehin benachteiligt fühlten, forderten von ihrer Mutter, gleich behandelt zu werden wie Föti, die immer überallhin mitgenommen wurde. Dem Familienfrieden zuliebe setzte Clare deshalb bei der Markgräfin durch, dass sie am gleichen Tag wie Küentzi auf Rötteln arbeitete, und erlaubte Werner und Margret, mit den Bauernkindern auf dem Röttler Bauernhof zu ‚arbeiten‘. So wurde, solange die Fuhren mit Eisenerz ausblieben, der Freitag für alle Schaffners zum regelmäßigen Arbeits- und Reisetag.

Küentzi fuhr jeweils früh am Morgen mit der ganzen Familie nach Rötteln, wo Clare der Bäuerin Werner und Margret übergab und anschließend zu Fuß mit Föti im Tuch zum Schloss weiterging. Küentzi übte im Schlosshof den Zweikampf mit unterschiedlichen Waffen, pflegte seine Rüstung, während sich Clare um die Markgräfin kümmerte und Kranke behandelte. Meist kehrte sie früh auf den Bauernhof zurück und tratschte ausgiebig mit der Bäuerin. Küentzi, der ebenso oft dort erst spät am Abend erschien, fuhr alle zurück nach Hausen.

Nach Aschermittwoch, als die Wege nur noch im oberen Schwarzwald für schwere Wagen unpassierbar waren, hörte Clare von der meist gut unterrichteten Bäuerin in Rötteln, dass Rachel einen gesunden Sohn zur Welt gebracht habe. „Um Ostern wird sie wieder bei Euch in Hausen zurücksein, habe ich gehört.“ Sie seufzte traurig, „Wie würde ich mich freuen, sie würde auch mir ihr Kindlein zeigen!“ – „Das werden wir richten!“, tröstete sie Clare. „Versprech’ ich Euch. Wir freuen uns alle!“

Am Abend bestätigte Küentzi seiner noch immer bewegten Gattin auf der Rückfahrt, dass er von Jan das Gleiche gehört habe. „Jan wird Rachel mit dem Säugling nach Hausen fahren. Ich hätte sie gerne selber abgeholt, doch Jan war eindeutig: Ich sei als geübter Soldat der Reiterwache für die reichen, noch schwierigen Erzfuhren mit meinem Karrerwissen unersetzlich."

„Mir soll's recht sein", gab Clare zurück. Sie stupste ihn mit dem Ellbogen. „Diese Vielseitigkeit und Zuverlässigkeit sind auch eine Referenz für mich als deine Gattin und Handelsfrau! Ich bin stolz auf dich!"

Besser konnte sie ihre Liebe – mit Föti im Schultertuch und mit den Armen um die dösenden Kinder – nicht zeigen. Küentzi wurde warm ums Herz. Clares Geste half ihm zudem über seinen Ärger hinweg, dass er nun Jan bitten musste, der Oberin in Sitzenkirch das versprochene zusätzliche Schweigegeld auszuzahlen.

Als er erneut Clares Ellbogen spürte, diesmal allerdings verursacht durch einen schnellen Schwenker um ein Schlagloch, wurde ihm klar, dass er ihren Rat brauchte. Wie sollte er Jan erklären, dass dieser für ihn den Säckel mit drei Golddukaten der Oberin überbringen musste? Dass dies ein Geheimnis bleiben musste?

Erst spät, als die Kinder schon lange schliefen, fanden sie Zeit für ein vertrauliches Gespräch.

Clare fand sofort auch, das Gold sei ein gutes Mittel, um sich das Schweigen des Konvents zu erkaufen und somit alle von der Inquisition Gesuchten auch später zu schützen. Ganz praktisch empfahl sie ihm: „Erklär Jan alles, was er wissen muss, damit er das Gold, das du ihm mitgibst, der Oberin auch übergeben kann. Du musst ihm nicht alles erzählen, aber was du ihm sagst, sollte der Wahrheit entsprechen."

Ganz anders als Küentzi, der nun beruhigt einschlief, fand Clare den Schlaf lange nicht. Sie wälzte sich unruhig auf dem Laubsack, trat zwischendurch ans Fenster. Als sie im Wolkengeschiebe am Himmel ein länger funkelndes Gestirn entdeckte, lehnte sie sich auf den Sims und erinnerte sich, dass jeder Stern ein Bote Gottes sei und eine auserwählte Seele im Jenseits verkörperte. Dieser Gedanke gab ihr Halt und Zuversicht, und sie suchte, sobald sich eine Wolke vor das Lichtlein schob, ein neues. Leise freute sie sich: „Ich danke euch.

Ihr bringt mir Trost, denn ihr bleibt, auch wenn ich euch nicht sehen kann.“ Sie blieb am Fenster, verfolgte, wie die Wolken dichter und die Sterne weniger wurden, und spürte, wie mit dem Dunkel die Furcht wuchs, das mühsame Versteckspiel um ihre Identität und Herkunft würde mit Rachels Rückkehr für alle erneut beginnen.

Nach einem letzten, vergeblichen Versuch, am Himmel einen Stern zu finden, legte sie sich enttäuscht neben Föti, die ohne aufzuwachen ihre Nähe suchte. Sie nahm ihre Jüngste sanft in die Arme, spürte, wie sie sich an sie schmiegte. „Du bist mein Sternlein“, tröstete sie sich und spürte, wie ihre Niedergeschlagenheit neuer Zuversicht Platz machte. Dankbar überließ sie sich im Halbschlaf ruhig dem Kaleidoskop verzerrter und widersprüchlicher Bilder, bis sie irgendwann nur noch ein einziges Bild vor Augen hatte: Vor blühenden Kirschbäumen verabschiedete sich Rachel von ihr ein für alle Mal und zog mit dem Kind ohne die Schaffners weiter.

Erschreckt fuhr sie hellwach hoch. Dieses Bild durfte nie wahr werden! Den Schmerz, Rachel zu verlieren, wollte sie weder sich noch ihren Kindern bereiten. Nie wollte sie ihnen den Verlust ihrer zweiten Mutter erklären müssen, noch wollte sie ihre einzige enge und verlässliche Freundin verlieren. Sie musste alles unternehmen, um Rachel für sich und ihre Familie zu erhalten. Auf welche Weise wusste sie, bevor sie wieder einschlief.

Clare und Küentzi würden mit Rachel als gleichberechtigter Partnerin einen Betrieb für den extensiven Anbau und die Verarbeitung von Kräutern gründen. Sie würden Rachels Rechte und den Anspruch auf ein Drittel des Gewinnes explizit garantieren. Clare würde das benötigte Kapital, das ihre Schwestern im Klingental ihr verbrieft hatten, allein einschießen. Küentzi hätte eine rein formelle Funktion, indem er seinen Namen als Referenz für männliche Kundschaft zur Verfügung stellte. Die Geschäftsführung obläge den Frauen gemeinsam. Mit diesem einmaligen Angebot hoffte sie, Rachel als Partnerin an ihre Seite zu holen und sie sich als Freundin zu erhalten.

Am Morgen schlief sie tief, hörte weder Küentzi Föti aufnehmen, noch ihre Kinder aufstehen. Sie brauchte lange, bis sie richtig wach war und der Bäuerin die Kinder abnehmen konnte. Da Küentzi eine Erzfuhr begleitete, konnte sie ihm erst am Abend erzählen, was sie sich ausgedacht hatte, um Rachel in Hausen zu behalten.

Mehr als ein „Ausgezeichneter Plan!“ bekam sie von ihm dazu nicht zu hören. Mehr brauchte sie auch nicht, denn sie wusste, dass er an Rachel hing und sie sowieso als vollwertiges Mitglied seiner Familie sah.

Sie strich über seine aufgerauten Fingerkuppen. „Wenn ich betrachte, was ich mir für unsere Zukunft mit Rachel ausgedacht habe, fällt mir auf, wie der klösterliche Gleichheitsgedanke bis heute mein Denken prägt.“ Sie lächelte. „Ich habe Rachel und mir Funktionen zugeteilt, die im Kloster Schaffnerinnen oder Pflegerinnen zustehen. Und ich habe mir auch überlegt, ob ich Henman als Lehensherrn am entstehenden Kräutergeschäft beteiligen sollte.“

Sie seufzte. „Sein Verhalten beim Essen nach dem Gerichtstag hat mich aber wieder vom Gegenteil überzeugt. Er blickt zum Gegenüber auf – oder auf sein Gegenüber herab. Ich denke, er kann gar nicht anders; sein Denken und Handeln sind hierarchisch – und auf Männer ausgerichtet. Für ein Unternehmen und einen Betrieb, wie ich ihn mir vorstelle, ist er unbrauchbar. Eine Zusammenarbeit mit ihm auf Augenhöhe: Unmöglich! Er erniedrigt oder erhöht sein Gegenüber.“

Sie blickte Küentzi in die Augen: „Ich hoffe nur, dass wir eine Zusammenarbeit mit Rachel als gleichwertiger Partnerin entwickeln können. – Wenn sie überhaupt bleibt, und mitmacht!“

„Ich bin auf jeden Fall dabei!“, versicherte er ihr und grinste, wie sie ihn schon als Junge hatte grinsen sehen. „Übrigens“ – er hielt sie zurück, als sie vom Tisch aufstehen wollte – „ich habe Jan heute nicht angetroffen. Ich werde ihm die Dukaten als unseren persönlichen Dank an die Oberin erst am Freitag übergeben können.“

52

Dass Jan eigene Pläne mit ihrem Gold verfolgte, erfuhren sie von ihm, als er sie am Abend vor dem Karfreitag im Herrenhaus besuchte, das sie zur Freude Henmans endlich bezogen hatten.

Sein Haar hatte er dunkel gefärbt, um alle, die ihn wie das Bauernpaar nur als blonden Hauptmann und aus der Ferne kannten, zu täuschen. Er stellte sich Henmans Meier als markgräflicher Hofschneider vor, wies ihn ungehobelt zurecht, als diesem beim

Abpacken eine Rolle Tuch beinahe zu Boden fiel, und hoffte, der Meier würde nie argwöhnen, der edle Hauptmann der Pferdewache und dieser schwarzhaarige, grobe Klotz seien ein und dieselbe Person.

Das Anspannen des leichten Einachsers, mit dem Jan Rachel nach Hausen holen wollte, übernahm Küentzi am Karfreitagmorgen selber. Er wartete neben seinem bewährten Pferd aus Straßburg, bis Jan zwei Rollen Tuch aufgeladen hatte, und wünschte ihm steif eine gute und erfolgreiche Reise nach Sitzenkirch. Dass Jan von der Benediktiner-Oberin erfahren könnte, wie und womit er ihr gedroht hatte, bedrückte ihn und machte ihn beklommen. Clare, die ihn hätte aufrichten können, fand er nicht, und so ging er in den Stall, wo er dem Bauern zur Hand ging. Der Bauer schwieg wie immer bei der Arbeit, und Küentzi war erleichtert, dass er ihm keine Fragen zu des Schneiders speziellen Pferden – mittlerweile waren es im Stall deren vier! – beantworten musste.

Erst am Abend erinnerte sich der Meier an den Auftrag seiner Gattin, sich bei Küentzi über ihren hintergründigen Gast und dessen überraschende Fahrt nach Sitzenkirch zu erkundigen. Was er hörte, hatte die Bäuerin von Clare schon früher erfahren: „Rachel wird von diesem Schneidermeister abgeholt. Er wird sie neu einkleiden." Eine Erklärung oder Begründung, warum nicht Küentzi sie fahren mochte, hörte er nicht.

Küentzi ärgerte sich, nicht zuletzt wegen der Dukaten für die Oberin, dass Jan, und nicht er, Rachel mit dem Kind in Sitzenkirch abholte. Doch Clare wies ihn zurecht: „Jan hat es mit uns immer gut gemeint. Lass also das Grübeln, vertrau ihm auch jetzt!"

Auch wenn er nach außen ruhig wirkte, blieb er bis zu Rachels Rückkehr innerlich angespannt. Er fürchtete, Jan als Hauptmann würde von seinem eigenmächtigen Vorgehen gegenüber der Priorin erfahren und ihn degradieren. Unruhig hielt er am Abend des Ostertages im Hof Ausschau nach dem Einspänner. Als er im schwächer werdenden Licht sein Pferd unten auf der Landstraße sah, rief er alle, selbst einen soeben zurückgekehrten Knecht, der Rachel gar nicht kannte, in den Hof, um gemeinsam die von ihm sehnlichst Erwarteten zu begrüßen.

Zu seiner Überraschung saß Rachel allein auf dem Einspänner. Sie führte die Zügel, Jan folgte dem Wagen mit dem Kindlein zu Fuß. Während sie unbefangen die etwas verlegenen Männer einzeln begrüßte, die Kinder herzte, übergab der Schneider die Kleine Clare und meinte leise: „Es ist Sache der Mutter, den Namen des Kindes bekanntzugeben." Und verschwand unauffällig, wie er gekommen war, im Herrenhaus.

Die erfahrenen Mütter begutachteten laut das ‚Büblein', doch niemand wagte, nach dem Namen des Jüngsten zu fragen, oder: „Ist er schon getauft?" Niemand wollte die in der Dämmerung ausschwirrenden Dämonen auf eine vom Taufwasser ungeschützte Seele aufmerksam machen und Unheil auch über die Mutter bringen. Selbst als die Bäuerin, die Brot und Weißen aufgetischt hatte, alle bat, die Becher zu heben, um auf Rachels gesunde Rückkehr, sowie auf alle Neuen auf dem Hof anzustoßen, hörte niemand den Namen des Jüngsten.

Als Clare das Wimmern und hungrige Schmatzen des Säuglings im Arm zu viel wurde, rief sie die Mutter: „Der Kleine muss trinken!" Sie hoffte, Rachel würde jetzt mit dem Namen herausrücken, doch Rachel entschied: „Ich stille ihn im Haus." Selbst als sie unterwegs mehrmals ein echt gemeintes „Ein prächtiges Kerlchen!" hörte, blieb ihr Dank ein stilles Lächeln.

In der warmen, großen Stube drehte sich alles um den Kleinsten, bis dieser in Rachels Arm schlief. Jetzt erst erzählte Rachel von sich und zum ersten Mal überhaupt, wie die Geburt verlaufen war. „Ich bewundere dich für deine drei Geburten", sagte sie zu Clare. „Besonders seit ich – wie du – von der Hebamme gewarnt worden bin, eine weitere Geburt würde ich nicht überleben." Ruhig, als ob alle mit dem Namen des Kindes vertraut wären, schloss sie: „Jan bleibt mein einziges Kind."

Jan reagierte überrascht: „Nach mir benannt?"

Rachel antwortete sachlich. „Es war eine Nottaufe. Jan hieß mein Vater in Böhmen." Vom Schalk gepackt, richtete sie sich direkt an den verunsicherten Schneidermeister: „Ich konnte dich im Kloster ja nicht fragen, ob du die Vaterschaft anerkennst. Ich habe es dir aber einfach gemacht. Du kannst jederzeit ‚Jan' als Sohn anerkennen, bevor wir nach Böhmen reisen." Sie küsste den kleinen Jan auf die

Stirn. „Nun möchte ich schlafen. Die Reise war anstrengend. Danke, danke für alles! Ich bin glücklich, wieder bei euch zu sein."

Küentzi und Clare strahlten und wünschten ihr eine ruhige und erholsame Nacht. Sie hofften, nun von Jan mehr über die lange Fahrt, Küentzi mehr über die Priorin, zu erfahren. Sie wurden enttäuscht. Jan verabschiedete sich ebenfalls, sah ihre langen Gesichter und versprach ihnen: „Ich werde euch morgen, ausgeruht und klar, von meiner Reise und meinen Plänen mit Rachel berichten."

Am Osterfeiertag, nach einem reichhaltigen und ausgiebigen Frühstück, saßen die Schaffner-Eltern allein mit Jan und Rachel in der Sonne vor dem Herrenhaus. Werner und Margret beglückten die Hasen im Hühnergehege mit jungem Löwenzahn, und das Bauernpaar, das Clare auch eingeladen hatte, war zur Messe nach Schopfheim gefahren.

Jan räusperte sich, hob seinen Becher mit gesüßtem Osterwein, sprach einen alten böhmischen Trinkspruch und weihte seine Gastgeber in seine Pläne mit Rachel ein. „Wie Ihr wisst, müssen die durch die Pest ausgefallenen Arbeitskräfte im Tal ersetzt werden, aber hier gibt es weit und breit keine neuen. Wir, Rachel und ich, werden deshalb in Rachels Heimat reisen, um dort, zum Wohle dieses Tales, Mitglieder von Rachels Ketzergemeinschaft" – er grinste, bevor er ernst weitersprach – „zu überzeugen, dass sie hier, vor Verfolgung geschützt und von Rachel betreut, als Bauern oder sonst wie Arbeit finden würden. Deshalb muss Rachel zurück in ihre Heimat, sie aufsuchen und als Auswanderer anwerben."

Er sah die Überraschung auf Küentzis und Clares Gesichtern und fuhr sachlich fort: „Die Markgräfin hat den jungen Markgrafen und seine Berater überzeugen können, dass ich mit meinen Beziehungen zum Adel in Böhmen sicherlich Ersatz für die hier wegen der Pest ausgefallenen Arbeitskräfte finden würde. Und deshalb muss alles, was Rachel mit ihren Leuten unternimmt, in meinem Namen geschehen." Sein: „Als wären wir verheiratet!", überhörte Rachel.

Als ob sie sich vor Küentzi und Clare rechtfertigen müsste, erklärte sie ihnen: „Selbst mit der persönlichen Unterstützung der Markgräfin könnte ich als Frau – und der Ketzerei verdächtigt! –

nie bewirken, was Jan als Edler für mich nach nur einer Besprechung mit den böhmischen Grafen erreichen kann."

Damit fühlte sich Jan zu einer Erklärung verpflichtet: „Ich gehöre dem alten böhmischen Adel an. Als jüngster Sohn erbe ich keinen Titel und kaum Land. Doch hier" – er breitete die Arme aus, als segne er das Tal – „führe ich, wie Ihr wohl mittlerweile mitbekommen habt, ein sehr eigenwilliges und befriedigendes Leben. Eines, wie ich es mir selbst in Böhmen nie erlauben könnte! Deshalb reise ich mit Rachel durch Böhmen und garantiere mit meinem Namen und Geld gemeinen Untertanen, die bereit sind, ihr Glück in diesem Tal zu suchen, dass alles rechtens ist." Er räusperte sich, bevor er Rachel scheu gestand: „Einen besseren Grund, um mit dir unsere gemeinsame Heimat zu besuchen, finde ich, ehrlich gesagt, nicht."

Clare, die Jan zu wenig kannte und vom Gehörten wenig hielt, glaubte, Rachel helfen zu müssen. Eine so lange, anstrengende Reise so kurz nach dieser schweren Geburt sei für Rachel lebensgefährlich, warnte sie.

Dankbar drückte Rachel Clares Hand und versprach ihr, sie werde, wie sie schon der Hebamme in Sitzenkirch versprochen habe, ihren Körper noch schonen. Vor Mitte April werde sie die lange Reise sicher nicht antreten.

53

Wie es sich an einem hohen Feiertag gehörte, ruhte alle Arbeit auf den Feldern und im Wald. Das schöne Wetter an Ostern kam besonders den kleinen Tieren auf dem Hof zugute. Werner ließ die jungen Kaninchen im weiten Hühnergehege kaum aus den Augen, beschützte sie wie ein Hirte mit einem starken Stecken bewaffnet, vor den über dem Hof kreisenden Raubvögeln. Erst als die Bussarde und Hühnerweihen den Krähen wichen, wandte er sich dem Stall zu.

Dort traf er Jan an, der ihn zuerst hieß, allen Pferden aus der markgräflichen Zucht Rübenschnitze zu füttern. Dann ging Jan vor Werner in die Hocke: „Ich werde dir jetzt ein Geheimnis verraten. Dein Vater hat der Markgräfin zwei dieser edlen Tiere abgekauft, eines für sich selbst und deine Mutter, und eines für Rachel." Er legte seine Hände auf des Jungen Schultern und flüsterte: „Niemand, außer uns beiden und deinem Vater, weiß bis jetzt von diesem Kauf. Versprich mir, dass du dieses Geheimnis für dich behältst, bis dein Vater Rachel das Ostergeschenk übergeben hat."

Mit den Händen noch immer auf Werners Schultern richtete er sich auf und hieß den Jungen: „Spuck nun wie ich über die linke und die rechte Schulter auf den Boden!" Ihre Abmachung so besiegelt, traten sie aufrecht und ernst nebeneinander aus dem Stall und nickten einander zum Abschied gewichtig zu.

Werner kehrte ins Hühnergehege zurück, wachte weiterhin über die Wehrlosen am Boden und beschützte sie vor Feinden aus der Luft. Jan widmete sich wieder der Schneiderei, nahm Rachels neue Maße auf und steckte sein ganzes Können in die Kunst, mit Hilfe verschiedenster Stoffsorten Rachels pralle Formen auferstehen zu lassen.

Alle beschäftigten sich mit dem Hier und Jetzt, gönnten ihre Aufmerksamkeit nur dem Naheliegendsten. Auch das Bauernpaar sprach nach der Messe weder über Vergangenes, die Predigt oder Zukünftiges. Wie die Kinder lebten alle den Augenblick und trafen sich erst zum gemeinsamen Mahl am Abend wieder.

Als die Bauern in ihr Haus zurückgekehrt waren, und die Kinder schon schliefen, beichtete Jan Küentzi, dass er der Oberin die zweite Hälfte des Schweigegeldes nicht bezahlt, sondern das Gold zurückbehalten habe. Küentzi brauste auf: „Das könnt Ihr nicht machen! Das war unser Gold!" Doch Clare hielt ihn zurück und fragte Jan, ob er denn der Oberin Schweigen garantieren könne.

„Eines nach dem andern", antwortete er. „Ich habe Werner erzählt, dass du, Küentzi, der Markgräfin dein und Clares Tier abgekauft hast und das dritte als Ostergeschenk für Rachel dazu genommen hast. Die drei Pferde sind ab heute euer Eigentum. Sie sind weniger wert als die Unsumme, die du der Oberin nachschmeißen wolltest. – Aber von nun an seid ihr vom Stall in Rötteln unabhängig. Selbstverständlich könnt ihr weiterhin jederzeit Pferde von dort anfordern, wenn ihr die eurigen schonen wollt."

„Damit gewinnen wir an Status gegenüber Henman", freute sich Clare. Nur Küentzi brummelte unzufrieden. Bis ihn Jan zurechtwies.

„Ihr habt Euch von der Oberin in Sitzenkirch ausnehmen lassen!" Küentzi blickte erstaunt auf und hörte genau auf Jans Rede.

„Als ich das raffinierte Weib deswegen zur Rede stellte, gestand sie mir, dass Ihr zum Glück auch meinen Namen erwähnt hattet, als Ihr ihr drohtet, Ihr würdet den Konvent abfackeln und sie mit ihren Nonnen rösten, falls Rachel mit dem Kind nicht hierher zurückkehren würde." Wie er mit der Oberin genau verblieben war, behielt er für sich.

„Euch ist mittlerweile wohl aufgegangen, dass die Oberin, und eine ihrer Nonnen als Rückversicherung, in meinem Sold stehen." Er hielt Küentzis Blick fest: „Wie viele andere entlang unserer Verkehrswege. Sie melden mir, wer sich wohin bewegt und alles Auffällige oder Ungereimte. Ihr kennt die wenigsten, doch Ihr werdet einige bald kennenlernen, denn schon nächste Woche werdet Ihr ihre Meldungen mit dem Röttler Schaffner besprechen und mit ihm entscheiden, ob und wie reagiert werden soll. Kurz, Ihr übt, damit Ihr einen Teil meiner Arbeit übernehmen könnt, solange ich mit Rachel in Böhmen unterwegs bin."

Clare, die schon als Kind gelernt hatte, politisch zu denken, erfasste sofort die praktische Bedeutung dieses sogenannten ‚Kaufes' für ihre Familie hier. „Die Rasse der Pferde und der verschwenderisch hohe Preis, der für sie bezahlt wurde, verschaffen uns bei den Gemeinen Ansehen und Bedeutung, und dir, Küentzi, den Respekt der Adligen, wenn sie mit dir als Vertretung Jans zusammenarbeiten müssen."

Jan wandte sich an Rachel: „Was Clare meint, gilt auch für dich. Küentzis neuer Rang und seine neuen Beziehungen kommen auch dir zugut, wenn du deine Gemeinde ins Tal bringst." Er grinste. „Du bist ihm allerdings einen Schritt voraus. Schnittmuster und Stoffe für deine neuen Kleider sind bereit. Für die meines eingeschnappten Untergebenen muss ich erst Maß nehmen. Bitte entschuldigt mich, ich muss mein Werkzeug holen."

Wiederum überrumpelt, wehrte sich Küentzi, dies könne bis morgen warten. Doch Jan hörte nicht auf ihn, weshalb sich Clare Küentzis annahm: „Wie wir wieder einmal erfahren haben, hat Jan immer einen Plan. Mir gefällt, was er mit uns vorhat, und dir eigentlich auch, wenn du ehrlich bist. Mach also mir zuliebe mit." Und er machte mit. Auch später, als sie ihn im großen Bett für sich allein hatte.

Nach dem Frühstück am Ostermontag erklärte Jan den Frauen als Schneidermeister, wie sie die markierten Stoffe zuschneiden und anhand seiner Skizzen vernähen sollten. Als ob er nicht die halbe Nacht durchgearbeitet hätte, schwang er sich aufs Pferd, ermahnte Werner, sich auch um Rachels Pferd zu kümmern, und ritt weg.

Wie schon nach dem Frühstück am Sonntag fütterte Margret den Häschen Löwenzahn und Werner, der zuerst die drei edlen Röttler Pferde im Stall bewundert hatte, wachte wieder über Häschen und Küken. Margret kehrte bald zu ihren Eltern zurück, die mit dem Bauernpaar noch am Esstisch im Hof saßen, und setzte sich neben die Bäuerin, die Föti auf dem Schoß hielt. Sie hörte aufmerksam ihrem Vater und dem Bauern zu, die sich ernsthaft fragten, wie sie ohne neue Arbeitskräfte auch nur ein Drittel des letztjährigen Zehnten einfahren könnten, und wie sie die anstehenden Arbeiten untereinander aufteilen wollten.

Rachel mit Jan im Arm ertrug die beklommenen Gesichter des Bauernpaares nicht länger und verriet zum Entsetzen Clares, der Markgraf würde den Mangel an Arbeitskräften mit Einwanderern beheben. Clare wies Rachel sofort scharf zurecht, es sei Aufgabe Henmans, den Meier über solche Maßnahmen zu informieren, und mit ihm abzusprechen, wem überhaupt erlaubt würde, sich hier niederzulassen.

„Du hast Recht. Es ist nicht meine Sache, den Meier über die markgräflichen Pläne zu informieren“, verteidigte sich Rachel. „Doch ich, die persönlich zu deren Umsetzung beitrage, finde es falsch“ – sie wandte sich an das Meierpaar – „euch aus Rücksicht auf den Stolz eures Lehensherrn zu verschweigen, welche langfristige Maßnahmen gegen die Folgen der Pest für dieses Tal vorgesehen sind.“

Sie vergewisserte sich, ob Clare noch Einwände hatte, und fuhr fort: „Um Hungersnöten zuvorzukommen, soll im landwirtschaftlich wenig entwickelten oberen Wiesental der Ackerbau mit neuen Siedlern vorangetrieben werden.“

Nun hatte sie nur noch Augen für das Bauernpaar. „Deshalb werde ich bald in meine alte Heimat Böhmen reisen, um dort Familien und Einzelne zu ermuntern, hierher auszuwandern. Der Hauptmann der Röttler Schlosswache – wie ihr wahrscheinlich wisst, selber ein Böhme aus altem Adel – wird mich begleiten und mir mit seinen Beziehungen und mit seinem Gold helfen, gute Leute anzuwerben. Ich bin überzeugt, Henman zer Sunnen wird sich nicht querstellen, wenn er seinen persönlichen Vorteil in unserm Unternehmen erkennt."

„Danke. Eure Ehrlichkeit gibt mir wieder Mut für meine Aufgaben hier." Der Meier blickte zur Bäuerin. „Wir haben seit Eurer Ankunft hier lernen müssen, wie wir mit Fremden auskommen können", grinste er, „und wir werden es mit neuen Fremden auch noch schaffen!" Er hieß die Gattin die Becher füllen und wartete, bis alle den ihren hoben: „Auf alle Fremden, die unser Leben aufwirbeln und den Landfrieden wahren!" Küentzi übernahm: „Auf alle Ortsgebundenen, die Zuzügern friedlich zur Hand gehen und Neues schaffen wollen!"

Niemand wusste, was er mit ‚Neues' genau meinte, doch niemand verlangte nach einer Erklärung. Einträchtig genossen sie einen Augenblick der Stille, bis des Säuglings Ächzen zum kräftigen Hungergeheul anschwoll, und die Mütter sich mit ihm allesamt in die Küche begaben. Selbstverständlich trippelte Margret ihnen hinterher.

Nachdem der Jüngste versorgt war, kehrten das Meierpaar ins Bauernhaus und Margret zu Werner und den wolligen Kleinsten zurück. Rachel und Clare setzten sich zu Küentzi in die Sonne, und nach einem langen Blick auf die am Himmel vorüberziehenden Wolken begann Rachel so leise, dass die andern, um sie zu verstehen, sich ihr zuwenden mussten. „Ich habe eine große Bitte an Euch. Wenn ihr bereit seid, sie zu erfüllen, wird sich unser Leben zumindest nach außen hin verändern."

Sie richtete sich auf ihrem Hocker auf. „Sie hängt mit der Reise nach Böhmen zusammen, denn ich kann meinen kleinen Jan nicht nach Böhmen mitnehmen. Nicht nur weil der Hauptmann und ich ohne den Kleinen schneller reisen können, sondern auch, um vor meinen Glaubensbrüdern und -Schwestern glaubwürdig auftreten zu können. Meine Kirche verlangt nämlich von mir, was eure Kirche von euren Priestern auch verlangt: dass ich in meinem Amt ehe- und kinderlos bleibe."

Sie blickte zu Küentzi, der verunsichert wegblickte, sah Clares erwartungsvoll geöffnete Augen und fuhr fort: „Ich bitte euch, meinen

Sohn Jan wie euer viertes Kind in eure Familie aufzunehmen. Und, sollte ich auf dieser Reise sterben, Jan an Kindes statt anzunehmen. Bis die Neusiedler hier eingetroffen sind, werde ich wissen, ob überhaupt, oder wie ich ihnen Jan als meinen Sohn vorstelle."

Clare nahm sofort Stellung: „Du bist, seit du in Straßburg zu uns gestoßen bist, schon jetzt für Werner und Margret, und für Föti sowieso, die zweite Mutter. Küentzi und ich haben deshalb schon vor deiner Reise nach Sitzenkirch beschlossen, sollte mir etwas zustoßen, bitte ich dich hier vor Küentzi, ihn zu heiraten, und die Mutter aller vier Kinder zu werden. Meinen Segen dazu hast du."

Küentzi stimmte ihr zu, auch wenn ihn die Vorstellung, vier Kinder mit Rachel allein, statt mit Clare gemeinsam, versorgen zu müssen, seltsam befangen machte. Er verriet Rachel deshalb, Clare und er hätten diese Möglichkeit besprochen, nachdem sie Rachel in der Hörigenhütte unterhalb dem Röttler Schloss mit den Kindern hätten allein lassen müssen. „Was Margret damals der Röttler Bäuerin ohne Hintergedanken erklärt hatte, nämlich sie habe zwei Mütter, aber nur Küentzi als Vater, gilt auch für den kleinen Jan." Er nahm Clare und Rachel in seine Arme, und zu dritt verharrten sie umschlungen, als ob sie den Herzschlag der andern spüren wollten. Erst nach Clares leisem „Amen" ließen sie einander langsam los und traten noch immer weltverloren auseinander.

Küentzi fand als erster wieder zu sich und ging mit energischen Schritten zu den kostbaren Pferden im Stall, Clare ging zu Werner und Margret im Kleingehege, wo sie sich wortlos zu ihnen setzte. Rachel setzte sich in ihrer Stube neben den schlafenden Jan und suchte in ihrer kleinen Bibel nach einer zu diesem einmaligen Bund passenden Stelle, um sie für die andern aufzuschreiben.

54

Die wenigen Wochen bis zu Rachels großer Reise nützten alle, um sich auf die in diesem Sommer neuen Aufgaben vorzubereiten. Clare kümmerte sich, unterstützt von der immer hilfsbereiten Bäuerin, vermehrt um alle vier Kinder, und Rachel nützte die für sie freigewordene Zeit, um sich auf ihrem Wallach als Reiterin zurechtzufinden. Sie ritt jeden Tag länger, lernte das aper gewordene Tal bis zum Belchen kennen und merkte sich die Orte, wo Felder brach lagen, um sie später am Ziel ihrer Reise ihren auswanderungswilligen Brüdern und Schwestern anschaulich schildern zu können. Damit sie als Jans Begleiterin überzeugend auftreten konnte, übte sie endlich, aufrecht und stolz wie eine Edle ohne Damensattel zu reiten.

Küentzi, der sie, wann immer er konnte, auf ihren Ausflügen begleitete, bewunderte, wie schnell sie mit ihrem schweren Wallach zurechtkam. Sein Vertrauen, dass ihr das gewagte Unternehmen gelingen und sie heil zu ihnen zurückkehren würde, wuchs, wenn sie nach einem anstrengenden Ritt jugendlich flink und mit glänzenden Augen im Hof abstieg.

Nur ihr hageres, von neuen Linien gezeichnetes Gesicht und schmale Silbersträhnen im Haar ließen ihr Alter ahnen. Wer nichts von ihrer Mutterschaft wusste, oder sie nicht von früher kannte, sah sich einer selbstbewussten, jung gebliebenen Edlen gegenüber. Ihre feinen, aus ihrer Zeit als Karrerin noch immer schwieligen Hände vervollständigten das Bild einer geübten Reiterin, sogar einer Fechterin. Sie wäre selbst für ihn ein Weib zum Fürchten – und zum Begehren – geworden, gestand ihr Jan nach einem gemeinsamen Ausritt zwei Wochen vor ihrer Reise.

Als besorgte Mutter überließ sie ihren Sohn den anderen Frauen nur gerade so lang, wie sie jeweils auf dem Pferd saß, und freute sich, dass der Kleine gesund und laut schreien konnte, während alle in seiner Umgebung schnupften oder husteten. Je länger sie ausritt und sie sich von ihm entfernte, desto mehr freute sie sich schon beim Wegreiten, ihn nach ihrer Rückkehr wieder zu sich zu nehmen. Bald spürte sie auch, dass sie ihr Kind später weder verleugnen noch weggeben wollte. Ohne dies den andern mitzuteilen, stand für sie auch schon fest, dass sie wegen ihres Amtes als Priesterin nicht auf ihre Mutterschaft verzichten würde. Wie sie ihren Sohn nach ihrer geglückten Rückkehr ins Wiesental den Zuzügern vorstellen wollte, würde sie allerdings erst entscheiden, wenn sie die Auswanderer besser kennengelernt hatte. Ebenfalls stand für sie fest, dass sie, bevor sie ihren Sohn den Auswanderern vorstellen konnte, mit Küentzi und Clare absprechen musste, welche ihrer gemeinsamen Erfahrungen als Flüchtlinge sie den Neusiedlern weitergeben durfte.

Als Jan früh am Morgen des letzten Tages der Eisheiligen auf seinem prächtigen Röttler Hengst mit einem Pack- und Ersatzpferd hinter sich vor das Herrenhaus in Hausen ritt, trug er die volle Rüstung eines Ritters der Röttler Reiterwache und rief nach Küentzi. Während er sich von ihm vom Pferd helfen ließ, erklärte er ihm: „Diese Rüstung, wie ich sie jetzt trage, überlasse ich Euch als meinem Stellvertreter. Für die Reise nach Osten ist sie mir zu auffällig und zu schwer."

Sobald Jan sicher mit beiden Füßen auf dem Boden stand, bat Küentzi Henmans Meier, der Jans Ankunft im Hintergrund verfolgt hatte, ihm beim Lösen der vielen, die Blechteile verbindenden Riemen des Harnisches zu helfen, und danach mit ihm alle Teile im Herrenhaus zu versorgen.

Bevor der Ritter nur noch in seinem feinen, bis unter die Hüfte fallenden, gepolstertem Kettenhemd im Hof stand und im strengen Wind der ‚kalten Sophie' fröstelte, übergab Rachel, die die Männer bei ihrer Arbeit beobachtet hatte, ihren Sohn der Bäuerin und half ihrem Reisegefährten in die unauffälligen, warmen und angenehmen Kleider, die er für die Reise bei ihr hinterlegt hatte.

Wie er hastig nach einer dicken Beinröhre griff, und der Wind seinen leuchtend blonden Haarschopf aufwirbelte, hänselte sie ihn auf Tschechisch: „Als deine standesbewusste und liebevolle Gattin verspreche ich dir, von nun an, wenn wir in unserer Schlafkammer allein sind, dir mit meinen feinen Fingerchen beim Ab- und Anziehen dieses Kettenhemdes zu helfen."

Sie reichte ihm das zweite Hosenbein und föppelte für die anderen weiterhin unverständlich: „Doch noch bin ich hier die Karrerin und darf dir in der Öffentlichkeit nur als solche helfen!"

Danach schwieg sie, ging auf keine seiner Bemerkungen ein, sondern reichte ihm wortlos ein Kleidungsstück nach dem andern, bis der breitschultrige Krieger sich in einen achtungsheischenden edlen Bürger verwandelt hatte. Neben ihm wirkte sie in den weiten braunen Beinlingen und ihrem grünen Wams bescheiden. Doch ihre Haltung und die ausgesuchte Güte ihrer Kleidung, besonders der weiße Pelzkragen ihres weiten und langen Umhangs, sowie ihre hohen, über die Knie reichenden Lederstiefel ließen keine Zweifel, dass die zwei ein vornehmes Paar waren.

Die Bäuerin, die wie alle anderen kein Tschechisch verstand, sah sich einmal mehr in ihrer Meinung bestätigt, dass Rachel dem Adel, vielleicht sogar dem höheren, angehörte, und sie knickste ehrfürchtig, als Rachel an ihr vorbei in den Pferdestall ging.

Auch Küentzi hatte sich verunsichern lassen und einen Stich Eifersucht verspürt, als Jan und Rachel sich im Hof ungeziert wie ein langjähriges, vertrautes Ehepaar aufführten. Er eilte zu ihr in den Stall und wurde unerwartet liebevoll begrüßt.

„Danke, dass du mir das Pferd satteln hilfst. So kann ich mich schon hier von dir verabschieden. Ich wünsche mir nämlich, dass du meinen Sohn auch in Zukunft wie ein Kind von dir behandelst." Als er verlegen den Mund öffnete, fasste sie sanft sein Kinn und sprach weiter: „Und ich verrate dir deswegen auch, dass ich schon jetzt weiß, dass ich zu euch hier zurückkehren und offen zu Jan als meinem Sohn stehen werde."

Noch bevor er eine Antwort stammeln konnte, zog sie seinen Kopf zu sich hinunter und gab ihm einen Kuss auf jedes Auge. „Danke, dass du zu mir stehst!"

Als sie erkannte, dass er noch nicht zufrieden war, nahm sie seine Hände und fuhr fort: „Du kanntest weder deine leibliche Mutter, noch deinen leiblichen Vater. Doch Jans Mutter werden alle kennen! Ich werde bei ihm bleiben, nur: Wer Jan gezeugt hat, bleibt mein Geheimnis. Was zählt, ist, dass du, auch wenn ich zurück bin, wie ein Vater für ihn da bist!"

Sie sah seine Enttäuschung und ergänzte: „Er wird keinen anderen Vater kennenlernen. Dies verspreche ich dir in alle Zukunft." Erst als er betreten nickte, ließ sie ihn los und verließ den Stall. Im Hof nahm sie ihren Sohn der Bäuerin ab, neckte ihn mit der Nase, bis er vor Freude quietschte. Mit einem wehmutsvollen Seufzer drückte sie ihn an sich, als Küentzi mit ihrem gesattelten Pferd neben sie trat und die Zügel der Bäuerin übergab. Sobald er ihren leichten Kleidersack aufgehoben und am Sattelende festgezurrt hatte, küsste sie Jans kleine Augen und die Stirn, blickte bittend zum blauen Himmel hoch, als hätte sie die Furcht, Jan für immer weggeben zu müssen, doch noch eingeholt. Sie überwand ihr Weh und reichte ihn, plötzlich ausdruckslos, Küentzi.

Mit Jan im Arm trat er zurück, und Clare stellte sich mit der schlafenden Föti im Arm und mit Werner und Margret neben ihn. Die Kinder waren von Rachels kostbaren Kleidern und dem schnellen, kühlen Abschied von ihrem Söhnchen mindestens so beeindruckt wie die Bäuerin neben ihrem Gatten.

Sie knickste vor Rachel, bevor sie den ungeduldig schnaubenden Rappen am Trensenring packte, damit ‚frouwe Rachel' ruhig aufsteigen konnte. Dass Rachel wie ein Mann aufsteigen konnte, ohne sich im weiten und schweren Mantel zu verheddern, überraschte sie nicht. Dass sich Rachel steif, ohne ein Wort des Dankes, vom Meier den Mantel auf dem Pferderücken richten ließ, schon. Sie winkte verhalten, als auch der Ritter endlich aufsaß und neben Rachel losritt. Rachels nasse Augen sah sie nicht.

Als einzige winkte Margret erst, als sie Clare flüstern hörte: „Welche Kleider Rachel auch immer trägt, sie gehört für immer zu unserer Familie."

Als ob Rachel die kleinste der winkenden Hände gesehen hätte, winkte sie schneller. Sie winkte auch für Ritter Jan neben ihr. Er brauchte beide Hände, um das ungebärdige Packpferd hinter sich zu steuern und gleichzeitig seinen übermütigen Rappen zu zügeln.

Personenverzeichnis (nach Erscheinen im Roman)
***erfunden**

***Küentzi/Kunrad Schaffner** (geb. 1324)**:** Verwalter von Rulman Merswins Gütern in Straßburg, Protokollant von Rulmans Visionen, ehemals Konverse im Kloster Klingental **in Basel**, verheiratet mit Clare zer Sunnen, Vater von Werner, Agnes und Photina.

Clare zer Sunnen (*geb. 1322)**:** Führt Rulman Merswins Haushalt in Straßburg, hilft als Apothekerin und Heilerin den Armen, ehemals Nonne im Kloster Klingental in Basel, verheiratet mit Küentzi, Mutter von:

***Werner** (geb. 1343)**, *Margret** (geb. 1346), ***Föti/Photina Schaffner** (geb. 1349)**:** gemeinsame Kinder von Küentzi und Clare.

Rulman Merswin (1308–1382) von Straßburg**:** Kaufmann, Verfasser mystischer Traktate, mutmaßlich Erfinder der Figur des ‚Gottesfreundes vom Oberland', keine Kinder. 1349: Er ‚entsagt der Welt' als ‚homo religiosus' mit Zustimmung seiner zweiten Gattin, wird Mitglied des von Heinrich von Nördlingen errichteten Kreises von ‚Gottesfreunden', und Johannes Tauler wird sein Beichtvater. 8.1.1350: Sterbeablass von Papst Clemens VI. für Rulman und seine Frau Gertrude. Rulman verbringt die letzten Jahre bei den Johannitern *‚Zur Grünen Wörth'* in Straßburg.

Gertrude von Bietenheim (?–6.12.1370)**:** ‚einer erberen einfaltigen cristinen frouwen', zweite Gattin Rulman Merswins, Tochter des Ritters Reimbold Reimböldelin aus Straßburg, kinderlos.

***Rulmans Köchin**: lernwillige, treue Vertraute Clares.

***Kyrill und Rachel Timmer:** Werden als Vater und Tochter in Rulmans Haushalt aufgenommen.

Heinrich von Nördlingen (1310?–1378?): Weltpriester, 1338–48 in Basel, 1349 in Sulz im Elsass, betreute Lesezirkel der ‚Gottesfreunde' und die Mystikerin Margarete Ebner (1291?-1351) verantwortlich für die zeitgemäße Übersetzung von *‚Das fließende Licht'* der Mystikerin Mechthild v. Magdeburg.

Johannes Merswin: Burggraf (bis 1374) und Schöffe Straßburgs, Bankier, (Belege zu seinen Bankierstätigkeiten häufen sich nach 1349, seine renommiertesten Kunden: die Markgrafen von Baden und die Pfalzgrafen), nach 1374 einer der Laienpfleger des Johanniterstiftes *‚Zum Grünen Wörth'*, Bruder Rulmans.

Straßburger Adelsfamilien:

Loeselin
Müllenheim
Zorn
Reimböldelin

Snewlin: Patrizierfamilie mit Höfen im Breisgau und im Elsass.

Peter Swarber: Straßburger Zunftregent, Ammannmeister bis zum Pogrom 1349.

Berthold von Buchegg (vor 1279–1353)**:** Komtur des Deutschherren Ordens in Koblenz, Bischof von Speyer bis 1328, danach **Bischof von Straßburg.**

Greda: Dominikanerin und Nonne in Straßburg, Schwester von Johannes Tauler.

Werndrut: Dominikanerin und Nonne, Ratschwester im Klingental Basel, Schwester von Clare zer Sunnen.

Johannes Tauler (1300–1360)**:** Dominikaner, Priester, Mystiker, Schüler Eckharts, Rulmans Beichtiger, predigte und schrieb auf Deutsch, verkehrte mit den ‚Gottesfreunden'.

Johann von Tüllingen (ca.1300–1360)**:** Pfründer im Klingental, Küentzis väterlicher Freund.

***Aaron:** Backwarenverkäufer in Breisach, verliebt sich in Rachel.

Die Edlen von Bolsenheim (1350):

Pater Bartholomäus, Dominikaner, Stiftherr in Straßburg,

Ritter Peter von Bolsenheim mit Gattin und Sohn Peter in Bolsenheim,

Ritter Cunrad von Bolsenheim und Neuenburg mit Gattin und Sohn Cunrad in Zünkon.

Pfarrer von Markoltzhheim: ‚Gottesfreund'.

***Schneidermeister Jan:** Badenweiler, Hofschneider der Markgräfin Elisabeth.

Markgräfin Elisabeth von Hachberg-Sausenberg (gest.1352)**:** zweite Gattin von Markgraf Otto I., einzige Tochter des Landgrafen Imer von Straßberg, keine Kinder.

Landgraf Imer von Straßberg (vor 1317–1364)**:** Vater von Elisabeth von Straßberg, starb ohne männlichen Erben, einziger Sohn von Otto v. Straßberg und Margarethe von Freiburg, die ihm Badenweiler vererbte.

Graf Walraf II. von Thierstein: Schwiegervater von Markgraf Rudolf II. von Hachberg-Sausenberg. Vormund dessen Sohnes Rudolf III., 20.12.1349 leiht König Karl IV. Graf Walraf II. von Thierstein und dessen Schwiegervater, Graf Peter von Arberg, gemeinschaftlich Burg und Stadt Aarberg und andere Reichslehen.

Markgraf Otto I. von Hachberg-Sausenberg (1302–1384)**:** Bruder Rudolfs II. von Hachberg-Sausenberg, verheiratet in erster Ehe mit Katharina von Grandson, in zweiter Ehe mit Elisabeth von Straßberg, keine Kinder. Otto war 1352–1358 Vormund seines Neffen Rudolf III. von Hachberg-Sausenberg., 1364–1384 dessen Mitregent.

Markgraf Rudolf II. von Hachberg-Sausenberg (1301–1352)**:** Verheiratet mit Katharina von Thierstein (Tochter des Grafen Walraf II. von Thierstein). Rudolf ersticht 1332 den Basler Bürgermeister Burkhard Werner von Ramstein in Basel, flüchtet nach Rötteln. Die Basler Zünfte belagern das Schloss daraufhin. Sein Schwiegervater hilft, den Frieden zu vermitteln.

***Pfarrer von Merdingen.**

***Vikar von Gündlingen.**

Wibald von Stablo und Corvay (1098–1158): Reichsabt, ‚Graue Eminenz' der Kanzleipolitik unter Konrad III. und Friedrich Barbarossa, Vorbild für integrative, statt polarisierende Kirchen- und Außenpolitik. Er vermittelte eine Nichte des byzantinischen Kaisers als Braut für Konrads Sohn (der noch vor der Heirat verstarb).

Pfarrer von Auggen: ‚Gottesfreund'.

Henman (Hanneman) **zer Sunnen:** Sohn von Konrad zer Sunnen (genannt der Schufler/Schufter), Basler Achtburger, u.a. Herr des Hausener Dinghofes und der dazugehörenden niederen Gerichtsbarkeit. Erbe des ‚dorf zem

Nuwen Wege samt leuten‘ und Erzgruben, Vetter von Clare und Werndrut zer Sunnen.

Lüthold II von Rötteln (erwähnt 1241, gest.19.5.1316): Basler Domherr, Generalvikar der Diözese Basel, seine Wahl zum Bischof von Basel wird 1296 und 1309 vom Papst nicht bestätigt. 1310 verleiht er das ‚Dorf zum Nuwen Wege‘ (heute Neuenweg) an Konrad Schuster ‚zer Sunnen‘ (Bs.St. Urk.122). Er muss 1311 zurücktreten.

Glossar

Albigenser: Nach der Stadt Albi benannte Gruppe der **Katharer** im Languedoc. In den Albigenserkriegen (1209–1229) grausam bekämpft, überlebten nur wenige die Flucht nach Norden und ostwärts. In abgelegenen Gebieten Italiens, in Böhmen und Ungarn bauten sie neue Gemeinden auf, deren wirtschaftlicher Erfolg Neider und die Inquisition auf sie aufmerksam machte. Manche flüchteten erneut, manche gingen Kompromisse ein, um zu überleben, oder leisteten Widerstand im Untergrund. Sie wurden nach ihrem geistlichen Anführer Jan Hus aus Böhmen (1415 in Konstanz verbrannt) ‚**Hussiten**' genannt.

Barfüßer: Franziskanermönche.

Beinlinge: Hosenbeine aus Stoff oder Leder, die mit Schnüren an das über die Hüften gezogene Wams geknüpft werden.

Eisheilige ‚Kalte Sophie': Sophia von Rom, Märtyrerin um 304 n.Chr. Gedenktag: 15. Mai. Teil der Reliquien wurden 895 von Bischof Remigius von Straßburg ins Kloster Eschau gebracht, Attribute: Palme und Buch, Trog und Schwert.

Gießen: Name des großen, vom Fluss Ill gespiesenen Kanals entlang der Stadtmauer Straßburgs.

Goldene Bulle (1356)**:** Regelt die Königswahl (zum Teil auf ältere Bestimmungen zurückgreifend), legt die Zahl und Rechte der Kurfürsten fest, schließt für immer päpstliche Mitwirkungsansprüche aus. Der neugewählte König hat seinen ersten Hoftag in Nürnberg zu halten.

Gottesfreunde: Religiöse Bewegung im Umfeld der deutschen Mystik des 14. Jh., die sich nicht in festen Strukturen organisiert. Eines ihrer Kennzeichen ist die religiöse Aufwertung gebildeter Laien mit weltlichen Berufen gegenüber Geistlichen. Ihr Schrifttum ist deshalb auf Deutsch und nicht auf Latein verfasst. ‚Gottesfreunde', Männer wie Frauen, Geistliche wie Laien, wollen ihren Glauben besonders intensiv und verinnerlicht erfahren und leben.

Haube: Kopfbedeckung, Kennzeichen verheirateter Frauen (dritter Stand: schlicht und aus einfachem Tuch, für Adlige: raffiniert und aus teurem Stoff), für Soldaten einfacher Kopfschutz aus Blech.

Häresie/Ketzerei: ‚Die Verweigerung der Unterordnung unter den Papst oder den diesem untergebenen Gliedern der Kirche'. Rechtfertigung für die Vernichtung der Waldenser, Katharer und Winkler als Ketzer.

Heilkräuter:

Brombeerblätter: Kehlkopf- und Mandelleiden
Eisenkraut: Kopfschmerzen, Rheuma
Frauenmantel: Frauenleiden, leichte Geburt
Schafgarbe: Frauenleiden, Auflagen: äußerliche Wunden
Wermut: Bitterstoffe, Wehen fördernd

Hosen (selten)**:** gestrickt oder aus Stoff (bis Kniehöhe), noch seltener: Pluderhose und ‚Türkenhose' bis zum Fuß.

Johanniter: geistlicher Ritterorden (‚Sankt Johannis vom Spital zu Jerusalem, ‚Spitaliter'), Krieger und Sanitäter, gegr.1099 nach Eroberung Jerusalems durch Kreuzritter, 1309 Sitz in Rhodos (nach dem Verlust Jerusalems und Zyperns), 1530 in Malta. Seither **‚Malteserorden'**. In protestantischen Gebieten weiterhin ‚Johanniter'.

Johannisfest (24.6.1349)**:** ‚Sommerweihnacht' mit Mitternachtsmesse. Die von keltischen Sonnenwendfeuern inspirierten ‚Johannisfeuer' gegen Dämonen, Krankheiten, Viehschaden und Hagel fallen während der Pest meist weg.

Inquisition: Institutionen der katholischen Kirche zur Bekämpfung von Häresie. Den Vorsitz bei Inquisitionsverfahren führten als Inquisitoren in erster Linie Bischöfe oder Ordensgeistliche (Dominikaner, Kapuziner). Seit 1240 wurde die Aufgabe der Inquisitoren als Amtstätigkeit begriffen und diese in der Folge mehrfach als *sanctum officium* (heiliges Amt) bezeichnet, weshalb später auch von der *Heiligen Inquisition* gesprochen wird. Die Durchsetzung des Urteils übernahmen weltliche Autoritäten, die ‚Ketzergut' (u.a. Ländereien aus ‚Ketzerkriegen') als Eigengut behalten durften.

Katharer: Von der Katholischen Kirche als Ketzer bekämpfte Christen, die lehrten, als reiner Engel bekämpfe Christus zusammen mit dem guten Gott des Neuen Testaments den Teufel, den bösen Gott des Alten Testaments. Frauen stand das Priesteramt gleichberechtigt offen. Texte und Predigten in den Lokalsprachen, volksnah. (Kein Latein!) Mit den Bettelorden (Dominikaner und Franziskaner) schuf die Katholische Kirche ein wirksames Instrument gegen die Bewegung.

Kloster Eschau bei Straßburg**:** Benediktinerinnen Kloster, gegründet von Bischof Remigius von Straßburg (verstorben 782/3), der auch Reliquien der Hl. Sophia von Rom stiftete. Ottonisch-romanische Abteikirche (St. Trophine) aus dem 10. Jh., reich verzierter Kreuzgang aus dem 11./12. Jh. Nach 1249 Vogtei der adligen Herren von Lichtenberg.

Konversen: Laienbrüder/Laienschwestern, die in ein Kloster eintraten, um ohne Weihen Mönche oder Nonnen von körperlichen Arbeiten und in der Verwaltung zu entlasten; verminderte Gebetspflicht.

Kurie: Zentrum der bischöflichen Verwaltung.

Kuratklerus: Für die Seelsorge eines Bezirkes zuständige Priester, meist Kapläne unter der Aufsicht eines Bischofs oder Pfarrers.

Laterankonzil 1139: Erklärt das Zölibat für Priester verbindlich, macht die Vererbung von Pfründen und Gütern an Priesternachkommen unmöglich.

Lucceser Erlass Kaiser Karl IV. (17.6.1369)**:** In der lateinischen Vorlage verlangt die Inquisition von den deutschen Bischöfen, dass im deutschen Reich und in Böhmen nur noch lateinische Bibeln gestattet werden (deutsche Bibeln: ‚Ketzerwerk').

Mariä Verkündigung (Festtag der katholischen Kirche, 25. März): Der Engel Gabriel verkündet der Jungfrau Maria, dass sie den Sohn Gottes vom Heiligen Geist empfangen und in neun Monaten gebären werde. Galt in Europa mancherorts als Beginn des Kirchenjahres (in England bis ins 16. Jh.).

Minnesänger:

Johannes Brunwart von Auggen: ‚her brunwart von ougheim', Manessische Liederhandschrift 258v, ca.1250 bis ca.1300, (urkundlich 1263–1296) Ritter, Schultheiß von Neuenburg, Minnesänger, aus der Ministerialfamilie der Markgrafen von Hachberg.

Walter von Breisach: ‚walther von prisach', 1256–1266 als Schulmeister in Breisach nachgewiesen, vermutlich mit dem 1271–1294 in Freiburg auftretenden Schulmeister Walther identisch. (Manessische Liederhandschrift 295r-296v).

Straßburger Münster: Bischofskirche aus karolingischer Zeit mit Kurie, mehrmals abgebrannt, von 1176 bis 1439 im gotischen Stil aus Vogesensandstein erneuert; kunstvolle Fassade nach Osten; Südturm nie vollendet (nur Fundament), Nordturm bis 1870 der höchste Turm der Welt (142 m).

Reuerinnen: Ursprünglich den Dominikanerinnen zugeordnete Konvente für ehemalige Prostituierte, die ihr sündiges Leben ‚bereuten'. Klöster des OS Maria Magdalena wurden in Basel, Straßburg und Freiburg schon im 13.Jh. eingerichtet.

Schisma: Abspaltung, Trennung innerhalb einer Glaubensorganisation/Kirche. Für die römisch-katholische Kirche bedeutete Abspaltung Häresie (s.o.)

Templer (1118–1312)**:** Geistlicher Ritterorden (‚Arme Ritterschaft Christi und des salomonischen Tempels zu Jerusalem'), direkt dem Papst unterstellt, Kampfformation zum Schutze christlicher Pilger in Palästina, Sitz in Jerusalem, Templerburgen verteilt über ganz Europa, nach dem Kollaps des christlichen Königreiches im Heiligen Land: Sitz auf Zypern, dann Paris. 1307 lässt König Philipp IV. von Frankreich in einer landesweit organisierten Aktion alle Templer verhaften und ihren Besitz beschlagnahmen. Die Inquisition klagt die Templer ‚summarisch' wegen Häresie, Sodomie (Homosexualität) und Götzendienst an, doch diesen Gesamtprozess gibt es nie. 1308 suspendiert Papst Clemens V. die Gewalt der Inquisitoren in der Templerangelegenheit (Grund: ‚nicht autorisiertes und voreiliges Eingreifen'). 1312 löst das Konzil von Vienne den Orden auf (Bulle ‚Ad providam': Was von Templer-Gütern übrig ist, geht auf die Johanniter über.) Mit der Auflösung des Ordens sind nur noch Prozesse gegen einzelne Mitglieder möglich. 1314 wird in Paris der letzte Großmeister als ‚rückfälliger Ketzer' verbrannt.

Törichte Jungfrauen / Kluge Jungfrauen: Gotische Sandsteinfiguren (1280–1290) am rechten, südlichen Portal der Westfassade des Straßburger Münsters, rechts angeführt von Christus, links vom ‚Fürsten der Welt', einer weltlichen Verführergestalt.

Valentin (gest.14.2.269)**:** Bischof, Märtyrer, Heiliger, soll als Priester Liebespaare trotz des Verbotes christlich getraut haben, wird als Patron der Liebenden verehrt (Valentinstag 14. Februar).

Winkler: Name des 1240 in Straßburg verbrannten Pfarrers, der Flüchtlinge aus Albi aufnahm; Bezeichnung für seine Gemeinde in Straßburg.

Wundbrand: schwere Wundinfektion (heute selten), betroffene Gewebeteile sterben ab, müssen entfernt werden (Amputationen).

Zehnthof: Ort, wo die Bauern den zehnten Teil ihrer Erträge dem Lehensherr als Zins abgeben müssen. In den **Zehntscheuern/-scheunen** werden die Abgaben gespeichert.

‚Zur Grünen Wörth': Altdorfer Benediktiner errichten 1240 auf der Illhalbinsel außerhalb Straßburg ein kleines Kloster, das sie um 1300 aufgeben. 1367 kauft Rulman Merswin die verfallende Anlage, die ihn früh zum Schreiben inspiriert hatte, und lässt sie auf seine Kosten für 500 Mark Silber von Grund auf erneuern. 1371 verbrieft er das Gut als Schenkung an die Johanniter und wohnt dort bis zu seinem Tod als Stifter und als einer der drei Laienpfleger. (Spätere Merswins übernehmen ähnliche Aufgaben bis lang ins 15. Jahrhundert.)

Ortschaften:

Alzenach, Burg 1347 zerstört, ‚Salzhof' (auch ‚Alzenacher Hof') ältestes Bauwerk im Ort, mit Mauerresten einer Wasserburg.

Auggen, 752 *‚Anghom'*, 1036 ‚*Ougheim'* mit der Pankratius Kirche.

Egringen, 758 *‚Aguringas'*, Besitz des Klosters St. Gallen, geht an Rötteln Mitte 14. Jh.

Hausen (‚hüsen'), Vogtei der Markgrafen von Hachberg-Sausenberg (Vergleich der Gebr. Dietsche und Lienhart zer Sunnen über die Ausübung der Gerichte in ‚hüsen', 13.7.1362, Bs.St. Urk.338).

Liel, 972 erscheint Hofgut *‚Liela'* in einer kaiserlichen Schenkung für das Kloster Einsiedeln.

Merdingen, 1. Jh römischer Gutshof, Badegebäude, 5./6. Jh. alemannisches Dorf, die Ortsherrschaft wechselte mehrmals (1137/ 1154 Schenkungen an das Kloster St. Peter, 1139 in einer päpstlichen Bulle für das Bistum Basel erwähnt) später geteilt (Freiherren von Kageneck, Deutschorden Freiburg) mehrmals gebrandschatzt.

Riedlingen, 972 ‚Rithilinga' kaiserliche Schenkung für das Kloster Einsiedeln. 1234 Villa Roudilinchovin, Roudlincon, 1344 ‚Rudlikon' von Rötteln übernommen.

Rimsingen, 819 Edelfreie von Rimsingen in einer Schenkungsurkunde an das Kloster Lorsch erwähnt. 1072 Hesso von Üsenberg (Erbe der Edelfreien von Rimsingen) holt Mönche aus der Abtei Cluny, die noch unter ihrem ersten Prior das Kloster verlegten. 1275 ‚Rimsingen superior' (1329 ‚obern Rimsingen'). 1430 Oberrimsingen unter den Herren von Staufen, Niederrimsingen blieb bei Breisach.

Rötteln, Dorf**, Rektorat der Kirche,** Bs.St.Urk. 228.
Sitzenkirch, 1125 ‚Sitzenkirken' später ‚Sitzenkilch, Sitzenkirchen', 1125–1525 Benediktinerinnen Kloster, Propstei des Klosters St. Blasien, Probst von Bürglen geistlicher Leiter, Vogtei der Markgrafen Hachberg. 1272 im Streit Rudolfs v. Habsburg mit dem Bischof von Basel abgebrannt, 1290 aufgebaut. Pfarrkirche (St. Hilarius), Grabeskirche für die Markgräfliche Familie. 1305 stiftete Witwe Königin Agnes v. Ungarn eine tägliche Messe.
Weitenau, keltische Kultstätte, 1100–1556 Benediktiner Probstei des Klosters St. Blasien, 1321 ‚ecclesia witenowe', 1344 Vogtei der Markgrafen Hachberg-Sausenberg.

Wintersweiler, ‚winterswilr', Siedlung aus keltischer Zeit, Kirchturm aus dem 12. Jh., 1311 Luitold v. Rötteln verleiht das Dorf an Ritter Otto Münch v. Münchenstein.

Wittlingen, 874 ‚Witringhove'/ ‚Witelichon'/ ‚Wittlikeim' im Besitz des Klosters St. Gallen, später des Bischofs von Basel.

Quellen

Walter Muschg: Die Mystik in der Schweiz, 1935, S.149/50, Gedicht über die Mystik der deutschen Dominikaner/innen: ‚Ich will uch sagen mere', Autorin unbekannt, mittelhochdeutsch.

Eva Rödel: Johannes Merswin – der ‚bedeutendste Bankier Straßburgs' im 14.Jh. Eine Verortung. Zeitschrift für die Geschichte des Oberrheins (ZGO) 163 (2015), digitalisiert.

Code historique et diplomatique de la ville de Strasbourg, Strasbourg, 1843, Bd.1, Einleitung G.F. Schutzenberger, maire de Strasbourg: Chroniken von Closener und Königshoven (1346-1420) (digitalisiert 2010)**:**

a) „Har umb will ich Jacop Twinger von Künigeshoven, ein priester zu Strosburg, us den Chroniken die Eusebius, Martinus, Sigebertus un Vicencius gemaht hant, un us andern buechern, zu dütsche schriben, etliche ding, die mich aller fürnemest dunkent un lüstlich, (...) **Wan es sprichet meister Huge von Florencie: das ein geschehen ding, von dem men nüt kan gesagen, in welem iore, oder bi weles küniges oder fürsten ziten es geschehen si, das sol men haben für eine fabule, und für eine sage mere, un nüt für eine wore rede.“**

b) „Der Johanneser hus zum gruenen werde wart gemaht zum ersten von hern Wernher dem marschalk in ere der heilgen drifaltikeit das geistliche dumherren do soltent sin. Do noch kam es in der Johanneser hant zu Doroltzheim, die sattent einen münich oder bruder dar lange zit. Dar noch koment die Johanneser dar, noch gotz gebürte MCCCLXXI ior, un her Rulman Merswin mahte us der alten kirchen eine nuwe kirche und kor, und bleip bi den Johannesern untz an sinen dot.“

Historisches Lexikon der Schweiz

Digitalisierte Urkunden der Universitätsbibliotheken Basel, Freiburg, Straßburg

Dank

Mein größter Dank gilt meiner Gattin Charlotte. Sie hat mir geradlinig geholfen, eine historisch fundierte Fortsetzung von *Küentzi* zu verfassen und mich ermutigt – wie schon andere früher –, für *Küentzi und Clare* eine Handlung mit mehreren frei erfundenen Hauptdarstellern zu entwickeln. Ich hoffe, dass es mir so gelungen ist, das zeitlos Menschliche in den Dokumenten zu erfassen.

Großen Dank verdient Jörg Bertsch für seinen Einsatz als akribischer Korrekturleser. Nicht minder Dank gehört Hanspeter Fritschi-von Burg, Lehrerkollege und Nachbar. Er setzte sein graphisches Talent am Computer auch für mich ein und entwarf den Umschlag für dieses Buch. Hans-Ruedi Wehren-Gräub, ein langjähriger Freund und bewährter Zeichenlehrer, danke ich für die von ihm historisierte *Karte Oberrhein* mit Legende. Damit kann der Weg der Flüchtlingsfamilie genau verfolgt werden. Satu Binggeli danke ich, dass sie mir selbst von Zürich aus tatkräftig und praktisch half, finanzielle Unterstützung für *Küentzi und Clare* zu beantragen.

'Last but not least' danke ich Fritz Frey und dem IL-Verlag für die Geduld und Ruhe mir gegenüber, wenn ich Abgabetermine verpasste und den Produktionsplan durcheinanderbrachte.

Ruedi Gröflin-Buitink
Anfang September 2023